瀧澤路女日記

上巻

柴田光彦
大久保恵子＝編

中央公論新社

目次

下巻　目次

装幀　菊地信義

刊行にあたって

本書は、馬琴《ばきん》の後を受けてその息子宗伯《そうはく》の妻路《みち》が書き継いだ瀧澤家の日記で、『曲亭馬琴日記』（全四巻・別巻一巻）に続くものである。

いわゆる「馬琴日記」は、いうまでもなく江戸の読本作者曲亭馬琴が自身の手で書き遺した日記であるが、晩年には視力を失ったため、口述した内容を路、あるいは孫の太郎に筆記させている。さらに嘉永元年十一月六日の馬琴他界後は、路・太郎の両人が引き継いで綴った。馬琴はこの日記を家の日記と考え、非常に重要視していた。現在原本の残っている最後の部分、嘉永元年四月〜嘉永二年五月の日記は二人の手になるものである。なお、太郎は嘉永二年十月六日に二十二歳で亡くなったので、この年は正月一〜五日、五月九、十日の記事のみを書いている。

「馬琴日記」は嘉永二年五月三十日で終わっていて、その末尾に「是より新日記に移る」と記されている。翌六月一日からは、冊を改めて路の記録した日記となるのである。それが『路女日記』と呼ばれるもので、嘉永二年六月以降安政五年まで（ただし安政四年を欠く）が伝わる。瀧澤家から天理図書館に寄託されている『路女日記』は、嘉永二年六月一日から安政五年十二月までの約十年間に及び、仮綴半紙本（大きさは不揃い）十冊に収められている。

本書の前半にあたる部分については、当初、先学木村三四吾《みよご》氏による翻刻が天理図書館報「ビブリア」に、昭和六十三年十月（第九十一号）から平成五年十月（同誌第百回記念号）まで「滝沢路女日記」として毎号掲載された。翻刻が嘉永四年十二月分まで進んだ段階で、嘉永五年分を加えて一冊とし、平成六年七月に木村氏の私家版（餘二稿版第十三輯）『路女日記』（八木書店）として刊行された。しかし、後半の嘉永六年以下については未翻刻のままであった。

そこで、この度本日記を翻刻するに当たっては、さきの『曲亭馬琴日記』の体裁に倣い、また前半部も本文を再修訂し、残巻分すべてをまとめて全巻完結の形で刊行することにした。

原本十冊、各冊は次のように分けられている。

第一冊　嘉永二年六月一日　　同三年二月二十九日
第二冊　同三年三月一日　　同三年六月三十日
第三冊　同三年七月一日　　同四年五月二十九日
第四冊　同四年六月一日　　同五年二月三十日
第五冊　同五年閏二月一日　　同五年十二月二十九日
第六冊　同六年一月一日　　同六年十二月三十日
第七冊　同七年一月一日　　同七年十二月三十日（同年十一月二十七日安政に改元）
第八冊　安政二年一月一日　　同二年十二月三十日
第九冊　同三年一月一日　　同三年十二月三十日
〔この間一年分欠本〕

第十冊　同五年一月一日　　　同五年十二月三十日

安政五年は十二月十四日までで終わっているように、前掲の木村氏私家版序文に書かれているが、実はそれ以後の記事にあたる三丁が錯簡《さつかん》として、第二冊嘉永三年中に二丁、第九冊安政三年中に一丁、挟み込まれていた。これは干支と記事の内容などから判断して、安政五年十二月後半の記事と考えられる（大久保恵子「『路女日記』錯簡考」東京成徳大学研究紀要第七号）。筆者はさちで、それまでにも路に代わって何度か日記を記している。本書はこれら錯簡を正して、安政五年十二月三十日まで整った形で翻刻した。

本書の成るについては、瀧澤家より原本利用を快く了承していただき、また天理大学付属天理図書館前研究司書金子和正氏、中央公論新社山本啓子氏に一方ならぬお世話になった。厚く御礼申し上げる。

平成二十四年十月

柴田光彦
大久保恵子

凡例

一、本巻には、「嘉永二年己酉日記」「嘉永三年庚戌日記」「嘉永四年辛亥日記」「嘉永五年壬子日記」を収めた。各年の見出しの表題は、本日記編集にあたって、仮りに付したものである。

一、翻刻にあたって、原本の形をできる限り忠実にあらわすように心がけた。

一、漢字は原則として新字体を使用した。ただし、特定の漢字については、原本の字体を用いた。（例＝迯・脉・鴈・寐・躰・餘・余・媚）

一、かなの古体・変体は現行の平がなに改めた。ただし、明らかに片かなの意識をもって記されたものは、原本のままとした。

一、当時の慣用字については、原本のままとした。（例＝ゟ〔より〕・而〔て〕・江〔へ・え〕）

一、原本には、ほとんど句読点は施されていないが、読みやすくするために、私意をもって新たにこれを付した。ただし、日次・干支・天候を記したところは、句読点を施さず、適宜字間をあけて読みやすくした。

一、原本に記された返り点以外は、これを用いなかった。

一、濁点は、原本にあるものは（ダク）と傍注した。それ以外は、私意をもって仮りに加えたものである。

一、欄外あるいは貼紙に書かれているものは、本文中にくり入れ、（　）にその旨注記した。

一、原本の割書は、すべて二行に統一した。

一、ルビは、原本にあるままである。書き誤りその他、字の訂正を行った結果、判読しがたくなった場合に付したものと考えられる。

一、当時の慣用以外の明らかな誤字・脱字・衍字などと認められるものは、原本のままとし、（ママ）と傍注した。その際、頻出するものに関しては煩雑になることを避け、すべてに付すことはしなかった。人名表記の不統一については、必ずしも（ママ）の傍注を付さなかった。

一、意識的に行なわれたと思われる脱字は、（アキ）と傍注した。

一、虫損・破損などによって判読不能、および解読不能の箇所は、□によって示し、推読したものは□でその字を囲んだ。

嘉永二年己酉日記

嘉永二年己酉六月

朔日丁卯　曇　四時頃ゟ晴　或は曇　或は晴　甚暑

一今朝五時過、靏三来ル。加砂仁・呉茱萸・桂枝・芍薬湯二貼持参、被贈。且、薬方書をも被贈。今ゟ八丁堀江参り候由ニて、帰去。きせる・煙草入失念致候由被申候ニ付、太郎、提煙草入・きせる貸遣ス。○四時頃、清右衛門様御入来。干飯・だんご持参、被贈。且、五月分上家ちん・薬売溜、壱〆七百三十二文持参致。内壱わり百七十四文、先日伊藤半平殿霊前江《ママ》備候煎茶代二百文、のり入二貼代二百六十四文渡し、勘定済。土蔵入夏物を取出し、雑談後被帰去。

一昼時、半右衛門来ル。暫して帰去。○夕七時頃、岩井政之助来ル。昨夜頼候こんにやく玉、処ゝ問合候へども、只今頃ハ無之由申候ニ付、いたづらに帰来りて、右之趣を被告。今朝ゟ待居候所、無之由ニて、望を失ひし也。○昼後、おさち入湯ニ行、八時過帰宅。○昨夜ゟ不出来ニて、痛候足折ゝふるへ、痛ニ堪ざるよし。右ニ付、明日半右衛門を頼、田村宗哲方へ被参候て、容躰を咄し呉候様頼遣ス。暮時前、半右衛門来ル。先刻頼候一義也。委細容躰、半右衛門ニ申聞、且、こんにやく玉手入かね候由を申聞候得、《ママ》承知致。先かけ合の夕膳を振舞、直ニ田村方へ行。田村へ参り、委しく容躰申聞、何分痛強く、且、ふるへ候て、難しのぎ由を申、明朝見舞呉候様頼申入。夫《ママ》麴町辺こんにやくやにて、こんにやく玉の事貰度由申といへども不売。右ニ付、半右衛門当惑致候間、色ゝかなしみて、薬ニ致候故、少ゝにてもぜひ〳〵買受度由申、やうやく少し手ニ入、帰宅。価ハ不取と言。半右衛門、戌ノ刻帰来、右之趣を告げ、直ニ手づから、こんにやくの粉、姫のり少し加、煉、ミの紙壱寸四方の紙二重ニのバし畢て、四時帰去。○高橋留之助、太郎見舞ニ来ル。早ゝ帰去。

○二日戊辰　晴　甚暑

一早朝、田村宗哲来診。太郎容《（ママ）》を告、診脉畢、せん茶、くわしを出し、且、五苓散五貼調合被致、帰去。○川井亥三郎・高橋留之助・土屋宣太郎、暑中見舞として来ル。

一四時過、半右衛門ゟ、内義ヲ以、きす魚十尾被贈。厚く謝礼申遣ス。右以前五時過、半右衛門来ル。伝馬町江買物罷越候由ニて、早ゝ帰去。岩井政之助江麻上下貸遣ス。

一忠三郎、暑中見舞ニ来ル。太郎、対面。せん茶、くわしを出し、雑談後帰去。○八時過、半右衛門来ル。硯蓋・大平借用致度由ニ付、貸遣ス。○夕七時頃、長田章之丞・水谷嘉平次、暑中見舞ニ来ル。太郎対面、暫して帰去。長田章之丞江五月分頼母子掛せん二口分、四百三十二文頼、渡し遣ス。○太郎、今日も昨日の如し。今朝より雷火針を用。

○三日己巳　晴　甚暑

一今朝、荒太郎・渡辺平五郎・深田長次郎・白井勝次郎、暑中見舞として来ル。右之内、白井勝次郎、長友代太郎被頼候由ニて手紙持参、被届之。右は、頼母子講掛銭の事也。右は、昨日長田章之丞ニ届遣し候由、白井江申遣ス。○昼時、靏三来ル。一昨日貸遣し候煙管・煙草入被返。右受取、雑談後帰去。○渡辺平五郎・小林佐七郎・稲葉友之丞・木原計三郎、暑中見舞として来ル。○おひさ、娘次郎を携て来ル。如例教を受て帰去。○山本半右衛門内義、今朝ゟ暑気当りニて脳《（ママ）》候様おさちニ申候ニ付、小児二人有之、殊之外難義可致存候間、黒丸子・五苓散をせんじ遣ス。○今日も甚暑ニて、太郎、昨日ニ替ることなく、痛甚しく、難義限りなし。○今晩、おさち壱人かゝり湯をス。

○**四日**庚午　晴　甚暑　凌かね候程也

一今朝如例、留吉、田村江薬受取ニ遣ス。九時前帰来ル。賃銭四十八文遣ス。田村ゟ返書来ル。

一今朝、おさちヲ以、半右衛門内義江五苓散三貼煎じ遣ス。○早朝、政之助、借用物の謝礼として来ル。当番出がけの由ニて、早ゝ帰去。○四時頃、松村儀助来ル。先日貸進の古史通被返、雑談後、昼時前帰去。○昼後、半右衛門来ル。一昨日政之助江貸進の麻上下一具、朱塗硯ぶた江、大ひら持参、被返。右請取置。昨今、半右衛門内義不快ニ付、両三度薬贈候謝礼申、雑談後、夕七時頃帰去。今日、枇杷葉湯煎じ、家内一同用候ゆへ、半右衛門ニも、三、四人抔振舞遣ス。

一八時頃、大内隣之助、暑中見舞ニ来ル。早ゝ帰去。○太郎、昨日と替ることなし。ふるへは少ゝ宜敷方也。夜中、痛又甚し。○西原邦之助、暑中見舞として来ル。早ゝ帰去。

一暮時、清助、娘携て来ル。教を受て帰去。○右同刻、政之助来ル。先日頼置候金伯(ママ)買取候て、持参せらる。代銭ハ先日渡し置。暫して帰去。

○**五日**辛未　曇　四時過ゟ晴　大暑　夕方遠雷少し

一今朝、宗村お国、病気見舞ニ来ル。ほどなく帰去。○四時過、山本半右衛門来ル。雑談後、太郎退役致度旨、有住江咄し呉候様頼遣ス。夫ゟほどなく、処ゝ見舞ニ参り候由ニて帰去。夕七時前、又帰路の由ニて来ル。先刻頼候退役之一義、有住幷ニ松村江も咄し申入、頼置候由被申候ニ付、ほどなく、おさちを以、印行為持遣ス。

○八時頃、森野市十郎、暑中見舞ニ来ル。三嶋兼次郎も、同様来ル。

一夕七時頃、山田宗之介、暑中見舞ニ来ル。おみさ・おまちゟ文到来。おむめゟ文壱通届来ル。今より秋月様江参り候由ニて、早ゝ帰去。○今暁、東の方ニ遠火有之。後ニ聞、材木町七丁めの由也。

一太郎、今日も同へん也。

○**六日**壬申　晴　甚暑

一今朝、田口栄太郎・小出啓五郎、暑中見舞ニ来ル。栄太郎ハ早ゝ帰去。啓五郎ハ、せん茶・葛煉を出し、雑談後帰去。○今朝五時頃、留吉ヲ以、田村江薬取ニ遣ス。九時前帰来ル。代銭四十八文遣ス。

一八時頃、靍三来ル。暫して帰去。○右同刻、松村儀助来ル。昨日頼候退役願書認、印行押候由ニて、持参、返ス。太郎請取置。雑談後、夕七時頃帰去。○今日、奇応丸二匁、金伯を掛る。

一太郎、今日も同偏也。○夕方、政之助母義、麦葛らくがん一折持参、被贈。暫して帰去。

○**七日**癸酉　晴　厳暑

一今朝、梅村直記、太郎見舞として来ル。早ゝ帰去。○松宮兼太郎、暑中見舞として来ル。

一昨夕七時頃、自分悪寒甚く候ニ付、暮時前ゟ枕ニ就く。

○**八日**甲戌　晴　八半時過ゟ急雨　大雷　夕七半時ゟ又晴

一今朝、岡勇五郎、明九日見習御番被仰付候由ニて来ル。○昼後、成田定之丞・板倉忠次郎、右両人御作事方定普請同心出役被仰付候由ニて来ル。○昼後、半右衛門来ル。自分不快ニ付、平臥致候ニ付、おさち壱人ニて看病不行届候間、両三日おつぎを借受候様被申候て、其後、夕方雷鎮而後、飯田町江被参、不快の事申通じ、おつぎ両三日借受、看病致させ度由被申候へども、今晩ハ遣し難、何れ明日此方ゟ送り可遣旨申候由ニて、五時頃帰来ル。暫し休足して帰去。○夕七時前、越後や清助来ル。雨止、雷鎮て、帰去。○暮時前、隣家林ゟ、あま酒二椀被贈。おさち謝礼申遣ス。

一早朝、田村宗哲来診す。太郎母子診脉の上、薬五帖（ママ）調合せらる。其後帰去。昨晩見習の事申入候故ニ、早朝来ル。○今日の雷、三ヶ所江落候内、日ヶ窪江落候ハ怪我人も有之由也。

○九日乙亥　晴　冷気

一四時頃、清右衛門様、おつぎ同道ニて、御入来。昨夜、山本半右衛門ヲ以、おつぎを借用申入候故也。手みやげ、桃十・真桑瓜五ツ御持参。暫して清右衛門様被帰去。おつぎハ止宿ス。○昼時過、宗村お国、病気見舞として来ル。ほど無帰去。○夕七時頃、宗哲来診す。太郎母子容躰を告、診脉畢、せん茶・くわしを出、早ゝ帰去。○其後、岡勇五郎、見習御番相済由ニて来ル。

○十日丙子　晴

一九時頃、田辺礒右衛門、暑中見舞として来ル。早ゝ帰去。○昼後、田村塾代診として来。太郎母子診畢、煎茶・くわしを出し、暫して帰去。○松村儀助来ル。雑談後帰去。○半右衛門来ル。是亦、暫して帰去。

○十一日丁丑　晴

一今朝、越後屋清助、病気見舞として、焼鮎十二尾持参、被贈。早ゝ帰去。○四時頃、山田宗之介来ル。煎茶・

くわしを出し、雑談。主僕ニ昼飯を振舞。暫く仮寝して、八半時頃覚、尚又せん茶・餅ぐわしを給させ、夕七時過帰去。うちわ二本持参、被贈。○早朝、梅村直記、病気見舞として来ル。おさち挨拶致候へバ、早ゝ帰去。○昼時前、荷持太蔵、御扶持春候て持参ス。つきちん百四十八文渡し遣ス。

一岡村幸右衛門・鈴木橘平、暑中見舞として来ル。

○十二日戊寅　晴

一昼時前、祖太郎来ル。手みやげ、佐柄木町窓の月小片折持参、被贈。雑談数刻、煎茶・くわしを出し、其後、夕飯を振舞、夕七時頃帰去。○其後、豆腐屋松五郎妻すみヲ以、おつぎを飯田町ニ帰し遣ス。手みやげ、あじひもの廿枚・うちわ一本遣ス。おすミ、夜ニ入六半時帰来ル。則、ちん銭百文遣ス。其後帰去。○九日朝、矢野信太郎来ル。麦落鴈一袋持参、被贈。早ゝ帰去。

○十三日己卯　晴

一四時頃、芝田町山田宗之介ゟ、おミさ文ヲ以、交肴・葛まんぢん小重入壱重、見舞として贈来ル。おミさニ返書、謝礼申遣し、此方ゟ窓の月一折、うつりとして遣ス。

一四時過、靍三来ル。雑談数刻、昼飯給させ、其外煎茶・くわし・巴旦杏を振舞、暮時前帰去。

一おさち以、山本半右衛門方へ、イサキ・茄子煮つけ一皿為持遣ス。右うつりとして、蔓なひたし物少ゝ贈来ル。

○十四日庚辰　晴

一今朝、荷持太蔵来ル。右は、高畑武左衛門内義おちよ、不快の処養生不叶、今晩死去致候由、申来ル。今晩送葬の由也。○昼前、半右衛門来ル。麦こがし一袋持参、被贈。其後、松岡織衛来ル。煉羊かん半棹被贈。雑談、将棋をはじめ、両人ニ昼飯を給させ、八時過織衛帰去。七時頃半右衛門帰去。

一夜ニ入、儀助来ル。其後、靍三来ル。尾張名所図画を被貸、早〻帰去。儀助ハ五時過帰去。

○十五日辛巳　晴

一今朝四時頃、有住岩五郎来ル。太郎儀病気ニ付、退役願出候処、今日被仰付由被申之。右名代廻勤ハ、長友代太郎の由也。ほどなく代太郎も来ル。右廻勤相済候由也。両人ニ煎茶・ようかんを出ス。九時頃帰去。○八時頃、矢野文蕾来ル。しら玉一器持参、被贈。太郎と雑談数刻、夕七時過帰去。国史略壱冊貸遣ス。○暮時前、政之助来ル。ほどなく帰去。○今日、太郎月代を剃、髪を結。四月下旬のまゝ也。

○十六日壬午　曇　四時頃ゟ晴　夜中雷鳴　雨ほどなく止

一今朝、留吉ヲ以、田村江薬取ニ遣ス。九時帰来ル。則、賃銭四十八文遣ス。○昼前、おさちを、久保町江買物ニ遣ス。昼前帰宅。昼後、おさちヲ以、高畑武左衛門方へせん茶一袋、仏前江為持遣ス。

一今朝、信濃屋重兵衛来ル。薪注文致遣ス。八時過、薪十六把・炭一俵、かるこ持参。先日ゟの炭代〆金壱分、薪代金二朱、〆金壱分二朱、かるこ江払遣ス。

一太郎、今朝ハ水瀉、夕刻迄四、五度ニ及ぶ。○夜ニ入、靍三来ル。先日貸進のあさひな五集四冊返る。ほど無帰去。

○十七日癸未　曇　八時頃ゟ雨　小雷　夜中大雨

一今朝五時過、清右衛門様御入来。水飴一器・麦こがし一器、太郎江被贈。神女湯無之由ニ付、十包渡之。雑談後、四時過被帰去。○四時過、文蕾来。先日貸進之八犬伝終巻五冊被返、尚亦、所望ニ付、俠客伝初集五冊貸遣ス。ほどなく帰去。○松岡ゟ、信州寒晒の粉小重入壱重、被贈之。謝礼、口状ニて申遣ス。○四時過、山本半右衛門来ル。太郎、将棋両三度。且、去十五日太郎退役之せつ、太郎名代長友代太郎廻勤被致候ニ付、其せつ先例之如く二百文可遣処、合客も有之候ニ付、差扣候ニ付、右二百文、今日山本を頼候処、早束(ママ)長友江届被呉候様被申候間、二百文半右衛門ニ渡し、届貫ふ。半右衛門ニ昼飯給させ、其後帰去。○八半時頃、田村宗哲来診。太郎容体を告、診脉せらる。太郎、昨日は水瀉、天明ゟ暮時迄、六、七度水瀉致、且、気分不宜候旨申候所、全く時候あたりニ候間、別煎調合せられ、三帖さしおかる。如例、せん茶・くわしを出。折から大雨ニ成候間、暫雨止致候得共、雨頻ニ降候間、七時過帰去。供人雨具無之由ニ付、とう油貸遣ス。○太郎、暮時過ゟ胸痛、暫らく難義致、五時過少ゝ痛退く。

○十八日甲申　雨終日

一四時過、政之助来ル。暫く太郎と物語致、九時過帰去。○八半時過、山本悌三郎来。同人義も去月卅日ゟ時候あたり、暫引籠、養生致、漸く順快の由被申。是亦、太郎と雑談数刻、夕七半時過帰去。○夜ニ入、靍三来ル。雑談後、所望ニ付、巡嶋記六輯五冊貸遣ス。五時過帰去。

一太郎、今日も替事なし。但、水瀉せず。

○十九日乙酉　曇　折〻雨

一今朝、留吉ニ申付、田村江薬取ニ遣ス。四時頃帰来ル。如例、煎薬・かうやく・雷火針到来ス。則、賃せん四十八文遣ス。但、一昨日此方へ差置候宗哲冠笠、為持遣ス。○四時頃、半右衛門来ル。雑談後、九時過帰去。○八時頃、伊藤与一郎方ゟ、手紙ヲ以、壱分饅頭壱重十五入壱重贈来ル。右は、伊藤半平、法名釈道禅信士、今日三十五日相当の由也。謝礼、請取書ヲ以申遣ス。

一夕七時頃、高畑武左衛門ゟ、使ヲ以、亡妻初七日逮夜ニ付、麁飯さし上度由申来ル。然ども、太郎不快ニて打臥居候間、参り候者もなし。右之故ニ参がたき由申遣ス。ほどなく、本膳壱人前、取肴・吸物・酒一とくり添来ル。来ル《（マヽ）》。猪口・坪ハなし。謝礼申遣ス。右之内、皿・平・汁・吸物・あげ物・酒一とくり、豆腐屋松五郎江遣ス。同人娘まき、取ニ来ル。則、渡し遣ス。○夕七時過、久保町煮豆売、半兵衛養子鉄次郎、先日ゟ約束の白黒雑毛小猫貰ニ来ル。随分いたハり遣し候間、ぜひ〳〵貰度由申ニ付、紋ちりめん首玉をかけ、渡し遣ス。右小猫は、壬四月廿一日飯田町ゟ貰受候小猫也。○太郎、今日も同偏也。昼後ゟ悪寒発熱ス。暮時ニ至り、熱醒て、雷火針を用ゆ。其外、替ことなし。

○廿日丙戌　曇　四時頃ゟ晴　今暁八時四分、立秋之せつニ入ル　夜ニ入雨　遠雷　ほど無止

一昼前、文蕾妻、先日貸進の俠客伝初輯五冊被返、尚又、所望ニ付、俠客伝二集五冊貸遣ス。○太郎、今日も替事なし。但、悪寒発熱なし。足痛ハ替事なし。但、五時頃ゟ腹痛、夫ゟ胸痛ニ成。暫く脳ミ、九時頃少〻おちつき、枕ニつく。

○廿一日丁亥　晴　残暑

一今朝、豆腐屋松五郎ゟ、留吉ヲ以、赤飯小重入壱重贈来ル。今日天王祭礼の由也。後刻おさちニ参り候様申之。謝礼申遣ス。右重箱ニ白米壱升入、うつりとして遣之。

一昼後おさち、豆腐屋罷越候所、未天王御輿御出なき故ニ、いたづらニ帰宅ス。例ゟ遅刻也。○昼後、下掃除友次郎来ル。此方掃除致、畑ニこやし致、帰去。○暮時、田村宗哲来診。太郎、委敷容躰を告。診脉の上、胸痛ハ癇の為所ニ候間、今ゟ本方一通りニ致、加減由被申。煎茶・くわしを出し、六時前帰去。去十七日貸進のとう油被返、請受《(ママ)》取。

○廿二日戊子　曇　暮時ゟ雨　夜ニ入大雷数声

一今朝、嫗神ニ参詣致、帰路買物致、四時前帰宅。○五時前、留吉を田村ニ薬取ニ遣ス。四時頃帰来ル。加減の薬十二貼・かうやく五貝来ル。留吉ニ賃銭四十八文遣ス。○右同刻、長田周蔵、太郎不快を被尋、雑談、暫して帰去。○昼時過、板倉栄蔵、太郎病気見舞ニ来ル。ほどなく帰去。○其後、山本半右衛門、是亦暫く物語致、帰去。○八時頃、留蔵妻来ル。わさ事、疾瘡ニて難義致候間、ど《(ダク)》くだ《(ダク)》みせんじ用度候間、貰度由申ニ付、遣之。

一夕七時前、政之助来ル。暫雑談して、帰去。○今日も、太郎同偏也。

一暮時、七月分御扶持渡る。取番松宮兼太郎差添、車力壱俵持込。請取置。豊後米四斗三升弐合と有之候へども、四斗二升五合アリ。七合切。

○廿三日己丑　雨　冷気　雨終日

一今朝、文蕾、小児を携、先日貸進の俠客伝二集五冊被返。尚亦三集所望被致候処、右は三月中松岡ゟ貸置、未被返ず候間、おさちを取ニ遣し、退刻（ママ）文蕾ゟ貸遣ス。雑談後、四半時過帰去。○右以前、薬取留吉、長友代太郎使として、同人手紙持参。右は、弁当料弐度分、并ニ、昨日頼母子講掛銭の事申来ル。則、掛銭二百十六文、留吉に渡し遣ス。弁当料ハ未也。返書不遣、口状ニて申遣ス。○昼後、おさち入湯ニ行、八時前帰宅。○昼後八時頃、織衛来ル。太郎と雑談、夕七時過帰去。○右同刻、宗哲来診ス。太郎診脉畢、如例之せん茶・くわしを出ス。早ゝ帰去。○夕方、山本半右衛門、小児を携て来ル。右小児泣候間、ほど無帰去。右以前、豆腐屋松五郎妻おすミ来ル。白米ほしき由申ニ付、五百文分、五升五合渡し遣ス。暫して帰去。○太郎、今日も胸痛・足痛替ることなし。

○廿四日庚寅　晴

一今朝、清助、見舞ニ来ル。早ゝ帰去。○夕七時頃、長田章之丞、太郎見舞として来ル。太郎対面、ほど無帰去。○夕方、米つき政吉、明後廿六日御扶持舂可申由ニて、来ル。委細承知の由申聞候得ば、帰去。○太郎、今日も同偏也。

○廿五日辛卯　晴　折ゝ曇　冷気

一今朝、松宮兼太郎来ル。右は、浦上清之助、当分仮書役被仰付候名代の由也。

一四時頃、清右衛門様御入来。先日頼置盆ちょうちん御買取、御持参。代百文の由也。右請取、神女湯八包渡。

ちようちん代銭ハ未上不申。今ゟ堀之内千部ニ御参詣の由ニて、早ゝ御帰被成候。○昼後、伝馬町ニ買物ニ行、ほどなく帰宅。○暮時頃、山本半右衛門内義、太郎容子を被尋。挨拶致、暫して帰去。○太郎、今日も替る事なし。胸痛ハ少ゝ快方也。内踝ハ痛弥増候と云。

○**廿六日**壬辰　曇　四時頃ゟ小雨　終日冷気

一今朝留吉、田村ニ薬取ニ可参由ニて来ル。則、容躰書差添、薬通箱為持遣ス。四時頃帰来ル。如例四十八文遣ス。○五時過、米つき政吉来ル。玄米三斗壱升舂しむ。昼時舂畢。つきべり、五升七合、糖六《(ママ)》升五合。糖ハ政吉払遣ス。六升五合、代八十四文也。昼飯給させ、つきちん百四十八文渡遣ス。○四時過、山本半右衛門来ル。同人も時病気ニて、且、風邪の由ニ付、笹だんご一包遣ス。暫して帰去。○暮時頃、靏三来ル。太郎と雑談、将棋を取出し、両三度勝負致、四時頃帰去。しんちう小田原ちようちん貸遣ス。

一太郎容躰、昨日と替ることなし。

○**廿七日**癸巳　小雨　四時頃ゟ雨止　不晴　冷気　夜ニ入五時頃ゟ雨

一四時頃、お国来ル。メジナ鯛壱尾・カスコ鯛壱尾・大鮑壱ツ籠ニ入、太郎見舞として持参、被贈之。謝礼申述。ほど無帰去。○今日、恵正様御祥月忌ニ付、四時過より深光寺へ参詣。諸墓掃除致、水花を供し、拝し畢。帰路いろ／＼買物等致、八時過帰宅。○右留主中、松村儀助来ル。太郎、今日は不出来ニて、儀助被参候へども、物語も致さず、打臥居候。儀助ニ、盆ちようちんニ蓑笠様御戒名等筆工を頼候処、早束認被呉候。其後暫して帰去。

一昼前、おさちヲ以、伏見ニメジナ鯛壱尾・嶋鯛壱尾、共ニ二尾為持遣ス。

一今日、恵正様御祥月忌ニ付、御画像床の間ニ掛奉る。神酒・もり物なし。くわし供之。昨日逮夜も、右同断。

○太郎、昼後ゟ発熱、不出来ニ付、今日は朝壱度、雷火針を用るのミ。今夕ハ延引ス。

○廿八日甲午　曇　八時過ゟ半晴

一今朝、高橋留之助、太郎見舞ニ来ル。○昼後おさち、入湯ニ行、八時前帰宅。

一八時頃、政之助来ル。暫く雑談後、八半時過帰去。○太郎、今日も昨日と同様。但、発熱無之故ニ、雷火針両度用。○夜ニ入、靏三来ル。一昨夜貸進の小田原ちようちん被返、雑談後、五時頃帰去。

○廿九日乙未　雨　雷　八時頃ゟ雨止　不晴

一今早朝、みち自、田村ニ行。右は、太郎不出来、且、胎殊の外疲痨之様被存候、不案心（ママ）候間、田村ニ委細容躰をつげ、薬を乞ふ。則、別煎五貼を被授。本方ともに受取、四時前帰宅。誠ニ心配涯なし。○八半時頃、田村宗哲来診。太郎診脈の上、如例、煎茶・くわしを出して、其後帰去。○右同刻、織衛来ル。太郎と雑談、夕七半時過帰去。

一夜ニ入、靏三来ル。先日貸進のあさひな六輯五冊被返。右謝礼として、小半紙五帖・紹半ゑり一掛・仕合ぶくろ壱ツ被贈。此方ニても、先月中ゟ借用の尾張名所図絵、残らず今晩靏三ニ渡、返之。雑談後、五時過帰去。

一今晩ゟ檐先ニきりこ灯籠可出処、当年ハ蓑笠様御新盆ニ付、白丸ちようちんを今晩ゟ掛る。○太郎、昨日と同偏ニて、兎角咽吭・胸痛、難義也。

○七月朔日丙申　晴　折〻曇　夜中雨

一今朝、清介娘、如例教を受ニ来ル。此せつ太郎不快ニて迷惑なれども、太郎教遣され候様申ニ付、教遣ス。先月四日の儘ニて来ル。○夕七半時過、梅むら直記来ル。先月中借置候国史略壱の巻一冊被返、右請取、三の巻壱冊貸遣ス。二の巻貸可遣処、文蕾ニ貸置候間、三の巻を貸遣ス。雑談後、暮六時前帰去。

一太郎、今日は少〻快方ニ候へども、小便不通じ、且、痰出、難義也。

○二日丁酉　雨終日　夜ニ入半晴

一四時過、次郎右衛門来ル。教を受て帰去。○昼前、半右衛門来ル。伝馬町へ参り候由ニ付、水飴買取呉候様頼、ふた物弁代四十八文渡し遣ス。日暮て帰来ル。則、頼候水飴持参。杉大門寺僕作候て売候あま酒、風味よろしき由ニて、一曲と丶のへ、太郎江被贈。夫ゟ暫く雑談時をうつし、四時帰去。右之外、使札・来客なし。

一太郎、今日は昨日ゟ気分不宜、且、小便兎角不通也。右之外ハ替ることなし。夜分ハ相応睡候様子也。

○三日戊戌　晴　秋暑

一昼時過、飯田町御姉様、おつぎ同道ニて、太郎見舞として御入来。胡瓜五・梨子五ツ、太郎・おさち江被下。且亦、六月分薬売溜金二朱ト三〆百八文、上家ちん金壱分ト二百七十八文御持参、外ニ金壱両被下之。右は、太郎長病、此方物入多故ニ、薬料之助ニなさんとての御厚情也。右受取、薬壱わり四百文、先月中整被下候益ちようちん代百文、供《（ママ）》ニ五百文上之。せん茶・あま酒・くわしをすゝめ、色〻物語の内、夕七時頃、田口栄太郎母おいね、太郎不快見舞ニ来ル。かたくり粉一包・白砂糖・ちりれんげ壱ツ・小ふた物一器、太郎江被贈之。

そば切を出し、御姉様・おつぎと共ニ右蕎麦切をすゝめ、跡ニて夕膳をすゝめ候へども、おいねは辞して不食ず、御あね様・おつぎのミ。何れも雑談数刻、夕七半時頃おつぎ・おいね同道ニて被帰去。

一長州藤浦ゟ文到来。春両度の返書也。金壱分・暦・やうじさし一ツ封入。壬四月廿三日出、一昨七月朔日、飯田町江届来り候由ニて、今日御持参被成候。○夜ニ入、靍三来ル。雑談後、四時前帰去。○太郎、今日も昨日と同様也。○留吉江明日薬取の事申付置。

○四日己亥　晴　秋暑

一今朝留吉ヲ以、薬取ニ遣ス。四時過帰来。かうやく・せんやく・雷火針到来ス。

一四半時頃、半右衛門来ル。雑談後、九時前帰去。此方庖丁研呉候由ニて持去。則、夕七時過、研候て持参せらる。煎茶・仙台糒・牡丹餅を振ふ（ママ）。雑談して、夕方帰去。

一隣家伏見ゟ、手製白玉餅一器、被贈之。謝礼申遣ス。○昼前、伝馬町江買物ニ行。太郎、餡の物食し度由申ニ付、あづき・さとう類とゝのへ、昼時帰宅。昼後、仙台糒・ぼたんもちを製作候て、太郎ニ給さしム。○太郎、今日も同様。兎角、小便不通。冬瓜を食ス。

一暮時前、田村宗哲来診。太郎診脈畢、如例、煎茶・干菓子・白玉餅を振ふ。先日ゟ所望ニ付、山梔壱本遣之。暮時ニ及、早ゝ帰去。右以前、伏見ゟ手製白玉もち一器少ゝ被贈。○暮時前、豊嶋殿ゟ、竹二本を払呉候様被申越候ニ付、価ニハ不及候間、御家僕ニても取ニ被遣候様、申遣ス。ほどなく僕来ル。鉈を貸、細竹二本伐とらせ遣ス。右謝礼として、懐中汁粉二切・梨子五贈之。

一夜ニ入、政之助来ル。雑談時を移して、四時帰去。

○五日庚子　曇　昼後ゟ晴

一今朝、媼神江参詣。右留主中、野菜うり惣吉、先日買取呉候様頼置原平持参ス。代銭ハ昨日渡し置処、四百文の方余り大く候間、三百六十四文の方買取候由也。則、昨日四百文昨日（ママ）渡置候間、三十二文余分ニ候間、右三十二文ハ惣吉ニ遣ス。

一伏見ゟ、先日貸進の俠客伝四集被返。右請取、此書四集ニて畢の由申遣ス。

一稲毛屋由五郎ゟ、七夕祝儀として、素麪小十五把贈来ル。○昼後、今戸慶養寺ゟ、使僧ヲ以、施餓鬼袋贈被越。

○暮時前、隣家林ゟ、唐茄子飯一器到来ス。

一日暮て、松村儀助来ル。太郎面談、雑談数刻、四時頃帰去。但、弁当料金二朱ト五十二文、松村ニ頼、長友方へ届貰ふ。○太郎、今日は不出来。兎角ふさぎつよく、胸腹はり、難義也。然ども、三度の食物ハ二椀を食ス。実ニ大病也。

○六日辛丑　晴

一今朝、太郎病気吉凶幷ニ医師転薬を、売卜歌住左内方へ問ニ行。右佐内被申候は、転薬医師ハ戌亥或ハ未申、南方宜し。又、太郎容躰ハ地山謙と申卦ニて、治し難し。治するとも長しと申候。扨ゝ心配かぎなし（ママ）。夫ゟ伝馬町江罷越、色ゝ買物致、昼時前帰宅。○四時過、文蕾・半右衛門来ル。雑談時を移して、九時過帰去。文蕾江青砥前編五冊貸遣ス。○松村儀助、太郎江頼候て、大和本草十冊求呉候様申ニ付、とゝのへ遣ス。代金二朱ト四十八文遣ス。

○七日壬寅　晴　昼後ゟ折ゝ雨

一松宮兼太郎、七夕祝儀として来ル。○昼後清助、娘同道ニて、祝儀としてうちわ一本持参して、来ル。ほど無帰去。○山本半右衛門内義、太郎見舞として来ル。早ゝ帰去。

一八時過、田村宗哲来診。今朝薬取遣し候せツ、見舞呉候様申遣し候故也。太郎容躰を告、診脉後、せん茶・くわしを出し、暫し雑談して帰去。○今朝、留吉ヲ以、田村江別煎・かうやく取ニ遣ス。四半時頃帰来ル。代銭四十八文遣ス。

一四時頃、梅村直記、太郎見舞として来ル。松岡ニ今日発句開会候由ニて、早ゝ帰去。

一今日七夕祝儀、赤飯・一汁二菜、家内一同祝食ス。如例、終日閉門也。

一太郎容躰、昨日ニ同じ。但、小水少ゝ余分ニ通ズ。大便壱度。朝飯二わん、昼、赤飯二椀。八時過、だんご汁粉二わん。其間、塩せんべい少ゝヅ、食之。○夜ニ入、松村儀助来ル。雑談して、四時頃帰去。所望ニ付、飲膳摘要貸遣ス。

○八日癸卯　曇　昼後ゟ雨

一太郎、口中或は舌先江小瘡出来。先頃ゟ口紅をつけ候へども、功なし。右ニ付、今朝、おすき屋町池田屋と申薬種店ニよき口中薬有之由、靏三物語に承り及候由太郎申ニ付、早朝買ニ行。則整、帰路、植木屋富蔵方へ立より、今戸慶養寺江使申聞、帰宅。其後、太郎、砂糖漬を好ミ候ニ付、直ニ久保町薬種店江買取ニ行、序ニ白麻切、伊勢屋長三郎方ニて買取、帰宅ス。

一四時頃、半右衛門来ル。一昨日頼候白銀、三匁八分の方買取、持参せらる。此銭四百十一文也。則、金壱分渡

し置候間、金二朱ト四百一文被返。右請取、暫物語致、九時過帰去。

一夜ニ入、織衛来ル。堅くりめん七把・紫蕨少ミ被贈。雑談数刻、四時帰去。

一太郎、今日も小水不通、昼七度、夜中壱度、少ミヅヽ。大便壱度通ズ。食事ハ二わんヅヽ、三度。其間、砂糖づけ・塩せんべい・かるやきを食ス。夜ニ入、かたくりめん少ミヅヽ、二椀食之。其外替ることなし。小水不通ニ付、梹榔子・赤芍二味細工させ、当分ニ致、是ヲ用候へバ小水通じ宜敷由ニ付、一昨六日ゟ用之。又、なめくじりを酢ニてとき、臍下ニ張候へバ、是も通じよろしき由ニ付、是ヲもなめくじりを尋候て、張之。

○九日甲辰　雨或は晴

一今日、太郎、小水不通ニて、天明ゟ暮時、両度のミ。此故ニ、苦痛いふべからず。何にともせん術なく、伏見岩五郎幷ニ半右衛門を招き、相談致、南未申或は戌亥の方ニ良医あらバ世話致呉候様頼候得ども、良医なしい（ママ）われ候ゆへ、先田村を呼よせ、容子委しく咄し候様被申候間、其意ニ任、直ニ半右衛門、田村方被参、委しく容躰を告、来診の義申入候へども、今日は参難由ニて、別煎三貼を授らる。半右衛門、右薬を携、暮時前帰来ル。則、今晩之内ニ二貼煎用致候様被申候ニ付、直ニ煎じ、四時頃迄ニ用畢。半右衛門ニ夕膳給させ、明日当番の由ニ付、暮六時過帰去。

一太郎、別煎用、六時過小水一度、五時過大便通ズ。都合小水三度也。食事、朝昼両度かるく二わん、夕方、すあま汁粉一わんと少ミ。其間、塩せんべい・さつまいも・西瓜少ミ食之。今日もなめくじり酢ニてとき、臍下ニ朝夕両度張之。又、螺を酢ニてとき、足の土ふまずニ張候へば、小水よく通じ候由、人の教ニより、直ニ田にしを梅村方へ貰ニ遣し候所、直記他行ニ付、とり難候間、帰次第取可遣、同人母義被申候ニ付、いたづらニ帰宅して右を告。

○十日乙巳　雨　四時頃ゟ雨止

一今朝、直記方ゟ、昨日頼置候螺少ゝ被贈之。則、蕎麦粉ニ螺を煉交、酢ニてとき、土踏ずへ張置。何とぞ通あれかしと祈。旧冬ゟ信心おこたらず、所ゝニ只〳〵全快を祈のミ。外ニ他事なし。○昼時過、太郎、西瓜・塩せんべい好候間、即刻買ニ行、品ゝ買取、ほどなく帰宅。○夕七時過、田村宗哲来診。太郎容躰を告、診脉之所、小水不通の故ニ、腫気腹ゟ脚ニ余ほ（ママ）有之。右ニ付、本方・別煎とも転方致、一日に烏犀角二分ヅヽ、用ひ候様被申、又、挽わり麦并ニあづき食し候様被申候ニ付、用之。折から、直記被参居て、サイカク其外とも買ニ行べしと被申候間、則、其詞ニ随、代金壱分渡し遣ス。ほどなく買取、帰来ル。サイカク、六分ニて十二匁の由ニて持参。直ニ薬ニ入、太郎用ひシム。田村ハせん茶・くわしをすゝめ候て、帰去。○其後、政之助・隣之助来ル。隣之助、梅がへでんぶ壱曲被贈。其後、靍三も来ル。此人ゝに、良医あらバ、太郎転薬可然存候間、教呉候様頼候所、志摩守様の医師ニ喜多見と申医師、先此辺ニては宜敷由被申候間、太郎ニ申聞。宜敷由申ニ付、直ニ靍三ニ頼、明日ニも見舞呉候様致度由頼置。靍三、其後帰去。人ゝ暮時前帰去。○太郎、今日、小水天明ゟ暮時迄六度、夜ニ入天明迄両度通ズ。昼夜ニて八度也。大便ハ不通也。今日、朝飯かるく二わん、昼飯壱椀半、夜ニ入、汁粉壱わん・挽わん（ママ）麦二わん。其間、西瓜・塩せんべいのミ。舌上ニ小瘡出来致、食事の障ニ成、難義也。盆前取込の上、太郎大病ニて、心のうれひやる方もなし。

一今日昼前ゟ、富蔵ニ申付、今戸慶養寺へ、盆供并ニ施餓餽袋、入院祝儀為持遣ス。吉尾氏の墓ニ花ヅヽ、取かへ、水花を供し、帰路、浅草観音ニ、さいせん并ニ御供米一袋納させ、又、みそ等お買せ、夜ニ入帰来ル。則、ちん銭二百四十八文遣ス。夕膳給候様申候所、宿へ持参致度由ニ付、夕膳、サイ・飯も為持、帰し遣ス。

一宗村お国、八時頃帰来ル。右は、久保町ニ良医有之由申候間、委しく尋候所、右は蘭方のニ付、延引ス。両三度参り、帰去。

○十一日丙午　南風　晴　折ミ急雨度ミ

一今朝、織衛・清助、太郎見舞ニ来ル。清助ハほどなく帰去、織江(ママ)ハ暫して帰去。右以前、半右衛門来ル。此せつ太郎大病ニて、何事も手ニ不附候間、精霊様とうろふ張替頼置。深田およし、半右衛門を迎ニ来ル。右ニ付、帰去。○しなのや重兵衛、太柄うちわ壱本持参。炭の用申遣ス。○同刻、荷持太蔵、喜代太郎と中外荷持同道ニて、来ル。右喜代太郎ハ、此ほど助荷持ニ相成、此方つゞらハ、右喜代太郎上下ゲ致候由申之。当月分給米二升渡し遣ス。○昼時、靍三来ル。昨日頼候医師喜多見玄祐、今日は当番ニ付、今夕歟明朝見舞候由被申之。今朝、太郎平愈(ママ)を祈ん為、直記・靍三・政之助、目黒不動尊江百度参り致被呉候由、半右衛門告之。奇特と事(ママ)と、感涙嘆息致のミ。○昼後、しなのや重兵衛、炭二俵持参。内壱俵ハ切炭。代金二朱渡し、百八十四文つりをとる。○水谷嘉平次、太郎見舞ニ来ル。太郎、小水不通じの義物語致候所、夫ニハよき薬有之、嘉平次、庭ニうゑ置候木こくと申木をせんじ、用候へバ、小水通じ宜敷由被申候間、少ミ貰度由申候得ば、取ニ被遣候ハゞ上申べしと被申候ニ付、昼前荷持参り候せつ、太蔵ニ申付、右之品少ミ貰呉候様申候へバ、承り候と申、帰去。夕方、右木こくの葉壱包持参。則、人足ちん十六文遣ス。○夕方、松五郎来ル。右は、明日深光寺へ為持遣し候花ヅヽ、切ニ来ル。則、花ヅヽ七対切とらせ、其外水抔汲込、ちん銭三十二文遣ス。ほどなく帰去。

一右同刻、政之助、今朝不動尊江百度参り致被呉候せツ、御鬮とさゝ壱本持参ス。右請取、謝礼を申置。○夕七半時過、半右衛門、先刻頼候仏前つくり花・土鍋買取来ル。夫(ママ)、とうろふを張、暮時前帰去。○夜ニ入、松村儀助来ル。暫して帰去。

一太郎、今日も同偏。但、小水、天明ゟ暮時迄八度、大便ハ通じなし。挽わり飯、朝二椀、昼同断、夕膳二わんと少〻。其間、西瓜・塩せんべい・さつまいも。夜ニ入、汁粉一わんを食ス。今晩、天明迄四度通ズ。舌上の小瘡、甚痛つよく、難義致。不便かぎ《（ダク）》りなし。

○十二日丁未　晴　折〻急雨　昨日の如し

一今朝、おすみニ申付、深光寺へ盆供為持遣ス。諸墓花ゾ、取替、そふぢ致候様申付遣ス。帰路買物代、花代とも、四百文為《（ママ）》遣ス。九時過帰来ル。申付候買物、麦・あづき・大根買取、持参ス。則、人足ちん百文。昼飯給させ、帰し遣ス。

一右同刻、勘助方へ人足申付、田村宗哲方へ、薬礼幷ニ薬取ニ遣ス。是また買物申付、三百文為持遣ス。九時前帰来ル。買物代、四百文の内四十八文残る。

一四時頃、松村儀助来ル。暫して帰去。○同刻、織衛来ル。信州寒ざらし一袋、太郎江被贈。是亦暫らく、儀助ゟ先江帰去。○昼八時過、靏三紹介之医師、北見玄又来診ス。太郎、午の年ゟ是迄之容躰を告、診脉。足痛之方ハ穿踝瘡ニ紛なし。右之故ニ骸大ニ衰。先骸を補、足痛の方ハ、いたミ水ニて取候方然るべしとて、則、煎薬三貼、かうやく只今持参不致候間、夕刻取ニ可遣旨被申候て、帰去。○其後、靏三来ル。右之医師被参候やと被尋、先刻被参、薬貰受候由申示。暫して帰去。○同刻、山本半右衛門来ル。転薬の義咄し、煎薬貰受、かうやくハ今晩取ニ遣スべき旨申候へバ、後刻半右衛門取被参候様被申候ニ付、頼置。半右衛門、暮時、右かうやく、玄又方ゟ取候て来ル。則、受取、謝礼厚く述。かうやく壱枚・口中散薬一包来ル。直ニ半右衛門ハ帰去。○今日、精霊様御迎だんごを、おさち替る〴〵、やうやく暮時挽畢。此せつ太郎大病、人出入多く、霊祭等ニて昆《（ママ）》ざつ限なし。○太郎容躰、天明ゟ暮時迄、小水八度、夜ニ入天明迄六度。気分ハ昨日と同様也と云。口中痛甚しく、麦飯の粥・冬瓜・さつまいも、朝昼夕二わんヅ、食之。其間、白玉汁粉・あづき等の様物のミ。夜ニ入、口中薬天明迄三度用。

○十三日戊申　晴　或は雨或は晴

一今朝、伏見ゟだんご壱重・但馬せんべい、内義ヲ以被贈。謝礼厚く申遣ス。

一其後、文蕾、去ル十日貸進之青砥後編合巻二冊被返、尚亦所望ニ付、朝夷嶋めぐり初輯五冊貸遣ス。○今朝、勘助方ゟ薬取人足来ル。昨日申付置候故也。容躰書差添、薬取ニ熊野横町志摩守様御内、北見氏江遣ス。九時前帰来ル。煎薬六貼・かうやく一枚到来ス。○夕七時前、北見氏来診せらる。太郎、昨夜ゟの容躰を告。足痛ミに、昨夜北見ゟ参り候かうやく張候所、おびたゞ敷火ぶくれニ成候由申、則痛所見せ候所、北見氏被申候は、是ニて至極宜敷由ニて、火ぶくれの所鋏ニて破り、悪水を取、かうやくを被張。則、明日張かへ候かうやく二枚を授らる。尚又水出候方宜敷被申候て、帰去。

一今朝、如例之、御霊棚を掛、諸霊位うつし奉り、棚瓜二ツ・ゆでさつまいも、家例之如くだんごを製作致、諸霊位・無縁迄供之。香華水とも如例之。暮時、玄関前ニて御迎火焚之。太郎、病中ニて拝礼ス。

一太郎容躰、昨夜ゟ足痛致、外踝の方へ北見膏薬張候所、殊の外火ぶくれニ成、痛、昨夜ねむりかね、今朝も内外とも痛候と云。今日食事候物、麦飯、朝昼夕二わん。其間、だんご・さつま芋・西瓜を少〻食ス。今日北見氏被申候は、玉子或は鰻小串二くしくらい給候方、反て勢をつけて宜敷ニ付、今夕は鶏卵壱ツ、冬瓜とぢニ致、食之。小水、昼八度、大便壱度、夜ニ入七度通ズ。口中薬、天明迄三度用ゆ。

○十四日己酉　晴

一昼時、半右衛門来ル。暫して帰去。今ゟ大久保江被参候由ニ付、土びん買取呉候様頼置。

一昼時過、芝三田家主丸屋藤兵衛来ル。手みやげ、窓の月壱折持参。時分ニ候間、昼飯給させ、雑談後帰去。○昼後、半右衛門来ル。先刻頼候土びん買取、持参せらる。代銭八十八文の由ニ付、則渡之。出来の物ニて、夕飯振舞、暮時帰去。○右同刻、悌三郎来ル。せん茶・牡丹餅を出し、窓の月同断。雑談後、四時前帰去。○右同刻、宗村お国、太郎見舞ニ来ル。ほど無帰去。○夕方、おさちを勘助方へ、明日薬取人足申付遣ス。ほどなく帰宅。

一今日、御霊棚御料供。朝、さと《（ママ）》も・油あげ、汁唐なす、香の物なすび。昼料供、皿、ずいきあへ、汁白みそ、冬瓜・めうがこ・椎茸、香の物白うり。八時、仙台糒・ぼたんもち・煮ばな、香の物。昼わん、あげもの・にばな、香の物なたまめ。夜ニ入、神酒・ひやしとうふ。もり物なし・巴旦杏。すべ《（ダク）》て先例之如し。

一太郎容躰、今日は又ゝ腹満、足痛・口痛ハ少ゝ宜敷。小水昼九度、夜ニ入七度、大便壱度。昼夜ニて十八度也。食し候物、昨日の如し。

○十五日庚戌　晴

一今朝、勘助方ゟ薬取人足来ル。則、薬取ニ遣ス。暫して帰宅。煎薬六貼・かうやく三枚・散薬壱包到来ス。○昼前、半右衛門来ル。此せつ太郎大病、盆祀ニて取込居候間、内庭・外庭とも穢れ居間、半右衛門見かねて、内外の庭を掃除致被呉。昼飯を振舞、八半時過帰去。○其後、深光寺ゟ、納所棚経ニ来ル。施餓鬼持参、経勤畢、帰去。如例、布施四十八文遣ス。施餓鬼袋持参ス。○八時頃、文蕾、内義ヲ以、朝ひな初編五冊被返。右請取、二集五冊貸遣ス。○暮時前、半右衛門又来ル。蓮の飯・きなこだんご振舞、小児江くわし一包為持遣ス。明日当番の由ニ付、小土瓶壱ツ、太郎所望ニ付、あハやニて唐まんぢう買取呉候様頼、代銭二百文渡置。五時前帰去。

一今日、御精霊様朝料供、ごま汁・なすさしみ・香の物丸づけ。昼料供、冷さうめん。其後、蓮の飯・にしめ・にばな・香の物せうが。夕方、きなこだんご・にばな・香の物胡うり。其間西瓜を供之。○太郎容躰、今日は足痛つよく、気分も随而悪敷。小水、天明ゟ暮時迄九度、少しヅヽ通ズ。大便朝夕二度通ズ。食事、丸麦飯、朝、玉子いりニて二わん、昼飯、唐瓜・さつまいも・かんぴよう・うす葛、食之。夕方、かたくりめん一わん。其間、西瓜・さつまいも・だんご《(ダク)》・但馬せんべい。夕方、だんご少ゝ食之。北見氏、折ふしうなぎ・たまごの類食し候方宜敷由被申候間、昨今玉子を用、今日ハうなぎ二串を食ス。小水、昼九度、夜ニ入五度通ズ。大便朝夕両度通ズ。今日ハ足痛・腹痛致、不出来也。麦飯、朝二わん、昼いり玉子ニて壱わん半、夕飯ハ鰻小串二くし・冬瓜・さつまいも・薄葛ニて二わん。其間、だんご・西瓜・さつまいも・窓の月少ゝを食ス。

○十六日辛亥　晴　小風

一今朝料供、汁、もミ大こん・里いも、皿、なす・十六さゝげ・ひようなごまよごし、香の物、塩づけ茄子。終テ挽茶を供し、御棚を取こわし、如例夫ゝ江納置。夜ニ入、玄関前ニて御送り火を焚く。

一今朝、靏三来ル。太郎と物語致、四時過帰去。○五時過、宗村お国、深川菩提所江参り候由ニて来ル。太郎、鮓を好候ニ付、四十八文渡し、買取呉候様頼遣ス。

一昼八時頃、清助、娘同道ニて来ル。ほど無帰去。○昼後、おさち入湯ニ行、八時過帰宅。

一八時頃、讃州高松様御家臣佐藤理三郎ゟの紙包届来ル。理三郎、此せツ讃州金毘羅の地ニ在留致居由也。紙包書状在中、唐紙江書候画(アキママ)。返書出候ハヾ、深川永代寺ニ逗留之者有之候間、右方へ出候様被申候。尤、右之者も両三日中ニ出立致候間、返書出候ハヾ早束出候様被申候得ども、太郎長病、此せつ大病ニて、中ゝ返書出候事難成候間、其段申遣ス。〇八時過、梅村直記、太郎病気見舞ニ来ル。暫して帰去。

一夕七半時頃、お国深川ゟ帰来ル。今朝頼候鮓壱包買取、外ニ壱包塩せんべい三枚、お国ゟ太郎江被贈。夜食給候様すゝめ候へども、一刻も早く帰り候方勝手の由ニて、早ゝ帰去。

一右同刻、政之助来ル。雑談後帰去。〇夕方、勘助方へ人足申付、北見江薬取ニ遣ス。ほど無帰来ル。かうやく三枚・煎薬六貼到来ス。〇太郎容躰、小水昼九度、内両度ハ沢さんニ通ズ。夜ニ入、暮時過大便壱度、小水六度。食事ハ昨日の如し。其間、鮓五ツ・塩せんべい・さつまいも・あづきを食ス。兎角胸はり、足痛にて気分も不宜、心配也。

〇**十七日**壬子　雨終日　夜ニ入尚雨

一昼時前、山本半右衛門、一昨日頼置候土瓶・唐まんぢう買取、持参せらる。唐饅頭壱分の由ニて数十壱也と言。土びんも壱匁ニ候間、代銭十六文不足ニ候間、則十六文渡し、謝礼申述。番町江参り候由ニて、ほどなく帰去。七時頃又来ル。是亦ほどなく帰去。

一夕七時過、北見玄又来診。太郎、今朝は不出来の由容躰を告、診脉せらる。かうやく用切候間、三枚貰置。せん茶・くわしを出し、其後帰去。〇今日太郎容躰、昨日より不出来。小水昼八度、大便壱度、夜ニ入大便壱度、小水五度、何れも少ゝ候也。食物、麦飯・あづき等ハ日ゝ同じ。其間、唐饅頭・白玉汁粉・さつまを食ス。口中も亦痛、難義也。昼飯は鍋、玉子を菜とス。おさち此せツ寸暇なし。奔走ス。

○十八日癸丑　雨

一今朝、勘助方へ人足申付、北見ぇ薬取ニ遣ス。ほどなく帰来ル。煎薬六貼・かうやく三枚、外ニかうやく一貝到来ス。○昼時前、太郎見舞、看病之為来ル。梨子・ふぢまめ等持参ス。供人ハ直ニ帰ス。おつぎハ止宿ス。先日のふた物二つ、おつぎ供人ニ渡し、御姉様文壱通為持遣ス。○八時過、半右衛門来ル。雑談、ほど無帰去。

○太郎容躰、今日も不出来。腹痛・足痛、且気分も宜しからず、食事も少〻減じ、朝、麦飯二わん、昼、壱わん、夕飯、あづき粥二わん。其間、白玉・さつまいも等少〻ヅ、食之。小水、昼八度、夜ニ入五度、都合十三度、少しヅ、通ズ。天明前、大便両度、なめらかに通ズ。且、口中又〻痛をおぼえ、食物ニ難義也。

○十九日甲寅　半晴

一今朝、北見へ薬取行、四時過帰宅。○おつぎ、今日飯田町ぇ可帰処、太郎不出来付、今日も逗留して看病ス。

○太郎容躰今日は不出来。昼後ゟ悪寒発熱甚しく、右故ニ舌上も足痛も甚しく、苦痛致候間、替る〴〵撫り或はもみも致、心配ス。食物、今日は、朝、麦飯二わん、昼、鰻二串・白飯、夕飯ハ、麦飯・冬瓜・露ふぢまめ二わんを食ス。其間、さツま芋・あづき。昼後発熱致候故ニ甚しく活（ママ）き、西瓜を好候ニ付、おさち所〻かりめぐり、やうやく西瓜を得て帰宅。直ニ給さしむ。七、八切を食ス。小水八度之内、一度沢山ニ通ズ。夜ニ入、天明迄五度、少〻ヅ、昼夜ニて十三度也。○夜ニ入、靍三来ル。暫して帰去。

一山本半右衛門小児、喜三郎、水瀉二、三十度ニ及候由。奇応丸一包百粒遣ス。

○廿日乙卯　曇　昼後晴　夜ニ入五時過ゟ大雨

一今朝、文蕾、先日貸進の巡嶋記三集五冊返る。所望ニ付、四集五冊貸遣ス。其後又来、椿餅小重入壱重被贈。雑談後、太郎病気ニ付売卜に占せ候由ニて、出生年月時日書付候て持参致、帰去。○昼時、山本半右衛門来ル。踏込・ながし朽損じ候間、つくろい被呉候由ニて、釘買取、持参せらる。釘代四十文直ニ渡ス。則、昼飯を振舞、入口・ながし、是迄板を布有之所、右之板引放し、土間ニ被致、八半時過拵畢、其後帰去。ずいき所望ニ付、二株程拵候を笊ニ入、遣ス。○昼後、下掃除友次郎来ル。六月のまゝ也。此方両厠少ゝヅ、汲取、帰去。○八時過、豆腐屋松五郎妻おすみをヲ《ママ》以、おつぎヲ飯田町ぇ送らせ遣ス。帰路買物申付遣ス。西念寺横町鈴木幾三郎方へ、正持ゟ頼候書状為持遣ス。夕七半時過、おすミ帰来ル。西念寺横町鈴木氏ぇ書状届、請取書持参ス。飯田町、切もち・冬瓜を被贈。おすミへも切もち・うちわ等、飯田町ニて被下候由也。黒丸子五・奇応丸小包十五、今日おつぎぇ渡ス。

一太郎容躰、昨日より少し快よく、朝昼夕食事替ることなし。其間、西瓜・せんべい・さつまいも食ス。小水、昼八度、夜ニ入五度、何れも少しツ《ママ》也。昼夜ニて小水十三度、大便ハ今朝ゟ三度、なめらかに通ズ。今日、なめくじらを二ツ火ニてあぶり、白湯ニて用ゆ。小水通じ候為也。○暮時前、おさちを勘方《ママ》へ遣ス。明日薬取人足の事申付遣ス。

○廿一日丙辰　暴雨　八時過ゟ雨止　不晴　夜中亦雨

一五時過、勘助方ゟ薬取人足来ル。則、薬通箱為持遣ス。昼時前帰来ル。申付候買物品ゝ整、請取置。○昼後、梅村直記来ル。太郎見舞申入、早ゝ帰去。

一今朝、半右衛門方へ、小児不快見舞ニ遣ス。昨日と同偏ニて、不食也と。白玉の粉、只今ゟ半右衛門買ニ可参由被申候ニ付、手前ニ寒晒有之故ニ、小重ニ入、遣之。帰路、おさちなめくじり五ツ持来ル。直ニ二ツを火ニ炙り、太郎食させ候。昨日の如く小水通じの為也。〇夕七時前、北見元又来診。今朝、見舞之事申入候故也。十七日ニ来診、五日め也。太郎診脉して、煎茶・くわしを薦畢、其後帰去。

一夕七時過、文蕾ゟ、昨日貸進之巡嶋記四輯五冊被返。右請取、五輯四冊貸遣ス。〇太郎容躰、今日は熱気少こ醒候へども、足痛・腹痛。小水、昼八度、夜中五度、大便三度、べと〳〵《ダク》也。昼夜ニて小水十一度也。朝昼夕三度、麦飯二わんヅ、食之。其間、白玉餡をつけ、せんべい・さつまいも等を食ス。舌上・口中とも痛つよく、たべ物不自由、困り候。

〇廿二日丁巳　晴

一今朝、おさちを以、長いも・麩・冬瓜を煮候て、山本江為持、やう子承り候所、昨日此方ゟ遣し候君かげ草《ダク》を用候てゟ大ニよろしく、今日はなめも通じ不申、白き物のミにて、気力もよく、菓子を給居候由、おさち帰宅して告之。〇四時頃ゟおさち、伝馬町江太郎食物を買ニ行、昼時前帰宅。〇四時過、芝田町宗之介方ゟ、茂太郎を使として、手紙差添、琴光院様来ル廿四日七回忌御相当ニ付、壱分焼饅頭十七入壱重、外ニ太郎方へ見舞として木の葉せんべい壱折、贈来ル。おまち・お梅ゟも文到来。お梅へ先日した〻め置候文壱通、宗之介・おまちへ返書、謝礼申遣ス。明後廿四日、広岳院ニて七回忌法事致候由申来ル。然ども、此方太郎大病の故ニ、参詣致かね候由申遣ス。略儀乍、此使ニ金五十疋香料として状箱ニ納、遣之。

一八時頃、半右衛門来ル。ほどなく帰去。〇八時過、田村宗哲来診。太郎容骸《ママ》を告、診脉せらる。雑談、茶をせんじ、焼まんぢうを出ス。所望ニ付、直ニ包、遣ス。暫して帰去。

一水谷嘉平次、太郎見舞ニ来。小水通事に、白きうりのからまり候手、妙薬由ニ付、若又望ミ候ハヾたくわへ置候間、可被遣旨被申之。何れ戴ニ上可申挨拶致、帰去。

一夕七時前、清右衛門様御入来。小水通事薬、小日向大日坂上ニて買取候由ニて、御持参被成候。二日半分ニて二百文の由也。且、売本代の事、太郎被申、又壱冊神農本経板本壱冊清右衛門様へ渡、頼置。雑談後、帰さらる。○夕方、八月分御扶持渡る。取番兼太郎差添、車力壱俵持込、請取置。勢州米也。三斗九升二合と贈《（ママ）》有之候へども、三斗九升アリ。○右以前、靍三、太郎見舞として来ル。急候由ニて、おさち挨拶致、早ゝ帰去。

一太郎容体、今日も不出来。寒熱気分閉、足痛、小水通事不宜。食事三度、内、昼飯ハ白飯ニてうなぎを食ス。其間、堅くりめん壱把・さつま芋・せんべい等、昨日の如し。清右衛門様御持参の小日向小水通事張薬、今晩ゟ用ゆ。右は、酢ニて解、臍下壱寸ほど下の方へ小判形ニ塗置、乾候へバ又ゝ塗候由也。小水、昼七度、少しヅヽ、夜ニ入五度、大便両度、且腹痛ス。○夕方、米つき政吉来ル。右は、御扶持舂べき由也。未ダ御扶持不参、何れ今夕歟明日は参可申候間、廿八日迄ニ可参候様申遣ス。

一去年五月迷猫の産候同六月十二日出生の男猫、仁助と名づけ候猫、太郎不快ニ付、無拠外ニ遣し度の所、幸宇京町ニのろと申御番医方ニて望候由ニ付、遣ス。夕方、右之御医師の塾、清助娘同道ニて迎ニ来ル。則、遣ス。是迄秘蔵致ゆへ、誠ニふびんニ存。いくゑニもおしまれ候へども、右猫有之故ニ太郎大長病可成候ニ付、遣し候物也。

○廿三日戊午　晴

一今朝、山本半右衛門を頼、北見元又江薬取ニ参り被呉候様申入候所、早束承知被致、直ニ此方へ来り、太郎容躰を委敷物語、右之段北見江御申被下候様頼、薬紙三頼遣ス。四時前、半右衛門帰来ル。煎薬六貼・かうやく三枚・口中散薬壱包来ル。半右衛門ハ直ニ帰去。〇昨日遣し候猫、おさちヲ以やう子為聞候所、よくしばり置候得ども、五時頃何方へか参り候由。おさちうちおどろき、帰来て告之候間、うちおどろき、なげくことやゝ久敷。ふびんやるかたもなく、さぞ《(ダク)》かし食物にこまり、なん義可成存、是亦秘蔵致候養猫、俄に迷猫ニ成、難義かぎりなかるべしと存候得バ、ふびん一入ニて、愁傷の事也。〇八半時、塩売うり《(ママ)》松蔵ニ承り候由ニて、志田九郎町組屋敷与力板倉の下女、猫を貰ニ来ル。右使ニ、昨今猫の物語致、昨夜何れへか行候て行衛知ざるよし咄し、使も本意なく帰去。此使今一日早く昨日ならバ、行衛知ざる様なる事あるまじくと悔思へども、せん方なし。

一七時過、文蕾内義、一昨日貸遣し候朝夷五輯被返。所望ニ付、同書六輯五冊・質屋庫五冊貸遣ス。〇夕方、文蕾、内儀ヲ以、百合かん・煮こがれい二ツ被贈之。夜ニ入、文蕾、去廿日太郎出生年月日時書付持参致され候所、太郎生れニハ廿七日ならてハトし難よし。医師方角を問処、八字生来ニてトし候間、文政十一年の暦ニて文蕾みづから書付被参候由ニて、右書付持参せらる。右請取、謝礼申述、帰去。右之書付太郎見せ、然らバ野呂氏如申、明日早束清助方へ申遣し、見舞呉候様頼遣べしと也。

一暮時前、米つき政吉来ル。明日御扶持可舂由申之。其意ニ任、明日可参申遣し、帰去シム。〇太郎容躰、昨今不出来。足痛甚しく痛、かくてハ胎弥おとろふべく、心うれい候間、明日は野呂氏に転薬可致存也。小水昼八度、夜ニ入五度、天明ニ大便少ゝ通ズ。昼夜ニて小水十三度也。食事、朝、麦飯、昼、白飯・半ぺん・玉子むし二わんを食ス。夕、麦飯ニて小がれ《(ママ)》二ツ・百合かん少ゝ。其間、かたくりめんかるく二わんを食ス。其外は昨日の如し。

○廿四日己未　半晴　秋暑
一今朝、勘助方へ薬取人足申付、かうやく取ニ遣ス。ほどなく帰来ル。かうやく二枚来ル。

一今朝、おさちヲ以、昨日太郎と相談致候野呂氏来診の事、清助方へ申遣ス。然る、《ママ》此せつ野呂氏腫物ニて引籠被居候故、見舞難成と申候ニ付、おさち、お久同道ニて野呂氏江参り、太郎此せツの容躰申候所、先聞及所の容躰ニてハ全快あるまじく申され候由、おさち帰宅後告之。野呂氏不快の由、太郎へも申聞、暫延引ス。

一今朝、米つき政吉来ル。玄米三斗つかしむ。朝飯給させ、つきちん百四十八文遣ス。

一八時頃、山本半右衛門来ル。暫して帰去。○太郎好ニ付、牛肥取ニおさち行。船橋屋ニ無之、処ゝ尋めぐれどもたへてなく、いたづらニ帰宅ス。○太郎、足痛甚しく、苦痛も一入ニて、見るも心苦敷、何とぞよき医師もがなと心をくだけ《ダク》ども、其甲斐もなく、只ゝもミ撫致遣スのミ。外ニ術もなく、日ゝ心を痛るのミ。小水、昼八度、夜ニ入六度、昼夜ニて十四度也。三度の食物替ることなし。昼飯、鯵を食ス。夕飯、むかご・ふぢ《ダク》豆・あじ也。其間、茶づけ飯一わんヅヽ、両度食ス。○荷持喜代太郎、給米取ニ来ル。則、玄米二升遣ス。

○廿五日庚申　晴　秋暑
一四時頃、清助来ル。太郎見舞也。太郎義兎角不出来の由申候所、清助申候は、新宿の医師渡辺周徳ニ見舞頼入候ハヾ宜しからんと云。太郎ニ申聞候所、可然候由ニ付、其儀清助ニ答ふ。ほど無清助帰去。○清助帰去の後、高畑助左衛門方へ行。右は渡辺周徳は此せツ助左衛門の療治致居候間、助左衛門ニ頼、見舞の事申入呉候様たのまん為行候所、今日は当番ニて留主宅也。右ニ付、いたづらに帰宅ス。○土岐村元祐殿内義、鉄右衛門方へ参り、当年琴光院様御七回忌御相当ニ付、和睦の義被頼入候ニ付、此方ニてハ悦ニ存、此度太郎大病、幸ニ出入致候ハんとて、太郎と相談致、今日土岐村に見舞申入れんため、文をしたゝめ置。尤宗之介方へも右和睦の義申入候得ども、宗之介不承知のよし、土岐村に挨拶致候由、六月十一日此方へ参り候せツ告之。仏意ニ背、本意なくおもへど、せん術なし。

一夕方、政之助来ル。太郎不快尋られ候間、委細、医師の事色〻物語致候へバ、然ば渡辺に今ゟ参、頼申上候と被申候詞ニ随ひ、明日渡辺周徳に見舞の頼遣ス。政之助直ニ渡辺に行、暮時又帰来て告。新宿渡辺に見舞事申入候所、今日は遠九本仏辺に罷越間、帰宅夜ニ可入候間、何れ明日本所に出がけニ見舞候様被申候由、告之らる。政之助厚く謝礼申述候へバ帰去。○暮時、山本半右衛門内義、太郎見舞ニ来ル。大坂附木三把被贈。ほど無帰去。○太郎容躰、昨日と同じ。三度の食物も昨日の如し。其間、そば《ダク》がき・いも・せんべい、夜ニ入、汁粉一わんを食ス。小水、昼七度、夜ニ入五度、昼夜ニて十二度、相応ニ通ズ。暮時大便壱度通ズ。○小日向大日坂の小水通じ薬二日半、今日切ニて用畢。

○廿六日辛酉　半晴

一今朝、勘助方ゟ、昨日申付候薬取人足壱人、いづミ橋辺にハ手紙を為持、帰路、飯田町へもおつぎ借用の為申遣ス。右使四時過帰来ル。佐久間町ゟ返書来ル。飯田町ゟハ返書不来。○四時頃、清右衛門様御入来。両替町うしろ北さや町ニて、大礒之小水薬取次売候由ニて、買取、持参せらる。外ニゑこうゐんせがきの米少〻。桑の根をせんじ用、口中のあれたゞれ候ニ妙薬の由被申候ニ付、早束《ママ》裏のの垣根ニ有之候桑の根、清右衛門様御堀、直ニせんじ《ダク》、用之。

一勘助ゟ来ル候人足、壱人ハ北見に薬取ニ遣ス。四時前帰来ル。かうやく一貝、外ニのばしかうやく二枚・せんやく三貼来ル。○おさち手習師匠遠藤氏、此せツ痢病の由ニ付、寒ざらし粉小重ニ入、おさち、見舞として為持遣ス。角うちわ壱本被恵、ほど無帰宅。

一今日、終日周徳を待候へども不来。右ニ付、半右衛門を頼、周徳方へ遣ス。半右衛門先方へ参り、見舞の事申候へバ、今朝本所辺江参り、帰路御見舞可申由先方ニて被申候ニ付、尚又見舞の事念入頼、夕方帰来ル。夕飯給させ、帰去シム。○右同刻、伏見岩五郎来ル。太郎見舞也。○右同刻、おつぎ、太郎看病の為来ル。太郎好ミ候牛肥五切・煮かん瓢一器、持参ス。今晩止宿して看病ス。○夜ニ入五時前、渡辺周徳来診ス。太郎容躰、去丙午年ゟの事委敷物語致、診脈して被申様、是ハ穿踝瘡ニあらず、風(ママ)也。先、風疾の重き毒の甚しきもの也。一体に胎甚しく御疲労ニ候間、つよき事致難、先足の痛を去、夫追ゝりやうじ可致候と被申候て、せん茶・くわしをすゝめ、其後帰去。「(ママ)太郎容躰、今日も足痛甚しく、胸痛致、見るにしのびず。看病の者胸苦しき事此上なし。小水、昼七度、夜ニ入四度、大便壱度、昼夜ニて十一度也。食物ハ昨日の如し。其間、せんべい・かたくりめん・ようかん・かすていらを少ゝ食ス。○桑の根をせんじ出し、口中をたて候事、昨日の如し。

○**廿七日**壬戌　晴

一今朝、渡辺江容躰承り旁ゝ薬取ニ行。則、周徳ニ対面、周徳被申候ハ、甚御大病也。御全快心元なし。随分大切ニ可致候様、被申候。薬七貼・かうやく二貝・丸薬四包到来ス。四時頃帰宅ス。○昼時、清助妻おひで来ル。太郎病気見舞として、ようかん半さほ持参ス。雑談後帰去。○昼時過、半右衛門ニ頼、桑根を掘貰ふ。半右衛門承知被致、鍬・鋸持参して桑の根をほり、みづから洗きよめ、薬種の如く製被致候て被置。暫して帰去。

一八半時頃、宗之介、太郎病中見舞ニ来ル。長松院様御遺物のよしニて、すきや古帷子壱枚被贈。せん茶・くわし・ようかんを出し、是ゟ赤坂江参り候由ニて、早ゝ帰去。

一おさち、伝馬町江太郎好候品幷ニ薬土瓶整ニ行。出がけニ、春中松岡ゟ借用の楊弓幷ニ弦を返ス。品ゝ整、七時頃帰宅ス。○八半時頃、高松木村亘ゟ書状到来。六月十九日出也。○太郎容躰、替ことなし。足痛甚しく、不便限なし。小水通じ薬一貼、今日五度ニ用。掛目壱匁、壱度ニ二分ヅ、張之。小水、昼八度、夜ニ入五度、昼夜ニて十三度也。夜ニ入大便二度通ズ。今晩、おつぎと両人ニて看病ス。

○廿八日癸亥　晴

一今朝、渡辺ぶ薬取ニ行。せん薬七貼・かうやく一貝・口中薬三貼到来。○昼時、靍三・文蕾・助左衛門来ル。其後、悌三郎来ル。何れも太郎見舞也。雑談、靍三は先ぶ帰去、其後、助左衛門帰去、悌三郎も同断。文蕾ハ先日ゟ太郎トぜいの事書付候て持参せらる。其後帰去。○半右衛門内義、太郎見舞ニ来ル。ほど無帰去。○昼後八時過、おつぎ、飯田町ぶ帰去。鯵ひもの十枚為持遣ス。

一夕方、渡辺周徳来診。太郎診脉、かうやくを張かへ、外ニかうやくを少し被置、煎茶・くわしを出ス。駕者・家来酒代を乞候ニ付、三百文遣之。其後帰去。○夕方、宗村お国、太郎病気見舞ニ来ル。ほど無帰去。

一暮時前、政之助母義、右同様の由ニて来ル。暫して帰去。

一太郎容躰、同偏也。三度の食物、昨日の如し。其間、白玉餅・干菓子を食。然ども口中痛候ゆへ、食事難義也。小水、昼六度、夜ニ入五度、昼夜ニて十一度、大便ハ不通。兎角口痛・足痛ニて難義致候事、不便なり。

○廿九日甲子　晴　秋暑

一今朝、留吉ニ申付、渡辺ぶ膏薬取ニ遣ス。かうやく三貝、外ニふくミ薬五勺ほどとくり入候て、留吉持参ス。代料二匁五分由、書付来ル。此次薬取之せツ、遣スべし。

一四時過、政之助来ル。右は、太郎へ見せ候とて、木園ゟ借受候て相馬日記四冊、外ニ松岡ゟ借候てつれ〴〵草鉄槌端本二冊持参せらる。右請取、謝礼申延、ほどなく帰去。

一昼後、おさちを遠藤氏江見舞ニ遣ス。内義は少ミヅ、快よく候へども、安兵衛事、疫の由ニて甚難義の由也。
○八時過、文蕾ゟつねよ物語五冊被返。右請取置。
一太郎、今日も同様。三度の食物替ることなし。内、夕飯ハ豆ふ雑水（ママ）二わん食ス。

一小水、昼八度、夜ニ入六度。今朝、大便壱度通ズ。渡辺ゟ参り候密（ママ）製のふくミぐすり度ミ用ゆれども功なし。

今日終口（ママ）痛・足痛甚しき故ニ不睡也。

○卅日乙丑　晴　昼後ゟ小雨　夜ニ入大雨　雷

一今朝、文蕾来ル。しゆんくわん嶋物語本（ママ）望ニ付、合本二冊貸遣ス。ほどなく帰去。

一おさち、四時頃ゟ伝馬町江太郎食物を整ニ行、昼時帰宅。

一八半時過、清右衛門様御入来。去廿八日、おつぎ帰宅之せツ頼置候うゐらう、所ミ尋られ候へども何方ニも無之候ニ付、越後屋はりまニて承り候へバ、出来合無之、誂候へバ拵可申由申ニ付、則誂、二棹二匁のよしニて今日出来、御持参。外ニ、是亦頼候小水通薬一包・でんぶ一曲御持参被成、且亦、此せツ太郎病中殊の外物入多、甚困り候ニ付、うり本の事も先日おつぎへ申遣し候所、先上家つミ金壱両借ス（ママ）べしとて御持参、被借之。つミ金借用致候ても心苦敷候へども、何分手まハりかね候ニ付、其儘あづかり納置。うゐらう二さほ代二百十六文、小水通じ張薬三包代五百文、今日清右衛門様江渡し、勘定済。でんぶの代ハ廿八日おつぎへ渡し、済。外ニ当月分薬うり溜壱〆五百廿文御持参、内一わり百四十八文、是亦渡ス。夕飯を振舞、夕方被帰去。

一右同刻、半右衛門来ル。伝馬町江被参候由ニ付、蜂密小半斤頼遣ス。夕方、整候て又来ル。是亦夕飯をふるまひ、夕方帰去。○暮時、悌三郎来ル。太郎見舞也。太郎病床江とふり、暫太郎を慰て、五時過帰去。○太郎容躰、替ことなし。兎角口痛・足痛、且、胸先つかえ、難義。今日ハ少ゝ食事減じ、今晩ハでんぶ・玉子ニて二わん食ス。

○八月朔日丙寅　晴　四時頃ゟ雨　夕七時頃ゟ晴　夜ニ入五時頃又雨

一今朝、留吉ヲ以、渡辺ニ薬取ニ遣ス。ふくミ薬代料二匁五分、為持遣、せん薬二貼・かうやく三貝・丸薬三包到来。後刻見舞可申由、申来ル。留吉人足ちん、三十二文遣ス。

一昼前、清助妻来ル。大雨ニ相成候間、暫く見合居候へども、不止故ニ帰去。あしだ貸遣ス。

一暮時過、宗村お国、太郎見舞ニ来ル。雑談して帰去。○太郎、今日は昨日の如く不出来。胸つかえ、足痛甚しく、終日苦痛。右之故ニ、食事、麦飯、朝壱わん。太郎好ニ付、さゝげ飯炊候所、昼飯ニ壱わん、豆ふ・むきミ汁二わん食之。夕飯ハ不給、干饂飩二わん半食ス。小水、昼七度、夜ニ入四度、昼夜ニて十一度、少ゝヅヽ通ズ。今日又、小水通じ張薬を用ゆ。

一八半時頃、渡辺周徳来診。太郎診脉し、薬を調合致、外ニむし薬壱服を被授。茶・くわしを出ス。供人ニ三百文、酒代遣ス。其後帰去。○今朝、松村儀助・長田章之丞、右両名ニて、手紙荷持に為持被贈。今日中ニ返書致候様、荷持申置、帰去。右紙面ハ外用ニあらず。太郎不快不宜ニ付、仲間長田・松村を初、連中十六人ニて、目黒不動尊ニ千垢離ニ参り可申由。よしと思ひ候や如何、返事次第ニ致候由ニ付、後刻松村ニ参り、御厚情誠ニ難有存候へども、既ニ其義は、去月十一日梅村氏を初、坂本・岩井、右之者致被呉間、又ゝ皆ゝ様ニ御苦労掛候も不本意ニ存候間、御連中ニ可然御願申候とて、断ニ行。○太郎、今晩むし薬を用ゆ。

○二日丁卯　雨終日　夜中同断　間断なし

一今朝、留吉ヲ以、しん宿渡辺江薬取ニ遣ス。四時頃帰来ル。煎薬五貼・膏薬四貝・むし薬二貼到来ス。○昼後、直記来ル。其後織衛も同断。両人とも太郎病症《ママ》ニ通り、暫物語して、直記先江帰去。其後夕七時頃、織衛帰去。

一太郎容躰、今日も咽喉ゟ胸のあたり迄、食物のせツ痛ミ候由。咽喉之内たゞ《ダク》れ候や、困り候事也。食事、麦飯朝壱わん、昼飯うなぎ・白粥二わん、夕膳麦飯、玉子ふわ〱ニて二わん。其間、うゐらん《ママ》・せんべい・白玉もち少〻。今朝大便通ズ。小水、昼八度、夜ニ入五度、昼夜ニて十三度也。兎角胸苦しき由也。むし薬三度用。

○三日戊辰　雨　八時頃ゟ雨止

一今朝、太郎まんぢうを好候故ニ、四時前、御附前所〻餅屋を尋候へども無之ニ付、桜餅をも尋候処、両品とも終ニ無之故ニ、あわまんぢうを求、其外梨子・カモウリ等色〻買取、帰宅ス。カモウリ、味噌汁ニてたべさせ候へバ水気ニハ妙薬の由、人の噂ニ聞及候ニ付、みつけ前ニて壱ツ買取、太郎ニ給さシム。○同刻、半右衛門来ル。暫して水抔汲入、帰去。

一八時前、お国来ル。同人御主人久保田氏ゟ葛煉一器被贈。直ニ太郎ニすゝめ候処、三切ほど食ス。厚く久保田氏江謝礼申呉候様ニ頼、ほど無帰去。○夕七時、尾張屋勘助聟熊蔵、日雇人足ちん乞ニ来ル。書付持参、金二朱ト三十六文のよし。右之通り払遣ス。○おさちヲ以、山本半右衛門小児江葛ねり少〻為持遣ス。

一太郎容躰、昨今不出来。胸はり、足痛甚しく、小水、昼八度、夜ニ入五度通ズ。朝、麦飯壱わん、昼、玉子・しんぢ《ダク》よあんかけきん・冬瓜の汁一わんヅ、食之。夕飯同断。

一夜分ハ別而痛つよく、実ニ難義此上なし。

○四日己巳　晴　夜中ゟ雨　終夜

一今朝、留吉ヲ以、渡辺江薬取ニ遣ス。四時過帰来ル。煎薬七貼・むし薬二貼・かうやく三貝・丸薬三包来ル。容躰書遣し候へども、返書不来。留吉ニ賃銭遣し、帰らしむ。○四時頃、文蕾、太郎見舞に来ル。容躰を物語、暫し帰去、八時過亦来ル。太郎、柚旨煮・焼玉子少〻被贈之、直ニ帰去。○八時頃、隣家林内義、太郎見舞としてあわもち少〻被贈之。暫く物語致、同人子供江梨子二ツ遣ス。夕七時前帰去。○太郎、両三日胸痛・足痛甚しく、難義ニ付、氏神つま恋稲荷江御祈禱致度由、太郎申ニ付、則、豆腐屋松五郎妻ニ申付、先御符ニても戴参り候様申付遣ス。飯田町へも参り候様申付、お次此方へさし置候下駄為持遣ス。暮時前帰来ル。則、妻恋稲荷神主玄関江参り、右祈禱之事頼入候所、右は、明日病人出生の年月日、刻限迄書したゝめ、病人衣類幷ニ御初穂金百疋持参致候ハゞ、七ヶ日の間叮嚀祈禱加持可致候由ニて、御符幷ニ丸薬壱包を使江被授らる。御初穂十二銅上候由也。帰路亦、飯田町江立より、右之段咄し申入、申付候買もの買取、帰来ル。飯田町ゟふた物ニ入干ぐわし、太郎方へ被贈。何れ又明日可参由ニて帰去。右丸薬、太郎今晩用ゆ。○太郎容躰、今日も同様、足痛甚しく、難義致候。然ども、三度の食物二わんヅヽ食ス。昼、とうふ・かん瓢・ちくわうす葛。夕飯、とうふ・むきミ・柚旨煮・焼玉子等。其外、きなこ飯・焼さつま芋・干ぐわし等を食ス。小水、昼八度、夜ニ入六度、昼夜ニて十四度也。夕七時前、大便たつぷり通ズ。今日もカモウリ、味噌汁ニて三度食ス。むし薬も三度用ゆ。其外ハ替ることなし。夜中ハ一入痛つよく、不便難（ママ）此上なし。

○五日庚午　雨

一今朝、おすみ方へおさちヲ以、今日つまごひに参り候や否を聞ニ遣し候所、途中ニて半右衛門ニ行逢、何方へ参り候やと半右衛門被尋候ニ付、おさち、おすみ方へつまごひ迄使の事申付ニ参ると申候へバ、半右衛門被申候ハ、そは無益也。我直ニ行べし。おすみに断いふべしとて、此方へ半右衛門被参、云ゝと深切ニ被申候。其詞ニ随ひ、半右衛門ニ右加持祈禱を頼遣ス。太郎衣類袷壱ツ、御初穂金百疋、外ニ四百文、太郎出生年月時日書付、渡之。八時過、半右衛門帰来ル。則、つま恋神主方ニて祈禱相済、御初尾百疋相納、御札・御供物・御洗米・御守札・形人壱枚、右五種受取。御祈禱ハ直ニ病人枕元に釘ニて打つけ、御守札ハ日ゝ病人の物身《(ママ)》を撫べき事、又形人ハ病人息を吹かけ、流川にながし候事、御洗米ハ粥ニたき、病人ニ服させ候事、又、太郎袷衣に祈禱、直ニ病人ニ着せ、又直ニ門口ニて右衣類をふるい、又病人ニ着用致候事。則、右之如く、形人にハ太郎息を吹かけ、半右衛門直ニ千駄ヶ谷川に流ス。衣類も直ニ病人ニ打かけ、則、門前ニて半右衛門ふるひ、又、太郎ニ着用せしム。御供物ハ太郎戴。則、半右衛門ニ昼膳ふるまい、まんぢう五ツ遣ス。夕七半時過帰去。○昼後、有住岩五郎、太郎見舞として来ル、煎茶・くわしを出ス。其後帰去。○八時過、芝田町山田宗之介か、太郎見舞として葛一箱・三盆さとう、同手紙差添、茂太郎ヲ以、被贈之。此せツおふミ不快ニて、他出致かね候由、右ニ付、無沙汰ニ及候事抔申来ル。謝礼厚く申述、返書遣ス。○夜ニ入、松村儀助来ル。五時過帰去。

一太郎容躰、今日は少し快よく、小水八度、夜ニ入五度、大便壱度通ズ。○昼飯、小がれい煮つけ、白飯二わん。夕膳、麦飯、むきミ・とうふニて一わん半食之。其間、まんぢう・御供物・干ぐわし等を食ス。今晩足痛甚しく、苦痛ニ堪ズ、不睡也。○夕方、政之助、見舞として来ル。ほど無帰去。

○六日辛未　雨

一渡辺平五郎来ル。右は、土屋桂助跡役、小屋頭被仰付候由也。早ゝ帰去。

一昼後、あつミ覚重様、太郎見舞ニ御入。葛粉一袋。お鍬様御文到来ス。せんちや・くわしをすゝめ、夕膳をすゝめ候へども、辞して、夕七時頃被帰去。○夕七時過、おつぎ来ル。ひがんぼたんもち壱重、外ニ牛肥一器太郎江持参、今晩ハ看病ス。○太郎容躰、替ることなし。三度の食物、麦飯、昼、玉子やき・白飯。夕飯、麦飯・でんがく。其間、葛ねり・干ぐわし・梨子を食ス。小水、昼八度、夜ニ入五度、昼夜ニて十三度也。○昼後、矢野ゟ、先日貸進之しゆんくわん嶋物語合二冊返さる。所望ニ付、弓張月初へん六冊貸遣ス。干ぐわし小重入、手紙差添、被贈。謝礼口状ニて申遣ス。○太郎足痛甚しきゆへニ、御富士様御焚上致候ハゞ宜しからんと太郎申ニ任、則、豆腐屋松五郎妻ニ頼、先達方へ申込候所、今晩ハ参り難し。明七日夕可参由、申来ル。○半右衛門来ル。暫して帰去。

○七日壬申　雨

一今朝、渡辺江薬取ニ参り候所、周徳被申候は、甚しき大病也。迚も全快有まじく、外医師江見せ可申由被申候得ども、何方の医師ニ見せ候ても同様ニ候間、外を求め候ニ不及と申置、薬七貼調合致貰。且、昨夜ふじ御焚《(ダク)》上の連中江出し候もちぐわし・ろふそく等買取、帰宅。○八時過、豆腐屋松五郎妻来ル。右は、只今ゟ富士講の人ゝ頼ニ参り候由申ニ付、富士江備候榊・御供物・せん香等買取貰ふ。暫して帰来ル。講中の人ゝ江頼参り候間、御焚上の御道具、四谷伝馬町土屋と申薬屋のうちに住居致候左官福とか申者之方へ、取ニ遣し候様申ニ付、則、勘助方へ人足二人申付、取ニ遣ス。ほどなく両人かつぎ来。右小だんす入御道具あづかり置。

一日暮て、右富士講先達ツ畳屋（アキ）と申者、豆腐屋与太郎同道ニて来ル。暫して五時頃、右富士講中四人来ル。右以前、先達ハ道具御飾附を致、御掛物三幅・備物干菓子・備餅・榊・御神水を備。夫ゟ右先達を初講中四人、白き半てんを着、御焚上時を移〱、四時焼畢。右人〻にせん茶・もちぐわし・せんべい・鮓を出ス。四半時頃皆帰去。与太郎ニ餅菓子一包遣ス。右以前、おすみ・おまき来ル。御焚上中帰去。〇太郎容躰、替ることなし。朝、麦飯壱わん半。昼飯、白飯、蓮・にんじん白あへ・カモウリ汁二わん食ス。かす漬瓜。夕飯、麦飯・麩玉子とぢ二わん食ス。其間、葛煉・きなこつけ菓子、夜ニ入、焼芋等。夜中も葛ねり八切ほど食ス。小水、昼夜ニて十二度也。夜ニ別足痛甚しく、苦痛ス。故ニ看病人共不睡也。此せつ、大難義嘉喜利なし。〇おつぎ、今日も止宿して母を助く。

〇**八日**癸酉　晴　秋暑　むし暑し

一今朝、留吉、渡辺江かうやく取ニ遣ス。ほどなく帰来ル。ちんせん三十二文遣ス。

一今朝勘介方へ人足申付、御富士御焚上御道具、日雇二人ニ申付、鮫河ばし南町畳屋某江為持遣ス。〇四時頃、おつぎ飯田町江帰宅ス。御ふじ（ダク）様御供物為持遣ス。おさち見附前迄同道して、太郎食物を買整、九時前帰宅ス。

一四時頃、文蕾来ル。暫く物語して。〇夕七時前、渡辺周徳来診。太郎診脈畢、煎茶・くわしを出ス。太郎痛所江はつぼう張候ハゞ、痛減ずまじ（ママ）く候ニ付、明日塾生ニ申付、はつぼ（ダク）う張せ可申候間、布三尺を買取置候様被申、帰去。供人・駕之者江酒代三百文遣ス。〇太郎容躰、今朝、飯ハ白飯、麩を煮つけ、一わん半。昼、麦飯・ぎせいどうふ・ならづけ・香の物。夕、白粥・とうふ二わん。其間、葛ねり・くわし・初音まんぢう等也。今日も痛甚しく、難義。口中も同様。キハダ（ダク）の粉を附る。小水、昼七度、夜ニ入五度、昼夜ニて十二度、八時前大便通ズ。夜中度〻麦湯を呑。〇小林佐左衛門、今夕仙寿院江送葬す。

○九日甲戌　晴　昼後雨　ほど無止　夕七半時頃大雨　雷数声　五時頃雷止

一昨日、留吉江薬取の事申付置候所、失念致候や、参可申候ニ付、おさちを迎ニ遣し候処、何方へか遊ニ参候由。間ニ不合候間、勘助方へ人足申付候所、折あしく紀州様御宮参ニ付、無人の由、申断候間、久能様之内直記方へ頼入候所、是も右同様ニて無人ニ候。右ゆへニ直記老母、被参候様被申候へども、きのどくニ存候故、清助方へ申遣し、人足頼呉候様、ひさへ頼候所、早束承知致、薬取人足申付、渡辺江遣候由、おさち帰宅して告之。右るす中、直記老母薬取ニ可参由ニて来ル。外ニ人足参り候由申断、厚く謝礼申述候へバ、帰去。

一布三尺入用ニ付、久保町江浅黄木綿買取ニ行、ほど無帰宅。○昼時、半右衛門来ル。其後渡辺塾来ル、太郎診脉して、かうやく張かへ、内踝江はつぼうかけ畢、せん茶・くわしを出ス。折から大雨ニ相成、道甚しくぬかり候間、下駄貸遣ス。雪駄ハあづかり置。

一九半時頃、お鍬様、太郎見舞として御入来。仙台糒小重入壱ツ・粟水飴一器御持参、太郎江被贈。暫らく物語、夕飯上候半と支度致候へども、御同人も先月ゟ水気ニて腹満被成、食事其外之物御すゝみ無之由ニ付、せん茶・干菓子・鮓を出し候得ども、辞して不上。故ニ、御帰り之せツ、鮓ハ小重ニ入、御みやげとして上候。御出後雨降出、雷も致候間、今晩止宿被成候様申候へども、宅江断無参候間、安事(ママ)可申候。先そろ〳〵帰り候様御申ニ付、日傘あづかり、雨傘を貸進ズ。○夕七時頃、田村宗哲来診す。太郎容躰診脉被致、せん茶・くわしを出し、口中薬舌上江つけ候様ニとて、五包被授らる。右同人も、太郎余ほど疲労つよく、安事候様被申候て、帰去。○今日、炭をつかひきらし候ニ付、暮時前、大雨雷鳴中、しなのや江炭申付ニ行。右留主中、大雷数声ニ候間、殊の外安事候所、暮時び(ダク)しよぬれニて帰宅ス。尤、出がけハ雨降ず。此せツ、太郎大病ニ付、おさち日ゝかけあるき候事、終日の様也。○太郎容躰、今日も足痛・口痛甚しく、三度之内、夕飯、白粥を啜る。小水、昼六度、夜中五度、昼夜ニて十一度也。夜中、くわし・せんべいを食ス。○お鍬様御帰後、ほど無大雨雷鳴致候間、如何とあんじ、水気ニて歩行常ならず、且、暮時ニも及候間、ます〳〵安事られ候間、明朝当組御番ニ付、荷持ニ申付、明朝参り候ハヾ此方荷持立より候様、高畑江頼置。右故、今ば《(ダク)》ん、あつミ江明日可遣文をしたゝめ置。○今晩ゟ蚊帳を不用。

○十日乙亥　雨

一今朝、荷持来ル。則、西丸下あつミ江、日がさ・ふた物・文為持遣ス。昼時右使帰来ル。昨日、途中大雨雷鳴、難義致候得共、無恙帰り候由、申参候返書ニ、安堵ス。雨傘被返る。右使ニ三十二文遣ス。○四時頃渡辺塾来ル。太郎診脈して、昨日はつぼ《(ダク)》うはり候所鋏切、水多く出。跡江亦練かうやくをはり、其外所ゝ張替致、せん茶・くわしを出ス。ほど無帰去。○今朝宗村お国来ル。兄のぼだい所南町江仏参致候ニ付、花代持参せざる由。右ニ付、三十二文貸遣ス。早ゝ帰去。○昼前、おさち、伝馬町江ある平買ニ両度行、暫して帰宅ス。○八時頃飯田町ゟ使来ル。右は、今日御姉様、太郎見舞ニ御出被成候様思しめしの所、雨天ニて延引。右ニ付、御文ニて太郎容躰を御尋ニ御ざ候て、鰺・きす一皿・壺屋まんぢん《(ママ)》小重ニ入壱重、外ニ大日様江御百度被成下候由ニて、護符二包・御洗米一包、太郎戴かせ候様被仰越。外ニめうがのこ少し被下之。此方ゟ厚く御礼申、太郎容躰崖略書認め、おつぎかつぱ・右入物等、不残使ニ渡し、是ヲ返ス。○今朝信濃屋重兵衛、昨夕申付炭二俵、外ニ切ずミ一俵持参ス。右指置、帰去。○太郎容躰、今日は足痛ハ少ゝ薄ぎ候へども、口痛甚しく候間、麦飯給かね候故、朝、麦飯かゆ一わん、昼飯、白粥・あじ《(ダク)》二ツ食之、夕飯も粥、昼の如し。きす少ゝ、豆腐同。其間、うるうぼたんもち・まんぢう・ある平・水飴、少しヅゝ、食ス。小水昼六度、夜ニ入五度、昼夜ニて十一度也。今晩ハ足痛ハ少し凌よく候へども、口痛きびしく、うと〳〵と致、夜を明す。

○十一日丙子　晴　九半時頃地震　夕七時頃ゟ雨

一今朝、留吉ヲ以、渡辺ニ薬取ニ遣ス。四時頃帰来ル。煎薬七貼・丸薬三包到来ス。留吉ニちんせん三十二文遣ス。○今朝、おさちヲ以、勘助方へ人足三人申付遣ス。右は、飯田町迄払物色〻為持遣さん為也。然る所、無人ニ付、昼前ハさし上難し。昼後ニ候ハヾ御間ニ合、人足三人可指上由、申来ル。不都合ニ候得ども、其意ニ任、然らバ昼人足三人可遣旨、申付置。

一昼前、半右衛門、小児両人携て来ル。内義風邪ニて打臥、困り候様被申。暫して帰去。

一右以前、政之助来ル。伝馬町ニ参候間、用事ありやと問ハる。幸ニ候間、先日借用の本相馬日記四冊・つれ〴〵草鉄槌二冊返之。ほどなく帰去。○暮時前、直記見舞ニ来ル。ほど無帰去。○夕七時過、松岡織衛、太郎ニ(ママ)来ル。是亦早〻帰去。

一日暮て文蕾来ル。伝馬町ゟ鮫河橋辺ニ参り候間、買物あらバ買取可申旨被申。先頼候事も無之候間、暫く物語して帰去。

一太郎、今日も骨痛甚しく、口痛も同断ニて、苦痛見るにしのびず。不便心配也。三度白粥を啜、一わん半ヅ、也。其間、葛ねり・さつまいも・ある平を食ス。小水、昼七度、夜五度、夕七時過大便通ズ。○飯田町ニ参り候人足三人、八半時帰来ル。飯田町ゟ請取返書・粟少〻到来ス。○今日、羅文様御祥月忌御逮夜ニ付、昼料供。御画像床間ニ掛たてまつり、神酒・備餅・柿を供ス。夕方納置。

一今晩九時過ゟ、自胸痛甚しく、水瀉四度ニ及。おさちを呼起し、黒丸子を用、亦、吐瀉ス。おさち介抱ス。明七時頃ゟ枕ニ就。

○十二日丁丑　半晴
一自、昨夜水瀉ニて甚疲労候へども、起出、太郎の看病ス。

一昼後、山本半右衛門来ル。ほど無帰去。○夕七時頃、祖太郎様御入来。長かん瓢一包被贈、暫して被帰去。○おさち、だんごの米を、挽候所ニ持参ス。然る処、此せツ病人ニて十五日ニ間ニ合《ママ》候間、外ニ持参致候様申ニ付、伝馬町米やニ持参、頼、帰宅ス。太郎容躰、替ることなし。三度白粥を給、其間、ある平・くわしを食ス。小水、昼夜ニて十一度、大便壱度通ズ。○豆腐松《ママ》五郎妻、品川迄参り候序ニ付、山田宗之介ニ安否問せ候所、宗之介事も、当月上旬ゟ不快の所、今日月代剃候由。又、太郎病中、ねもごろニ松五郎妻ニ申聞来ル。○今朝、留吉を渡辺ニ薬取ニ遣ス。

○十三日戊寅　晴　夕七半時過ゟ遠雷数声　夜ニ入雨　九時頃ゟ雨止　晴
一昼時過、飯田町御姉様、太郎病気見舞として御入来。百合かん・べにかん、小ふた物ニ入各二器御持参、被贈下。終日太郎看病遊し、せん茶・干菓子を上候へども、不召上。夕方、夕飯を御薦申上、且、去十一日上候払物代、十一品ニて金壱両壱分二朱の由、書付御持参遊し候間、何分宜敷願候様申置。夕方御帰遊し候。○八半時過、丁子屋平兵衛、太郎病気見舞として来ル。三盆さとう壱斤・葛粉一袋持参、被贈。同人義も久ゝ不快、此ほど順快ニハ候得共、未歩行不自由の由ニて、駕ニ乗候て来ル。太郎病床ニ通り、兎角、信心気長く致候様抔申、帰去。○平兵衛帰去の後、渡辺周徳来診ス。太郎容躰、兎角足痛甚しき由申。診脈候て、痛所ニハ布薬可差上候間、明日ニも人被遣候様申。せん茶・くわしハ如例、帰去。

一政之助も見舞ニ来ル。客来中、早ゝ帰去。○おさち、今日も客来其外取込ニて、終日奔走し、日を暮畢。○太郎容躰、今日は不出来。骨痛つよく、胸はる。小水通じ、昼五度、夜ニ入四度、昼夜九度。腹満苦痛ス。食物、朝昼夕とも白粥・大日様御洗米・梅ぼし・玉子ふわ〳〵・百合等、其外、さつまいも・ゆりかん・べ《(ダク)》にかんを少し食ス。

一夜ニ入、文蕾を招、又田村江転薬の義相談致。せん茶・葛煉をふるまひ、丑ノ刻頃迄文蕾と雑談致、八時過文蕾帰去。

一文蕾帰去の後、白粥一わん給。其後熟睡、天明頃目を覚、小水をス。

○十四日己卯　晴

一今朝、留吉ヲ以、昨日約束の布薬を取ニ遣ス。ほど無帰来ル。布小薬二包到来ス。賃せん三十二文遣ス。○前野留五郎、太郎病気見舞として来ル。挨拶致、帰去。

一今朝伏見ゟ、太郎江約束の薤一器被贈。謝礼申述、右うつりとして、金時さゝげ遣ス。○おさちヲ以、山本半右衛門内義見舞として、小重入葛粉一・干瓢一包為持遣ス。其後八時過、一昨日誂置候だんごの米、伝馬町江取ニ行、帰路種〻買物致、夕七時過帰宅。○昼後、遠藤安兵衛、太郎病気見舞、且、先日内義病気見舞遣し候謝礼として、来ル。荒粉落鴈小折一・御上り米御白米少〻被贈。謝礼厚く申述候へバ、帰去。○夕七時頃、直記病気見舞ニ来ル。太郎病床ニ通り、雑談して帰去。○其後、越後屋清助来ル。ほど無帰去。○暮時前、山本悌三郎来ル。太郎病床ニ通り、太郎を慰候て、暮時過帰去。○太郎、今日は不出来ニて、小水、昼七度、夜ニ入五度、大便通ズ。夜中足痛甚敷、苦痛ス。○右苦痛見るにしのびず。自分、四時過癪気ニて、胸痛甚しく候間、おさちを呼起し、黒丸子を服用ス。其後、血運ニて悪寒致候間、神女湯を用。天明前ニ至り、少し睡る。おさち介抱ス。

一太郎、今日ゟ布薬用候所、右之如く腫痛、難義一倍ス。

○十五日庚辰　晴

一今朝、月見だんご製作致候ニ付、先おして起出、おさち手伝、こしらへ畢。如例、家廟ニ供し、家内も祝食ス。○昼前、伏見ゟ、唐こしキナコ・白だんご、枝豆・くり・柿・芋添、贈来ル。其後、此方ゟも、あづきだんご、枝豆・柿・芋添、贈り遣ス。○昼後下掃除友次郎来ル。納茄子二束持参ス。先月廿日ニ参り候儘、今日廿五日目候間、厠殊の外つかへ候間、両厠掃除致させ、帰去。

一昼後、おさち、伝馬町ニ煉薬・ある平買ニ行、七時前帰宅。○右留主中、半右衛門来ル。ほど無帰去。同人明(ママ)当番の由ニ付、髪油整呉候様頼、代銭百四十八文為持遣し置。

一太郎足痛、渡辺氏、痛退候様手当被致候。度々痛甚敷候間、亦々田村ニ薬貰度由、太郎申ニ付、其儀ニ随、明日田村ニ見舞申入候為、手紙したゝめ置。○太郎、今日も布薬終日用。食事、朝昼夕三度、白粥二わんヅヽ、食ス。其間、だんご・くわし等。小水、昼七度、夜ニ入六度也。痰出候間、保命丹を服用ス。○今日、自分ハ半起半臥也。

○十六日辛巳　晴　夕方ゟ曇　夜五時頃ゟ雨

一今朝、留吉ヲ以、田村宗哲方へ、今日見舞可申入為、手紙遣ス。四時過帰来ル。返書来ル。何れ操合、今日見舞可申由、返書ニ申来ル。則、留吉ニ代銭四十八文遣ス。

一昼前おつぎ来ル。ある平、太郎ニ持参ス。外ニ裸ろふそく一袋被贈。昼後ゟおつぎ・おさち、右姉妹両人ニて、太郎不快全快を祈ん為、四谷天王ニ百度参り、今日ゟ三ヶ日ノ間可致相願、百度を勤、八時過両人帰宅ス。○

昼後、靍三、太郎見舞として来ル。暫く太郎を慰、太郎、同人江赤坂千歳を買取呉候様頼、代銭壱匁渡し置。暫し帰去、日暮て亦来ル。先刻、太郎、沢庵づけ大こん約束ニ付、持参、被贈之。其後梅村直記来ル。右両人、太郎を慰候て、暫く時をうつし、せん茶・くわしを出ス。両人四時帰去。

一夜ニ入五時前、田村宗哲来診。太郎容躰を告、診脉せらる。診脉畢、かうやくを延し拵、薬二貼を調剤せらる。今晩一貼を用ゆ。かうやくも張替畢、煎茶・菓子を出スこと如例。夜ニ入、供人支度代を乞候間、二百文遣ス。四時前帰去。

一太郎容躰、昨日の如し。夜ニ入、足痛甚しく、不睡也。おつぎ看病ス。食事其外等、替る事なし。但、小水、昼八度、夜ニ入六度、暮時大便通ズ。

○十七日壬午　雨

一今朝五時過、勘助方ゟ薬取人足来ル。則、田村江薬取ニ遣ス。且、昨夜田村ゟ預り置候笠、使ニ為持遣ス。右使、九時前帰来ル。煎薬六貼・かうやく五貝来ル。

一昼前、政之助来ル。太郎対面、雑談後、九時前帰去。○昼後、おつぎ・おさち、右姉妹両人、太郎平愈《ママ》を祈らん為、昨日の如く又天王江百度参りニ行。八時過勤仕舞、両人帰宅ス。○八時頃靍三来ル。昨日太郎頼候千歳柿・くわし、赤坂ニて買取、持参せらる。代壱ツ壱分五りの由ニ付、昨日壱匁渡置候間、不足の分五分渡遣ス。雑談後、夕七時過帰去。○八半時頃、半右衛門、小児を背ふて来ル。一昨日頼遣し候びん付油・すき油等買整、持参せらる。右請取、厚く謝礼申述る。ほど無帰去。○太郎容躰、相替義無しといへども、足痛ハ八日増《ママ》ニつのり、難義甚し。然ども、朝粥一わん半、昼飯ハ、今日おさち誕生ニ付、さゝげ飯出来、太郎、赤飯二わん・白みそ汁少ゝ、夕飯、白粥・梅びしほ一わん半、食之。小水、昼七度、夜ニ入六度、昼夜ニて十三度也。今夕ゟ、虎子ニてハ煩敷由ニ付、竹ヅヽを伐取、是ニて小水を取。今晩、足痛是迄ニなき痛ニて、一同色を失ふこと、扨ゝ不便限無、見るにしのびず。看病致候母妹等の心内察すべし。

○**十八日**癸未　雨終日

一昨夜、太郎、骨痛ニて不睡、一同も不睡也。右苦痛ニ付、今日、自、田村江行、容躰を告候所、宗哲被申候は、穿踝瘡の毒変じてだつ《ダク》その毒ニなりたり。穿踝瘡ハ甚しき痛あるものニあらず、迚も御全快あるまじく候得共、御痛甚しく候てハ御凌宜しからず。右ニ付、御薬加減致候。水飴を入て御用被成べし。又、御足痛ゆるめ候ニハ、先悪血を取候方よろしく、然れども三りん鍼ハ用難し。蛭八、九疋ニ悪血ハ吸せなバ、必いたミ和ぐべし。御帰りがけ、見附前さかいやニて御買取、早束御用被成べしと也。且、おつぎ感冒ニて悪寒致候ニ付、尚又、田村ニて風薬を五貼調剤致、買、太郎煎薬と共ニ持参、帰宅。帰路、田村示教の如く、堺屋ニて蛭十五疋買取、帰宅ス。帰宅後、早ゝ足の痛処、内踝の辺江蛭八疋ほど乗候所、おびたゞ敷悪血を吸得候て、黒血出。日暮て、亦一たび蛭をかけ、出血致候故歟、今日は(ママ)。

一右留主中、清右衛門様御出来。おつぎ迎の為なるべけれども、おつぎ事、昨夜ゟ感冒ニて、今日ハ悪寒・頭痛致候間、帰し難し。明日少も快よく候ハヾ帰し可申由、申置。且、上家修復、此度ハ余ほど損じ、大工ニつもらせ候所、鳶の者のミ八人も使可申候間、先五両余掛り申べし。然る所、積金、昨年分壱両二分、当年分当年分(ママ)、七月迄ニて金三分二朱、右江七月分上家を加候て金二両壱分、又払物代金壱分二朱差加、金二両三分二朱の預り候間、跡金二両不足ニ候間、右を出来次第差出すべしと申さる。此せつ太郎大病中物入多く、且、払候品ゝもさのミハ無之、無拠、然ば普請出来の上、蔵宿ニて借用致、差出しすべしと答。猶亦、太郎先月より所望ニ付、所ゝ下町高名のくわしや石竹もち有やと尋候へども、終ニ無之候ニ付、已ことを得ず、本町ニて誂被下候様、清右衛門様江御願申置。代銀四匁のよし也。暫して被帰去。〇八半時頃、芝山田宗之介ゟ、手紙ヲ以、太郎容躰を被尋、煮豆一重被贈。おまちゟおさち江見舞の文到来。宗之介江謝礼返書遣ス。一昨日、赤坂久保富次郎小児、当三月晦日出生の男子、一昨日急症ニて死去致、今日送葬の由ニて、赤坂江宗之介参り居候由也。〇夕七時頃田村宗哲来診ス。太郎診脉の上、足痛大ていなることニてハ痛退《(タク)》べ《(ママ)》かず、今一度下剤を用候ハヾ必痛和べしとて、下剤二貼を調合致、授らる。煎茶・くわしを出し候所、結構なるくわし也。戴、宅ニて薄茶之口取に致べしと被申候ニ付、千歳柿四ツ包遣ス。其後帰去。

一今日、天王様御百度結願候へども、おつぎ風邪ニ付、おさち壱人ニて参詣致、御百度を上ゲ、夕七時過帰宅ス。〇太郎、今日も同様。三度白粥。昼、あじ《(ダク)》すり身、夕飯、こちにつけ・梅びしほ。其間、くわし・水飴・さつまいもを食ス。今晩下剤二貼を腹用ス。小水、昼七度、今夕大便通ズ。

一昨十六日ゟ、右之方を下ニ臥候のミ。足痛甚候ゆへニ、ねがへりをすることかなハず、片寐ニて、肉脱致、骨立の方甚痛。是亦一脳ニて、難義ス。今晩ハ出血故歟、足痛少ヽおだやかなれども、睡ることを得ず、只うと〳〵と致るのミ。

一今朝、矢野ゟ、弓張月後編六冊被返、且、寒紅梅の梅干一器被贈。

一今晩ハおつぎ休足致させ、自、終夜看病ス。夜中、焼いも・白粥を太郎ニすヽむ。

〇十九日甲申　曇

一今朝、矢野文蕾来ル。太郎容躰を物語致、ほど無帰去。

一今朝四時頃、おつぎ飯田町江帰宅ス。鯵ひもの十枚為持遣ス。おさち買有之《(ママ)》候ニ付、おつぎと伝馬町迄同道ス。荒木横町ニて別れ、あわ水飴買取、帰宅ス。〇夕七時頃、太郎見舞ニ来ル。暫して帰去。〇太郎容躰、昨日と替ことなし。天明頃ゟ暮時迄ニ大便五度通ズ。げざ《(ダク)》い用候故也。三度、白粥二ぜんヅヽ食ス。暮時頃ゟ、終夜甚しく足痛致、不睡也。此せツ、母子の苦しミ、堕獄のせめニ等しかるべし。小水ハ、昼夜ニて八度也。

○廿日乙酉　快晴　夜ニ入曇

一今朝、留吉ヲ以、田村江薬取ニ遣ス。容躰書差添遣ス。昼前帰来ル。ちん銭四十八文遣ス。煎薬六貼・かうやく四貝到来ス。○昼前、勘助方へ人足申付候所、ほどなく人足来ル。則、人足ニ申付、飯田町江、払本二部十七冊為持遣ス。帰路、水飴・ある平買取候様申付、代銭百六十四文為持遣ス。御姉様文ニていさゐ申遣ス。右使、昼時帰来ル。飯田町ゟ返書、金壱分封入して来ル。右金壱分ハ、天王様御加持御初尾立替也。○太郎、昨夜ゟ足痛又一段重り、苦痛ニたへず、天王様御加持護摩致候ハヾ少しハ凌安るべし《(ママ)》由、申ニ任、伏見岩五郎を右代ニ頼候所、早束承知被致、直ニ被参候由ニ付、御初尾金百疋を頼遣ス。おさちも跡ゟ参り、御百度をあげ、岩五郎八時過帰来ル。御台附御護摩御札・御供物持参せらる。岩五郎ニ厚く礼申、其後帰去。おさちも御百度畢而帰宅ス。○昼後山本半右衛門来ル。板倉鉄次郎、両三日の脳ニて昨日死去の由被告、ほど無帰去。

一日暮て、おくに来ル。今晩太郎看病をせん為也。依之、止宿ス。

一太郎容躰、昨日と同様痛、昼夜不睡ニて、一入疲労致候半と、心配かぎ《(ママ)》なし。食事、三度白粥二わんヅヽ。其間、蕎麦一椀を食ス。其外、やきさつまいも・水飴・有平・天王様御供物抔を食ス。小水、昼八度、夜ニ入五度、昼夜ニて十三度也。且、床ニてすれ候所、血出、たゞれ、是又痛ニ堪がたく、苦痛不便いふべくもあらず。看病人も其折毎ニ色を失ふのミ。

○廿一日丙戌　今暁八時頃ゟ雨　終日　夜中同断

一天明後、お国起出、帰去。○夕七時過田村宗哲来診。太郎診脉、足痛等見られ、被申候は、足痛既ニだつ《(ダク)》その毒ニ変じて、だつその痛ニて骨痛也。右ニハよき奇薬あり、明日ゟ煎薬ハげ《(ダク)》ざいニテ、丸薬一包御用可被成候。右丸薬ハ一まハりを四日と定め、四日分金壱分の由、右代料ハ明日直ニ被遣可被下候由、被申、明日ゟ用候様、今晩帰宅後取かゝり、早ゝ出来置可申候間、明日人遣し候由被申、帰去。○おさち、今日は鮫河橋江両度、稲毛屋江壱度、風雨といへども厭ふことなく、太郎の為ニ奔走ス。○暮時、勘助方へ、明日田村江薬取申遣ス。ほど無帰宅ス。○太郎、手製だんご所望ニ付、今日白米壱升余挽。

一太郎容躰、今日も、昨日の如く大痛ニて、難義ス。食事、朝、粥二わん、昼飯と夕飯ハ只の飯、玉子ふわ〳〵ニテ二わん半、夕飯も二わんを食ス。小水、昼七度、夜ニ入五度也。今晩も痛つよく、不睡也。

○廿二日丁亥　晴　夜ニ入曇

一今朝、勘助方ゟ人足来ル。手紙差添、丸薬代延金壱分封入、為持、薬取ニ遣ス。且、水道の水汲取参り候様申付、鉄びん為持遣ス。右使、四半時帰来ル。田村より煎薬六貼・痼疾化毒丸四包・膏薬四貝来ル。且、水道の水汲取来ル。

一昼前だんごを製作ス。太郎所望の故也。○昼後ゟ、天王様江御百度ニ参詣、帰路、買物致、八時過帰宅。○八時頃、清右衛門様御入来。先頼申置候石竹もち、越後屋はりま江あつらへ候所、出来の由ニて、御持参被成候。代四匁の由也。且、一昨日為持上候売本二部代金壱分二朱御持参。内壱分ハ、先日飯田町ゟ護摩料借用ニ付、右差引、金二朱請取。雑談後、かへりさらる。○暮時、直記見舞ニ来ル。入湯ニ参り候由ニて、早ゝ帰去。日暮て、入湯ゟ帰路の由ニて、立よらる。せん茶・くわしをすゝめ候内、五時頃靍三来ル。焼さつまいも太郎に被贈、是亦いろ〳〵雑談。直記四時帰去、靍三ハ止宿ス。○しなのやゟ、注文の薪八把持参、さし置帰去。

一太郎、今朝大便通ズ。今日四時過ゟ痼疾化毒丸を用。右腹用前後一時何も腹せざる様、田村示教ニ付、右之如く前後一時何も食ズ。但、煎茶ハかまいなし。三度の食事、昨日の如し。其間、石竹もち・ある平・さつまいも等也。小水、昼七度、夜ニ入五度、少ゝヅ、通ズ。足痛ハ替ことなし。今日両度蛭を用。出血両也。痰咳出候ニ付、保命丹を腹用ス。○文蕾、太郎見舞ニ来ル。ほど無帰去。

○廿三日戊子　曇　五時過ゟ半晴

一今朝天明頃、靍三帰去。○五半時頃、石井勘五郎来ル。右は、芝神明代ゝ講御初尾集ニ来ル。如例、百廿四文渡遣ス。其後早ゝ帰去。○其後お国来ル。一昨日貸遣し候傘持参、返る。立話して帰去。○おさち、天王様に御百度ニ行、七時前帰宅。

一夕七時過田村宗哲来診。太郎診脉畢、如例、煎茶・くわしを出ス。ほど無帰去。○昼八時頃、無礼村源右衛門来ル。枝柿二わ持参。留吉代、友次郎、兎角無情ニ候間、勝右衛門ニ取替度申聞遣ス。芝神明に参り候由ニて、早ゝ帰去。

一夕七時過、岩井政之助来ル。太郎好候きり山升、日橋(ママ)ニて買取候由ニて、一袋持参、被贈之。入湯ニ参り候由ニて、早ゝ帰去。日暮て亦来、雑談して四時帰去。○今日も痼疾化毒丸、昼前四時、冷さとう水ニて用。

一夜中両度大便通ズ。然ども足痛ハ不退、且、胸さきつかえ、苦痛ス。小水、昼六度、夜ニ入四度通ズ。今晩も睡かね、三度の食物、粥少ゝを啜のミ。

○廿四日己丑　半晴

一昼時前おつぎ来ル。太郎アイナメ五尾持参、外ニ柿十被贈。今晩は止宿ス。○昼後長田章之丞、太郎見舞として、窓の月小重入壱ツ持参、被贈。暫物語して、帰去。序ニ、八月分無尽掛せん二百十六文頼遣ス。其後帰去。○今朝文蕾来ル。太郎と物語して、昼時前帰去。

一日暮て、大内隣之助、太郎病気見舞として、船橋屋煉ようかん一棹被贈。暫く雑談して、帰去。○おさち、今日も天王様江御百度致、夫ゟ色ゝ買物致、夕七時頃帰宅ス。○今日、太郎ます〳〵不出来。食気なし。粥壱わんヅヽ、三度。夕飯ハあづきがゆ、あわもちを入て食ス。其間、ある平・さつま芋・水飴等少ゝヅヽ食ス。小水、昼七度、夜ニ入四度、大便両度通ズ。兎角胸苦しく、煩悶ス。

一夕方、九月分御扶持渡る。取番森野市十郎差添、車力一俵持込、請取置。○夕七時過半右衛門来ル。ほど無帰去。

○廿五日庚寅　曇　夜ニ入雨　終夜

一今暁八時頃、東の方ニ出火有之。余程大火の由ニ候得ども、火元詳ならず。夜あけて聞、神田弁慶橋辺ゟ出火致、堀留迄延焼也と云。右ニてハ大伝馬町・小伝馬丁、類焼のほど無心元、さ候へバ、飯田町ニてハおつぎ此方へ参り居、御姉様御壱人ニて、火事見舞旁ゝ嘸かし御困り被成候半と存、直ニおつぎ支度致、飯田町江帰し遣ス。くわし一包・茄子塩づけ少ゝ為持遣ス。

一昼後、おさち、天王様江参詣、帰路買物致、夕七時前帰宅。其後、六道江又買物ニ行、政吉方へ御扶持の事申付遣ス。ほど無帰宅ス。今日、使札・来客なし。

一太郎容躰、今日も同偏。胸苦しく、食事す丶まず、朝昼夕、白粥一わんヅ丶食、其外の物も多食せず。昼夜ニて、水瀉八度、小水ハ、昼夜ニて十度、多く不通。昼後、蛭を掛、出血ス。痼疾化毒丸、今日ニて用切候得ども、聊も経験なし。

○廿六日辛卯　雨

一今暁八時前、東方ニ出火有之。火元不詳。

一太郎、兎角不出来ニ付、伏見岩五郎を頼、田村江容躰委敷申入呉候様、今朝頼、薬紙等為持遣ス。岩五郎早束承知被致、五時過ゟ田村方へ被参、薬幷ニ膏薬等持参、昼時帰来ル。厚く謝礼申述、しバらく雑談後、帰去。

一太郎同偏、不食、粥かるく一わんヅ丶、むりニ食さしム。両三日以前ゟ、面部ニ腫気有之、足通も不退、いよ〳〵心易らず、日々心配かぎりなし。大便両度通ズ。且、今日ゟ煎薬ハ補薬お用ゆ。小水、昼六度、少しヅ丶、夜ニ入四度、同断也。

○廿七日壬辰　雨　五時過ゟ晴

一今朝、政吉、御扶持可申《ママ》由ニて来ル。則、越後米一臼・交米一臼つかしむ。八時頃つき畢。朝飯・昼飯両度給させ、二うす分つきちん三百文遣ス。

一昨夕方、田村来診す。太郎診脉の上、先日の痼疾化毒丸今一廻り用候ハヾ、必足痛退くべ《ママ》候間、明日ゟ又壱剤用候様被申候ニ付、則、頼置。一ざ《ダク》い用候ても、少しも功なく被存候へども、田村ハ経験ありといはれ候ニ付、うちも置れず、又壱剤分頼候也。其後帰去。此壱ヶ条、廿六日に記すべき処、漏たれバこゝに記ス。

一今朝、勘助方へ薬取人足申付遣ス。早束参り候ニ付、田村江薬取ニ遣ス。丸薬料金壱分為持遣ス。且亦、水道水汲取参り候様申遣ス。四時過、右使帰来ル。則、丸薬四包・煎薬六貼来ル。○直ニ、太郎、痼疾化毒丸・水道水・三盆さとうを入、煮返し、冷水ニ致、四時過用之。○昼時岩五郎来ル。太郎やう子を聞て、帰去。

一昼後八時頃、おさち、六道江入湯ニ行、夕七時前帰宅。直ニ天王様へ参詣、帰路、処ゝにて小買物致、七半時頃帰宅ス。○太郎容躰、替ることなし。足痛日ゝつのり候様ニて、甚敷腫、見るも痛ましく、胸ふかり《(ママ)》、あわれなること筆紙ニ尽しがたく候。小水七度、夜ニ入四度、何れも少しヅヽ也。朝、白粥壱わん、昼飯、たまごやき少ゝ・粥壱わん、夕飯、かれいニて壱わんと少ゝ食ス。夜中熟睡致かね、足痛幷ニ瘰瘦の故ニ、所ゝ痛、只うと〳〵と致すのミ。其間、焼さつまいも・湯子飴を食ス。七月上旬ゟ病甚しく差重り候得ども、看病人ハ只母壱人の手ひつ《(ママ)》にて、七月十八日より、妹おつぎ二夜くらいヅヽ、折ふし参り、看病して母の手を助るのミ。外ニ看病致候者絶て壱人もなし。憐むべき事也。此節母の心配苦辛、何とたとへ候ニ物なし。

○廿八日癸巳　曇

一今朝、大内隣之助、沢あんづけ大根三本持参、被贈。雑談して、帰去。

一昼九時前、飯田町ゟ使来ル。右は、此方御預ケ置被成候両がけの内、壱ツ御とりよせの為也。御姉様ゟ御文到来、且、太郎江赤飯・鰺五被贈。則、太郎容躰を委しく認め、御礼申上、両がけ之内壱ツ、使江渡ス。○右同刻、祖太郎様、太郎見舞として御入来。牛肥一棹・梨子三ツ被贈。暫して帰去。○今朝、石井勘五郎ゟ子供使ニて、芝神明大麻・御剛飯少ゝ贈来ル。右請取置。○昼後、おさち、天王様江参詣、帰路、買物致、夕方帰宅。○夜五時頃、矢野文蕾来ル。もちぐわし一皿、太郎江被贈。雑談数刻、煎茶・くわしを出て、九時過帰去。

一太郎容躰、替ることなし。小水七度、夜ニ入五度、夜中両度大便通ズ。食事、朝、かき汁二わん・粥一わんを食す。昼、かれい煮つけ・湯づけ二わん、夕飯、塩焼あじ二ツ《(ダク)》。其間、水飴・牛肥・柿等を少しヅヽ食ス。今日は不通じの故ニ、腹満し候て、苦痛す。○夕七時過、田村宗哲来診す。太郎診脈の上、小水通じかね候間、兼用四貼を調剤して被授。直ニ二貼せんじ、今晩迄ニ腹用ス。暫して帰去。

○廿九日甲午　晴　昼後ゟ曇

一今朝、山本半右衛門内義、刷毛を借ニ来ル。則貸遣ス。○今日、ふし見ゟ、樹木の大松被贈之。○今朝、留吉ニ申付、田村江薬取ニ遣ス。九時前帰来ル、則、ちんせん四十八文遣ス。かうやく五貝・煎薬別煎・本方とも八貼来ル。

一昼後、おさち天王様江御百度ニ行、八時過帰宅。夫ゟ亦、忍原江買物ニ行、ほどなく帰宅。○八時頃、清右衛門様御入来。八月分薬売溜二〆六十八文御持参、且、上普請内金二両二分、請取書御持参被成候。薬一わり二百四文・石竹餅代四百三十二文・でんぶ代五十二文・納手拭代百文渡置。右手拭ハ、一両日中妻恋稲荷様江納度由、太郎申ニ付、右之趣清右衛門様江頼置。雑談後、せん茶・くわしを出し、夕七時前被帰去。○夕七時頃、矢野ゟ、先日貸進の弓張月拾遺五冊返る。且、沢庵漬大こん五本被贈。弓張月残編六冊貸遣ス。

一右同刻、豆腐屋松五郎、払米取ニ来ル。則、二斗渡し遣ス。且、水を汲入、帰去。

一太郎同偏。去廿六日、左りの方を下ニ致、ふせり候のミ。足痛甚しきゆへに、ねがへりを致候事不叶、依之、片寐ニて、一入難義ニ候所、今日昼後、右之方を下ニ致、ねがへりを致試候所、格別も痛も無之、少しの内右之方を下ニ致居候間、外踝のかうやく張替ることを得たり。去ル十六日より、今日廿九日にて十四日め也。其間左りのミ下ニ致、ふせり候事故、下ニ成候方、腰のあたりすれたゞれて、血出て痛つよく、難義実ニ筆紙ニつくし難、たとへるニものなし。今日も水瀉四度、小水、昼七度、少ミヅヽ。夜ニ入、大便両度瀉し、小水、夜六度。食事、朝、壱わん、昼、かれい煮つニ（ママ）て二わん、夕飯、壱わん。夜ニ入、まんぢう二ツ・だんご四ツ・いも少ゝ食ス。かうやく張替ハ朝夕両度也。○夜ニ入鶴三来ル。暫して帰去。

○九月朔日乙未　雨終日

一今朝、政之助来ル。太郎見舞被申入、ほど無帰去。○暮時前、文蕾来ル。暫雑談、又後刻可参由ニて、帰去。夜ニ入、四時来ル。焼いも一包被贈、今晩太郎慰んとて、本抔持参、少し太郎江読聞せ、終夜雑談して、明六時帰去。○太郎容躰、替ことなし。水瀉、昼夜ニて七度、小水ハ七度、夜ニ入五度なれども、少しヅヽ也。食気無之、一わんづゝ三度すゝむ。兎角腹満して、堪がたしと云。痼疾化毒丸、今日切ニて用畢。かうやく、内外共両度ヅヽ張替る。外踝の方、口二ツあき、夫ゟ膿多く出。

○二日丙申　雨終日

一今朝、留吉ニ申付、田村江かうやく取ニ遣ス。口上状差添、見舞の事申遣ス。

一昼後、おさち伝馬町江買物ニ行、七時頃帰宅。○夕七時頃田村来診ス。太郎診脉、足痛、外の方破、膿出候処を見候所、是ニてハりやうじ致易しと申、雑談後帰去。○暮時前、悌三郎来ル。暫して帰去。○暮時頃、お国、太郎見舞ニ来ル。ほど無帰去。○太郎容躰、替ることなし。今日も水瀉、腹満致候。天明ゟ三度瀉ス。小水ハ六度。夜ニ入、大便壱度、小水五度。朝昼夕三度、粥壱わんヅヽ食ス。○夕七時頃、尾張屋勘助聟熊蔵、日雇ちん乞ニ来ル。金二朱ト四百四十四文の由。則、払遣ス。

○三日丁酉《トリ》　晴

一文蕾、太郎見舞ニ来ル。則、容躰を咄し候へバ、ほど無帰去。

一夕七時頃、田口栄太郎母おいね、太郎病気見舞として来ル。ぶどう《(ダク)》三ふさ被贈、暫物語致、夕膳振舞、七半時過帰去。

一太郎容躰、今日も替ことなし。足痛・腹満等、昨日の如し。食事ハ三度、粥壱椀ヅヽ食ス。其間、ぶどう《(ダク)》・くわし抔少ゝヅヽ食ス。今朝、大便壱度瀉ス。小水、昼七度。夜ニ入少ゝ大便瀉ス。小水、夜四度、少ゝヅヽ、通ズ。

○四日戊戌　半晴

一今朝、田村江薬取ニ遣ス。九時前帰来ル。田村ゟ又痼疾化毒丸壱剤分来ル。煎薬・かうやくとも、如例来ル。留吉ニちん銭四十八文遣ス。

一昼後、信濃屋重兵衛、薪炭代取ニ来ル。則、金壱分二朱渡し、つり廿四文取。重兵衛申候は、伝馬町万新の娘不快の所、色ゝ手当致候へども、不快候ニ付、何方ゟ参候者ニ候や、加持致貰候ハヾ、忽全快ニ及候間、若旦那も右の御加持御受被成候ハヾ如何。右之御人、名僧智識之御僧の由。尤、此せツハ田舎ニ被居、右住居何方ニ候や、確とハ存不申候へども、右御加持被成候と、委敷御聞被成度思しめし候ハヾ、右万新江御出候て御聞被成候ハヾ、詳ニ相知れ可申候と申ニ任、直ニ梅村江頼申入候所、留主宅の由ニて、用事不整候所、夜ニ入、直記来ル。則、右之一条頼候所、早束承知被致、明早朝万新江参り、委敷書付持参可致候被申。暫く雑談して、五時頃帰去。○豆腐屋おすみ来ル。此せツ太郎大病ニて、右之者色ゝ世話ニ成候間、布子表壱ツ遣ス。○おさち伝馬町江買物ニ行、暫して帰宅ス。〇夜ニ入、半右衛門来ル。暫して帰去。〇太郎容躰、下痢、昼夜ニて九度水瀉。右之故ニ、小水は少し候也。面部・右之脚ニも、腫気見へ候間、甚心配。渇つよく、食気なく、三度、白粥壱わんヅヽ。夕膳ハ玉子雑水。其間、いも・あめ・くわし少ゝヅヽ食ス。今晩ハ腹痛・足痛ニて、不睡也。

〇五日己亥　半晴

一今朝、清助、太郎見舞として来ル。ほど無帰去。〇其後文蕾来ル。太郎容躰を承り候て、帰去。〇四時前、清右衛門様御入来。先頼置候でんぶ買取、持参せらる。代銭ハ前銭ニ済。且、ぶどう《(ダク)》二ふさ・梅ぼし一器・神田祭礼番付壱枚・鰑三枚被贈。去ル二日ゟ、御姉様ニも、虫積ニて御難義のよし被申。暫雑談して、昼時前帰去。〇昼前田村宗哲来診。太郎容躰を告、診脉せらる。且、下痢四、五日ニ及候間、不宜候間、薬加減被致度由被申。然ば後刻取ニ可遣旨申置。且、昨日、留吉薬取のせツ、玄関ニ有之候火入をうちかへし、畳・敷居迄焦し候由被申。扨ゝ気の毒の事ニ存候得ども、せん方なし。其後帰去。〇艮《(ママ)》刻、勘助方へ薬取人足申付、田村江薬取ニ遣ス。且、昨日の丸薬料金百疋封入、遣之。

一右同刻、直記来ル。昨夜頼候加持僧の事也。今朝万新へ参り、委敷承り候所、皆虚ニて、山しの由ニ付、延引致候由被申、早ゝ帰去。〇昼後織衛来ル。太郎江、献残氷餅壱包被贈。太郎病床ニて雑談後、帰去。〇おさち伝馬町江買物ニ行、夕七時頃帰宅。〇太郎容躰、水瀉昼六度、夜ニ入五度。其折毎ニ小水少ゝヅヽ、通ズ。水瀉度ゝに候間、一入衰、食事、粥壱わんヅヽ、食ス。其間、くわし・ぶどう抔、多食せズ。今日ゟ亦癇疾化毒丸用ゆ。氷もち少ゝ食ス。何分腹満致、薬も多く用ゆることを得ず。

○六日庚子　半晴

一太郎、今日も同様。昼五度水瀉、夜ニ入三度。小水、其折毎ニ少しヅヽ、五度通ズ。且、腹満・足痛も今日は甚しく、苦痛いふべからず。食事なし。誠ニ不便限りなし。只ヽ落涙するのミ。○夜ニ入、靏三、見舞ニ来ル。暫して帰去。○おさち、久保町ニ買物ニ両度行。其外、使札・来客なし。

○七日辛丑　晴

一今朝、文蕾来ル。太郎やう子を聞、帰去。○今朝、勘助方へ人足申付、薬取ニ田村ニ遣ス。

一四時頃、大久保矢野ゟ、手紙差添、弓張月残編五冊被返。右請取、美少年録初輯五冊貸遣ス。○右同刻、おさち伝馬町ニ買物行、ほど無帰宅。

一太郎容躰、替ることなし。但、水瀉、昼夜ニて八度、小水同断。朝、粥少し、昼同断。夜ニ入、そば半わん・うんどん半わん・いも少ヽ食之。兎角渇つよく、腹満・腫気も余程有之、心配ス。○昼時、豆腐屋おすみ来ル。暫して帰去。蜆汁一鍋遣ス。

○八日壬寅　晴

一今朝、文蕾来ル。太郎容躰を被尋、且、小魚一皿被贈。右以前、同所ニ先日頼置候下掃除来ル。車屋安五郎と云者也。右之者ニ下掃除申付候所、何れ帰宅後、親方へ咄し候て、明日又参り候由ニて、帰去。然る所、其後、無礼村源右衛門来ル。右は下掃除の事也。右源右衛門聟、此方下掃除致度由ニて、願ニ来ル。此方ニても、伏見ニ参り候下そふぢヲ申付候へども、遠方の所、右様ニて、四里外之所わざ〳〵罷越候ニ付、其意ニ任、然らバ其者明日ニも参り候様申候へバ、畏り候と申、源右衛門帰去。○昼後、かもん屋敷車屋安五郎又来ル。下掃除致候者有之ニ付、来候へ共、既ニ源右衛門ニ申付候上ハ、其義ニ不及候間、気の毒乍、断ニ不《(ママ)》及。

一夕七時前、覚重様、千駄ヶ谷御屋敷江御虫干ニ御出被成候由ニて、御入来。太郎やう子を御らん被成、いそぎ御帰被成候。○其後田村来診ス。太郎診脉の上、せん茶・くわしを出ス。太郎腹中、皆水気ニて、下痢致候ゆへ、ぜひ〳〵下痢を止め可申、御薬かげん致候間、明日人被遣候由申、帰去。○おさち伝馬町江買物ニ行、暫して帰去。其後おろじ《(ダク)》町江入湯ニ行、夕七半時頃帰宅。○太郎容躰、兎角下痢いたし、昼二度、夜ニ入三度。食事、朝、握飯小三ツ、昼、茶飯少ゝ・さより一尾。其間、しつぽくそば壱ツ食ス。昨夜ゟ足痛弥増、夜ニ入胸痛甚しく、わが身壱人、おさちのミにてハ心細く存、文蕾を頼候半と、おさちを呼ニ遣し候所、留主のよしにて不来。其内胸痛納り、あま酒を食ス。○五半時過、文蕾、只今帰宅致候由ニて、来ル。先刻、太郎さしこミつよく、こまり候ニ付、願候所、御留主の由ニて力不及と申。夫ゟ色ゝ雑談、明六時迄太郎をなぐ《(ダク)》さめ、天明後帰去。

一今日、夆山頂松信女様御詳《(ママ)》月御逮夜ニ付、茶飯、一汁二菜供之。

○九日癸卯　晴

一今朝、勘助方へ薬取人足申付、田村江薬取ニ遣ス。昼時前帰来ル。煎薬六貼・かうやく八貝到来ス。○昼前、矢野ゟ美少年録初輯五冊被返。所望ニ付、二集五冊貸遣ス。○四時頃、おさち、伝馬町江鯵鍋買ニ行。太郎所望ニよりて也。○今日重陽祝儀。さゝげ飯・一汁二菜、家内一同祝食ス。終日開門也。

一太郎容躰、今日、大便壱度、夜ニ入壱度、なめらかに通ズ。小水、昼夜ニて八度、少しヅゝ通ズ。朝、小握飯三ツ、昼飯、鯵鍋ニて二わん、夕飯二わん。其間、そば・蕎麦がき・くわし・いも等也。今晩文蕾、亦、太郎を慰んとて来ル。九時頃、蕎麦切を振ふ。其後、せん茶・くわしをすゝめ、終夜看病ス。○昼時、芝神明前いヅミや市兵衛ゟ、女郎花五色石台四集上帙二十丁、板下出来の由ニて、校合ニ被差越、手紙差添来ル。右請取、太郎事大病ニて、急ニハ出来かね候間、十五、六日頃人被遣候由、返書ニ申付遣ス。

一昼後、清助来ル。ほど無帰去。○八時過半右衛門来ル。是亦早ゝ帰去。

○十日甲辰　晴

一今日、常光院様御祥月忌ニ付、朝料供、一汁一菜供之。昼後、せん茶・御もり物を供ス。

一今朝、無礼村源右衛門紹介之下掃除来ル。源右衛門聟忠七と申者、此せツ不快ニ付、同人弟伊三郎と云者、名代として掃除ニ来ル。納物等かけ合、今より右之者下掃除申付る。右伊三郎、両側汲取、高井戸ヘ帰去。

一高橋真太郎、去年十一月ゟ指の脳ニて引込候所、此せツやうやく順快ニ付、今日ゟ出勤の由ニて来ル。○夕七時過田村宗哲来診。如例診脉して、帰去。

一暮時前、梅村直記来ル。暫く雑談後、帰去。

一太郎容躰、替ることなし。食事、朝昼両度、握飯三ツヅ、食ス。半ぺん・ミつば・八ツがしらの平ニて食ス。夕飯ハ、酢赤がいニて一わん半食之。其間、いも・くわし抔也。暮時前ゟ、又三度水瀉。腹痛・腹満・渇も甚しく、終夜苦痛ス。不睡也。かうやくハ壱度張替る。

○十一日乙巳　晴

一太郎容躰、替ることなし。今日も腹満ス。小水四、五度、少しヅ、通ズ。夜ニ入、天明迄三度、大便水瀉、腹痛ス。朝昼夕三度、一わん半ヅ、食ス。夜ニ入、うどん・そば半わんヅ、一わん余食ス。夜中、玉子湯を食ス。

此せツ、看病のたすけ致候者無、母一人ニて終日終夜看病致候間、殊の外疲労、何分長き事ニて、太義かぎり無し。○夕方、勘助方へ明日薬取人足申付置。

○十二日丙午　晴　明六半時頃地震

一今朝、勘助方ゟ薬取人足来ル。則、田村ぃ薬取ニ遣ス。昼時前帰来ル。

一四時前、清右衛門様御入来。あづき二合ほど被贈。且、清右衛門様舎弟八十吉ゟ、太郎見舞として、片折くわし一ツ被贈。尚又、神田明神様御祭礼、来ル十五日候間、若、太郎少〻も快よく候ハヾ、おさち差越候様被申候へども、此せツ太郎大病中、中〻左様の心無し。清右衛門、しバらく雑談して、被帰去。○八時過、山田宗之介来ル。三盆白砂糖壱斤入一折被贈。暫らく雑談、夕飯を振舞、夕七半時過帰去。

一今朝四時頃、文蕾来ル。太郎やう子を被尋、ほど無帰去。○夕七時頃、高畑武左衛門来ル。ほど無帰去。○太郎容躰、弥水気相増、腹満、苦痛ス。朝飯一わん、大こん汁少〻、貝の柱少〻。昼飯、切鮓二ツ食ス。夕方、蕎麦一わんを食ス。其間、いも・あめ等少〻ヅ、食スのミ。昼、小水、少しヅ、五度、夜ニ入大便三度瀉ス。かわきも甚しく、夜ニ小水四度。明方亦かうやくを張替る。兎角睡り候事まれニて、今晩、終夜惣身を撫さすり致遣ス。何分荘年の者、か丶る病ニ閉られ、全快無心元事、不便かぎりなく、胸のミ張さく心地也。

○十三日丁未　半晴　南風烈　夜ニ入雨　遠雷　温暖

一今日十三夜祝儀。あづきだんご製作致、家廟ぃだんご、枝豆・くり・柿・衣かつぎ芋そゑ供し、家内一同祝食ス。○四時頃、伏見ゟ唐だんごきなこつけ、枝まめ・いも・柿添被贈。昼後、此方ゟあづきだんご、品〻添、為持遣ス。○昼時頃、高畑武左衛門来ル。右は、太郎羽織借用致度由申ニ付、何とも迷惑ニ候得ども、断も申がたく候ニ付、結城木綿羽織貸遣ス。○右同刻、文蕾来ル。太郎病床ニ通り、暫く太郎を慰候内、昼時過ニ及候間、太郎と共ニ昼飯振舞、其後、だんご出来候間、煮茶致、だんごを振。暫して帰去。○夕七時過田村宗哲来診。太郎容躰を告、診脉せらる。右畢、せん茶・くわしをすゝめ、其後帰去。

一暮時、半右衛門来ル。同人、世話敷御ざ候故無沙汰の由申候て、帰去。

一太郎容躰、今日も替ることなし。大便両度、小水六度。朝飯、茄子ごま汁、昼、大こん・こち旨煮、夕飯、干瓢玉子とぢ。右、何れも一わんヅヽ食ス。其間、だんご・汁こ一わん食ス。夜ニ入、大便両度、小水四度。仙台糒湯壱わん。其外ハ昨日の如し。

○十四日戊申　雨　南　温暖　雨

一今朝、勘助方へ薬取人足申付、田村江薬取ニ遣ス。帰路買物申付、代銭百文為持遣ス。右使九前帰来ル。申付候買間違候て、白雪こうとゝのへ来ル。右の品、望にあらず不用ニ候へども、其儘受取置。田村ゟ如例煎薬六貼到来ス。

一昼時頃、文蕾来ル。雑談時をうつして、昼時過帰去。○右同刻、半右衛門来ル。是亦雑談中、太郎、半右衛門江大横町のかる焼を整呉候様頼候ニ付、右之序ニ色ミ買物を頼遣ス。右之買物ハ、今晩麦飯をこしらへ、文蕾・半右衛門を招かん為也。直ニ半右衛門買物買ニ行、暮時前帰来ル。遅刻不便ニ候得共、既ニ支度致候ニ付、夫ゟこしらへたて、日暮て文蕾・半右衛門ニ振ふ。右両人、食事畢、雑談、九時帰去。○太郎容躰、今日昼、大便三度、夜ニ入三度水瀉、小水も昨日の如し。兎角腹満、咳出、難義甚し。今日より又、カモウリを用ゆ。食事、一わんヅヽ、両度、夕飯ハ、麦飯かるく二わんを食ス。

一今日、女郎花五色石台校合致かけ候所、色ミ取込ニて、漸く十丁校合ス。

○十五日乙酉　半晴

一早朝、伝馬町ゟ太郎望の品買取ニ行、四時帰宅ス。○四時頃、無礼村下そふぢ友次郎代之者、友次郎不快ニ付、代りとして来ル。然ども、余り久〻参り不申候間、外之者ニ取替候由、右之者ニ申聞遣ス。○昼前、文蕾来ル。太郎と物語致、昼時頃帰去。

一太郎容躰、同偏。水瀉、昼夜ニて六度。惣躰ニ水瀉まハり、一入煩悶致、見るにしのびず、難義かぎりなし。朝、一わん、むき身少し、昼、かいのはしら三杯酢・鍋玉子ニて一わんと少し、夜食、一わん半を食ス。今日、足痛ハ少し相増申候。

○十六日庚戌　半晴

一早朝、文蕾、太郎様子を被問、から汁こしらへ候間、太郎給候ハヾ上申候由被申候間、右貰受、太郎ゟ薦む。文蕾、老実ニて、日〻太郎やう子をとハれ、折〻、太郎好候物被贈候事度〻也。○四時過、飯田町使ヲ以、太郎やう子を被問、御姉様ゟ御文、且、赤飯一重・煮肴一重・蓮一本・柿九ツ被贈。右返事に御礼厚申上、太郎容躰を詳ニ申上、神女湯十五包使ゟ渡ス。

一八時頃、半右衛門来ル。暫して帰去。○右同刻、矢野ゟ、先貸進の美少年三集五冊被返、且、牛肥一さほ、借書の謝礼として被贈。尚又、童子訓初板五冊貸遣ス。手紙到来致候へども、返書不遣、口上ニて謝礼申遣ス。

一夕七時頃、田村宗哲塾、代診として来ル。太郎診脉して、煎茶・くわしを出ス。其後帰去。○夕方、おさちを以、勘助方へ、明日田村ゟ薬取人足申付遣ス。

一太郎容躰、替ことなし。但、足痛甚敷、かうやく張替をせず。昼夜水瀉六度、小水、昼夜ニて八度通ズ。食物、朝飯、から汁一わん・飯壱わんを食ス。昼、大かれいニて一わん半を食ス。夕飯ハ不給。其間、あま酒少ゝ、夜ニ入、蕎麦ぶつかけ一ぜん《(ダク)》食ス。◯

○十七日辛亥　晴

一今朝、文蕾来ル。暫して帰去。厚板せんべい壱包、同人子供江遣ス。文蕾、伝馬町江参り候由ニ付、麦落鴈・みそ漬せうが頼遣ス。代銭百文あづけ遣ス。

一右同刻、あつミ祖太郎、千駄ヶ谷江参り候序の由ニて、太郎容躰を被問、厚板せんべい一包太郎江被贈。ほど無千駄ヶ谷御下屋敷江被参候由ニて、帰去。○早朝、勘助来ル。則、田村江薬取申付遣ス。四半時頃帰来ル。田村ゟ煎薬六貼・膏薬六貝、外ニ口中歯薬壱包到来ス。

一昼後、おつぎ来ル。ぶどう《(ダク)》二ふさ太郎江被贈。今晩止宿して、太郎の看病ス。○昼後、文蕾、先刻頼候麦らくがん買取、持参せらる。

一夕七時前、芝泉市使ヲ以、五色石台校合を乞る。且、例年之通り、あま酒一重被贈、手紙到来。然ども取込中ニ付、返書ニ不及、五色石台初校一冊渡し、口状ニて謝礼申遣ス。○夕七時頃、山田宗之介ゟ使札到来。右は、来ル廿二日、長松院様御三回忌御相当ニ付、焼まんぢう廿入壱重被贈之。則、返書ニ謝礼申遣ス。○太郎容躰、朝飯、から汁ニて一わん、昼飯、かれい薄しほ一わん、夕飯ハ不給、そば一わんを食ス。昼夜六度水瀉、小水兎角通かね、腹満。今晩、かわき甚しく、苦痛煩悶、不睡也。おつぎ、終夜看病して不睡。

○十八日壬子　晴

一今朝山本半右衛門来ル。大きす三尾、久敷心掛居処やうやく今日手入候由ニて、太郎江被贈、且、糸瓜之水一とくり、是亦被贈。暫して帰去。○昼時、大久保矢野ゟ使ヲ以、先日貸進之童子訓初板五冊被返、尚亦所望ニ付、二板五冊貸遣ス。借書の謝礼として、きす魚十尾被贈之。手紙到来。返書ニ謝礼申遣ス。

一八時頃ゟ、おすみを使として、芝田町山田宗之介幷ニ赤尾江きす十、文ヲさし添、病気見舞。山田江ハ長松院様御三回忌御備物くわし目録、おふみ江文ヲ以遣ス。右使、暮時帰来ル。則、ちんせん百文遣ス。赤尾ゟ返書到来、尚亦、ぶどう《（ダク）》二ふさ太郎江被贈。おふミゟハ返書不来、請取のミ来ル。

一八時頃ゟ、おつぎ・おさち、番所町媼神江参詣。帰路、買物致、ほど無帰宅ス。

一夕七時過田村宗哲来診ス。太郎診脉畢、如例、煎茶・くわしを出ス。暫して帰去。○太郎容躰同偏、水気弥増のミ。実ニ難義かぎりなし。

一朝昼、塩きすニて一わんヅヽ、両度食ス。大便、昼夜ニて五度、小水十一度、少しヅヽ。内、八時頃通じ候小水ハ五勺余通じ、悦候処、其後ハ少しヅヽ通る。今晩もお次看病ス。

○十九日癸丑　晴

一四時頃半右衛門来ル。伝馬町江参り候間、買物ハなきやと被問。其詞随、仙台糒頼遣ス。右買取、昼前来ル。右以前、山本悌三郎・文蕾来ル。暫く太郎を慰、せん茶・くわしを出し、昼時右三人帰去。○四時頃、あつミお鍬様、太郎見舞として御入来。小ぎす開五尾御持参。煎茶・くわしをすゝめ、昼飯を振舞、夕七時頃御帰被成候。○八時、林内義来ル。暫く雑談して、帰去。○太郎、水気弥増候ニ付、芭蕉の実木伐取、せんじ用候ハヾ水気減じ候由、かねて人の噂ニ聞候間、右、半右衛門ニ頼候所、早束承知被致、直ニ何れへか被参候て、芭蕉一本伐取被参候。右之芭蕉ハ、高畑助左衛門の由ニ候へども、一株百文ニ買取被参候由ニ付、則、百文半右衛門ニ渡ス。直ニ実木をせんじ、今晩三杯用ゆ。此芭蕉之一条ハ昨十八日に記すべき所、漏したれバ茲ニ記ス。○夕方、文蕾又来ル。伝馬町ニ参り候間、買物有之候ハヾ買取可参旨被申候ニ付、太郎、則、亀の甲せんべい頼遣ス。代百文渡之。日暮て六半時過、右買取、持参せらる。代銭四十八文の由ニて、四十八文被返。同人ゟ、焼芋・さんしよ切少し被贈。今晩此方へ止宿して、太郎看病をせらる。おつぎも同様看病ス。亥ノ刻、文蕾ニ煎茶をこしらへ、煮肴・煎どうふニて夜食を振ふ。○太郎、今日は水瀉五度、小水八度。食事、朝、壱わん、昼、壱わん、夕、壱わん。其間、あま酒・葛湯・せんべい・ぶどう《(ダク)》杯、少しヅ、食ス。今晩ハかわき無之故ニ、少しおだやか也。看病人も睡ることを得たり。

○廿日甲寅　晴

一今朝五時前、文蕾帰去。○其後、朝飯後おつぎ飯田町ニ帰去。神女湯五包為持遣ス。おさち同道ニて、伝馬町ニ買物ニ行、四時頃帰宅ス。

一今朝、鮫河橋の老媼を、田村ニ薬取ニ遣ス。容躰書差添遣し候所、四時過、右薬取帰来ル。田村ゟ煎薬七貼・かうやく八貝到来。薬少ゝ加減致候由、申来ル。右之者ニ人足ちん四十八文遣ス。○昼時、芝泉市ゟ使札ヲ以、女郎花五色石台第四集上帙壱・二の巻、初校直し出来、見せらる。取込中故、其儘あづかり置、又両三日中ニ可参旨、口状ニて申遣ス。

一昼八時頃、隣家林内義、太郎病気見舞として、落鴈・種ぐわし、本形小重ニ入被贈。雑談中、太郎、つまみ物を所望致候へバ、林内義、鮫ケ橋大坂ニむさしやと申料理屋ニて拵候品、何れも上品ニ候間、今ゟ参り買取可申由被申候ニ付、其意ニ任、頼、代銭二百文渡遣ス。ほど無買取、被参候。厚く謝礼述、ほど無帰去。同人子どもへ亀の甲せんべい・そばまんぢう為持遣ス。○右同刻、前野留五郎、御用済ニ付帰番の由ニて、来ル。○八半時頃、芝田町山田宗之介ゟ、使茂太郎ヲ以、そば饅頭壱重数十六入、手紙差添、被贈。返書ニ謝礼申遣ス。

一夕七時頃、田辺礒右衛門、太郎病気見舞として来ル。越の雪片折一ツ被贈。太郎病床ニ通り、太郎と物語して、ほど無帰去。

一暮時前、大内隣之助ゟ、あま酒一器・沢庵漬大根二本被贈之。

一右同刻、おさち門前に出候所、藤田嘉三郎内義、おさちを招き、胡瓜半分を被贈。右は、太郎痢水の為、先頃中ゟ所望致居候由被聞及候故也とて、被贈。右胡瓜、おさち持帰り、太郎ニ見せ候所、誠ニ大悦、直ニ三杯酢ニ漫《(ママ)》し置。明朝給させ候心得也。

一太郎容躰、今日も小水通じあしく、昼三度瀉ス。小水、昼五度、夜ニ両度瀉ス。小水ハ四度也。

○廿一日乙卯　晴　暁六半時頃小地震

一今朝山本半右衛門来ル。暫して帰去。○昼時頃、清助来ル。雑談時をうつして、かへり去。右同刻、松岡織衛・梅村直記来ル。太郎病床ニとふり、ほど無帰去。

一八時過、林猪之助内義来ル。暫く立話して、伝馬町に参り候由ニて、帰去。

一夕七時過田村宗哲来診。太郎診脉して、薬加減せられ候由ニて、五貼調合、被渡。右は烏犀角入の薬ニて、一日ニ二分ヅ、用候由也。せん茶・くわしを出ス。雑談数刻、出し候そばまんぢう所望ニ付、包遣ス。暮時前帰去。○右同刻、矢野ゟどうじくん《(ダク)》三板被返。右請取、四板五冊貸遣ス。○暮時、お梅方ゟ使札ヲ以、春中約束致置候半てんの表貫度由申来ル。然ども、暮時、此方大病人有之候中、暮時手放され難候間、返書のミ遣ス。

一夕七半時過、十月分御扶持渡る。取番立石鉄三郎差添、車力壱俵持込候故、請取置。美濃米也。

一太郎容躰、朝昼夕三度、白粥一わんヅ、食ス。大便壱度、夜ニ入二度、小水、昼五度、夜中壱度通ズ。右之外、替ることなし。

○廿二日丙辰　晴

一今朝、木園、太郎見舞として来ル。暫して帰去。○昼後、飯田町御姉様、太郎見舞として御出。先日願候ねり薬二曲御持参、外ニ太郎ニみそづけ生が・くわし一包・小黄瓜五本被下之。終日太郎看病遊し、且、先日おつぎヲ以願候金百疋、今日御持参、御貸被下候間、則、太郎薬料、烏サイカクを求、其外太郎求候品ヽ買取。御姉様ニ欠合の夕飯を上、夕方御帰被成候。自も御同道ニて、伝馬町ニ右烏サイ角買取、其外、太郎所望の品ヽ買取、あら木横町ニて御姉様ニ御別申上、暮時帰宅。右留主中、文蕾を頼置。○昼後、文蕾、先日頼置候木の葉せんべい買取、持参せらる。ほど無帰去、夕方又来ル。其せツ、留主を頼候也。先日約束致候ニ付、ねりやく一曲遣ス。暮時帰去。

一暮時、隣家林内義来ル。後刻可参由ニて、帰去、五時頃又来ル。同人、今晩太郎看病をせん為也。たまご鮓五ツ・鶏卵二ツ被贈。四時過夜食振舞、今ばん終夜看病をせらる。○太郎容躰、今日は食気なし。昼飯、小握飯壱ツ食ス。夜ニ入、そば半わん・ゆでたまごき身斗食ス。渇つよく、小水つうじあしく候間、今日は甚不出来也。夜中三度瀉ス。其間、暁七時ゟすや〳〵睡る。おさちも八時頃迄看病ス。

○廿三日丁巳　雨

一今朝、勘介方へ人足申付、田村ニ薬取ニ遣ス。四時過帰来ル。煎薬・かうやくとも、如例来ル。容躰書中ニ来診の事申遣ス。返書来ル。○天明後、林内義帰去。

一五時過、文蕾とろゝ汁一器持参、太郎ニ被贈。暫して、買物ニ被参由ニ付、尚亦、太郎買物品ヽ頼遣ス。其後帰去、昼後帰来ル。買物、〆百三十二文の由ニ付、渡し遣ス。

一八時過、田村宗哲来診ス。太郎診脉畢、薄茶を振ふ。太郎煉薬の事申候へバ、手前ニ有之候ねりやくさし上候間、後刻取可参由被申候間、代銀承り候所、壱剤五匁の由被申候て、帰去。○直ニおさちヲ以、勘助方へ人足申付、田村江煉薬取ニ遣ス。手紙差添、代銀五匁為持遣ス。暮時過帰来ル。

一暮時頃、泉市ゟ使札ヲ以、五色石台二番校合取ニ来ル。此分宜敷由遣ス。扉半丁直し遣ス。

一夜ニ入、林内義、金之介同道ニて来ル。金之介ハ止宿ス。内義八時頃帰去。

一太郎容躰、今日も替ることなし。但、朝飯、粥少し、昼、黒豆飯の小握飯壱ツ、夕方、かたくりめん二わん食ス。大便、昼夜ニて両度、小水も昼夜ニて六、七度也。

○廿四日戊午　晴　風　昼後ゟ曇

一今朝、政之介母義、太郎見舞として来ル。暫物語して帰去。○昼時過、飯田町ゟ御姉様御文ヲ以、一昨日頼置候鯉・烏犀角・其外品々被贈之。今日おつぎ可参所、風邪ニ付延引の由、申来ル。謝礼、返書ニ申置。○右鯉、早束料理候に、今日、妙岸様御祥月御逮夜、且、琴光院様御命日ニ付、手づから料理難候ニ付、半右衛門を頼、料理貰ふ。其内、おさち、伝馬町江麦みそ・冬瓜子買取ニ行、ほど無帰宅。直ニ右麦みそニて汁を仕立、太郎ニ給さしむ。

一夜ニ入、豆腐屋松五郎妻おすミ、娘おまき同道ニて来ル。今晩看病せん為也。おまき・おさちハ九時頃枕ニつき、おすみハ八時過ゟ睡りつく。○夕七時過、米つき政吉来ル。明日御扶持春可申由申ニ付、然バ明日参り候様申付遣ス。

一太郎、今日も同様。朝、粥一わん、昼同断、夕飯、一わん・鯉こくせう汁一わん半・鯉膾少々。其間、柿・あめ・くわしを食ス。大便昼両度、小水七度、夜ニ入小水四度。大便ハ不通。陰嚢の水少し減ズ。夜八時頃、又粥一わん・鯉汁一わんを食ス。挽茶壱腹(ママ)同断。深夜ニ至り、多不睡。

○廿五日己未　雨

一今日、妙岸様御祥月ニ付、朝料供、平、けんちん汁・干大根・油あげ、猪口、菊見を供ス。

一早朝政吉来ル。則、玄米三斗壱升つかしむ。朝飯給させ、つきちん百四十八文遣ス。

一同刻おすみ帰去、おまきハ朝飯給させ遣ス。

一五時頃ゟ薬取人足来ル。則、田村江薬取ニ遣ス。右人足、四時過帰来ル。せん薬六貼・膏薬六貝来ル。○夕七時頃、梅村直記ゟ、菊味小ふた物入少ゝ被贈之。口状書差添、何れ後刻可参由被申越候へども、不来。○隣家林内義、橘・柿三ツ、餡だんご少ゝ持参、被贈。何れ後刻可参由被申候て帰去、夜ニ入、四時過又来ル。太郎看病をせん為也。九時頃ぶつかけそば《ダク》を振ふ。終夜看病致され、暁七時ゟ天明迄枕ニ就き、天明後帰去。○太郎容躰、大便、夜ニ入二度通ズ。小水ハ昼夜ニテ九度ほど通ズ。朝飯、けんちんニて一わん半、昼、鯉こくニてかるく二わん、夜ニ入、六時頃かたくりめん一わん半を食ス。其後、白玉汁粉半分・そば一わんを食ス。今晩も渇甚しく、且、足痛候て、太郎・看病人も不睡也。

○廿六日庚申　雨終日

一四時頃文蕾来ル。雑談時をうつし、安火のふた損じ候間、文蕾、竹釘をヲ(ママ)以是を繕貰ふ。且、四ツ谷被参候ハゞくわし買取呉候様、太郎頼ニ付、右うけ引、帰去。○暮時、右同人方ゟ、くわし一袋買取、矢野の僕ヲ以被贈越。右請取、謝礼申遣ス。○今朝、直記、太郎見舞として来ル。早ゝ帰去。○夜ニ入五時頃、林内義、今晩又看病をせんとて、娘おれん同道ニて来ル。大乾魚二枚被贈。終夜看病被致、明七時枕ニ就。右同人、当春高畑内義悪心ニて嫉、林内義ニ色〻悪口致ニ付、林内義殊之外〳〵立腹致候ニ付、去月十九日迄ハ打絶疎遠ニ候所、去九月十九日半右衛門被参、此方ニて一向ニ存不申、高畑内義全く悪心故ニ両家の中をさき候事、委敷被申候得ば、やうやく心の曇晴候様子ニて、十九日ニ被参、右之一条申出し、被詫候間、此方ニてハ一向構不申候旨申候へバ、夫ゟ日〻被尋、夜分も被参、ねんごろニせ話被致候事、右の如し。只〻恐るべきハ嫉ある女子也。よく〳〵慎むべし。○太郎容躰、今日は、朝昼一わんヅ丶、夕同様。其間、くわしを食ス。大便、昼三度、夜ニ入不通。小水ハ昼夜ニて十一、二度也。水気ハ少し捌候様ニ候へども、痰咳ニてのんどつまり、運動のせツハ煩悶ス。夜中兎角不睡、暁頃ゟ少〻睡る。

一夕七時田村宗哲来診。太郎容躰を告、診脉せらる。診脉畢、痰咳の別煎壱貼調合せらる。外ニ白せつ膏一貝・口舌散三包被差置、如例、煎茶・くわしを出し、其後帰去。

○廿七日辛酉　曇　四時頃ゟ雨

一天明後、林内義、女児と共ニ帰去。○九時前下そふぢ忠七来ル。両厠掃除致、帰去。当月十日ニ同人弟伊三郎参候ま丶、十七日め也。

一右同刻靍三来ル。暫して帰去。○昼時、清右衛門様御入来。あわもち一器太郎ニ被贈。おつぎ事、兎角同偏ニ付、未参り候事出来かね候由御申被成候。太郎、茶柄大小・外ニ刀の身一本□箔金何ぞ張候を払度由申談事、右之品〻、大小一腰・刀身一本つば《（ダク）》取添、清右衛門様ニ太郎頼、為持遣ス。尚又、鯉今壱尾買呉候様頼置。雑談して、八時過御帰被成候。○右同刻靍三又来ル。先刻太郎約束の口中薬一包・薫薬一包持参せらる。口中薬代銭壱匁の由候へども、只今有合無之ゆへニ、代銭ハ未遣ず、雑談後、帰去。○暮時前、山本悌三郎来ル。其後山本半右衛門も来ル。半右衛門ハ伝馬町ニ参り候由ニて、早〻帰去。悌三郎ハ太郎看病被致、九時帰去。○

太郎、今日は不出来。夜ニ入、発熱。乾き甚しく、煩悶ス。昼夜ニて六度瀉ス。余り煩悶致候故ニ、林内義、九時頃あま酒一器太郎江被贈、用事あらバ又可参由被申、帰去。○小林佐一郎来ル。右は亡父忌明の由ニて被参。

○廿八日壬戌　雨

一昼後山本半右衛門来ル。暫く雑談、薄茶一服振舞、夕七時頃帰去。○右同刻高畑武左衛門来ル。暫して帰去。○右同刻文蕾来ル。伝馬町江参り候間、何ぞ用事有之やと被問。太郎、蒲萄（ママ）を買取呉候様頼候所、早束承知被致、夕七時頃買取、持参せらる。

一夕七時過、矢野ゟ、先日貸進の童子訓六板五冊被返。尚又所望ニ付、夢惣兵衛初へん五冊貸遣ス。○暮時豆腐屋おすミ来ル。ほど無帰去。○暮六時過山本悌三郎来ル。蒲萄二房太郎江被贈、今晩終夜看病被致。○夜五時過、林内義、看病せんとて来ル。然ども、今晩悌三郎被居候ニ付、八時頃帰去。○今日、太郎少しおだやか也。食事、白粥三度、少しヅ、食ス。大便両度、小水九度。其外替ることなし。

一早朝、勘助方ゟ薬取人足来ル。則、田村江薬取ニ遣ス。四時過帰来ル。せん薬、本方六貼・別煎三貼、膏薬六貝来ル。本方の方、加減被致候由申来ル。

○廿九日癸亥　晴　五時前地震

一今朝、文蕾、から汁出来候間太郎給候やとて、持参せらる。右さし置帰去、昼時前又来ル。太郎、四月以来蒲団取替（ママ）候間、惣身痛候由ニ付、羽根ぶとんを下ニ布、右之上ニ絹ぶとん布望候ニ付、文蕾・悌三郎手伝、蒲団ひきかへ、其上ニ臥せ候。右畢、文蕾帰去。悌三郎ハ九時頃帰去。○夕七時頃田村来診。太郎診脈畢、田村被申候は、腫気甚敷重り候。かくてあらバ凌難し。もはやさいかくも功なし。此上はきびしく毒忌致、琥珀を用ゆべし。しからバ今明日中ニ小水多通べし。左候ハヾ凌安かるべしと被申。只今迄の薬ハ捨さり、今ゟ琥珀附用べしとて約束致。代銀承り候所、一剤ニて金百疋、其余の薬味金五拾疋なるべしと被申候ニ付、早東勘助方へ人足申付、則、金百五十疋封入致、為持遣ス。右使、五時前帰来ル。則、煎薬三貼・琥珀四包到来ス。今晩ゟ右琥珀を用。一剤掛目四匁、一日ニ五分ヅヽ、麦汁ニて用候由也。

一夜ニ入悌三郎来ル。終夜看病被致。〇五時頃林内義来ル。暫して帰去。

一太郎容躰、昨今腫気重り、不出来、煩悶苦痛云べからず。大便壱度、小水三度、夜ニ入、小水三度通ズ。床づれ痛候ゆへ、今晩も不睡也。食物、朝昼夕、粥一わんヅヽ、食ス。其間ゆでたまご・くわしを食ス。

〇卅日甲子　晴

一今朝、文蕾ゟ、昨日頼候らくがん一袋届来ル。右請取置。

一悌三郎昼前帰去、ほど無又来ル。今晩止宿して、太郎の看病被致。

一昼時過ゟ、太郎所望の品ゝ伝馬町ぇ買物ニ行。留主ニハ悌三郎を頼置。右留主中、直記来ル。清右衛門様も御入来。清右衛門様、先月分薬売溜、壱〆五百六十八文御持参。壱割百五十六文差上候。且、先日頼候ねり薬代二百文、今日御持参のくわし代四十八文、清右衛門様ぇ返納ス。八月中納手拭残銀三十六文、受取済。鯉御持参被成候得ども、太郎毒忌ニ付、不用ニ成。然ども、折角整候物故、受取、水ニ入置。清右衛門様、度ゝ種ゝ御頼申候間、今日ハ少ゝ斗酒を薦め、悌三郎と供ニ夕膳を果して、暮六時過御帰被成候。

一太郎容躰、今日は甚不出来。水気弥相増、心配此上なし。朝夕、粥一わんヅヽ、啜のミ。面部・惣身余ほど浮腫致、腹満苦痛、且床づれ甚しくいたミ、煩悶ス。

○十月朔日乙丑　晴

一昼時悌三郎帰去。又後刻可参由也。○右同刻、靍三来ル。且、先日持参被致候口中薬代壱匁、今日同人ニ渡ス。是亦後刻可参由ニて、帰去。

一昼時、矢野ゟ、煮大根・はぜ小重ニ入被贈。○夕方悌三郎来ル。今晩、又終夜看病せらる。○右同刻林内義来ル。暫して帰去、夜ニ入又来ル。太郎ニきす魚三尾被贈。右うつりとして、鯛・大根煮つけ一皿遣ス。暫して帰去。

一八半時過田村宗哲来診。太郎容躰を告、診脉畢、余ほど劇しき水気ニ候へバ、今一剤琥珀散御用無之候ハヾ、経験あるべかず《(ママ)》。明日又一ざ《(ダク)》い上可申候。左候ハヾ、経験あるべしと被申、煎薬三貼調合被致。せん茶・くわしを給させ、帰去。

一太郎容躰、替ことなし。小水、昼夜ニて八度、大便三度通ズ。朝、粥少し、昼同、夕、かたくりめん壱わん半食ス。○昼前、靍三来ル。暫して帰去。

一今八時頃、田辺礒右衛門・川井亥三郎来ル。無尽掛銭の事也。則、同人ニ二匁渡ス。

○二日丙寅　晴

一今朝、文蕾来ル。青梅糟づけ三ツ、太郎被贈。暫物語致、帰去。○四時頃清助来ル。ほど無帰去。○其後靍三来ル。今ゟ上野ニ参り候由ニて、早ゝ帰去。○悌三郎昼前帰去、日暮て又来ル。ぶどう二房被贈。今晩看病被致候事、女子も不及、老実の事也。○昼時、おすミヲ以、飯田町ニ薬料の事申遣ス。然る所、薬料ハ不示、琥珀二匁成田屋ゟ取よせ、被贈。右ニ付、今日田村ニ琥珀散代料ニ差支候得ども、兎も角も致候ハんと存候。おすミ八時過帰来ル。申所右之如し。其後、田村ニ薬料金壱分二朱封入、おすみを取ニ遣ス。田村宗哲他行ニて知かね候由ニて、いたづらに帰来ル。おすみニ人足ちん百四十八文遣ス。○暮時田村ゟ僕ヲ以、先刻遣し置候薬被届。右請取置。○夜ニ入、林内義来ル。雑談数刻、丑ノ刻頃帰去。○太郎容躰、替ることなし。大便、昼夜ニて五度瀉ス。小水、昼夜ニて八度通ズ。朝、粥一椀、昼、かたくりめん、夕飯、粥少し食ス。其間、金平糖・ようかん・くわしを食ス。痰咳ニて声出ズ。両三日、水気惣身ニ充候ゆへ、運動甚六ヶ敷、難義不便涯なし。○八時過、芝神明前いづミ屋次郎吉来ル。太郎見舞として、柚花おこし一折、且、明日売出しの由ニて、五色石台四編四部持参、被贈之。暫して帰去。

一夕方、文蕾、たどん壱俵持参せらる。先刻約束致置候ゆへ也。代銭百文ニ付廿四のよし被申。未ダ代銭ハ不遣。右うけとり置。

○三日丁卯　晴　夜ニ入急雨　ほど無止

一今朝、文蕾来ル。伝馬町ニ参り候間、買物ハなきやと被問候ニ付、かたくりめんの事頼置。後刻、右かたくりめん被届、代銭済。○昼時、山本半右衛門来ル。先日政之助被申候箪笥町ニよき売卜有之由、太郎承り候ニ付、太郎自半右衛門を頼、卜問ニ被参候由也。半右衛門暮時帰来ル。右売卜者の申候は、今日ゟ日数五日の間、甚危く大切の由申候由、半右衛門帰宅後告之。○八時過田村宗哲来診ス。太郎容躰を告、診脉せらる。右相済、煎茶・くわしを出ス。太郎、痰咽喉ニつまり、甚悩ミ候趣申聞候得ば、然バ竹歴姜汁を用ゆべしと申され、帰路玄関ニて、甚敷水気ニ候得ば、急症斗難と被申候て、帰去。

一右同刻、悌三郎を頼、梅村直記方へ竹二本無心ニ遣ス。早束承知被致、直記自、僕ニかつがせ来ル。程よく伐せ、帰去。則、悌三郎右竹を刻、土盧ニて水を取、太郎腹用ス。○日暮て、直記・林内義来ル。其後政之助も来ル。先刻、半右衛門被申候は、太郎既ニ危く候へバ、飯田町江為知遣候様被申候ニ付、同人、勘助方へ人足申付、飯田町江文遣ス。右使九時頃帰来ル。返書ニ、明朝おつぎ可参由申来ル。○今晩、太郎看病人、悌三郎を始メ文蕾・直記・政之助・半右衛門・林内義、看病ス。内、半右衛門ハ終夜勝手ニて竹歴を取。天明前、右之人〻に朝飯を薦め（ママ）。○太郎容躰、甚不出来。夜ニ入煩悶致、食気なし。日〻に衰候のミ。詮方なく候。おさち、今晩終夜不睡、奔走して夜を明ス。

○四日戊辰　晴

一早朝、半右衛門・直記・政之助帰去。○五時前、清右衛門様、おつぎ同道ニて御入来、太郎容躰を御覧被成。此せツ甚敷物入ニて、小遣無之故ニ、清右衛門様ゟ二百疋借用致置。四時、清右衛門様御帰被成候。お次ハ残居て看病ス。○太郎、芝田町ニて売候汁粉所望致候ニ付、早朝、豆腐屋おすミヲ以買取ニ遣ス。右序ニ、山田宗之介方へも遣ス。夏中此方へ参り居候大小さや一腰返之、且、宗之介持料のぎんぎせる、太郎執心致居候ゆへ、宗之介江内〻申遣し、当分借置、太郎へハ到来致候と申、悦せ置く。○九時前、山田宗之介来ル。右、買取ニ遣し候汁粉并ニ銀ぎせる、宗之介持参ス。暫物語致、昼飯振舞、九時過帰去。○今朝、半右衛門ヲ以、深田長次郎江頼、八九竹二本伐採、買。今日昼前、半右衛門竹歴をとらる。湯のミ茶わんニ一杯とれる。

一九時過、おすミ帰来ル。○太郎容躰、今日も同様也。小水、昼夜ニて六度、少しヅヽ通ズ。

一今晩、靍三・文蕾・林内義、太郎看病ニ被参。悌三郎ハ昨日ゟ止宿致され候。太郎、今晩、痰咽喉ニつまり、煩悶苦痛、皆〻看病、竹歴其外、薬を用い、手当致候へバ、暫して納る。おつぎも終夜看病ス。

○五日己巳　晴

一今朝、昨夜看病被致候人〻に朝飯給させ、各帰去。悌三郎ハ昼時帰去。

一昼後、山田宗之介ゟ使茂太郎ヲ以、煮染二重看病人江とて被贈。赤尾ゟも宗之介ゟも手紙到来ス。謝礼、返書ニ申遣ス。○昼後、文蕃来、暫して帰去。

一七時頃、渥見祖太郎来ル。ぶどう三房持参、被贈之。欠合の夕飯振舞、暮時前帰去。○暮時悌三郎来ル。其後文蕃も来ル。右両人、おつぎ等と共ニ終夜看病被致候。林内義宵のほど被参、九時過帰去。○太郎容躰、昨日と同じ。三度の食物、汁粉或はかたくりめんを食ス。○今日、直記・政之助両人ニて目黒不動尊江太郎の為ニ千垢離を被参、帰路、水飴を買取、被参。外ニ、白玉あめ壱袋を太郎江被贈。此せツ、看病ニ被参候人〻に、夜食或は朝飯給させ候ニ付、勝手昆ざつかぎりなし。○昼時過田村宗哲来診。如例診脉畢、せんちや・くわしを薦め、太郎容躰、今日は少し見直し候由被申。太郎、痰せき甚敷、難義ニ付、別薬を調剤を頼置、暫して帰去。

一今晩、文蕃・悌三郎・林内義、看病として来ル。終夜看病被致。

○六日庚午　晴

一今朝、文蕃・林内義帰去。悌三郎昼時帰去。○昼時過、芝田町山田宗之介ゟ、看病人食物として、八つがしら・半ぺん・焼どうふ煮染二重、被贈之。返書ニ謝礼申遣ス。

一文蕃方ゟ、にんじん・里芋・ばかむきミ煮染壱重、看病人江とて被贈。○暮時頃半右衛門来ル。是亦竹歴をとられ、暫く物語被致、夕飯給させ、帰去。

一越後屋清助、姪同道ニて来ル。ほど無帰去。○今日亦、深田ゟ竹二本きり取、政之助持参被致。○夜ニ入、悌三郎来ル。ほど無靍三も来ル。其後、大内隣之介来ル。せんべい・おこし一袋・焼芋持参せらる。右三人、終夜看病被致。右之人〻に、せん茶・くわしを出ス。

○七日辛未　晴

一早朝、靍三・隣之助帰去。○昼時頃、文蕾来ル。暫して帰去。○昼時過、芝田町ゟ茂太郎ヲ以、そばまんぢう一重被贈之。赤尾ゟも文到来。宗之介方へ、返書ニ謝礼申遣ス。

一宗村お国、太郎見舞として来ル。ほど無帰去。○暮時、山本半右衛門来ル。先日頼置擂盆買ん為也。則、金二朱渡し、頼置。日暮て、買取、持参せらる。代銭百廿八文の由也。暫して帰去。○日暮て林内義来ル。ほど無帰去。悌三郎ハ終日此方ニ居、看病せらる。○夕七時頃、田村宗哲来診ス。太郎診脉被申候て、腹部の水気さバけかね候。今一剤琥珀散用候ハヾ、大抵水気減じ候ハんと被申候ニ付、然ば明日此方ゟ琥珀上可申候間、余薬御調合被下べしと約束致置。暫して帰去。○太郎容躰、昨日の如し。折ふし煩悶、一同看病ス。朝、握飯餡つけ三ツ、昼飯、しつぽくそば少〻・汁粉一わん食ス。小水、昼夜ニて五度、大便三度通ズ。今晩看病人、悌三郎・おつぎ・おさち、只夫のミ。

○八日壬申　晴

一今朝、勘助方へ人足申付遣ス。ほど無来ル。おつぎ事、去三日ゟ参り居候間、又飯田町やう子安事候間、今日先、おつぎ右人足召連、飯田町ぃ帰去。右人足、帰路田村ぃ薬取ニまいり、九時過帰来ル。田村ぃ琥珀掛目一匁、外ニ余薬料金二朱為持遣ス。則、琥珀散一廻り分・薬五貼来ル。○昼後、有住岩五郎、太郎見舞として来ル。暫物語して帰去。〇土屋宣太郎、父桂助跡御番代被仰付候由ニて来ル。〇立石鉄三郎忰鑛太郎、むそく見習被仰付候由ニて来ル。〇玉井鉄之助、御番代被仰付候由ニて、是亦来ル。〇八時過、大久保ゟ文蕾、書状ヲ以、太郎安否を被尋。則、返書ニ申遣ス。〇昼時悌三郎帰去。〇おさち、伝馬町ニ鳥きみを買ニ行、ほど無帰宅ス。〇右同刻林内義来ル。暫之内太郎の看病被致、暮時帰去。〇夕七時過、芝三田家主藤兵衛、太郎病気見舞として来ル。暫雑談して、暮時帰去。〇右同刻、大久保ゟ文蕾、手紙ヲ以、太郎安否を被問。則、返書ニ申遣ス。〇日暮て、悌三郎・直記・政之助来ル。ほど無林内義も来ル。九時過直記帰去。政之助・悌三郎・林内義ハ今晩看病せらる。〇太郎容躰、今朝、汁粉、夕方、大こん煮・鯖少ゝ食ス。夜ニ入、あづきあんかけ・白粥少ゝ食ス。今晩ハ兎角痰切かね、床づれ痛ミ候て、苦痛ス。悌三郎・政之助・林内義、替る〲看病ス。当月三日以来太郎弥危胎ニ付、愁傷大方ならず。故ニ血運度ゝ発り、惑《ママ》は夢中に成事もありて、人ゝの厄会ニなること度ゝ也。

〇**九日**癸酉　晴

一今朝五時過ゟ太郎煩悶甚敷、母・悌三郎・おさち等色ゝ手当致候得ども、其かひもなく、終に巳ノ上刻、息絶たり。時に亨《ママ》年廿二歳也。夫ゟ家内愁傷大かたならず、昆《ママ》雑いふべくもあらず。右以前、林内義・文蕾来ル。皆ゝ打寄、愁傷ス。扨あるべきにあらざれバ《ダク》、飯田町初、宗之介・あつミ覚重方へ為知遣ス。四時頃、おつぎ・清右衛門様御出。夫ゝ宗之介、諸人来ル。是ゟ下、色ゝこんざつ。伏見岩五郎・山本半右衛門・坂本靏三・岩井政之助・梅村直記等、山本悌三郎等、替る〲世話被致候事、詳ニ記し度おもへども、九日以後愁傷腸を断心地して、筆とることもいとハしく、後の為にと日記しるさんと筆とり候得バ、胸のミふたがり、一字もかくことかなハず。其故ニ久敷打捨置候侭に、九日以後人出入も多く、婁《ママ》〲忘れしゆへニ、省きて印さず。

心中察すべし。飯田町御姉様・お鍬様、鉈五郎を携て十日ニ御出、止宿して、翌十一日八時出棺後、御帰被成候。おつぎハ十二日夕方帰去。十日夜、太郎法名、文蕾ニ乞ふて付貰ふ。機善堂文誉嶺松琴靍居士と云。琴靍浴休（ママ）致被呉候人〻、坂本順庵・梅村直記・岩井政之助、右三人ニて湯くわん被致、月代ハ松村儀助被致。髪ハ七月以来櫛の歯を不入ニ付、とけかね候故、其儘に置候由也。衣類、茶八丈紋付・竜門上下・太織袷じゆばん・茶はかた帯也。十一日、出棺八時也。清水山深光寺なる先栄（ママ）中に安葬ス。人〻暮時帰来ル。廿二日迄、人〻入替立替り、其外悔の人〻、初七日の仏参、幷ニ逮夜贈ぜん・客来等の事ハ、右ニ記すごとく、筆とることの厭ハしく存候故ニ、廿二日迄ハ不知。併、数日捨置候も、蓑笠様是迄被遊候御心中ニ背候も不本意ニ存候ニ付、思かへして、又廿二日より涙ながらに記すもの、左之如し。

○廿二日丙戌　半晴

一今日、琴靍二七日ニ付、山本半右衛門を頼、おさち同道ニて深光寺へ墓参ス。諸墓水を手向、帰路、石工勘助方へ立より、琴靍石碑の事申付、色〻買物致、暮時前帰宅ス。悌三郎も、十一日ゟ以後毎夜〳〵止宿ス。今朝、石切橋迄参り候由ニて帰去、暮時又来而止宿ス。山本半右衛門ハ帰去。○暮時、三嶋兼次郎・松村儀助・文蕾来ル。儀助ハ五時過帰去。文蕾ハ四時帰去。人〻にせん茶・くわしを出ス。兼次郎ハ止宿ス。同人も、先頃ゟ毎夜〳〵止宿ス。○下そふぢ忠七来ル。両厠汲取、帰去。

○廿三日丁亥　曇　折〻雨

一今朝、兼次郎帰去。悌三郎ハ昼時帰去。○長田章之丞来ル。右は同人兄の忰、十八才ニ成候者、此方へ聟養子の一義也。相応の挨拶致置く。此せツ所〻右之一義人〻申被入候得ども、中〻耳うるさく、一入琴靍を慕ハれ、胸苦しき事也。

一暮時、栄助と云人問来ル。太郎死去の事申聞候へバうち驚き、しバらく物語して、帰去。

一夕七半時過、山本悌三郎来ル。樽抜柿九ツ被贈、今晩も此方ニ止宿せらる。日暮て梅村直記殿御入来。悌三郎殿と雑談中、五時過、大内隣之助殿被参、窓の月一皿被贈。右三人雑談、せん茶・くわしを出ス。九時前直記殿被帰去。隣之助殿ハ止宿せらる。右以前、鈴木安次郎殿入来。太郎死去悔申被入、右序ヲ以、黒野喜太郎殿無尽、同人宅ニて来ル廿五日興行の由ニて、廻状を持参せらる。右請取、暫物語して、五時前被帰去。

○廿四日戊子　晴

一今朝五時前、悌三郎殿被帰去。其後、隣之助殿も帰去る。昨夜、黒野頼母子会触廻状、隣之助殿江も見せて、林内義ニ渡ス。○四時前、林猪之助殿内義入来ス。右は、宗之介江約束被致候一義有之ニ付、同人宅を被問、芝田町五丁目山側の由、委敷教候へバ、帰去。○四時過、酒井才次郎と申人、太郎江面談致度由ニて入来せらる。太郎去ル九日病死致候由申聞候得(ママ)、帰去る。本郷の住居の由被申之。

一昼時頃、悌三郎殿水道町ゟ帰来ル。頼置候筆壱本買取、持参せらる。ほどなく昼飯ニ成候間、昼飯振舞、其後帰去らる。○同刻、林内義、菜びたし出来の由ニて持参、被贈之。ほど無帰去る。○夕七時頃、あやべ娘《ダク》おふさ来ル。太郎病死の由申候へバうち驚き、暫く雑談して帰去る。○日暮て、深田長次郎姉およし来ル。其後、悌三郎来ル。追〻松村儀助・三嶋兼次郎来、雑談。四時過、儀助帰去。

一悌三郎・兼次郎・およしハ止宿ス。五時前林内義来ル。およしニ按摩をとらせ、四時前帰去。

○**廿五日**己丑　晴

一今朝、政之助来ル。伝馬町江参り候由ニて、悌三郎殿同道ニて出被去。両人とも九時前被帰。悌三郎殿ハ先江被帰去、政之助殿ハ九時、又後刻可参由被申候て、被帰去。○昼時頃、兼次郎殿被帰去。○昼後、政之助殿を留主居ニ頼、おさち同道ニて、伝馬町江入湯ニ行。帰路買物致、八半時頃帰宅。右留主中、松村儀助・西原邦之助殿入来せらる。悌三郎殿も被参、政之助と共ニ、座敷ニて書物を被致、留主せらる。兼次郎殿同断。邦之助・儀助ハ夕七時過帰去。政之助殿・兼次郎殿江夕飯振舞。日暮て半右衛門殿被参、ほど無被帰去。

一夜ニ入、十一月分御扶持渡る。取番留五郎殿差添、車力壱俵持込畢。

一日暮五時前、坂本順庵殿被参。悌三郎殿・政之助殿等と夜話被致、四時前政之助殿同道ニて被帰去。悌三郎殿・兼次郎殿ハ止宿被致。

○**廿六日**庚寅　晴　氷りはる

一今朝飯後、悌三郎殿、石切橋江被参候由ニて出去ル。昼後又被参、今晩止宿せらる。○兼次郎殿、昼飯給、被帰去。夕方又被参、止宿せらる。

一昼後、遠藤安兵衛殿被参、贈膳の謝礼被申演、帰去ル。○夕方、米つき政吉来ル。明日御扶持舂可申由申、帰去。○暮時、隣家林内義、きんつば・すあま一皿持参、被贈之。ほど無帰去。

○**廿七日**辛卯　晴　寒冷

一四時過、政吉来ル。作州米三斗つかしむ。九時、つき畢、昼飯給させ、つきちん百四十八文遣ス。○昼時前、越後屋清助来ル。芝辺ゟ参り候由ニて、暫して帰去。

一昼時、悌三郎殿被帰去。兼次郎殿又両人とも、昼後被参。

一昼後、おさち入湯ニ行。入替りニ自分も入湯致、帰宅。

一日暮而松村儀助殿被参。今晩は止宿ス。悌三郎殿・兼次郎殿同断。

○廿八日壬辰　晴

一今日、唯称様御祥月御命日ニ付、朝料供、一汁三菜、但香之物とも供之。且、琴靍三七日逮夜ニ付、留主ニハおさちを残し、悌三郎殿・儀助殿ニ頼、五時過ゟ深光寺ゟ参詣ス。序ニ石工勘助方へ立より、石碑の事申付候へバ、然ば御一緒ニ深光寺へ参り、積とり候由申ニ付、其意ニ任、則、勘助同道ス。深光寺ニ至り、琴靍石碑戒名彫入つもりをとらせ、諸墓花水を供し、拝し畢、飯田町ゟ行。手みやげ、みかん十五持参。暫物語致、昼飯を被振、夕七時過帰宅ス。○右留主中、高畑武左衛門来ル。夕方帰去。儀助殿も夕七時帰去。

一日暮て兼次郎殿被参。今日堀之内ゟ雑司ヶ谷ゟ参詣被致候由ニて、粟煎餅二袋・粟餅一包持参、被贈之。○五時過、文蕾殿被参。悌三郎殿・兼次郎、皆夜話致、文蕾殿四時過帰去。如例之、せん茶・あわせんべい・あわもちを出し、悌三郎殿・兼次郎殿ハ止宿被致。皆〻九時過枕ニ就く。

○廿九日癸巳　晴

一今早朝、悌三郎殿宅ゟ、同人妹手紙持参ス。右ニ付、悌三郎殿ゟ右手紙を見せ、直ニ起出、石切橋仲間ゟ被参候由ニて、直ニ出被去。

一兼次郎殿ハ、朝飯後、当番の由ニて被帰去。

一今朝、勘助方へ人足申付、飯田町ゟ昨日約束致置候つゞら一ツ・重箱一組・神女湯廿包、外ニ琴靏遺物払物、品ゝ為持遣ス。昼時過、右使帰来ル。返書到来。

一下そぶち忠七来ル。里芋壱升余持参ス。両厠そぶち致、帰去。

一昼時過、悌三郎殿水道町ゟ帰来らる。終日したゝめ物被致、止宿せらる。今晩、外人不来、寂莫たり。○しなの屋重兵衛炭二俵持参、さし置、帰去。

○卅日甲午　曇　夕方ゟ雨

一昼時、悌三郎殿姉御、同人ニ用事有之由ニて被参、悌三郎と物語被致、八時過被帰去。○日暮て靏三殿被参。去ル廿五日頼置候ぢ《（ダク）》よたんの函出来持持《（ママ）》参せらる。雑談中、五時過悌三郎殿被参、大みかん十五持参、被贈之。五時頃ゟ大雨、雷数声。靏三殿・悌三郎其外家内、雨止、雷止て、丑ノ刻過枕ニ就く。○荷持代給米取ニ来ル。則、十月分四升遣ス。

○十一月朔日乙未　晴　温暖

一早朝、飯田町清右衛門様御入来。昨日の払物書付幷ニ十月分上家ちん金壱分二朱ト二百七十八文、売薬せん壱〆五百四十八文御持参、薬一わん百五十六文遣之。外ニ、新暦壱本・茶漬茶碗・平・皿・汁椀、各二人前被贈之。今日、小形暦売出しの由ニて、早ゝ帰去。

一今朝、靏三殿、自分初、悌三郎殿・兼次郎殿・おさちゟ灸点を被致、昼時前被帰去。○其後、悌三郎殿も伝馬町ゟ被参候由ニて、被帰去。

一八時過、勘助聟熊蔵日雇ちん乞ニ来ル。九月分金二朱ト十二文、十月分金二朱ト百六十文、二口合金壱分ト百七十二文渡し遣ス。請取書、省之。○右同刻、大久保矢野ゟ、敵討の読本借用ニ来ル。喪中見舞として、牛肥壱さほ被贈。則、月氷奇縁五冊・常夏さうし六冊使ニ渡し、借遣ス。○信濃屋重兵衛、炭薪代乞ニ来ル。金三分の由ニ付、三分渡、つり銭七十二文請之。此分、昨晦日の部ニ可記之所、漏たれバこゝにしるす。○今朝、建石鉱吉御扶持増かゝり十二文の由申来り候間、則、渡し遣ス。○八時過、悌三郎殿帰来らる。暮時過、兼次郎どの・大内隣之助殿来ル。右三人止宿ス。

○二日丙申　晴

一早朝悌三郎殿出去ル。其後、隣之助殿も被帰去。

一昼後、自分初、おさち・兼次郎殿灸治ス。其後悌三郎殿も入来せられて、灸治被致。右畢、七時前也。○右灸治中、文蕾君入来ス。ほど無被帰去。今晩、悌三郎殿・兼次郎殿止宿せらる。

○三日丁酉　晴

一早朝、江坂卜庵殿入来せらる。右は聟養子の一義也。相応の挨拶致候得ば、被帰去。○昼後、飯田町ゟ御姉様御文ヲ以、蓑笠様御一周忌志之重之内十七入壱重被贈。且、頼置候真香三袋被贈之。右御礼返書したゝめ、且、牛肥壱さほ進上ス。○昼時、清助来ル。暫物語して帰去。

一夕方、しなのや重兵衛ゟ薪十六束贈来ル。右請取置。○七時過、政之助殿入来せらる。ほど無帰去。琴靍霊前ニたんざく一枚被手向。

一日暮て、林内義来ル。其後順庵殿も被来、煎ちや・餅ぐわし・まめいりを出し、九時過皆帰さらる。悌三郎殿ハ終日此方ニ被居、ぢよたんを張、其外手伝せらる。兼次郎殿も同断、終日被居、止宿ス。

○四日戊戌　晴

一今朝、悌三郎殿起出、被帰去。○五半時頃、岩井政之介殿入来せらる。

一今日、蓑笠様御志之牡丹もち製作致、十四軒江人足二人ヲ以為持遣ス。詳ニハ贈答歴《(ママ)》ニ記之。内、山田宗之介江ハ生鯉壱尾為持遣ス。先日宗之介ニ約束致候故也。右使、勘介方ゟ四時頃来ル。則、芝田町・西丸下・飯田町江為持遣ス。使、七時帰来ル。右二人ニ夕飯給させ遣ス。

一七時頃儀助来ル。琴靍江いたミの歌被手向。儀助家内江ぼたんもち一重遣ス。○其後岩五郎殿入来せらる。暫して帰去ル。○悌三郎殿昼前被参、夕七時、石切橋江被参候由ニて出被去。

一今日、蓑笠様御一周忌御志のぼたんもち製作致候。手伝、岩井政之介どの・山本悌三郎殿・おさち也。○夜ニ入、順庵どの入来せらる。則、せん茶・ぼたん餅を振舞。○日暮て、政之介殿被参。雑談中、悌三郎殿被参候内、兼次郎殿被参。右四人雑談数刻、政之介殿・順庵どの九時過被帰去。兼次郎殿・悌三郎殿ハ止宿せらる。太郎没後、皆うちより自をなぐさめられ候事、去十月九日ゟ間断なし。然ども少しも心なく、只亡然たる事也。八時過枕ニつく。

○五日己亥　晴

一今日、蓑笠様御一周忌御逮夜ニ付、一汁三菜、御料供ニ備、近隣江贈ぜん、且、人〻に振ふ。○今朝山本半右衛門殿被参、林内義も被参。林内義朝飯ふるまひ、其後帰去。右以前半右衛門殿、番町江被参候由申され、帰去ル。○悌三郎殿、青山江被参候由ニて帰去、夕七時頃又被参、止宿せらる。○右以前岩五郎殿被参、蓑笠様御霊前江干海苔十枚被贈、雑談後帰去ル。○夕七時頃、芝山田ゟ使茂太郎ヲ以、香料金五拾疋幷ニ喪中見舞として白砂糖壱斤入壱折・手紙被贈、外ニ、深光寺江明日参詣の香料弐匁被贈。右品〻請取、返書ニ謝礼申遣ス。茂太郎ニ料供残給させ遣ス。

一日暮て政之介殿被参。政之介殿・悌三郎殿江夕飯振舞、家内も一同に食之。折から豆腐屋松五郎妻来ル候(ママ)間、夕膳を給さしむ。其内半右衛門どの・松村儀助殿被参。右両人ニも夕膳振舞。儀助殿、みかん廿被贈之。夕膳畢、五時前、半右衛門殿・儀助殿・政之介殿・松五郎妻退散ス。○五時頃坂本順庵殿被参、今晩止宿せらる。

一同、九時過枕ニ就く。

○六日庚子　晴

一今朝順庵殿、四時被帰去。○今日、蓑笠様御一周忌御当日ニ付、九時よりおさち同道ニて、供人召連、深光寺へ参詣。九半時過寺に至り、飯田町ゟ一同、田口栄太郎・おいね・渥見鉈五郎参詣。各香奠しん上、本堂ニおゐて読経、法事畢。今日琴靏四七日、祖孫打続きかゝる嘆きもあることやと、一入うれひやる方もなく、しばし涙ニむせかへりツる事、察べし。読経畢、せん茶・餅ぐわしを被出。飯田町ゟ餅菓子一包参詣の人〻に被贈。夫ゟ皆退散、日暮て帰宅ス。供人ニ夕飯給させ、帰し遣ス。○今日留主居ニハ、伏見岩五郎殿・悌三郎殿に委置、帰宅後両人ニ酒飯を振ひ、岩五郎殿もちぐわし一包を贈る。五時過岩五郎殿帰去。悌三郎殿ハ止宿せらる。○右留主中、林より赤飯・肴被贈。是亦両人ニ振ふ。今晩九時枕ニ就くといへども、琴靏の事のミ胸ニたへず、落涙止時なく、実其身も忘るゝほどの事也。

○七日辛丑　晴

一四時前、悌三郎殿宅ゟ手紙被差越。右ニ付、四時過帰去ル。

一九時前、大久保矢野ゟ先日貸進の読本二部十二冊被返。右請取、四天王《わう》前後十冊貸遣ス。○昼時、麴町辺ニ出火有之。後ニ聞、麴町駄店ゟ出火して、壱町四角延焼スト云。八時過火鎮る。

一暮時前悌三郎殿被参、止宿ス。○八時頃林内義来ル。雑談数刻、夕七時過帰去。○夕七時、深田長次郎殿姉およし来ル。此方母子両人を慰ん、(ママ)被参候由也。○日暮て松村儀助殿被参、先日貸進之先哲叢談・年表一冊被返。所望ニ付、言葉の玉の緒二・三、二冊貸遣ス。五時過帰去。○日暮て順庵殿被参。只今ゟ八丁堀ゟ被参候由ニて、早ヽ帰去。およし、今晩止宿ス。一同に子ノ刻枕ニ就く。

○**八日**壬寅　晴

一朝飯後、およし帰去。悌三郎殿ハ八半時頃人ニ被招、出去ル。暮時亦被参候て、止宿せらる。○八時頃、清右衛門様御入来。先頃払物代金二両壱分二朱ト百拾文持参、被贈之。右請取、先日の真香代百文渡之、且、琴靏位牌の事頼置。今ゟ下町辺ゟ御出の由ニて、早ヽ帰去ル。○暮時深田およし又来ル。今晩止宿せらる。○日暮て政之助殿被参。悌三郎殿と雑談、時をうつして四時帰去。○夕七時過ゟ伝馬町ゟ買物ニ行。来ル十三日琴靏三十五日答礼の品整、其外色ヽ買取、帰宅ス。九時過枕ニつく。

○**九日**癸卯　曇　昼時ゟ雨　暮時過雨止　晴

一今朝およし帰去。其後朝飯後、悌三郎殿帰去ル。白麻切頼置。

一五時過、板坂卜庵殿縁者、榎店住居の人、大橋次郎作と云人被参。右は聟養子の一義也。相談可然由被申候へども、当人廿二才ニて候得ば、此方心ニ不叶候へども、先相応の挨拶致、其後帰去。

一昼時過、悌三郎殿先刻頼置候麻切弐尺買取、持参せらる。

一夜ニ入、五時過大内隣之助殿被参。悌三郎殿其外打寄、夜話。隣之助殿・悌三郎殿止宿被致。九時、一同枕ニ就く。

○十日甲辰　晴

一隣之助起出、被帰去。其後、悌三郎殿、右京町江被参候由ニて、朝飯後被帰去、尤、後刻可被参由被申、四時又帰来ル。止宿ス。

一昼時前政之助殿被参。今日配物手伝、悌三郎殿と供ニ被致。昼飯振舞、夕方帰去、夜ニ入又来ル。

一来ル十三日、琴靍三十五日相当ニ付、処々ゟ備物謝礼として、志之重内餅菓子中村屋ゟ誂候品、九時来ル。先仏前江供し、飯田町ゟ小伝町(ママ)・西丸下、其外近隣所々贈遣処十二軒、勘助方人足ヲ以為持遣ス。詳ニハ贈答暦に記之。右使昼飯・夕飯給させ遣ス。夜ニ入五時前帰来ル。○夕七時過梅村直記殿来ル。先刻重之内幷ニ遺物の謝礼被申、暫物語して、暮時帰去ル。○昼時頃ふし見岩五郎殿被参。又晩ほど被参候由被申、暫して帰去ル。○昼前、おさち交友おはな、遊ニ来ル。餅菓子・みかん振舞、暮時前帰去。○昼前林内義被参、おさちにちりめん切被参(ママ)。所望ニ付、太郎絽肩衣・袷肩衣・麻三尺帯一筋遣ス。右三品、兼次郎の用処也と云。暫雑談して帰去。

一日暮て靍三殿被参、其後林内義も被参。悌三郎殿・政之助殿・靍三殿・林内義、何れも団居して夜話。林内義は四時過被帰。其後四半時頃、岩五郎殿被参、暫雑談、九時頃政之助殿・靍三帰さらる。岩五郎殿・悌三郎殿ハ止宿せらる。九半時過、一同枕ニ就く。靍三殿焼さつま芋持参、被贈之。

○十一日乙巳　晴
一早朝、岩五郎殿帰去ル。朝飯後悌三郎殿被帰去、後刻被参候由被申之、昼時又来ル。今日も餅菓子、近辺・田町江配り出し候手伝被致、止宿せらる。

一今朝勘介方ゟ人足来ル。右人足ニ申付、有住岩五郎・松村儀助・山本半右衛門・深田長次郎・岩井政之助・高畑武左衛門・坂本順庵・山本悌三郎姉の方へ、各一重為持遣ス。夫ゟ芝田町宗之介方・赤尾久次郎・三田丸屋藤兵衛方へも為持遣、右序ニ佐藤春畊方へ煮染物壱重為持遣ス。処々ゟ請取書持来ス。右使、暮六時帰来ル。則、夕飯給させ、帰し遣ス。○日暮て、深田およし・順庵殿入来、配物の謝礼被申、今晩止宿被致。各夜話、九時過枕ニつく。

○十二日丙午　晴
一今昼時前、江坂《ママ》卜庵殿被参。右は、聟養子の一義也。手みやげ、大みかん十七被贈。何れ此方ゟ大橋迄挨拶可致申置。ほどなく被帰去。○およし起立、帰去。○昼時順庵どの被帰、夕方又政之助殿同道被致、被参。林内義被参、みかん十八・鯣三枚被贈。○夕七半時頃、半右衛門殿昨日贈物の謝礼として被参、暫して帰去。

一今日、琴靍三十五日逮夜ニ付、一汁二菜料供を備、今日入来の人々に振ふ。○夕七時頃、悌三郎殿青山江被参候由ニて、出被去。其後不来。

一靍三殿今晩止宿被致。○夜五時過政之助被参、雑談して、丑ノ時前被帰。其後一同枕ニつく。

○十三日丁巳　晴

一朝飯後、深光寺へ墓参ス。今日、琴靏三十五日に依也。昼時帰宅。

一今朝、悌三郎殿・政之助殿・靏三殿留主を被致。政之助殿昼時被帰去。悌三郎殿・靏三殿ハ今晩止宿せらる。

○夜ニ入、梅むら直記殿被参。せん茶・くわしを出し、雑談後四時過被帰去。所望ニ付、化くらべ壱冊貸遣ス。

○留主中、矢野ゟ四天王十冊被帰(ママ)。所望ニ付、旬殿実々記十冊貸遣し候由、帰宅後告之。○今晩九時、一同枕ニ就。

○十四日戊申　晴　厳寒　硯水・ともし油氷ル

一今朝四時頃、靏三殿被帰。○四時過植木屋富蔵来ル。右は、先日垣根申付候ニ付、明日ゟ仕事可参旨申之。栗丸太買取候由申ニ付、代金二朱渡遣ス。ほど無帰去。○昼前、林内義煮豆一器被贈之、暫し(ママ)被帰去。

一昼後、伝馬町江買物ニ行。右留主を林内義ニ頼置、暫して帰宅ス。

一同刻、悌三郎殿、石切橋江被参候由ニて、被出去、夜ニ入、五時過被来、蕎麦粉一袋被贈之。今晩止宿せらる。

○暮時頃松村儀助殿来ル。雑談数刻、先日貸進の玉の緒二・二(ママ)、二冊被贈(ママ)。所望ニ付、漢字三音考壱冊・古今夷曲集二冊・吾吟我集二冊、合五冊、琴靏遺物ニ付遣之。五時前帰去。右同刻、政之助殿来ル。雑談後帰去。

○暮時過、三嶋兼次郎殿来ル。今日此方へ止宿せらる。五時過靏三殿来ル。雑談して、九時頃帰去。○夕七時前、おさちヲ以伏見江切餅壱重為持遣ス。文蕾殿内義安産の見舞也。今晩九時過枕ニ就く。

○十五日己酉　晴

一今朝富蔵来ル。則、垣根下こしらへニ掛而、夕七時過帰去。

一岡（アキ）　当日祝儀として来ル。○五時過政之助殿来ル。暫して帰去。

一四時頃悌三郎殿、青山江参り候由ニて出去ル。夕七時前被来、今晩止宿。

一今晩林内義来ル。終夜遊、九時過帰去。○夜ニ入四時頃順庵殿、鳥の町ゟ帰路の由ニて被参、九時帰去ル。九半時過、一同枕ニ就く。

○十六日庚戌　晴

一今朝、富蔵来ル。終日垣根下こしらへ致、終日也。夕方帰去。

一昼時頃、下掃除忠七来ル。両厠掃除致、帰去。○八時頃悌三郎殿、青山江被参候由ニて、被出去。暮時此方被参、暮六時過、又六軒町江被参候由ニて、被参、五時過又来而、止宿被致。

一暮時過、深田長次郎殿来ル。其後政之助殿被参。ほど無長次郎殿帰去。政之助殿焼さつま芋持参、被贈。其後、靍三殿被贈（ママ）。一同夜話、九時頃靍三殿・政之助殿帰去ル。九半時頃、一同枕ニ就く。

○十七日辛亥　晴

一今朝、植木屋富蔵来ル。今日も終日竹をこしらへ、夕方帰去。

一昼時過、深田長次郎殿養母被参。先日贈物の謝礼也。ほど無帰去ル。

一右同刻、悌三郎殿姉御被参、悌三郎殿と物語被致、被帰去。

一夕七時過靍三殿被参。欠合の夕膳振舞、如例悌三郎殿一同夜話して、今晩止宿被致。悌三郎殿ハ終日此方に被居。九時過、一同枕ニ就。

一今日観音祭。如例之如し。

○十八日壬子　晴

一五時頃、富蔵来ル。南垣根取こハし、半分出来、未果、暮時帰去。

一右同刻靍三殿、八丁堀ニ被参由ニて、被帰去。引続き、悌三郎殿神田辺ニ被参候由ニて、被出去、夕七時前帰被来。暮時前、青山ニ被参候由ニて、又出去ル。夜ニ入五時過被参、止宿被致。

一四時頃、清右衛門様御入来。先日頼置候払物代金壱分ト百三十六文御持参。内、金二朱ハ新キ位牌の料ニ前金ニ渡し置。且、袖菊小紋袷、太郎遺物ニ候へバ、おつぎニ遣ス為、清右衛門様ニ御渡申候。奇応丸小包無之由ニ付、小包十包渡申候。去九日誂候餅代金三分ト百八文、是亦今日清右衛門様ニ御渡申置之。雑談して、四半時頃被帰去。

一右同刻、深田長次郎殿老母被来。右は、養子一義の事也。当人廿三才の由ニ候へバ、歳不宜候ニ付、断ニ及。尚又相応の人物も候ハヾ、御世話頼申候と挨拶致、昼時前帰去。○夕七時前政之助殿被来。醬布無之候哉、若有之候ハヾ少し貰受取(ママ)由被申候へども、折悪払底ニ付断申、かたくり粉少し有之候間遣之。雑談後帰被去。○隣家林内義、白米二升借受度由被申候ニ付、則二升貸遣ス。○右以前、大久保矢野ゟ使ヲ以、去十二日貸遣し候旬殿実と記十冊被返。右請取、所望ニ付、秋七草六冊貸遣ス。○夜ニ入、政之助殿・順庵殿被参、何れも九時過帰去ル。其後枕ニ就く。

○十九日癸丑　曇　四時過南風　雨　夕七時頃雨止　晴　戌ノ時過地震
一今朝、富蔵来ル。庭の垣根取かゝり、昼時雨降出候ニ付、昼後帰去。半人也。
一昼時前、おさち同道ニて入湯ニ行、昼時過帰宅ス。○夕七時過政之助殿被参。所望ニ付、玉あられ壱冊貸遣ス。
夕方帰去。○夜ニ入順庵殿被参、夜話して、四時帰被去。悌三郎殿今日は終日此方ニ被居。○夕七時過、隣家
林内義被参、ちり紙二百枚ほど被贈、暫して帰去。

○廿日甲寅　晴　風
一今朝、富蔵来ル。今日垣根出来畢、門かむり松・赤松こしらへ、終日也。
一四時前悌三郎殿、青山ニ被参候由ニて出去ル。昼時来らる。止宿也。
一今日、琴靍六七日ニ付、昼時ゟ深光寺へ墓参致、八半時頃帰宅。○右留主中、伏見岩五郎殿被参候由、帰宅後
おさち告之。○夜ニ入政之助殿被参。如例夜話、四時過帰被去。九時頃枕ニ就く。

○廿一日乙卯　晴　風
一今朝、富蔵来ル。戸損じ其外、所〻損じ候所拵。

一四時過、悌三郎殿、神田辺ゟ日本橋、其外赤坂ニ被参候由ニて、出被帰。

一右同刻政之助殿被来、ほど無帰去。○九時前、大内隣之助殿被参。右は、居風呂桶、盥ニ致度由ニ付、千駄ヶ
谷桶屋を同道被致。右ニて、たらい・番手桶其外小だらい拵候由、申談じ置、夕方取に可参由桶屋申、帰去。

引つゞき、隣之助殿も被帰去。○其後岩五郎殿被参。雑談後、琴靍石碑の事頼候所、右受引、先日悌三郎殿認

被置候下書持参して、被帰去。○九時前、大久保矢野ゟ先日貸進の秋の七草被返。右請取、皿ミ郷談合巻三冊・石言遺響五冊貸遣ス。

一夕七時頃梅村直記殿入来、暫雑談して帰去ル。○富蔵、今日仕事致畢候ニ付、十五日ゟ今日迄六人半代、金壱分ト四百八十四文払遣ス。暮時頃帰去。

一夜ニ入、五時前悌三郎殿帰被来、焼さつま芋持参、被贈。四時過一同枕ニつく。

○廿二日丙辰　晴

一四時頃宗之介来ル。手みやげ、大和柿一折数九入被贈。今日は深光寺ゟ隣祥院江参詣致候由ニて、せん茶・くわしをのミ出し、早ミ帰去。

一昼時、悌三郎殿青山ゟ外江被参候由ニて、被出去。夕七時前被来、止宿。

一昨日申付置候千駄ヶ谷桶屋、居風呂桶取ニ来ル。則、渡し遣ス。

一夕七時過白井勝次郎殿被参。聟養子之義也。外壱人媒人同道。則、対面。委細書付差置候ニ付、何れニも親類共江申聞候上、御相談に及候旨挨拶致、両人帰去。○夜ニ入長次郎殿・政之助被参、雑談数刻、四時過被帰去。其後、一同枕ニ就く。長次郎殿江頼、無尽掛銭二百十六文渡之。

○廿三日丁巳　晴

一今朝、玉井鉄之助殿・建石鉱太郎殿・岡勇次郎《(ママ)》寒中見舞として来ル。

一夜入政之助殿被参、暫して帰去。○其後順庵殿被参、雑談夜話、四四過《(ママ)》帰去。○暮時東之方ニ出火有之、飯田町辺と承りうち驚候所、両国辺也と申ニ付安心致候。悌三郎殿、今日は終日此方ニ被居候。九時、一同枕ニ就く。

○廿四日戊午　曇　夜ニ入晴

一今朝林内義菜づけ持参、被贈。雑談数刻、昼時被帰去。

一四時過、西原邦之助殿・大内隣之助殿、寒中見舞として被参、早ゝ帰去。○四時過悌三郎殿義妹、右人を迎ニ来ル。則、直ニ帰去、八時頃又被参、暮時又永井様ゟ被参候由ニて被出去。夜ニ入、五時前被参、止宿。

一夜ニ入、五時頃政之助殿・順庵殿被参、如例夜話、九時過政之助殿被帰去。順庵殿ハ止宿被致。○夕七時頃、今戸慶養寺ゟ使僧ヲ以、納豆一曲被贈之。○夜ニ入御扶持渡ル。取番玉井鉄之助殿差添、車力壱俵持込畢。九時頃一同枕ニ就く。

○廿五日己未　晴　風　厳寒

一四時頃順庵殿被帰去。○小林佐七郎殿・木原計三郎殿・深田長次郎殿・板倉安次郎殿・白井勝次郎殿、寒中見舞として来ル。

一昼時過、深田長次郎殿姉およし来、雑談数刻、暮時帰去。

一夕七時前、悌三郎殿髪月代被致、其外四谷辺ニ用事有之由被申、被出ル。夜ニ入、帰来らる。止宿。○五時頃政之助殿被参、如例夜話、九時頃被帰去。其後枕ニ就く。

○廿六日庚申　晴

一今日、琴靏四十九日逮夜ニ付、夕料供備候ニ付、山本半右衛門殿・伏見岩五郎殿・林猪之助殿・岩井政之助殿

江贈膳遣之。〇昼時前おつぎ来ル。くわし一包・鮭切身五片持参。今晩止宿ス。〇夕七時頃坂本順庵殿被参、白砂糖壱斤入一袋被贈之。暮時前政之助殿被参。右両人ニ夕膳振舞、雑談数刻、九時頃両人被帰去。〇悌三郎殿、朝之内料《ママ》手伝被致、昼後八時過ゟ青山江被参、夜ニ入又此方入来、止宿せらる。

一今朝、米つき政吉来ル。則、玄米三斗つかしむ。昼時過舂畢。つきちん百四十八文遣ス。〇九時過、一同枕ニ就く。

〇廿七日辛酉　晴

一昼時頃、勘助方ゟ昨日申付候供人足来ル。右供人召連、おつぎ・おさち同道ニて深光寺江墓参ス。深光寺江四十九日餅壱重数四十九納、焼香致、尚又施餓餽袋・十夜袋二袋今日納之。夫ゟ牛込横寺町江竜門寺・円福寺江墓参致、牛込御門ニておつぎニ別れ、おつぎハ飯田町江帰去。おさち同道ニて夕七半時過帰宅。右供人ニ夕膳給させ、帰し遣ス。〇右留主中、矢野鎮太郎殿、先日贈り物之謝礼幷ニ寒中見舞として被参候由也。〇今日留主、悌三郎殿・政之助殿を頼。

一夕方順庵殿・文蕾殿被参、各雑談、夜ニ入九時前退散せらる。其後一同枕ニ就く。

〇廿八日壬戌　晴

一今朝、白井勝次郎殿被参。右は、聟養子の一義也。ほど無被帰去。

一其後、水谷嘉平次殿、聟養子壱義ニて被参候得ども、当人年若故ニ、相応の挨拶致置。是亦ほど無被帰去。

一昼九時過、悌三郎殿、青山其外江被参候由ニて、出被去、暮時被帰来。

一日暮て、直記殿、同人女児同道ニて被参、先日貸進之化くらべ壱冊被返。右請取、所望ニ付、女郎花五色石台初集上下四冊貸遣ス。其後、小林およね・長次郎殿・政之助殿・儀助殿被参、一同夜話。せん茶・あめを出し、一同四時過帰去。儀助殿所望ニ付、雑記壱冊貸遣ス。政之助殿ハ少し跡ゟ被帰去。其後、九時過枕ニ就く。

○**廿九日**癸亥　晴

一今朝、悌三郎殿、石切橋ニ被参候由ニて被出去、八時過帰被来。

一四時頃、大久保矢野ゟ、先日貸進之石言遺響五冊（アキ）被返。右謝礼として、みかん三十被贈之。尚亦所望ニ付、墨田川合二冊・（アキ）五冊貸遣ス。○右同刻伏見岩五郎殿被参、雑談数刻、九時過帰去ル。○昼時前おさち入湯ニ行、九時過帰宅。○おさち帰宅後、自入湯ニ行、ほど無帰宅。

一八時過、田口栄太郎方ゟ使札到来。右は、来ル七日無量院三回忌相当ニ付、壱分饅頭十五入壱重到来、おいねゟ文到来。右請取、返書ニ謝礼申遣し、此方ゟせん茶半斤入壱袋遣ス。

一夜ニ入、靏三殿被参、四時過帰去ル。九時過、一同枕ニ就く。

○**十一**（ママ）**月朔日**甲子　晴

一昼後ゟ、自、飯田町ニ寒中見舞ニて罷越。蕎麦切振舞レ、先日誂置候位牌壱本・庖丁・剃刀参り居候ニ付、持参ス。位牌代金ハ先日前金ニ渡し置候間、庖丁代百文・剃刀代二匁、〆三百十六文渡、勘定済。夕七半時過帰宅ス。右留主中、有住忠三郎殿被参候由、帰宅後告之。○悌三郎殿、今日は終日此方ニ被居。○昼前、順庵殿寒中見舞として被参、ほど無被帰去。○夜ニ入順庵殿被参、今晩止宿被致。九時頃、一同枕ニ就く。

○二日乙丑　晴

一今朝、高橋留之助養父勘兵衛殿、寒中見舞として被参、早々帰去。

一林猪之助殿内義、昨日貸遣し候火鉢持参、被返之。ほど無帰去ル。

一右同刻、悌三郎殿、青山ゟ赤坂其外用事有之由ニて、被出帰。

一八時頃、千駄ヶ谷桶屋ゟ、先日申付候盥二ツ・雑巾桶出来、小厮持参ス。兼てハ今二ツ三ツも出来候様談じ置候所、右之如く、中たらい・小盥・小手桶のミ出来ル。右手間賃三百四十八文の由ニ付、直ニ渡し遣ス。

一右同刻、深光寺ゟ納所ヲ以、納豆一曲被贈之。○夕七時頃、尾張屋勘助日雇賃乞ニ来ル。金二朱ト五百四文の由ニ付、金壱分渡し、つり銭三百八文取之。同人養女、去九月下旬病死致、夫のミならず聟熊蔵不埒ニて、種々不仕合の由物語、暫して帰去。○暮時前、伊勢外宮岡村又太夫ゟ、如例大麻・暦其外贈来り候所、此方未服有之ニ付、右の趣申示、来春ニ相成候ハヾ持参可致旨申、其儘返し遣ス。

一八時頃、白銀町ちゞみ屋新助と云者悌三郎殿に用事有之由ニて、尋来ル。今日は此方に不居候由申聞候得ば、帰去。

一暮時頃悌三郎被参、止宿。○五時前順庵殿・政之助被参。順庵殿焼さつま芋持参被贈、一同食之。如例雑談、四時過政之助どの壱人被帰去。順庵殿ハ止宿被致。其後一同枕ニ就く。

○三日丙寅　晴　美日

一五時過富蔵来。今日煤払致候ニ付、手伝申付候故也。朝飯後、土蔵を始め台所・座敷、悌三郎殿・順庵殿手伝せられ、右夕七時過掃除畢。皆々に蕎麦切・酒食を振ひ、富蔵ニハ三百文賃銭遣し、五時前帰去。其後四時頃、順庵殿被帰去。夫ゟ枕ニつく。

一夕方清助来ル。ほど無帰去。○右同刻、飯田町ゟ三五郎ヲ以、御姉様御文差添、庖丁・梅干一包を被贈下。去ル朔日借用之小重・ふた物御返し申上様被仰候ニ付、則右二品請取、重箱・ふたものは三五郎ニ渡之。尤取込ニ付、御返事上不申、口状ニて申遣ス。

○四日丁卯　晴　風

一今朝白井勝次郎殿被参。ほど無帰去。○其後政之助殿御入来。雑談後被帰去。○右同刻荷持来ル。十一月分給米二升渡し遣ス。

一四時過、悌三郎殿青山江被参候由ニて出去ル。夫ゟほど無、悌三郎殿相識錦（ママ）吉殿とか被申候人、悌三郎殿江用事有之由ニて被参候へども、此方ニ不被居候趣申候へバ、口状申被置、被帰去。先日ゟ度ゝ被参候人也。

一八時過、祖太郎殿御入来。浅草のり壱状持参、被贈、且又、先日麻斗目表所望ニ付遣し候所、右謝礼として、かつをぶし三本被贈之。せん茶・くわしを出し、雑談数刻、夕七時前千駄ヶ谷御下屋敷江被参候由ニて帰去。お鍬様ゟ文到来ス。

一夕七時前おさち入湯ニ行、夕七時過帰宅。其後、自入湯ニ行、暮時前帰宅。

一夕七半時頃悌三郎殿被帰来。此方、琴靏没後母女二人ニて、実ニ〳〵徒然に絶ズ、故ニ順庵殿・政之助殿折節被訪候といへども、日ゝの事ニあらず候。悌三郎殿ハ始メ琴靏没前ゟ被訪、老実ニ候へバ、御出勤被成候とも、起臥は此方ニて被成下候様頼申置所、承知致され候也。○夜ニ入政之助殿・順庵殿被参。順庵殿ハ五半時頃被帰去、政之助殿ハ四時頃被帰去。其後一同枕ニ就く。

○五日戊辰　曇　昼後ゟ晴

一五時頃、下掃除忠七来ル。納大根、来ル十日頃ニ納候由申之。間違無之やう申付遣ス。両厠掃除致、帰去。○四時頃、林猪之助殿御内義被参、暫く雑談、昼時前被帰去。○四半時頃松村儀助殿被参、去ル十一月廿八日貸進之雑記之一被返。所望ニ付、同書二ノ巻壱冊・武蔵鐙二冊貸遣ス。借書の謝礼として、羊かん半さほ被贈之。雑談後、昼時帰去。○九時過伏見岩五郎殿被参。せん茶を薦め、雑談数刻、先日約束致置候ニ付、著作堂様御遺物書架壱ツ贈之。自携、被帰去。

一今朝林内義被参、雑談後、昼時被帰去。其後暮時亦被参、おこし一盆持参、被贈之。雑談して、五時前被帰去。○其後、順庵殿・兼次郎殿被参。兼次郎殿ハ四時過被帰去、順庵殿ハ止宿被致。

一暮時、悌三郎殿、青山江被参候由ニて出去ル。夜ニ入五半時頃被帰来。九時過、一同枕ニ就く。

○六日己巳　晴

一早朝順庵殿被帰去。其後四時過、悌三郎殿、青山江被参候由ニて出去ル。暮時前帰被来。○八時過、芝神明前いづミや次郎吉来ル。先、飯田町ゟ琴靏死去致候由承り候とて、右悔之為、山本山煎茶半斤入壱袋被贈之。ほど無帰去。○夕七時過、渡辺平五郎殿被参、暫く雑談、夕七半時過被帰去。○夜ニ入松村儀助殿被参、先日貸進の雑記二ノ巻壱冊・武蔵あぶミ二冊被返、尚又雑記三ノ巻壱冊貸遣ス。暫雑談、明日当番の由ニて、五時過被帰去。其後一同枕ニ就く。

○七日庚午　晴

一悌三郎今日ゟ出勤被致候ニ付、朝飯後辰ノ時過ゟ罷被出、夜ニ入暮六半時被帰来。○暮時政之助殿被参、雑談して、四時過被帰去。

一夕七半時頃、豆腐屋松五郎妻おすミ来ル。右は、外ニて大小払物望候ニ付、琴靍所持の大小御払候やと申ニ付、則、一腰渡し遣ス。暮時帰去。右之外、使札・来客なし。九時、一同枕ニ就く。

○八日辛未　晴　風

一今朝、隣家林内義来ル。先日頼置候灯油切手二枚持参、被贈之。ほど無帰去ル。○四時過ゟ、悌三郎殿評定所ヘ被罷出ル。暮六時過被帰来。○夕方政之助殿被参、早ゝ帰去。○八時過三嶋兼次郎殿被参、煮豆小ふた物入持参、被贈之。暫く物語被致、夕飯振舞。今晩止宿。

一日暮て順庵殿被参、ほど無被帰去。九時、一同枕ニ就く。

○九日壬申　晴

一今朝四時過、悌三郎殿評定所ヘ被罷出、夜ニ入六時過被帰来。

一四時過、白井勝次郎殿、縁談の義ニて参。既ニ門前迄栗原氏被参居候ニ付、対面を被乞候ニ付、此方へ呼入、面談ス。白井氏差添、栗原氏、外ニ町人様の者壱人差添来。面談畢、帰去。○其後、深光寺へ参詣。今日琴靍命日なれバ也。帰路、有住岩五郎殿宅ヘ立より、養子延引の段申述ル。塩がまおこし一包持参、贈之。夕七半時帰宅ス。

一兼次郎殿、終日留主被致、夕七半時頃帰去。○夜ニ入、梅村直記殿、児女同道ニて被参。其後靏三殿も被参、一同雑談、四時過梅村・坂本帰去ル。○暮時過、鼠穴伊賀者勤候人近藤佐吉殿と被申候人被参。右は、養子一条也。面談して、早ゝ被帰去。○大嶋春吉殿、宗村氏を被尋候ニ付被参。おさちをし《(ママ)》候由、帰宅後告之。○早朝、家根や伊三郎来ル。家根修復の事也。先当年ハ用事なしと申聞遣ス。

○十日癸酉　晴

一四時前、矢野ゟ手紙到来。且、先月中贈物の謝礼としてひげ十醤油壱樽被贈。取込中ニ付、返書ニ不及、謝礼、口状ニて申遣ス。

一右同刻、悌三郎殿当番ニ被罷出。兼次郎殿赤坂迄同道の由ニて、両人一緒ニ出宅被致。○四時過、隣家林内義被参、雑談数刻、八時頃被帰去。○右同刻、伏見ゟ壱分まんぢう・薄皮餅一重到来ス。謝礼申遣ス。其後、大久保矢野ゟ先日貸進の月氷奇縁被返。右請取、糸桜十冊貸遣ス。○悌三郎殿六半時過被帰来。

○十一日甲戌　晴

一今朝宗村お国殿被参、ほど無帰去。同刻、文蕾殿被参。からかね鍋借用致度由被申候ニ付、則、貸遣ス。○四時前ゟ悌三郎殿評定所ニ被罷出、暮六時被帰来ル。○昼前半右衛門殿被参、暫雑談、被帰去。

一昼時、下掃除忠七、納大根百五十本持参ス。右請取、昼飯給させ、帰し遣ス。○昼後、自飯田町ニ用事有之候ニ付罷越、張返し長どう着、御姉様御召料上候。飯田町ニて蕎麦切振舞、用事整、暮時帰宅ス。今晩壱人も不来、九時過、枕ニ就く。

一暮六時過、戌正月分御扶持渡ル。取番奈良留吉差添、車力一俵持込、受取置。

○十二日乙亥　天明後雨
一今朝留蔵来ル。沢庵手伝致、水汲入。昼飯給させ遣ス。古帷子一ツ是亦遣ス。八時過帰去。

一四時過、悌三郎殿、虎ノ御門御宅江被罷出、夜ニ入五時前帰被来。

一昼後ゟ沢庵二樽漬畢。○昼後林内義お雪殿被参、木綿所望ニ付、少〻遣ス。暫して帰去、夜ニ入又来。雑談して、四半時頃帰去。其後枕ニ就く。○夕七時頃、伏見氏ゟ、精進本膳壱人前贈之。謝礼申遣ス。

○十三日丙子　晴　美日
一今朝、悌三郎殿、四時過評定所江被罷出、夜ニ入六時頃帰来ル。

一昼後おろじ町江入湯ニ行、ほど無帰宅。○昼後虎の御門ゟ、悌三郎どの借用のちようちん取ニ来ル。則、二張渡し遣ス。○夜ニ入松村儀助殿被参、先日貸進之雑記三ノ巻被返。右請取、同書四ノ巻貸遣ス。雑談後、五時過帰去。○右同刻深田およし来ル。今晩止宿ス。

一五時頃順庵殿入来、雑談して、四時頃被帰去。○夕七時頃政之助殿被参、雑談後、暮時被帰去。

○十四日丁丑　晴　暮時過ゟ大風　終夜
一今朝、およし朝飯後帰去。○其後、悌三郎殿当番ニ被出ル。三嶋氏同道被致。夜ニ入、五半時頃被帰来。

一四時頃伏見岩五郎殿被参、雑談数刻、昼時被帰去。○昼後林内義被参、鳥目百六十四文入用の由ニて乞ふ。則、貸遣ス。ほど無帰去ル。林金之介殿、髪を結ニ来ル。おさち、則髪を結、雑談後、夕七時過帰去。

一夕七半時過順庵殿御入来、此方へ止宿被致。一同九時頃枕ニ就く。

○十五日戊寅　晴　風

一今朝食後、順庵殿、八丁堀江被参候由ニて被帰去。悌三郎殿同道ニて御番ニ被出、夜ニ入、五時頃被帰来。

一四時頃、林内義昨日貸進の鳥目百六十四持参、被返。右請取、雑談数刻、昼時頃被帰去。○夕方、しなの屋重兵衛、注文の薪炭持参、右差置、帰去。○日暮て、久野様御内梅村ゟ、悌三郎殿ニ用事有之由ニて、尋来ル。然ども不在の由申示、かへり去しむ。右同刻、悌三郎殿相識常吉と申人、是亦悌三郎殿ニ用事有之由ニ候へども、右ニ記如く不在の由申示候へバ、則、帰去。

一暮時、評定(マヽ)ゟ悌三郎殿江手紙来ル。右請置、所望ニ付、請取書遣之。悌三郎殿帰宅後、手紙渡し候所、右は、明十六日神田橋御役宅松平河内守様江罷出候由達し也と云。四時過枕ニ就く。

○十六日己卯　曇終日

一今朝、悌三郎殿義叔母被来ル。悌三郎殿と立談して被帰去。其後、神田橋御役宅(アキ)河内守様罷出らる。夜ニ入四時頃被帰来。

一四時過、飯田町ゟ使札到来。右は、先日約束之白米の事被越。則、白米五升、外ニ歌書二部・言葉の玉の緒七さツ・冠辞考十冊持せ、返書差添、奇応丸大包一ツ・中包二ツ使江渡し、帰し遣ス。

一右同刻山本半右衛門殿被参、ほど無平五郎殿も被参。両人とも雑談数刻、平五郎殿先頼置候八犬士各痣の事知れ候分書抜、渡し遣ス。平五郎殿ハ先江帰去、半右衛門殿ハ昼後帰去。

一暮時前、政之助殿御入来、雑談数刻、五時頃帰去。

一夜ニ入林内義被参、雑談中順庵殿被参、入替りニ林内義被帰去。順庵殿ハ四時過帰さらる。

○十七日庚辰　晴　風
一今日、貞教大姉様御祥月忌ニ付、朝料供、一汁二菜供之。今日、終日精進也。○今朝五時過順庵殿御入来。悌三郎殿ハ評定に罷出ル。順庵殿と一緒ニ出宅せらる。

一昼前伏見岩五郎殿被参。雑談後、蔵書目録所望ニ付、二冊貸遣ス。昼時過帰去ル。○夕、荷持給米取ニ来ル。則、二升渡し遣ス。

一右同刻、米つき政吉、明日御扶持春可申由ニて、米うす持参、差添（ママ）、帰去。○八時頃、矢野ゟ先日貸進の常夏さうし五冊・其の（ママ）雪五冊被返。所望ニ付、右うけ取、水滸画伝前後十冊貸遣ス。

一暮時兼次郎殿被参。暮時前、悌三郎殿被帰被参。兼次郎殿ニも夕膳振舞、五時過帰去。○夜ニ入順庵殿被参、雑談後、五時過被帰去。其後枕ニ就く。
○十八日辛巳　曇　夕方ゟ雨　夜ニ入晴
一今朝、米つき政吉来ル。則、玄米三斗春しむ。朝飯給させ、つきちん百四十八文遣ス。昼時春畢。○伏見ゟ、先日遣し置候小ふた物被返、沢あんづけ大根二本被贈。右請取、謝礼申遣ス。○昼時過、西丸下お鍬様御入来。雑談数刻、せん茶・くわしを出し、其後、玉子閉そばをすゝめ、夕七時過被帰去。折から雨降出候ニ付、雨がさ貸進ズ。○悌三郎殿今日非番ニ付、終日此方ニ被居。夜ニ入、四時頃枕ニ就く。
○十九日壬午　五時過ゟ雪
一今朝長次郎殿来ル。庖丁類研貰候ニ付、琴靍せつた一双遣ス。昼時前被帰去。○四時過、清右衛門様御入来。

先日頼置候払本代金壱分二朱ト五十二文、幷ニ△小《(ママ)》ゟ請取被参候金子二両、飾海老三ツ・代〻三ツ買取、御持参。右請取、海老・代〻銭百四十四文渡ス。其後帰去。

一悌三郎殿、当番ニ被出ル。五時前、順庵殿同道ニて被帰来。

一今日、隣家林猪之助殿子息金之助殿元服被致候ニ付、鰡五尾祝遣ス。右答礼として、赤飯壱重被贈之。鰡ひらき一尾添来ル。且亦、今日餅搗の由ニ付、阿倍川餅壱重十三入被贈之。

一昼後八時過ゟ、自入湯ニ行。出がけ、むさしや弥五郎江餅白米申付、尚又おすきや町もち屋江、明後廿一日餅つきの事申付、夫ゟいせ屋長三郎其外ニて色〻買物致、帰路入湯致、夕七時前帰宅。右留主中、むさしやゟ餅白米持参ス。則、金二分払遣ス。〇夕七時頃ゟおさち入湯ニ行、暮時帰宅。

一暮時長次郎殿入来。ほど無帰去。〇五時過順庵殿、悌三郎殿同道ニて被参。今日餅搗候由ニて、神在餅壱重被贈之。雑談数刻、九時頃被帰去。其後枕ニ就く。〇今日浄頓様御祥月忌ニ付、朝料供を供之。家内一同精進也。

〇**廿日**癸未　晴

一今日は悌三郎殿非番ニ付、昼前ゟ伝馬町ゟ麴町辺・青山江被参候由ニて、被出去。隣家林江被参、雑談、八時過林を出られ候由也。夫ゟ何れ江歟被参、暮時又此方へ被参候得ども、直ニ枕ニ就かる。殊の外塞候由ニ相見うけ候。何の故なるを不知。

一八時過、石井勘五郎殿、聟養子の義ニ付被参。雑談後、石井氏被申候は、明廿一日右之人を同道致候様被申候ニ付、其意ニ任置。

一夕七時頃、おすき屋町稲毛屋ゟ餅白米取ニ来り候間、則、渡し遣ス。明廿一日間違無様、尚亦申示置。〇其後豆腐屋松五郎妻来、暫物語して、帰去。〇昨日摺候神女湯能書を折立、外題を張置。同小切同様、十八包拵置。

五時過、一同枕ニ就く。

○廿一日甲申　晴

一今朝四時過ゟ、悌三郎殿評定所江被罷出。今晩此方へ不被来。其後林内義被参、雑談中順庵殿被参。暫して林内義被帰去。

一昼前、勘五郎殿、昨日噂有之候人同道ニて被参。右ニ付、伏見氏を頼、招きて応対致。雑談後、勘五郎殿右之人同道ニて被帰去。伏見氏ハ昼時過被帰去。○昼時高畑武左衛門殿被参。右は餅つきの義也。此方ニてハ当年ハ餅屋江頼候由申聞置。暫して帰去。○其後深田長次郎殿来ル。先日頼置候髪油、明日整被参候由申候ニ付、二百文渡、頼置候。八時過順庵殿帰さらる。一昨夜の重箱、今日順庵殿江返、右うつりとしてみかん十遣之。○昼後、稲毛屋ゟ水餅桶ニ入、持参ス。右請取、直に餡をつけ、家廟江供し、両隣ふし見・林江壱重ヅ、おさちニ為持遣ス。折から林金之助殿被参候ニ付、右神在餅を振ふ。おさちニ髪を結貰、帰去。家内も祝食ス。○ふし見岩五郎殿、両三日中ニ新宿辺江被参候由ニ付、渡辺江薬礼金百疋届呉候様頼、渡し置。

一昼前平五郎殿被参。是亦聟養子の一義也。且、先日頼被置候八犬士痣の事・出処の事委敷認置候間、同人ニ渡し遣ス。石井氏被参候ニ付、早ゝ被帰去。此節色ゝ混雑すといへども、何事も自分壱人商量、敵手無之、壱人胸を痛め候のミ。実ニ歎息限なし。

一暮時政之助殿被参。雑談後、神在餅を出し、四時被帰去。○今晩悌三郎殿此方へ被参ず候ニ付、誠ニ心淋しく存候間、兼次郎殿を招き、一宿を頼候所、承知被致、止宿ス。○暮時、おすきや町餅屋ゟ餅つき、持参ス。五升取鏡壱ツ・三升取同壱ツ・五寸一備・小備十二・のし餅七枚ト少ゝ持参、右請取置。

○廿二日乙酉　晴

一今朝食後兼次郎殿被帰去。○昼時前順庵殿被参、同刻林内義も被参。林内義ハ立談して帰去。○昼時前悌三郎被参。順庵殿雑談。順庵殿ハ昼時被帰去。悌三郎殿ハ昼飯を給、其後仮寐被致、夕七時頃起出、赤坂ぇ被参候由ニて被帰去。

一暮時政之助殿被参。此方年男を頼、鬼打如例相済。雑談中悌三郎・順庵殿同道ニて被参。右三人の人ゝに酒を薦め、九時頃迄夜話、順庵殿・政之助殿被帰去。○夕七時前伏見氏被参、ほど無被帰去。○暮時、米舂政吉来ル。右は、先日申付置候端米弐斗七升、当年内ニ舂可申由申ニ付、則、玄米弐斗七升渡し遣ス。○昼前、林金之助殿青山ぇ序有之由ニ付、北見元又ぇ薬礼金百疋頼遣ス。昼時被帰、請取書幷屠蘇壱包持参せらる。屠蘇散ハ直ニ同人ぇ遣ス。○今朝三嶋兼次郎殿、今朝当番出がけニ麹町天神前通行の由ニ付、是亦田村宗哲ぇ薬礼金三百疋頼遣ス。○九時過、一同枕ニ就く。

一今日節分ニ付、一汁三菜祝食ス。門ゝぇ豆がら・柊を刺。夕方福茶、如例之。

○廿三日丙戌　晴

一今朝四時過ゟ、悌三郎、虎ノ御門御役宅久津見河内守様ぇ被罷出。

一四時過、深田氏、一昨日頼候髪の油・白粉買取、持参せらる。右請とり、餅を振舞、昼前被帰去。○右同刻、山本半右衛門殿内義被参、ほど無被帰さる。

一昼後深田長次郎殿被参。頼母子講ぇ鬮引ニ被参候由申候ニ付、則、金二朱渡し、此内二匁掛銭ニ出呉候様頼、渡し遣ス。ほど無帰去、夕方又来ル。鬮は今晩ニ候間、今晩参り、鬮引可申由被申、暮時帰去。○昼後、下掃除忠七来ル。両厠掃除致、帰去。

一八時過、悌三郎伯父冨田氏被参。悌三郎殿参り候ハヾ、用事有之、対談致度ニ付、此方へ被参候ハヾ、右伝言致呉候様申置れて被帰去。○昼後、勘助方ゟ人足来ル。則申付、飯田町ぃ神女湯十五・白米壱斗・大和本草十冊為持遣ス。帰路、深光寺へ歳暮供、備餅・花代為持遣ス。深光寺ゟ請取書来ル。飯田町より返書到来ス。○夜ニ入悌三郎殿被参、ほど無順庵殿も被参。雑談して、四時頃順庵殿被帰去。其後枕ニ就く。

○廿四日丁亥　晴　風

一四時頃悌三郎被出去、夕七時又被参。ほど無小日向ぃ被参候ニ付、今日遅刻可致候間、此方へハ不被参候由申、出去ル。日暮て亦被参、今晩石切橋へハ不行候間、参り候由ニて、止宿。

一昼前、高橋留之助跡江村茂左衛門、今日御番代被仰付候由ニて、土屋宣太郎差添、来ル。○右同刻、林金之助殿髪結貰ニ来ル。おさち則結遣ス。其後金之助殿母義来ル。雑談数刻、八半時被帰去。○右以前、深田およし殿来ル。雑談数刻、暮時ニ及候間、夕膳給させ、今晩止宿ス。○暮時政之助殿被参、ほど無被帰去。右同刻長次郎殿被参、五時被帰去。

一暮時、米つき政吉来ル。一昨日申付候端米二斗七升舂候て、持参。右請取、つきちん百四拾文渡し遣ス。○昼前、矢野氏ゟ先日貸進之稚枝の鳩・化くらべ壱冊被返。右請取、所望ニ付、三国一夜物語五冊貸遣ス。○日暮て、悌三郎殿伯父冨田某被参。折から悌三郎殿居合候ニ付、面談せられ、帰去ル。

一六半時頃順庵殿被参、物語被致、其後被帰去。今晩四時、枕ニ就く。

○廿五日戊子　晴

一今朝、悌三郎殿起出、おすき屋町冨田氏ニ被参候由ニて、早ゝ朝飯前出去ル。四時頃此方へ被参、障子入用美濃紙を接がれ、昼飯後、本郷ニ被参候由ニて尚又出去れ、夕七時過此方へ又被参。おさちニ畳附駒下駄壱双・紋ちりめん小切二ツ被贈。辞れども不被聞、贈り返さんもさすがニて候間、受納置といへども、此方ニてハ甚迷惑、心苦しき事也。

一今朝無礼村源右衛門来ル。歳暮祝儀として、里芋壱升持参ス。切餅を焼、振舞、暫して帰去。○しなの屋重兵衛ゟ、歳暮祝儀として、牛房壱把十本贈来ル。○昼後長次郎殿被参、研物、庖丁弁ニ鋏二挺研貰候ニ付、甚失礼之至りニ候へども、鳥目百文贈之。夕七時過帰去。

一今朝、順庵殿、今日飯田町辺ニ参り候ニ付、若用事ありやと被問候へ共、先用事無之由申候へば、急候由ニて早ゝ帰去。夕七時前帰被参、暫して被帰去。○右同刻半右衛門殿被参、雑談後煎茶を出し、先日約束ニ付半晒羽織壱ツ遣ス。夕七半時頃帰去。○日暮て鈴木安次郎どの被参、同人弟去十九日死去被致候由被告之。且、此方養子の義被申候ニ付、委敷書付ニ致、認め置く。暫く雑談、其後被帰去。

一日暮て順庵殿又被参。今晩悌三郎殿と天神市へ同道せん為也。悌三郎殿に買物を頼、金二朱渡ス。両人とも五時前ゟ麴町ニ被参、四時被帰来ル。暫して順庵殿被帰去。其後枕ニ就く。

○廿六日己丑　晴

一今朝、江村茂左衛門、明日見習御番被仰付候由ニて、来ル。

一四時頃半右衛門殿被参。右は、此方聟養子の一義ニ付、今ゟ西窪ニ被参候由被申、出去。昼時又此方へ被参。

先方やう子承り候所、渡辺氏被申候所大相違の由被申。餅弁ニ昼飯振舞、被帰去。○昼後、悌三郎殿、下谷ゟ両国辺ぶ被参候由ニて被出ル。両国ぶハ不行して、暮時被帰参。

一八時過林内義被参。雑談数刻、屠蘇出し候入物ニ困り候由被申候ニ付、八千代焼土瓶壱ツ貸遣ス。其後被帰去。
○暮時、悌三郎殿、青山ぶ被参候由ニて出去、五時頃被帰参。ほど無順庵殿被参、少し内談、四時過被帰去。

○廿七日庚寅　雨終日
一今朝四時、悌三郎評定所ぶ被出ル。五時頃被帰参。

一昼前、長次郎殿門松四門買取、持参せらる。代廿文の由、則、渡之。其後伝馬町ぶ被参候由ニ付、買物頼遣ス。夕七時頃右之品こ買取、被参。今日は銭相場七百十八文の由也。昨日は七百五十二文也。長次郎殿ニ昼飯給させ遣ス。

一昼時順庵殿被参。昨夜の内談残り老実ニ被申候ニ付、其意ニ任せ、雑談数刻にして夕七時過被帰去。又今晩被参候由被申之。

一七時頃、伏見ゟあべ川餅壱重被贈之。謝礼申遣ス。○暮時大内隣之助殿被参、かつをぶし七本被贈之。先月中贈物之謝礼なるべし。雑談後、六時頃被帰去。○六半時頃順庵殿被参、ほど無悌三郎被参、雑談。今晩直ニ悌三郎殿、山岸町田氏ぶ被帰可候所、用事有之ニ付、今晩ハ止宿ス。順庵殿も止宿被致。

○廿八日辛卯　曇　昼時頃ゟ晴
一今朝、悌三郎殿、朝飯後被帰去。今日ゟ此方へハ不来。

一四時過伏見岩五郎殿被参。過日卜筮を頼候ニ付、右吉凶を判断被致、昼時頃帰去。○右以前林内義両度被参、雑談後被帰去。

一順庵殿、御宅ゟ迎之人参り、昼時被帰去。〇昼時、飯田町清右衛門様御入来。当月分薬売溜金二朱ト弐〆三百九十二文、外ニ大和本草十冊払代十七匁、持参せらる。薬壱わり三百十五文、直ニ清右衛門様ニ渡ス。畳附下駄壱双・ちりがミ四帖、せいぼとして被贈之。欠合の肴ニて酒を薦め、九時過被帰去。〇昼後、おさちヲ以、隣家林ニ炭壱俵贈遣ス。

一今朝、荷持ニ歳暮祝儀として、切餅十五片・天保銭壱枚遣ス。

一夜ニ入梅村直記殿来訪。雑談数刻、せん茶・もちを出し、四時前帰去。

一五時過順庵殿来訪、雑談、深夜ニ及。右ニ付、止宿せらる。

〇廿九日壬辰　晴

一今朝政之助殿被参。かねて飾松の事頼置候ニ付、門幷ニ玄関、其外ニ荒神棚ニ大根〆をつけられ、残る隈なく飾付被致、順庵殿同道ニて昼前被帰去。〇今朝猪之助殿内義被参、順庵殿と暫く物語被致、被帰去。〇昼後伏見岩五郎殿被参、先頼置し渡辺ニ薬礼届呉られ候由ニて、請取書・屠蘇壱包持参せらる。屠蘇は直ニ同人ニ遣ス。尚又、今朝頼置候糒三斤持参せらる。右、請取置く。早〻帰去。

一八時頃、下掃除忠七来ル。里芋壱升・にんじん十五本持参ス。早〻帰去。

一夕七時過山本半右衛門殿被参。右、縁談の義ニ付、明日、鈴木氏世話被致候人四時迄ニ山本氏迄被参、夫ゟ此方へ同道可被致由被申之、暫して被帰去。にんじん七本贈之。〇豆腐屋松五郎妻、先日貸置候金子壱分ト四百文持参。右之内四百文ハ、同人ニ歳暮として遣ス。今晩五時、母女二人枕ニ就く。〇おさち心得違有之候ニ付、厳敷警置。

○卅日癸巳　晴

一今朝山本半右衛門殿被参、昨日約し候縁談の義ニ付、只今川井亥三郎殿右之人同道被致候由申さる。其内亥三郎殿同道ニて縁新郎被参、座敷ニて一同面談、暫して開ニ成。○昼前、信濃屋重兵衛、薪炭代乞ニ来ル。則、金二分二朱ト三百文払遣ス。請取書取之。○右以前、おすき屋町稲毛屋留吉か、餅つきちん乞ニ来ル。則、四百廿文渡し遣ス。

一今朝林内義被参、暫物語して帰去。右同刻、同人子息髪月代致呉候様被申候ニ付、おさち則致遣ス。○昼後、おさち入湯ニ行、八時頃帰宅。

一八時過半右衛門殿内義被参、ほど無被帰去。○其後順庵殿入来、暫く雑談数刻にして、南伝馬町江被参候由ニて被帰去。

一夕七時頃長次郎殿入来。是亦ほど無帰去り、夜ニ入又被参。今か伝馬町江参り候間、用事ハなきやと被問候ニ付、鶏卵買取呉候やう頼、鳥目四十八文渡置、直ニ被帰去。四時被参、右頼候玉子買取、持参ス。

一悌三郎殿相識之人柴田鎌吉と申人、悌三郎殿を尋被参。然ども、此方へハ一向不来候由申候へバ、被帰去。

一今朝、板倉安次郎殿、願之通り御番代被仰付候由ニて被来。今日、新参の人ゝ此方へ歳末ニハ不被参。太郎不在の故なるべし。

一夕方古味林壱升、伏見氏江為持遣ス。

一五時頃順庵殿被参、雑談後、九時帰去ル。○五時過、悌三郎殿伯父三浦某被参。悌三郎殿を被尋候へども、此方ニて不在、行先一向ニ存不申候趣申候得ば、当惑之面色ニて被帰去。

一今日、昼節、一汁二菜・膾、母女二人祝食し、夕方福茶。都て先例之如く祝納ム。祝ながらも、母女二人之外敢外人なし。心苦しき事限なし。〇昼後、松村氏ゟ使札ヲ以、先日中貸置候雑記四の巻被返。右請取、返書、口状ニて申遣ス。九時、母女枕ニ就く。

嘉永三年庚戌日記

嘉永三庚戌年

正月元日甲午　晴

家内安全の諸事吉例の如し　無事迎新年之

○今朝雑煮、昼節、一汁二菜・膾祝食、夕方、福茶、例之如し。

一今日礼者三十五人、内十四人内江入、祝義被申入。有住忠三郎殿ハ雑談数刻。内廿壱人ハ門礼也。詳ニハ贈答暦ニ記之。

一昼時伏見岩《（ママ）》郎殿、昨日贈物の謝礼として被参、ほど無被帰去。

一八時頃江村茂左衛門殿、明日初御番被仰付候由ニて来ル。

一今日昼後ゟ帳めん口とり書之、張入置。

一今日月帯そく三分、七時壱分也。寛政八丁巳年以来五十五年目也。○夜ニ入五時前順庵殿被参、其後深田長次郎殿・岩井政之助殿被参。右三人ニ屠蘇酒・かん酒を薦め、四時過皆退散。九時枕ニ就く。

○二日乙未　晴　風

一今朝雑煮を祝ひ、昼節・夕方福茶等、都昨日の如し。

一今朝矢野信太郎殿、年礼として入来、祝義幷ニ旧冬贈物之謝礼申被述、ようかん半棹被贈之。其後被帰去。

一昼前悌三郎殿来訪、東煎餅一折持参、被贈之。煎茶・ようかんを薦め、八時頃被帰去。〇昼時、歌住左内殿も年礼として被参、雑談時を移して被帰去。〇昼時過林内義被参、雑談数刻にして夕七時前被帰去。

一今日礼者十七人、内五人ハ門礼也。〇日暮て、梅村氏・岩井氏・加藤氏被参、只今ゟ忍原の寄ニ被参候由ニて、早〻被帰去。加藤氏ハ初来也。

〇三日丙申　曇　四時前ゟ晴　風

一今朝深田氏被参。伝馬町ニ参り候間、用事ハなきやと被問候ニ付、麻の類頼、代銭百文渡ス。琴靏古紙入・きせるヅ、遣之。

一おさち、おすきや町ニ入湯ニ行、昼時帰宅。〇昼後、飯田町清右衛門様年礼礼《(ママ)》として御入来。御年玉、駿河半切百枚・水引《(アキ)》　被贈之。且又、酉ノ十二月上家ちん金壱分二朱ト二百五十六文持参、請取置。先例之如く、座敷ニて屠蘇酒の礼畢、かん酒を薦め、夕膳をも振舞、夕方被帰去。〇今日礼者十二人、内六人ハ出入商人也。

〇昼後、あやべ氏女おふさ遊ニ来ル。所望ニ付、金瓶梅三集上下四冊・水滸伝初編四冊貸遣ス。八時頃帰去。

一右同刻、梅村直記殿女おさだ《(ダク)》遊ニ来、今晩止宿ス。

一日暮て、梅村氏・加藤氏・中西氏・加藤氏に従住被致候和太殿被参。中西氏、切鮓壱包持参せらる。其後順庵殿・政之助殿被参。一同三百人首を初、時を移し、梅村氏女おさだ踊を初候ニ付、二、三番皆見物致。其後各雑談、興を催し、八時ニ及。此方ニても煎茶・くわしを出ス。深田氏も今日は終日此方ニ遊被居。今晩八半時頃枕ニ就く。〇今日、朝雑煮、昼節・福茶等、都て昨日の如し。

○**四日**丁酉　風　ほど無止

一昼時山田宗之介、年礼として来ル。せん茶・くわしを薦め、其後屠蘇酒を出し、其後かん酒・吸物・とり肴・刺身・鍋。右畢、蕎麦切を主僕ニ振ふ。宗之介参り候ニ付、山本半右衛門殿を酒食の敵手ニ頼、且、走使ニハ深田氏を頼候所、早束受引、御向坂むさしやゟ鍋・刺身あつらへ、稲毛屋ニて酒買取、持参被致。折から松村氏も年礼として被参、同人ニも酒食を振ふ。年玉として、乾海苔壱帖被贈。何れも雑談、宗之介ハ先ゟ帰去。且、旧冬ゟ厚く世話被致候謝礼として、宗之介、山本氏幷ニ伏見氏ゟ礼ニ行。半右衛門殿、夕飯給、被帰去。其後儀助被帰。所望ニ、雑記五ノ巻壱冊貸遣ス。○政之助殿入来、所望ニ付、八犬伝四集四冊貸遣ス。

一夕七時頃順庵殿入来。自、両三日以前ゟ感冒の気味ニて悪寒致候ニ付、順庵殿ニ診脉乞候ニ付、煎薬五貼調剤被致、持参せらる。雑談後、夕方被帰去。

一右同刻松五郎妻来。みかん九ツ持参、旧冬貸置候飯鉢を返ス。右請取、暮時帰去。○今日、礼者六人也。○今日悪寒甚しく致候ニ付、暮時より枕ニ就く。○今朝、下掃除忠七来ル。両厠そふぢ致、帰去。

○**五日**戊戌　晴　風　夜ニ入風止　余寒

一今朝、武蔵屋ゟ昨日のうつわ物取ニ来ル。代五百四十八文の由、則、渡し遣ス。

一八時過丸屋藤兵衛、年礼として来ル。塩がまおこし一包持参。せん茶・くわしを出し、ほど無帰去。○右同刻、伏見岩五郎殿被参。是前《(ママ)》茶・くわしをすゝめ、雑談後被帰去。○昼時長次郎殿被参。其後同人姉およし殿被参、年玉として串柿壱包被贈。おさちと暫し遊、夕七半時過被帰去。○暮時深田氏被参。五時前順庵殿被参、自、診脉を乞ふ。診脉畢、久野内梅村氏ゟ被参候由ニて被帰去。深田氏ハ五時過被帰去。其後、母女枕ニ就く。

○六日己亥　晴　風　亥ノ刻半頃ゟ雪　終夜

一今朝岩井氏、当番出がけの由ニて被立寄、ほど無被帰去。○其後深田氏被参。昼飯給させ、伝馬町江被参候由ニ付、買物頼遣ス。夕方帰被来。

一四時頃おさち入湯ニ行、昼時帰宅。○今朝田辺礒右衛門殿、年礼として被参。荒井幸三郎殿同断。今日、礼者只二人のミ。

一八時頃、豆腐屋与太郎来ル。右は、今日所ゝ江年玉配り候ニ、金子無之、難義ニ付、金壱分拝借致度由申ニ付、無拠金壱分貸遣ス。

一日暮て長次郎殿被参、四時迄遊、被帰去。夕七半時順庵どの被参、雑談。暮時七種を祝はやし貰、其後被帰去。

一日暮て、梅村氏家内ニ、忍原町寄江被参候由ニて、おさちを被誘引。先今晩ハ延引可致申聞候得ども、おさち不聞して行。とゞむれども不聞、其意ニ任、皆同道ニて遣ス。母親の意ニ背候本姓《（ママ）》、都て如此し。歎息限りなし。四半時帰宅ス。夫ゟ枕ニ就く。

一今日、六日年越。当年ハ琴靍遠行致ニ付、三ケ日の外都て何事も略し、只母女二人、何事も張合なく其日を送るのミ。哀なること、人ゝ察すべし。只福茶ハせんじ《（ダク）》、家廟江供ス。

○七日庚子　雪　四時過雪止　晴　凡八寸余積る

一今朝、七くさ粥家廟江供し、母女二人祝食ス。

一今朝、順庵殿、昨日頼置候薬調合被致、持参せらる。只今ゟ初会に被参候由ニて被帰去、八時過帰路の由ニて被参。雑談中、夕七時頃悌三郎殿も被参。是亦雑談、せん茶・くわしをすゝめ、暮時、悌三郎殿被帰去。

一八半時、長田氏幷ニおよし殿被参、何れも雑談、暮時帰去。長次郎殿八日暮て亦来。其後清次郎殿・加藤氏被参。ほど無順庵殿ハ被帰去。加藤氏・中西氏江せん茶・くわしを出し、種ミ雑談、子ノ刻ニ及、皆帰被去。其後母女枕ニ就く。○梅村氏ゟ合巻借ニおさだ参り候間、殺生石初編二冊貸遣ス。

○**八日**辛丑　晴　今暁卯ノ時九分雨水之節ニ成

一伏見氏被参、雑談後被帰去。○昼前長次郎殿被参、伝馬町江被参候由被申候ニ付、買物三種頼、天保銭壱枚渡遣ス。八時過、買取、持参せらる。代銭六十八文之由ニ付、廿八文被返、ほど無被帰去、暮時又被参。

一四時過坂本順庵殿被参、自診脉被致、今ゟ八丁堀江被参候由ニ付、早ミ被帰去。○八時過深田およし殿被参、暫物語被致、被帰去。

一夕七時過政之助殿被参、長歌本借用致度由被申候ニ付、則、合本壱冊貸遣ス。又後刻可被参由被申、帰去。

一八時過、梅村ゟ女ヲ以、三百人首致候間、おさちも参り候様被招候へども、断申遣しス（ママ）。○日暮て長次郎殿被参、其後政之助殿・直記殿・同人娘おさだ・加藤氏外馬殿被参。加藤氏万金丹五包持参、被贈之。五時頃順庵殿被参。右之人ミハ、明九日松岡氏ニ狂言茶ばん有之候ニ付、各ミ題ニ依、稽古の為被参候間、各ミニ教遣ス。皆ミニせん茶・阿部川もちを薦め、九時頃皆退散せらる。其後枕ニ就く。

○**九日**壬寅　晴　四時頃ゟ曇　夕七時頃ゟ雪　但多不降　夜ニ入五時雪止

一今朝長田およし殿被参。右以前、林金之助殿・同人舎弟鉦三郎殿来、両人ニ髪月代致遣ス。およし殿も結呉候様被申候ニ付、手序《ツヒデ》ニ結遣ス。およし殿、終日此方ニ被居、今晩止宿ス。○昼後順庵殿被参、悌三郎殿門前通行ニ付、呼入候へバ被参。雑談数刻、順庵殿、今日松岡茶ばん景物買ニ四谷伝馬丁江被参、暮時又来ル。日暮て政之助殿・清次郎殿・長次郎殿被参。四時前ゟ、順庵殿・清次郎殿・政之助殿、右三人松岡江被参、長次郎殿ハ被帰去。順庵殿ハ余り深夜ニ及候間、此方へ止宿のつもりニて出被去。折から雪連りニ降出候ニ付、悌三郎殿も止宿被致、一同、九時過枕ニ就く。明七時順庵殿被帰参、此方へ先約之如く止宿被致。○夕方林氏ゟしん沢あん二本被贈之。謝礼申遣ス。

○十日癸卯　晴　余寒

一今朝長次郎殿・政之助殿被参、長次郎殿昼時帰去。

一昨晩止宿被致候山本氏・坂本氏・およしどの、右三人江朝飯を出し、夫ゟ雑談数刻にして、右三人・政之助被帰去。○四時過伏見氏被参、是亦雑談、昼時被帰去。昼後又被参、先日頼置候茶ばん《(ダク)》に遣候品ゝ幷ニ趣向を口伝せられて、被帰去。○昼後長次郎殿被参。色ゝ用事頼候ニ付、琴靏所持の小もん股引遣之。悦て謝礼被申。日暮て亦被参、九時前被帰去。○夕七時前、あやべ女おふさ殿被参、去三日貸進の金瓶梅三集上下四冊・水滸伝上下四冊被返之。尚亦所望ニ付、右同書四集四冊・水滸伝二編・三編八冊貸遣ス。おさちと雑談、夕方帰去。○其後山本半右衛門殿被参、旧冬晦日被参候縁郎、何歟さし合有之由被申。色ゝ雑談数刻、有合之夕飯を振舞、日暮て被帰去。○暮時宗村お国殿被参、年玉として乾海苔壱帖持参。せん茶・くわしを振舞、亥ノ時被帰去。お国殿主人久保田氏所望ニ付、八犬伝初輯五冊・朝夷嶋めぐり六輯五冊貸遣ス。○五時前織衛殿被参、其後順庵殿被参。夜興如例、九時前皆被帰去。其後、母女枕ニ就く。

○十一日甲辰　晴

一今朝順庵殿入来。只今ゟ花房様江被参候由ニて、ほどなく被帰去。右以前長次郎殿被参、昼時帰去、又来ル。

○八時過植木屋富蔵来ル。雑談して帰去。○八半時頃順庵殿、花房様ゟ帰路の由ニて被参。今晩直記殿方稽古物茶番有之ニ付、おさちをも被招候ニ付、順庵殿ニも夕膳を振舞。日暮て政之助殿迎ニ被参候ニ付、順庵殿・政之助殿幷ニ長次郎殿同道ニて、おさち梅村ぇ行。手みやげとして、干海苔壱帖為持遣ス。明七時帰宅。林内義・長《テウ》次郎殿同道ス。

○十二日乙巳　晴

一今朝順庵殿、昨夜深夜ニ及候ニ付、政之助殿方へ止宿被致候、只今帰路由ニて被参、雑談、昼時前被帰去。○昼後深田およし殿被参。右は清元雨乞小町習覚度由、ひたすら所望ニ付、無拠其意ニ任、教遣ス。八時過帰去。

一右同刻、梅村おさだどの遊ニ来ル。夕七時頃帰去。○夕七半時頃岩井氏被参、雑談して暮時被帰去。○暮時前田口栄太郎、年礼として来ル。急候由ニて早〻帰去。

○十三日丙午　晴　風

一今朝長次郎殿被参、伝馬町ぇ被参候由被申候ニ付、買物三種頼遣ス。昼時帰被来。同刻政之助殿雑談。八時前、長次郎殿・政之助殿被帰去。其後又政之助被参、夕七時被帰去。○八半時頃山本半右衛門殿、小児を携て被参。雑談中石井勘五郎殿、先日鳥渡話し被致候縁郎同道ニて被参候ニ付、自弁ニ半右衛門殿・おさちも対面。初たいめんの口誼畢、ほど無縁郎壱人先ぇ被帰去。石井氏ハ跡ぇ残、種〻雑談して帰去。其後山本氏も被帰去。○同刻、坂本順庵殿母公来ル。初たいめん也。急候由ニて早〻被帰去。其後順庵殿被参、ほど無又参り候由被申、被帰去、日暮て被参。○暮時深田氏被参、暮六時過、加藤新五右衛門殿・和太殿被参、夜話数刻ニ及。せん茶・くわしを出ス。四時過、岩井氏・中西氏・梅村女おさだ来ル。何れも遊、九時過一同退散。そのゝち枕ニ就く。○和太殿所望ニ付、八犬伝九集十五冊貸遣ス。

○十四日丁未　晴

一今日如例、内飾・鏡餅を徹す。例年の如し。削かけをつける。今日諸神江神酒を供し、夜ニ入神灯。一昨年中ノ腹《ママ》、今日初て也。

一昼節・夕方福茶、昨年の如し。

一今朝おもん来ル。先日飯田丁ニて太郎病死之趣聞候由ニて、干のり壱帖持参。先暫く話候やう止むれども不聞して、立談久しくして、早ゝ帰去。○右同刻長次郎殿被参。種ゝ用事頼候ニ付、昼飯給させ、其後帰去。夕方又被参、諸神江神灯を上、九時帰去。

一昼時梅村氏被参、暫物語して被帰去。○八時頃、伏見氏ゟ鮓一皿被贈。謝礼申遣ス。○夕七時頃あやべ娘おふさ・お花両人、昨日鬼神へ被参候帰路の由ニて立寄、暫雑談。所望ニ付、金瓶梅五集・六集八冊、水滸伝四編四冊貸遣ス。○昼後、おさち青山江入湯ニ行、八時頃帰宅。

一暮時林氏内義被参、早ゝ帰去ル。○暮六時過順庵殿被参、五時過被帰去。○五時過、松岡氏・中西氏・加藤氏・岩井氏・和太殿被参、何れも夜話、九時頃皆退散。梅むら直記殿女おさだも来ル。梅村氏ゟ岩井氏ヲ以、おさだ江踊教呉候様被申候ニ付、断も申難、其意ニ任、然らバ明日ゟ教候やう申遣ス。

○十五日戊申　晴

一今朝政之助殿被参、暫く雑談して被帰去。○其後深田氏被参。

一昼後宗村お国殿、主人使ニ来ル。先日貸進之俠客伝初編五冊被返、所望ニ付、二編五冊貸遣ス。暫物語、おさち、のり鮓を拵、お国殿にすゝめ、其後帰去。○長次郎殿姉およし来ル。夕七時過帰去。○八半時過政之助どの被参。汁粉を振舞。又後刻可被参由被申、帰去。○高畑助左衛門殿被参、暫雑談して帰去。○暮時前順庵殿被参。今日かねて約束あれバなり。大みかん十持参、被贈之。汁粉を振舞ふ。○夜ニ入、深田氏・中西氏幷ニ加藤氏被参。其後梅村氏、女同道ニて被参。夫ゟおくれて政之助被参。五時過織衛殿も被参。皆ゝにみかんを出ス。夜話昨夜の如く、四半時頃梅村・坂本・加藤・中西、右四人被帰去。岩井・松岡・深田ハ九時頃被帰。其後枕ニ就。○今日朝、あづき粥家廟に供し、母女祝食ス。例年鏡開十八日ニ可致所、当正月十八日ハ琴靍百ケ日相当ニ付、今日ニ致、膾・きりぼし・刻鰑をこしらへ、是亦家廟に供し、其後祝食。深田氏・岩井氏・坂本氏に振ふ。毎年鏡開ニハ吸物・取肴其外種ゝ丁理致、飯田町初皆ゝ招き候へども、当年ハ主人無之故ニ、何事も略して如此ス。

一床間ニ、蓑笠様・琴嶺様幷ニ福寿二言の掛物奉掛、神酒・備餅を供ス。夕方取納畢。右之掛物取出し候ニ付ても胸のミふたがり、哀れ限りなし。○夜十八

○十六日己酉　晴

一今暁七時前、東の方ニ出火有之。後ニ聞く、四谷天王横町ニて町家一棟焼たりと云。○四時過ゟ媼神に参詣、帰路入湯致、買物整、九時過帰宅。夫ゟ青山六道おすき屋町稲毛屋に、来ル十九日琴靍百ケ日逮夜入用黄剛飯誂ニ行。明後十八日四時頃ニ右之品無相違出来致候様申付、帰路山本に立より、養子一義談し、帰宅ス。○一昨日十四日政之助殿ヲ以被頼候梅村氏女おさだ、昼後来ルニ付、今日より教始む。をしえを受て被帰去。

一夕七時頃、深田およし殿来ル。暮時前被帰去。○おさち、夕七時頃ゟ頭痛・悪寒致候由ニて打臥ス。○日暮て深田氏被参。其後、岩井氏・梅村氏・同人娘おさだ今ば(ダク)ん新宿ゑんまへ参詣致候ニ付、おさちを誘引。然ども

風邪ニて打臥候趣申といへども、少ゝの事ニ候ハヾ保養乍ニ参り候様被申候ニ付、おさち起出、衣服を着替候内、梅村氏内義被参。初対面也。夫ゟ梅村氏・御内室幷ニ同人娘おさだ・岩井氏、おさち同道ニて行。右留主中加藤氏、少し後レて和太殿被参。加藤うぢ煎餅一袋被贈之。四時前、直記殿初、新宿ゟ被帰参。□中右の人ゝに煎茶・くわしを出ス。ほど無悌三郎殿も被参、皆一同ニ騒遊、九時過皆被帰去ル。

一五時前順庵殿被参、ほど無被帰去。中西清次郎殿も同様。順庵殿初、政之助殿・清次郎殿ハ荒井氏ゟ被参候由也。其後母女枕ニ就く。

○十七日庚戌　晴　夜ニ入雨　但多不降

一今朝長次郎殿被参、四時頃悌三郎殿も被参。雑談後、昼時頃両人被帰去。○昼時前伏見氏被参、ほど無被帰去。○昼後山本半右衛門殿内義被参。せん茶・もちを出して薦む。暫く雑談、夕七時前被帰去。○昼後おさだ・およし、右両人昨日の如く教を受て帰去。○夕七時過順庵殿被参、ほどなく被帰去。○暮時前長次郎殿被参、今ゟ伝馬町ゟ参り候間、買物はなきやと被申候ニ付、明日入用の品買取呉候様頼、鳥目二百文渡、頼置。

一八半時頃、赤坂鈴降稲荷別当願性院、年礼として来ル。如例年玉、守札一枚・暦壱枚持参ス。早ゝ帰去。○日暮て長次郎殿来ル。雑談、四時帰去。其外来客なし。今晩四時枕ニ就く。

○十八日辛亥　小雨　或は止或は降

一今朝稲毛屋ゟ、一昨日注文の黄剛飯一桶持参、さし置帰去。

一勘助方ゟ先刻申付候人足来。則、黄剛飯壱重、にしめ添、外ニ白米五升為持遣ス。○昼前清右衛門様御入来。折から黄剛飯出来ニ付、是ヲ薦め、其後、赤坂ゟ被参候由ニて被帰去。○今朝林内義被参、新たくあんづけ大根二本持参、被贈之。雑談時をうつして帰去。〇今朝長次郎殿被参。昼時被帰去。

一今日、琴靏百ケ日逮夜ニ付、黄剛飯中付、煮染添、飯田町・ふし見・はやし・山本江壱重ヅ、遣之。〇昼後悌三郎殿被参、白砂糖壱斤入壱折仏前江被贈。折から三嶋兼次郎殿も参り合候ニ付、悌三郎殿・兼次郎殿・長次郎殿江煎茶・黄剛飯、煮染添、振舞、雑談。皆暮時被帰去。

一暮時政之助殿被参、黄剛飯ふるまひ、夜ニ入帰、又五時過被参。日暮て兼次郎殿・中西氏・深田氏・松岡氏・梅村氏被参。加藤氏先被参、煮豆一曲被贈之。和太も被参、如例夜話、四時過被帰去。梅村氏女ハ止宿ス。〇昼後おさち入湯ニ行、八時前帰宅。〇八半時過、飯田町江遣し候人足帰来ル。飯田町ゟ返書到来、外ニろふそく一袋・九年母三ツ到来ス。

〇十九日壬子　曇　昼時ゟ雨　夕七時前ゟ晴

一今朝五時過政之助殿被参、此方ニ終日留主せられ、暮時帰去。

一梅村女おさだ朝飯後帰去、又来ル。所望ニ付、長歌の本壱冊貸遣ス。

一昼時山田宗之介来ル。右は、今日琴靏百ヶ日相当ニ付、深光寺江参詣せん為也。年玉として黒繻子半ゑり二掛被贈、外ニ銘茶一折琴靏霊前江備らる。右主僕ニ黄剛飯・煮染振舞、おさち同道ニて深光寺江参詣。出がけ、伝馬町ニて傘・下駄を買取、深光寺江参詣、香でん百文しん上。諸墓花水を供し、改代町迄宗之介同道ニて、右ニて相別れ、夕七半時過帰宅ス。

一今日留主を被致候人ゝハ山本半右衛門殿・加藤新吾右衛門殿・政之助殿を頼置。半右衛門殿初跡両人、暮時前帰去。〇暮時悌三郎殿被参、ほど無帰去。同人、今日順庵殿同道ニて深光寺へ参詣被致候由也。〇宗村お国殿来ル。先日貸進の俠客伝二集被返之、尚又、三集・四集十冊貸遣ス。ほど無帰去。暮時、加藤氏・岩井氏来ル。

おさだも暮時ゟ来ル。手製の由ニて、五もく鮓壱重被贈。右同刻中西氏も被参、干のり一帖被贈之。五時過直記殿・織衛殿も被参、色ゝ雑談。酒きげん《ダク》ニて立騒被致、甚迷惑限りなし。

一五時過順庵殿も被参、一同四時過被帰去。梅村女ハ止宿ス。

一加藤氏ニ燕石雑志一・二ノ巻二冊貸遣ス。

○廿日癸丑　晴

一梅村女おさだ起出、直ニ被帰去。○四時頃坂本氏被参、うゐろう壱包被贈之。雑談数刻。昼時前伏見氏被参。右は縁談幷ニ石牌筆工の事被申、雑談後、坂本氏と一緒ニ昼時過被帰去。○昼後深田兄弟来ル。八時過両人とも帰去。○同刻あや部おふさどの、去十四日貸進の合巻二通十六冊被返、尚又所望ニ付、金瓶梅七・八ノ巻八冊・水滸伝五・六編八冊貸遣ス。ほど無帰去。○八時過、花房様御内小の氏の女遊ニ来ル。おさちと雑談、夕七半時過帰去。手製のり鮓をすゝむ。○暮時松村儀助殿来訪。去ル十四日貸進の雑記五ノ巻壱冊貸遣ス(ママ)。尚又所望ニ付、同書六ノ巻壱冊・玄同放言七冊貸遣ス。雑談後、五時帰去。○暮六時頃直記殿内義、女おさだ同道ニて来ル。右は、来ル廿四日親類方へ被参、おさだへ雨乞小町おどらせ候ニ付、さみせん存不申候故、右雨乞小町の三味線を覚度よしニて被参、則、教遣ス。せん茶・くわしを出して、四時頃帰去。○長次郎どの暮時参り、梅村内義同道ニて帰去。其後枕ニ就。

○廿一日甲寅　晴或は曇　夜ニ入晴

一昼後半右衛門殿被参、今日寄合有之由ニて、ほど無被帰去。○其後おさだ殿・およし殿被参、暫して被帰去。
○夕七時岩井氏被参、暫して被帰去。

一暮時前伏見氏被参、其後深田氏被参。雑談中中西氏も被参候内、伏見氏被帰、打つゞき中西氏も被帰去。○日暮ておさだ又来ル。五時頃中西氏連ニ来て、帰去。其後深田も被帰。右ニ付、おさちハ既ニ枕ニ就く。大門鎖せんとする折から、加藤氏・岩井氏、深田氏も又来ル。此方ニ而ハ直ニ夜具を片付、種ミ夜興、九時ニ及ぶ。右両人酩酊のやう子也。其後母子枕ニ就く。

○廿二日乙卯　曇　八時過ゟ雨

一八半時頃深田およし殿・兼次郎殿被参、雑談後、暮時両人帰去。兼次郎殿又来ル。日暮ておさだ来ル。如例教を受、遊候内、同人母御被参、是亦雨乞小町教を受る。煎餅一袋持参、被贈之。五時過織衛殿被参。梅村母子ハ四時過帰去、松岡氏・三嶋氏ハ四半時頃被帰去。

○廿三日丙辰　晴

一今朝政之助殿来ル。雑談後帰去。その後およし殿被参、髪結呉候様被申候ニ付、則、結遣ス。○四半時頃入湯ニ行、九時帰宅ス。○八時過半右衛門殿被参、暫物語被致、被帰去。同刻およし殿も被参、暮時被帰去。

一暮時前順庵殿被参。ほど無岩井氏ゟ被参候由ニて被帰去。

一暮六時頃おさだ殿被参、引つゞき加藤氏被参。右以前深田氏被参。如例雑談、何れも四時過被帰去。其後坂本氏、岩井氏ゟ帰路のよしニて被参。尚亦物語致、九時頃帰去。○日暮て、二月分御扶持渡ル。取番鈴木安次郎差添、車力壱俵持込候を受取置。○夕七時頃、土屋宣太郎殿、明日稲葉宅ニて毎月の頼母子有之由申入らる。

○廿四日丁巳　晴　夕方ゟ曇

一今朝四時頃林猪之助殿内義被参、其後順庵殿も被参、如例之長談。右両人ニ昼飯を薦め、両人とも夕七時過被帰去。○八時過江坂卜庵殿、門前通行の由ニて被立寄、早ミ帰去。○夕七時過岩井氏、先日貸進の殺生石初編二冊被返之。右請取、ほど無被帰去。

一夕七時頃深田姉弟両人来ル。長次郎殿、物置を取片付、掃除致被呉。其後、今晩稲葉氏ニ頼母子講有之候ニ付、此方代鬮ニ被参候由被申候ニ付、則、掛銭二匁渡、頼遣ス。四時帰来ル。定八当りの由也。○暮時過、加藤氏・中西氏被参、其後おさだ・同人両親・政之助殿・松岡氏被参。何れも九時頃被帰去。

○廿五日戊午　半晴　八時過小雨　ほど無止

一昼後おさち入湯ニ行、八時頃帰宅。○昼前およし殿被参。昼後梅村おさだ来ル。如例教受て、帰去。○夜ニ入三嶋氏・坂本氏被参、雑談中、加藤氏酩酊のやう子ニて被参。夫ゟ松岡氏、梅村娘おさだ其外子供二人同道ニて被参。梅村内義・直記殿・同人兄増田鉄兵衛殿・中西庄三郎被参。増田氏、切鮓一包被贈之。何れも酒興の上のよし。内、中西氏・増田氏ハ初来也。中西氏ハ酒肴被申付、此方へ持参せらる。何れも酒興の上とハ申乍、主人無之女子暮なる所ニ推参せられ候ハ、甚以疎忽の至り、非礼、甚迷惑限りなし。右持参の酒をひらき、人こに薦む。坂本氏ハ四時頃帰去、又九時頃被参。皆八時過被帰去、夫ゟ暫して又被参、止宿被致。今晩暁七時、母女枕ニ就く。○米つき政吉、明日御扶持舂可申由ニ来ル。

○廿六日己未　晴

一五時過、順庵殿被帰去。○四時前、山本悌三郎殿被参。雑談数刻、所望ニ付万金丹二包贈之、九時前被帰去。○四時過林御内義被参、里芋壱升被贈之。雑談して、九時過被帰去。○九時過、政之助殿・およし殿被参。右以前長次郎殿被参、昼時被帰去。およし殿ハ夕七時前被帰去、政之助殿夕七時過被帰去。○昼時過、米つき政吉来ル。則、玄米三斗舂しむ。夕七時前つき畢、つきちん百四十八文渡し遣ス。○夕七時頃三嶋氏被参、暮時帰去。

一暮時、長次郎殿入来。其後六時頃山本悌三郎殿も被参。旧冬ゟ預り置候袴一具・汗衫、ふろ敷の儘同人江返渡ス。雑談して、五時頃帰去。

一暮六半時頃、加藤新五右衛門殿・中西清次郎殿被参、五時頃岩井氏も被参。何れも雑談、四時皆帰去。夫ゟ枕ニ就く。

○廿七日庚申　晴

一四時頃坂本順庵殿被参。雑談数刻、昼時ニ及、欠合の昼飯振舞。神女湯小切百数本、順庵殿被摺、八時前被帰去。

一八時頃深田およし来。夕七時頃岩井氏被参、ほど無被帰去。およし暮時帰去。○暮時頃関鉄蔵殿被参。太郎死去の由物語致候得ばうち驚かれ、ほど無被帰去。

一今日、庚申。尊像床の間ニかけ奉り、神酒・備餅・七色菓子供之。夜ニ入神灯。五時過納置。○昼時頃、あや部母女来ル。先日貸進の金瓶梅七・八集八冊被返、則、九集・十集貸遣ス。

一暮時伏見氏、侠客伝初集借ニ被参候ニ付、則貸遣ス。今晩五時頃枕ニ就く。

○廿八日辛酉　今暁八時頃雨　昼四時頃ゟ雪　夕七時止　晴　余寒

一今朝、長次郎殿来ル。四谷伝馬町江被参候由ニ付、買物二種頼遣ス。昼時帰去、夕七時買物整来ル。直ニ帰去。

一昼後林内義被参、かねて約束致置候頼ニ付、清元上るり教遣ス。其後およし来ル。両人とも暮時前帰去。○右同刻、政之助殿入来。右は、今日客来有之ニ付、三味線借用致度由被申候ニ付、則、貸遣ス。○其後、順庵殿被参。折から、昨夜ゟ悪寒致候ゆへ、診脈を乞ふ。則、血軍ニ時候当りの由被申、明日薬調進致スべしと被申、今晩岩井氏江被参候由ニて、被帰去。○夜ニ入、五時頃林内義又被参。雑談中、四時頃順庵殿、岩井氏ゟ帰路の由ニて又被参、雑談九時ニ及、両人九時帰去。其後枕ニ付く。

○廿九日壬戌　晴

一四時頃、坂本氏・岩井氏被参。岩井氏ハ昨日貸進之三味線持参、被返之。坂本氏も昨日頼置候煎薬五貼持参、被贈之。右両人雑談、昼時被帰去。○同刻深田氏被参、昼時被帰去。

一昼後林御内義被参、暮時前被帰去。其後半右衛門殿被参、雑談数刻、暮時被帰去。○暮時深田およし殿被参、かけ合の夕飯振舞、今晩止宿ス。○日暮て長次郎殿被参。五時過松岡氏被参。其後中西氏も被参、四時被帰去。松岡氏・深田氏ハ九時前被帰去。○夕七時過荷持久太郎、給米乞ニ来。則、二升渡遣ス。

○卅日癸亥　晴

一今朝五時頃、西方ニ出火有之。火元大番町鍵屋と申質屋のうらニて、二軒焼たりと云。○およし殿起出、直ニ被帰去。○昨廿九日、讃州高松木村翁ゟ年始状幷ニ年玉料金五十疋到来ス。正月四日出之状也。○昼時前林内義被参、長次郎殿も被参、色〻用事被致、台所裏迄そふぢ被致。昼時ニ成候ニ付、林内義・長次郎殿共侶ニ昼飯振舞。林内義八番所町媼神ゟ参詣被致候由ニ付、おさちも頼遣ス。則、同道ニて参詣被致、夕七時前被帰参。

一昼時、兼次郎殿被参。勘定致貰ふ。夕方帰去。○八半時頃渥見祖太郎殿、年礼として被参、半斤入白砂糖一曲持参。是ゟ下屋敷ゟ被参候由ニて、ほど無被帰去。

一夕七半時頃梅村直記殿、女おさだ同道ニて被参、鶏卵壱重数十一被贈之。せん茶・くわしを薦む。○夜ニ入三嶋氏被参。五時頃加藤氏被参、去十九日貸進之燕石雑志壱・二ノ巻二冊被返、尚又所望ニ付、三・四ノ巻二冊貸遣ス。五半時頃、岩井・中西両人来ル。深田も暮時被参候て、此方ニアリ。梅村氏ゟ鶏卵うつりとして、銘茶小半斤弱遣之。深田氏杏梅ぼし小器入壱ツ被贈、尚又此方ゟしそ巻梅ぼし、うつりとして遣ス。何れも四半時頃退散ス。

○二月朔日甲子　晴

一今朝、政之助殿来ル。雑談昼時ニ及、折からおさだどの迎ニ被参候ニ付、被帰去。

一昼時過坂本氏被参、是亦雑談、八時過被帰去。○深田氏今朝被参。御番所ニて太郎名代之者用候ぞふり、買取呉候様頼置候ニ付、昼前伝馬町ゟ被参、買取被参、其後被帰去。昼後亦来ル。

一昼前、伊勢外宮岡村又太夫代、太麻・暦一本持参。則、御初穂百文遣し、請取書取之。今日甲子ニ付、大黒天ゟ神酒・備餅・七色菓子を供ス。夜ニ入神灯。○昼後、松村氏ゟ手紙ヲ以、先日貸進致候雑記六ノ巻一冊・玄同放言七冊被返。右請取、尚又、雑記七ノ巻一冊貸遣ス。取込中ニ付、返書ニ不及、口上ニて申遣ス。

一昼後深田氏被参、其後同人姉被参、雑談して暮時帰去。

一夕七半時過林内義被参。雑談中中西氏被参、同人同道ニて被帰去。

一暮時深田氏被参、四時被帰去。○今晩甲子ニ付、大黒天床の間ニ祭、神酒・七色菓子・備餅を供し、夜ニ入神灯。

○二日乙丑　日曇終日

一昼前おさち入湯ニ行、昼時過帰宅。○昼時過岩井氏被参、其後半右衛門殿、小児両人携て被参。煎茶、餅を焼、薦候内、飯田町清右衛門様御入来。先月分売溜壱〆弐百八十二文、外ニ正月分上家ちん金壱分二朱ト二百七十八文御持参。内壱わり百五十二文渡し、上家ちんの内金二朱ハ当正月分ゟハつミ金ニ致候様申談、あづけニ成。清右衛門様初、半右衛門殿・政之助殿ㇾ肴二種ニて酒振舞。七時過清右衛門様被帰去、山本氏・岩井氏ハ夕飯後被帰去。半右衛門殿所望ニ付、蓑笠様御きせるを進ズ。

一七夕（ママ）時頃林猪之助殿来ル。右は、縁談の義也。来ル十二日先方ゟ可被参筈の所、此方急候趣可申候得ば、然ば来ル九日朝先方ゟ被参候様猪之助殿被申、早〻被帰去。○夜ニ入、山本悌三郎殿被参。暫雑談、五時被帰去。

一五時頃順庵殿被参、雑談数刻、四時過被帰去。○暮時前およし殿来ル。今晩止宿ス。

○三日丙寅　晴

一およし殿、朝飯後被帰去。其後深田氏被参、昼時帰去。○昼後およし殿被参、暮時帰去。あづきだんご一包被贈之。○八時頃、有住岩五郎殿来ル。右は、聟養子一時も早く取極め候様催促被致。せん茶・菓子を振舞、八半時頃帰去。其後林内義も来ル。暮時被帰去。

一昼時、鷲巣伊蔵左衛門様御内植村嘉門太と被申候、入来。是また養子の一義也。右は本郷春木町近藤石見守様御内広岡桑三郎殿二男、歳廿ニ相成候者。可然バ、何れ来ル七日同道可致旨被申候ニ付、其意ニ任、時日をちぎり、帰去。

一暮時順庵殿被参、先日話被致候養子、今日先方本舟町ニ被参候て被聞候所、当人廿一才の由。然ば四ツ目ニ当り候ニ付、徒ニ帰宅スと被申、ほど無被帰去。○夜ニ入深田被参、其後越後屋清助来ル。雑談後、五時頃帰去。六半時頃、梅村氏・加藤氏・岩井被参、五時頃おさだ・和太来ル。和太所望ニ付、八犬伝九集の十一、五冊貸遣ス。各ニ煎茶・くわしを薦む。四時頃中西氏被参、ほど無帰去。何れも九時前帰去。

一夕七時頃三嶋氏被参、暫して帰去。

○四日丁卯　晴　折〻曇

一今朝長次郎、此方障子を張んと来ル。則、障（ママ）をはがし、此方母子手伝、座敷障子四枚・四畳二枚・玄関勝手四枚、其外西窓・北窓・南窓不残張替、神棚・仏檀障（ママ）、右同断皆張替、夕七時過張畢。行灯壱ツ同断。雪隠せうじ・金灯籠ハ未果。

一夕七時頃、加藤氏其外両三人来ル。今ゟ新宿梅屋敷ニ被参候由ニ付、中西氏被申候は、おさちをも同道可致由被申候得ども、辞して不遣ズ。皆一同出去。○七半時頃伏見氏被参。右は、此方縁談之義ニ付、既ニ先方ゟ同道致、伏見氏ニ被参居候由被申。右之縁郎ハ水野様御家来高野瀬勇八殿二男高野瀬軍次と被申、廿二才也と云。伏見氏直ニ帰宅被致、ほど無右当人同道ニて被参。折から半右衛門殿被参居候間、座敷ニて一同対面致。ほど無右畢、各被帰去。

一暮時林内義被参、つまみ物小皿入壱ツ持参、被贈之。暫して暮時帰去。○暮時山本悌三郎入来。暫物語致、被帰去。○暮時前深田氏被参候所、伏見氏ニ招れ被帰去。○暮六時頃加藤氏被参、煎餅二袋持参、被贈之。三嶋

氏同道ス。其後、中西氏・和太殿被参。和太殿も菓子一袋を贈らる。如例夜話、四時頃皆帰去。

一夜ニ入、石井氏被参。同人相識ニ縁郎有之、何れ明日同道可致由被申、雑談して被帰去。

○五日戊辰　晴　風

一今朝、植木屋富蔵来ル。右は、悌三郎殿借家の義ニ付、同人江伝言申置、ほど無帰去。○四時頃深田氏被参、出火ニ付、帰去。

一八時頃林内義来ル。ほど無およし被参、夕七半時過帰去。

一巳ノ刻、麴五丁め《(ママ)》、ます屋の裏ゟ出火致、愛宕下ノ辺・芝神明前の辺迄延焼致候由風聞ニ付、勘介方へ人足申付、則、田町五丁目宗之介方へ見舞ニ遣ス。右使、五時帰来ル。田町風下といへども、本芝壱丁目ニて火鎮り候ニ付、無難也と申。今晩四時頃下火也と云。○五時過悌三郎殿、田町辺風下ニ付、見舞之人出し候哉と被尋、先刻出し候由申示候へバ、承知被致、被帰去。其後岩井氏被参、ほど無帰去。今晩五半時頃、枕ニつく。

○六日己巳　曇　夕方雨少〻

一今晩、自身、石井氏江一昨日被申入候縁辺の事ニ付、罷越候所、先方類焼ニ付、四、五日延引之由被申。夫ゟ深光寺江参詣。今日　蓑笠《(アキ)》様御忌日、且、到岸様御祥月御逮夜ニよりて也。帰路大日様ニて縁辺吉凶伺候所、石井氏の方上吉、四十二ばん也。林氏ニて世話被致候廿八才之男、三十七番の半吉也。植田嘉門太《(ママ)》殿之方、七十一番の凶也と被申。九時過帰去。○右留主中、山本悌三郎殿・坂本順庵殿被参候由、帰宅後おさち告之。

一今日、到岸様御祥月御逮夜ニ付、茶飯・一汁二菜手製致、蓑笠様幷ニ到岸様霊前江供之、坂本氏・深田およし・林内義江振ふ。林氏江ハふた物入二人前遣之。林内義蓮の根二本被贈之。○八時過坂本氏被参、日暮て帰去。五時又被参、四時帰去。およしも同断。

一日暮て悌三郎殿被参、ほど無帰去。○六半時頃、岩井氏・おさだ来ル。其後、梅村氏内義・長次郎殿・清次郎殿。一同夜話、四時帰去。其後、母女枕ニつく。

○七日庚午　晴

一今朝深田氏被参。明八日彼岸中日、琴嶺様御忌日、且琴靍逮夜ニ付、だんご手製致候半と存、白米二升挽。深田氏手伝、昼時挽畢。

一昼前《まへ》おさち入湯ニ行、昼時帰宅。深田氏昼飯給、八時帰去、夕七時又来ル。

一昼後、梅村おさだ・およし・林内義来ル。夕七半時過被帰去。

一夕七時過、去三日被参候午殿横町植田嘉門太、縁郎広岡圭三郎殿二男同道ニて来ル。年廿才と先日被申候得共、当年戌廿二才よし被申。母女二人対面、七半時頃退散。○日暮て加藤氏、おさだ同道ニて被参、去六日貸進の燕石雑志三・四ノ巻二冊被返。所望ニ付、五・六ノ巻二冊貸進ズ。五時頃岩井氏・坂本氏被参、何れも四時前被帰去。

○八日辛未　晴　夕七時頃ゟ風　夜ニ入同断

一今朝、富蔵来ル。ほど無帰去。○右以前林内義被参、雑談後帰去。

一四時頃伏見氏被参、暫して被帰去。○今朝、彼岸。琴嶺様御当日中日、且琴靍逮夜ニ付、だんごこしらへ《(ダク)》、家廟ニ供し、伏見・林・岩井・山本・梅村、右五軒ニおさちヲ以、為持遣ス。加藤氏ニハ、深田氏ヲ以為持遣ス。梅むら氏ゟ沢庵大根二本、うつりとして贈来ル。○昼時頃山本半右衛門殿内義、小児を携て被参。せん茶・

だんご・昼飯を振ふ。雑談後、八時頃被帰去。

一八時前、大内隣之助殿・およし殿被参。其後山本半右衛門殿・岩井氏被参。右之人ゝに煎茶・だんごを出し、振ふ。人ゝ、入相前帰去。○長次郎殿、かりんとう一包持参、被贈之。○八半時頃おさち入湯ニ行、夕七時過帰宅。○長次郎殿五時帰去。

○九日壬申　晴　風

一今朝山本悌三郎殿入来、当番出がけの由ニて、暫して帰去。○右以前山本半右衛門殿被参。ほど無林猪之助殿、縁郎壱人同道ニて被参、半右衛門殿も座敷ニて対面被致、暫して皆退散。○四時頃長次郎殿来ル。其後順庵殿も被参、雑談後、昼時皆帰去。○昼後、林内義・深田およし来ル。如例雑談、八半時被帰去。其後岩井氏被参、其後おさだ殿被参。稽古畢、岩井うぢ同道ニて被帰去。○暮時深田被参。日暮て石井氏被参。右は、縁郎来ル十一日同道可致由被申、ほど無帰去。○昼後、中村藤十郎殿と申人、長友揮指の由ニて、同人子息十九才ニ相成候者、此方へ養子ニ相談致度由ニて来ル。相応成挨拶致遣ス。○宗村お国来ル。先月中貸遣し候俠客伝三集・四集十冊被返、右謝礼として、絵半切・たばこ入細工たが袖、久保田氏ゟ被贈。此方土蔵江入置候衣類取出し、携て帰去。○昼後おふさ殿来ル。水滸伝九編借用致度由。則、八冊貸遣ス。○昼前、下そぶぢ忠七来ル。両厠掃除致、帰去。

○十日癸酉　終日曇　夜ニ入雨　深夜雪交り

一五時過深田来、ほど無岩井も被参、雑談。四時過、半右衛門殿・順庵殿被参、ほど無帰去。岩井・深田・半右衛門殿ハおさちニ髪月代致貰、帰去。岩井ハ昼飯給させ、昼後、高松木村亘殿江書状壱通・年始状通（ママ）、代筆を頼。せん茶・くわしを薦め、雑談後、暮時帰去。

一今朝伏見氏被参、雑談、ほど無被帰去。○八時頃おさち入湯ニ行、暫して帰宅。○夕七半時頃山本半右衛門殿、小児を携て来ル。暮時被帰去。○暮時、長次郎殿来ル。○暮時過、おさだ・和太来ル。今晩おさだ母義・政之助殿、其外和太・おさだ、皆上るりよせ被参ニ付、おさちを被誘引。何とも迷惑乍、先今晩ハ遣ス。四半時前帰たくス。

一暮六時過加藤氏被参、去四日貸進之燕石雑志五・六ノ巻二冊被返。右請取、納置。其後松岡氏被参、五時過被帰去。

一五時前中西氏被参。何れ如例夜話、四時過被帰去。

○十一日甲戌　雨雪交り　八時過ゟ雨止　不晴

一今朝深田氏被参、林内義同断。暫して両人帰去。○八時過石井勘五郎殿、一昨日約し候縁郎、先方ゟ被参候由ニて同道被致、外壱人、世話人の由ニて同道被致。母女両人とも対面、暫して被帰去。石井氏ハ少し後レて帰去。両三日中ニ挨拶致候様被申、帰去。

一四時過、清助来ル。右は、福井小十郎殿方ニ徒住之人、先一応対面致度由申来との事ニ付、其意ニ任置、其後帰去。○八半時頃山本半右衛門殿被参。ほど無順庵殿も被参、雑談。煎茶・かたもちを振ふ。右以前林内義・深田およし被参、此方在り、何れも暮時帰去。○日暮て深田氏来ル。五時過帰去。深田帰宅後、順庵殿来ル。同人、外ニて被聞候事有之候ニ付、内談ニ九時ニ及ぶ。九時頃帰去。○今夕、林内義、縁郎之義ニ付、清助方へ被参呉候由被申候ニ付、頼、明日ニも縁郎同道致候様申入置。日暮て帰被参。委細承知の由也。其後帰去。

○十二日乙亥　晴　風

一八時過、山本半右衛門殿内義の父石川瀧右衛門殿、養子一義ニ来訪せらる。対面、せん茶・くわしを出ス。ほど無帰去。山本内義同道せらる。○右同刻兼次郎殿被参、暮時被帰去。○八半時過、清助、上野伝次郎と申縁郎同道、たいめんす。何れ此方ゟ挨拶致候由申遣ス。○右同刻岩井氏被参、ほど無、おさだ参り居候ニ付、両人侶共に帰去。○四半時頃伝馬町ゟ入湯ニ行。出がけ、清助方へ立より、帰路天王様ニて縁談御鬮ヲ受候所、三十八番半吉也。昼時過帰宅ス。○夜ニ入、三嶋氏来ル。其後およし殿も来ル。五時帰去。少しおくれて三嶋帰去。

○十三日丙子　晴

一今朝長友代太郎殿被参。右は、縁郎良人有之ニ付、世話被致候為也。右挨拶致、四時頃被帰去。○昼時頃山本半右衛門殿内義被参、先日話有之候白井氏被申入候縁郎、日本橋榑正町住居被致候松平阿波守様御医師被役、月俸廿人扶持承りし殿木竜谿殿三男順三殿と被申候仁、今日日本橋ゟ被参候由被申候ニ付、則、招入。半右衛門殿同道被致候ニ付、母女対面ス。右畢、半右衛門殿方へ退散。山本氏ハ跡ゟ被帰去。何れ御鬮次第ニ挨拶致候つもりニ山本氏ゟ申示置。○今朝政之助殿被参。昼飯振舞、昼後ゟ留主を被致、終日此方ニ被居。○昼後、おさち同道ニて天王御鬮を受ニ行、且、番所町媼神ゟ参詣致、暮時帰宅ス。折から林内義も媼神ゟ参詣被致候由被申候ニ付、同道ス。○右留主中、半右衛門殿被参。右ニ付、御鬮ノ趣山本氏ゟ話申候所、右之一義白井氏ゟ被申候由申、帰去。

一暮時松村儀助殿被参、先日貸進の金魚伝初編四冊被返。右請取、二へん・三編八冊・著作堂様御自評壱冊貸遣

ス。〇六時過加藤うぢ、おさだ殿同道ニて被参。少し跡ゟ和太殿被参、去ル三日貸進之八犬伝九集四十六ゟ五十迄五冊被返。右請取、是亦所望ニ付、五十(ママ)ゟ五十五迄五冊貸進ズ。加藤氏も所望被致候ニ付、雨夜ノ月五冊貸進ズ。加藤氏ニ兼約致候ニ付、薄茶を薦め、其外何れニも一、二服ヅヽ、薦、くわしを出し、雑談数刻、四時過皆一同被帰去。

〇**十四日**丁丑　曇　四時頃ゟ晴　夕七時前ゟ曇　七半時頃雨

一今朝林内義被参、暫物語して帰去。〇八時頃岩井氏被参、其後順庵殿。岩井氏所望ニ付、旬殿実ヽ記上編五冊貸遣ス。八半時頃、順庵殿被帰去。

一八半時頃半右衛門殿内義、小児お携(ママ)て来ル。せん茶・くわしをすヽむ。雑談、夕七半時過帰去。〇今朝伏見岩五郎殿被参、暫物語致、被帰去。

一日暮て政之助殿、おさだ・花房家中娘おふき同道ニて、今ゟ忍町よせニ被参候由ニて来ル。早ヽ帰去。〇暮六時過、山本半右衛門殿被参。右は縁郎一義ニて、日本橋世話人方へ御鬮宜敷、且明十五日此方ゟ内談ニ可参由被申入候事、石井世話の縁郎断の義、種ヽ欠合中、白井氏被参。今日半右衛門殿被申候一義、世話人ヲ以先方へ被申入候由被申、暫して被帰去。五時前、半右衛門宅ゟ迎参り候て被帰去。〇暮時前深田氏参り、ほど無伏見ニ被招。六半時頃又来ル。〇六半時過、梅むら氏・加藤氏被参。薄茶一服を立、上せんべいをすヽむ。雑談中五半時過、政之助殿初、忍原町ゟ被帰参。一同夜話、四半時頃一同帰去。中西氏も被参。

〇**十五日**戊寅　南風　雨　折ヽ止　夜入風烈　雨　五半時頃雨止

一今朝山本半右衛門殿被参。右、養子一義也。昼飯を振舞、被帰去、八半時過又被参。今ゟ日本橋殿木方へ被

参候由也。右以前同人妻被参、雑談して夕方帰去。きらず・あミ魚一器遣之。

一八半時過山本悌三郎殿被参。其後富蔵来ル。暫して富蔵帰去ル。夕七時過林内義被参。おさだ・およし同断。煎茶・かきもちを人こにすゝめ、悌三郎殿暮時被帰去。各其後帰去。○今朝長次郎殿被参、昼時帰去、夕方又来ル。○夕七時頃山本半右衛門殿、日本橋殿木龍谿殿方へ被参。先方へ参り、龍谿殿幷ニ順蔵殿ニ面談被致、委細物語数刻にして、蕎麦切を被出候と云。灯ちん・傘借用、五半時頃帰被参。則、夕飯を振舞、雑談後、四半時頃被帰去。○六時過松岡氏被参。雑談して、山本氏・深田氏と帰去。

○十六日己卯　晴

一今朝伏見氏被参、縁郎書付持参せらる。○ほど無半右衛門殿・政之助殿被参。山本氏、昨日先方の様子物語被致、何れ四、五日中ニ先方ゟ被参候由被申之。其外雑談して、昼時皆帰去。○四半時頃坂本順庵殿被参、暫して被帰去。○昼時、大久保矢野氏ゟ俠客伝三集・四集借用致度由申来ル。則、三・四集十冊貸遣ス。○加藤金之助、明日初御番被仰付候由ニて来ル。○昼後、山本半右衛門殿内義父石川瀧右衛門殿、先日被申入候縁郎柳生播磨守様御用人筆頭関五郎助殿三男関錠之助殿同道ニて被参候由被申候ニ付、則此方へ招、母女対面、ほど無被帰去。其後夕七時、半右衛門、右之様子承り度由ニて被参。日本橋の方破談ニ候ハヾ、相談も可致由申置候。○右同刻林内義・およし殿被参、暫して被帰去。○八時過おさだ来ル。教を受て帰去。○夕方順庵殿被参、今晩上るりよせニ誘引候由被申、入相頃帰去。○日暮て山本悌三郎殿入来。雑談中稲荷前庄太郎殿被参。五時過悌三郎殿被帰去。○四時頃梅村夫婦・女おさだ・政之助殿・順庵殿、よせゟ帰路の由ニて被立寄。右以前深田・中西来ル。何れも九時頃被帰去。○今晩、悌三郎殿ニ油切手二枚渡之。林氏ゟ被頼候故也。

○十七日庚辰　晴　昼後ゟ曇　夜ニ入雨　但多不降

一今朝松五郎に申付、浅草新堀森村屋長十郎方へ、二月渡り御切米取ニ遣ス。帰路飯田町ㇾ立より、木村行紙包弁ニ手紙壱通為持遣ス。夕七時過、松五郎帰来ル。御切米金二両ト七百四十四文請取来ル。飯田町ゟ返書壱通・鱘切身五片被贈之。○昼、生形綾太郎殿来ル。右は縁郎一義也。右縁郎ハ既ニ当月十三日申入、対面致候人ニ候間、二ノ町ニ而候由申置。せん茶・かきもちを出し、雑談後、帰去。○右同刻おふさ来ル。先日貸進之水滸伝十編・十一編五冊被返、尚亦所望ニ付、十二編上下帙・十三編上帙〆六冊貸遣ス。雑談、帰去。○同刻、およし・おさだ来ル。如例教を受て帰去。○暮六時頃加藤新五右衛門殿来訪、餅菓子一袋被贈之、煎茶・あげ餅を薦む。雑談数刻、雨降出候ニ付、和太殿傘持参、此方へ来。折から稲荷前鈴木庄太郎殿・須川小太郎殿、岩井政之助殿を被尋来。然ども此方ニて被居候趣申示《(ママ)》。五時過中西氏被参、加藤氏侶共雑談して、四半時頃皆被帰去。○今日観音祭、如例之。

○十八日辛巳　曇

一今朝長次郎殿、一昨日頼置候晩茶買取、持参せらる。右請取、是ゟ伝馬町ㇾ被参候由ニ付、元結・油買取呉候様頼、鳥目渡し置。

一右同刻岩井政之助殿母義被参、雑談後被帰去。○四時頃、今戸慶養寺ゟ役僧ヲ以、来ル廿八日、開山道元大禅師六百年忌ニ付、説法興行の由ニて右袋二ツ持参、請取置く。○昼後山本半右衛門殿内義被参、ほど無被帰。

一右同刻順庵殿被参、雑談数刻、夜ニ入五時頃被帰去。夕七時過、おさだ・およし如例之。○昼後おさち入湯ニ行、八時前帰宅。○日暮て、松村ゟ荷持由兵衛ヲ以、先日貸進之雑記八ノ巻・評書壱冊・金魚伝二・三編、

被返之。右所望ニ付、雑記九ノ巻壱冊貸遣ス。○暮六時頃加藤氏被参、五時前庄太郎殿来ル。昨夜貸置候傘持参、被返之。右請取置。

一四時過伏見氏被参。右は、石碑筆工出来之由ニて、持参せらる。ほど無帰去。其後、一同帰去。

○十九日壬午　雨　昼後ゟ晴

一昼後伝馬町江入湯ニ行、帰路買物致、八時頃帰宅。○夕七時過順庵殿被参、雑談。暮時、悌三郎被参、ほど無順庵殿同道ニて被帰去。

一昼後、矢場稲荷二ノ午ノ日ニ付、如例稲荷祭。御守札・赤剛飯一包、荷持持参ス。右請取置く。○八時過おさだ・およし如例之。

一今日二ノ午ニ付、稲荷尊像床の間ニ掛たてまつり、神酒・備もち・七いろ菓子を供ス。夜ニ入神灯。○悌三郎夜ニ入又来ル。順庵殿と同服ニて被参候也。暫物語して被帰去。

○廿日癸未　晴

一今朝五時過、深光寺へ参詣。一昨日夜出来の石碑筆持《(ママ)》参して、石工勘助江誂申付。代金二分ト拾匁之由、来三月十日頃ニ出来候由申之。昼時帰宅。○昼時、政之助来ル。暫して帰去。○八半時過あや部氏女おふさ被参、先日貸進之傾城水滸伝十二・十三編六冊被返之。尚亦所望ニ付、美少年録初集五冊貸遣ス。暫物語被致、被帰去。

一夕七時頃、殿木龍谿殿御二男某御入来。右は縁辺之義、御屋敷届の事、又世話人の事物語被致。暫して半右衛門殿被参、則、対面。煎茶・くわしを薦め、半右衛門殿談じ被候所、何明後廿二日殿木殿ゟ挨拶被致由被申候て、帰去。半右衛門殿ニ夕飯給させ、暮時被帰去。

一日暮ておさだ来ル。則、教を受、おさちと遊候内、中西氏来ル。其後六半時頃加藤氏被参、糸わかめ六把持参、被贈之。薄茶を菓子を。雑談数刻。中西氏、手作青菜壱把・菓子壱包持参、被贈之。長次郎殿五時過被参。何れも四時過被帰去。おさだハ、迎ニ金兵衛参り候ニ付、先ニ被帰去。

○廿一日甲申　晴　風烈

一今朝伏見岩五郎殿・半右衛門殿入来、暫して有住岩五郎殿被参。右之人〻に薄茶を薦め、雑談数刻。伏見氏ハ先ニ被帰、有住・山本ハ昼時被帰去。○昼後、およし・おさだ来ル。暫して帰去。

一八半時頃、順庵殿来ル。ほど無帰去。○今晩客来無、五時枕ニ就く。

○廿二日乙酉　風烈　昼後曇　夕七半時頃ゟ雨

一今朝暁六時頃森本ゟ失火して、かわらけ町四辻迄やけたりと云。巳ノ刻、火鎮ル。○昼後おさちヲ以、隣家伏見氏ニ金五十疋、目録に致、為持遣ス。右は、石碑筆工謝礼として、筆者ニ届呉候やう頼遣ス。然る処、岩五郎殿他行の由ニ付、内義ニ渡し置候由、おさち帰宅後告之。

一八半時鈴木安次郎殿被参。右は、一昨廿日途中ニて話被致縁談ニて、御本丸御賄陸尺本橋重三郎殿弟金之助と申縁郎同道被致。則、母女対面致。右縁郎金之助殿は、当時上野ニ罷在候由也。何れ両三日中ニ御答申候やう申置、其後退散せらる。

一同刻、大内隣之助殿被参。右は、旧冬中話置候鉄砲申受たき由被申候ニ付、則渡し、代金壱両二分請取、此方ゟ金子請取書遣之。雑談数刻、夕七時過帰去。○八半時頃半右衛門殿被参、只今日本橋殿木ゟ書面ヲ以、縁

談断の手紙候処、右文談の内、此方ニ而少ゝ勘弁致候ハヾ相談致可申由の文談も相見へ候ニ付、使之僕江内意聞合候所、思ふニ違ハぬ事も有之候故、今ゟ順蔵殿姉様方へ罷越候由被申候ニ付、殿木僕幷ニ半右衛門殿江夕飯給させ、其後殿木僕同道ニて日本橋江被参。今晩深夜ニ及候ハヾ一宿被致候由被申。

一夕七時頃岩井政之助殿被参、入相頃帰去。○暮時、半右衛門殿内義来ル。先日菜づけ遣し候重箱持参せらる。右うつりとして、小椎茸一包被贈。暮時ニ付、早ゝ帰去。○夜ニ入清次郎殿被参、ほど無被帰去。

一半右衛門殿、九半時頃帰来ル。

○廿三日丙戌　雨終日　夜中同断

一今朝、山本半右衛門殿来ル。昨日日本橋江被参候一五一十を物語被致。昼飯を振舞、八時頃被帰去。○昼後順庵殿被参、ほど無帰去。帰路又立被寄、是又早ゝ被帰去。○同刻、林娘おれんヲ以、中西氏ゟ桃花一折被贈。○今朝林内義、白米二升借受度由ニて来ル。則、二升借遣ス。○今朝長次郎殿被参、伝馬町江被参候由ニ付、きぬ糸買取呉候様申頼、代銭渡ス。則出去、昼後、右きぬ買《ママ》取、持参せらる。右受取、直ニ帰去。○夕方、おさだ・およし来ル。両人暮時帰去。○昼前岡野おはるゟおさち江文ヲ以、合巻借用来ル。則、青砥ざうし六冊貸遣ス。返書ニ不及。○暮時、兼次郎殿来ル。其後、政之助殿被参。暮六時、長次郎殿頼母子講江被参候由ニ付、則二口分四百廿四文渡遣ス。四時頃帰被参、渡辺平五郎姉、小出当りくじ也と云。○六時過加藤氏・中西氏被参。加藤氏、去ル十八日貸遣し候しゆんくわん合二冊被返、尚又本望《ママ》ニ付、旬殿実ゝ記前編二冊貸進ズ。政之助殿も先貸進之旬殿実ゝ記前編五冊被返、則、後編五冊貸遣ス。五時過政之助殿・中西氏被帰去、加藤氏・兼次郎殿ハ四時被帰去。五時過順庵殿被参、白柿五ツ一包被贈之。雑談、加藤氏等と被帰去。

○廿四日丁亥　小雨

一今朝伏見氏被参、一昨日贈物の謝礼被申入、雑談後、昼時帰去。○右同刻、山本半右衛門殿内義被参。右は、殿木殿ゟ被申入候順蔵殿里方ニ被成候人御掃除組頭小田平八郎殿同道被致候ニ付、母女対《（マヽ）》、相識ニ成。右小田平八郎ハ順蔵殿の伯父分ニて、平八郎殿甥ニ成、弥之助殿と被申候甥ニ被致、願被出候由也。小田殿持参被致、被見せ、又此方ゟも親類書一冊、右平八郎殿江渡置候。何れ来ル七日、山本氏当番ニ被出候。小田殿も当番ニて行合、対談可致被申。時分時ニ付、麁飯を薦め、煎茶并ニ茶菓子出し、九時過退散せらる。山本氏ハ八時頃被帰去。

一八時頃、政之助殿来ル。雑談後、梅村女おさだ迎ニ被参候ニ付、被帰去。

一夕七時頃伏見氏ゟ、到来の由ニ而切鮓一皿、小児ヲ以被贈之。謝礼申遣ス。

一昼時深田氏被参、夕七時過被帰去。○八時頃おさだ・およし、昨日の如し。

一夜ニ入鈴木安次郎殿被参。縁談一義ニ候所、既ニ此方ニて熟縁ニ付、其義ニ不及。煎茶・くわしを薦め、雑談、五時頃被帰去。○五時頃順庵殿被参、ほど無被帰去。○林内義昨日用立候白米二升持参、被返之。右請取置。

○廿五日戊子　昨今寒冷

一今朝伏見氏・半右衛門殿内義・順庵殿・深田氏被参、何れも昼時被帰去。

一昼後、長次郎殿被参。同人を頼、留主に置、おさち同道ニて飯田町江行。手みやげ三種持参。折からあつミお鍬様御出合候ニ付、縁談一義委しく物語致。飯田町ニて切鮓・煎茶・てんぷら《（半ダク）》蕎麦を出さる。帰路、夕飯をも地駐《（マヽ）》ニ合、暮時帰宅ス。右留主中おふさ殿、先日貸進の美少年録初集五冊被返、右請取置候由、長次郎殿、帰

宅後被告之。○半右衛門殿も被参居候間、長次郎侶共夕飯を薦め、五時過半右衛門殿被帰去。長次郎殿ハ其後四時前被帰去。

○廿六日己丑　晴

一今朝伏見氏被参、大文字筆借用致度由被申候ニ付、則、貸進ズ。

一四時頃半右衛門殿被参、只今ゟ榑正町殿木殿ニ被参候て、取極被致候由被申候ニ付、委細此方欠合候事申置。昼時前日本橋ニ出被帰。伏見氏も雑談数刻、昼時被帰去。○長次郎殿四時過被参、伝馬町ニ序有之候由ニ付、則買物頼、三百文渡置。

一昼時、三月御扶持渡る。取番清之助差添、車力壱俵持込候を受取置。○昼後半右衛門殿内義、小児を携被参。○夕七半時頃、あや部おふさ殿美少年録二集所望ニ付、貸遣ス。暮時被帰去。

一暮時半右衛門殿、被帰候由ニて被参。此方ニて申候一義、不被聞入由也。然共、納采日限取極候由、半右衛門殿被申。明廿七日封被致候ニ付、先方ゟ両人被参候と云、右ニ付、明日清右衛門殿も呼迎候様被申。半右衛門殿に夕飯を薦む。○五時前加藤氏・岩井氏被参、其後長次郎殿・清次郎殿被参、雑談数刻。加藤氏ハ迎の人参り候ニ付、四時頃被帰去。おさだハ宵ゟ此方ニ在り、清次郎同道ニて四時過被帰去。山本氏・岩井氏・深田氏ハ九時被帰去。

○廿七日庚寅　晴　美日

一明廿八日封金に日本橋殿木氏ゟ両人被参候ニ付、清右衛門様をも一座被致候様、昨日山本氏被申置候ニ付、則五時頃ゟ飯田町ニ行、右之趣申入、納采・かつをぶしの事を頼、四半時過帰宅ス。○隣家林内義被参、ほど無

被帰去。○昼後半右衛門殿来ル。雑談数刻、夕七時帰去。

一夕七時過、岩井政之助殿来ル。右は縁郎願一条ニ付、少し手間取レ候様被申、外ニ浮人（ママ）有之候ハヾ、右を願出し可然、先方小田ニて被申候へども、此方浮人壱人も無之候ニ付、尚亦冨坂小田江欠合可申候。ほど無又半右衛門殿を呼よせ、右之段申聞候所、半右衛門殿被申候は、尚又右之趣殿木氏江申入、殿木殿ゟ小田氏江欠合候様可致候と被申。政之助ハ暫して帰去。半右衛門殿ハ夕飯給させ、夜話。○暮時ゟ加藤氏、おさだ同道ニて被参。五時頃梅村氏・岩井氏被参。長次郎殿宵ゟ此方ニあり、何れも夜話数刻にして、亥ノ刻過一同退散ス。

一夕七時過、松村儀助殿来ル。先日貸進之雑記九ノ巻壱さつ被返。右請取、所望ニ付、雑記十ノ巻壱冊・島廻記二集五冊貸遣ス。雑談後、暮時被帰去。右同刻林内義被参、京なづけ二株被贈、暫して被帰去。

○**廿八日**辛卯　晴　昼後薄曇

一今朝四時過入湯ニ行、帰路、勘助方へ立より、昼後ゟ芝田町五丁目迄日雇人足遣し候様申付置、昼時前帰宅ス。
○四半時頃、岩井氏来ル。ほど無被帰去。
一昼時前半右衛門殿被参、今朝有住・石井・鈴木安次郎殿方へも被参候由告之。昼飯を振舞。九半時頃、清右衛門様御入来。かねて今日封金ニ付、立合之為被参候所、願一条少ゝ差支候ニ付、今日封金延引ス。雑談中、殿木氏御兄・舎弟、山本氏迄被参候由ニて、深田氏養母、半右衛門殿を迎ニ被参候ニ付、直ニ帰去。殿木氏両人江今日封金延引の由被申、種ゝ商量被致。封金延引ニ候得ば、殿木氏此方へ被参候ニ不及事乍、幸清右衛門様御出合幷ニ殿木龍仲殿初来ニ候へバ、自分・おさちたいめん可致、且順蔵殿義清右衛門様ニ引合申度由半右衛門殿被申候ニ付、則此方へ山本氏同道被致、清右衛門様初一同面談ス。ほど無両人退散せらる。清右衛門様江有合之肴ニて酒を薦め、夕七時被帰去。昨年ゟ此方ニ預り置候毛氈二枚持参、被帰去。山吹・桜・椿手折りてしんズ。○荷持、二月分給米乞ニ来ル。則、玄米二升渡し遣ス。○昼後、米つき政吉御扶持舂可申由ニ付、則玄米三斗つかしむ。夕七時舂畢、つきちん百四十八文遣ス。

一夕七時前順庵殿被参、暫して被帰去。○おさだ、今日両度来ルといへども、客来ニて其義ニ不及。加藤氏ゟ、異形の者此度馬喰丁旅人宿ニ参り居候書付一冊貸さる。○夕七半時頃、渥見祖太郎殿被参。右は縁辺一義、よく〳〵人物鑿穿すべき由被申。雑談後、夕飯を振舞、せん茶・くわしを出ス。暮時被帰去。○長次郎殿、今日も終日此方ニ被居、暮時伝馬町ニ被参候由ニ付、買頼《(ママ)》遣ス。六半時、買物整、被参。

一昼後、勘助方ゟ先刻申付候人足来ル。則、田町宗之介方へ日向半切百枚・奇応丸大包一・白砂糖壱斤、宗之介・おふミ両名ニ遣ス。又赤尾氏へハ、東せんべい一折・女郎花五色石台三集ノ下・同書四集上帙右二部四冊、おまちニ文遣ス。右使、暮時帰来ル。宗之介ハ出宅ニて返書不来、おまちゟ返書、此方ゟ申遣し候衣類・手道具迄大ふろしきニ包、被差越。佐藤ゟも、二月十二日したゝめ置候文田町ゟ被届。

一祖太郎殿所望ニ付、小説ひよくもん二冊貸遣ス。庭前の桜手折、進ズ。

一日暮て順庵殿被参、其後中西氏被参。ほど無中西氏帰去、順庵殿九時頃被帰去。

○廿九日壬辰　晴

一今朝、如例、床間ニ雛を建る。○今朝、長次郎殿来ル。雛建候を手伝被致。昼飯給さて《(ママ)》、八時頃帰去。○昼時半右衛門殿被参、ほど無被帰去。

一昼後政之助殿被参、所望ニ付、雨夜月六冊貸遣ス。雑談数刻にして被帰去。○昼後おさち入湯ニ行、八時頃帰宅。○八半時頃およし来ル。入相頃帰去。○夕七時過伏見岩五郎殿、小児を携て被参。先日筆工謝礼として肴代金五十疋差贈り候所、先方ニて不被受候由ニて持参せらる。此方ニて甚迷惑ニ候へども、彼是申候も如何と存、先其儘預り置候。追而又せん術あるべし。○暮時半右衛門殿内義、小児両人携て被参、暫して被帰去。○八半時、伏見氏ゟ豆煎小重入壱重被贈。謝礼申遣ス。

〔第二冊〕

○三月朔日癸巳　曇　四時前ゟ雨終日　夜中同断

一今朝、如例之豆煎をこしらへ、家廟幷ニ雛江供し、両隣ふし見・林江小重入遣之。○昼前順庵殿入来、小川町江被参候由ニて帰去、八時頃御帰路の由ニて立よらる。折から政之助殿も被参、両人江まめいりを振ふ。順庵殿ハほど無帰去。○夕七時頃、およし来ル。暫して山本悌三郎殿入来、尚又豆煎を振ふ。雑談後、悌三郎殿・政之助殿帰去、引つゞきおよしも暮時被帰去。○夜ニ入、加藤うぢ被参、先日貸進之旬殿実ゝ記前編五冊返却せらる。所望ニ付、巡廻(ママ)記初編五冊貸進ズ。尚又旧冬中ゟ所望被致候ニ付、短冊壱枚しん上ス。右は著作堂様御手跡也。せん茶を薦め、五時過雑談中、五時過長次郎殿、少しおくれて清次郎殿来ル。何れも夜話、四半時頃一同帰去。

○二日甲午　南風　雨終日

一今朝、長次郎殿入来。昼飯を給させ、昼後ゟ伝馬町江被参候由ニ付、白酒・樟脳、其外さとう類頼、代金二朱渡、頼遣ス。夕七時過帰来ル。買物代三百四十八文の由ニて、四百廿四文被返、夕方帰去。

一昼後、勘介聟熊蔵、日雇ちん乞ニ来ル。代六百四十八文の由ニ付、金二朱渡し、つり銭百廿四文取。○其後信濃屋重兵衛、薪代乞ニ来ル。則、金二朱渡し遣ス。○夜ニ入、三嶋兼次郎殿・深田長次郎殿・中西清次郎殿入来。五時頃山本半右衛門殿来ル。何れも四時過帰去。

○三日乙未　晴

一昼時前、木村和太殿入来ル。白酒・煮染を薦め、其後、順庵殿・伏見氏被参。伏見氏ハほど無帰去。○八時頃加藤氏・中西氏・岩井氏被参、今ゟ新宿媼神江参詣被致候由ニて、何れも被帰去。○林内義・およし来ル。林内義ハほど無被帰去、およし殿ハ止宿ス。○暮時、加藤氏初岩井・中西、媼神ゟ帰路の由ニて来ル。各手みやげ持参。其後順庵殿も参り、各四時頃松岡氏江被参候由ニて被帰去。○夜ニ入和太殿被参、四時、半右衛門殿も被参。半右衛門殿・和太殿九時被帰去。

○四日丙申　晴

一今朝、雛を取納ム。四時前長次郎殿・順庵殿被参、其後半右衛門殿も来ル。

一昼時順庵殿・半右衛門殿・長次郎殿被帰去。昼後半右衛門殿・長次郎殿来ル。長次郎殿玄関前をこしらへ、半右衛門殿手伝、内庭掃除被致、何れも暮時被帰去。○八半時頃岩井氏来ル。ほど無帰去。

一夕七半時頃、中西氏・三嶋氏来ル。暮時前、悌三郎殿来ル。六時頃、加藤氏・山本氏来ル。雑談、悌三郎殿五時前被帰去。悌三郎帰去の後、順庵殿来ル。是亦夜話、何れも亥ノ刻頃被帰去。○今日、日本橋龍伯殿、山本氏江被参候由、山本氏被申。右は、明五日封金可致、且里方ニ相成候人も明日被参候ニ付、其心得有べしと伝達せらる。○加藤氏、先日貸進之（ママ）。

○五日丁酉　晴　八時頃ゟ雨　九時過地震

一今朝、伏見岩五郎殿被参。今日封金致候間、後刻御出可被下と頼置、四時過被帰去。○昼時前、下掃除忠七来ル。両厠掃除致、帰去。

一今朝、長次郎殿来ル。昼時帰去。○昼前、おさち交友両人来ル。内壱人ハおふさ也。先貸進之美少年録二集五冊被返。右請取、三集五冊貸遣ス。両人昼時被帰去。○昼時、清右衛門様御入来。先月分上家ちん金壱分ト二百六十八文、薬売溜七百六十二文御持参。則、壱わり七十六文渡之。今日は封金致候ニ付、袴御持参。ほど無油谷五郎兵衛殿・殿木順蔵殿・筆商人直吉・僕壱人、山本氏迄被参候由、山本氏ゟ案内有之候ニ付、則、右人〻を此方へ迎入。先清右衛門様初、皆油谷幷ニ直吉ニ初対面之口誼を演、座敷ニて封金請取相済、尚又跡金証文皆先方一覧畢。皆〻ニ酒飯を薦め、伏見氏も出席せらる。半右衛門殿、順蔵殿同道ニて有住ニ被参、岩五郎殿ニ引合、直ニ日本橋ニ直吉侶共帰去。油谷氏ハ少し後レて本郷ニ帰宅せらる。其後清右衛門様・伏見氏帰去。飯田町ニて所望ニ付、木地重箱二ツ貸進ズ。

一八時過礒女殿被参、焼さつま芋一包持参、被贈。客来中ニ付、ほど無被帰去。

一今朝三嶋氏、夢惣兵衛所望被致候ニ付、初編五冊貸遣ス。○八時頃、山田宗之介方ゟ使札ヲ以、煉羊羹一折被贈之。赤尾ゟ文到来。然ども今日客来取込中ニ付、宗之介ニ請取返書、赤尾ニ返書ニ不及、使帰し遣ス。

一夜ニ入、清次郎殿来ル。暫して帰去。其後山本半右衛門殿・伏見氏被参、祝儀一義商量致、九時過被帰去。長次郎殿ハ今日終日此方ニて奔走致、深夜ニ及候故、止宿ス。

○六日戊戌　雨　折々止

一昼前、長次郎殿被帰去。○昼時過半右衛門殿被参、明後八日当番ニ上処、此方結納ニ付、番人ニ頼候由ニて、ほど無帰去。○昼後八時過、おさち同道ニておすきや町ニ入湯ニ行、夕七時前帰宅ス。

一昼前伏見氏被参、暫して帰去。○右同刻順庵殿被参、ほどなく被帰去。○暮時前、三嶋氏・岩井氏被参、雑談中加藤氏被参。五時過、深田氏被参。四時頃、三嶋氏ハ明日当番の由ニて帰去。右以前中西氏来ル。ほど無帰去。加藤氏・岩井氏・深田氏ハ四半時頃被帰去。

一昼後、およし殿来ル。暮時被帰去。

○七日己亥　雨　昼時前地震

一今朝、加藤氏ゟ僕才蔵ヲ以、いせの国産羊栖菜大袋入壱ツ被贈之。右うつりとして、煉羊かん壱折遣之。

一昼前ゟ長次郎殿来ル。八時頃帰去。其後およし来ル。暮時被帰去。○夕七時過岩井氏来ル。同人ニ頼、明八日油谷ニ遣べき納采目録したゝめ貰ふ。

一暮時、おさだ来ル。同刻半右衛門殿も被参、六時頃帰去。○暮六時過、和太殿・加藤氏被参。加藤氏所望ニ付、あさひな二編五冊貸遣ス。何れも四時過帰去。長次郎殿ハ止宿ス。

○八日庚子　晴　昼後曇

一昼前おふさ殿来ル。先日貸進之美少年録三集五冊被返、尚又童子訓初板五冊貸遣ス。おさち髪結貰、昼時帰去。

一四時前伏見氏被参、少しおくれて山本悌三郎被参。雑談数刻、昼時帰去。○昼時過大内隣之助殿被参、八犬伝初集借覧致度由被申候ニ付、則、五冊貸遣ス。右雑談中伏見氏被参、是亦美少年録初集所望被致候ニ付、貸遣ス。雑談後、両人八時頃帰去。〇八半時頃、大久保矢野ゟ使ヲ以、俠客伝三部、其外二部返却せらる。右請取置。〇昼前、おさち入湯ニ行、八時過帰宅。右は、あや部おふさ殿方へ立より、遊居候故ニ遅刻したる也。

一今日吉祥日ニ付、順蔵仮親油谷五郎兵衛殿方へ、山本半右衛門殿ヲ以、社补一具代金二百疋・鰹節料金百疋、目録ニ記、長麻斗《(ママ)》を添、為持遣ス。夕七半時過帰宅せらる。此方へ立より、酒飯を薦め、暮時退散せらる。

一夜ニ入五時前、順庵殿来診せらる。暫して帰去。〇暮時、長次郎殿被参候間、酒少ゝ斗余分有之候ニ付、同人ニ薦む。伝馬町江参り候由ニて、被帰去。

〇九日辛丑　曇　昼後ゟ晴

一今朝伏見氏被参、暫して被帰去。〇昼後飯田町御姉様、おつぎ同道ニて御入来。手みやげかつをぶし五本入壱袋、おさち江手拭一筋・糖《(ママ)》袋二ツ・緋しぼり小切二ツ被贈。煎茶・餅ぐわしを出し、夕飯を薦め、夕七半時過被帰去。〇昼前、山本半右衛門殿内義被参。右は、白井氏ゟ先方世話人書付ヲ以謝礼金乞ニ来候由被申候ニ付、金三両半右衛門殿内義へ渡し、請取書を納置く。

一昼後あや部娘おふさ、昨日貸進之玉石童子訓初板五冊被返、尚又二板五冊貸遣ス。はな紙二帖・緋紋小切一ツ、おさち江被贈、ほど無被帰。〇暮時前、清助来ル。右は、越後十日町の十一面観世音勧化の由ニて、御影持参ス。此方へ参り候人ゝ江遣し、寄進被致候様頼、雑談後帰去。〇長次郎殿、今朝ゟ此方ニ裏そふぢ被致、或は買物整被呉。昼飯・夕飯ふる舞、暮時被帰去。

一夜ニ入、伏見岩五郎殿来ル。六時過、加藤氏・兼次郎殿来ル。五時前岩井氏、おさだ同道ニて被参。五時頃、長次郎・清次郎来ル。何れも雑談。せん茶・煎餅を薦む。伏見氏ハ長次郎ニ按摩を取らせ居候也。皆ゝ四半時

過被帰去。伏見・深田之両人ハ九時被帰去。

○十日壬寅　晴　昼後ゟ曇

一今朝、有住岩五郎殿来ル。右、今日養嗣并ニ番代願下書被出候由ニて、見せらる。ほど無被帰去。○昼後おさち入湯ニ行、八時前帰宅。○八時過おさだ来ル。教を受て帰去。其後およし来ル。おさちと雑談して帰去。○八半時前半右衛門殿被参、暫して帰去。○夜ニ入、おさださらいニ来ル。四ツ五ツさらひ候内、同人母義癪気の由、門番人嘉七迎ニ参り候ニ付、早ゝ帰去。○長次郎殿今朝参、昼時帰、昼後又来ル。夕方帰去、今晩不来。五時、母女枕ニつく。

○十一日癸卯　雨終日　夜中同断　五時頃小地震

一今朝兼次郎殿、当番出がけの由ニて、窓ゟ被呼。右は、昨日堀之内妙法寺ぃ参詣、みやげの由ニて新品漬一曲被贈之。○昼時過半右衛門殿被参。右は、今朝順蔵、山本氏参り、昨日油谷氏ゟ養子御届書被出候よしを申入候由。右ニ付、其趣此方小屋頭ぃ申達候様被申、半右衛門殿有住氏ぃ直ニ被参。○昼後飯田町ゟ使札ヲ以、今日吉祥日ニ付、おつぎ元服の由ニて、赤剛飯壱重被贈。右謝礼返書したゝめ、使を帰し遣ス。

一夕七時過おさだ来ル。教を受、赤剛飯振舞、夕方帰去。○今朝長次郎殿被参、昼時帰去、夕七時過又来ル。赤剛飯を薦む。

一日暮て半右衛門殿来ル。先刻有住ぃ右趣申入候由被申之。赤剛飯を振ふ。五時頃被帰去。長次郎殿ハ止宿ス。

○十二日甲辰　雨終日

一今朝山本半右衛門殿来ル。沢庵漬大根持参、被贈之。ほどなく被帰去。

一昼後伏見氏、小児を携て来ル。暫して帰去。○右同刻高畑来ル。雑談暫く時をうつして帰去。○おさち、昨十一日ゟ感冒ニて打ふし、今日も熱気醒かね候ニ付、坂本順庵殿江、長次郎殿ヲ以、来診頼入候処、艮（ママ）刻来診せらる。則、おさち診脈せらる。流行の風ニて熱気醒候ハゞ子委あるまじく被申、暫して帰去。其後又、長次郎殿薬取ニ被参、則、薬五貼調進せらる。今晩二服を煎用ス。○暮時前林内義来ル。不沙汰の由を詫らる。且、先日中より借用のさミせん取ニ参候由ニ付、則渡、返之。三味線携、被帰去。

一夕七時過岩井氏来ル。雑談後帰去。○長次郎殿昼時被帰、昼後又来ル。夕方坂本氏江薬取ニ被参、右薬持参、さし置、伝馬町江被参候由ニて出去、五時又来ル。直ニ帰去。○暮六時過山本悌三郎殿、順庵殿此方ニ被居候やと被問。此方ニハ不被居候由申聞候へバ、ほど無帰去。

○十三日乙巳　曇　昼後ゟ晴　九時過小地震

一今朝、荷持久太郎来ル。右は、西丸下あつミ江使申付故也。則、筝三本、手紙差添、為持遣ス。○今朝、あや部娘おふさ殿、去九日貸進の童子訓二板被返。右請取、三板五冊貸遣ス。暫く雑談数刻、昼時帰去。○およし殿四時頃来ル。是亦昼時帰去。○伏見氏も四時頃被参、雑談数刻。先日ゟ所望被致候蓑笠様御自筆たんざく壱枚進ズ。雑談数刻、昼時過帰去。○昼後山本半右衛門殿内義、小児を携て被参、雑談して、夕七時前被帰去。○夕七時頃順庵殿被参、少しおくれて悌三郎・およし殿来ル。およし殿、おさち江柏餅壱包被贈。右之人こ江煎茶・せんべいを出ス。雑談時をうつして、暮時皆帰去。薬紙順庵持参被致、何れ明日此方ゟ人上候由、申示置く。○日暮ておよし殿来ル。今晩此方へ止宿ス。

一暮六時頃、順庵殿薬調合被致、自持参被致。○五時前中西うぢ《ダク》、おさだ同道ニて来ル。五時過加藤氏・木村氏被参、先月十三日貸進致候八犬伝結局編五冊・去七日貸進之嶋巡記二編五冊持参、被返之。右請取、嶋廻記三編五冊貸進ズ。四時前岩井氏来ル。何れも夜話、四時過被帰去。○おさち今日も不起出、終日平臥。三度之食少しヅヽ食之。順快也。

○十四日丙午　雨　折〻止　昼後半晴

一昨日申付候あつミに届物、今朝返書、久太郎持参ス。右請取、代三十二文遣ス。

一四時頃、長次郎殿来ル。昨日頼候飯田町に肴代金五十疋、手紙差添、今朝届被呉候由ニて、返書持参、被参。昼時且、飯田町ゟおさちに紅六尺余汗衫半襟一掛、長次郎殿幸便ニ被差越之。○朝飯後、およしどの被帰去。昼時過、伏見氏被参。右は、美少年録第二集借覧致度由ニ付、則貸遣ス。ほど無帰去。○八半時頃、深田長次郎殿養母被参。雑談暫して被帰去。○夕七時頃大内隣之助殿来ル。先日貸進之八犬伝第壱輯五冊被返。右請取、尚又、二輯五冊貸遣ス。ほどなく帰去。

一夕七半時過、おさだ来ル。暮時帰去、日暮て又来ル。五時、迎之人参り候て、帰去。

一暮六時過岩井氏被参、先日貸進之嶋廻記初編五冊・三勝半七六冊被返。所望ニ付、月氷奇縁五冊貸遣ス。○五時過長次郎来ル。両人とも夜話四時過ニ及、四時過帰去。

○十五日丁未　雨　昼後ゟ雨止　半晴

一今朝長次郎殿被参。其後四時過、山本半右衛門殿来ル。白井勝次郎殿養母死去被致候由ニて被申入。右ニ付、長次郎殿帰去、白井江行。

一昼前伏見氏被参。右以前、順庵殿来ル。両人雑談、昼時被帰去。伏見氏ゟほそね大根づけ一器持参、被贈之。○昼後八時頃、山田宗之介来ル。雑談、煎茶・かのこもちを振ふ。夕膳をすゝめ、夕七時頃帰去。此方縁辺、弥廿日迎入候由、申示置之。○夕七時過、おふさ来ル。一昨日貸進之童子訓三板被返、尚又所望ニ付、童子訓四板五冊貸遣ス。○右同刻、宗村お国来ル。此方婚姻いつ頃ニ候や。其節参り可申由被申之。此方ニては廿日祝儀ニ候間、十九日ゟ被参呉候由申示、雑談して帰去。○夜ニ入、おさだ・加藤氏来ル。五時頃中西・順庵殿被参、何れも雑談、四時帰去。○おさち今日は順快、起出候間、髪かけ《（ママ）》す。

○十六日戊申　雨終日　夜中同断

一今朝、長次郎殿来ル。昨夜不睡の由、此方土蔵ニ入、仮寐被致、入相頃起出、今晩止宿ス。○四時頃加藤氏ゟ使札ヲ以、小菊紙十帖・短冊掛壱ツ被贈之。請取返書ニ謝礼申遣ス。○昼後およし来ル。雑談数刻、先日約束致候ニ付、紫檀鋮箱一ツ・銀鋮壱本遣ス。暮時帰去。夕七時半時頃、岩井氏来ル。一昨日貸進之月氷奇縁五冊被返、尚又所望ニ付、新累五冊貸遣ス。暮時帰去。○日暮時、おさだ来ル。稽古致居候内、順庵殿被参。其後加藤氏・木村氏被参、昨日貸遣候島廻記三編四冊被返之。右請取、四編四冊貸遣ス。雑談数刻、四時帰去。

○十七日己酉　晴　昼時過又曇

一四時前半右衛門殿被参、来ル廿日料理献立被致。右を伏見氏ニ見せ候上、よろしく相談致候由被申、被帰去。○四時前、矢野氏ゟ美少年録二輯五冊被返。右請取、三集五冊使江渡し、貸遣ス。○右同刻、おふさ来ル。先日貸進之童子訓十六ゟ廿迄被返、尚亦所望ニ付、廿一ゟ三十迄二部十冊貸遣ス。おさちと遊、昼時過帰去。○

昼後半右衛門殿内義、小児を携て参。せん茶・かき餅を薦め、夕七時頃帰去。

一昼前政之助殿被参、昨日貸進之解脱物語五冊被返。右請取、納おく。尚又所望ニ付、四天王前後十冊貸遣ス。
○およし殿被参、暫して帰去。
一暮時頃加藤氏被参。夜ニ入三嶋氏・中西氏被参、ほど無長次郎殿被参。雑談数刻、四半時頃皆退散。長次郎殿ハ止宿被致。

○十八日庚戌　五時過ゟ雨　終日終夜

一昼前伏見氏被参、明日の献立種〻商量致。煎茶・餅ぐわしを出し、八半時被帰去。○長次郎殿昼前帰去、昼後又来ル。おさち頼候由ニて、台所江小棚をつり、終日此方ニ在り、夜ニ入四時過帰去。○八時頃おさち同道ニて入湯ニ行、八半時前帰宅。○夜ニ入、兼次郎殿来ル。其後おさだ・同人父直記・順庵殿被参。暫して木村氏・加藤氏被参、ほど無中西氏被参。如例夜話、時をうつして、四時過帰去。○兼次郎殿ハ止宿被致。

○十九日辛亥　風雨

一今朝五時、半右衛門殿来ル。昨日願下書下り、来ル廿一日、本書差出し候由被申、夫ゟ伏見氏と商量致、明廿日料理品〻買取ニ行。金壱分二朱渡之。長次郎殿同道被致、四時過買物被致来ル。岩五郎殿・半右衛門殿両人ニて丁理被致、夕七時頃下拵出来。長次郎殿手伝被致。

一夕七時前日本橋ゟ順蔵、荷持人足四人ヲ以被贈越。右請取、人足四人江酒代天保一枚ヅヽ遣之。直ニ人足退散。今日、半右衛門殿宅まで順蔵被参、半右衛門殿同道ニて有住氏江参り、暮時前帰候由也。半右衛門殿夕膳振舞、日暮て帰去。○暮時政之助殿来ル。雑談後、五時過帰去。長次郎殿五時過帰去。其後母女枕ニ就く。

○廿日壬子　曇　昼後ゟ半晴

一今朝、山本氏・伏見氏・長次郎殿来ル。○五時過悌三郎殿、当番出がけの由ニて被参、ほど無帰去。○今朝林猪之助内義被参。其後深田長次郎殿養母被参、今日順蔵迎取候祝儀として、酒壱升切手被贈之。謝礼申延、ほど無帰去。○昼前、生形綾太郎殿ゟ右同様祝儀の由ニて、滝水酒壱升被贈之、謝礼申遣ス。○今日順蔵迎取候祝、祝饗応の酒食之料理、伏見氏・山本氏、其外手伝長次郎殿・とうふ屋松五郎妻・宗村お国殿也。○昼後、飯田町御姉様、お次同道ニて被参。暫して渥見祖太郎殿被参、鰹節袋入五本祝儀として被贈之。○夕七時過、油谷五郎兵衛殿幷ニ殿木龍仲殿・当人順蔵、媒人山本氏ニ被参候由、山本氏内義被告候ニ付、半右衛門殿直に帰宅被致。土産金取引畢、暮時、右三人、半右衛門殿同道被致。此方ニてハおさち初一同礼服、先方・媒人、尤礼服也。半右衛門殿夫婦被取持レ、礼酒・取肴・のしこんぶ・鯣・蛤吸物・歯がため・芹菜、右婚姻祝儀畢、一同一座敷ニて親類盃、初対面口誼目出度相整、かん酒・吸物・取肴・焼肴・酢物五種各ニ薦め、其後本膳。夫婦ハ高もり。焼物・鰡籠入各ニ牽。一同、四半時頃開ニ成。酌ニは豆ふ屋松五郎悴・娘両人ニ申付る。殿木氏供人・飯田町供人・あつミ供、右三僕ニ夕飯を薦、酒代百文ヅ、遣之。留・まきニも同断。松五郎妻も、手伝之為昼後ゟ来ル。九時頃祝儀畢、新婦・新郎臥房ニ入。其後又勝手ニて半右衛門殿夫婦・伏見氏・深田氏一同酒食を致。半右衛門殿内義先ニ被帰去、半右衛門殿ハ八時頃退散、伏見氏も同断。松五郎妻・娘帰り候ニ付、深夜ニ及候間、長次郎殿送り行。長次郎殿ハ止宿ス。其後枕ニ就。

○廿一日癸丑　晴　今日八十八や也

一今朝、山本半右衛門殿来ル。長次郎殿初皆〻手伝、昨日仕候器物片付、所〻ニて借用の品〻夫〻ニ返ス。長次郎殿持運せらる。昼時過、有まし片付る。伏見氏を招、昨日之残物ニテ酒飯を薦む。○今日順蔵、番代願書取次之小屋頭山本半右衛門殿・岡左十郎殿を待受罷在し所、昼後、組合小屋頭有住岩五郎被参、引つゞき組合長友代太郎殿・松尾弧一殿、少し後レて取次小屋頭岡左十郎・月番小屋頭半右衛門殿、其後松宮兼太郎殿被参、八畳座敷ニおゐて会合、順蔵罷出、挨拶ニ及。口取・餅菓子を出之。太郎願書幷ニ組合小屋頭願書、右二通屢読返し、取次小屋頭・月番小屋頭、両組頭鈴木橘平殿・成田一太夫殿方へ持参、夕七時頃右両人此方へ立帰り、滞無之由被申入。煎茶・餅菓子一包ヅヽ、牽之。組合小屋頭・取次小屋頭左十郎・月番小屋頭山本半右衛門殿・両組頭鈴木・成田、組合小屋頭江ハ七ツ入、外ニ膳代として三百文ヅヽ、遣之。組合長友代太郎・松尾弧一・松宮兼太郎、両隣家林氏・深田氏・伏見氏江ハ五ツ入、膳代二百銅也。昼後、飯田町清右衛門様、歓として御入来。右ニ付、人ミ江対面、伏見氏を(ママ)被参。皆ミ退散後、有住氏壱人残り、順蔵同道被致、両組頭江謝礼として罷越、ほど無帰宅ス。

一其後清右衛門様江酒飯をすゝめ、吸物・取肴。伏見氏・深田氏も同断。暮時頃帰去。餅菓子一包進上之。暮時、山本氏・深田氏被帰去。○日暮て、林猪之助来ル。祝儀被申入、暫して帰去。順蔵、初対面之口誼を演、今晩ハ四時頃一同枕ニ就く。○高畑武左衛門、順蔵参り候挨拶として来ル。早ミ帰去。

一夕方、米つき政吉、昨日申付候端米壱斗六升つきて持参ス。つきちん七十二文遣ス。つきべり二升也。○来ル廿三日快晴ニ候ハヾ、本郷ゟ日本橋江帰寧の(ママ)飯田町江咄置。

○廿二日甲寅　晴

一今朝順蔵起出、髪月代、入湯と(ママ)して帰宅ス。朝飯後、名簿書之。今日四時、月番与力安田半平対面被致候由ニ付、四時頃礼服ニて罷出ル。与力安田江対面致、昼時頃帰宅。昼後、本郷油谷氏江右同人印行(ママ)持参、返之。去廿日貸進之ちようちん・ふろしきを被返、夕七時前帰宅。○昼後、長次郎殿同道ニて、見附前江明廿三日帰寧みやげ物品〻買取ニ行、扇子・しら賀、其外色〻買取、夕七時前帰宅。右留主中、熊胆屋金右衛門来ル。久敷待居候由也。則、熊胆半分掛目四匁五双之口・掛目壱匁九分八双之口買取、ほど無帰去。○右以前、坂町菊屋ゟ壱分餅買入候払取ニ来ル。書付持参、代金二朱ト二百六十四文の由。則払遣ス。○昼後山本氏被参、暫して帰去。

一長次郎殿来ル。終日此方ニ在、夜ニ入五時頃帰去。

○廿三日乙卯　晴

一今朝、勘助方ゟ昨日申付置候供人足来ル。右人足ニ土産物幷ニ着替の衣類背おハせ、豆腐屋松五郎妻すミ召連、半右衛門殿・此方順蔵初、五時過一同出宅。先本郷二丁目組屋敷油谷氏江罷越、各江土産を進ズ。同所ニて煎茶・くわしを被出、家内江初対面致。夫ゟ日本橋殿木氏江罷越、龍谿様初、其外御親類御一同江初対面相済、祝儀盃整、各江手みやげしら賀・末広しん上。色〻御饗応、酒食もてなし相済、暮六時頃帰宅ス。右留主中、高野山宝積院ゟ使僧ヲ以、守護札・小ふろ敷持参。右請取置。今日留守居、長次郎殿・お国殿也。

○廿四日丙辰　晴

一今朝山本半右衛門殿・伏見氏被参、ほど無帰去。○四時頃、中西清次郎殿祝儀歓として来ル。ほど無帰去。○朝飯後順蔵髪月代致、入湯致、帰宅。帰宅後早昼飯ニて、伊皿子広岳院・保《ホ》安寺・泉岳寺江順蔵同道ニて参詣致。諸墓水花を供し、広岳院江香奠しん上。右畢、芝田町五丁目山田宗之介方へ罷越、順蔵土産としてしら賀一包・扇子一対・かつをぶし三本入壱包、外ニ箏二本贈之。宗之介他行の由ニて、おなか殿・おまち殿・おふミに初たいめん致。田町ニて酒・吸物・取肴二種、夕飯を振舞レ、夕七半時過帰宅。帰路、丸屋藤兵衛に立より、かつをぶし三本・くわし一折を遣ス。田町ニて供待候内、佐藤春艸方へ、文ヲ以、笋二本・羊栖菜壱貸《ママ》遣ス。○右留主中、梅村直記殿・加藤新五右衛門殿、祝儀として来り候由也。○夕方、四月分御扶持渡ル。取番武左衛門差添、車力一俵持込候を請取置と云。福嶋米也。○下掃除忠七来ル。両厠掃除致、帰去。今朝出がけ、坂本順庵殿方へ立より、順蔵相識ニ相成、且先日中煎薬貰候薬礼として、金五拾疋持参、遣之。初の方へ記べきを漏たれバ、是ニ記ス。

○廿五日丁巳　晴　今暁六時九分立夏之節ニ成

一今朝お国殿、久保田氏に行。右は、今日久保田氏ニて客来有之候手伝の為也。

一四時頃坂本順庵殿被参、鶏卵三十五・女扇子壱対被贈之。暫雑談、昼時帰去。

一其後伏見氏被参、暫物語被致、帰去。○今朝、半右衛門殿来ル。早ゝ帰去。○今朝小林佐七殿歓《ママ》して来ル。早ゝ帰去。○昼前、米つき政吉来ル。則、玄米三斗舂シム。八時前舂畢。つきべり二升二合、糖《ママ》四升五合也。代銭百四十八文、外ニ飯米之代白米五合遣ス。

一八時頃、無礼村定吉来ル。両三日中六道辺に住居致候由申之、ほど無帰去。

一夜ニ入加藤氏被参、先日貸進之嶋巡記五編四冊被返。其後、中西氏被参。長次郎殿同断。煎茶を薦め、雑談、四時前皆被帰去。其後枕ニ就く。

一今日成正様御祥月忌逮夜ニ付、御画像床間ニ奉掛り、神酒・備餅・七色ぐわし供、夜ニ入神灯、如例之。

○廿六日戊午　晴

一今朝五半時過ゟ、順蔵同道ニて深光寺へ墓参。お国殿大塚兄藤蔵方へ罷越由ニ付、深光寺ㇾ参詣被致。出がけ石屋勘介方へ立より、石牌立候やと尋候所、未出来候得ども、既ニ彫候斗ニ候間、当月中ニ出来致候由申ニ付、代金弐分二朱ト二百五十六文渡置。夫ゟ深光寺へ参り、諸墓掃除致、水花を手向、拝し畢。深光寺和尚へたいせん（ママ）、香でん天保二枚をしんず。今日丸屋法事有之、昆雑致候ニ付、焼香ニ不及、直ニお国殿ニ別、八時頃帰宅。右留主中半右衛門殿、小児両人を携て被参居。おふさ殿同様、先日貸しんの童子訓末十冊被返。右請取、俠客伝初集五冊貸遣ス。ほど無帰去。

一八半時頃ゟ、山本半右衛門殿同道ニて、順蔵赤坂鈴降稲荷ㇾ参詣、別当願性院ニ対面致、帰路丹後坂武士受江坂卜庵殿方へ罷越、手みやげ小菊紙三帖贈之。江坂氏他行之由ニて、内義ニのミたいめん、夫ゟ処ゝ、善光寺へ参詣、夕七半時過帰宅。半右衛門殿ニ夕飯を振舞、暮時山本氏被帰去。○今朝およし殿来ル。終日此方ニ遊暮し、昼飯を薦め、夕七半時頃帰去。長次郎殿昼前来ル。昼後帰去、暮時又来ル。五時被帰去。○暮時頃久保田氏ゟ奴僕ヲ以、お国殿此方ニ被居候ハヾ、久保田氏ㇾ被参呉候様申来ル。然る処、お国殿今日は兄藤蔵方へ被参、今晩先方へ止宿被致、明廿七日深川菩提処へ墓参致、当晩此方へ被参候義難斗。若被参候ハヾ、早ゝ久保田氏ㇾ被参候様可致由、申示遣ス。

○廿七日己未　晴

一今朝順蔵、髪月代・入湯ニ行。右序ニ勘助方へ供人足申付ニ遣ス。四時頃帰宅。其後、勘助方ゟ申付候供人来ル。右ニ付、昼飯給、供人ニも給させ、四時過ゟ順蔵同道ニて飯田町ㇾ行。礼服也。順蔵手みやげとして、真綿壱包・鶏卵壱重進之。飯田町ニて酒食の地走をうけ、清右衛門様御同道ニて、渥見氏江行。自ハひとり跡ゟ夕七時頃帰宅。順蔵、渥見氏ニて酒を被出候由、帰宅後告之。供人ハ飯田町ニて昼飯を薦めらる。渥見氏ニて清右衛門様ニ別れ、夕七半時頃帰宅、直ニ供人ハ帰し遣ス。去廿日貸進之ちようちん・重箱を被返。○右留主中順庵殿被参候由、おさち告之。

一今朝長次郎殿被参、ほど無帰去、又七半時頃来ル。暫して帰去。

○廿八日庚申　曇　四時頃ゟ風雨　折ヽ止　夜ニ入雨

一昼前伏見氏被参、其後順庵殿被参、雑談後、昼時被帰去。○昼後おさち入湯ニ行、八時帰宅。○四時頃、熊胆屋金右衛門来ル。右は、加藤氏熊胆買入度由被申候ニ付参り候ニ付、加藤氏江沙汰致候所他行の由申ニ付、金右衛門徒ニ帰去。又当冬出府之せつ、罷可出由申之。○八時頃、深田およし来ル。ほど無加藤氏、山本半右衛門殿内義小児を携て来ル。煎茶・かき餅を薦め、山本氏内義沢庵漬大根持参、被贈之。暫して帰去。○夕七時頃坂本順庵殿被参、座敷ニて種ヽ巻物取出し、加藤氏・坂本氏・順蔵共侶一覧致、其後、右三人ニて四谷天王江参詣。順蔵初参ニて不案内ニ付、案内之為也。ほど無帰宅。其後麁飯を右両人幷ニおよしへも振舞。雑談中、暮時前大内隣之助殿被参、先貸進之八犬伝二輯五冊被返、尚又所望ニ付、同書三輯五冊貸進ズ。○日暮て五時前岩井氏被参、其後中西・和太・おさだ来ル。何れも雑談。和太殿、嶋巡記六編五冊被返之。岩井氏所望ニ付、秋の七草六冊貸進ズ。隣之助殿ハ先江被帰去、四時前皆退散ス。およし殿ハ止宿被致。

一今日庚申。尊像床之間ニ掛たてまつり、神酒・備餅・七色くわしを供ス。夜ニ入神灯、如例之。

○廿九日辛酉　雨終日　四時頃ゟ晴

一昼前半右衛門殿被参、暫して帰去。其後、同人内義ゟ白木綿糸一紈を被贈。小児は此方ニ而遊、昼飯給させ、帰去。○昼前、長次郎殿来ル。昼後帰去て又来ル。昼後八時頃ゟ順蔵、長次郎殿同道ニて四谷伝馬町ゟ近辺漫歩して、帰路入湯致、夕七時過帰宅ス。○右留主中長次郎殿養母、山本小児を携て来ル。雑談数刻、煎茶をすゝめ、順蔵帰宅後帰去。およし殿昨夜ゟ止宿して、今夕帰去。○日暮て順庵殿被参。五時前長次郎殿同断。雑談夜話、両人四時帰去。

○卅日壬戌　晴

一四時過長次郎殿。およし殿昼時帰去。○昼時前おすきや町ニ入湯ニ行、昼時帰宅。○昼後伏見氏被参、先日貸進之美少年録三輯五冊被返。右請取、童子訓初集五冊貸進ズ。雑談後、時をうつして帰去。

一八半時過ゟおさち同道、番所町媼神ニ参詣。両人ニて百度を上、夕七半時過帰宅。右留主中、長次郎殿手伝、鉄砲玉を鋳、数七十四出来たりと云。長次郎殿ニ夕飯振舞、其後被帰去。○宗村おくに殿、去ル廿七日ゟ今日迄藤蔵方へ止宿被致、今日深川ニ参り、所ゝ懇意の方へ立より、暮六時過此方へ被参。おさちへ皮色半ゑり一掛・紫絞ちりめん小切被贈、此方へ止宿。○暮時順蔵、山本氏ニ用事有之由ニて罷越候所、今朝の儘未ダ帰宅無之由ニて徒ニ帰宅ス。右序ニ深田氏ニ立より、およし殿を招。お国殿遠方歩行致、疲労候ニ付、療治を頼ん為也。ほどなくおよし殿来ル。則、土蔵ニて療治をうけ、およし殿今晩止宿ス。○伏見氏先刻被参候せつ、此方藪中ニ樫・ケヤキ枝をおろし候ハヾ、樹も宜敷相成、且は薪も出来致候半。おろし候ハヾ、伏見ニ罷在候樵匠ニ申付候半と被申候。其意ニ任、然ば何れとも宜敷様と申、頼置。○五時前長次郎被参、四時帰去。

○四月朔日癸亥　晴
一今朝およし殿起出、被帰去。其後長次郎殿被参、暫して帰去。

一五半時頃順蔵髪月代ニ行、四半時帰宅。昼後日本橋榑正町江行、榑正町ニて暫物語致、夫ゟ処こ江立より、夕七半時過帰宅。おみやげ、切鮓一包壱匣被贈之。帰宅後夕飯を果し、日暮て山本半右衛門殿方へ行、無程帰宅。○お国殿、今朝入湯致、久保田江鳥渡立より、昼時此方へ来り、昼飯後念仏坂岡田氏江被参。暮時前又此方へ参り、暮時頃ゟ久保田江被参。久保田ニて下女無之故、当分手伝之為也。○昼八時頃、山本半右衛門殿内義、小児を携て被参。煎茶を薦め、雑談数刻、夕七時過被帰去。

一夕七半時頃およし殿来ル。如例教を受たき由ニ付、則、教遣ス。暮時帰去。

一夜ニ入深田氏被参。切鮓を薦め、夜話、四時帰去。○昨廿日荷持久太郎、給米取ニ来ル。媼神江参り候留（ママ）中故、玄米二升順蔵渡遣スと云。帰宅後告之。

○二日甲子　晴
一昨朔日、長州藤浦殿ゟ年始文到来、飯田町清右衛門様御持参被成。早束披見致候所、年始状壱通・年玉串鼠・中形紫ちりめん服砂切・細工物等也。二月五日認之状、同十九日出の文也。○今朝伏見氏来ル。雑談して帰去。

一夕七時過熊蔵、日雇ちん乞ニ来ル。則、五百七十二文払遣し、請取書を取。○昼後おさち入湯行、八時前帰宅。
○八時過、およし遊ニ来ル。夕飯給させ、帰去。○暮時前順蔵、伝馬町江半紙・半切等買ニ行、六時頃帰宅ス。
○右以前三嶋兼次郎殿被参、其後およし殿来ル。雑談中加藤氏被参、是亦雑談夜話。五時頃深田氏被参、明三日当番の由ニ付、としまや注文書頼遣ス。何れも四時過帰さる。兼次郎殿ハ長次郎殿不来前帰去。○今日甲子大黒祭。神酒・七色ぐわし・備餅、夜ニ入神灯を供。○暮時頃半右衛門殿被参、早ゝ帰去。

○三日乙丑　晴　薄暑

一昨日談事置候樵夫竹蔵外壱人来ル。則、藪中之ケヤキ二本・樫壱本、枝を下させ、右伐取候枝を挽わらせ、夕七時過両人帰去。尚又明日一日参り、あらこなし致様申付置。○順蔵、今日終日竹蔵揮指致、夕飯後、暮時過入湯ニ行、五時前帰宅。右留主中順庵殿来ル。其後梅村直記来ル。先日貸進之夢惣兵衛前後十冊、岩井氏江貸進之秋の七草六冊持参、被返之。右請取、青砥前編五冊貸遣ス。順庵殿ハ先江被帰去、直記殿四時帰去。其後一同枕ニ就く。○およし殿昨日止宿致、今朝昼時前被帰去。

○四日丙寅　晴　昨日の如し

一今朝、山本半右衛門殿内義被参。右は、有住氏ゟ山本氏江手紙ヲ以、順蔵御番代願本書、明後六日被仰付候内意申来候由ニ付、右書面此方へ見せらる。右、順蔵ニ一覧為致、謝礼申述、手紙は直ニ山本氏江返ス。山本内義は雑談時をうつして帰去。○長次郎殿四時頃来ル。昼時被帰、又昼後夜分迄出入、如例。○昼後樵夫竹蔵来、此方伐取候樹、今日ハ仕事不掛、明日挽わり可申、且、職料少ゝ増呉候様申ニ付、委細ふし見氏江頼置候間、伏見江参り、承り候様申聞、其後順蔵ヲ以、右ニ申候趣申告ゲ候所、承知被致、其趣ヲ以竹蔵江被申候由、昼後伏見氏被参、被申之。煎茶を薦め、其後帰去。

一夕七半時頃順庵殿被参、暫物語して、入相頃被帰去。○昼後、下掃除忠七来ル。両厠掃除致、帰去。○昼時過荒井幸三郎殿歓として被参、口誼を述、帰去ル。

○五日丁卯　晴　薄暑

一今朝、樵夫竹蔵、外ニ手伝壱人来ル。則、一昨日致かけ置候薪、鋸ニて挽、大わりを致、夕七半時頃致畢。賃銭金二朱ト四百文遣ス。○今朝四時前有住岩五郎殿被参、明日御番代被仰付候ニ付、今日組頭幷ニ師匠番谷五郎方へ同道可致旨被申候ニ付、則支度為致、岩五郎同道ニて彼方へ罷越。師匠番谷五郎方へハ肴代金五拾疋為持遣ス。四時過帰宅。○昼時前、高野山宝積院使僧来ル。対面致、去三月中旬被参候処、他行致候ニ付、布施寄進不致候ニ付、今日当百二枚布施ス。今日蓑笠様御忌日逮夜ニ付、仏前ニ回向被致、且高野山絵図面二通り持参被致、被見之。順蔵共侶一覧致畢候折から、伏見氏被参、右之図一覧致度由被申候ニ付、則、使僧ニ乞ふて一覧被致。伏見氏ハ一覧後被帰去。使僧如意珠主僕ニ昼飯を振舞、九時過帰去。

一八時前半右衛門殿被参、雑談数刻、煎茶・揚餅を薦め、夕七時頃被帰去。

一右同刻およし殿被参、長次郎殿同断。何れもせん茶・揚餅を給させ、およし殿ハとき物を被致、暮時被帰去。

○日暮て順蔵、長次郎殿同道ニて伝馬町江買物ニ行、六半時頃順蔵帰宅。長次郎殿ハ外ニ被参、五時前此方へ来ル。ほど無帰去。右留主中和太殿・中西氏被参、早ゝ被帰去。

○六日戊辰　晴　今朝初杜鵑を聲《(ママ)》く　立夏後十二日目也

一今朝六半時過順蔵起出、直ニ髪月代ニ行、帰路入湯致、五時前帰宅。其後食事致、礼服ニて組《(ママ)》成田一太夫殿方へ行。昨日有住氏被申示候組頭初定式謝礼金包、今朝順蔵持参、有住江渡之。今日、番代被《(アキ)》仰付候故也。則、四時頃ゟ組頭成田一太夫殿・与力安田半平殿・太郎名代長友代太郎殿、重次郎同道ニて御頭佐ゝ木近江守殿御宅江罷出、御番代被《(アキ)》仰付。ほど無相済、次之間江退き、別間ニ於、用人ヲ以改名、重次郎事小太郎と願之通り被申渡。右無滞相済、退散して、松宮兼太郎案内として当組与力中・組中江廻勤致、昼時、小太郎壱人・供人忠七帰宅ス。○昼後ゟ、大内隣之助殿紹介として、当組与力斉藤雲八郎殿方へ入門致、松魚節三本進之、八半時頃帰宅。今日供人矢場荷持忠七江人足ちん弁ニ祝儀とも三百文遣之、昼飯後帰去。○昼前ゟ山本半右衛門殿・長次郎殿被参、今日廻勤案内松宮兼太郎殿・長友代太郎殿両人江酒食之儲被致候所、両人とも不被参。

一右両人江振ふ為、酒肴整ニ長次郎殿被参、昼時帰宅。長次郎殿・半右衛門殿ニ昼飯を振ふ。○八時頃岩井政之助殿被参、雑談後、所望ニ付、三国一夜物語五冊・八丈奇談五冊貸遣ス。○八半時頃、おさち同道おすきや町江入湯ニ行、夕七時前帰宅。右留主中、政之助殿被帰去。昼後山本氏、隣家林氏江被参、夕七時過又此方へ被参。折から伏見氏被参候ニ付、整置候酒肴を開。長次郎殿同断。○暮時頃ゟ林内義来ル。則、酒食もてなし、三弦取出し玩候内、およしも来ル。林子共両人・太田の子供同断。何れも四時被帰去。

○七日己巳　曇　夕七半時頃ゟ雨終夜

一天明頃起出、小太郎ニ支度為致、湯づけ飯ニて、山本氏・深田氏を誘引、矢場行。鉄炮稽古見習の為也。四時前帰宅。其後谷五郎殿同道被致、与力中・組中廻勤。谷五郎殿、帰路此方へ被立寄、ほど無帰去。小太郎、矢場ニて鉄炮稽古致。玉井氏の薬玉等借用致候由也。○昼前長次郎殿・およし殿被参、昼時およし殿帰去、長次郎殿ハ終日此方ニ在、昼後仮寐被致、夕七時被帰去。○四時過半右衛門殿、鉄炮鋳形借ニ被参。則貸遣ス。八時過右鋳形持参被致、被返之。右請取、納置く。○小太郎、明八日見習御番被（アキ）仰付。右ニ付組中廻勤、且一昨夕誘引深田・山本・高畑江行。○暮時頃小太郎入湯ニ行、帰路、草鞋二双買取、六時過帰宅。右留主中、お国来ル。右は同人縁辺之義也。当人も迎取様子ニて、相談致度由被申。右畢、五時過帰去。其後、一同枕ニ就く。

一夕七時過山本悌三郎殿被参、暫して松岡織衛殿被参。煎茶を薦め、雑談数刻、暮時前被帰去。

○八日庚午　雨

一小太郎見習番ニ付、正六時前ゟ起出、支度致、天明前、小太郎幷ニおさちを呼起し、支度為致、朝誘引高畑江参り候所、未門不開ニ付敲といへども答無之故ニ、徒ニ帰宅。其後又参り候所、先江被参候由被申候ニ付、直ニ山本氏江参りて、山本氏と御番所江罷出ル。夕七時頃帰宅、夫ゟ組中廻勤ス。長次郎殿、案内之為同道ス。夕七半時過、長次郎共侶帰宅、長次郎殿ニも夕膳を振ふ。

一昼前山本内義被参、雑談して帰去。○右同刻およし殿被参、とき物を被致。昼飯を薦め、昼後、花房様御家中ゟ呼れ候て帰去。○八時過おふさ殿来ル。去ル八日貸進之侠客伝二集五冊被返。右請取、同書三集五冊貸遣ス。おさちと遊、時をうつして帰去。○豆腐屋妻おすみ来ル。右は、お国どの縁辺、明九日、新川九右衛門殿此方へ被参候ニ付、お国殿をも招置候様致、両人対面致候約束ニ申示置。

○九日辛未　晴

一小太郎、五半時前ゟ矢場江行、昼時帰宅。昼飯を果して又矢場ニ行、夕七半時前帰宅。○山本氏四時前来ル。雑談後帰去。○四時頃、自深光寺江参詣。琴靍石碑建候やと存候所、未不建候間、帰路石工勘助方へ立より、右申付ル。深光寺ニて諸墓掃除致、水花を供し、拝し畢、八時頃帰宅ス。○留主中、山本氏内義来ル。おさちと雑談数刻、昼時帰去と云。○四時前長次郎殿来ル。長座、昼時ニ及候ニ付、小太郎と一緒ニ昼飯給させ、同道ニて矢場江参候由也。

一昼後伏見氏内義被参、鰹節一袋持参、被贈之候由、帰宅後告之。

一右同刻三嶋兼次郎殿被参、雑談稍久しくして、夕七時前被帰。所望ニ付、夢惣兵衛後編四冊貸遣ス。〇八半時頃伏見岩五郎殿被参。先刻贈物の謝礼を述、此方内祝客来献立幷ニ丁理頼候ニ付、献立被致、夕方帰去。

一昼時過お国来ル。右は、明日此方ニて客来致候手伝之為也。然ども、此方ニて客来延引ニ付不用ニ成候ども、今夕お国縁辺鮫ヶ橋住居一橋（アキ）新川久右衛門殿と申仁被参候ニ付、右を待合。夕七半時頃右久右衛門殿、おすミ案内為致、来ル。則、座敷ニてお国殿対面致、先方ニても相談致度由ニ而、お国殿ニも相談可致被申候ニ付、先熟談候つもり。〇夕方伏見氏被参、暫（ママ）被帰去。〇夕七半時過小太郎髪月代ニ行、帰路入湯致、暮時帰宅。食後伝馬町に火縄買ニ行、右買取、五時前帰宅。〇お国殿、暮時ゟ荘蔵殿方へ行、五時過此方へ被参、ほど無久保田氏に被帰去。其後枕ニ就く。

〇十日壬申　曇　昼時後雨　ほど無止

一天明後小太郎、弁当持参、矢場に行、四時過帰宅。昼飯後又矢場に稽古ニ行。

一今朝、おもん来ル。雑談数刻、菜園三葉・芹、其外蕗等摘取、昼飯給させ、帰し遣ス。かつをぶし一本遣之。

〇四半時頃長次郎殿来ル。如例遊居。〇昼前半右衛門殿被参、ヒル飯振舞。明十一日客来致候支度、買物被致候ニ付、代金二分渡。直ニ出去、昼時買物整被参、終日明日の下拵被致。昼夕とも此方ニて給らる。長次郎殿同断。〇昼後勘助方へ人足申付、ほど無来ル。則、芝田町山田宗之介に明十一日昼後ゟ招き候案内、且去廿四日馳走ニ相成候謝礼、おふミ・おまちに申遣ス。右使、八半時頃帰来ル。おまちゟ返書到来。宗之介、明日は幸手透ニ候間参り候由、おまち返書ニ申来ル。おふミゟ返書不来。〇小太郎夕七時過帰宅、其後鉄砲を洗拭ス。

〇夕七時頃、長次郎殿ヲ頼、近辺の人ゝに明十一日昼後ゟ参呉候様申遣ス。何れも承知の由申来ル。〇夕方順庵殿被参、雑談後被帰去。〇暮六時過、豆腐や松五郎妻来ル。右は、お国縁辺之一義也。ほど無帰去。半右衛門殿・長次郎殿、日暮て帰去。

〇十一日癸酉　雨　折〻止　夜ニ入晴

一今朝小太郎、有住・石井ニ行。右は、先日中ゟ世話被致候謝礼として、有住ニ肴代金百疋、石井ニ鰹節三本為持遣ス。且、今昼麁飯薦度由申入、帰路渡辺平五郎殿方へ立より、同人所望被致候由ニて、琴靍所持之拾玉早籠持参、贈之。尚又伝馬町ニて買物種〻致、四時過帰宅。昼後斉藤ニ鉄砲稽古ニ行、八時頃帰宅ス。

一昼時、久野様御内梅むら直記殿・中西清次郎殿・赤坂岩井政之助殿三名ニて黒鯛壱尾・鰺十七尾被贈之。謝礼申遣ス。〇同刻山本氏内義肴一籠持参、被贈之。右は黒鯛二尾・烏賊三ツ也。右受取、謝礼申述、ほど無被帰去。〇五時前山本氏・伏見氏・長次郎殿被参、直ニ丁理被致候内、お国殿手伝の為被参。

一八時頃山田宗之介来ル。今日祝儀饗応致候ニ付、昨日、被参候様申遣し候故也。肴代金百疋・紫絞ちりめん中巾五尺、じゆばん半ゑりニとて被贈。赤尾ゟ小菊紙七帖・扇子一対被贈祝之。右ニ付、有住・石井其外ニ時分使を出し候所、有住・石井ハ無拠用事有之由ニて不来。夕七時頃ゟ追〻松岡織衛・加藤新五右衛門・岩井政之介・坂本順庵・梅村直記来、五時過山本悌三郎も来ル。右人〻ニ酒食・取肴・鉢肴・吸物・酢之もの、本膳一汁四菜但香の物ともを薦め、一同九時退散せらる。岩井氏・梅むら氏、先日貸進之読本被返。右受取、納置く。伏見・山本・深田・隣家林・高畑・産形・中西、右七軒ニ贈膳、酒一てうし・吸物・取肴四種添、遣之。右畢、山本・伏見・深田、丑ノ刻頃帰去。お国ハ止宿被致。赤尾幷ニおふミ方へ肴少しヅヽ、贈遣ス。宗之介ニ僕ニ酒代百文遣之。〇昼時、梅村直記・岩井政之助・中西清次郎、右三人連名ニて、黒だい三尾・鰺十七尾贈来ル。山本氏ゟも黒鯛二尾・烏賊三ツ被贈之。隣家林ゟ酒壱升贈来ル。

○十二日甲戌　晴

一昼後長次郎殿来ル。兼頼置候助惣焼、明十三日御番所ニ持参致、人ゝニ可遣品誂被呉候由ニ付、代金二朱渡、頼置。八半時頃帰来ル。三十四人分、一人前数九ヅ、三十四包ニ致候て、代銭六百十八文の由、つり銭百五十四文持参、被返之。

一夕七時頃高畑武左衛門殿、昨日贈物の謝礼ニ来ル。早ゝ帰去。○暮時前小太郎、高畑・深田・山本ニ如例宵誘引ニ行、夫ゟ髪月代・入湯致、暮六時過帰宅。

一右留主中大内隣之助殿、昨日の謝礼として、ほど無被帰去。○今朝坂本順庵殿、少し後れて加藤新五右衛門殿、昨夜之謝礼として被参、雑談数刻、昼時帰去。伏見氏同断。○山本氏・深田氏四時過被参。昼飯振舞、ほどなく被帰去。○お国殿、昨日取ちらし候品ゝ片付手伝被致、昼時過久保田氏ニ帰去。○夕七時過、加藤氏ゟ和多《(ママ)》殿ヲ以、四天王前後十冊被返之、尚又所望ニ付、青砥模稜案前後十冊貸進ズ。

○十三日乙亥　晴

一今朝六時頃起出、支度致、天明頃小太郎・おさちを呼起し、早朝飯後、山本・深田を誘引、御番所ニ罷出ル。五時過、荷持久太郎葛籠取ニ来り候ニ付、出がけ麹町助惣ニ立より、助惣焼受取、御番所ニ持参致候様申付、書付・入物筥等のふた渡し遣ス。○昼前山本半右衛門殿内義被参、ほどなく帰去。

一昼前おさち入湯ニ行、九時前帰宅。其後おふさ殿来ル。先日貸進之侠客伝三集四冊被返、内五之巻一冊不足。尚又所望ニ付、五集五冊貸遣ス。同人山ニ蕗出来致候由ニて持参、被贈之。おさちと遊、八時頃被帰去。

一昼前伏見氏被参。小児携候ゆへ、ほど無被帰去。○昼後八時頃順庵殿被参、雑談時をうつして帰去。○昼後生形内義、小児を携て来ル。暫して帰去。○日暮てお国来ル。縁辺一義也。ほど無帰去。今晩、暮六時過ゟ母女枕ニ就く。

○十四日丙子　晴

一今朝明番ゟ帰路、組中廻勤。右は、初番無滞相勤、幷ニはき物用捨礼廻也。四時頃帰宅。昼飯後矢場ニ行。帳前なれバ也。夕七時前帰宅。暮時前ゟ長次郎殿同道ニて入湯ニ行、暮時過帰宅。

一今朝長次郎殿来ル。昼時帰去、夕方又来ル。およし殿七時前来ル。此方ニて夕飯給させ、暮時帰去。○四時過、半右衛門殿来ル。一昨日肴や払二百四十八文不足の由被申候ニ付、則今日山本氏ニ二百四十八文渡し、勘定済。○五時前順庵殿来ル。昨日頼置候金ぴらのり一包買取、持参せらる。則、代銭十六文渡之、ほど無帰去。

○十五日丁丑　晴　南風

一今朝帳前ニ付、早飯後矢場ニ行、四時過帰宅。昼後矢場ニ古稽（ママ）打ニ行、八時過帰宅。○昼前伏見氏ゟ、二男宮参内祝の由ニ付赤飯壱重被贈之。謝礼申遣ス。尚又所望ニ付、糸桜十冊貸遣ス。○昼後山本氏、鉄砲玉鋳形借用致度由被申候ニ付、貸遣ス。同人子供ニ赤飯一盆・煮あらめ一器遣之。八半時過右鋳形持参、被返之。右請取、納置。

一夕七時頃、豆ふや松五郎妻来ル。今日吉祥日ニ付、お国殿納采、目録ニて持参ス。右請取、小太郎請取書したゝめ、遣之。○今朝長次郎殿被参、昼時帰去、夕方又来ル。ほど無出去。○昼前小太郎、鉄砲玉を鋳。

一昼時、有住岩五郎殿被参。去十一日肴代金二朱、其頃薦め候所辞して決而不被受候ニ付、小太郎強てさし置候所、又候今日持参、被返之。色ゝ申候へども辞して不被受、無拠此方へ預り置候。追而又せん術あん（ママ）と存候故ニ納置。ほど無帰去。○明後十七日御成《アキ》ニ付、小太郎初てのつけ人ニ候間、小屋頭平五郎殿・書役浦上清之助殿方へ申合ニ行。明日五時之出の由也。夕方髪月代ニ行、暮時過帰宅。○暮六時頃加藤氏被参、雑談数刻。五時頃長次郎殿被参、是亦雑談後、四時頃加藤・深田被帰去。

○十六日戊寅　晴　風

一今朝五時頃ゟ長次郎殿・小屋頭平五郎殿・書役浦上清之助殿等と同道、御城ﾆ罷出ル。明十七日紅葉山《アキ》御成《アキ》、当組当番の由ニて、右之趣届て、八半時頃帰宅。其後暮時入湯致、六時頃ゟ小太郎枕ニ就く。

一昼後半右衛門殿被参、起番帳此方へ被贈。小太郎役点七度相済候迄ハ預り置。ほど無帰去。○夕七時頃西原邦之助殿被参、明十七日八時起し、七時出之由被申、暫物語被致、被帰去。○八半時頃、米つき政吉来ル。端米春合有之候ニ付、春可申由、同人娘ヲ以申越ニ付、則端米九升渡し遣ス。夕七半時過つき畢、持参。つきちん三十六文遣ス。則、四十文つき也。つきべり七合也。

一夕七半時頃岩井氏被参、雑談後帰去。○右同刻荷持、御鉄炮・弁当・草履集ニ来ル。則、渡し遣ス。暮時、梅村直記殿被参。雑談中順庵殿被参。雑談して、梅村氏弓張月初へん所望ニ付、貸遣ス。順庵殿は八犬伝二集所望ニ付、是亦貸遣ス。○五半時頃、本荷持、弁当集ニ来ル。則、渡し遣ス。八時頃、右弁当がら持参ス。○四半時過大内隣之助殿被参、先日貸進之八犬伝三集被返。右請取、同書四集四冊貸遣ス。

○十七日己卯　雨　但多不降

一今日紅葉山《アキ》御宮御成《アキ》ニ付、小太郎起番、八時起し、七時出ニて、山本・深田同道ニて御場所罷出、巳ノ刻前帰宅。其後、四畳ニ入仮寐致、八半時前起出ル。夕七時前伏見氏被参、兼て約束致置候幸助肖像蓑笠様御染筆壱枚贈之、暫して持参、被帰去。其後半右衛門殿被参、ほど無被帰去。○右同刻およし殿被参、如例戯言申ちらし、入相頃帰去。○昼時荷持、御鉄炮・御どうらん・弁当がら皆取揃持参ス。右受取置。○昼後おさち入湯ニ行、暫して帰宅。○八時頃お国殿来ル。右は、同人縁辺之義ニ付、林荘蔵殿江伝言申置、帰去。○明十八日当番ニ付、五時頃ゟ枕ニ就く。

○十八日庚辰　晴　四時頃ゟ曇

一今日当番ニ付、明六時ゟ起出、支度致、天明ニ小太郎・おさち呼起し、支度為致、例刻ゟ半右衛門殿等と御番所江罷出ル。今日も助惣焼一包配分ス。

一昼前、悌三郎殿・清次郎殿、先日の謝礼として来ル。中西氏、石竹一鉢被贈之。雑談、清次郎殿先江被帰去、悌三郎殿ハ跡より被帰去。○其後半右衛門殿内義被参、ほど無被帰去。○昼時前より長次郎殿、此方薪を被割。○昼時過渥見御夫婦、鉈五郎殿同道ニて被参。手みやげ鯣廿五枚被贈之。幸長次郎殿被居候ニ付、同人ニ頼、酒肴を買整、御夫婦・鉈五郎江酒飯を薦め、其後煎茶・くわしを出ス。お鉌様御所望ニ付、蓑笠様御自筆たんざく壱枚進之。右畢、夕七半時頃被帰去。○長次郎殿江昼夕飯両度ふるまひ。○暮時前、悌三郎殿来ル。直ニ被帰去。○昼前、触役立石鉄三郎殿来ル。明十九日小太郎居残相成候ニ付、壱ツ弁当出候由被申、早ミ帰去。○下掃除忠七来ル。両厠汲取、帰去。夜ニ入加藤氏被参、御沙汰書壱冊持参、被貸之。同人所望ニ付、画本水滸伝前編五冊貸遣ス。其後和多殿・中西氏被参、雑談。中西氏所望ニ付、皿ミ郷談合三冊貸遣ス。○五時前およし殿来ル。今晩止宿ス。何れも亥ノ時頃被帰去。

一去ル廿日後林内義、立腹之余り此方を罵り騒候事度ミ。殊ニ今晩は窓下江参り、讒言已時なく、その上江人ミ江悪口被致候事、実ニ潜難候処、かねて蓑笠様御教訓有之候ニ付、そを守り候ニ付、此方ニてハ一言半句も不申出。実ニ歎息の事也。

○十九日辛巳　晴

一今朝、荷持久太郎葛籠下ゲ持参ス。則、右之者江壱弁当渡遣ス。今日小太郎、明廿日(アキ)御成聞番ニ付、居残りなれバ也。○四時頃清右衛門様御入来。先日頼置候武鑑壱冊買取、持参被成候ニ付、右請取。代銭百八文の由、則御同人江渡之。尚又、しん物鰹節之事を頼、金百疋是又渡之置。神女湯無之由ニ付十一包、奇応丸中包二ツ渡之。暫して帰去。○右同刻半右衛門殿、伝馬町江被参候由ニて被立寄、雑談後被帰去。○昼時前渡辺平五郎殿被参、雑談数刻にして被帰去。○昼後、梅村氏手製柏餅壱重被贈之。右うつりとして鯣五枚遣之。○八時頃丸屋藤兵衛来ル。酒壱升、切手ニて持参ス。右は、縁辺整候祝義也。煎茶・柏餅を薦め、雑談数刻、夕飯を振舞、夕七半時頃帰去。○小太郎八半時頃帰宅。明日(ママ)御成、当組非番の由也。昨日当番不睡、疲労候ニ付、小太郎暮時ゟ枕ニ就く。○昼後入湯ニ行、暫して帰宅。○暮六時過順庵殿被参る。先日貸進之八犬伝三輯五冊被返。右請取、雑談後五時被帰去。其後母女枕ニ就く。

○廿日壬午　曇　四時過ゟ晴　南風　薄暑

一今朝五時頃長次郎殿被参、一昨日わり掛候薪割ニ来ル。昼飯給させ、夕七半時過帰去。○小太郎昼前仮寐致、昼後ゟ苅込掃除致、終日也。夕飯後、両組頭江御扶持の事聞合ニ行、帰路伝馬町江廻り、暮時帰宅。○暮時過悌三郎殿来、順庵殿ハ被居候哉と尋候ニ付、此方ニハ不被居由申候へバ、則帰去。○五時前長次郎殿来ル。雑談、ほど無帰去。

○廿一日癸未　晴

一今日帳前ニ付、小太郎早飯後矢場江行。長次郎殿誘引、未食前故ニ少し先ニ被行。小太郎昼時前帰宅、昼飯後又矢場江稽古打ニ行。帰路、斉藤氏ニて稽古致、夕七半時帰宅。夕飯後、組頭江御扶持聞ニ参り、夫ゟ伝馬町薬店江罷越、神女湯剤薬種注文申付候所、例ゟハ余程高料ニ候間、見合、帰宅、右之趣を告。然ば唐ニてハ余り高料ニ候間、大黄・桂枝而已上品ニ致、其余ハ皆和物致候由申、又右之薬店江。然候所又候六ヶ敷申、小厮ニ為持可遣旨致難抔申候ニ付、小太郎もイラチ、其儘捨置、帰宅致候由。何れ明日又外薬店江罷越、買整候由申之。○昼後林荘蔵殿被参。右は、お国殿久保田江暇願出候一義也。ほど無帰去。○四時過ゟ長次郎殿薪割ニ来ル。暮時前迄薪をわり、帰去。○昼後、順庵殿・伏見氏・三嶋氏来ル。何れも雑談数刻、八時頃順庵殿帰去。伏見氏江東達記行二冊、其外異談二冊貸進ズ。八半時過帰去。○三嶋氏、夕七時過帰帰（ママ）。夕七時過およし来ル。今晩止宿ス。○夕七半時過あや部おふさ、俠客伝五集持参、被返之。右請取、暫して帰去。○五時前、長次郎殿又来ル。暫して帰去。

一小太郎帰宅之節、二月ゟ三月迄太郎弁当料書付持参、七度分銀廿一匁之由。明日為持遣べし。○暮時前半右衛門殿被参、暫物語致、被帰去。同人小児江鯣三枚為持遣ス。

○廿二日甲申　晴　昼後急雨　無程止　不晴

一今朝五時過、およし朝飯後帰去。○小太郎、谷五郎方へ行。序ニ昨日被差越弁当料廿壱匁候、此金壱分ト六百廿四文為持遣ス。夫ゟ伝馬町薬店江罷越、神女湯剤薬種十五味買取、昼時帰宅。代金壱分二朱ト百廿文の由告之。昼後、小太郎右薬製方ニ取掛り、五、六味出来。夕方髪月代ニ行、夕飯後組頭江御扶持聞ニ行、ほど無帰宅。

○今朝、高畑又左衛門雇下女来ル。右は、右之手怪我致、難義ニ付、暇を乞候所、同人所持之品被返ず、難義ニ付、右之品取呉候様申といへども、其義此方取斗致かね候ニ付、せわ人方へ罷越候やう申遣ス。右下女、昨夜ゟ食事不致候由歎候ニ付、朝飯給させ遣ス。其後、夕方又来ル。今朝之趣を頼候へども、前文記如く、此方ニて詫候事出来かね候ニ付、余人を頼候ハヾ可然申候へバ、出去、今晩此方へ不来。

一昼後、長次郎殿・およし殿来ル。雑談、戯如例、夕方帰去。兼次郎殿同断。

一夜ニ入、清次郎殿来ル。先日貸進之皿〻郷談合三冊被返。暫して加藤氏・梅村氏被参。是又両人とも貸進之本、加藤氏ハ水滸画伝前五冊、梅むら氏ハ弓張月前編六冊持参、被返之。右請取、弓張月後へん六冊梅村氏江、水滸画伝後編五冊加藤氏江貸進ズ。中西氏ハ如例五時頃被帰去、梅むら・加藤は四時帰去。○昼前おさち入湯ニ行、九時前帰宅。

○廿三日乙酉　曇　昼後ゟ半晴

一今朝六半時過、高畑雇下女来ル。昨夜高畑江参り止宿致、今朝世話人方へ罷越候由、来ル。昨夜不睡之上、昨夜ゟ又食事不致候由悲、乞ニ付、又朝飯給させ、其後世話人方へ罷越、其身の落着致候やう申付、出し遣ス。

一小太郎当ニ（ママ）付天明頃起出、支度為致、朝飯後、山本氏と御番所江罷出ル。

一高畑雇下女、昼前又来ル。昨夜不睡ニて殊之外つかれ候由申、此方ニて昼後迄仮寐致、八時前起出候間、昼飯給させ候所、入湯ニ罷越候由申、出去。暫して赤坂世話人参り候由ニ付、同人高畑江参り、雇下女之ふろしき包、世話人持参して下女江渡して、世話人帰去。其後も此方ニ居継、居不継成者此方ニさし置候も甚心配ニ候間、何方へ也とも参り候様申示候得バ、夕七半時頃帰去。

一夕七時頃およし殿来ル。雑談して、暮時帰去。右之外、使札・来客なし。

一今朝政之助殿来ル。雑談数刻、四時過帰去。○神女湯剤、今日製畢。

○廿四日丙戌　晴

一四時頃宮下荒太郎殿来ル。右は、叔父忌明ニ付、今日ゟ出勤候よし也。右荒太郎殿叔父ハ田村検校にて、自両親ニ厚恩受し者也。且、琴の師匠ニ候得ば、今更愁傷被致候ニ付、記置。右田村ハ京師ぃ登り、一番ニ升進被致、両三年以前江戸ぃ被参り、隠居被致、金沢町ニ住居被致、当月十三日死去被致候由也。歳七十二才。今日、荒太郎殿の話也。○小太郎、今朝明番ゟ直ニ、御扶持渡り候由ニて御番所ゟ水谷・江村同道ニて森村屋ぃ行、御扶持受取、夕七時前帰宅。食後御鉄炮を磨、こしらへ置。明日見分なれバ也。其後六道ぃ髪月代ニ行、五時前帰宅。

一今朝長次郎殿来ル。昼前帰去、暮時又来ル。直ニ帰去。○小太郎帰宅後、自伝馬町薬店ぃ細辛買取ニ行。右序ニ色ミ買物致、暮時余ほ《(ママ)》前帰宅。

一八半時頃、五月分御扶持渡る。福嶋米四斗壱升壱合入、端米六合。右請取、車力帰去。○暮時、和多・清次郎来ル。ほど無帰去。其後長次郎被参ル。四時前帰去。夫ゟ家内一同枕ニ就く。

○廿五日丁亥　曇終日

一今朝天明頃起出、支度致。小太郎早飯後、弁当携、矢場ぃ行。今日御目附衆御頭、鉄炮見分ニ依て也。昼九時、弁当不用候て帰宅。小太郎、今日早二ツの由也。○昼前順庵殿被参、雑談後、昼時過帰去。○小太郎出宅後、昨日酒ニ漫《(ママ)》置候神女湯剤、煎之。おさち手伝、昼時煎畢。斗立候所、二百卅壱杯ニ成。○今朝、米つき政吉代栄蔵来ル。朝飯給させ、玄米三斗壱升つかしむ。九時前舂畢。つきべり五升五合、糠五升五合也。春ちん百四十八文渡し遣ス。○昼後、長次郎殿来ル。台所戸棚の前ニ仮寐致候ニ付、枕・かいまきを授く。暫して起出ル。○夕七時頃田辺礒右衛門殿被参、ほど無帰去。○暮時前お国来ル。右は、同人縁辺、廿八日先方へ参可申候所、廿八日さし合有之ニ付、廿九日ニ致度旨申、暫して帰去。

一日暮て加藤氏被参、如例雑談数刻、せん茶・唐松煎餅を出し候内、長次郎来ル。是亦雑談、四時頃両人被帰去。

一小太郎、六半時頃ゟ伝馬町ニ写物料半紙買ニ行、帰路入湯致、五時頃帰宅ス。

○廿六日戊子　曇　四時頃ゟ雨　夕方雨止　不晴
一四時頃長次郎殿来ル。物置ニて薪わらる。昼飯給させ、夕七半時頃帰去。

一右同刻大内氏来ル。先日貸進之八犬伝四集四冊被返。右請取、五輯六冊貸遣ス。雑談後帰去。○四時前おさち入湯ニ行、昼時帰宅。○夕七時前およし来ル。雑談後暮時帰去、暮六時頃又来ル。今晩此方へ止宿ス。○小太郎、朝飯後ゟ加藤氏ゟ借用の辺警紀聞を謄写ス。○夕七時頃江村茂左衛門殿来ル。右は、御頭佐ヽ木様ゟ去廿五日鉄炮見分御褒美わり合百七十文被下候由ニ而持参、小太郎ニ被渡、被帰去。

○廿七日己丑　晴
一五時過長次郎殿来ル。薪を被割。

一四時前およし帰去。○四時前ゟ小太郎、冨坂小田平八郎殿方ゟ油谷五郎兵衛殿方へ行、夫ゟ日本橋殿木氏、八半時過帰宅。食後、暮時ゟ髪月代ゟ入湯致候由ニて罷出ル。五時過帰宅、其後食事致。明日日本橋殿木氏ニ可遣手紙認置。

一八半時頃ゟ自、番所町媼神ニ参詣、帰路入湯致、薬種其外色ヽ買取、夕七半時過帰宅。食後日暮て、明日小太

郎弁当菜整ニ忍原〻行、五時前帰宅。〇夕七時過およし殿来ル。おさちと遊、暮時帰去。〇夕七時過、植木や富蔵来ル。此方畑拵候様申付候所、来節句迄ニ参り可申由申候て、帰去。
一下掃除忠七来ル。両厠掃除致、帰去。

〇廿八日庚寅　晴

一今朝天明頃起出、小太郎も同様起出。今日は半刻早出ニ候所、少し遅刻致候ニ付、湯づけ飯給させ、御番所〻罷出ル。〇昼後、長次郎殿来ル。土蔵ニ入、仮寐いたし、夕七時過起出、被帰去。〇八半時頃長次郎殿養母、山本氏小児両人を携て来ル。暫物語被致、被帰去。〇昼後勘助方へ人足申付候所、ほど無来ル。右人足ニ申付、薪十三把、手紙さし添、飯田町〻遣ス。右使、八半時頃帰来ル。飯田町より返書到来、且、先日頼置候かつをぶし十本・五色石台四集上帙壱部、外ニ人足ちん二百文被贈之。〇八半時頃お国殿来ル。右は、今晩新川久右衛門方へ引移りニ依而也。日暮て、自同道、豆腐屋松五郎妻召連、新川氏〻行。新川氏ニて煎茶・切鮓を被出。右畢、帰去。

〇廿九日辛卯　曇　四時頃ゟ雨終日

一今朝五時前、小太郎早交代ニて帰宅。其後仮寐致、八時頃起出。
一四前、長次郎殿来ル。如例薪を割、物置を片付、今日ニて薪の出来畢。枝の方ハ未其儘藪中ニあり。〇四時頃お国、新川氏ゟ来ル。右は、新川うぢニて被申候は、お国殿金子少しも可致哉と被申候所、少しも持参不致申候得ば、さ候へバ金壱両も手段出来候ハヾ都合宜敷由被申候由、お国殿被申候へども、此方ニてハ一向左様ノ欠合不存候由、お国殿〻申聞置。夫ゟ林荘蔵方へ被参、昼時又此方へ被参、長次郎等と共ニ昼飯為給、土蔵ニ入仮寐被致、夕飯後又新川ぇ行。

一日暮て順庵殿来ル。所望ニ付、八犬伝六輯六冊貸遣ス。ほどなく帰去。

一五時頃、源七来ル。雑談後四時帰去。○荷持久太郎、給米乞ニ来ル。則、二升遣ス。

○五月朔日壬辰　雨

一五時前おくに来ル。今朝久保田氏ぇ被参候由ニて、暫物語して帰去。

一四時前半右衛門殿・伏見氏被参、雑談数刻にて帰去。○今朝小太郎、当日祝儀として組中廻勤。右畢、四時過帰宅ス。○昼後加藤新五右衛門殿、僕ヲ以、先日貸進之水滸画伝後編五冊・青砥後編合二冊被返之。右請取、納置。其後加藤氏被参、明二日日光ぇ参詣被致候由ニて、暇乞ニ来ル。煎茶・くわしを薦め、雑談後八時過被帰去。○小太郎、昼後鉄炮携矢場ぇ稽古ニ行。今日斎藤氏稽古日ニ付、帰路斎藤氏ぇ罷越、稽古相済、夕七半時頃帰宅。

一七時前およし殿来ル。暮時頃帰去。○小太郎、帰宅後加藤氏ぇ行、梅が枝でんぶ一曲持参、贈之。明日日光山ぇ出立致候故也。ほどなく帰宅。

一夕方、信濃屋重兵衛来ル。薪代金壱分払遣ス。

○二日癸巳　半晴

一四時頃清右衛門様御入来、先月分薬売溜并ニ上家ちん御持参。薬一わり四百八十四文、外ニ五色石台四集上帙壱部代八百八文・真香代百文、今日清右衛門様ぇ渡ス。神女湯無之由ニ付、廿包渡之。且、四月八日出高松木村書状、金子五十疋入、御持参、被届之。右開封ニ及候所、琴鶴霊前ぇ香料五拾疋封入、且禽鏡の一義被申越。

近日返書を出スベし。雑談後被帰去。○昼前長次郎殿来ル。昼飯給させ、終日此方ニ被居、夕方帰去。○小太郎今日は終日在宿。昼前、起番帳を写認め、昼後ゟ土蔵下檀の小せうじ《ダク》損じ候を繕、張替畢。終日也。

○三日甲午　終日曇

一昼前長次郎殿来ル。昼時帰去。○昼後有住岩五郎殿被参。右は、此たび小太郎親類書差出し候ニ付、小太郎方親類巨細ニ印、有住氏ニ持参致候やう被申之。右畢、帰去。今日小太郎、鐺掛を造、今日より新にす。夕飯後髪月代ニ行、暮時頃帰宅。其後、渡辺平五郎方へ鉄炮修復出来やと問ニ行、幸出来居候ニ付持参。帰路半右衛門殿方へ立より、五時帰宅。其後枕ニ就く。○昼後矢野氏・岩五郎殿被参、雑談数刻、八半時頃帰去。○長次郎殿、去十八日ゟ薪割候賃せん金二朱、今日欲き由被申候間、則、金二朱渡之。○今日、奇応丸壱匁三分、金伯四枚を掛ル。

一林内義、此せつ此方義ニ付、去四月廿《ママ》後ゟ立腹被致、罵り、狂気如く大声ニて被騒候事、去四月十八日の如く、同子供両人此方垣根ニのぼ《ダク》り、北窓ゟ除《ママ》こミ、何やら申。其ふるまひ言語同断。此方へ参り候人ゝニハ堅止め、必隣家瀧澤へハ行べ《ダク》からすと被申由風聞有之といへども、此ニてハ反幸也と思、少し憂《ママ》候事無之候。一笑致候。思ふニ、此方へ参り候人ゝの内、なき事をもある如く林内義ニ讒言致候者有なるべし。

○四日乙未　雨

一今日小太郎助番ニ付、天明頃起出、支度致、小太郎早朝給《ママ》候内、深田被誘引。右長次郎同道、御番処ニ罷出ル。○伏見氏、昼後・昼前両度来ル。先日中貸進之童子訓初板五冊被返、尚又所望ニ付、八丈奇談五冊貸進ズ。暫して被帰去。○昼後三嶋氏被参、其後およし殿来ル。雑談時をうつして、入相頃帰去。○夕七時過岩井政之助殿来ル。ほど無帰去。○夜ニ入、順庵どの来ル。去ル四月廿九日貸進之八犬伝六輯六冊被返、尚又七輯上下帙七冊貸進ズ。立話ニて早ゝ被帰去。○暮時、およし殿又来ル。今晩止宿ス。五時頃枕ニ就く。今日、如例年、門外・玄関・勝手に菖蒲を葺。

○五日丙申　曇　昼後ゟ晴

一今朝、早交代ニて小太郎六半時過帰宅。其後朝飯を食し、礼服ニて、御頭を初、組中に端午祝儀として廻勤ス。○およし殿起出、帰去。四時頃又来ル。おさちニ髪結貰、おさち同道ニて入湯ニ行。およし殿、のり入半切状ぶくろ十枚被贈之。○小太郎帰宅後、長次郎殿来ル。昼前帰去。

一小太郎昼前帰宅、直ニ四畳ニて仮寐致、疲労を休め、八半時頃起出ル。○伏見氏被参、暫して帰去。○加藤金之助、端午祝儀として来ル。○八時頃およし来ル。暫遊、夕飯為給、六時過帰去。

一今日端午祝儀。さゝげ飯・一汁一菜、家内一同祝食ス。諸神に神酒、夜ニ入神灯、如例。終日開門。

○六日丁酉　晴　夜中雨

一昼前伏見氏、小児を携て来ル。暫して被帰去。○今朝長次郎殿来ル。昼前帰去、夜ニ入又来ル。早ゝ帰去。○小太郎、今日は昼前鉄炮玉を鋳直し、或は新鉛弐百を鋳、一束出来の由也。昼後ゟ写物致、夕方、明日御場所受取申合ニ行、ほど無帰宅。○昼時頃触役川井亥三郎殿、明日御場所受ニ上野に罷出候様被申、帰去。中合候人ゝ、小屋頭平五郎殿・玉井鉄之助殿、其外両人。○八半時頃ゟ自、おすき屋町に入湯ニ行。右之外、使札・来客なし。○宗村お国殿兄大嶋藤蔵来ル。久保田に被参候由ニて、口上被申、早ゝ被帰去。

○七日戊戌　晴　昼時頃ゟ曇　雨　遠雷　八時過ゟ大雨　雷数声　暮時雨・雷止

一明八日　(アキ)上野　(アキ)御成ニ付、今日御場所受取、五半時頃ゟ平五郎殿・玉井鉄之助殿等と上野御場所江罷出ル。壱ツ弁当遣ス。小太郎夕七時前、帰路御頭江立寄。折から雷雨ニ候間、雨がさ拝借して帰宅。衣類・袴皆濡る。帰宅食後髪月代・入湯ニ行、暮六時帰宅。明八日御成、当組当番ニ相成由也。小太郎、六時ゟ枕ニ就く。

一夕七半時頃、触役土屋宣太郎来ル。明八日、九ツ時起し、八時出之由被触。当町山本氏・深田氏ハ休ニ候間、小太郎壱人也。右ニ付、起番ニ候ども起し候所無之ニ付、九半時頃小太郎を呼起し、支度為致、茶漬を為給、八時少し早めニ仲殿町同役の衆と供ニ上野御場所江罷出ル。

一暮時、外荷持、御鉄炮・弁当集ニ来ル。如例、御鉄炮・弁当・雨皮ぞふり為持遣ス。○八半時頃お国殿来ル。雑談して帰去。○暮時梅村ゟ使札ヲ以、弓張月残編六冊被返。右受取、所望ニ付、拾遺五冊、右使ニ渡遣ス。暮時ニ付返書ニ不及、口上ニて申遣ス。○今日琴嶺様御祥月忌御逮夜ニ付、茶飯・一汁二菜、御料供を備。御料供残、伏見・深田・山本江二人前ヅ、為持遣ス。長次郎殿被参候ニ付、振之。夕七半時長次郎殿被帰、日暮て又来ル。四時迄雑談、帰去。○琴嶺様御画像床の間ニ奉掛、如例備餅・七色菓子・神酒、夜ニ入神灯。何れも拝し、祭畢。○小太郎正八時罷出候跡江触役川井亥三郎殿被参、上野　(アキ)御成御延引ニ相成候由被触。右ニ付、小太郎鮫ヶ橋迄参り候所、土屋氏ニて御延引の趣を承り候て、帰宅して又枕ニ就く。○暮時、悌三郎殿来ル。宮様御門前江住居被致候由被申之。

○八日己亥　晴

一今朝深田長次郎殿養母、昨日の謝礼として来ル。雑談後被帰去。同人帰去の後、長次郎殿幷ニおよし殿被参。

同刻伏見氏・山本氏内義、小児を携て右同様ニて来ル。雑談後、昼前何れも帰去。

一昼後ゟ自、おさち同道ニて深光寺江墓参。諸墓江水花を供し、夕七時頃帰宅。右留主中半右衛門殿、小児両人を携て来候由也。

一夕七時過触役亥三郎殿被参、明九日、当番八時起し、七時出の由。右は御法事済、御能有之故也と云。今晩も小太郎起番を勤ム。○夕七時過小太郎、伝馬町江煙草其外買物ニ行、ほど無帰宅。其後枕ニ就く。

一今日も御画像床の間ニ奉掛、昨日の如し。深光寺ゟ帰宅後、取入、納置。今晩小太郎起番ニ付、自壱人通夜ス。

○今晩六半時頃ゟ東之方ニ失火有之。火元不詳。後ニ聞、日本橋青物町ゟ失火致、明六時頃火鎮る。

○九日庚子　晴

一今暁八時小太郎を呼起し、おさちも起出、支度致、高畑・山本・深田を呼起し、早七ツに茶漬飯を給させ、正七ツ時、当町山本・深田等と御番所江罷出ル。出宅後弁当支度、葛籠こしらへ、其後少しまどろむ。ほど無天明ニ及、荷持来ル。一昨日御頭ニて拝借の傘為持、返参らス。○昼後ゟ自飯田町江行。去二日高松ゟ書状之返書今日持参、飯田町江頼置く。奇応丸大包壱ツ・小包十持参。飯田町ニて煎茶・蕎麦切を被出、暮時帰去。おさち、およし殿を招、両人ニテ留主す。○昼前政之助殿被参、先日払半氏十《(ママ)》帖之内三帖余分ニ有之由ニて、此方へ壱帖余持参、辞レども不聞して差被置、雑談して帰去。およし殿今晩止宿ス。○夜ニ入お国殿、新川江参り候由ニて来ル。既ニ枕ニ就候ニ付、早ヽ帰去。

○十日辛丑　晴

一五半時頃、小太郎明番ニて帰宅。昨日御使加ゞ屋敷江可参の所、森野氏とさしかへ、蠣町江参り候ニ付、殿木氏江失火見舞ニ立寄候所、向側迄延焼候得ども殿木氏ハ無難の由、帰宅後告之。食事致、仮寐致、八半時過起出。○今朝深田氏来ル。同人風邪ニて悪寒致候由ニ付、桂枝湯五貼調合致、遣之。其後、右薬煎用致由ニて早ゝ帰去。同人姉およし殿、昨日夜ゟ止宿して終日此方ニ遊被居、暮時前帰去。○今朝加藤新五右衛門殿ゟ僕広蔵ヲ以、手紙小太郎江被越差。右は、昨夕日光山ゟ帰着の由ニ付、土産として日光絵図一枚・角組盆二枚・日光唐がらし小箱入壱ツ被贈之。小太郎ゟ謝礼返書遣ス。○八半時過、梅村氏来ル。去ル七日貸進之弓張月拾遺五冊被返、尚又残編六冊貸進ズ。雑談時を移して帰去。○昼後おさち入湯ニ行。同所ニて山本氏内義ニ行逢、物語致候所、此方ニて山本氏幷ニ近辺の人ゝを譏候ニ付、一同立腹被致候由ニて、色ゝおさち江被申。然ども手前ニて人ゝを譏候心少しも無之候得ば、右は林内義之讒言成べし。去四月下旬ゟ都かくの如し。笑ふべし、憎む《(ダク)》べし。

○十一日壬寅　晴

一昼前、山本半右衛門殿内義被参。右は、林猪之助内義讒言一義也。暫物語して昼時被帰。其後木村和多殿来ル。所望ニ付、弓張月前編・後編二部十二冊貸進ズ。日光山之話説被致、被帰去。○昼後長次郎殿来ル。暫遊、夕方被帰去。○今朝、藤田江おさちヲ以、漬梅の事申遣ス。直ニ嘉三郎殿被落、おさち拾《ヒロイ》候て持参、壱斗壱升有之由也。代料ハ未知由なり。

一右漬梅七升、飯田町江松五郎ヲ以為持遣。兼約束なれバ也。右序ニ薪三把、先日残し置候ニ付、手紙差添、是又遣ス。右使、夕七時過帰来ル。賃銭百文遣ス。○小太郎昼前ゟ矢場江鉄炮稽古ニ行。帰路斎藤氏江立寄、稽古致、八時過帰宅。矢場荷持忠七、今日小太郎参り候頃死去致候由也。帰宅、梅を落し、長次郎殿手伝、七時過落畢。斗立候所、二斗七升有之。当年ハ近年ニ無之沢山ニ実を結候也。

一夕七時過、綾部娘おふさ殿来ル。おさちと長話、所望ニ付、女郎花五色石台校合本初編ゟ四集之上帙迄、外ニ殺生石後日の怪談初編ゟ五編迄貸遣ス。暮時帰去。○宗村お国殿、夕七時頃来ル。早ゝ帰去。

一暮六時頃順庵殿来ル。是亦林内義讒言一義。右ニ付、山本半右衛門殿はじめ直記殿・政之助殿迄殊の外立腹致居候由、讒言一五一十を物語被致。右ニ付、当分順庵殿と絶交同様ニ可致候間、必不悪存候やう被申之。此方ニても絶交之方願敷存居候折からなれバ、一義ニ不及承知之趣答之。妬婦之讒言浅智、歎息の外無。今晩小林佐七郎姪およねを敵手ニ致、罵ること、去三日日記中ニしるすが如し。

○十二日癸卯　雨終日　夜中同断

一昼前、宗村お国殿来ル。今ゟ荘蔵殿方へ被参候由ニて帰去。

一夕方およし殿来ル。暫して帰去。○暮時前大内隣之助殿被参。先頃貸進之八犬伝五輯五冊被返、尚又六輯六冊貸進ず。ほど無帰去。

一右同刻、長次郎殿来ル。柏餅壱包持参、被贈《ドウ》之。雑談如例、四時頃帰去。○夕方自、山本氏ヘ日光唐がらし持参、贈之。一昨日約束致候故也。然所、深田氏老母ニ引留られ、少ゝ物語して帰宅。○小太郎、今日は終日在宿ス。○昼前小太郎手伝、漬梅弐斗七升を漬畢。塩六升ニて、内五合ほど残ル。弐斗七升之内、二斗三升ハ樹木也。

○十三日甲辰　雨　昼前ゟ晴　今暁六時夏至之節ニ成

一昼前深田来ル。昼時帰去。○小太郎、昼後、有住ヘ組定帳幷ニ親類書下書持参、帰路、矢場ニて鉄炮稽古致候由ニて出宅。出がけ、お国殿借用被致候傘、荘蔵殿方迄小太郎持参、返之。夕七半時頃帰宅。

一八半時頃、大久保矢野氏ゟ樹木梅子五升程、口上書差添、被贈之。謝礼、口上ニて申遣ス。〇今朝小太郎長友江行、所ミ役あて致、帰路髪月代致、昼時前帰宅。〇夕七時頃、加藤新五右衛門殿来ル。雑談数刻、煎茶・菓子を出ス。同刻、高畑助左衛門殿来ル。右は、来ル十五日養子弘振舞被致候ニ付、親類江饗応の儲致候間、何とぞ膳・椀・刺身ざら・膾皿・猪口、右之品借用致度由被申。煎茶を出し、暫して被帰去。加藤氏ハ暮時前被帰去。〇夜ニ入、長次郎殿来ル。此方明十四日当番ニ付、早ミ枕ニ就候ニ付、五時帰去。

〇十四日乙巳　曇　折ミ雨　夜中大雨

一今日小太郎、深田さしかへ番ニ付、天明前ゟ起出、支度致、天明頃小太郎・おさちを呼起し、早飯給させ、其後御番所江罷出ル。

一今朝山本氏江組定帳持参、返之。〇昼前伏見氏被参、雑談後、昼時頃被帰去。〇昼後、綾部おふさ殿遊ニ来ル。おさちと暫遊、夕七時前帰去。

一暮時前およし殿来ル。今晩止宿被致。〇同刻、植木屋金太郎来ル。右は、奇人談之様ナル著述被致候者ゟ被頼候由ニて、蓑《(ママ)》立様御著述之内、奇なる者貰受度申来ル。今日は小太郎当番ニ付、明日帰宅後同人江申聞可申由申。然バ又其内可罷出旨申候て帰去。

一今日長次郎不来。暮時前、入湯江被参候出がけの由ニて立被寄、早ミ帰去。

〇十五日丙午　晴

一今朝五時過小太郎、明番半刻早ニて帰宅、食後枕ニ就く。

一昼後、自入湯ニ行、八時前帰宅。其後おさち入湯ニ行。帰路あや部江立より候由ニて、夕七時前帰宅。〇およし殿昨夜ゟ止宿致、昼時前帰去。

一八半時頃、芝田町山田宗之介ゟ使札ヲ以、焼まんぢう壱重。右は、元立院様御十三回忌御相当の由ニ付、被贈之。外ニ鯛薄じほ壱重是亦被贈之。来十八日広岳院ニおゐて御法事被致候由、十八日四時ゟ参詣可致旨申来ル。且亦、赤尾ゟ手紙到来、宗之介ゟ小太郎江書翰、則返書遣ス。赤尾ゟきおふ丸大包二ツ差越候様申来ル。則、二包右使ニ為持遣ス。

一小太郎八時過起出、食後有住ゟ長友江行、ほど無帰宅。夫ゟ御鉄炮を磨抔ス。夕方入湯ニ行、是亦無程帰宅ス。○夕七時過山本氏内義被参、立話して帰去。○夕七半時頃、高畑助左衛門殿ゟ荷持太蔵ヲ以、本膳・酒・吸物・焼肴、取肴三種添、被贈之。右は、今日養嗣弘被致候振舞の由也。太蔵江謝礼申遣ス。○今朝高畑助左衛門殿幷養子吉蔵殿、同道ニて来ル。去十三日約束致候膳部・皿・猪口・硯蓋等借用致度由被申、則小太郎取おろし、貸遣ス。夕方亦玉子焼鍋・大平等入用の由申来リ候間、貸遣ス。○暮時、長次郎殿来ル。今ゟ四谷江参候間、胡瓜可買取由被申候ニ付、余り望ましからず候へども、其意ニ任、銭四十八文渡、頼置く。

○十六日丁未　雨　昼後ゟ雨止　夜ニ入四時頃ゟ雨

一今朝高畑助左衛門殿ゟ、昨日貸遣し候膳・皿・猪、（ママ）其外色〻被返之、右謝礼として焼イサキ二尾、助左衛門殿持参、被贈之。

一昼後政之助殿被参。右は、林内義此方事種〻悪口、殊の外立腹被致候故ニ、政之助殿あつかい、和睦可致由被申ニ付、此方ニてハ素より存知無之所、余り所〻江悪言吐ちらし、梅村初山本氏・岩井氏・坂本氏抔も右ゆへに殊の外〳〵立腹被致由聞え候てハ、此方何分ニも右人〻江相不済義ニ存候。夫〻江宜敷氷解被成候やう致度と存候のミ。和睦の心無之候へども、政之助殿江対し、其意ニ任置候。煎茶・菓子を振舞、八時頃帰去。未壮年成人、奇特の事と感服するのミ。○夕方、長次郎殿来ル。ほど無帰去。○小太郎、昨夕方ゟ立腹致居候様子也。何の故なるをしらず(ダク)。今朝四時頃起出、朝《アサ》飯を果して鉄炮携、矢場江稽古ニ行、八半時過帰宅。食後又仮寐ス。暮時呼起し、夜食給させ、直ニ枕ニ就く。○暮六時頃、加藤新五右衛門殿入来ル。去ル十三日貸進之弓張月前後十二冊被返、雑談数刻、四時頃被帰去。所望ニ付、同所(ママ)四・五輯十一冊貸進ズ。○おさち、小太郎ニ立腹之趣承り候所、此方何分人出入多く、中〻ニ以続不申。右ニ付、日本橋殿木氏江帰参り度由、母江申呉候様申之候由、おさち告之。何分夜中、せん方なし。明朝兎も角も可致存、其儘枕ニ就く。

○十七日戊申　雨

一今朝起出、食後自、小太郎ニ、昨夜おさちゟ承り候事心得がたく、何故ニ立腹するやと承り候所、立腹ハ致不申候へども、迚も近辺之交六ヶ敷、何分其身ニとりて難義ニ候。さ候ハヾ御役ニも立間敷候など申。外ニ存寄無之候との事なれども、夫婦・母子無言ニて一日たりとも打過候事心苦敷候間、外ニ委才(ママ)無之候ハヾ、平日の如く可致。又心ニ称ヌ事あらバ示教可致申といへども不聞入。扨〻心苦しき限り也。

一今朝勘介方へ日雇人足申付、帰路干菓子買整、昼時帰宅。八時過、勘助方ゟ先刻申付候人足来ル。則申付、田町宗之介方へ香料、外ニ菓子壱折、手紙差添、為持遣ス。今日元立院様御十三回忌御逮夜ニ付、参り候様被招居候間、兼て参るべしと存居所、昨朝ゟ立腹の故ニ延引ス。残念限りなし。

一今朝山本氏被参、暫物語して帰去。○昼後八時過、伏見岩五郎殿被参。雑談数刻、到来の品〻ニて夕飯、幷ニ一昨日高畑ゟ貰受候酒有之候ニ付、是をも振ふ。夜ニ入、四時頃帰去。○暮時前長次郎殿来ル。先刻頼置候白銀壱ツ、外ニ買物二種頼、代銭五百文渡之。五時過又来ル。右之品〻買取、代銭五百文之内八十三文残、受取置。○夜ニ入、順庵殿来ル。是亦夜話、長次郎・岩五郎殿等と一緒ニ帰去。

○**十八日**己酉　小雨　五時過ゟ雨止　晴　夕七時過ゟ雨　終夜

一今朝、勘助方ゟ供人足来ル。右人足召連、広岳院江参詣。今日元立院様御十三回忌御法事有之故也。広岳院江香でんしん上、法事畢、芝田町宗之介方へ行。同処ニて終日馳走ヲ受、暮時帰宅。○右留主中、矢野氏より柏餅壱重到来。謝礼申遣し候と云。○夕方、触役亥三郎殿被参。右は、尾州様御国元ニて御誓去ニ付、普請三日・鳴物七日停止の由、被贈(ママ)之。

一今朝、おふさ来ル。先日貸進之五色石台校合四集の上迄被返之。右受取、早〻帰去。

○**十九日**庚戌　終日雨

一今朝天明前起出、支度致、天明後おさち・小太郎を呼起し、小太郎早飯後御番所江罷出ル。高畑氏、窓ゟ被誘引。○今朝、植木屋富蔵妻来ル。今日御うら御掃除可致旨申候得ども、雨天ニてハ掃除出来かね候半。何れ天気次第参り、掃除可致申付置。

一四時過触役~~川井亥三郎~~土屋宣太郎殿来ル。明廿日小太郎附人ニ付、居残りニ相成、壱度弁当可出旨申之。相手ハ深田氏・玉井氏・松宮氏等也と云。おさち承り置。○昼時前岩五郎殿、小児を携て来ル。雑談後被帰去。

一夕七時前三嶋氏、御前御菓子壱包被贈之、ほど無帰去。

○**廿日**辛亥　雨　夕七時前雨止　不晴　~~今日ゟ八せん~~

一今朝荷持千吉、小太郎弁当集ニ来ル。おさち渡遣ス。然る所(ママ)御成御延引ニ付、荷持徒ニ持参ス。○今朝伏見氏被参、先頃貸進の秋の七草五冊持参、被返之。尚又所望ニ付、旬殿実ゝ記前後十冊、外ニ古本三部、同人江貸進ズ。雑談後、昼前被帰去。○長次郎殿、昼前来ル。今日御《（アキ）》成御延引の由也。○昼時過小太郎帰宅。食後仮寐致、夕七半時頃起出、両組頭江御扶持聞ニ行。所ゝ江立より、暮六時頃帰たく。

一夕七時過政之助殿来ル。立話して帰去。

○廿一日壬子　曇　昼後ゟ晴　夕七時過ゟ亦雨　夜ニ入雨止　不晴　八せんの初メ

一昼後ゟ小太郎髪ヲ結、本郷油谷氏江行。親類書の義也。今日炮術稽古日ニ付、出がけ齊藤氏江立寄、稽古致、夫ゟ本郷江行。帰路、油・元結等買取、夕七時前帰宅。其後食事致、親類下書認、有住江持参ス。両組頭江御扶持の事聞候所、御扶持落候ニ付、明廿二日五時過ゟ川井江罷出候様、谷五郎殿被申候と云。暮時帰宅。折から雨降出候ニ付、長友ゟ傘壱本借用致、暮時過帰宅ス。○夕七時頃伏見氏被参、ほど無帰去。○日暮て長次郎殿老母来ル。長次郎殿此方ニありやと被尋候所、今日は一度も不被参候由申候得バ、早ゝ帰去。

○廿二日癸丑　曇　昼後ゟ晴　夕方ゟ曇　夜ニ入雨

一今朝小太郎、御扶持取番ニ付、朝飯後相手亥三郎方へ行。今日上役取番亥三郎殿江肴代四百文遣し候定例ニ付、四百文為持遣ス。先方ニて御扶持落候ハヾ、右四百文、亥三郎殿江渡し候由也。外ニ小遣四百文足せり。序乍、五月渡り御切米受取参り候由ニ付、印形小太郎持参ス。○五時過長次郎殿来ル。今ゟ同人伯父の方ニ参り候由ニて、早ゝ帰去。○昼前新川久右衛門方ゟ、お国殿夜具ふとん、此方へ向、手紙差添、被贈越。右包請取、返書遣ス。○昼後八時過、お国殿来ル。今朝新川ゟ夜具包参り居候よし申聞、夕飯給させ、帰し遣ス。○夕七時頃およし殿来ル。右は、おさち江髪結呉候様被申之。艮刻《ソク》髪結遣ス。其後帰去。

一夕七半時過御扶持渡ル。小太郎差添来ル。丹後米也。小太郎、御切米請取、持参ス。諸入用差引、金三両弐朱ト五百五十五文持参ス。帰宅後食事いたし、折から長次郎殿被参居候ニ付、同道ニて入湯ニ行、五時前帰宅。○暮時順庵殿来ル。玄同放言借用致度由被申候ニ付、則貸遣ス。ほど無帰去。

一夕方伏見岩五郎殿花落胡瓜十五本持参、被贈之。且、大内鉄太郎叔父平吉殿、此せツ狂気やう子ニて、種ミ狂言被申候由被申之。

○廿三日甲寅　晴

一今朝伏見氏被参、珍奇書二冊持参、被貸之。且、三月中平吉殿江頼置候笄出来居候ニ付、伏見氏江相頼、金壱分二朱平吉殿江差贈り、右笄貰申度由頼、金子渡置。○今朝小太郎起出、諸番当ニ行、四時前帰たく。

一夕方、深田来ル。四谷江被参候由ニ付、買物ハなきやと被問候ニ付、白ざとう半斤買取呉候様頼遣。五時頃右買取、被参、雑談時を移して、帰去。○小太郎今日終日在宿也。○日暮て平吉殿来ル。右は、去ル三月中頼置候かうがい出来ニ付、持参せらる。ほど無帰去。右笄請取、納置。○夕方、おさち、小太郎髪月代ヲ致ス。

○廿四日乙卯　天明前雨　忽止　不晴　日曇

一今日小太郎捨り深田助番ニ付、正六時頃ゟ起出、支度致、天明ニ小太郎・おさちヲ呼起し、早飯給させ、御番所江罷出ル。○昼時、高畑武左衛門殿養子吉蔵殿来ル。同人所持之簞笥、此方土蔵江預り呉候様被申候へども、此方土蔵も狭く、置候所も無之。然ども小太郎帰宅次第申聞候て挨拶可致旨申置。馴染も無之昨今の人、何と被申候とも受引くべきニあらず候へども、直ニ断申候もさすがニて候間、右之如く申置。追而断申べ《(ダク)》し。○昼前、長次郎殿来ル。ほど無帰去。○今朝、政吉代米つき男来ル。則、玄米三斗舂シム。昼時前つき畢、つきちん百四十八文遣ス。

一昼後自入湯ニ行、八時前帰宅。○今朝、お国殿来ル。今日は林氏より仲殿町所ゝ江無沙汰申訳ニ参り候由ニて、早ゝ帰去、夕方又来ル。雑談して、暮時前被帰去。○日暮て、兼次郎殿・加藤氏来ル。雑談暫して帰去。加藤氏、先日貸進之弓張月十二冊の内六冊持参、被返之。

一夕方およし殿、山本氏小児を背おふて来ル。暫遊、帰去。
○廿五日丙辰　雨終日
一今朝荷持久太郎、小太郎雨傘・合羽・下駄等取ニ来ル。且、昨日西丸下江使申付返書・ふろしき持参ス。右代銭三十二文幷ニ雨具一式渡遣ス。

一小太郎四時前明番ニて帰宅。食後仮寐致、夕七時前起出ル。

一今朝およし来ル。おさちニ被頼候由ニて、袷を二ツとき、雑談数刻、昼飯為給、其後帰去。○高畑吉蔵殿来ル。右は、昨日頼まれ候預り物の義也。此方ニても所ゝゟ預り物多有之候ニ付、断ニ及。○昼後長次郎殿来ル。早ゝ帰去。○昼後、綾部お房殿来ル。先日貸進之合巻殺生石全部被返、尚又所望ニ付、金魚伝全部貸遣ス。おさちと雑談して被帰去。○荷持久太郎、給米取ニ来ル。当月分四升渡遣ス。
○廿六日丁巳　半晴
一今朝伏見氏被参、暫して被帰去。○昼後、赤尾久次郎祖母寿栄殿被参、年玉として皮色じゆばん半襟一掛・窓の月壱重被贈之。一同対面、酒食を薦め、雑談暫く。其間、煎茶・くわしを出ス。夕七半時頃帰去。○八半時頃、うへ木や金太郎来ル。右は、先日申入候蓑笠様御一条、何ぞ書入候品申受度由来ル。客来中ニ付、早ゝ帰去。

一昼後小太郎、矢場江鉄炮稽古ニ罷越候所、今日は外ゟ大勢稽古ニ被参候由ニて徒ニ帰宅ス。

○廿七日戊午　曇　昼後ゟ晴　薄暑

一今朝、伏見氏来ル。昨日頼置候赤剛飯、鈴木と申餅屋江誂被呉候由被申、暫して被帰去。○昼前高畑武左衛門殿来ル。右は、お国殿を頼、仕事致貰度由被申。然ども、今日は此方へ不来。若被参候ハヾ右之趣申示候と申置。暫して帰去。武左衛門帰宅後、同人養嗣吉蔵殿来ル。只今参り候由。右は、お国様私事方江御出、幷ニ荷物も手前江御持参被成候由ニ付、そふぢ致置候と申。夫ハ大きニ相違致候。参り候とも参らじ(ダク)とも先方へ話説致不申、咄し候ても参り候や難斗、よしや参り(ママ)とも荷物ハ持参可致事ニハあらず候と答。其後帰去。○昼後ゟ小太郎、明日所々江祝儀配物、手紙認之。自も文四通認置候。○夕方おさちヲ以、明廿八日配物人足両人、五時過ゟ参り候様申付置。今夕、胡麻塩包拵おく。

一暮時、長次郎殿来ル。早々帰去。○暮時、お国殿来ル。弥明日暇をとり、下宿致由被申、ほど無帰去。其後小太郎伝馬町江買物ニ行、五時頃帰宅ス。○小太郎出宅後、坂本順庵殿来、雑談して五時過帰去。

○廿八日己未　曇　今夜五時小暑也

一今朝五ツ時前、四ツやしほ町鈴木いづミゟ、昨日あつらへ候あかこハひ持参す（＊この行おさち筆か）。さし置、帰去。五時過、勘助方ゟ昨日申付候人足両人来ル。則、両人ニ申付、近処林・ふし見・大内・生形・松岡・有住・お国・坂本・久野内梅むら・中西・加藤・山本・深田、夫ゟ壱人ハ田町ゟ三田・古川江遣ス。壱人ハ西丸下ゟ飯田町江赤飯為持遣ス。右之内、伏見江肴代金百疋・酒切手壱枚、手紙さし添遣ス。山本氏江も手紙差添、金二百疋遣ス。深田氏江煙草壱斤、有住氏かつほぶし壱袋十本、是亦手紙差添遣ス。田町・飯田町・西丸下ゟ返書到来ス。右使両人、八時前帰来ル。則、茶漬飯為給遣ス。○昼前、順庵殿右贈物之謝礼として来ル。早〻帰去。

○昼時頃、鈴木栄助殿来ル。玄治様ゟ帰路の由、色〻物語致、有合の赤剛飯・煮染・煎《セン》茶を薦、暫して被帰去

○昼後、伏見氏来ル。是亦謝礼として参、且、先刻此方ゟ贈候肴代金百疋持持（ママ）参、被返之。然ども、此方ニても節角の志ニ候所、被返候も不本意ニ存候ニ付、いろ〱と解すゝめ候へども、決而不被受候所、彼是申なだめ（ダク）、やうやく受納候様致。暫して夕七時被帰。其後野菜物、白うり・胡瓜・冬瓜・鯣・そら豆壱升持参、被贈之。厚謝礼申述る。○夕方お国殿、久保田氏を下り、たんす・小道具持参、此方ニ預り置。此方ニ止宿也。○昼前小太郎髪月代致、矢場江鉄炮古稽（ママ）ニ行。帰路、齊藤氏江参り候て稽古致、夕七時頃帰宅ス。

○**廿九日**庚申　南大風　曇　折〻雨

一今朝六時起出、支度致、天明頃小太郎・おさちを呼起し、小太郎早飯後御番所江罷出ル。○四時前、触役宣太郎殿来ル。明後二日（ママ）
紅葉山（アキ）御成ニ付、小太郎居残りニ付、壱度弁当出候由、被触之。

一右同刻山本半右衛門殿、昨日贈物の謝礼として来ル。ほど無帰去。

一昼前大内隣之助殿来ル。過日貸進之八犬伝六輯六冊被返之。且、借書の謝礼としてうちわ三本被贈之、暫して被帰去。○お国殿、昼前何れへか出、夕方帰来ル。○およし殿八時頃来ル。其後同人養母、是亦昨日贈物の謝礼として来ル。雑談数刻、同人江さるどうぎ壱ツ贈之。夕七時過帰去。

一帰去の後、長次郎殿来ル。およし直ニ帰去。長次郎殿暫して帰去。

一おさち昼後綾部へ行。おふさどのにうちわ一本持参、贈之。八半時過帰宅ス。

一しなのや重兵衛炭壱俵持参。先日中の炭五俵代、今日壱分渡、払済。今日の壱俵分ハ未也。

○六月朔日辛酉　終日雨

一今日小太郎居り番ニ付、壱度弁当遣ス。然ども、明二日（アキ）紅葉山（ママ）御成御沙汰止ニ付、弁当ハ其儘荷持此方へ持参ス。小太郎昨日誂置候晩茶買取、榑正町に立寄、昼時帰宅。今日は仮寐不致、日記帳を綴、表紙をかけ、拵、上書も出来ス。○お国殿昼前入湯被致、夕七時頃ゟ懇意方へ参り候由ニて被出去、今晩此方へ不来ル。何れへ歟止宿したるなるべし。○八時過高畑武左衛門殿来ル。お国殿針仕事ニ頼度由被申候へども、只今ハ出行、此方へ不居。若明日ニも参り候ハヾ其許に参り候様申聞置。暫して帰去。○夕方長次郎殿来ル。入湯ニ被参候由ニて、早ゝ帰去。

○二日壬戌　雨止　曇

一今朝四時頃、清右衛門様御入来。先月分薬売溜壱〆二百廿八文、外ニ上家ちん金壱分ト二百三十八文御持参被成。右請取、壱わり百廿四文進之。且又、先月中頼置候抹香三袋買取、持参せらる。黒丸子無之由ニ付、五包渡之。暫して御帰被成候。○右同刻、長次郎殿来ル。昼前被帰去。

一九時前おふさ殿、先日貸進之合巻金魚伝・女西行持参、被返之。尚又所望ニ付、猪もんじう六さツ・代夜まち二冊貸進之ズ。ほどなく被帰去。

一昼前、下掃除忠七来ル。両厠そふぢ致、帰去。饂飩の粉壱重持参ス。

一昼後、建石鉄三郎殿来ル。右は、並木又五郎殿先日亡命之聞有之所、昨日組合小屋頭に又五郎殿被参候ニ付、

組合小屋頭平五郎殿方へ留置、組中ニて両人三時ヅヽ替る〴〵病気見届の為相守候由被申候ニ付、退刻《ママ》小太郎茶漬飯を給、渡辺平五郎殿方へ行、暮六時過帰たく。

一其後長次郎殿来ル。暫物語して、五時過被帰去。

○**三日**癸亥　曇　終日也

一今朝伏見氏被参、雑談後帰去。長次郎殿同断。○今日小太郎終日在宿。但今朝、先日伏見氏ゟおこされ候詩題三詩持参ス。其外ぢよたん色ゝ小細工致ス。夕方ゟおさち時候あたりニて頭痛致、且吐之気味有之ニ付、小太郎葛根湯調合致、用之。○暮時前、梅村直記来ル。先月上旬貸進之弓張月残編六冊被返之。右請取、小太郎対面、せん茶を薦、雑談数刻、四時前帰去。其後長次郎殿来ル。暫して四時帰去。

○**四日**甲子　晴　南風

一今朝小太郎、如例番わりニ罷越、暫して帰去《ママ》。右留主中、高畑吉蔵来ル。お国殿ハ被参候哉と被尋候所、一昨日罷出候後、此方へハ未被参候由申候へバ帰去。長次郎殿帰路、久野内加藤氏江先日ゟ借受候本類・品ゝ返呉候様頼遣ス。○四時ゟ自伝馬町江入湯ニ行、帰路せん茶・薬種等買取、昼時前帰宅。○昼後長次郎殿来ル。暫く遊、夕飯為給、暮時帰去。

一小太郎今日終日在宿。○今日甲子祭。如例、供物・神酒、夜ニ入神灯。五時納畢。

○**五日**乙丑　晴　南風　今夜五時頃地震

一今朝正六時前起出、支度致、天明頃小太郎・おさちを呼起し、早飯後、小太郎壱人御番所江罷出ル。今日ハ並木氏の代番之由也。

一昼後、長次郎殿来ル。終日遊、夕方帰去。○昼前岩井氏、先日送物の謝礼として来ル。同人所望ニ付、しりうごと三冊貸遣ス。雑談数刻、昼時帰去。○八時過、倉林斧三郎殿来ル。右は、先日ゟ勤番被致候所、今日帰番之由被申、帰去。○昼前、山本悌三郎殿ゟ助太郎ヲ以、先日頼置候敵討怨葛葉読本五冊、貸本屋ゟ借受候由ニて、手紙差添、被越差、右受取置。○暮時加藤新五右衛門殿被参、五時前三嶋氏・坂本氏被参。何れも雑談、五時過帰去。

○六日丙寅　晴　今朝五時過地震
一今朝自深光寺へ参詣。諸墓掃除致、花水を供し、拝畢、昼時帰宅。

一昼時前、鉄三郎殿来ル。明七日昼時ゟ暮六時迄、渡辺氏ニ出番由被申候由也。

一小太郎明番ニて帰宅ス。今日終日在宿ス。○昼時長次郎殿来ル。終日遊、夕方帰去。○夕七時過およし殿来ル。おさち、麻襌壱つおよしへ遣ス。尤、古物也。

一暮時順庵殿方ゟ、先日貸進之玄同放言六冊・昨夜貸遣し候ちようちん、使ヲ以被返之。右請取置く。

○七日丁卯　晴　暑し、夕方雨　忽止　遠雷少〻
一今朝四時前ゟ自、有住氏を初、白井勝次郎殿・石井勘五郎殿ニ先日中ゟ世話被致候謝礼として参り候所、何れも留主宅也。白井氏小児ニうちわ二本遣ス。有住氏ニてハせん茶を出さる。暫雑談し、帰路松むら儀助殿方へ立より、昼時帰宅。○昼後ゟ小太郎、渡辺氏ニ並木一件ニて行、夕七時過食事ニ帰宅致、直ニ罷越、暮六時前帰宅。

一今朝悌三郎殿ゟ、一昨日借受候葛葉読本取ニ人参り候由。右ニ付、昼後長次郎殿ヲ以、手紙差添、読本壱部、見料差添為持遣し候所、悌三郎殿在宿被致、右本を渡し、見料未知由ニて、此方ゟ遣し候見料被返。何れ悌三郎殿被参候由被申、長次郎殿夕方帰被来ル。

一昼時過、およし殿来ル。夕方迄遊びて被帰去。○夕七時過、宗村お国殿被参。昨夜有住江一宿被致候由也。今晩此方へ止宿ス。

○**八日**戊辰　晴

一今朝小太郎髪月代を致、食後五時過ゟ御番所江御成聞ニ罷出ル。玉井・江村・加藤等一緒也と云。壱度弁当遣ス。小太郎八時過帰宅。御成、当組当番の由也。其後御鉄炮をみがき、羅沙袋江入置く。暮時ゟ枕ニつく。

一夕七時過、触役邦之助来ル。明九日御成《アキ》、八時起し、七時出之由被申、帰去。

一昼前、お国殿を留主居として、おさち同道入湯ニ行、昼時帰宅。

一暮時ゟ長次郎殿同道ニて、伝馬町湯屋横町薬師江参詣、帰路、堀端近辺をめぐり歩、蕎麦ニて長次郎殿江蕎麦を振舞、四時帰宅。右留主《ママ》、順庵殿其外両三人来ルと云。留主居お国殿也。

○**九日**己巳　曇　昼後ゟ晴　暑し

一今暁八時小太郎、山本氏を起しニ参り、支度致、七時ゟ紅葉山《アキ》御場所江罷出ル。御成相済、並木一件ニ付、蔵前森村屋江参り、尚亦日本橋殿木氏江罷越、昼飯馳走ニ相成、九時帰宅。

一今朝五時頃、自おさち同道、白銀高野山江行、琴靍居士月牌料幷ニ同人前髪持参、納之、受取書をとり、夫ゟ広岳院《かうがく》・保安寺・泉岳寺・薬王寺江参詣。諸墓江水花を供し、拝し畢。且、泉岳寺ニて暫木像を見物致、途中ニて支度致、九半時頃帰宅。留主居ハお国殿也。○九時前荷持、御鉄炮・弁当がら其外持参致候由也。

一八半時頃伏見氏来ル。暫し、帰去。

○十日庚午

一今朝天明頃一同起出、支度致。小太郎、山本氏を誘引、御番所ニ罷出ル。

一四時頃ゟお国殿、京橋辺ニ祭礼手伝旁〻被参。○昼前伏見氏被参、沢庵づけ大こん三本・唐もろこし二本持参、被贈之。雑談後、昼時頃被帰去。○昼後おさち入湯ニ行、八時前帰宅。

一八半時過おふさ殿、先日貸遣し候合巻二部持参、被返之。伝馬町ニ買物ニ被参候由ニて、早〻被帰去。○八半時過、岩井政之助殿来ル。是亦過日貸置候しりうごと三冊被返、尚又所望ニ付、たけ取ものがたり二冊・新野問答二冊貸遣ス。雑談後、入相頃被帰去。○右同刻、深田氏来ル。暫して帰去。○暮六時過、触役西原邦之助殿来ル。明十一日小太郎居残ニ付、壱度弁当差出候様被申候て帰去。○昼前林荘蔵殿、此度寄場出役被《アキ》仰付候由ニて来ル。

○十一日辛未　晴

一今日、明十二日御成ニ付、小太郎居残ニ付、壱度弁当荷持ニ渡遣ス。然る所、右弁当ハ不給して荷持ニ遣し候由、被告之。外四人の人〻も右同様の由也。八時過帰宅、其後食事致、休足。暮時起出、亥ノ刻前又枕ニ就く。○八半時頃高畑吉蔵殿来ル。先日ゟ度〻此方へ被参候謝礼として、小菊紙五帖持参、被贈之。辞れども不聞候ニ付、先納置く。ほど無帰去。○夕方建石鉄三郎殿来ル。明十二日、八時起し、七時出の由被触之。幷ニ、並木一件も今晩ニて落着ニ候間、右之趣高畑ニ申通じ候様被申候ニ付、即刻申告ぐ。

一夕七時前和多殿、先貸進之諏吉便覧二冊・弓張月残編六冊被返之。右受取、納置く。○夕七時頃およし殿来ル。暫遊、暮時帰去。○日暮て、深田氏養母来ル。雑談数刻して帰去。○今朝長次郎殿被参、裏有之候雑木をこなし、自手伝、薪六把出来。内壱把、たきつけニ被致候とて、深田ゟ遣ス。

一昼後長次郎殿帰去、又来ル。夜ニ入九時来ル。右薪壱把携、帰去。

一今晩起番ニ付、明七時迄通夜如例。○荷持久太郎、御道具・弁当集来ル。如例渡遣ス。

○十二日壬申　今暁八時八分土用ニ入ル

一今暁八時小太郎、おさちを呼起し、山本氏を起しニ参り、帰宅。食事致、七時、山本氏同道ニて増上寺御場所ゟ罷出ル。巳ノ刻過帰宅。食後休足、四畳ニて仮寐ス。小太郎、中暑の気味ニて終日平臥。夕方長次郎殿ゟ按摩を頼ム。

一今朝五時過定吉、裏并ニ竹藪そふぢニ来ル。草かり鎌無之、埒明かね候ニ付、松岡ニて借用致ス。右借受、定吉、裏ゟ藪の草不残苅畢。昼飯給させ、せんちや・茶ぐわしを出ス。夕方帰去。所望ニ付、薪二把遣ス。

一昼後岡左十郎父子、暑中見舞として来ル。○日暮て長次郎殿伝馬町ゟ被参候ニ付、林荘蔵殿内義ゟ頼置候木綿糸持参致呉候様頼、綿代百文・とりちん五十六文長次郎殿ゟ渡、頼置く。

○十三日癸酉　晴　甚暑

一今朝四時前ゟ小太郎、御頭ゟ組中ゟ暑中見舞として廻勤、帰路薬店ニて五苓散買取帰宅、煎用ス。○今朝長次郎殿、暑中見舞并ニ伯父忌明之由ニて被参。其後、森野市十郎殿・玉井鉄之助殿・田辺礒右衛門殿・稲葉友之丞殿・白井勝次郎殿、暑中見舞として被参。○夕方、長次郎殿来ル。右ニ付、伝馬町迄参り候間留主頼候所、暮時過ニ相成候てハ迷惑致候由申ニ付、右断、伏見氏ニ相頼、小太郎・おさち同道ニて媼神江参詣、夫ゟ四谷見附方へめぐり、伝馬町新店ニて鮓を食事、且、伏見氏子共（ママ）江くわし一袋買取、四時帰宅。右留主中順庵殿被参、伏見氏と物語被致。右両人ニくわしを薦め、四半時頃両人とも帰去。伏見氏子供江くわし一袋遣之。○昨今両日漬梅を乾畢、壺江納置く。

○十四日甲戌　晴　甚暑

一今朝五時頃小太郎番当ニ行、ほど無帰宅。其後、矢場江鉄炮稽古ニ行。

一今日ゟ蔵書類曙（ママ）暑を始む。

一今朝、有住忠三郎殿・川井亥三郎殿・浦上清之助殿・小出定八殿・水谷嘉平次殿・板倉安次郎殿・松宮兼太郎殿、暑中見舞として来ル。内三人ハ座敷ニ通り、茶・たばこ盆を出ス。暫して帰去。

一今朝小太郎、小林佐七殿・荒井幸三郎殿江暑中見舞として罷越ス。

一今朝宗村お国殿、下町ゟ来ル。余り乱髪ニ付、髪を結。おさちを祭見物ニ同道可致由申ニ付、夕方かゝり湯致、茶漬飯給させ、お国殿、おさち同道ニて京橋辺江行。今晩先方へ止宿ス。

一小太郎八時前帰宅。食後休足致、夕方髪月代を致、夕飯後、曙暑致候書物取入置く。○岩井政之助殿、暑中見舞として来ル。先日貸進之竹とり物語・新野問答被返之。右受取、所望ニ付、梅桜日記壱冊貸遣ス。暫して帰去。○昼前、下掃除忠七来ル。両厠そふぢ致、帰去。○夕方、豆腐や松五郎妻おすミ、明十五日祭手伝の為親分方へ罷越候。右ニ付帷無之候ニ付帷拝借致度由申ニ付、ふだん帷子貸遣ス。

○十五日乙亥　甚暑　絶難《(ママ)》し

一今朝小太郎捨り助番ニ付、天明前起出、支度致、天明後小太郎を呼起し、早飯給させ、御番所江罷出ル。尤、今日は並木の代番之由也。

一今朝小林佐七殿、暑中見舞として被参。○昼前伏見氏、先日中ゟ約束致置候巴旦杏三つ持参、被贈之。且、次男勝三又ゝ熱気有之候ニ付、奇応丸壱包所望ニ付、渡之。早ゝ被帰去。○おふさ殿来ル。今日おさちと約束致候由の所、おさち祭礼ニ罷越、留主中ニ付、自雑談、さとうづけをすゝめ、昼後迄遊。所望ニ付、青砥模稜案前後十冊貸遣ス。○昼時頃、およし殿遊ニ来ル。此方ニ終日衣とき物等被致、今晩かゝりゆ致、止宿ス。○右同刻長次郎どの入来、ほど無帰去。夕方伝馬町江被参候由ニ付、薬種頼遣ス。右買取、五時前持参せらる。○暮六時過おさち、お国殿同道ニて帰宅ス。市太郎殿方一宿致、世話ニ成候由。うちわ二本到来ス。自、今昼時過ゟ中暑の気味、夕方ゟ悪寒致候ニ付、一同早く枕ニ就く。○今日も秘蔵類を曙暑ス。

○十六日丙子　半晴　甚暑

一暑中見舞として西原邦之助殿・渡辺平五郎殿・宮下荒太郎殿来ル。

一およし殿、昨日ゟ遊、昼時被帰去。○お国殿今朝有住氏江行。右は、此度有住氏ニて世話被致候森野氏一件、何分ニも貧窮ニて、且厄会多、甚暮方六ヶ敷由承り候て、人ゝ余りすゝみ不申候ニ付、相談旁ゝ、然ども断も申がたく、何れニも有住氏江参り、時宜ニよるべしと罷出、有住氏江行。○自兎角気分不宜、且食気無之、胸痛致。小太郎、帰宅後五苓散を調合致、進之。且、通気無之故ニ、三黄瀉心湯振出し候て、是をも薦。一杯用候所、ほど無蚘壱つを吐、其後少しヅ、順快也。○小太郎今日御加祥ニ付、早交代、五時前帰宅。其後如例簷先江蔵書出し、昼後休足ス。○今日はおさちも中暑の気味ニて、腹痛止時無之由、半起半臥也。○暮時加藤新五右衛門殿、暑中見舞被申入、早々帰去。

○十七日丁丑　半晴

一今朝建石鉄三郎殿、秘仏御成御場所、上野江罷出候様申被入。

一高畑武左衛門殿、暑中見舞として来ル。○右同刻お国殿、有住氏江昨夜止宿致、相談致候所、兎も角も雇下女同様之心得ニ被参候。若心ニ不称候ハヾ、帰参り候様被申候ニ付、先今晩参り候べしと申、此方ニ有之候夏もの類洗度被致、夕七時過持参の品々取揃有住氏江参り、夫ゟ有住氏御内室同同《（ママ）》道ニて森野氏江被行候由ニて出去。持参の品々、後刻荷持取おこすべしと申候ニ付、預り置く。日暮て荷持ヲ以、風呂敷包三ツ・小だんす壱ツ・はき物二双、書付ヲ以取ニ被差越候ニ付、右書付の如く渡遣ス。○八時過殿木龍仲様御入来、白砂糖壱斤御持参、被贈之。小太郎幸ニ在宿ニ付、麁酒・さしみ・取肴・さうめんを薦、暮時前、物語被致、御帰被成候。

一昼時頃ゟ定吉、先日致かけ置候仕事片付ニ来ル。終日草むしり致、内外掃除居候所、客来ニ付、鮫ヶ橋辺ゟ所々千駄ヶ谷稲毛屋江使致候ニ付、先日の賃銭とも五百文遣し、夕飯給させ、帰遣ス。○小太郎、夕七時過石井氏江申合ニ行、ほど無帰宅。

一今日も蔵書類、昨日の如し。○自・おさちとも腹痛・胸痛とも順快也。

○十八日戊寅　半晴

一今朝五時前、小太郎髪月代致、長次郎殿同道ニて、上野御場所江罷出る。其後荷持由兵衛、壱度弁当集ニ来ル。則、渡遣ス。○小太郎出宅前、高畑吉蔵殿来ル。暫く雑談、小太郎出宅後帰去。○五時過お国殿、昨夜森野氏江被参候由ニ付、市十郎殿子息十一才ニ相成候子供同道ニて来ル。昨日此方へ差置候せんたく物・ねござ等取集、小供ニ為持、自分も携て帰去。○小太郎八時前上野ゟ帰宅。明十九日(アキ)御法事済、御固、当組非番の由也。直ニ組頭江御扶持取番書出し候よし申之。

一夕方およし殿兄弟被参、暮時被帰去。○昼前伏見氏被参、ほど無被帰去。

一暮時頃岩井氏被参、先日貸進之梅桜日記壱冊被返、右受取、自撰自集所望被致候ニ付、貸進ぜんと存候所、一向見ゑ不申。右ニ付、追而可貸旨申置、其後被帰去。○一昨日ゟ稿本を曙暑。今日も同断、乾之。

○十九日己卯　晴

一今朝長次郎殿・伏見、如例小児を携被参、暫遊、帰去。

一四時頃長友・谷五郎殿被参。右は、御扶持取番、長次郎殿・小太郎両人取番ニてハ不宜由被申候ニ付被参。小太郎面談ニて聞之、食後組頭江行、昼時過帰宅。食後仮寐致、夕七時又組頭江御扶持壱件ニて行、夕方帰宅。其其(ママ)夜食を果し、四谷天王仮家江参詣。たばこ・かんざらし等買取、入湯いたし、五半時頃帰宅。今晩起番ニ付、枕ニ不就して、九時山本氏を初、深田・高畑を起し、支度致、八時ゟ右之人ゝと御番所江罷出ル。

一昼時下掃除忠七、納茄子二束持参。昼飯給させ遣ス。○昼前伏見氏被参、昼時帰去。長次郎同断。○昼後、坂本順庵殿来ル。暫物語致、自弁ニおさち容躰を告、診脉を乞候所、有合の枇杷葉湯二貼を被恵。早束煎用、一同用之。上野江被参候由ニて被帰去。○夕方、建石鉄三郎殿来ル。明廿日、九時過起し、八時過之出ニ候間、左様承知致様被触。

一下掃除忠七来ル。納茄子二束持参。右請取、昼飯為給遣ス。

○廿日庚辰　晴　夕七時過雷雨

一四時頃お次、暑中見舞として来ル。乾魚壱包・晒嶋襷、もえ黄真田紐添、持参ス。今晩止宿ス。右ニ付、夕七時過かゝり湯為致、自・お次・おさち同道ニて番所町媼神ぇ参詣。拝礼畢、天王ぇ参詣、所ゝ飾物等見物為致、千代里ぇ立より、一同鮓を給、四時帰宅。留主居ハ伏見氏を相頼置。○昼後ふし見氏、ちぐさの根ざし入用の由ニて所望被致候間、貸進ズ。ほど無帰去。

○廿一日辛巳　雨　四時頃雨止　不晴

一今朝五半時頃おつぎ帰去。神女湯無之由ニ付、七包為持遣ス。おさち伝馬町迄送行。○同刻長次郎殿来ル。今日七月分御扶持渡候由ニ付、受取ニ牛込まで罷出候所、今日ハ雨天ニて御蔵ぇ参り候ても無益ニ付、直ニ帰宅致ス。右ニ付、明日の取番小太郎ニ、組頭迄書出し候様被申、帰去。○四時頃伏見氏被参、先日大久保矢野氏ぇ貸進之旬殿実ゝ記十冊、外ニ古本三部被返之。右請とり、尚又所望ニ付、雨夜月六冊・古本四緘貸進ズ。○四時過和多殿、加藤氏使として来ル。しりうごと所望付、則、三冊貸遣ス。早ゝ帰去。

一昼前山本悌三郎殿入来、雑談後被帰去。○四半時頃、西原邦之助殿、林荘蔵殿跡役小屋頭被（アキ）仰付候由ニて来ル。○今朝明番ゟ小太郎、あつミへ暑中見舞として参り、うちわ三本持参、贈之。四時頃帰宅。食後仮寐致、八時頃起出、組頭ぇ御扶持書出し持参、帰宅ス。

一伏見氏剃刀入用の由ニ付、貸遣ス。昼後持参、被返之。其せツ又巴旦杏壱ツ持参、被贈之。兼所望致候故也。ほど無帰去。○八時頃、羽賀女姉妹遊ニ来ル。暫おさちと遊。しら玉もちを振舞、八半時過帰去。○高畑吉蔵来ル。何の用事なるを不知。ほど無帰去。○八時過、芝田町宗之介方おまちゟ手紙到来。右は、おせツ産後おり物加、終死去致候よし、為知来ル。うちおどろかれ、使清七ニ問所を不知、暫して口上ニて承知の趣申遣ス。出生ハ女子ニて恙なしと云。憐むべき事限なし。

○**廿二日**壬午　晴

一今朝自起出、勘助方へ供人足申付、帰宅。右供人、五時過来ル。直ニ召連、芝田町宗之介方へ行。今日可帰之所、おせツ送葬明廿三日辰刻の由、今晩ハ宗之介初、おふミ・おまちも今晩久保氏ニ参り、通夜致。さ候ハゞ、留主居寿栄殿而已ニて、心さみしく被存候間、止宿致候様皆〻止め候ニ付、宗之介方へ止宿す。供人ハ帰し遣ス。

一七月分御扶持渡、壱俵受置。越後米也。○今晩およし殿、夕七時過ゟ来りて止宿ス。○夜ニ入小太郎、安次郎方へ頼母子講会ニ行。鬮当りの由ニて、人〻のすゝめニより、小太郎・鈴木其外之人せり候所、鈴木氏当りの由也。

○**廿三日**癸未　終日半晴　夕七時過ゟ雨　無程止

一九時頃、自、田町ゟ帰宅。供人ハ田町ニて雇候ゆへ、ちんせん二百文遣し、帰之。

一今朝、つき屋政吉来ル。玄米三斗つかせ、飯米ニて白米五合、つきちん百四十八文遣ス。○およし殿八時頃帰去。○小太郎暮時前ゟ入湯ニ行、帰路、中茶屋ニて小母人草買取、帰宅ス。

○**廿四日**甲申　曇

一今朝五時頃小太郎番当ニ行、ほど無帰宅。○林猪之助殿、暑中見舞として来ル。早〻帰去。○半右衛門殿被参、おせツ死去の悔被申入、帰去。

一小太郎朝飯後番当、帰宅後髪月代致、江坂氏ゟ岩井氏・坂本氏江暑中見舞として参、帰路、大内氏江暑中見舞申入、昼時前帰宅ス。昼飯後、飯田町ゟ冨坂小田氏・本郷油谷氏江暑中見舞入、夫ゟ日本橋殿木氏両家、乾物町・呉服町江是亦暑中見舞入。殿木氏江羊羹壱さほ持参、飯田町江白ざとう壱斤持参ス。外ニ神女湯八包為持遣ス。暮時過帰宅ス。

一昼前政吉、端米春合有之候ニ付、春可申由ニて来ル。則、端米壱斗五升有之候所、三升余分ニ付、三升残置、壱斗二升持参ス。○夕七半時頃、組頭成田一太夫殿来ル。右は、明廿五日惣出仕有之ニ付、今朝の番当皆相違候ニ付、宛直し致候由被申候所、小太郎他行中ニ付、右趣申候へバ、然ば帰宅之せツ、早々成田氏迄罷出候様被申、帰去。右ニ付、小太郎帰宅後成田氏江行。然所、都に臥房ニ入候由ニ付、右之趣、林荘蔵殿内義江申置、帰宅ス。

一暮時前三嶋氏、四月中貸置候八犬伝初輯五冊被返、右謝礼として汗手拭壱筋・手遊物一種被贈之。雑談中、暮時加藤新五右衛門殿来ル。去廿一日貸進之しりうごと三冊被返。右両人ニ煎茶・白玉もちを薦め、雑談後、四時帰去。○触役鋲三郎殿来ル。右は(アキ)御簾中様御誓去被遊候ニ付、普請・鳴物等停止可為旨被触之。御免の義ハ追而沙汰有之と也。

一夕七時過定吉、小児を携て来ル。門内外そふぢ致、帰去。小児江手遊・くわし遣ス。暫して帰去。○伏見氏、今朝・今夕両度遊ニ被参。○暮六時過長次郎殿被参。小太郎他行ニ付、右名代として所々番宛被致由ニて来ル。今ゟ髪月代致候由ニて帰去。

一昼後おさち入湯ニ行。出がけ、あや部江立より、新累貸進致、八時頃帰宅ス。

○廿五日乙酉　曇　廿日雷雨後冷気　不順也　夕方ゟ雨

一今朝捨り番ニ付、天明頃起出、支度致、小太郎茶漬を給、深田・山本を誘引、一同御番所ニ罷出ル。○昼前、米つき政吉来ル。昨日の端米舂候て持参ス。則、つきちん四十八文遣ス。壱斗二升の内、壱升二合つき減、壱斗八合白米取、糖九升払遣ス。代百廿六文請取。○下掃除忠七来ル。両厠そふぢ致、帰去。○昼後八時過、おふさどの来ル。太柄うちわ二本おさちへ被贈、暫遊、帰去。所望ニ付、八犬伝初輯五冊貸遣ス。○同刻およし来ル。是亦暫して帰去。

一日暮て兼次郎殿来ル。先月分金銭出入勘定致貫、五時頃帰去。

一暮時前荷持久太郎、傘・下駄取集ニ来ル。右相渡し、給米二升をも渡ス。

一伏見岩五郎殿、小児を携て被参。右小児ニ紅うら腹掛壱ツ遣ス。

○廿六日丙戌　雨　四時頃ゟ雨止　不晴

一今朝長次郎殿来ル。同人時候あたりニて腹痛致候由ニ付、黒丸子為給遣ス。握飯を給、帰去。○四時過江坂卜庵殿、暑中見舞ニ来ル。小太郎初対面之口誼を演、暫して被帰去。○今朝加藤氏ゟ和多殿ヲ以、書籍何也とも借用致度由被申候ニ付、近世奇跡考五冊・蓑笠雨談三冊貸遣ス。

一今朝荷持久太郎ヲ以、森野氏ニ釜壱ツ・鍋壱ツ、但蓋とも、瓶大小二ツ・ふろしき包壱ツ・ござ《ダク》壱枚為持遣ス。右は、昨日お国殿被参、渡呉候様被申候故也。

一小太郎五時過明番ニて帰宅。食後仮寐致、八時頃起出。

一八時頃定吉来ル。そだ《ダク》をこなし、暮時帰去。同人小児ニ腹掛壱ツ遣ス。且又、薪大わり一把遣ス。今日の分十五把、外ニわり候分三把出来ス。

一今日、恵正様御祥月忌御逮夜ニ付、御画像床の間ニ掛たてまつり、神酒・七色ぐわしを供ス。夕方取入、納置。
○夜ニ入、順庵殿来ル。暫して被帰去。

○廿七日丁亥　晴
一今朝五時過、おもん来ル。苧麻掛目十匁買取呉候様申ニ付、代六十八文遣し、買取置。自深光寺へ参詣致と申候へバ、一緒ニ参度由申ニ付、直ニ支度致、同道ス。深光寺ニて諸墓そふぢ致、水華を供し、拝畢。おもんハ新白銀町ニ帰去、自九時頃帰宅ス。○恵正様御画像、昨日の如し。夕方納畢。

一八時前高畑吉蔵殿来ル。門触ニて長田章之丞内義死去被致候由被申。直ニ深田・山本ニ小太郎申告。○八半時過、小太郎長田氏ニ悔ニ行、ほど無帰宅。送葬ハ明廿八日八半時之由也。

○廿八日戊子　雨　昼時頃ゟ雨止　半晴
一今朝小太郎当日礼廻ニ行、暫して帰宅。其後髪月代致、八半時頃ゟ長田へ行、夫ゟ赤坂某寺へ送葬、組中一同見送り、夕七半時過帰宅。帰路、盆挑灯買取置。○夕七時過深田長次郎殿、明後当番の所両三日不快ニ付、出勤致難候ニ付、何とぞ仲間ニ頼呉候様、小太郎ニ被頼。右ニ付小太郎、帰宅後早ミ玉井氏ニ参、頼入候所、同人も不承知の由ニ候所、小太郎強て頼候所、承知被致、明後晦当番差替ニ可罷出旨ニ付、其趣長次郎ニ申示おく。

一今朝矢野信太郎殿被参、窓の月一折持参、被贈之。早ミ帰去ル。

一右同刻山本氏内義、小児を携て来ル。暫遊、被帰去。○昼前お房殿、先日貸進之八犬伝初輯五冊被返。右請取、同書二・三輯十冊貸遣ス。折からおさち入湯ニ出がけニ候間、同道ニて帰去。おさち八時過帰宅。○昼後、梅むら直記殿来ル。小太郎対面、暫して帰去。

〇廿九日己丑　終日曇　夕七時過ゟ雨　日暮て止　晴

一今朝、お国殿来ル。此方へさし置候銕醤壺其外、品ゝ持参して帰去。昼飯為給しム。

一今朝小太郎、昨日買取候盆挑灯天地を張、紐を付、戒名両霊分書入、拵置。

一伏見氏、小児を携て被参、暫して被帰去。〇今朝深田氏被参、不快同様の由被申、ほど無被帰去。〇夕七時頃おさち、およねと誘引、入湯ニ行。折から雨降出候ニ付、自傘を携、右両人の迎ニ行、直ニ両人帰宅ス。〇夜ニ入政之助殿、久野御屋敷迄被参候由ニて立被寄、暫して帰去。今晩五時頃枕ニ就く。

〇卅日庚寅　晴

一今日当番ニ付、正六時頃ゟ起出、支度致、天明ニ小太郎・おさちを呼起し、早飯為給、御番所ニ罷出。其後荷持、葛籠取ニ来ル。然所、荷持久太郎亡命致候由ニて、見不知荷持来ル。則、渡遣ス。〇四時頃、清右衛門様御入来。六月分薬売溜金二朱ト壱〆五十文御持参、一わり百八十四文進之。外ニ、先日おつぎニ貸遣し候俗《(ママ)》衣・帯一筋御持参。右受取、おつぎ帷子・帯・こま下駄渡之。且又、まるづけ瓜九、御姉様ゟ被贈之。雑談して、昼時前被帰去。

一昼前長次郎殿来ル。同人不快、順快の由也。暫して被帰去。〇今晩ゟ盆挑灯檐先ニ出之。是ゟ戌七月一日日記帳ニうつる。

〔嘉永庚戌三年　庚戌日記　七月ゟ辛亥六月迄（＊表紙。別筆）〕

○**七月朔日**辛卯　雨　折ﾐ止　立秋　日帯食

一今朝自、伝馬町江売薬入用粘入等買ニ行、暫して帰宅ス。○小太郎五時過明番ニて帰宅ス。食後仮寐致、夕七時起出。何やら不機嫌のやう子ニて、日暮、壱人西四畳江枕ニ就く。何の故なるを不知。○今朝玉井銕之助殿、三日礼廻り用捨の由ニて来ル。○昼前田辺礒右衛門殿、邦之助跡役小屋頭被（アキ）仰付候由ニて来ル。右同道ニて稲葉友之丞殿、礒右衛門殿跡役定番被（アキ）仰付候由ニて来ル。

一今朝長次郎殿来ル。暫して帰去。○昼前順庵殿被参、雑談して被帰去。

一昼後ゟ神女湯能書・奇応丸小包袋・同外題少ﾐ摺之、則こしらへ置。

○**二日**壬辰　曇　八時過ゟ晴

一今朝小太郎起出、銕砲玉を鋳。右序ニ、高畑・深田右両人の玉をも鋳遣し候由也。昼後山本氏江参り、暫して帰宅。其後、仲殿町辺江参り候由ニて罷出ル。夕七半時過帰宅ス。

一今朝、長次郎殿来ル。暫遊、昼飯を為給、其後帰去而、又来ル。夕七時過帰去。右同刻およし殿来ル。ほど無帰去。○今朝伏見氏来ル。子供両人参り、折から小児睡ニつき候ゆへ、月代剃遣ス。昼時帰去。

○**三日**癸巳　晴　冷気

一今朝、長次郎殿来ル。暫して被帰去。○四半時過大内隣之助殿、先日貸進之秤持参、被返之。此方ニて一昨日借用致候鋳鍋返之、暫して帰去らる。

一昼九時前江村茂左衛門殿、今日昼後ゟ玉井氏ニ寄合有之由ニ付、出席致候様被触。右ニ付小太郎、昼時少し前ゟ玉井氏江行。出がけ森野氏江参り候ニ付、先日ゟお国殿江約束致置候金子、壱分判ニて金壱両、小太郎ヲ以為持遣ス。夫ゟ寄合江罷越候由ニて、暮時前帰宅。〇昼前伏見氏被参、無程被帰去。

一暮時前、長次郎殿被参。今朝髪月代被致候故か、昼後ハ不出来の由也。無程被帰去。〇今日も蔵書類曝暑ス。是迄曝候蔵書類、今日本箱江取入、納置。

〇**四日**甲午　晴

一今朝食後、小太郎御番所江行、ほど無帰宅。其後矢場江鉄炮稽古ニ行候由ニて、鉄炮其外、道具携罷出ル。昼時帰宅。十八玉うち候由也。

一高畑吉蔵殿来ル。何も用事なし。ほど無被帰去。〇山本氏内義、昨夜鼠を取おさへられ候由ニて持参、此方猫ニ被贈、雑談して被帰去。

一稲毛屋由五郎ゟ、如例七夕祝儀として、素麪小十五把贈来ル。〇八時過、三嶋兼次郎来ル。今日小石川へ転宅被致候由ニて、暇乞被申、帰去。

一夕七時頃生形内義、接木巴旦杏一筞被贈之。右うつりとして、ひじき一包遣之。〇夕七時頃小太郎髪月代致、夕飯後暮時ゟ四谷伝馬町江参り候由ニて罷出ル。

一今日、蔵書類曝暑ス。夕方、小太郎取入畢。

○五日乙未　晴

一今朝天明頃一同起出、小太郎湯漬を給、支度致、壱人ニて御番所ニ罷出ル。其後久太郎代荷持竹蔵、葛籠取ニ来。則、渡遣ス。

一昼前あや部おふさ殿、先日貸進致候八犬伝三集持参、被返。おふさ殿遊被居候ニ付、母女替〴〵入湯ニ行、昼飯を振ふ。夕七時頃迄遊、帰去。八犬伝四・五輯十冊貸遣ス。○昼後、おさち・おふさ殿を留主居として、自飯田町ニ行。神女湯無之由ニ付、十三包持参ス。且、かんざらし粉一袋贈。雑談して、夕飯を被振舞、暮時帰宅。○右留主中、政之助殿・およし殿来ル。暫遊、帰去ルと云。○松岡織衛殿ゟ、旧年春中貸進致置候千蔭手本、先日中ゟ国元信州ニ貸置候由。右ニ付、此せツ着致候間被返候様、手紙差添、被返之。両人留主中ニ付、返書ニ不及、右受取置。○日暮てふし見氏被参、雑談数刻、子ノ刻被帰去。○今日小葛籠の内二ツ虫干致畢。

○六日丙申　雨　昼後ゟ雨止

一今戸慶養寺ゟ施餓鬼袋、納所配来ル。○短ざく竹を出ス。

一五時過、小太郎明番ニて帰宅、食後枕ニ就き、夕七時起出、其後食事致、入湯ニ行。暫して帰宅。

一伏見氏、小児を携て両度来ル。両度共、ほど無被帰去。

一夜ニ入、お国殿来ル。此方土蔵ニ預り置候火のし其外、色々取出、携、被帰去。

○七日丁酉　晴　残暑

一今朝江村茂左衛門殿・岡勇五郎殿・玉井銕之助殿・建石元三郎殿・江村茂左衛門殿、七夕祝儀として来ル。○

小太郎髪月代致、礼服ニて、番町御頭其外、組中ニ七夕祝儀申入、昼時前帰宅。○昼前伏見氏被参、昼時被帰去。○八時頃大内隣之助殿被参、暫雑談、千駄ヶ谷辺ニ被参候由ニ付、むせ歯《(ママ)》まじない流被呉候由、頼遣ス。○昼後、羽賀女おりかどの遊ニ来ル。暫遊、被帰去。○今日七夕祝儀。昼、さゝげ飯・一汁二菜、家内一同祝食ス。諸神ニ神酒、夜ニ入神灯、如例之。○夕七時過、政之助殿来ル。雑談暫して被帰去。

一政之助殿、江州琴彦ゟ太郎方へ手紙到来の由ニて、持参せらる。今更心苦敷候得ども、其儘受取置。二月七日出の状也。

一小太郎、当月一日ゟおさちと枕席を供ニせず、壱人西四畳ニ臥候所、何思ひけん、今晩ゟ又座敷臥候と申候を、おさち申候は、夫見給へ。母様の留給ふ、聞かせい《(ママ)》ね乍、今更よし給ふ事かと申候を、立腹いたし、面色血を沃ぐが如く、おさちニ迎《(ママ)》、此家ハ我小太郎の家也。出ていね抔、三、四言申。

○**八日**戊戌　今朝天明前急雨両三度　其後半晴

一今日小太郎終日在宿。○夕七時過芝田町山田宗之介方ゟ紙札ヲ以、干ぐわし一折・銘茶角袋入小半斤被贈。右は、おせツ事観量院、来ル廿四日、三十五日相当ニ付、志の由ニて被贈之。謝礼返書遣ス。赤尾ゟ文到来致候得共、暮時ニ及、返書不遣。追而遣スべし。○小太郎、昼後山本ゟ深田ニ見舞ニ行、ほど無帰宅。今晩五時過、一同枕ニ就く。

○**九日**己亥　曇　昼後ゟ晴

一今朝、山本半右衛門殿内義来ル。右は、深田長次郎殿不快ニ付、今日ゟ神文状差出し度候間、組合小屋頭板倉英太郎殿ニ頼呉候様被申、印鑑幷紙代持参せらる。紙代ハ不用ニ付、直ニ返ス。此方ニミの紙半紙有之候ニ付て也。山本氏内義、印鑑さし置被帰去。夫ゟ直ニ小太郎、印鑑・紙携て、深田組合小屋頭板倉英太郎殿宅ㇾ罷越、右申入、印鑑を押、帰宅。帰路、深田へ立より印鑑を返ス。○昼前伏見氏被参、ほど無帰去。○昼後順庵殿来ル。せん茶・くわしを出ス。暫雑談、四谷伝馬町ㇾ被参候由ニて、早ヽ帰去。○暮時ゟ小太郎、鮫ヶ橋材木やㇾ中抜買ニ行、夫ゟ伝馬町ㇾ罷越、釘買取、暮六時過帰宅。

○十日庚子　曇　昼時ゟ晴　残暑甚し

一今朝お国殿来ル。何やら取出し、被帰去。○今朝五半時頃ゟ自、今戸けい養寺へ参詣。先出がけ、湯嶋隣祥院ㇾ参、水花を供し、花ヅ、取かへ、赤尾氏の墓同断拝し畢。広徳寺前西照寺へ、右同断参詣致、浅草寺観音菩薩へ拝礼し、夫ゟ慶養寺へ参詣、赤尾氏二ヶ所の墓ㇾ水花を供し、拝し畢。白米壱升・鳥目四十八銅・施餓餽仏响一袋、如例年寄進ス。途中ニて支度致、暮時前帰宅。○右留主中おふさ殿、去ル五日貸進之八犬伝四・五輯十冊被返、所望ニ付、六輯六冊貸遣し候由也。おふさ殿きうり十本被贈之。

一大内ゟきうり・いんげん被贈候由也。○宮口屋庄蔵ゟ、如例年、素麪小十五被贈之。○順庵殿被参候由、是亦帰宅後告之。○暮時前おさちヲ以、深田氏ㇾ梅びしほ一曲為持遣ス。長次郎病気見舞として遣之候也。

一暮時ゟおよね殿ニ被誘引、梅桐院くわんおんㇾ行、五時過帰宅。

○十一日辛丑　晴　残暑

一今朝伏見氏ゟ沢庵づけ大こん三本持参、被贈之。○小太郎明番ゟ帰宅、食事致、仮寐致、八時過起出、暮時前ゟ、伝馬町ゟ鮫ヶ橋辺ㇾ買物ニ行、釘・材木等買取、六時過帰宅ス。○昼後順庵殿、小川町迄参り候ニ付、飯田町ㇾ用事無之やと被問、暫して被帰去。○今日も読本類を曝暑ス。

○十二日壬寅　晴　残暑
一今日帳前ニ付、小太郎起出、湯漬を給、矢場江行、四時過帰宅。

一昼前ゟ白米壱升を挽、小太郎手伝。昼後、みがき物同断。○今朝勘助方へ、夕七時前ゟ深光寺へ供人足を申付置。○小太郎昼後、霊棚灯籠、紅ニて紋を摺、張之置。○夕七時前ゟ勘助方ゟ参り候供人召連、夜食供人ニも給させ、深光寺へ墓参りス。深光寺へ、如例年白米二升・鳥目二百四十八文寄進ス。諸墓花ヅ、取替、水花を供し、帰路色ミ買物致、五時帰宅。帰宅後かゝり湯致、枕ニ就く。○八半時頃おさちヲ以、山本氏・深田氏江白玉餅小ふた物入一器ヅ、遣之。山本氏ゟ唐なす壱ツ被贈之。おさち帰宅のせツ、およし殿来ル。暫遊、夕飯為給、夜ニ入五時帰去。

一今日も読本類を曝暑、夕方取入置。
○十三日癸卯　晴　残暑昨日の如し
一今日付人可罷出候所、腹痛致、出勤致かね候由申ニ付、頼合致度候ども、此節仲間無人ニ付、神文状ニても差出候半と申ニ付、半右衛門殿江頼候所、早束山本氏被参、印鑑持参被致、暫して被帰来、神文状被出候由被申之。

一今朝久野様方加藤氏ゟ、先月中貸進之蔵書二部僕廣蔵ヲ以被返之、右謝礼として、籠入里芋二升被贈之。右請取、謝礼申遣ス。手紙到来ス。小太郎不快中ニ付、返書ニ不及。○昼前、御霊棚をこしらへ、其後餡だんご製作致、霊棚江供し、家内も食、ふし見氏江一器遣之。

一伏見氏、小児を携て被参。あづきだんごを薦、暫して被帰。鯖ひもの十五枚被贈之。○大内氏手作ずいき三株持参、被贈之、早ゝ被帰去。

一昼後おふさ殿、去十日貸進之八犬伝六輯六冊被返之。暫雑（ママ）、だんごを薦め、所望ニ付、八犬伝七輯七冊貸遣ス。

○八時過玉井鉄之助殿、明日紅葉山（アキ）御成、当組当番の由被触。退刻（ママ）山本氏江申告ぐ。

一暮時、御迎火をたく。○今晩伏見氏被参、霊棚江拝礼被致。今ゟ大久保江参り候ニ付、何ぞ買物ハ無之やと被申候ニ付、もり物梨子・桃を頼置く。

一暮時過、高畑吉蔵殿被参。させる用事なし。ほど無被帰去。今晩五時過、一同枕ニ就く。

○**十四日**残暑（ママ）甲辰　晴　夕七時頃雷雨　夜ニ入四時頃雨止　不晴

一小太郎、今朝ゟ五苓散を煎用ス。半起半臥也。

一霊棚、今日朝料供、汁唐なす、平里芋・あぶらげ、香の物なす。昼、皿ずいきあへ、汁白みそ、香の物白瓜。八時、煮あんころもち。夕飯、なす・さつまいもあげもの、煮ばな、香の物鉈豆。夜ニ入、上酒・みりん・ひやし豆腐を供ス。

一夕七時頃、芝田町山田宗之介ゟ使札到来、赤尾ゟ琴靏居士新盆ニ付、小蠟燭一袋、おまち殿ゟ文を被差越。宗之介ゟも右同様、琴靏霊前江銘茶一袋被贈之。右謝礼、宗之介・おまち殿江返書ニ申遣ス。有合せ候ニ付、ズイキ三株為持遣ス。○八時頃伏見氏ゟ、白沙糖（ママ）壱斤・百合の根七ツ・紫蘇の実、岩五郎殿被贈之、暫して帰去。

一昨夜小太郎、本郷油谷江文通致度由ニ付、今朝勘介方へ人足申付候所、折悪敷無人ニ候得ども、所ゝ尋、昼後ニて宜敷候ハヾ差上可申由ニ付、其意ニ任、申付置。右人足、昼後八時前来ル。小太郎、油谷氏江手紙認、為持遣ス。右人足ニ申付、帰路晩茶半斤買取候様申付、代銭百文為持遣ス。七時前、人足帰来ル。申付候晩茶買取来ル。油谷氏ゟ返書到来ス。人足ハ直ニ帰去。

一夕七時頃、山本氏内義被参。小太郎用事有之候ニ付、おさちヲ以招候由ニて被参。則、座敷ニて小太郎と内談致、暫して被帰去。○昼後自、伝馬町江一昨日誂置候あんころ餅取ニ行、其外種〻買物致、八時頃帰宅。

一およし殿来ル。先刻白みそ汁遣し候鍋持参、被返之、早〻帰去。○夜ニ入小太郎、山本氏江罷越、亥ノ刻頃帰宅ス。

○十五日乙巳　曇　秋冷

一今朝四時過順庵殿、八丁堀江被参候由ニて、被立寄、ほど無被帰去。

一八時過深光寺納所、棚経ニ来ル。如例経勤畢、布施四十八文遣ス。施餓鬼袋持参、受取置。○今日霊棚料供、朝、ごま汁・茄子さしみ、香の物丸づけとうがらし入。昼、冷さうめん。八時、蓮の飯・葉生が・煮ばな・西瓜。夕方、きなこだんご・にばな、香の物雷ぼし、供之。

一夜ニ入、久野様御内加藤氏被参、少し後レて和多殿来ル。せん茶・くわし・だんごを薦め、雑談数刻にして、九時前帰去ル。所望ニ付、続江戸砂子・江戸砂子〆十二冊貸進ズ。○今日蔵書、合巻・稿本類・暦等曝暑ス。

○十六日丙午　半晴　冷気　今夜五時九分処暑ニ成

一今朝料供、茄子・十六さゝげごまあへ、汁いも・もミ大こん、香の物もミ大根を供し、其後如例、冷水ニて挽茶を供し畢、御を微す《（ママ）》。夜ニ入、御送火を焼、霊前江拝礼ス。○昼前、お国殿来ル。暫物語致、昼飯を薦め、九時過被帰去。八時過ゟ自、おさち同道ニて赤坂一木威徳寺不動明王へ参詣、心願を念じ、歓量院墓参り致、帰宅ス。

一夕七時過、山本悌三郎殿来ル。暫物語被致、煎茶・くわしを出ス。所望ニより、亨雑記《（ママ）》二冊貸遣ス。右之外、客来なし。

○十七日　晴《（ママ）》　丁未

一昼時前、殿木氏旧僕来ル。小太郎対面、暫物語して、昼時候間昼飯薦れども、不聞して帰去。○右同刻、丸屋藤兵衛来ル。雑談数刻、昼飯を薦め、九半時頃帰去。○夕七時過、竹藪ニ有之候そだ薪《（ダク）》を、小太郎手伝、こなし、八把、暮時迄ニ出来ス。○夕方おふさ殿、先日貸進之八犬伝七輯七冊被返。おさち受取、同書八輯上下十冊貸進ズ。

一昼時前、下掃除忠七来ル。麦こがし一袋持参ス。両厠そふぢ致、帰去。

一日暮て定吉来ル。暫雑談、此度甲賀組荷持明跡へ参候由申之。

○十八日　晴　戊申

五時前帰去。○今日、合巻類を曝暑ス。

○夕方小太郎、明日出勤致候由ニて、組頭・与力へ届ニ行、暮時前帰宅。○右留主中、越後屋清助、女同道ニて来ル。且、先日中参り候十一面観音御初穂百文、外ニ参り候さいせん二ツ渡遣ス。○今日、古合巻類曝暑ス。

小本類同断。

○十九日　晴　己

一今日、歌書類を曝暑ス。昨今、夜具ふとんを干。

一今朝、高畑吉蔵来ル。右は、昨日土屋宣太郎殿内義、産後の脳ニて終ニ死去被致候由被申、帰去。退刻山本氏江申告ぐ。

一今朝小太郎朝飯後、髪月代致、組中廻勤。右は、今日ゟ出勤致ニ依而也。御頭江同断参上。帰路、土屋宣太郎殿江悔申入、送礼之刻限承り候所、申ノ刻、寺ハ四谷しほ干観音隣家寺の由也。昼時帰宅ス。

一昼時前、宗之介来ル。木の葉せんべい壱折持参、被贈之、雑談数刻、昼飯を薦む。赤尾氏ゟ文到来、美少年録三・四輯所望ニ付、則貸進ズ。返書認め遣ス。八時前帰去。○今朝ふし見氏ゟ、手作茄子十・胡瓜三本被贈之。○小太郎夕七時、宣太郎内義出棺見送りニ行、暮時前帰宅。其後食事致、四谷伝馬町ニて入湯致、且買物致候由ニて罷出ル。五時過みそづけ大こん買取、帰宅ス。深田氏ゟ頼まれ候ゆり二ツかいとり、帰宅。

一夕七時頃、米つき政吉来ル。右は、先残有之候玄米端米三升つき合ニ致度存候ニ付、願候由申ニ付、則渡遣ス。何れ明後廿一日持参可致旨申、持去。

○廿日庚戌　雨　昼時過晴　残暑

一今暁七時起出、支度致候所、未ダ天明ニ不及、暫して天明ニ及ぶ。右ニ付、小太郎呼起し、早飯給させ、山本氏同道ニて御番所へ罷出ル。

一朝飯後自、深光寺へ参詣。出がけ、小日向馬場赤岩氏江参り、おさち吉凶を問。夫ゟ深光寺へ参り、諸墓江水花を供し、拝し畢、飯田町江行。飯田町ニて昼飯を被振舞れ、折からあつミお鍬様御入来ニ付、尚又物語致、夕七時頃帰宅ス。○右留主中、渥見祖太郎殿来ル。手みやげ、銘茶小半斤入一袋被贈之。自留主中ニ付、早ゝ被帰去と、おさち告ぐ。○夕方、およし殿来ル。暫物語致。○夜ニ入、伏見氏に被誘引、狸火見物ニ行。然所、狸火無之由ニ付、伝馬町江買物旁ゝ被参候て、寄ニて人形芝居見物致、四時頃帰宅。○暮六時過、順庵殿来ル。雑談数刻、煎茶・ぼたん餅を薦め、四時過被帰去。

○廿一日辛亥　雨　無程止　半晴　八時頃ゟ雨

一今朝荷持、雨具取ニ来ル。則、下駄・傘渡遣ス。○小太郎、明番ゟひもの丁江廻り候て、昼時帰宅。食後仮寐致、夕七時起出、夜食後両組頭江御扶持落候やと聞ニ行、暮時帰宅。

一暮時、米つき政吉来ル。一昨日遣し候つき合端米三升、白らげ候て持参。右請取、代銭十六文遣ス。○昼前伏見氏被参、暫して帰去。○昼時頃、高畑吉蔵殿来ル。右は、養父武左衛門殿、上まき丁渡辺順三ニ療治を受度候ニ付、居宅聞ニ被参候へども、右医師ハ手軽く不廻見、殊ニ物入多きを話説致候所、承知致、被帰去。

○廿二日壬子　風雨

一今暁六時頃小太郎を呼起し、今日長前有之や否を聞ニ遣ス。今日小太郎矢場番ニ付て也。風雨ニ付、有之間敷と存□ども、矢場番故ニ右之如く有住迄聞ニ行、天明頃帰宅。今日ハ休の由被申候ニ付、帰宅して又枕に就く。○八半時頃大内隣之助殿、昨日鎌くらゟ被帰候由ニて、亀の甲煎餅壱袋持参、被贈之、暫く雑談、其後被帰去。○夕七時頃おふさ殿来ル。去ル十八日貸進致候八犬伝八輯十冊被返之。尚又所望ニ付、八犬伝九輯の巻二十五冊貸遣ス。如例おさちと遊、帰去。○夕方伏見氏来ル。昨日、奇応丸中包壱ツ買被取候代銭、百五十六文持参、被贈之。右請取置、早ゝ被帰去。

一小太郎昼九時頃起出、終日在宿。夕方組頭江御扶持聞ニ罷候ニ付、組頭鈴木氏無尽《ジン》掛銭余人ニ頼遣し候所、何れも留主宅の由ニて帰宅。暮時過ゟ又鈴木氏江行、掛銭二百八文為持遣ス。五時過帰宅。当りからニて、せり鬮成田氏せり取候由也。○およし殿夕七半時過来ル。五時頃迄遊、帰宅ニ付、送遣ス。

○廿三日癸丑　晴　折こ曇　四時過少し雨　忽止

一四時前ゟ、小太郎髪月代致、日本橋殿木氏江参り候由ニて出宅、八時頃帰宅。後ニ聞、実ハ本郷油谷氏江参り候由也。○今朝自、山本氏江参り、半右衛門殿ニ面談致、深田氏江病気見舞参り、暫物語致、昼時帰宅。昼後小屋頭有住氏江行、太柄団扇二本贈之。岩五郎殿在宿ニ付、面談数刻、八時前帰宅。○高畑武左衛門殿、今朝ゟ病差重り候由ニ付、見舞ニ行、ほど無帰宅。○高畑吉蔵殿来ル。右は、上槙町渡辺順三殿に診脉を頼度由、高畑武左衛門殿被申候ニ付、名前認め遣ス。

一夕七時過、小太郎御扶持聞ニ行、帰路、高畑江見舞ニ行。

一夕七時頃お国殿来ル。暫物語致、欠合ニて夕膳を薦め、七半時過被帰去。

一右同刻岩井政之助殿来ル。雑談数刻、七半時過被帰去。○夕方、深田およし殿来ル。唐茄子壱ツ持参、被贈之、早こ被帰去。○今日机引出し其外曝暑ス。○田辺礒右衛門殿、高畑江参候由ニて被参、暫物語して被帰去。

○廿四日甲寅　半晴　残暑

一五時前小太郎起出、番当ニ行、暫して帰宅。○四時前飯田町清右衛門様、堀の内千部経ニ被参候由ニて御入来。過日御頼申置候粘入二帖御持参被成候ニ付、受取、納置。休足被致、山本半右衛門殿方へ小太郎一義ニ付被参、暫して帰被来ル。せん茶・昼飯を振舞、其後堀の内江被参候由ニて被帰去。

一昨日小太郎帰宅後、印鑑を入用ニ付渡呉候様申ニ付、其内渡し候様申置候処、又候今朝右印鑑渡候やう催促致候ニ付、右印鑑ハ委細有て我一存ニハ渡かね候ニ付、半右衛門殿迄参り候様申聞候所、甚以不承知、怒、彼是申ニ付、山本氏を招ニ行候所、山本氏不参、山本氏江小太郎参り候由被申候ニ付、帰宅して其趣申候へバ、又一層の怒をうつし、彼是已時なく候ニ付、其儘捨置く。

一夕七時過小太郎、御扶持聞ニ行候所、明廿五日御扶持落候由。然所、明日小太郎当番ニ付、小太郎名代忠三郎殿被参候由也。暮時帰宅。夜食後半右衛門殿方へ行、四時過帰宅。小太郎申候は、先刻印行の義ニ付、半右衛門殿ニ申候所、半右衛門殿被申候は、印行所持致候事勿論なれども、今更申出所時分悪、術よく申候て受取候やう被申候由、今晩申之。〇今日文庫類を干畢。〇米つき政吉来ル。御扶持参り候やと申ニ付、未ダ不参、明廿五日御扶持参可申候間、廿六日ニ米つきニ可参由申付置。

〇廿五日乙卯　曇　今日二百十日

一今日当番ニ付、六時頃起出、支度致、天明後小太郎・おさちを呼起し、小太郎早飯後、御番所ニ罷出ル。〇四時頃、岩井政之助殿来ル。雑談数刻、昼時被帰去。所望ニ付、俊寛嶋物語合巻二冊貸進ズ。〇昼後大内氏被参、手作枝豆持参、被贈之。少〻おくれて伏見氏見へらる。先日貸進之古本三とぢ持参、被返之、右請取。大内氏所望ニ付、八犬でん七輯上下七冊貸進ズ。せん茶・くわしを薦め、雑談数刻、大内氏・伏見氏被帰去。

一其後お国殿来ル。右は、白米少〻借用致度由申といへども、手前ニても残少く、余分無之ニ付、伏見氏ニ無心申入、白米三升借受、お国殿ニ渡し、間を合おく。明日此方ニて玄米舂候ハヾ伏見氏ニ返し置候間、ゆる〳〵遣候様申示、帰し遣ス。

一夕方、八月分御扶持渡ル。取番忠三郎殿差添、車力壱俵持込候を請取置。丹後米也。〇夕方ゟおよし殿来ル。今晩止宿被致。

○廿六日丙辰　半晴　夜ニ入曇

一今朝四時前、小太郎明番ゟ帰宅、其後仮寐致候所、山本氏ゟ迎ニ子息ヲ以被参候ニ付、呼起し、山本氏江行、暫して油谷氏同道ニて帰宅。油谷氏被参候一義は、小太郎一条也。小太郎五月以来の行状幷ニ此方取拵候所申出候所、油谷氏ハ和睦致候様被薦、去七月廿三日、小太郎油谷氏江参りて種ゝ申候事ハ秘し不被申、只ゝ此方の胸中を被問候而已。然ども、即答致候事も出来かね候ニ付、何れ親類共江申聞候上ニて御返答申候様申置。せん茶・くわしを薦、昼時山本氏江被帰去。少し後レて小太郎も山本氏江行、暫して帰宅。其後枕ニ就く。○昼時、米つき政吉来ル。則、玄米三斗つかせ、昼飯給させ、夕七時前つき畢、帰去。つきべり四升、糖六升出ル。

一夕七時過、小太郎を呼起し、其後髪月代致遣し、夜食後、入湯ゟ建石氏江参り候由ニて罷出ル。五時頃帰宅。折から高畑吉蔵殿来、養父武左衛門不快、やう子悪敷候ニ付、参り呉候様小太郎江被頼候所、小太郎、然ば使ニ参るべしとて、仲殿町田辺氏幷ニ荷持太蔵方へ小太郎被頼て行、暫して帰宅。明廿七日十打有之候ニ付、枕ニ就候所、又候田辺氏ニ窓ゟ呼起され、田辺氏被申候は、高畑武左衛門養生不相叶、死去被致候ニ付、高畑組合江右之趣達候様被申候ニ付、即刻起出、又仲殿丁・鮫ヶ橋、岸・松村・長谷川其外江右達ニ罷出、帰宅して又高畑宅江行、暫して九時帰宅、其後枕ニ就く。

○廿七日丁巳　南風烈　折ゝ止　忽止

一今朝十打ニ付、小太郎鉄炮携て矢場江行、昼時前帰宅。昼後、建石氏江参り候由ニて罷出、暫して帰宅。右は、小太郎大小一腰と建石木柄脇差と交易致候て帰宅の所、ほど無又建石子息ヲ以、又右小太郎大小柄糸取ほぐし、其儘被返、此方持参の小刀を取ニおこさる。小太郎、右大小受取、小刀渡遣ス。○夕方、礒右衛門殿来ル。只今迄高畑江参り候所、鳥渡帰宅致、出直し候ニ付、小太郎ニ参り居候様被申、早〻帰去。

一小太郎、暮時過ゟ高畑江行、亥ノ刻頃帰宅ス。

一八時過、半右衛門殿来ル。小太郎一義、何事も此方我儘成事ニ候ニ付、勘弁の上和睦致候様被申。去十七日殿木氏旧僕山本氏江参り、小太郎行状不宜由物語ニて聞被及候に、後難をも顧、和睦を被薦候事、心得難し。別ニ委細有べし。

一八半時過、およし殿来ル。暫遊、夕飯為給、夜ニ入五時過帰去。小太郎送り遣ス。

○**廿八日**戊午　半晴

一五時過小太郎起出、食後、組中江三日礼廻りニ行、四時過帰宅。

一八時過大内隣之助殿入来、手作茄子・隠元・きうり、笊ニ入持参、被贈之。暫物語致、帰被去。○右同刻田辺礒右衛門殿、高畑江参り居候所、退屈被致候由ニて遊ニ来ル。右ニ付、せん茶・せんべいを薦、小太郎睡民（ママ）中ニ付、不面、大内氏と雑談して被帰去。○今夕七半時過高畑助（ママ）左衛門殿送葬ニ付、玉井・江村・田辺・岡・加藤・建石、一同此方ニて待合。夕七半時出棺ニ付、小太郎礼服ニて右之人〻と共侶ニ永心寺へ送之、暮六時帰宅。其後入湯ニ行、四時前帰宅。○暮時前、悌三郎殿御入来。雑談久しく、せんちや・せんべいを薦め、所望ニ付、夢惣兵衛胡蝶物語前後五冊貸進ズ。去ル十六日貸進之亨雑記二冊被返之。右請取、納置。四時頃被帰去。

○夜五時頃文蕾主、先日貸進之雲の絶間六冊・枕席夜話合壱冊持参、被返之、早〻被帰去。

○廿九日己未　晴

一今朝、高畑吉蔵殿来ル。右は、無拠義ニ付、小太郎ヲ仲殿町田辺氏幷ニ黒野氏ゟ参被呉候様被頼候ニ付、小太郎未起出候ニ付、目覚候を待居候所、又ゝ吉蔵殿被参、右様一刻も早く願度被申候間、右申聞候所、不承知ニて不行と申候ニ付、其段高畑ゟ申断る。誠ニ気の毒の事也。○八時頃小太郎ヲ以、高畑武左衛門霊前ゟ煎茶一袋為持遣ス。帰宅後仲殿町ゟ行、夕七半時頃帰たくス。

一夕七時頃、山田宗之介来ル。右は、小太郎一義ニ付招候に依也。宗之介有住氏ゟ参り、此方へ来ル。帰路、半右衛門殿方へ立より、暮六時頃帰去。

一夕七時前礒女老女被参、あべ川もち一包被贈之。せん茶・くわしを薦め、雑談数刻にして被帰去。○右同刻触役川井亥三郎殿、明日当番八時起し、七時出の由被届之。○昼時頃、定吉来ル。何とか申草、うち身薬ニ成候由ニて、貰ニ来ル。右掘とり、帰去。梅ぼし一包遣之。

一暮時小太郎髪月代致、夜食後、建石ゟ参り候由ニて出去、暫して帰たく。直ニ枕ニ就く。○盆ちやうちん、今晩迄ニて納置く。○今日珍物・珍石を曝暑ス。

○八月朔日庚申　晴　南風　残暑甚し

一今暁八時小太郎を呼起し、半右衛門殿を起させ。夫ゟ支度致、湯漬為給させ、七時、半右衛門殿同道ニて御番所ゟ出ル。○四時前清右衛門様御入来。七月分薬売溜壱〆六十二文・上家ちん金壱分ト二百六十八文持参被成候。薬一わり百六文・過日頼置候粘入二帖代二百六十四文、清右衛門様へ渡、勘定済。小太郎一義を商量致、昼時前被帰去。○伏見氏被参、色ゝ異石其外、奇物を一覧被致、帰去。蔵書目録二冊之内下の巻一冊・近世流行商人一冊被帰、右請取、納置く。○八半時頃坂本氏被参、雑談、ほど無被帰去。今ゟ八丁堀ニ被参候由也。
○今日、文庫類・葛籠・笼笒の類を曝暑ス。
一昼後おさち入湯ニ行、暫して帰宅。○今日、諸神ニ神酒、夜ニ入神灯を供ス。庚申画像床の間ニ奉掛、神酒・七色ぐわしを供ス。

一暮時ゟおよし殿来ル。今晩此方へ止宿被致。

○二日辛酉　晴　残《(マヽ)》昨日の如し
一今朝およし殿起出、帰去。其後同人方ゟ唐茄子壱、自、参り候ニ付被贈之。

一五半時頃小太郎帰宅、食後西四畳ニ入、仮寐ス。○昼前、下掃除忠七来ル。両厠掃除致、帰去。○八時過高畑吉蔵殿来ル。させる用事なし。暫して被帰去。○夕七半時頃、高畑氏ゟ吉蔵殿ヲ以、武左衛門殿初七日逮夜料供残本膳壱人前、酒・取肴添、被贈之。謝礼申遣ス。○小太郎夕七時過起出、食後、建石氏ニ参り候由ニて出去。然所、建石氏ニハ不行して、山本氏ニ参り、五時頃帰宅ス。○夕方、建石子息元次郎殿来ル。右ニ付、小太郎呼起し候也。小太郎起出、対面致、帰し遣ス。○今日もぶんこ《(ダク)》の書物を曝暑ス。

○三日壬戌　晴　南小風　今日巳ノ刻二分白露之せツニ入
一今朝、芝田町山田宗之介ゟ使札到来。右は、小太郎へ書状中、今日ニても手透ニ候ハヾ、相談致度一義有之ニ付、参り呉候様申来ル。小太郎、返書遣ス。何れ今日中ニ可参由申遣と云。則、使を帰し、直ニ小太郎山本氏ニ参り、暫して帰宅。宗之介ゟ被招候為知なるべし。右ニ付、髪月代致、芝田町山田宗之介方へ行。四時頃也。
○昼前自、伝馬町ニ買物ニ行、ほど無帰たくス。

一四時頃おふさ殿来ル。如例おさちと遊、稍久して、昼時帰去。同人所望ニ付、八犬でん《(ダク)》九輯の三、五冊貸遣ス。○深田長次郎殿老母、買物ニ被出候由、手前門前ニて行合候ニ付、門内江呼入、かねて長次郎殿・およし殿江約束致置候さるこどふぎ《(ダク)》、此節出来致候ニ付、右老母江渡し、各壱ツヅ、遣之。厚く謝礼被申演、被帰去。

一九時過、小太郎田町ゟ帰宅。帰たく後山本氏江罷越、暮時帰宅、食事致、又山本氏江行、五時過帰宅。○暮時前梅村直記殿被参、其後加藤新吾右衛門殿来ル。雑談中、梅村氏ハ隣家林氏江被参候由ニて被帰去、加藤氏ハ雑談数刻にして、五時頃被帰去。○今日小太郎帰宅之せツ、明四日、自、おさち同道ニて参り候由申来ル。○今日、絵手本類其外曝暑ス。

○**四日**癸亥　晴　残暑　風なし

一今朝五時過ゟおさち同道ニて、勘助方人足召連、宗之介方へ行。昨日小太郎江伝言にて被招候故也。手みやげ窓の月壱重、下女江梨子十持参、遣之。宗之介方ニて昼飯・夕飯とも地走ニ逢、暮時帰宅ス。弓張ちようちん借用して、帰宅ス。供人足ハ直ニ帰遣ス。帰宅後、小太郎、山本氏ゟ鮫ヶ橋・谷町江参り、暫して帰宅。

一夜ニ入、大内隣之助殿来ル。暫物語して、被帰去。

○**五日**甲子　雨　~~今日土用廿日也~~　昼後ゟ暴雨

一今朝五時前小太郎起出、番当ニ行。小太郎、明六日恵十郎殿江本介の由也。帰路、大黒天供物七色菓子・備餅等買取、帰宅。其後山本氏江罷越由也。出去、昼時帰宅。其後四畳にて仮寐致、ほど無起出、髪月代を致。終日在宿。

一暮時、政之介殿来ル。先日貸進のしゆんくわん嶋物語合二冊被帰。右請取、所望ニ付、墨田川梅柳新書合二冊貸進ズ。暫して被帰去。

一荷持太蔵代外荷持、給米取ニ来ル。則、玄米二升渡し遣ス。
○六日乙丑　半晴　今日二百廿日也
一今朝明六時頃ゟ起出、支度致、天明前小太郎を呼起し早飯為給候て、御番所ニ罷出ル。○五時過自、赤坂不動尊ゟ虎の御門金ぴら大権現ニ参詣、四時過帰宅。○昼前、山本悌三郎殿来ル。其後順庵殿被参、両人暫物語被致。山本氏所望ニ付、なんか夢大かしわ六・赤水余稿壱冊貸進ズ。先日貸進之夢物兵衛五冊被返之、右請取置。○昼後、山田宗之介より使来ル。右は、今日此方へ可参の所、無拠用事出来ニ付、延引の由申来ル。則、承知致旨、返書ニ申遣ス。且、一昨四日約束致候夢物兵衛前後九冊、赤尾氏ニ貸進ズ。尚又、借用の弓張ちようちん、今日の使ニ返之。○暮時、久野様御内加藤氏被参、引つゞき大内隣之助殿被参。両人雑談中順庵殿被参、加藤氏を被呼《ヨビ》出、加藤氏罷出られ、暫して又被参。大内氏被帰去て、伏見うぢ被参、加藤氏と雑談数刻、薄茶を両人ニ薦め、子ノ刻過両人被帰去。
○七日丙寅　晴　南風　夜急雨両三度
一今朝四時前、小太郎明番ニて帰宅、食後山本氏ニ行、昼時過帰たく。

一今朝大内氏、手作茄子廿七持参、被贈之、早ゝ被帰去。○昼後小太郎鮫ヶ橋辺ニ遊ニ行、夕七時過帰宅。夜ニ入、又同所ニ行、五時過帰宅。

一今日小太郎簞笥の内、夏冬衣類を干。

○八日丁卯《ウ》　曇　折〻急雨　南風　夜ニ入雷数声　大雨大雷　夜中同断

一五時頃小太郎起出、鮫ヶ橋江罷越候由ニて出宅、九時頃帰宅。食後仮寐致、夕七半時頃起出、夜ニ入又山本氏江行、五時過帰宅ス。○昼後、あや部女おふさ殿来ル。先日貸進致置候八犬伝九輯ノ二・三、十二冊持参、被返之。右謝礼として、菓子壱折被贈之。如例おさちと遊、八時過帰去。尚又、同書九輯ノ四、五冊貸遣ス。○八時過、芝田町宗之介ゟ使札到来、且、焼どうふ壱重被贈之。一義ニ付、今日可参の所、少〻差支有之候ニ付、両三日中飯田町江参り候様申越。返書ニ謝礼申遣し、菓子壱折うつりとして遣之。○夕七時前お国殿被参、雑談数刻、夕飯振舞、被帰去。○日暮て定吉来ル。十一日より手透相成可申候間、裏のそだ《(ダク)》こなし候申之。折ふし雷雨甚敷候間、暫見合、五時過帰去。

○九日戊辰　半晴

一食後小太郎山本氏江行、九時前帰宅。裏ニ有之候枝、薪拵候様申ニ付、暑さの折からニ候間、延引致、既ニ昨夜定吉参り、薪の事申付候まゝ、此度ハ已べ《(ダク)》しといへども不聞、夫を不致候へバやかましき等申。存外之申分候間、其意ニ任候へバ、壱人藪ニ入、薪致、夕拵畢。未あらごなし也。其後かゝり湯致ス。

一今朝、宗村お国殿来ル。昨日きらず遣し候ふた物持参、右うつりとして、焼さつま芋一器被贈之。尚又此方ゟ小重ニ入煮染遣ス。ほど無被帰去。

一日暮て山本江行、四時前帰宅。

○十日己巳　雨　四時頃ゟ雨止　半晴

一朝飯後小太郎髪月代致、昼後山本氏江行、早ゝ帰宅。其後少ゝ休足、枕ニ就。ほど無起出、おろじ町江入湯ニ行、又山本氏江行、暮時前帰宅。日暮て枕に就く。○昼時、およし殿来ル。しそのミ入きらずいり一器持参、被贈之。永井江参り候間、帰路立より、ふた物持参可致旨被申、早ゝ帰去。暮時前、只今帰がけの由ニて、則先刻のふた物返遣ス。ひじき(ダク)、うつりとしてふた物の内へ入置く。○右以前、伏見ゟ子息鑛太郎殿ヲ以、沢あんづけ三本贈来り、謝礼申遣ス。○暮時、田辺儀右衛門殿来ル。明十一日当番半刻早出ニ相成候由被贈(ママ)、帰去。○昼前高畑吉蔵殿来ル。させる用事なし。雑談後帰去。

一去春中大内氏江譲り候太郎所持の拾匁筒、此せツ小太郎取戻し度由ニて、大内氏江申入候所、大内氏も手放しかね候由被申候ニ付、小太郎大ニ怒り憤といへども、大内氏被申候も理の当然ニ候間、せん方なし。

○十一日庚午　曇　昼時頃ゟ晴

一正六時起出、支度致、天明頃小太郎起出、早飯後半右衛門殿を誘引、御番所江罷出ル。○引続自、飯田町宅江行。かねて今日宗之介飯田町瀧澤参り、彼方ニて内談可致為也。四時頃、宗之介飯田町へ来ル。則、清右衛門様何れも内談数刻、飯田町ニて煎茶・乾菓子を被出、昼飯宗之介弁ニ僕へも被薦らる。自も昼飯の馳走ニ相成。宗之介ハ八時頃帰去。自も直ニ深光寺へ参詣致、帰路種ゝ買物致、夕七時頃帰宅。右留主中、伏見氏・大内氏被参。深田氏も先月上旬ゟ不快の所、全快後初て被参。三十八日め也。何れも雑談時を移して被帰去。○自帰宅後食事致、かゝり湯をつかい、有住氏江行。岩五郎殿他行の由ニ付、早ゝ帰宅ス。○今日、羅文様御祥当月ニ付、床間へ御画像奉掛、神酒・備餅を供ス。夕方取入置。

一昼時、深田長次郎殿老母来ル。とうなす煮つけ一器被贈之、長次郎殿小袖仕立呉候様被頼、雑談後五時頃被帰去。およし殿も来ル。今晩ハ此方へ止宿なり。

○十二日辛未　晴

一今朝四時前小太郎帰宅、食後枕ニ就く。○およし殿、朝飯後帰去。

一同刻、おもんば丶ア来ル。雑談後帰去。○今朝長次郎殿昼前迄遊、昼時頃帰去。ずいきあへ少し小ふた物ニ入、同人母御へ贈之。○昼前自、有住氏ゟ罷越候所、留主宅ニて徒ニ帰宅、昼後又有住氏ゟ行。又候留主宅の所、隣家ゟ被参候由ニ付、有住氏内義迎ニ被行、暫して帰宅被致。面談数刻、帰路森野氏ゟ立より、帰宅。其後山本氏ゟ行、半右衛門殿ゟ面談、暫して帰宅。○八時過、お国殿来ル。右は、森野氏息女奉公の一義也。暫して帰去。

一右同刻、山本悌三郎殿来ル。ほど無帰去。○小太郎八時過起出、入湯ニ参り候由ニて罷出、夕七時過帰宅。暮時頃ゟ深田氏ゟ行、五時帰宅。

一今日、羅文様御祥月忌ニ付、朝料供、一汁二菜供之。御画像へは御もり物・備餅・御神酒を供、夕方納置。家内終日精進也。

一夕暮ニおよし殿来ル。今晩此方へ止宿ス。

○十三日壬申　半晴　夜ニ入雨　忽止　又雨　忽止

一今朝伏見氏ヲ以、宗之介方へ、昨日有住幷ニ山本氏被申候一条申遣し候所、折よく宗之介在宿ニて、伏見氏ゟ宗之介ゟ委敷被申聞候へバ、宗之介早束承知致、即刻榑正町殿木氏ゟ罷越候所、竜谿殿宗之介ゟ面談被致。此ほどの一条申演、ひたすら熟談の上、離別頼入候所、殿木氏も被驚、今一応勘弁致候様被申候由。宗之介鮫ヶ橋餅あき人の家に篭輴を止、此方ゟ伏見氏迄口上書ヲ以被申越候所、伏見氏留主宅ニ付、自へ伏見氏ゟ被申越候ニ付、即刻支度致、彼餅あき人の家ニ至り、宗之介ニ面談致、右之やう子承り、何れ両三日中ニ又殿木氏ゟ参り、尚又離別の一義申入候様可致と申、内談畢。宗之介ハ直ニ品川三文字や方へ参る由ニて、左右ニ別、帰去。右餅あき人ゟの手引ハ伏見氏の計也。

一小太郎四時頃起出、昼時前鮫ヶ橋辺ゟ参り候由ニて出去、八時頃帰宅。帰宅後食事致、夕七時過迄仮寐致、夜食後山本氏ゟ行、夜五時過帰宅。

一昼時、長次郎殿来ル。夕七時過迄遊、帰去、夜ニ入又来ル。五時過帰去。

一四時頃宗村お国殿、義女を同道ニて来ル。右は、西川氏ゟめ見へニ連参り候帰路の由、又夕刻西川ゟ娘同道致候由被申、暫して帰去。夕七半時過、娘西川ゟ送届候帰路の由ニて被立寄、暫して帰去。枝豆少し遣之。

一暮時政吉、端米つき可申由ニて来ル。然ども端米纔八升余ニて不足ニ付、先此度ハ定吉ニ申付置。○日暮て定吉来ル。此方玄米ト白米と交易致、上可申由申来ル。其意ニ任、申付置。暫して帰去。

○十四日癸酉　晴

一今朝五時過小太郎起出、朝飯後髪を結遣し、其後油谷ゟ参り候由ニて出宅、油谷ゟ殿木へまハり、暮時帰宅。其後又山本ゟ行、ほど無帰たく。

一今朝、長次郎殿来ル。如例遊、だんご白米被手伝、昼飯を振、其後被帰去。

一昼時頃《ドキ》伏見氏被参。昼飯を薦め、其後昨日の一条を巨細咄し置。樹木柿五つ被贈之。○日暮て、山本悌三郎殿来ル。先日貸進之大かしハ五・赤水余稿壱冊持参、被返之。右請取、尚又所望ニ付、質屋庫五冊貸進ズ。暫物語して被帰去。同人兎角耳痛同様の由也。
一暮時、長次郎来ル。暫遊、四時頃被帰去。〇小太郎、日本橋ゟ帰路、半右衛門宅ニ立より、油谷ニて被申候事、又殿木氏ニて有し事申、小太郎、半右衛門ニ怨言を吐候所、半右衛門も又考、種〻不法の事ども、利ニ走り候由と伝達之ありて知之。尤、今日小太郎日本橋ニ参る一義ハ此方へ内〻の由ニて、此方へハ沙汰なし。五時、先ニ枕ニつく。

〇十五日甲戌　晴　夕七時頃ゟ雨　但多不降

一小太郎五時前起出、髪月代を致遣し、其後当日祝儀として組中廻勤、四時頃帰宅。終日在宿ス。〇昼時前伏見氏ゟ如例だんご、枝豆・栗・柿・いも添、被贈之。此方ゟも如例餡だんご、枝豆・いも添、壱重贈之。〇今朝、月見祝儀、家例之如くあづきだんご製作致、家廟ニ供し、家内一同祝食ス。
一昼前、長次郎殿来ル。同人姉およし殿同断。暫遊、両人被帰去。長次郎殿ハ暮時又来ル。早〻帰去。〇暮時過、定吉来ル。申付候白米壱斗持参、だんごを為給、暫して帰去。〇夕七時過、豆腐屋おすみ来ル。是亦あづきだんご、枝豆・いも添、為給、留吉方へ為持遣ス。〇今日八幡宮神像床間ニ奉掛、如例神酒・備餅を供ス。

〇十六日乙亥　雨　ほど無止　不晴　夜ニ入小雨

一今日当番ニ付正六時ゟ起出、支度致。天明後小太郎起出、早飯後壱人ニて御番所ニ罷出ル。〇昼後おさち入湯ニ行、帰路おふさ殿同道ニて帰宅。其後、右両人ニて番所町媼神ニ参詣、夕七時帰宅。おふさ殿ハ今晩止宿被致。〇同人、先日貸進之八犬伝九輯四・五、十冊持参、被返之。尚又同書六・七、十冊貸進ズ。〇長次郎殿四時頃来ル。昼時、定吉来ル。右は、今日手透ニ候間、裏掃除可致由申ニ付、則、隣家林境垣為致、半分ほどそふぢ致ス。昼飯・夕飯両度為給、暮時帰去。長次郎も昼飯・夕飯為給、昼後ゟ、去ル九日小太郎あらごなし致置候薪、大内氏手伝被致、皆こわし畢。そだ《ダク》の分凡六十把余出来ス。○夕方、清助来ル。雑談後帰去。

一夕七半時頃、政之助殿来ル。先日貸進之墨田川梅柳新書合二冊被返之、所望ニ付、稚枝鳩五冊・常夏さうし五冊貸進ズ。夜ニ入、大内・深田被参。いずれも雑談数刻、岩井氏・深田氏・大内氏、せん茶・くわしを薦め、四時過被帰去。一同也。

一今朝豆腐屋女おまきヲ以、浴衣拝借致度申来ル。則、浴衣貸遣ス。

○十七日丙子　晴　今日秋暑甚し
一今朝食後、おふさ殿帰去。○五時頃、長次郎殿来ル。暫遊、四時過被帰去。

一五半時過小太郎明番ゟ帰宅、食後直ニ枕ニ就く。夕七時起出、夜食後かゝり湯致、夜ニ入、長次郎殿同道ニて、梅桐院観音へ参詣、五時前帰たく。

一昼後長次郎来ル。夕方迄遊、かゝり湯致、被帰去。夜ニ入又被参、五時過被帰去。

一夕七時前、大内氏来ル。過日貸進之八犬伝八集上帙五冊被返。右請取、同下帙五冊貸進ズ。暫雑《ママ》して被帰去。
○夜ニ入、悌三郎殿来ル。先日貸進之質庫五冊被返、尚又、月氷奇縁借用致度被申候ニ付、則、貸進、雑談時をうつして被帰去。○同刻、お国殿来ル。右ハ、娘主人西川氏まで被参候ニ付、立よらる。是亦雑談して、五時前被帰去。

○十八日丁丑　半晴　暮六時三分秋分のせツニ入
一今朝、長次郎殿来ル。昼時帰去。○四時頃、定吉来ル。今日草むしり、そふぢ致候様申候所、先今日ハ見合、来月ニ延引致候様申ニ付、今日ハ菜畑少ゝこしらへ、昼飯為給、帰し遣ス。○昼後小太郎、巴旦杏、其外柘榴枝をおろし、其外苅込を致ス。巴旦杏ハ、毛虫多く生じ候故ニ多く伐取置。夕方迄ニて果し畢。○昼後、高畑吉蔵殿遊ニ来ル。暫して帰去、夜ニ入又来ル。暫く雑談。深田も来ル。何れも四時前被帰去。○小太郎暮時ゟ入湯ニ行、五時前帰たく。

○**十九日**戊寅　晴　折ゝ曇

一今朝小太郎、組頭江御扶持番之人書付持参ス。右序ニ、南寺町竜泉寺ニて今日越後の国十一面観世音施餓鬼有之候ニ付、かねてくわんぜ音御影二枚申受候ニ付、右御影の下江戒名印遣し候様、清助申付、今日小太郎ヲ以、戒名印候御影二枚、御初穂取添、届置。昼時前帰宅。

一今朝長次郎殿、今日ゟ出勤被致候由ニて来ル。

一昼後、大内氏・高畑氏来ル。させる用事なし。暫して被帰去。○其後、伏見氏来ル。先日貸進之秋の寐ざめ小本二冊被返之。右請取、尚又所望ニ付、稿本歳時記壱冊貸進ズ。早ゝ帰去。○八時過ゟ小太郎、昨日苅込候木、鋸ニて挽、薪こしらへ、尚又昨日定吉致かけ候うらのさらちそふぢ致、夕方仕舞畢。

一八時頃、およし殿来ル。暫して被帰去。○暮時、お国殿来ル。是亦早ゝ被帰去。

○**廿日**己卯　雨　昼後ゟ雨止　晴

一今朝小太郎組頭江行。御扶持一義也。ほど無帰宅。夕方亦御扶持聞ニ行、暫して帰宅。明廿一日御扶持渡り候由也。

一今朝、長次郎殿来ル。昼時迄遊、被帰去。○八時過、吉蔵殿遊ニ来ル。栗を為給、夕七時頃帰去。○昼後、裏の栗、小太郎・おさち両人ニて候所、壱升余有之候を、直ニ湯《（ママ）》で、家廟へ供し、家内皆食之。

○廿一日庚辰　晴

一今朝伏見氏被参、小太郎一条ニ付、田町ゟ久〻沙汰無之候ニ付、今日は幸便有之候間、手紙認め候旨被申候ニ付、即刻宗之介方幷ニ赤尾氏江文遣ス。然る所、行違ニ宗之介方ゟ僕ヲ以、手紙被差越。右一条也。何れ明日赤坂久保方迄参り候間、其節面談いたし、いさゐ咄し致可申旨申来ル。則、返書ニ、承知之趣申遣ス。ほど無此方ゟ遣し候使の者帰来ル。宗之介留主宅の由ニて、おまち殿ゟ請取返書到来ス。○昼後、伏見氏留主被致候ニ付、おさち同道ニて入湯ニ行、帰路、米つき政吉方へ立より、八時前帰宅。伏見氏ハ直ニ被帰去。○夕方、九月分御扶持渡ル。取番友之丞殿差添、車力壱俵持込、請之取置。○夜ニ入、およし殿・大内氏被参。煎茶・くりを薦、雑談中、順庵殿来ル。是亦雑談、大内氏ハ五時頃被帰、順庵殿ハ五時過被帰。およし殿ハ止宿被致。○伏見氏所望ニ付、帰《（ママ）》旅漫録壱冊貸進ズ。○今日返魂余紙・巻物類を曝暑ス。

○廿二日辛巳　晴

一今朝、清右衛門様御入来。右は、高松木村亘殿ゟ禽鏡の一条ニ付、両三日中ニ禽鏡飯田町迄為持遣し候へバ、則、清右衛門様高松御屋敷北村平三郎殿迄御持参被成候て、金子と引替ニ可致旨申被参、且又、神女湯・黒丸子無之由被申候ニ付、則、神女湯十一包・黒丸子五包渡之。樹木柿十五持参、被贈之。此方ゟも樹木栗五合余進之。其外用談畢、被帰去。○右同刻、長次郎殿来ル。昼前帰去。

一小太郎、四時前明番ニて帰宅。其後食事致、裏ニておさち両人ニて栗落、昼飯後枕ニ就く。夕七時過起出、夜ニ入成田氏江頼母子会ニ行。掛せん二百十二文為持遣ス。木本健三郎殿セリあて候由。五時過帰宅。

一夕七時前覚重様入来。手みやげかつをぶし二本持参、被贈之。せん茶・くりを茶菓子とす、め、且、禽鏡一・二ノ巻借用致度由ニ付、意ニ任、二巻貸進ズ。尤、用事済次第飯田町ニ届被呉候様申、頼置く。今ゟ飯田町ニ被参候由ニて早ヽ被帰去。今日覚重様話説ニ承り候ヘバ、楠本雪渓サマ中風の症ニて六月五日死去被致候由。実ニ驚歎の外なし。琴靏師弟の義を結、老実に被致候所、去酉冬十月九日不幸短命にして遠行し、又其師雪渓主ハ今茲庚戌六月五日死去被致候事、実ニ歎くに余りあり。雪渓主、当戌七十四歳の由也。○昨廿一日、巻物《マキ》類乾畢。

一暮時前、定吉来ル。過日白米壱斗借用致置候ニ付、則、玄米壱斗壱升五合返し遣ス。早ヽ帰去。○夕七時頃、例之鮫ヶ橋もちや迄宗之介参り候由ニて、僕為知候ニ付、即刻罷出、面談。去十六日竜谿殿宗之介宅ニ被参候て、尚又勘弁致、和睦を乞れ候へども、既ニ此方決心の上なれバ、迚も和熟六ヶ敷由申、先一応仰の趣青山ニ可申聞の上、廿三、四日頃迄ニ返答可致旨申置候ニ付、弥明後廿四日宗之介殿木ニ参り、離縁申出し候よし、対談致置。餅屋へ度ヽ参り候ニ付、せん茶小半斤遣之。暮時前帰宅。

一夕七時前長次郎殿来ル。暮時迄遊、夕飯為給、被帰去。○日暮ておよし殿来ル。難経さらい読、其内長次郎殿被参候ニ付、同道ニて四時頃被帰。

○廿三日壬午　半晴

一今朝小太郎、石井氏ニ神明万人講出銭御初穂百廿四文ス。今日石井芝神明代ヽニ被参詣被致候ニ付、頼遣ス。帰路、長友幷ニ森野氏ニも参り候由ニて、五時過罷出ル。昼時帰宅。昼飯後長友ニ行、ほど無帰宅。其後髪月代致、又長友ニ行、帰路山本ニ立より、八時過帰宅。

一四時前、松宮兼太郎殿被参。右は、長友代太郎殿小児死去被致候由ニての為知也。早ヽ帰去。○四時頃奈良留

吉殿口状ニて、何人やら、小太郎ハ在宿候やと被問、只今罷出候由申聞候へバ、則帰去。○夕方、吉蔵殿・およし殿来ル。吉蔵殿ハほど無被帰去、およし殿ハ夕飯振舞、夜ニ入四時過、長次郎殿同道ニ而帰去。○夕七時過、あやべおふさ殿来ル。先日貸進之八犬伝九輯六・七、十冊被返、尚又八・九、十冊貸遣ス。暫して帰去。○夕方森野おくに殿来ル。右は、明日荷持被遣候ニ付、右之者江同人夜具ふとん・水瓶・四斗樽・袷じゆばん渡呉候様被申候て、被帰去。○日暮て小太郎、長友代太郎殿小児死去ニ付、組合一同通夜致候由ニて、長友氏江行。○日暮て、およし殿来ル。今ばん《(ダク)》此方へ止宿。

○廿四日癸未　晴

一およし殿、朝飯後おさちニ髪結貰、帰去。○同刻、伏見氏・長次郎殿来ル。ほどなく被帰去。○五半時頃小太郎、昨夜通夜致、今朝送葬の供致、帰宅。其後朝飯給、枕ニ就く。夕七時起出。○昼前、米つき政吉来ル。則、玄米三斗つかせ、昼飯給させ、八時過つき畢。つきちん百四十八文遣ス。つきべり四升、糖五升八合。糖ハ直ニ政吉江払遣ス。代銭七十六文取、白米二斗六升取。○昼後前野留五郎殿、久ゝ不快の所此せツ順快ニ付、出勤の由ニて被参。○夕七時過長友代太郎殿来ル。右は、同人小児死去ニ付、小太郎通夜幷ニ今朝送葬見送り候謝礼被申入、帰去。○夜ニ入、定吉来ル。一昨日申付置候明朝飯田町江使の義、弥参り可申哉と承り候ニ付、天気ニ候ハヾ参り候様申付置く。○今晩五時前、一同枕ニ就く。

○廿五日甲申　晴　秋冷　夕七時過地震

一早朝、定吉来ル。昨日申付置飯田町江使、手紙さし添、禽鏡一箱、外ニ蓑笠様御画像一ツ・雨夜月六冊為持遣ス。右序ニ、きぬ糸・おり釘等買取候やう申付遣ス。○五時前長次郎殿、明日助番誰のニて候とて聞ニ来ル。

則、小太郎挨拶致。伊賀町江参り候由ニて早々帰去。

一小太郎例ゟ早く起出、番わりニ罷出、暫して帰宅。其後髪月代致遣ス。終日在宿ス。○今朝森野ゟ荷持由兵衛ヲ以、一昨日お国殿被頼置候水瓶・四斗樽一ツ・醤油樽壱・夜具ヅヽみ一ツ・袷じゆばん取ニ被越差。則、右品々取揃、由兵衛へ渡遣ス。○八時過、定吉帰来ル。浅くさへ廻り候由ニて延引ス。飯田町ゟ請取返書来ル。○昼前・昼後両度、長次郎殿来ル。同人縁談整候て、明廿六日結納贈りニて、廿八日婚礼の由。右ニ付、多用也と云。○当組火之番高橋真太郎殿・白井勝次郎殿、此せツ貧窮致。右ニ付、頼母子講相催度候間、組中へ申出、一ヶ年ニ四会、掛金二朱ニ候。何とぞ一口講入致候様、小太郎江被申候由ニ候へども、此方ニても打続キ物入多く、中々人々の跡助候所ニ候故、何とも難義ニ候へども、無下ニ断候も如何ニ付、先初会ニハ金二朱掛可申候間、跡々ハ断申候様、小太郎江申聞置候へども、小太郎不承知の様子ニて、無下ニ断可申と申居候也。甚不本意ニ候へども、長き事掛金続く間敷被思候ゆへニ、右様ニ申置候也。○今晩ハ小太郎五時頃枕ニ就く。○夕七時頃、梅村直記殿被参、政之助殿ゟ此方へ手紙を以、先日同人江頼置候錦絵壱枚被贈之、さし置被帰去。

一今朝深田長次郎殿ヲ以、久野様御内加藤新五右衛門殿江盆前約束致置候女郎花五色石台初編ゟ四編の上帙迄十四冊、口状書差添、贈之遣ス。

○廿六日乙酉　曇　夕七半時過ゟ雨終夜

一今朝小太郎、恵十郎殿江本助番ニ付、正六時起出、支度致、如例之天明頃おさち・小太郎を呼起し、早飯為給、其後長次郎殿同道ニて御番所江罷出ル。

一五時過ゟ自、飯田町江行。禽鏡一義ニ付参り候所、未ダあつミゟ二巻不参と被申候所、ほど無覚重様右画巻物御持参被成候ニ付、直ニ請取、返書したゝめ、飯田町江差置、明日持参致、金子請取、持参可致旨被申。昼飯被振舞、八時帰宅ス。其後半右衛門殿方へ罷越、小太郎一条尚又申入候所、只〻小太郎強情ニて、迚もすら〳〵とハ参るべかず（ママ）等被申。心得がたし。

一昼後大内氏・伏見氏被参、大内氏、手作茄子被贈之。暫して両人被帰去。

一八時過、およし殿来ル。難経を読味して帰去、夜ニ入又来ル。今晩止宿ス。

一暮時、加藤新五右衛門殿来ル。ある平巻煎餅片折壱ツ持参、被贈之。其後木村和多殿・大内氏・坂本氏被参。皆一同雑談、せん茶・柿・菓子を薦め、時をうつして四半時過被帰去。

○廿七日丙戌　小雨　五時過ゟ雨止　五時前地震　昼後雨

一今朝長次郎殿老母被参、先日仕立致遣し候謝礼、幷ニ此度長次郎殿縁女相談相整、来ル廿八日婚姻為致候由被申、暫して被帰去。およし殿ハ朝飯後被帰去。○小太郎、明番ゟ榑正町江廻り候由ニて、九時前帰宅。昼後ゟ枕ニ就き、夕七時頃起出、食事致、暮時前山本氏ゟ入湯ニ行、暮時帰宅。○昼後、長次郎殿来ル。右は、明廿八日縁女引取ニ付、膳・わん・硯ぶた幷ニ猪口・てうし・掛物等貸（ママ）ニ来ル。日暮て品〻取ニ来ル。則、右之品貸遣ス。

一昼後自、赤坂一木不動へ参詣、則、手拭を納、祈念を凝し、百度を踏畢、八時前帰宅。○八時頃大内隣之助殿、過日貸進之八犬伝八集の下五冊被返。右請取、九輯の一、六冊貸進ズ。早〻帰去。○昼時、森野市十郎殿・玉井鉄之助殿来ル。小太郎仮寐中ニ付、其段申聞候得ば帰去。

一昼後、およし殿来ル。夕方迄遊、帰去。○夕七時過荷持、給米を乞ニ来ル。則、玄米二升渡遣ス。○夜ニ入、悌三郎殿来ル。暫雑談、所望之四天王五冊貸進ズ。五時頃帰去。

○廿八日丁亥　晴

一今朝五時過小太郎、御頭ヲ初、組中江当日祝儀として廻勤。但、今日迄ハ三日ニても御頭江ハ不参所、今ゟ廻勤致候事、心得がたし。四時過帰宅。

一同刻自、伝馬町江買物ニ行、暫して帰宅。○昼前、大内氏手作芋一笊持参、被贈之。○小太郎石井氏ゟ被差越候由ニて、芝神明大麻幷ニ洗米一包持参ス。○今晩長次郎殿江嫁引移り候ニ付、切溜借用致度由ニ付、則貸遣ス。右ニ付、夕七時過松五郎妻ヲ以、酒壱升柄樽ニ入、祝遣ス。○今日不動尊の神影奉掛、神酒・七色菓子・備餅を供ス。

○廿九日戊子　晴

一今朝小太郎、小田平八郎殿ゟ油谷幷ニ殿木其外、所ゝ下谷辺までまいり候由申ニ付、朝飯後髪月代致遣し、其後支度致、出去、夕七半時過帰宅。○昼前、下掃除忠七来ル。東の方厠のミ掃除致、又ゝ近日可参由ニて、帰去。○昼後伏見氏田町宗之介方へ被参候所、留主ニ付、寿栄殿ニ対面を被乞候て面談被致候内、宗之介出先江迎の人出し候所、折よく居合候由ニて、宗之介帰宅致候て、伏見氏面談、此方ニて有りし事色ゝ物語致。去ル廿四日宗之介殿木江参り候半と存居候所、種ゝ取込ニて未殿木へハ不参由。右ニ付、明日は殿木江参り、明後九月一日ニハ此方へ参り可申由、伏見氏帰宅後被申之。○昼時長次郎老母被参、昨日ゟ種ゝ道具借用致候謝礼申被述、鯔五尾持参、被贈之。ほど無被帰去。

一夕七時過、田辺礒右衛門殿来ル。今日隣家の奥、生形に頼母講有之候ニ付被参候所、未人不集候ニ付、遊ニ被参候由也。暫雑談して帰去。○夜ニ入長次郎殿、昨日貸進の品ゝ持参、被返之。右請取置く。掛物ハ未ダ不返。

○卅日己丑　晴

一今朝五時過、定吉来ル。今日塵捨穴を掘、そふぢ可致旨申来ル。此方今日は不進候へども、参り候事故、其意ニ任、栗の大枝をおろさせ、右枝を薪ニ伐せ、東之方へ大穴を為掘、右土所〻に置つちニ致、且掃除いたし、終日也。昼飯・夕飯為給遣ス。○昼後長次郎殿養母、長次郎殿妻おさく殿相識の為、同道ニて来ル。則、一同初対の口誼を演。只今里開に参り候出がけの由ニて、早〻帰去。○今朝、水谷嘉平次殿来ル。久〻家内病気ニ付、此せツ順快ニ付出勤の由ニて、暫物語被致、昼前被帰去。

一今朝小太郎、深田に祝義歓を申入るゝ。○夕方、小太郎髪ヲ結遣ス。

○九月朔日庚寅　晴　八時過少〻雨　忽止

一今日小太郎当番、半刻早出ニ付、正六時起出、支度致、天明前小太郎・おさちを呼起し、小太郎ニ早飯為給、御番所に出し遣ス。

一昼後、芝田町山田宗之介方ゟ使札到来ル。且、先月六日僕に貸遣し候傘持参ス。右は、小太郎一条ニ付、自対面致度候所、無拠用事出来、何分今日は他出致候間、此者同道ニて参り候様申来ル。右ニ付、即刻支度いたし、宗之介僕清七同道ニて宗之介方へ行。先方ニて内談畢、暮時前定吉迎ニ来ル。夕飯地走ニ逢候て、帰宅之せツ、田町ゟも送り之人壱人附て被送之。戌ノ刻帰宅ス。田町ゟ送り之者、直ニ帰し遣ス。定吉も同断。

一暮時ゟ大内氏・坂本氏・加藤氏・およしどの遊ニ来ル。皆〻に煎茶・菓子を、栗を薦め、雑談、各四時過被帰去。順庵殿・およし殿ハ止宿ス。

○二日辛卯　曇　暮時前ゟ雨
一今朝順庵殿・およし殿起出、早〻被帰去。○四時前小太郎明番ニて帰宅、食後、如例四畳ニ而仮寐ス。暮時前起出、食事致、夜ニ入六半時頃枕ニつく。

一今朝伏見氏被参、暫して被帰去。昼時、納豆汁一器持参、被贈之。此方より右うつりとして、菜漬遣之。○四時過悌三郎殿被参、先日貸進之三国一夜物語五冊被返。右請取、暫く雑談、九時過被帰去。
○三日壬辰　風烈　風雨　遠雷少〻　夕方雨止　風烈
一今朝小太郎、皆〻と一緒ニ起出。三月廿日ゟ以来、当番之外、一緒ニ起出候事、百六十三日ニ成といへども、今朝初て也。昨二日、終日終夜枕ニ就候故なるべし。終日在処。○夕七時頃、長次郎殿来ル。ほど無帰去。
○四日癸巳　晴　今暁九時五分寒露のせツ（＊この行、上欄外）
一今日風烈、東裏境の垣根をうち砕き仆し、土蔵屋根を吹めくり、其儘閣《ママ》がたく候ニ付、大内氏ニ相談致置く。

一昼前、定吉来ル。今日神明前近ぺんニ罷越候ニ付、かねて御誂の品買取可参由申ニ付、則、代金二朱渡し、且亦定吉ニ払遣し候分、金二朱遣之。昼後定吉、誂候品〻買取、帰宅致。定吉持参可致候所、又〻直ニ下町ニ参り候ニ付、私事持参致候由ニて、定吉妻ニ右買取候髪の油・びん付・すき代二百文、御ム代百文、高ぼうき代三十六文のよし、書付持参、尚又、定吉ニ払候金二朱之内、百廿四文返之。定吉ニ払候分六百六十四文也。右買物つりせんも返之。定吉小児おかねニ洗返し綿入表一ツ遣之。暫遊、帰去。○勘助嫁、日雇ちん乞ニ来ル。つり銭無之由申ニ付、後刻此方ゟ持参可致旨申、是亦暫物語して帰去。○昼後並木又五郎殿、今日ゟ出勤の由ニて来ル。〇昼前長次郎殿来ル。させる用事なし。早ゝ帰去。

一昼後小太郎買物ニ行。せつた・足袋・煙草等也。金壱分為持遣ス。外ニ金壱分両替致候様申付遣ス。夕七半時頃帰宅、申付候両替致参り候ニ付、小太郎ヲ以、六百文払遣ス。ほど無帰宅、夜食後山本半右衛門方へ行、六時過帰宅ス。

一今夕三河屋安右衛門廻り男へ、先月廿八日買取候酒壱升代三百廿四文・醤（ママ）壱升代二百文払遣ス。〇夕方大内氏ゟ、芋萸壱株被贈之。夕方伏見氏被参候て、雑談讒（ママ）にして帰去。

〇五日　晴（ママ）　甲午

一今朝小太郎起出、外廻りそふぢを致、終日在宿ス。朝五時番当ニ行、ほど無帰宅。〇夕七時頃坂本順庵殿被参、吉原十二時壱冊借用致度由被申候ニ付、則貸進ズ。ほど無被帰去。〇今朝長次郎来ル。早ゝ被帰去。

一昼前およし殿来ル。暫して昼時前帰去。〇夜ニ入、生形おりよう殿遊ニ来ル。五時頃帰去。

〇六日乙未　晴

一今朝小太郎当番ニ付、正六時起出、支度致、如例天明前小太郎呼起し、早飯後、御番所ヘ罷出ル。〇昼前おさち入湯ニ行、昼時帰宅。

一昼後自、入湯ニ行、帰宅後飯田町ヘ行。久ゝ便無之故也。然る処、去八月廿九日ゟ清右衛門様軽き疫の病ニて病臥、幷ニ御姉様ニも御不快。然ども昨今ハ少し御快よく御座候由、且、先月薬売溜金壱分ト壱〆百廿八文、上家ちん金壱分ト二百六十文請取、薬一わり二百六十四文、外ニ女郎花合巻初編ゟ四編の上帙迄十四冊代六百八文渡之、勘定済。禽鏡代金八両も今日請取。飯田町ニて夕飯振舞、暮時帰宅。〇留主中おふさ殿被参、先日貸進の八犬伝九輯の十・十一、十冊被返之。暫遊、所望ニ付、八犬伝結局編五冊貸進致候由、帰宅後おさち告之。○昼後ゟ定吉、東境垣根拵候由ニて来ル。粟(ママ)五合許持参、贈之。則、申付、垣根半分ニて終日也。夕飯為給候て、綿入半てん壱ツ遣之。其後帰去。○夜ニ入、岩井政之助殿来ル。過日貸進致候稚枝鳩五冊・常夏さうし五冊被返之。尚亦所望ニ付、松浦佐用媛前後十冊貸進ズ。粟を薦め、四時被帰去。○暮六時、久野様御内加藤氏ゟ家僕広蔵ヲ以、今晩可被参の所、今日大師河原江被参、殊の外疲労候ニ付、今晩不被参候由被申入、大師土産として桜花漬一曲被贈之。

一夕方田辺礒右衛門殿、明日小太郎居残りニ付、壱度弁当出し候様被申候て帰去。

○七日丙申　曇　四時過ゟ晴

一今朝壱度弁当遣ス。昼時、弁当がら、荷持持参ス。○五時過ゟ自、飯田町江行。右は、薬売切候由昨日被申候ニ付、神女湯十五包・奇応丸中包三ツ・同小包十五包・黒丸子五包持参、清右衛門様御不快見舞として粟水飴一器・土用柚・糸瓜水進之。おつぎ江中ざし一本遣之。飯田町ニて早ゝニ出、夫ゟ深光寺へ墓参、水花を供し、拝し畢、八時頃帰宅。○今朝定吉妻来ル。今日定吉可参処、無拠用事有之、右ニ付、今朝上りかね候由申之。○小太郎夕七半時頃帰宅、其後髪月代致遣し、入湯ニ行、帰宅後枕ニ就く。○暮時触役亥三郎、明八日九時起し、八時出の由被触。○暮時過五時頃荷持、御鉄炮・弁当集ニ来ル。則、御鉄炮・雨皮・弁当・ぞふり渡し遣ス。

○八日丁酉　曇

一今朝長次郎殿来ル。先日貸進致置候紋付ちゞみ帷子・黒絽羽織・雛掛物持参、被返之。右請取、ほど無被帰去。

一今朝大内氏、手作芋・茄子持参、被贈之。且、八犬伝九輯の一、六冊是亦被返、尚又同書二、九冊貸進ズ。○四時頃豊嶋屋ゟ、昨日注文致候ひげ十醤油壱樽、書付添、軽子持参ス。右請取、金二朱ト四百十六文、外ニ駄ちん四十八文払遣ス。○昼前伏見氏江おさちヲ以、醤油五合ほど・半ぺん七ツ贈之。先頃中ゟ度ゝ物被贈候謝礼也。○夕方お吉殿被参、暮時被帰去。○山本悌三郎殿被参、雑談後被帰去。

一昼時過小太郎、上野ゟ(アキ)御成相済候て帰宅。其後食事いたし、おさち江何やら申。如例過言のことども申ちらし、枕ニ就。其後起不出、明九日朝迄通し寐也。

一昼後荷持、御鉄炮・御どうらん・弁当がら持参ス。草履ハ切候由ニて持参せず。

一今朝長次郎殿を頼、加藤氏江雨夜月六冊貸進之ズ。暮時又長次郎殿、伝馬町江被参候由ニ付、半切紙・元結等買物頼遣ス。

○九日戊戌　晴

一今朝長次郎殿、昨夜頼置候半切・元結持参被致、さし置、早ゝ被帰去。

一朝飯後小太郎、礼服ニて御頭佐ゝ木様幷ニ組中江廻勤、昼時帰宅。昼飯後、江坂卜庵方へ武士請印鑑頼候由ニ付、肴代金五十疋為持遣ス。然る所卜庵他行の由ニて、徒ニ帰宅。其後何れへか出去、夕七時過帰宅。夜食後、又江坂卜庵方へ行、帰路有住江まハり、五時頃帰宅、直ニ枕ニつく。

一重陽祝儀として、玉井鉄之助殿・江村茂左衛門殿・岡勇五郎殿・加藤金之介・林金之助来ル。○昼後磯田平庵殿来ル。手みやげ玉子せんべい壱折持参。右は、本居宣長五十回忌ニ付、手向歌被致、来廿八日、麴町某寺ニて興行致。右ニ付、宣長肖像幷ニ同人手跡の手紙二ぢく借用致度由ニて、被申之。右ニ付ても、太郎短命、遺感遣方もなく、落涙止めあへず。察スべし。かくてあるべきあらざれバ、所望の趣いさゐ承知致、何れも用立可申由申置候。暫雑談して被帰去。

一八時過植木や富蔵、小児を携て来ル。暫して帰去。〇昼前吉蔵来ル。ほど無帰去、夕七時頃又来ル。雑談数刻、夕飯を為給、暮時帰去。

一伏見氏、朝昼両度被参。何れも小児を抱〻《(ママ)》被参。

〇十日己亥　曇　八時過ゟ雨　暮時雨止

一今朝小太郎、深光寺へ寺印乞ニ行。今朝、自仏参致間、別段ニ参ニ不及申といへども、不聞して行。何歟子細あるべし。昼時帰たく。食後、仲殿丁ぃ参り候由ニて出去、ほど無帰宅。

一昼後おさち、隣家伏見簾太郎同道ニて、虎の御門金ぴらへ参詣、且、威徳寺不動尊幷ニ観量院墓参り致。江坂氏ぃ少〻用事有之候ニ付、立より候所、卜庵夫婦留主宅ニ付、直ニ帰去。又〻帰路可参由、留主致居候老媼ニ申置、持参致候くわし壱折遣し置、金ぴらへ参詣、帰路、雨降出候間、途中ニて傘壱本買取、辛くして江坂氏迄参り候所、卜庵殿ハ当番之由、内義ハ金ぴら権現ぃ参詣、雨降出候ニ付、迎の人出候まゝ、ほどなく帰るべしと、江坂隣家之内義被申、いろ〳〵世話被致候ニ付、暫待合候所、帰たく無之ニ付、同処ニて傘一本買取、夕七時帰宅。其後小太郎ニ髪月代致遣ス。

一暮時吉蔵殿来ル。暫物語して帰去。〇昼後出がけ、深田長次郎殿ぃ歓ニ行。かねて今日留主頼置候処、今日ハ長次郎継母留主宅ニ付参りかね候由被申。八月下旬ゟ頼置候所、同人も承知のよし被申候ニ付其心得ニて待居候所、出先ニ相成、断候ハ頼かいなき人物也。其心得ニて交るべし。

一暮時、長次郎殿老母来ル。今朝ゟ長次郎殿風気の由、若風薬持合有之候哉と被問候所、折悪此方ニて薬切ニ相成候間、其段申断候へバ、早〻被帰去。〇今日、常光院様御祥月忌ニ付、朝料供、一汁二菜供之。家内終日精進也。

○十一日庚子　晴　風　四時頃風止

一小太郎当番ニ付、正六時ゟ起出、支度致、天明ニ小太郎呼覚し、食後御番所江罷出ル。○今日昼前、白米壱升五合、月見入用に、おさち手伝挽之。昼時挽畢。○昼後おさち入湯ニ行、八時前帰宅。

一宗之介方ゟ当月朔日以来便無之ニ付、彼方へ可参心支度致居候折から、宗之介方ゟ使札到来、山田ニてもおふミ弥離談申願出候ニ付、宗之介勘弁の上、去ル九月七日離別状遣し、今日道具送りニ付、昆雑。右ニ付、無沙汰致候由申来ル。且又此方やう子承り度由申来ル。其故ニ田町江参り候事ハ延引致、くわしく小太郎不埒の様子申遣ス。赤尾老母去九日春日明神祭礼ニ罷越候所、途中ニて人ニ突被当、後ざまニ仆レ、帰路歩行不出来故ニ、召連候僕背れ帰宅被致、今日も平臥の由、宗之介家来告之。○夕七時頃ゟ自、だんご坂下江坂卜庵殿方へ行。小太郎一義ニ付参り候所、江坂氏此方へ向被参候由内義被申候間、内義ニ崖略を咄し候て帰宅ス。○帰宅後、卜庵殿被参。小太郎一義、最初ゟ委しく物語致、此せツ殆困り候由咄し候へバ、卜庵殿も気の毒ニ被思、夫ハ嘸かし御心配可成候。然ば、我等鈴木橋平殿と懇意ニ候間、委細咄し置可申候。時宜ニより候ハヾ、御頭佐ミ木殿へも、我等懇意ニ致候間、是亦咄し置可申候間、心安く致べしと被申、久ミ物語、せん茶・菓子を薦め、暮時被帰去。○暮時過、あや部おふさ殿遊ニ来ル。其後およし殿も来。右両人今晩此方へ止宿ス。○右同刻、加藤氏・岩井氏被参。是亦雑談数刻、大内氏も来ル。岩井氏・加藤氏、明早朝ゟ国台江被参候ニ付、四時前帰去。其後、大内氏を始、皆打寄雑談後、大内氏被帰去、皆ミ枕ニ就く。

一夕七時、吉蔵殿来ル。樹木柚の実二ツ持参、被贈之。

一昼後おさち深田江参り候所、深田老母被申候一義あり。右は、小太郎義今朝当番出がけ、深田氏を誘引合候所、長次郎殿支度中待合居候内、深田老母、おさち不快被尋候所、小太郎答候ハ、否おさちハ何とも不致候。返て我等少ゝ不快也。おさち事ハ死ねバよろしく、どふ《ダク》がな致、死ぬようニと存候。いざ《ダク》と申せバ彼等追出しやらん抔申候間、油断すべ《ダク》からずと被申候由、おさち帰宅後告之。誠ニ憎むべき白物也。

○十二日辛丑　晴

一早朝定吉妻来ル。昨日申入候白米五升持参、さし置帰去。定吉先日中ゟ田舎ニ参り、昨夜帰宅の由告之。

一今朝大内氏、手作里芋一笊持参、被贈之、直ニ帰去。

一朝飯後おふさ・およし帰去。○其後長次郎殿来ル。先日ゟ借置候雷除掛物、今日返之。昼時迄遊、帰去。○右同刻伏見氏来ル。ほどなく被帰去。

一四時頃江坂卜庵殿被参、此方組中名簿認呉候様被申候ニ付、小太郎認、江坂氏ニ渡ス。卜庵殿、家内安全・諸願成就致候祈禱有之、各ニ札一枚を被授。右札の下へ、願有之候当人名まへ并ニ心ざす所の神也仏した、め、一日に百扁唱べしと被申。右は、経ニても念仏ニてもよろしく候。右各印付、江坂氏ニ渡ス。札三、四枚預り置。田町并ニ飯田町ニ可遣為也。江坂氏昼時被帰去。○四時頃小太郎明番ニ而帰宅。昼後仲殿町ニ行、夕七時前帰宅。其後入湯ニ参り候由ニて出去り、山本氏ニ行、暫く内談、暮時帰宅。○日暮て定吉来ル。白米壱斗持参ス。右受取、暫物語して帰去。明日山本氏手引ニ被頼、切仕たん坂迄参り候由ニ付、きぬ糸・わかき金等買取呉候様申付遣ス。

○十三日壬寅　曇　夕方ゟ雨終夜

一今日十三夜ニ付、だんご製作致、枝豆・くり・柿・いも添、家廟へ供し、家内一同祝食ス。○伏見氏ゟ唐きなこだんご、品こ添被贈之。此方ゟ如例之餡だんご、品こ添遣之。○夕方吉蔵殿来ル。だんごふるまひ、暫して被帰去。

一八時過、江坂氏ゟ大橋氏迄手紙参り候由ニて、壱封被届之。則開封の所、今昼前歟、左もなくバ来ル十五日昼後、江坂氏迄参り候様申来ル。返書遣し候ハヾ、大橋氏迄出し候様被申候ニ付、後刻返書認め、定吉ヲ以大橋氏ゟ、何れ十五日ニ可参申由、返書為持遣ス。大橋氏ゟ添手紙遣ス。

一四時前小太郎起出、下駄ニ水かゝり居候由ニて立腹いたし、過言申候ニ付、自も余りたへかね、二、三言申候所、ます〳〵いかり罵り、大声ニて、世間ゟ聞江不宜候ニ付、残念乍打捨置。○昼後山本ゟ行、暮時帰宅。其後夕飯を給、暮六時前枕ニつく。○暮六時頃荷持千吉来ル。小太郎対めん致候所、荷持久太郎の一義ニ付、組頭より沙汰有之候ハヾ、よろしくとりなし呉候様頼、帰去。

一五時前順庵殿・新五衛門殿、四谷ゟ被参候帰路の由ニて被参、日本橋きり椒壱袋持参、被贈之。煎茶を薦め候内、五時頃長次郎殿来ル。一同雑談中、小太郎大声を発し、おさちを呼、いまだ寐ぬや。もはや四ツ也。用事あらバ翌参るべし。茶やごやニてハ無之。夜る夜中どこのべら坊やら不知抔申。甚敷過言に、加藤氏も坂本氏も弁ニ深田氏一同、おさち・自に至るまで只呆れはて、顔を見合候のミ。右加藤・坂本の両人、大きニ失礼也。夜中罷出、恐入。何れ明日御詫ニ可罷出抔被申、両人帰去。誠ニ昨今の聟養子可為者、語言同断、失敬無礼、いわん方なし。長次郎殿のミ跡へ残り居候所、小太郎起出参り、自を白眼つけ、又枕ニつく。くれ〴〵も憎むべき奴也。四時頃深田帰去。其後、母女枕ニつく。

○十四日癸卯　曇

一今朝小太郎、四時頃ゟ殿木氏ゟ参り候由ニて出去。山本氏ゟ立より、日本橋ゟ行、夕七時帰宅。食後又山本ゟ行、暮六時まくらニつく。暮時前髪月代致遣ス。○今朝四時頃大内氏来ル。小太郎先頃中ゟ過言のことども物語致候内、岩井氏来ル。是亦小太郎一義也。右は、昨日当番之せツ御（アキ）城に小田平八郎被参、面談の所、小太郎義、去四月廿七日小田氏に参り候以来、此方母女甚敷不埒者の由ニ小田氏に小太郎申触候ニ付、小田氏も此方母女弐人甚憎ミ被居候由、岩井氏ニ咄し候由ニ付、岩井氏うち聞て驚き、岩井氏被申候は、此は大ニ違候也。右は如此云云也と、小太郎不埒過言の事ども遣なく物語被致候へバ、小田氏大ニおどろき、然らバ小太郎の申所大ニ〳〵たがへり。憎きキ《ママ》奴かなと被申候処、小田氏も然らバ悴五郎兵衛へも右之始末咄し置可申候。是迄瀧沢母女甚敷悪者也と憎ミ思ふ所、誠ニ誤ち也と被申候間、遠からず油谷氏にも相知れ可申候と、岩井氏の物語也。右ニ付、半右衛門殿へも可然頼候と申置。欠合の茶漬飯を薦め、八時頃被帰去。長次郎も其後被帰去。

一夕七時前、定吉来ル。右は、袴拝借致度由申ニ付、則、貸遣ス。

一昼時頃順庵殿来ル。暫く雑談、被帰去。昨夜小太郎失敬之段詫致置。八時頃、大内氏・坂本氏被帰去。○小太郎夕七時帰宅、其後山本に行、ほど無帰宅。夫ゟ暮時ニ及、髪月代致遣ス。~~○八時過定吉来~~

○十五日甲辰　曇

一今朝小太郎、三日礼廻り、組中勤畢、昼時帰宅。食後、御頭佐ゝ木殿に参上、八時帰宅。暮時並木に行、六時帰宅、直ニ枕ニつく。

一昼後自、江坂氏に行。卜庵殿未帰宅無之故ニ、内義ニ面談いたし、暫し帰宅。何れ来十一日ニ罷出候様申示おく。右留主中、長次郎殿・吉蔵殿来ル。吉蔵殿手作芋萸三株・柚の実壱ツ持参、被贈之。小太郎、長次郎殿と口論致候由也。長次郎殿ニ昼飯ふるまい、八時過帰去。○日暮て長次郎殿又来ル。又亦小太郎と口論いたし、小太郎の過言、是ニても想像すべ《ダク》し。○日暮て定吉来ル。昨日貸遣し候袴持参、返之。右請取、明日昼前、田町に自を迎の事申付置。五時帰去。

一板倉栄五郎殿養子、今日御番代被（アキ）仰付候由ニて、小出定八殿さし添、来ル。○五時前荒太郎殿来ル。右は、明日小太郎助番の所、明後十七日紅葉山（アキ）御成ニ付、明十六日小太郎御場処受取の由被当。右ニ付、明十六日、小太郎御成附人也。

○十六日乙巳　曇、折ゝ小雨

一今朝五時ゟ明十七日（アキ）御城附人ニ罷出ル。壱度弁当遣ス。引つゞき、自、芝田町山田宗之介方へ行。今日供人定吉当番つゞら上ゲニ付、早朝よりハ供致かね候由ニ付、四時過迄ニ田町江迎ニ参り候様申付、其せツ小川屋そば切持参致候様申付、出宅。三田三丁目にて宗之介ニ行逢。宗之介此方へ参りがけなり。則、宗之介宅江同道ニて参り、小太郎一義内談致。宗之介方にて昼飯を給、土器町迄宗之介同道致、九半時頃帰宅。定吉四時過迎ニ参り候ニ付、帰路、寒づくりみそを整させ候也。宗之介方ゟ梅びしほ一器・ひらめ煮染壱切被贈之。定吉ハ直ニ帰去。○右留主中、順庵殿・伏見氏被参候由也。

一小太郎八半時頃帰宅。日暮て枕ニつく。○八半時過大内氏被参、隠元少ゝ持参、被贈之。暫雑談して帰去ル。○右同刻加藤領助殿、見習御番無滞相済候由ニて来ル。○暮六時過岩井政之助殿被参、先日貸進致候松浦佐用媛前後十冊被返之。尚又所望ニ付、馭戎慨言四冊貸進ズ。政之助殿、一昨十四日山本氏江被参候て、小太郎一義ニ付、色ゝ被談候所、山本氏も発明致され候由。山本氏ハ当年四十六歳、政之助殿ハ当廿二歳ニ候所、山本氏の取斗甚不宜候所、岩井氏説和候事、実ニ前後成事、山本氏の奸佞利慾ニ耽り候事、此せツあらハれ、実ニ〳〵呆《アキ》れ候ほど愚人也。岩井氏ハ廿二歳の若者なる、取斗尤才子也と人ゝもいへり。自も此恩忘れじと思ふ也。後の人よく〳〵此心を思ふべし。

一夕方吉蔵来ル。させる用事なし。暫雑談後、暮時帰去。

〇十七日丙午　半晴　寒冷　夕七時頃ゟ雨

一今朝五時頃起出、食後髪結呉候様申ニ付、則、髪結遣ス。其後油谷より日本橋所ミに参り候由ニて支度致、四時頃ゟ罷出ル。

一今朝長次郎殿来ル。同人只今ゟ白山辺に被参候由ニ付、苧麻買取呉候様頼候て、代銭四十八文渡置、早ミ帰去。

一昼時前、萱屋師伊三郎方ゟ弟子壱人来ル。先当分の凌ニ土蔵家根へ米俵を多くかこひ、俵不足ニ付、大内氏ゟ四俵ほど借用ス。昼時繕畢、帰去。何れ当月季歟来十月早ミかゝり可申由、申付遣ス。

一昼時、下そふぢ忠七来ル。両厠掃除為致、昼飯為給、帰し遣ス。しめじ茸・隠元・鮎籠入持参ス。〇昼時頃政之助殿来ル。去ル十一日頼置候さらさがミ・金紙買取、持参せらる。百文の内廿文返る。且亦、小太郎一義半右衛門殿ニ被申入候始末并ニ半右衛門被申候条ミ、物語被致。煎茶・くわしを薦め、八時過被帰去。

一右帰宅前、悌三郎殿姉御、同人娘を携て来ル。右は、かねて悌三郎ゟ御噂承り候也。何卒是なるむすめかねにをしえ給ハるべしと被申。尤、此せツハ御取込、御心配の節も可有之由承り候へバ、当年ハ兎も角も、来春ゟハ願度候と被頼。右ニ付、さすがにつれもなく申さんもさすがにて候へバ、夫ハ最安き事ニ候へども、只今仰のごとく、此せツ内乱有之、右落着《ダク》だに致候ハゞ、おぼえし事候間、古めかしきを厭ハれずハ御指南致すべしと答て、煎茶・くわしを薦め、雑談数刻にして、夕七時頃被帰去。折から雨降出候ニ付、傘壱本貸進ズ。

一小太郎夕七時前帰宅。其後鮫ヶ橋に参り、暮時前帰宅。食後暮六時頃ゟ枕ニつく。〇日暮て定吉来ル。先日申付置候晩茶半斤買取、持参ス。代銭百文渡遣ス。暫雑談して五時帰去。〇昼後おさち入湯ニ行。出がけ、定吉方へ立より、十六日立替置候蕎麦代二百文・日雇ちん百三十二文払遣ス。途中ニてあや部おふさ殿ニ行逢候所、おふさ殿おさち江被申候は、およし殿十四日ニ手前江りやうじニ被参候せツ、そなた様の噂出候所、そなた様の事甚敷讒言被致候。是ゟハ足を遠くいたし候抔被申。そなたにて御しんせつに世話被成候所、ざ《(ダク)》んげ《(ダク)》ん致候事、わが身聞くだ《(ダク)》に腹だゝしく候也。かさねてよせつけ給ふなとおふさ殿も共ゝ立腹被致候由、帰宅後母ニ告。母聞て、心得候也。かさねて近敷致間敷と申置。扨ゝ盲女の心乍、秋中も寒さニ迎、難義可成存候ニ付、マキ〳〵乍さるどう着こしらへとらせ、其外色ゝ難義を拯候へども、恩を仇もて返さんとする瞽女の心術憎むべし。○夕七時過、およし雨降候ニ付被参、いつものごとく雑談致、おさち深田門前迄傘さしかけ送り遣ス。おさち、柿三ツ被贈候由也。扨ゝ烏滸者、おそるべし。○今日如例観音祭、七色菓子を供ス。

○十八日丁未　雨

一四時前長次郎殿来ル。昨日頼置候苧買取候由ニて持参せらる。十匁四十文の由ニて八文持参、被返之。今朝納豆汁出来候間深田氏ニも薦め、是ゟかゞ屋敷江被参候由にて被帰去。○昼時前大内隣之助殿被参、過日貸進之八犬伝九輯七ゟ十二ノ下迄七冊持参、被返之。右請取、同書九集十三ゟ十八迄五冊貸進ズ。ほど無被帰去。其後、手作茄子廿六持参、被贈之。○八時過坂本氏被参、奇書類借用被致度由ニ付、八丈筆記幷ニ京和のはやり神の類六、七冊貸進ズ。早ゝ被帰去。○夕七時頃、芝神明前いづミや市兵衛ゟ使札到来ス。神明祭礼ニ付、あま酒壱重贈来ル。且、女郎花四集の上帙やうやく此せツ画出来の由ニて、稿本さし添、被見せ之。一覧致候所、至極よろしく、次第返書ニしたゝめ、且、謝礼申遣ス。○夜ニ入長次郎殿来ル。右は、昨今急ニ金壱分入用出来致候ニ付、老母殊の外〳〵心配致居、右ニ付、一両日の間金壱分借用致度由被申。然ども此方にても遊金壱銭も無之候へども、常ゝせ話ニ成候仁ニ候間、其意ニ任、金壱分貸進ズ。且、昨日同人伯父所望ニ付、忠義水滸伝一冊貸進ズ。小太郎今日終日在宿ス。○夕方順庵殿被参、早ゝ被帰去。

○十九日戊申　晴　今暁八時八分霜降之せツニ成　夕方ゟ曇

一今朝長次郎殿被参。同人伯父方ニてけいせい水滸伝見たき由申ニ付、初へん四冊貸遣ス。○昼後定吉来ル。去ル六日板かけ置候垣根こしらへニ来ル。則、終日こしらへ、帰去。○夕七時、宗之介伏見氏江来ル。右は、今日小太郎離縁の一条を山本氏江申入候所、何れ先方ゟ挨拶致候由、半右衛門申候由申、早ゝ帰去。何れ一両日中ニ使札を山本氏江為持可遣旨宗之介申、今日は此方へ不来候也。

一小太郎、今朝組頭江御扶持之義ニ行、四時頃帰宅。夕方田辺江参り候由ニて出去、夕方帰宅ス。○

○廿日己酉　雨　昼時雨止　不晴

一今朝加藤領助殿、明日初番被仰付候由ニて被参。○夕方小太郎御扶持聞ニ行、帰路入湯致、暮時帰宅。右以前、髪月代致遣ス。

一夕七時過深田長次郎殿被参、一昨日貸進之金壱分持参、被返之。右受取、納置。右之外、使札・来客なし。

○廿一日庚戌　晴

一正六時過起出、支度致、如例天明頃小太郎起出、早飯後、御番所江罷出ル。

一四時頃ゟ江坂卜庵殿方へ行。手みやげ菓子壱折持参、贈之。則、卜庵殿と対面致候所、卜庵殿被申候は、組頭鈴木氏江咄し置候所、鈴木氏被申候は先ゝ和睦致候様被申候由被申之候のミ。そハ世間一同の詞也。右ニ付、尚又用事もあらバ承るべしと被申。江坂氏ニて昼飯被振舞、九時過帰宅。其後飯田町江行。手みやげ醴一器持参、贈之。小太郎一義幷ニ琴靍一周忌法事の事相談致。せん茶・柿・剛飯の馳走ニあづかけ(ママ)、暮時前帰宅。おさち方へ樹木柿十一被贈之。○昼時おふさ殿来ル。先日貸進之八犬伝結局編五冊持参、被返。右受取、熊野権現祭礼ニ付、早〻被帰去。○昼後順庵殿被参候由、帰宅後おさち告之。○夕方大内氏来ル。すアまもちおさちへ被贈、早〻被帰去。○右同刻、加藤氏ゟ僕広蔵ヲ以、七月中貸進致候江戸砂子・続江戸砂子十二冊、外ニ去ル八日貸置候雨夜の月六冊返之。右受取置。○暮六時頃、岩井氏・加藤新五右衛門殿・坂本氏被参。加藤氏、栗一包被贈之。一同ニ煎茶・くわしを出ス。到来の柿を薦め、雑談数刻、四時帰去。加藤氏、帰宅之せツ手紙壱通さし被置候ニ付、封をし切て一覧の所、八月中同人ゟ被頼候五色石台の代料也。右は、此方ゟ進物と致、贈り候所、彼人代料被贈候事ニ候間、異日返スべし。

○廿二日辛亥　晴

一今朝伏見氏被参、暫して被帰去。○四時前長次郎殿来ル。早〻帰去。

一小太郎、明番ゟ何れへかまハり、昼九時帰宅。食後枕ニつき、夕七時前起出、御扶持聞ニ行、暫して帰宅。明廿三日御扶持落候由ニて、髪を結、夜食後渡辺氏ニ頼母子講ニ行。掛せん二百八文為持遣ス。

一昼後自、入湯ニ行、八時頃帰宅。○夕七時頃おふさどの来ル。おさちと雑談、所望ニ付、石魂録上帙三冊貸遣ス。暫して帰去。

一暮時長次郎殿来ル。長安寺門前ニ参り候由ニて早〻帰去。五時、帰路の由ニて被参、焼さつま芋一包被贈。今朝頼置候久野様御内加藤氏ニ一昨夜の返書幷ニ五色石台代料封入して返之。五時過被帰去。

一小太郎五時帰宅。頼母子鬮銀八匁ニ鬮とり、金壱両二朱ト五百八十四文、内金壱分ハ銭ニて持参、母ニ渡ス。右請取、寄金未ダ九匁ほど不足の由也。何れ明日石井氏集被呉候様申之。来十月廿二日頼母子会手前ニて可致所、此方手放レ居候ニ付、右茶代銭四百文、石井氏ニ向候て頼候由、小太郎告之。

○廿三日壬子　晴

一今朝御扶持取番ニ付、正六時過ゟ起出、支度致。其後小太郎天明後起出、早飯為給、出かけ候所、見習取番加藤領助殿被参、暫手前ニて待合候所、深田氏不被参候ニ付、小太郎、領助殿同道ニて深田迄罷出ル。

一おさち、今朝おふさ殿方へ行。今日媼神江同道ニて参詣可致約束あれバ也。おふさ殿、おさちニ髪結被呉候由ニて、四時過帰宅。○昼後ゟおふさ殿に誘引、番所町媼神江参詣、八半時頃帰宅。○八時頃順庵殿被参、暫く雑談して被帰去。○八半時頃お国殿来ル。やきいも壱包持参、被贈之。暫く物語被致、夕膳を薦め、其後帰去。此方へ預り置候どふ着取出し、持参。

一夕七時前御扶持渡る。取番小太郎差添来ル。車力壱俵持込、請取おく。越後米也。小太郎、帰宅後組頭江参り、ほど無帰宅。食後入湯ニ行、暮時前帰宅。○今朝定吉妻白米五升持参、請取置。

○廿四日癸丑　晴

一今朝山本氏子息喜三郎・太田娘おてい同道ニて遊ニ来ル。久しく遊居候所、右喜三郎母迎ニ来ル。帰去。○昼時芝田町山田宗之介ゟ使札到来。右は、今日、小太郎一義ニ付山本氏江見舞として肴一折、宗之介手紙差添、遣し候序ニ、此方へハ、おまち殿ゟ文ヲ以焼どうふ壱重被贈越。則、返書認め、先日の器二ツ、重箱之内へかつを切身七片遣ス。時分ニ候間、使清七江昼飯為給遣ス。○右同刻、およし殿来ル。少し物語致、帰去。

一今朝小太郎髪月代致遣ス。早昼飯給、何れへ歟罷出。その行所を不知。夕七時頃帰宅。夜食後、谷五郎方へ参り候由ニて出去、日暮て帰宅。

一夕七時頃、定吉御扶持可舂申由ニて来ル。則、四斗四合入壱俵・端米六升五合渡し遣ス。○暮時長次郎殿来ル。

入湯ニ参り候由ニて、早こ被帰去。

一八時前伏見氏来ル。暫物語して被帰去。
○廿五日甲寅　晴
一今日、妙岸様御祥月忌ニ付、朝料供、一汁二菜供之。昼後せん茶・もり物・くわしを供、家内終日精進也。今日深光寺へ墓参可致の所、今日ハ飯田町ゟ御参詣被成候由ニ付、延引ス。○今朝小太郎、食後あて番ニ行、四時頃帰宅。夕七時頃山本氏江行、ほど無帰宅。日暮て枕ニつく。

一四時頃、磯田平庵殿来ル。右は、かねて約束致置候本居宣長肖像掛物幷ニ同人手簡掛物、右二幅、来ル廿八日法事会致候ニ付、借用致由被申候ニ付、則、貸進ズ。当月晦日宣長五十回忌相当ニ付、右法莚磯田被致候。廿八日ニ取越、右之法莚、麹町九丁目心法寺と申寺院ニて被致候間、出席致候様被申之。是等の事も琴靏存命候ハヾ嘸かし悦、岩井氏・伏見氏其外、琴靏交友連被参候ニ、掛物貸進いたし候張合も無、遺憾やるかたもなく、落涙袖を濡すになん。

一昼時頃深田氏老母被参、暫く雑談、昼時被帰去。○夕七半時過、定吉昨日持参候玄米四斗七升舂上ゲ持参。つき上り四斗二升四合、内弐斗ハ先日中ゟ定吉ゟ借受候を返し、差引白米弐斗二升四合取、つきちん八十文遣ス。糖ハ定吉飯米ニ遣ス。手作の青菜壱からげ持参ス。さし置、早こ帰去。
○廿六日乙卯　晴　温暖
一今朝小太郎助番ニ付、正六時起出、支度致。天明後小太郎起出、早飯後、長次郎同道ニて御番所江罷出ル。○昼時過、自入湯ニ行。伏見子供二人同道ス。暫して帰宅。其後おさち入湯ニ行、帰路、久保町ニて買物致、八時過帰宅。

一八時頃岩井氏被参、暫雑談、加藤氏江手紙被認、持参して被帰去。

一入湯出がけ、六道ニて江坂氏ニ行逢候所、先日頼置候祈禱融通之札持参被致候由、直ニ途中ニて請取、持参ス。江坂氏ハ直ニ番所町江被参候ニて別去。○右後帰宅して、飯田町江三枚、こんぶ巻売三五郎江頼、手紙さし添、今日届之。其後深田氏江二ツ、右守参り候ニ付持参、贈之。序乍山本氏江も札持参致、見せ候所、右は、名前書入、南無阿弥陀仏印呉候様被申候ニ付、右夫婦二人前印持参、帰宅。○夜ニ入、山本悌三郎殿来ル。其後加藤氏・和多殿来ル。加藤氏今日浅草江被参候由ニて、金龍山餅壱包・道化武者絵壱枚持参、被贈之。其後大内氏も招よせ、暫して順庵殿来ル。何れもうちより、せん茶・くわしを出し、加藤氏みやげのあん餅を薦め、雑談後四時頃帰去。悌三郎殿、右融通守壱枚江自分名簿被印、被置。○夕方、曇候故ニ荷持、下駄・傘を取ニ来ル。則、渡し遣ス。

○廿七日丙辰　曇　夜ニ入雨

一小太郎明番ニて四時帰宅。食後仲殿町江行、昼時帰宅。又食事致、枕ニ就キ、夕七時起出。○八半時過おふさ殿来ル。石魂録上帙三冊被返之。尚又所望ニ付、後集四冊貸遣ス。早〻被帰去。○今朝小太郎帰宅前、加藤新五右衛門殿被参。右は、磯田氏江被参候所、平庵殿ゟ手前頼置候裏見葛の葉読本壱部手ニ入候由ニて、加藤氏を頼、被届之。且、明廿八日宣長五十回忌法事是非罷出候様申達、早〻被帰去。

一日暮て長次郎殿来ル。伝馬町江買物ニ被参候由ニ而、早〻被帰去。

○廿八日丁巳　雨終日　夜中同断

一今朝食後、小太郎三日礼廻り、御頭を初、与力其外ゟ行、昼時帰宅。

一右同刻自、一ツ木不動尊へ参詣して昼前帰宅。○今朝、深田氏老母来ル。長次郎殿縁談祝義内祝の由ニて、赤剛飯壱重持参、被贈之。早ヽ帰去。○今朝加藤領助殿、当日祝儀として来ル。○昼時伏見氏被参、後刻心法寺へ被参候ニ付、磯田ゟ伝言頼置、くずのは読本五冊貸進ズ。ほど無帰去。○今早朝長次郎殿来ル。早ヽ被帰去。

○廿九日戊午　雨　昼後雨止　晴

一今日小太郎終日在宿。只、夕方山本ゟ参り候のミ。昼後髪月代致遣ス。

一今朝大内氏手作茄子九ツ持参、被贈之。廿九日に依也。

一昼時頃、泉市ゟ小もの使ヲ以、五色石台四集下帙の下画十丁出来、稿本・手紙差添、被見せ。右一覧の上、稿本さし添、返し遣ス。返書ニ不及、口状ニて申遣ス。

○十月朔日己未　曇　四時頃ゟ雨　夕七時雨止　不晴　夜中雨

一小太郎五時頃ゟ三日礼廻り、御頭ゟ与力組中ゟとて出去。何れへ参り候や、夕七時帰宅。其後入湯致、食後六時頃ゟ枕ニつく。

一昼前政之助殿被参、一昨廿八日宣長五十回忌悼の歌会、雨天の故ニ四十余人出会致候由也。雑談数刻、昼飯を振舞、九半時頃被帰去。

一昼時過、飯田町ゟ使札到来ス。右は、清右衛門様御不快の所、追ヽ御順快ニ付、今日御床あげ内祝被成候由ニて、赤剛飯壱重・かつをぶし一本被贈之。且、先日上置候缶ひんふた物被返之。木地重箱御入用の由被仰越候ニ付、則、一組四重貸進ズ。謝礼、返書ニ申上る。○右以前、泉市ゟ女郎花四集下筆工出来ニ付、校合を被乞。稿本無之候ニ付、序ニ稿本さし越候やう返書ニ申遣ス。○八半時過順庵殿被参。暫雑談、赤剛飯薦め、小太郎帰宅の節、早ゝ被帰去。

一飯田町ゟ、九月分売溜九百六十二文被差越之。右請取、一わり銭ハ未ダ上ず。

○二日庚申　雨　天明ゟ雨止　晴

一今日小太郎当番ニ付、正六時前起出、支度致。小太郎も六時過自起出、早飯を給、御番所江罷出ル。出がけ、長次郎殿誘引合候所、長次郎殿未食事前ニ付、尚又小太郎、宅ニ待合候所、埒明ざる故ニ先江行。

一五時前ゟ自、深光寺へ参詣。右は、来ル九日琴靍居士一周忌ニ相当致候ニ付、回向料金二百疋持参、恵明和尚ニ対面、進上之。来ル九日昼後ゟ親族一同参詣可致候間、御回向被下候様頼入。焼香致、諸墓花水を手向、昼時帰宅。右出がけ、小向《(ママ)》日馬場なる赤岩と申売卜江立より、我身の卜筮を問候所、天雷とか申候卦出候。此卦ニあたり候者必けつはくニて、親類ニ縁薄かり、併乍、他人ニ余ほひ《(ママ)》き有之。右ニ付、何事も他人ニうち任候方万事宜敷、来ル亥二月ニ至りなバ、必御安心可被成候。左様ニ被召候様、赤岩氏被申。則、卜料百文さし置、帰たく。

一昼後おさち入湯ニ行、八時過帰宅。

一八半時頃順庵殿来ル。暫物語致、又後刻可被参由ニて帰去。○暮時前おさち、綾部江おふさ殿迎ニ行、暮時同道ニて帰宅。おふさどの今晩此方へ止宿ス。○夕七時頃、泉市ゟ女郎花稿本持参ス。右受取、明日夕方歟明後四日、校合取ニ参り候様申遣ス。○日暮て順庵殿来ル。其後和多殿も被参候内、梅村氏・加藤氏同道ニて被参。

何れも夜話、せんちゃ・くわしを出ス。五時前大内氏被参、焼さつま芋一盆持参、被贈之。皆〻江薦め、雑談中、加藤氏・梅村氏空腹の由ニ付、右両人江欠合の茶漬飯をふるまひ、順庵殿ハ九時頃被帰去。跡四人ハ九時過帰去。○今日庚申ニ付、神像床間ニ奉掛、神酒・備餅・七色菓子を供、夜ニ入神灯を供ス。

○三日辛酉　終日曇

一小太郎、早交代ニて五時過帰宅、食後仮寐致、夕七時起出。

一昼時前順庵殿来ル。雑談してほど無帰去。○八半時頃政之助殿来ル。只今ゟ磯田氏江被参候由ニ付、去ル廿七日被差越候読本葛葉代金二朱、政之助殿江頼、磯田氏江被遣被下候様ニとて渡し置。早〻帰去。

一夕七時前長次郎殿来ル。過日貸進致候けいせい水滸伝初へん四冊かへさる。尚又八犬伝初輯所望被致候ニ付、則、貸進ズ。外ニ金二朱入用出来致候ニ付、借用致度由被申候ニ付、是亦貸遣ス。○其後およし殿、山本半右衛門殿小児を携て来ル。暮時迄遊、帰去。○昼後、下そふぢ忠七来ル。東の厠そふぢ致、帰去。○昼時伏見氏被参、煮鯵一皿持参、被贈之。内義入湯ニ被参候留主の由ニて、早〻被帰去。○夕七時頃、定吉来ル。門前ゟ内の方そふぢ致、たきつけそだ《(ダク)》持参、帰去。来ル七日配物の事、申付置。

一今朝自、左内阪餅屋江行。右は琴靏一周忌志の餅菓子誂として書付持参、委しく申付、九時頃帰宅。○夜ニ入小太郎、御番所羽織無之候間、こしらへ候様申といへども、両三年の物入ニて出来かね候ニ付、先有合の羽織ニて間ニ合候様申聞候へども、羽織なくバさむく凌かね候抔、種〻過言を申候事、九月十三日の如し。

○四日壬戌　曇　昼時頃ゟ雨　忽止

一今朝磯田平庵殿被参、去ル九月廿六日貸進の宣長肖像掛もの一幅・手簡掛物一幅持参、被返之。右謝礼として加増まんぢう一折被恵、所〻江参候由ニて、早〻被帰去。

一右同刻岩井氏被参、過日約束致置候琴鶴一周忌手向詠草被贈之。尚又、駁（アキ）慨言被返之。先日中加藤氏所望被致候ニ付、右岩井氏江頼、加藤氏江貸進ズ。岩井、雑談後帰去。〇四時頃伏見氏被参。右は、来ル八日琴かく一周忌逮夜料供献立幷ニ買物書付持参せらる。早〻帰去。〇昼後森野市十郎殿来ル。小太郎、山本氏ニて碁盤借用いたし、森野氏と碁を勝負致。夕七時過ニ及候ニ付、森野氏ニ夕膳を薦、其後被帰去。小太郎も相伴致、其後入湯ニ行。碁盤山本氏江持参、返之。〇早朝泉市ゟ、女郎花四集下帙板下校合を乞ニ来ル。則、渡遣ス。

一小太郎暮時過帰宅。其後鮫ヶ橋江参り候由ニて出去、四時帰宅。森野氏ニて焼さつまいも被贈候由ニて持参ス。

〇夜ニ入長次郎殿来ル。暫雑談、小太郎帰宅後、帰去。〇今日樟脳を包、まき物・掛物其外、秘蔵成書物類江入置く。

〇**五日**癸亥　雨　今暁七時頃小地震　八時五分立冬の節ニ成

一昼時吉蔵来ル。小太郎と雑談して帰去。

一昼後小太郎山本江行、暫して八時過帰宅。其後鮫ヶ橋江参り候由申、出去といへども、又山本行候由也。暮時前帰宅。

一夜ニ入長次郎殿、同人姉およしを尋来ル。此方ニハ不居由ニ付、早〻帰去。

〇**六日**甲子　晴

一五時過長次郎、明日番あて聞ニ来ル。右ニ付、小太郎起出、番当ニ罷出ル。

一四時頃帰宅。右留主中、江村氏来ル。番点順の義ニ付被参候間、小太郎帰宅を待居候所、ほど無帰宅、面談して帰去。〇小太郎昼後たばこ買行候ニ付、金二朱渡し、内三百八十文鈴木橘平殿江つり銭ニ遣し、鈴木氏ゟ二朱請取、たばこ・糸其外買物致、八半時頃帰宅ス。〇夕七時前順庵殿被参、暫して帰去。〇昼後伏見氏被参。右ハ、明後八日料供入用買物ニ被参候由ニ付、金壱分伏見氏江渡ス。則、夕方品〻取買、夜ニ入又味噌整ニ被参候由ニて被立寄。右序ニ、しなの屋江炭の申付呉候様頼置。

一昼後、自入湯ニ行、ほど無帰宅。〇夜ニ入長次郎殿来ル。四ツ谷伝馬町江被参候由ニ付、買物ハなきやと被問、先よろしき由申候へバ、早〻被帰去。

一今日甲子ニ付、大黒天を祭、神酒・備餅・七色菓子、夜ニ入神灯ヲ供ス。

〇七日乙丑　晴　温暖

一今朝小太郎助番ニ付、正六時頃ゟ起出、支度致。天明ニ小太郎起出、早飯後長次郎殿を誘引、御番所江罷出ル。〇五時過定吉来ル。今日配物人足ニ申付候故也。〇四半時頃、左内坂上桔梗屋ゟ、申付候まんぢう・薄皮餅持参ス。右請取、先仏前江供し、其後山本氏・隣家氏江十七入壱重ヅ、遣し、伏見・大内へ九ツ入壱重ヅ、遣之。定吉ニ昼飯為給、飯田町瀧澤清右衛門様・西丸下あつミ覚重様江、手紙差添、贈之。飯田丁おつぎ方ゟおさち江返書到来。且、先日貸進之重箱被返之。定吉八時帰宅。其後、芝田町五丁目山田宗之介・赤尾氏江各壱重数十九入、手紙差添、遣之。定吉、暮時帰宅ス。申付候寒づくりみそ二百文分買取来ル。夜食為給、返し遣ス。〇今日早朝ゟ伏見氏・大内氏来ル。明八日逮夜料供下拵被致、終日両人とも此方ニ支度被致、夜ニ入被帰去。

一夜ニ入加藤氏・坂本氏被参、其後大内氏も被参。せん茶・餅菓子をすゝめ、四時過皆被帰去。坂本氏ハ琴靍霊前江手向壱枚持参、被備之。〇八時過山本半右衛門殿内義被参。右は、琴靍霊前江白砂糖壱斤入壱袋持参、被備之。早〻にして被帰去。

○八日丙寅　曇　朝小雨　ほど無止　昼後ゟ半晴

一今日琴靏逮夜ニ付、伏見・大内早朝ゟ料供拵ニ被参、五時過定吉も来ル。○四時前小太郎明番ニて帰宅。おし続き長次郎殿も来ル。一同手伝。○昼前林内義来ル。四月六日参り候儘、百八十余日め也。昨日志の重の内答礼として、あらこ落がん片折壱ツ被贈之。暫物語して帰去。○今朝深田長次郎殿老母、琴かく霊前に備候とて、菊花一折持参せらる。取込中ニ付、早〻帰去。○昼後飯田町御姉様、おつぎ同道ニて御出。霊前に香料金五十疋・小ろふそく廿五・柿十、被贈之。外にかつをぶし一本被贈之。○昼後芝田町宗之介方ゟ使札到来。右は、今日琴靏逮夜ニ付招候所、無拠用事有之、右ニ付、参りかね候由申来ル。香料として金五十疋被贈之。赤尾氏ゟハ白ざとう壱斤入壱袋、おまち殿より文ヲ以、被贈越。右ニ付、料供残宗之介に壱人前、赤尾氏に二人前、右使清七ニ為持遣ス。清七ニハ此方ニて為給遣ス。○昼前、加藤新五右衛門殿ゟ使広蔵ヲ以、手向詠草短冊壱枚・煉ようかん半さほ一箱被贈之。謝礼、口上ニて申遣ス。

一昼後、梅村氏ゟも煎茶半斤一袋被贈之。是亦口状ニて謝礼申遣、使を返ス。

一八半時過料供出来ニ付、先琴靏霊前に備、其後両隣家伏見・はやし、山本半右衛門・深田長次郎殿宅に本膳壱人前、酒・とり肴添、定吉ヲ以為持遣ス。○昼後、お国殿も来ル。大さつま芋七本被贈之。○夕七時前あつミ祖太郎殿被参、霊前にかん瓢・椎茸壱包被贈之。ほどなく梅むら氏被参。則、座敷ニて吸物・取肴三種各に薦め、飯田町御姉様・おつぎへハ本膳を薦め、暮時定吉ヲ以為送、清右衛門様へ壱人前贈之。右両人、暮時被帰去。右同刻、坂《サカ》本氏来ル。少し後れて加藤氏・岩井氏被参。右人〻に吸もの、一同本膳を薦め、各四時頃退散。尚又跡ニて、伏見氏・深田氏・大内氏・お国殿一同酒飯を薦め、四半時頃お国殿帰去。雑物・まんちん為持遣ス。定吉送行、ほど無定吉帰来ル。定吉、九時前帰去。是亦種〻為持遣ス。伏見・大内・深田八時前被帰去。

小太郎、今日明番ニて疲労有之故ニ、皆退散後、四時枕ニ就く。〇今朝四時頃、伝馬町もちや鈴木より牽物廿人前持参ス。〇其後、左内坂き、やうやゟまんぢう五十持参、是亦請取置。桔梗屋、金壱分ト五百五十文払遣ス。

〇九日丁卯　晴　美日　八時頃地震

一今朝山本半右衛門殿、七月廿七日ニ被参候儘、今日七十二日めニて被参。右は、昨日贈膳の謝礼也。煎茶・くわしをすゝめ、昼時帰去。小児にくわし為持遣ス。

一今朝小太郎髪月代致遣ス。〇昼時ゟ自、小太郎・おさち同道ニて、定吉召つれ、深光寺へ参詣。長次郎殿も参詣被致。出がけ、桔梗やに昨日誂置候壱分まんぢう・薄皮もち定吉ニ為持、八時頃深光寺へ参詣。宗之介ハ逸早く先へ参り、其後飯田町ゟ御姉様、おつぎ・鉈五郎同道ニて御参詣。一同本堂ニて読経、稍姑且して各焼香、読経畢、墓参致、参詣の人に餅菓子五ツヅ、牽之。清右衛門様・お鍬様へハ為持候て進之。夕七時過帰宅。定吉ニ夕ぜん為給、帰し遣ス。〇今朝加藤氏・坂本氏深光寺へ参詣被致候由ニ付、餅菓子壱包ヅヽ、定吉ヲ以為持遣ス。木村広蔵へも遣之。今日留主居、伏見氏を頼置く。留主中、加藤氏・坂もと氏、昨夜の謝礼として被参候由也。〇今朝もちや鈴木ゟ牽物代乞ニ来ル。則、金二朱渡し、つり銭弐百六十八文取。〇今日御切米御玉落候由也。

〇十日戊辰　晴　五時頃小地震

一今朝自、おさち同道ニて虎の御門金ぴらへ参詣。出がけ、あや部氏に参り候所、煎茶・くわしを被出ル。あらこらくがん壱折、手みやげとして遣ス。然る所、あや部氏も金ぴらへ参詣被致候由ニて、同道ニて虎の御門江参り、あや部氏の紹介ニより内拝礼致。夫ゟあやべ氏江別、百度をあげ、手拭を納、帰路、江坂氏江立より、昼時帰宅ス。〇日暮て順庵殿被参、手みやげ紅梅やき一袋被贈之。暫く雑談、当扇興被致、四時頃被帰去。

〇十一日己巳　雨　昼後ゟ止　不晴　夜ニ入大風雨

一今朝弁当料所ゝ江配分ニ小太郎罷出、昼時帰宅。小太郎分八十二匁、四度分手取候由ニ候へども、母江ハ不見せ、無沙汰ニ候間、詳なることをしらず。

一今朝長次郎殿、弁当料を持参せらる。

一四時頃高畑養子吉蔵来ル、右は、同人箪笥両三日預り呉候やう被申候ニ付、両三日位ニ候ハヾ随分預り可申候へども、小太郎何と申候も難斗候ニ付、小太郎帰宅之せツ申聞、小太郎だに預り候半と申候ハヾ御持可被成く聞候へバ、歓て帰去。其後夕七時又来り候所、右たんす預り候義、小太郎堅く断候へバ、本意なげニ早ゝ帰去。

一今朝大内氏、さといも笊に入持参、被贈之。雑談して被帰去。

一夕方およし殿、山本小児両人を携て来ル。しバらく遊、夕方帰去。

一夕方、桔梗屋ゟ一昨日の餅代乞ニ来ル。則、金二朱ト丁五十文払遣ス。

一日暮て、伊勢や安右衛門廻り男酒代を乞。則、金壱分渡し、つりせん四百七十二文請取。〇今朝あやべ氏ゟ、むさしや嫁ヲ以、過日貸進之しんかさね五冊被返之。尚又所望ニ付、金毘羅船初へん・二へん八冊貸遣ス。おさち方へ文到来ス。返書不遣ズ、口上ニて申遣ス。〇暮時、赤坂鈴降稲荷弁（ママ）当願性院来ル。則、白米五合・鳥目十二文遣之。早ゝ帰去。

○十二日庚午　雨　四時前雨止　半晴　温暖

一今朝小太郎当番ニ付、正六時過起出、支度致、天明後小太郎呼起し、早飯後、御番所ぶ罷出ル。○四時頃触役宣太郎殿来ル。右、明十三日小太郎御番所居残ニ相成候ニ付、壱度弁当出し候様被触。○四半時頃、順庵殿被参。其後大内隣之助殿被参、過日貸進之八犬伝九集十九ノ巻ゟ廿三迄五冊被返之。右請取、同書廿四ノ巻ゟ廿八ノ巻迄五冊貸進ズ。雑談数刻、九時帰去。○坂本氏ニハ昼飯を薦め、八時前被帰去。○九時頃越後屋清助来ル。右は、昨春中頼置候ふらそこ、此せツ払物出候間、買取候やと申ニ付、買取可申由申、暫して帰去。

一八時頃ゟおさち入湯ニ行。おふさ殿方へ立より候由ニ付、一昨日の謝礼したゝめ、おふさどの方へ遣ス。尚又、定吉方へ白米の事申付遣ス。七時前帰宅。○八時過、定吉妻およよ小児を背来ル。暫物語して帰去。奇応丸五十粒入壱包遣ス。尚又夕方、同人白米五升持参、さし置、帰去。○暮時頃加藤新五右衛門殿来ル。雑談中政之助殿・順庵殿・直記殿被参。其後伏見氏も被参。一同へ煎茶・菓子を薦め、皆〻投扇興被致、四半時一同退散ス。

○十三日辛未　晴　風

一今朝梅村氏来ル。右は、昨夜きせる・煙草入置忘候ニ付、則返之、ほどなく帰去。

一四時頃順庵殿、荒井ぶ病用ニ被参候由ニて被来、暫雑談、貰合候赤飯・にしめを薦め、昼時前被帰去。○今朝伏見氏ゟ、祖師御命講ニ付赤飯、にしめ添、一重被贈之。其後伏見氏被参、暫雑談、昼時過被帰去。同人ぶ本箱壱ツ贈之。

一今日小太郎御城居残ニ付、壱度弁当遣ス。八時過小太郎帰宅。食後入湯ニ罷出候て、暫して帰宅。其後髪月代致、暮時ゟ枕ニつく。

一夕七半時過荷持、御鉄炮・弁当集ニ来ル。則、如例御鉄炮・雨皮・弁当渡し遣ス。〇暮時長次郎殿、明暁起番の《（ママ）》被申之、早ゝ帰去。

一夕七時過、触役礒右衛門殿来ル。明十四日八時起し、七時のよし被触、帰去。

一右同刻木村和多殿来ル。煎餅壱袋持参、被贈之、早ゝ被帰去。

〇十四日壬申　晴

一今日増上寺（アキ）御成ニ付、起番長《テウ》次郎殿、八時窓ゟ呼起さる。即刻起出、支度致候て、小太郎もほど無起出、茶漬飯為給、ちようちん携候て、長次郎同道、御場所江罷出ル。（アキ）御成相済、昼時前帰宅、食後枕ニ就く。八時頃、岡勇五郎来ル。右ニ付、小太郎起出、暫して岡帰去。

一右同刻順庵殿被参。其後水谷嘉平次来ル。門前通行の由也。ほど無帰去。順庵殿もほど無被帰去。順庵殿、琉球聘使略壱枚被贈之。

一夕七時頃あや部氏内義被参、樽柿七ツ持参、被贈之。金ぴらぶね三編ゟ四へん迄持参、被返之。右請取、尚又五へんゟ八へん迄貸進ズ。早ゝ被帰去。

〇十五日癸酉　半晴

一今朝お国殿来ル。先日の重箱被返、大坂づけ少ゝ・鰑二枚被贈之。暫して帰去、四時頃又来ル。先は荘蔵殿江預ケ金利足書付、此方へ預り置候を渡ス。其後帰去。〇四時頃、家根屋伊三郎来ル。此方土蔵家根幷ニ物置家根朽損じ候間、右を申付候所、母屋方繕ハ別ニて、金壱両三分ニて出来の由申候ニ付、大内氏ニ聞合、則、大内氏伊三郎へ委敷被申付候也。則、手付金壱分二朱乞候ニ付、渡し遣ス。明日ゟ取掛り候由ニ付、夕方、同人弟子足場を掛ニ来ル。〇今朝小太郎、佐ゝ木様ゟ組内少ゝ当日祝儀罷出、昼時帰宅。昼後、森村殿江御切米請取ニ参り候由ニて罷出ル。〇右同刻自、飯田町江行。先日借用の皿九人前持参、返之。ある平一袋持参、しん上ス。暫物語致、夕七時前帰宅。〇右留主中岡勇五郎来ル。小太郎へ頼候一義有之由也。

一夕七時頃、森野市十郎差添、永野儀三郎来ル。右は、加藤恵十郎跡、遠縁御番代被《（アキ）》仰付候由也。〇小太郎夕七時過帰宅。御切米、諸入用差引金七両壱分ト四百四文持参ス。食後鮫ヶ橋江参り、帰路入湯致、暮時帰宅。〇夜ニ入、長次郎殿来ル。暫遊、五時過帰去。

〇十六日甲戌　曇

一今朝、茅五十把、人足持参。右請取、ほど無家屋《（ママ）》や伊三郎・同人弟子来ル。直ニ土蔵屋根江取掛ル。〇四時頃泉市聟次郎吉来ル。煉ようかん一さほ持参ス。右は、五色石台五集、外作者続出し度由申。右承知の由申遣ス。

一家根屋伊三郎夕七半時頃帰去。尚又、内金拝借願候ニ付、金二分、今夕渡し遣ス。茅百五十把持参ス。〇小太郎今日番宛ニ罷出、四時前帰宅。岡勇五郎に被頼候由ニて、終日竹具足拵、未果ズ。勇五郎両度来ル。小太郎、暮時前髪月代致遣ス。明日助番に依也。

一深田氏今朝・夕方両度来ル。何れも早ゝ被帰去。〇暮時前岩井氏老母窓ゟ被声掛、自たいめん。先日の謝礼申入られ、早ゝ被帰去。

一永野儀三郎、明日見習御番被仰付由ニて来ル。

○十七日乙亥　半晴

一今日小太郎谷五郎殿助番ニ付、六時過ゟ起出、支度致、天明後小太郎呼起し、早飯為給、御番所ニ罷出ル。○今朝定吉ヲ以、田町宗之介方へ、今日参呉候やう申遣ス。四時頃定吉帰来ル。返書不来、何れ後刻参り候様申来ル。且、過日八日此方ゟ遣し候五寸重四重被返之。右重箱定吉妻持参、請取置。

一四時前ゟ自、伝馬町ニ買物ニ行、諸買物相済、入湯致、九時帰宅。○右留主中宗之介参居候由也。せん茶・菓子を薦。昼飯後山本氏ニ参り候所、山本在宿ニて面談致、小太郎一義申入候所、眼病未全快不致、何れ出勤次第、油谷ニ参り、欠合可申被申候由、其外種〻被申候由、宗之介帰来ル、告之。八時過宗之介帰去。○右同刻矢野氏ゟ、伏見氏手紙さし添、二ノ玄猪牡丹餅壱重被贈之。客来中ニ付、返書不遣、謝礼、口上ニて申遣ス。

一昼時黒野喜太郎殿来ル。右は、高畑弥株売レ候ニ付、明十八日引渡しニ付、四時立合ニ罷出候由被申候由、おさち告之。

一夕七時過、永野儀三郎、見習御番無滞相済候由ニて来ル。

一右同刻順庵殿来ル。雑中、大内氏被参。然る(ママ)有住岩五郎と申仁も山本半右衛門同様之者ニて、小太郎・半右衛門・岩五郎相並、此方母女を譏候ニ付、組合与力安田氏も右同様心得候ニ付、先は有住方へ贈り物致候て可然被申候由、大内氏被告之。有住氏ハ是迄老実成者と心得居候所、左にあらず、半右衛門と同腹の由、実ニ歎息限なし。暮時前両人被帰去。○八時過ゟおさち入湯ニ行、夕七時過帰宅。○暮六時過順庵殿・政之助殿被参、雑談数刻、岩井氏ニハ今朝宗之介山本ニ参り候一義を咄し、何分山本氏挨拶少しも早く承り度由頼置。到来のぼたんもち・せんべい等すゝめ、五時過ニ至り、梅村氏来ル。右三人一緒ニ被帰去。○五時前定吉、白米壱斗持参ス。且又、一昨日払遣し候日雇代之内金壱分渡し候所、四百文余分の由ニて持参、返之。右請取、牡丹餅為給、ほど無帰去。○今日雨天ニて、亥三郎不来。

一今日、如例観世音江供物供之。○今日家根や不来。

○**十八日**丙子　昼後小雨　夕方晴

一今朝、家根屋伊三郎外壱人来ル。内金三分二朱請取書持参、請取置。

一昨夕方、しなのや重兵衛炭二俵持参。書付持参、〆五俵代金壱分払遣ス。内壱俵ハ切炭ニ付、代三百文。右ニ付、つり銭十二文持参ス。

一伊三郎今日は昼後迄ニて帰去。南の方出来候のミ。今日、茅百把人足持参ス。傘壱本貸遣ス。○小太郎四時過帰宅。食後、今日高畑封金ニ付、立合ニ行。餅菓子壱包持参、ほど無帰宅。○松村儀助、今日高畑江立合ニ参り候由ニて来ル。二月以来疎遠也。雑記借用致度由ニ付、十三巻貸遣ス。昼時帰去。右同刻、岡勇五郎来ル。小太郎へ竹具足頼候由ニて、昼飯為給、暮時帰去。○昼時、下そふぢ忠七来、両厠掃除致、帰去。

一夕方お国殿来ル。印形入来《（ママ）》候ニ付、此方へ預ケ置候たんす・つゞら等尋候へども無之ニ付、徒ニ帰去。○小太郎昼後ゟ竹具足拵かけ、終日。夜ニ入、夜職致候へども不果。○今日荷持江、ござ代四十八文渡し遣ス。

○**十九日**丁丑　晴

一昼後おさち同道ニて入湯ニ行、帰路買物致、帰宅。夕七時過、岡勇五郎殿、竹ぐ《（ダク）》そく出来候やと被問。未出来不致候ニ付、暮時帰去。

一夜ニ入順庵殿来ル。暫小太郎と問答、五時帰去。如例、坂本氏江対し候て失礼過言、かたはらいたき事多し。長次郎殿も被参、早ゝ帰去。○小太郎今日終日、夜ニ入、四時頃右竹具足出来畢。○家根屋伊三郎不来。

○廿日戊寅　雨　夕方雨止　不晴　○今日ゟ安火を用ゆ

一今朝森野氏被参。右は弁当料の義ニ付、玉井鉄之助対面致度由被申候由伝言被申入、早ゝ帰去。○昼後小太郎、鮫ヶ橋玉井・森野ゟ行、夕七時帰宅。其後、番羽織近ゝ拵候様申といへども、此方手廻かね候間、今暫く待居候よし申候へども、一向不聞入、過言。此家ハわが家也。我自由ニ致候。此間手取候切米も皆わがもの也。其外種ゝ有間敷こと共罵り、聞ニ不絶候ニ付、自、隣家伏見氏ゟ参り、たん量致候所、暫茲ニ居給ふべしと被申候ニ付、おさち共侶伏見ニて夕膳被振舞レ、五時帰宅、枕ニつく。○小太郎留主中、岡勇五郎、竹具足出来ニ付、取ニ来ル。則、渡し遣し、残り候皮切とも渡ス。昨日三十二文糸代立替候分持参せらる。右受取置。

一今日も伊三郎不来。○今日小太郎、加藤氏弁当料十二匁受取候由候所、一向沙汰なし。母ゟハ秘し置。心得がたし。

○廿一日己卯　晴

一今朝小太郎髪月代ニ行。出がけ、山本氏ゟ立より候由、昼時前帰宅。

一昼時過、家根屋伊三郎来ル。然る所、小太郎、家根葺候事相成不申候と申過言故ニ、伊三郎帰去。○右ニ付、家根葺かけ候所誠ニ難義ニ付、文蕾主ニ相頼、小太郎教諭致呉候様申、文蕾主も示談致かけ候へども、小太郎反怒罵り、高声如例過言の次第。右ニ付、文蕾主も憤り胸ニ充けん、是亦大声被致候所、小太郎ますく\いかり、其上鉄炮坂ゟ参り候由ニて罷出、夕方帰宅。夕飯後又何れへ歟罷出ル。後ニ聞く、山本ゟ参り候由也。五時前帰宅。○小太郎過言不埒致候ても一向不知由申ニ付、証人として深田氏をも招候て、一座せらる。誠ニ烏滸の白物也。○小太郎怒り候ニ付、半右衛門殿を招候所、今日ハ他行の由。大内氏も被参、種ゝなだむるといへども一向不聞、夕七半時過、山本氏帰宅のせツ、窓ゟ呼入、右一条一五一十を山本氏ニも話説いたし置。

一明日、小太郎一条ニ付、田町江参り候ニ付、供人足定吉明日参り候様、深田氏ヲ以、申入置。

一小太郎五時帰宅後、母ニ申候ハ、伏見食客野郎と交るべに(ママ)非ず。若此方へ参り候ても我決而許さず。おさちも参り候ハヾ小太郎の家ニ置事叶ふべからず、直ニ追出し候抔罵りて、枕ニつく。尤憎むべし。

○廿二日庚辰《タツ》　晴　風烈　夕方風少ゝ納ル　今朝初て水盤に氷はる

一小太郎当番ニ付、正六時過起出、支度致、如例天明前小太郎呼起し、早飯為給、今日初新門の由ニ付、四百文為持遣ス。尚又出がけ、伏見食客やらう参り候ハヾ足骨を敲おれ抔悪口致、罷出ル。

一引つゞき、自芝田町宗之介方へ行。小太郎一義也。宗之介江小太郎昨日の始末詳咄し、明廿三日参り呉候様頼候所、宗之介申候ハ、明日私事参り候てもせんなきわざ也。右ニ付、山本氏をせめ立、油谷氏江欠合早ゝ致呉候様頼候方宜敷、若又眼気未不宜候ハヾ、山本指揮ニより、我等并ニ祖太郎殿ニても同道ニて油谷江参可申候。何れニても、山本江右之趣御申入可然。若又私事参り候様相成候ハヾ鳥渡御為知被下様申之。田町ニて昼飯給候内、定吉迎ニ来ル。宗之介方へ煉羊かん箱入壱ツ遣之。定吉事も田町ニて昼飯馳走ニ相成、九時田町を出去。夫ゟ薬研坂岩井政之介方へ立より、白砂糖壱斤遣之。岩井氏他行ニ付、直ニ帰宅。

一帰宅後、山本江右談事候所、宗之介参り候てハ反埒明かね候。何れ一両日中ニ我等参り可申候と被申候ニ付、其儘帰宅。尚又宗之介方へ申入候ニ不及、定吉を帰し遣ス。○夕七時頃岩井氏参る。是又小太郎一義ニ付、山本江被参候由。種ゝ商量致候内、伏見・大内被参候ニ付、今日の事、山本被申候一義も物語致候所、然バ今ゟ成田氏江参り、一条咄し置候様一同被申候ニ付、直ニ暮時前成田一太夫殿方へ行。手みやげ樽抜柿十持参ス。

一太夫殿ハ他行の由ニて、内義・子息江たいめん、委細咄し候内、一太夫殿帰宅被致候ニ付、小太郎一条物語致、願出候事も有之候ハヾ宜敷取斗呉候様頼置。折から日暮候所、坂本氏てうちん携、迎ニ参被呉候ニ付、心づよく帰宅。坂本氏の老実成事、壮年の人ニハ珍らしき者也。

一右留主中、和多殿被参。其後加藤氏・大内氏被参。岩井氏ニハ夕飯を薦め、何れも四時頃被帰去。

○廿三日辛巳　晴　寒気

一四時過小太郎明番ニて帰宅。夕方入湯ニ参り、帰路山本ニ立より、暮時頃帰宅。今晩無尽ニ付、掛銭二口分四百十六文為持遣ス。五時過帰宅。今日の頼母子会、此方ニて可致所、此方手遠ニ付、石井氏宅ニて被致呉由ニ付、則、茶代四百文ハ石井氏ニゆずり候也。○昼後自、有住岩五郎方へ、小太郎一条ニ付参り候所、有住在宿ニ付、たいめん。樽柿十持参ス。右一儀申述、何分宜敷取斗頼候と申候所、有住被申候ハ、何分ニも当人勤人の事、且は何れニも理有之候間、両方もよろしき取斗候様致候心得ニ候間、手前出候てハ何分事六ヶ敷相成候ニ付、只今迄逊居候也。然る所、隣家主人抔と口論致、伏見氏ゟ此方へ被届候上ハ捨置難候ニ付、北隣家林猪之助殿ニも聞合候上、尚又半右衛門抔とも相談の上、取斗可申候被申。内談中、長次郎殿ヲ以、迎ニ来ル。艮刻帰宅致候所、留主中岡左十郎殿来ル。手みやげ大ふく餅一袋持参。右は、小太郎竹具足拵遣し候謝礼成べし。是亦、小太郎と和熟致候様被申、稍久しく帰去。左十郎の愚なる事、いふかぎりなし。

一一昨廿二日熊胆屋、三月中買入候熊胆代乞ニ来ル。則、金二分ト三百十二文払遣ス。

○廿四日壬午　晴　向寒　今朝は余程厚氷

一小太郎、四時頃ゟ下町辺ニ参り候由ニて罷出、暮時前帰宅ス。

一右同刻自、組頭鈴木橘平方へ行。右は、小太郎一条ニ付参り候所、橘平対面致、小太郎始末崖略咄し候所、理ニ違候挨拶ニ付、又候右一条ニ付願出候義も可有之候、其節ハ宜敷頼候由申入、直ニ飯田町江行。意ふニ、有住岩五郎・鈴木橋平・半右衛門等、小太郎折節賄賂致置候利に誘れ、右三人同腹中なるべし。此外ニも尚又有やらん、心得難し。飯田町江罷越、小太郎一義咄し、何れ来ル廿七日ニハ西丸下江参り可申由物語致、昼飯を給、来十二月六日蓑笠様御三回忌御法事、此方ニて可致候所、此方小太郎一義ニて取込居候ニ付、当年も飯田町ニて被致候由ニ付、然らバ此方ニてハはぎの花もちニてもこしらへ、御逮夜ニハ何ぞこしらへ、人ゝ江振舞可申旨約束致、八時帰宅。長州藤浦殿ゟ四月十七日出の文到来。

一右留主中、おふさ殿来ル。先日貸進の朝夷嶋めぐり初編五冊被返之、尚又二・三編十冊貸進ズ。おさちと物語致、夕七半時頃被帰去。

一暮時大内氏、先日同処ゟ借用致居候鋸・鉋未ダ返ざるにゟ、とりニ来ル。則、右二品返之。○夜ニ入五時前、深田長次郎殿、林猪之助殿同道ニて来ル。右は、小太郎一義ニ付、伏見氏と争論致候事、同前ニ勘弁致候様小太郎江も示教せらる。暫して深田氏同道ニて帰去。○藤浦殿書状開封の所、夏四月廿八日出の文ニて、右の返書、年始文并ニ太郎死去悔申来ル。并ニくわし料として金五十疋被備之。○夕方、家根屋伊三郎来ル。此方致かけ候家根、如何致候やと申候所、先此方家根ハ閣、外江仕事有之候ハゞ参り候様申遣ス。小太郎、家根葺せざる故也。

○廿五日癸未　晴

一今早朝猪之助殿方へ、自、昨夜の謝礼ニ行、并ニ小太郎不埒不孝の故ニ、何卒離別致度旨、猪之助殿江話説置、帰宅。○小太郎四時起出、八時過鮫ヶ橋江罷越候由申ニ付、今日黒野無尽、有住ニて有之候間、立より候様申付おく。暮時帰宅。有住江参り候や否、返事なし。○今朝大内氏ゟ手作里芋壱升、伏見小児ヲ以、被贈之。○

昼後岡左十郎、小太郎一義ニ付、又来ル。右は、此方幷ニ小太郎何れの好歹をも不弁、只〻勘弁致候様被薦候は誠ニ心得難し。此方ニても再三再四考候上、媒人山本氏幷ニ組合小屋頭へも離別の一義申入候所、何れも和睦致候様被申候間、先〻其儘打捨置候所、追〻母ニ過言不孝、且近隣の人〻ニも口論致候間、此ほどハ別而〳〵不埒ニ付、既ニ両組頭ニも申入候程の始末ニ候所、此節ニ至り、岡左十郎隔日の如く参り、熟談を薦め候はいかにぞや《(ダク)》。六十才ニ近き者の取斗とハ心得ず。意ふニ、山本・有住・鈴木等の間諜児なるべし《(ダク)》。〇夕七時前およし殿被参、暫雑談、暮時帰去。〇日暮て長次郎殿来ル。小やつがしら十一持参、被贈之。入湯ニ参候由ニて早〻帰去。〇右同刻山本氏内義、小児を背ふて来ル。小太郎ニ対面致度由ニて、小太郎を呼出し、何やら咡き帰去。〇暮時岩井氏門口迄来ル。右は、山本氏ニて、自ニてもおさちニても鳥渡参り候様申入られ、早〻帰去。右ニ付、おさち山本ニ行、暫して帰宅。右は、今日山本氏油谷ニ被参候由を被告。

〇廿六日甲申　晴

一今朝小出定八殿被参。右は、明廿七日小太郎休番ニ付、定八殿代番頼度由、小太郎ニ被申、小太郎承知致、即刻組頭ニ代番の趣届ニ行。右留主中、永野儀三郎殿、師匠番荒太郎殿さし添、来ル。小太郎明日は捨りのはな心得候由也。早〻帰去。〇小太郎帰宅後告之。

一今朝お国殿、荷持由兵衛同道ニて来ル。右は、当三月中ゟ預り置候たんす等取ニ被参。則、簞笥壱ツ・柳骨立壱ツ・さみせん箱壱ツ此方ゟ持被出、由兵衛ニ渡、跡雑物ハ伏見平吉殿ニあづけ置候品も、今日為持被参候由也。早〻帰去。〇昼前おさち入湯ニ行、暫して帰宅。入替りて自入湯ニ行。伏見子供両人同道ス。八半時過帰宅。〇小太郎、四時過髪月代致遣し、早昼飯ニて本郷油谷五郎兵衛方へ参り候由ニて出去、暮時帰宅。

○廿七日乙酉　晴

一今日小太郎定八殿代番ニ付、正六時起出、支度致、天明後小太郎呼起し、早飯給させ、其後御番所ゟ罷出ル。

一四時頃ゟ自、定吉を召連、西丸下あつミ氏ゟ行。大こん・八頭・むつ魚旨煮八寸重壱重・樽抜柿十、手みやげとして持参。覚重様・祖太郎在宿ニてたいめん致、小太郎一義相談致。何れニも早き方可然被申。右ニ付、祖太郎殿、来十一月二日山本氏ゟ被参、事穏密ニ参り候様欠合可申旨被申候ニ付、右之趣頼入。あつミにて昼飯、供人共ニ地走ニあづかり、九時過出去。夫ゟ飯田町宅ゟ立より、先日約束致候重箱持参、貸進致。飯田町ゟも大こん・むツ魚旨煮壱重持参ス。直ニ飯田町を出去、深光寺へ墓参致、暮時前帰宅。明廿八日、唯称居士御祥月忌ニ付、今日深光寺へ参り候也。右留主中、深田老母・おふさ殿参候由也。○夜ニ入加藤氏被参、投扇興持参、被貸之。其後山本悌三郎殿・坂本氏、余ほど跡ゟ梅村氏被参。何れも雑談、四時過被帰去。内、悌三郎殿ハ先月廿六日被参候儘、卅日めにて被参、坂本氏・岩井氏に代りて被申候一義あり。右は小太郎一義、何分山本氏を只管頼候方可然候。伏見氏と口論の一条ハ二ノ次ニ致候方宜敷由、申入らる。

○廿八日丙戌　晴

一早朝定吉来ル。おさち田町宗之介方へ参り候供人足の為也。艮《(ママ)》刻おさち支度致、き替の小袖・寐まき等取揃、定吉ニ背馳、山田宗之介方へ行。手みやげとして窓の月壱折為持遣ス。○小太郎明番ゟ、冨坂小田平八郎殿内義不快ニ付見舞ニ参り候由ニて、昼時帰宅。夕方入湯ニ参り候由ニて罷出、暮時帰宅。

一夕方長次郎殿来ル。ほど無帰去、夜ニ入六半時過又来ル。窓の月一包持参、被贈之。暫遊、四時前帰去。○夕七時過家根屋伊三郎来ル。此方家根、未ダ掛り候義出来かね候や。致かけ候義、甚難義ニ候間、何とぞ早ヽ致度由申といへども、此方ニても何とも申付難候ニ付、何れ両三日中ニ此方ゟ挨拶可致申付遣し候所、右伊三郎、隣家伏見へ参り、急ニにも掛り度由願候由ニ付、伏見ニて山本氏江伊三郎を遣し候由ニて、山本氏ゟ小太郎を呼ニおこされ候ニ付、小太郎艮刻山本江参り、家根壱義也。右ニ付、山本暮時前来ル。右は家根普請致かけ、半分にして伊三郎手を留め居候事、甚難義至極ニ付、何卒明日ゟ跡出来候様致度願参り候間、何れも意気無候間、明日ゟ家根普請致候やう被申候間、承知之趣申答、山本氏早ミ帰去。○日暮て林猪之助殿被参。是亦家根普請の事也。明日ゟ早ミ取掛り出来候様被申、且又小太郎、伏見江対し和睦致、互ニ怨無之様致候方宜敷旨、小太郎江示教被致、暫して帰去。○五時過定吉来ル。昨日申付置候買物品ミ買取、持参ス。金二朱渡置候所、内廿文残、返之。右請、暫して長次郎殿と一緒ニ帰去。

○廿九日丁亥　晴　九時頃地震　余ほど震ふ

一昼時前、昨廿八日渡り候御扶持車力壱俵持込候を請取置。取番加藤領助・永野儀三郎差添来ル。作州米三斗壱升二合入、端米ハ壱斗五合、内壱升切九升五合アリ。○昼前小太郎髪月代を致遣し、昼後霜除板を布、其後鮫ヶ橋森野氏江参る由ニて罷出、暮時前帰宅。森野内義江兼て頼置候明卅日留主居の事ニ参り候所、明廿八日《ママ》小石川江参り、未帰宅不致候間、帰宅次第早ミ申聞候由、市十郎殿被申之。同人鍵持参、小太郎渡之。

一夕七時頃およしどの来ル。雑談後夕飯を為給、暮時帰去。○暮時頃大内うぢ《ダク》被参。右は明卅日琉球人江戸入見物致度候ニ付、小太郎紹介致呉候様被申候間、然ば早朝ゟ御出被成候やう約束致、六時過帰去。右同刻、長次郎殿来ル。伝馬町江被参候由ニて早ミ帰去。○昼時おふさ殿来ル。是亦琉球人見物致度存候所、行先無之候間、明日自参り候ハヾ同道致、見物為致呉候様被申候間、是亦承知致、何れ、明早朝出がけ誘引可申候間、支度被致、待居候様約束致。雑談後帰去。○夕方定吉来ル。右は御扶持つき可申由申ニ付、荷持給米四升残し置、跡不残持帰る。

○卅日戊子　五時頃ゟ風雨　夜ニ入同断

一今日琉球人江戸入ニ付、自、田町宗之介方へ行。雨天ニ付、小太郎ハ延引す。右留主居として昨日頼置候ニ付、早朝宗村お国殿被参。出がけ、あや部おふさ殿誘引候所、是亦雨天ニて延引。右ニ付、自壱人ニて宗之介方へ行。昼時、大内隣之助殿、長次郎殿同道ニて来ル。此両人ニ田町ニて酒飯のちそふ致、暮時ニ及候ニ付、帰宅致さんとする所、長次郎殿ハ酩酊致、一歩も運かね候ニ付、大内氏のミ帰去。長次郎殿方へハ大内氏ニ伝言頼、今晩止宿由申入。然る所、長次郎、宗之介方玄関ニ打臥、暫し食事候物吐し、宗之介家僕清七介抱致、四時過起出、少し醒候様子ニて又ゝ四畳ニて酒盛致、宗之介方ニ止宿ス。今晩、お国殿ハ信濃殿町の家ニ止宿ス。

○十一月朔日己丑　雨

一今朝食、長次郎同道ニて帰宅。其後、お国殿を帰し遣ス。到来の品ゝ為持遣ス。

一小太郎三日礼廻りニ出候由也。昼後髪月代致遣し、其後入湯ニ罷出候て、夕七時帰宅。夜ニ入、隣家林氏ニ行、五時帰宅、枕ニ就く。

一夕方長次郎、金子二百疋入用ニ付借用致由被申。誠ニ度ゝの事ニてうるさく候へども、殊の外〳〵困り候やう子ニ付、其意ニ任、貸遣ス。

一暮時、定吉来ル。右は、小太郎ニ打わら頼まれ候由ニて持参、さし置、帰去。

一来ル六日、蓑笠様御大祥忌御相当ニ付、牡丹餅製作致候ニ付、あづき買取度存候所、留主居無之ニ付、大内氏を頼候所、大内氏被参呉候様被申候へども、余り失礼ニ存候故辞し候へども、強ニ被参候由ニ付、其意ニあまへ、同人〻頼申、代金二朱渡候得バ、ほど無買取、被参。壱升ニ付百文也と被申。此せツ、我身壱人、助無之候所、かゝる老実成人ニ助られ、実難得心術也。其おん忘るべからず。且又、先日貸進の八犬伝九輯廿九ゟ三十二迄五冊被返之。尚又、同書三十三ゟ三十五の下迄五冊貸進ズ。

○二日庚寅　雨　昼後雨止

一今日小太郎当番ニ付、天明起出、支度致、小太郎ニ早飯為給、御番所ニ罷出ル。

一早朝、定吉来ル。おさち迎の為也。○昼後おふさ殿来ル。先日貸進致候朝夷三編五冊被返、暫雑談して、おさちの帰宅待居候得ども、延引ニ付、夕七時前帰去。尚又朝夷四編五冊貸遣ス。○右同刻松村儀助来ル。雑記十一ノ巻被返之、跡十二の巻壱冊貸遣ス。雑談中伏見氏被参、両人暫物語して帰去。○夕七時前渥見祖太郎来ル。右は、かねて談じ置候小太郎一義、離別取斗呉候様、山本半右衛門〻頼入候為来ル。則、山本氏〻祖太郎被参、小太郎一義申談事、夕方此方へ祖太郎帰来ル。談事候趣左之通り。何分ニも、小太郎離別術よく御取斗の義、偏ニ頼申入候所、兎角当人勤向ニ宜敷候由、何分勘弁致呉候様、山本氏申候ニ付、祖太郎又申候は、勤先致候は勿論の事、勤向宜敷とも、家内不熟ニてハ家事不取締ニ付、何分離別の一義、此度の番ニハ引込せ、早ゝ油谷〻預ケ候様取拵可被致候と申候へバ、何れニも今四、五日の内ニハ聢と致候挨拶可致候間、夫迄御待可被下しと山本氏申ニ付、然バ頼候と申、帰宅の由、祖太郎被申候。祖太郎ニ夕飯為給、暮時帰去。○夕七半時頃岩井氏被参。同刻、清助来ル。先日清助ゟ持参致候ふら底、今日清助〻返ス。尚又所望ニ付、しゅんくわん嶋物語合二冊貸遣ス。奇応丸小包二ツ、是亦渡ス。代料ハ未ダ也。○岩井氏も小太郎一義ニ付被参候得ども、清助等居合候ニ付、暮時帰去。○おさち夕七時過帰宅。今日、田町〻童子訓七ノ巻ゟ三十ノ巻迄廿五冊為持遣ス。○夜ニ入、順庵殿被参。暫して加藤氏被参、ほど無和多殿・大内氏被参。大内氏、大福餅一包持参、被贈之。加藤うぢ《ダク》、八才の力士にしき絵壱枚被贈之。せん茶・せんべいを出し、雑談中伏見氏も参り、雑談。九時一同帰去。○皆帰宅後自、文四通をしたゝめ候得ば、丑ノ刻ニ及。明日所ゝに使を出さん為也。夫ゟ枕ニつく。

○**三日**辛卯　曇

一今朝牡丹餅を製作致、先蓑笠様御牌前に供し奉り、其外諸霊に同断。各廿入、飯田町・あつミ○宗之介○赤尾○伏見○隣家林○十五入壱重、山本半右衛門、同大内○十一入壱重○梅村○深田○加藤○岩井○定吉○豆腐屋。生形小児に一盆遣ス。右、定吉吉《ママ》ヲ以遣之。○昼後飯田町ゟ使ヲ以、蓑笠様大祥忌来ル六日ニ付、志の重の内壱分饅頭・薄皮餅十七入被贈之。外ニ、亥年新暦壱さツ・柱壱枚被贈之。万吉方ゟ出来の由ニて、蓑笠様御肖像一幅出来、被届之。仕立代十八匁の由。尚又、先月分上家壱分ト二百六十八文・薬売溜壱分ト壱〆十二文、是亦被届之。右請取、謝礼返書進之。

一定吉暮六時帰来ル。赤尾ゟ返書・干茄子到来。其外ハ返書不来。

一小太郎、明番ゟ下町に廻り候由ニて昼九時帰宅。暮時ゟ入湯ニ罷出、日暮て帰宅。其後枕ニ就く。○今日家根屋伊三郎外壱人来、土蔵家根葺畢、夕方帰去。○夕方順庵殿来ル。暫雑談、薄皮餅を薦め、其後被帰去。

一昼後自、おさち同道入湯ニ行、暫して帰宅。伏見廉太郎・生形おりよう同道ス。

一来ル六日蓑笠様御大祥忌御相当ニ付、飯田町ニてハ餅菓子を所ゝに配り、此方ニてハ牡丹餅製作、諸親其外所ゝ、前ニ印が如く配り、志を致ス。右ニ付、大内氏手伝被致。○暮時長次郎殿来ル。小蓮五本持参、被贈之。

○**四日**壬辰　晴　○昼時触役礒右衛門殿来ル。右は、玉薬持参の人ゝハ勝手次第稽古致候由被触之。

一今日家根屋亥三郎外壱人来ル。○早朝半右衛門殿窓ゟ小太郎を呼る。右は、昼後ゟ油谷へ参り候様被申。医師江被参候由ニて、早〻伝馬町の方へ被参。

一右ニ付、小太郎に髪を結遣し、朝飯後、下町江油谷江参り候由ニて、五半時頃罷出ル。〇伏見氏被参、蓑笠様御霊前江せん茶一袋持参、被贈之。暫して帰去。

一家根屋伊三郎、尚又金子借用致度申ニ付、内金二分渡し遣ス。夕七つ半時過帰去。〇夕方大内氏被参、ほど無帰去。〇右同刻およし殿来ル。暮時帰去。〇暮時過山本半右衛門、医師ゟ油谷五郎兵衛方へ参り、小太郎・五郎兵衛一座ニて離別一義談じ候所、何れも殿木江かけ合のの《(ママ)》上挨拶可致旨、今日聢と致候挨拶出来かね候由、半右衛門被申之。右之趣、祖太郎江申聞呉候様被申之、帰去。

一小太郎五時前帰宅。小太郎申候は、今日油谷・山本両人江私事心腹の所申置候まゝ、御聞可被成と申之。帰宅後食事致、枕ニ就く。

〇五日癸巳　晴

一小太郎、今朝下町辺江参り候由ニて、朝飯後出去。足袋切候間整申度由申ニ付、三百文余渡し遣ス。〇昼時頃、大内氏ゟ白砂糖壱斤入壱袋被贈之。〇今日蓑笠様御大祥忌御逮夜ニ付、一汁三菜料供を備。料供残、伏見・山本・深田・林・生形・大内、右六軒江各一膳ヅ、贈之。山本氏ゟさつま芋七本被贈之。〇八半時頃、田町宗之介方ゟ使札到来。右は、明六日深光寺へ参詣可致の所、無拠用事有之、参詣致かね、右ニ付、香料五十疋を霊前江備、香奠二百銅を被贈越。赤尾ゟ葛粉小重入壱重被贈之。右謝礼返書遣ス。料供残重箱ニ入、遣之。清七ニ夕膳為給遣ス。〇右同刻松村儀助殿来ル。蓑笠様御霊前江竜門銘茶半斤入壱袋手向、短冊二枚被備之。則、夕膳を薦め、残し置候品〻江もり添、同人家内へみやげとして遣ス。同人小児虫気の由ニ付、奇応丸小包分二ツ遣之。暮時帰去。〇暮時大内氏、贈膳謝礼として被参。早〻帰去。

一家根屋伊三郎外壱人来ル。今日土蔵家根皆出来、母屋の漏候所を繕、半分ニ相成候由ニて、物置へハ不掛して、夕七時両人帰去。

一小太郎暮時帰宅。今朝出がけ山本氏江立より、手紙したゝめ帰り候由、山本小児申之。帰宅食後、山本氏江又行、暫して帰宅、枕ニ就く。

一今日蓑笠様御逮夜ニ付、御画像床間ニ奉掛、神酒・もり物・あま干柿を供ス。夜ニ入御灯、五時納畢。○土蔵したミ、伊三郎ニハ出来かね候由申ニ付、松五郎ニ頼、鮫ヶ橋大工亀《（アキ）》ニ申付置。明朝参り候由也。

○六日甲午　晴

一今朝、伊三郎外壱人来ル。物置の家根ニ取かゝり、夕方帰去。

一今日深光寺ニて蓑笠様御大祥忌御法事興行ニ付、四時過ゟ支度致、家内三人深光寺へ参詣。留主居、長次郎殿を頼置く。

一深光寺へ参詣之者、飯田町清右衛門様・御姉様幷ニおつぎ、あつミゟお鍬様・鉎五郎殿被参詣。田辺鎮吉も今日参詣。宗之介ハ今日無拠用事有之ニ付、参詣せず。各香料進上ス。本堂ニおゐて恵明和尚・僧四人読経畢、各焼香、墓参、花水を手向。飯田町ニて壱分饅頭・薄皮餅各五ツヅ、牽之。読経畢る頃、田口栄太郎母おいね参詣せらる。夕七時各退散、七半時頃帰宅。○右留主中、隣家林氏ゟ窓の月本形小重入十三被贈之。荷持、給米を乞ニ来り候由ニて、長次郎殿玄米四升渡し候由、帰宅後被告之。

一今朝、儀三郎殿来ル。番当、小太郎ハ捨りの端の由也。○帰宅後長次郎殿被帰去。餅菓子壱包遣之。○今朝蓑笠様御料供、一汁三菜供之、もり物みかんを供ス。御画像へハ神酒・備餅・みかんを供、帰宅後納置。

一今日、深光寺ニてお鍬殿被申候ハ、昨日小太郎参り、祖太郎江種ゝ申候由。右ニ付、問合度儀も有之候ニ付、都合次第飯田町江参り候由被申候ニ付、然らバ、来ル十二日昼後飯田町江参可申候間、御足労乍祖太郎様御出のほど相待候と約束致置。小太郎渥見江参り候事、半右衛門の揮指（ママ）なんるべし。

○七日乙未　晴

一早朝荒太郎来ル。右は、今日小太郎捨りの端ニ候所、儀三郎殿内義、今朝ゟ俄ニ産の気ニて、何分当番ニ出かね候ニ付、今ゟ支度致、右代番ニ可出由被申候ニ付、湯づけ飯給、御番所江罷出ル。俄の事ニて、弁当菜手宛無之故ニ、菜代を渡し遣ス。百合みそあへをこしらへ遣ス。

一今朝、昨日頼置候大工亀次郎来ル。材木入用ニ付、金二朱渡し、材木代四匁・釘代三十六文也と云。直ニ取掛り、家根羽目出来畢候ニ付、表黒板塀をつくろハせ、尚又材木不足ニ付、杉中巻・釘等買と、のへ、つくろい畢、夕七時過帰去。大工手間五匁・飯米壱匁五分の由。右ニ付、昼飯此方ニて為給、五匁五分払遣ス。○伊三郎、今日出来上り候由ニて、残金壱分二朱渡し遣ス。伊三郎積違、余分ニ掛り候間、増金願度申ニ付、金二朱可遣旨申、帰し遣ス。○昼後自、金ぴら様ゟ一ツ木不動尊江参詣、帰路入湯致、夕七時帰宅。○其後おさち、おふさ殿方へ行、暮時おふさどの同道ニて帰宅。同人菜園菜づけ壱重持参、被贈之。おふさ殿今ばん（ダク）止宿被致。○夜ニ入岩井氏・加藤氏被参。加藤氏、同人姉聟何某、伊せ国ニ被居候神職手跡短冊壱枚持参、被贈之。如例夜話致候内、梅村氏五時頃参られ、焼さつまいも一盆持参、被贈之。一同雑談、四時過、右三人帰去。

○八日丙申　晴

一早朝、家根屋伊三郎請取書幷ニつもり書持参して、増金を乞ふ。つもり違致候は伊三郎の疎忽ニ候へども、何分難儀申立候ニ付、増金二朱渡遣し候得ども、此後家根普請せツハ申付難候由申聞置。○其後生形綾太郎妹おりよう来ル。麻壱包持参、被贈之。先日品〻贈り候謝礼成べし。

一おふさ殿朝飯後四時前帰去。○小太郎四時明番より帰宅。今日寄合有之候所、小太郎初寄合ニ付、加藤領助殿宅借用致候ニ付、餅ぐわし代金三朱、炭代と金壱分為持遣ス。信濃町ハ手遠成故かくハ計候也。今日の寄合、並木又五郎当番ニて、御断無不出候ニ付、点削候由也。今日初寄合、小太郎初加藤領助・加藤金之助・永野儀三郎、右四人之初寄合一緒ニ致、各くわし料三朱ヅ、出金、右四人ニて三分二朱ニて、定例ハ餅菓子壱包ヅ、各ゟ牽べき所、今日はかつをし《ママ》を被牽候由也。小太郎夕七時帰宅。金壱分之内、二百五十二文持参ス。○建石元三郎来ル。右は、同人父、願之通り退役被仰付候由ニて来ル。○明日小太郎増上寺御場所請取の由、長次郎夕方被参り、被告之。○夕七時前定吉妻おとよ、先日貸遣し候糸車持参、返之。木綿糸少し取候間、上可申由ニて持参ス。且又、飯米不足ニ付、頼置候所、是亦八升持参致候を請取置く。

一生形おりやう来ル。只今ゟ香の物買取ニ参り候由ニ付、古たくわん大こん六本遣之。○夕七時小太郎髪月代致遣し、食後鮫ヶ橋ゟ参候由ニて罷出候所、山本ゟ行候也。五時前帰宅。

一夕方定吉来ル。先日同人家根葺候ニ付、足場の竹貸遣し候ニ付、今日返しニ来ル。暫して帰去。○今日、神女湯能書幷ニ外題・黒丸子能書・奇応丸小包袋、摺之。

○九日丁酉　晴

一明十日増上寺御成《アキ》ニ付、小太郎御場受取ニ五時過ゟ増上寺ゟ罷出ル。邦之助・清之助・領助等同道也。御城附は長次郎・又五郎・鉄之助・儀三郎也。壱度弁当遣之。夕七半時過帰宅。食後、暮六時頃ゟ枕ニつく。

一四時頃大内氏被参、暫して被帰去。○四時過おさち、生形おりやう同道ニて入湯ニ行、九時過帰宅。○右同刻、下掃除忠七来ル。両厠掃除致、帰去。

一今朝黒野喜太郎殿被参。右は、今日高畑武左衛門跡番代之者信濃殿町𛀁引移り候ニ付、何分頼候由、是亦来ル十三日明番之せツ本書出候間、其せツ立合ニ可罷出旨被告申、帰去。○八半時過定吉来ル。先日中付置候火入猫買取、持参ス。先日中使候人足ちん金二朱、今日渡遣ス。尚又勘定致参りやう申付置。○右同刻およし殿来ル。暫物語して帰去。○夕七半時頃深田長次郎殿養母被参。出来合候由ニて黄飯・煮染一器持参候て被贈之、急候由ニて早〻帰去。○暮時、触役亥三郎殿来ル。明十日八時起し、七時出（ママ）の被触、且亦、明後十一日（アキ）右大将様増上寺𛀁御成ニ付、明日も亦小太郎居残り成間、又壱度弁当出し候様被申之。○家根や伊三郎弟子参り、足場の竹持去。○御城附人、長次郎殿七時過来ル。明日（アキ）御成、当組当番の由也。早〻被帰去、夜ニ入又来ル。入湯ニ参り候由ニて早〻帰去。

○十日戊戌　曇　夜中風烈

一今暁八時小太郎を呼起し、起番ニ付、深田氏を呼為起、食事為致、七時ゟ深田氏同道ニて増上寺御場所𛀁罷出ル。明十一日（ママ）右大将様同所𛀁御成ニ付、小太郎今日も居残りニ相成、壱度弁当遣ス。夕七時帰宅。夕飯後入湯ニ罷出候由ニて出宅、暮六時過鶏骨・ねぎ買取、帰宅。五時枕ニつく。○八半時頃荷持、御どうらん・御鉄炮其外、弁当がら・ぞふり等持参、請取置。○昼後おさち久保町𛀁買物ニ行、帰路入湯致、帰宅八時過ニ成。○昨九日、こんまき売三五郎、飯田町御姉様ゟの文幷ニ先日御肖像を包さし上候服砂被届之。右御文は来ル十二日祖太郎殿被参、小太郎一条ニ付、用談有之候間、おさちをも同道致、参り候様被仰候。御返事ハ上不申候。

○十一日己亥　半晴

一今暁七時前、東之方ニ失火有之。火元不詳。夜明後聞候所、田安長屋壱丁余焼失の由也。○昼後、おさち同道ニて自入湯ニ行、暫して帰宅。

一右留主中お国殿来ル。焼さつま芋持参、被贈之。暫して被帰去。○昼時過、岡勇五郎来ル。夕方迄遊、帰去。○夕七時過順庵殿来ル。小太郎在宿ニ付、早ミ被帰去。○小太郎巳ノ刻頃起出、終日在宿ス。昼後ゟ竹具足をこしらへ候由。夜ニ入同断。

○十二日庚子　雨終日

一今朝小太郎当番ニ付、正六時起出、支度致、天明頃小太郎呼起し、早飯為給、御番所ゟ罷出ル。○四時頃伏見氏ゟ、二男初誕生の由ニて、赤小豆飯・一汁二菜二人前被贈之。○右同刻自、おさち同道ニて飯田町ゟ行。右留主居、伏見氏を頼置。今日祖太郎殿飯田町ゟ被参候由ニ付、小太郎一条、うちより相談の為也。昼時飯田町ゟ参り、鶏卵七ツ、おさちゟおつぎゟ桃色小切・かんざし等贈之。然る所、琴嶺居士姉君田辺鎮吉母義、此方へハ天保亥年以来中絶の所、飯田町へハ内ミ出入被致候ニ付、去ル十一日出火ニ付、見舞として被参候間、不存寄十四年目ニて対面、物語致候内、祖太郎殿被参。右ニ付、座敷ニおゐて清右衛門様・祖太郎皆打寄、去ル五日渥見氏ゟ小太郎参り、種ミ悪口申述、なき事をも有しごとく、小太郎而已善人の如く、自、小太郎を箸のあげおろしニこゞと申抔と申ちらし、何分和睦候様頼候と申ニ付、然バ自の旨をも問候とて、今日飯田町ゟ寄合。いかに勘弁被成候やと祖太郎被申候ニ付、小太郎如何様ニ申候とも、今更和睦勘弁抔とハ不存寄事也と申候へバ、離縁甚六ヶ敷候ニ付、達而離別被成度思しめし候ハゞ、少し物入も可成候。其物入だに御厭無之バ右も左も可致候と申ニ付、過分の事ハ出来かね候得ども、一、二枚の事候ハヾ厭しからず。然ども、物入を厭ふのゆへニ只今勘弁和睦ハ致難候間、何れも可然御取斗頼候と申。祖太郎殿被申候は、然らバ明十三日歟十五日両日の内ニ山本氏ニ参り可申候と約束致。飯田町ニておさち共侶夕飯を馳走ニ相成、暮六時帰宅ス。其後、伏見氏五時帰去。

一帰宅前ゟ順庵殿被参、六時過ニ成て加藤氏被参。せん茶・名所せんべいを薦メ、雑談、子ノ時両人被帰去。

○十三日辛丑　晴　風

一今朝政之助殿来ル。先日貸進の自撰自集上ノ巻壱冊持参、返之。右請取、同書中ノ巻壱冊・琴靍歌集壱冊貸進ズ。尚亦、毛引板所望被致候間、幸此方不用の毛引板有之付、進之。暫して帰去。○右同刻長次郎殿来ル。ほど無帰去。○小太郎四時明番ニて帰宅。食後、高畑本書出候ニ付、立合ニ行、八時過帰宅。餅菓子一包・膳代二百文、高畑ゟ請取来ル候由。右は不沙汰也。

一八時頃大内氏、先日貸進の八犬伝九集三十三ゟ三十五の下迄五冊被返之。尚又所望ニ付、同書九集三十六ゟ四十迄貸進、暫して被帰去。

一夜ニ入、定吉来ル。白米七升持参ス。右請取置。○夕七時頃おさちヲ以、定吉方へ米代金二分二朱為持遣ス。

一小太郎夜ニ入竹具足拵候ニ付、自ハ宵ゟ枕ニつく。

定吉へ渡之。

○十四日壬寅　終日曇

一今朝長次郎被参、組頭ニ参り候由ニて、早ヽ帰去。○昼後自、おさち同道ニて入湯ニ行。出がけ、山本氏ニ油谷挨拶聞ニ参り候所、未ダ挨拶無之由被申。夕七時帰宅。

一小太郎四時過起出、終日在宿。夜ニ入、たばこ買取ニ行、五時前帰宅。代二百文渡遣ス。○暮時およし殿来ル。今晩止宿被致。

一夜ニ入長次郎殿被参、早ミ帰去。○夕七時頃、松むら儀助殿被参。且、先日貸進の重箱・ふろしき・雑記十二ノ巻壱冊被返之。右請取、雑記十三ノ巻壱冊貸遣ス。雑談後帰去。

○十五日癸卯　晴

一およし殿今朝起出、帰去。○小太郎五時過起出、朝飯後御頭ニ当日祝儀ニ罷出、四時過帰宅。終日在宿。○八時過岩井政之助殿被参、先日貸進之自撰自集壱冊・琴鶴歌集壱冊持参、被返之。尚又所望ニ付、金魚伝初編ゟ終迄貸進ズ。暫して被帰去。

一夕七時頃渥見祖太郎、小太郎一条ニ付、山本半右衛門方へ罷越、委細欠《カケ》合候由ニ候へども、今日小太郎在宿の故ニ此方へハ不立寄、永井番所の辺ニて祖太郎殿、おさちを呼て右之様子被申候由、おさち告之。○暮時信濃屋重兵衛、申付候炭二俵持参、差置帰去。○伏見氏ゟ里芋一笊被贈之。

○十六日甲辰　晴　薄氷はる

一今朝小太郎髪月代致遣ス。其後何れニ歟罷出。行先告ざればバ其行所を不知。出がけ、如例山本ニ立より候由也。○五時過永野儀三郎殿来ル。右は、明日小太郎捨りの端心得之由被申、帰去。○四時過、伏見子供両人に髪月代致遣ス。生鯖二尾伏見ニ遣ス。先日赤小豆飯到来の謝礼なり。

一今朝長次郎殿来ル。ほど無帰去。同人妻、おさちニ髪結遣し候由被申。昨日ゟ度ミ老実ニ被申越候ニ付、小太郎出宅後、四半時頃ゟ油・元結持参、同人方へ髪結ニ行。煮里芋一器持参、贈之。右うつりとして鮭壱切被贈之。おさち八時前帰宅。○昨十五日、深光寺ゟ納所ヲ以、納豆一曲贈来ル。

一昼後自、伏見小児両人同道、入湯ニ行。出がけ、あや部に立より、おさち方ゟおふさ殿に文を遣し、入湯致、八時過帰宅。

一小太郎暮六時帰宅。榑正町に参り候由也。小太郎中兄竜仲殿、父竜谿殿と口論の上、家出被致候由。右同人妻子をも引連候と云。何の故なるを不知。右ニ付、此せツハ阿州家にハ先引籠被成由、右竜仲殿跡に伯兄竜伯殿被参居候と、小太郎の話也。

○十七日乙巳　晴

一今朝小太郎五時過起出、食後何れへ歟罷出ル。行所を不知。

一昨日しなのや重兵衛、先日頼置候傘壱本買取、持参ス。代銭六百四十八文の由。さし置帰去。代料ハ未ダ也。
○如例、観世音尊像取出し、七色ぐわし・備餅を供ス。○今日、使札・客来なし。

○十八日丙午　晴

一今朝、荒太郎殿来ル。右は長谷川幸太郎跡役定番被仰付候由なり。

一昼後長次郎殿来ル。長安寺門前に被参候由ニ付、同所こんやに染物誂置候を請取被呉候様申頼、代三百四十八文渡し、尚又苧十匁染させ度由頼、是亦頼遣ス。同人八半時頃帰来ル。頼置候染物請取、持参せらる。右受取、食籠借用致度申ニ付、貸遣ス。

一おさち昼後入湯ニ行、八時頃帰宅ス。

一小太郎今日終日在宿。但、夕七時頃入湯ニ参り候由ニて出宅、山本江行、暮時前山本氏を出去、入湯して、暮六時帰宅。○暮時山本半右衛門、油谷五郎兵衛同道ニて来ル。右は小太郎一条也。油谷申候は、是迄段ゝ小太郎一義ニ付詫候とも御承知なく、いよ〳〵離別被成度候ハヾ当人も甚不便也。右ニ付、仲間振合ヲ以、当人行立候様致貰度候。何分当人心つよく、離縁致さるゝおぼえなし抔と申といへども、当人身分振合付候様被成下候ハヾ、当人の所、兎も角も小太郎ニなり替、取斗可申候と被申候ニ付、右は親類とも相談の上、油谷まで挨拶可致申示置。今日油谷五郎兵衛、渥見江参り候由被申。日暮候ニ付、手ちようちん貸遣ス。くれ〳〵も憎むべき白物奴也。

一夕七時豆腐や松五郎妻すミ、此せツ元手高く候所、人ゝの世話ニてかつこうの豆買取度候ニ、金子不足ニて甚困り候也。何とも申上かね候へども、金子一両拝借願度と願候へども、此方ニても此せツ甚難義也と申候へども、人難義を救ハずハ我難義をも救《スク》ふべからずと思ふの故ニ、我衣小紋ちりめん袷一・上田しま袷壱ツ・黒羽二重もん付小袖壱ツ・紅かけ重付もん付絽壱ツ、貸遣ス。暮時右持参、帰去。

○十九日丁未　曇　巳ノ刻小雪　忽止　晴　昼九時四分冬至之節ニ入

一今朝小太郎、油谷五郎兵衛方へ罷越候間、髪結呉候様申ニ付、則結遣ス。其後罷出ル。小遣乞候間、二百文遣ス。出がけ、山本氏江立より、夫ゟ油谷江行、暮六時帰宅。今日油谷ニて雪踏(ママ)奪去れ候由ニて、油谷ニて藁ぞふりかり候て日本橋江参り、日本橋ニてせつた借用して帰宅の由申之候へども、信じがたし。有ろん也。○今朝四時過ゟ自渥見江行。右は、小太郎一条ニ付昨夜油谷参り候て談じ候一義申述。油谷昨十八日八時頃渥見江参り、種ゝねだりがましき事、有まじき事、小太郎望ニ付、金子廿両受申度抔申。何れとも親類相談の上、挨拶承り度由申候と、祖太郎の話也。右ニも左ニももがりニ等しき事、呆レ候事也。

一夕七時前およし殿来ル。夕飯為給、今晩此方へ止宿。○右同刻定吉、白米壱斗二升持参。つきちん残り百文遣ス。暫して帰去。

一昼後順庵殿被参、暫物語して被帰去。○琉球人、今日両御丸へ登城也。

○廿日戊申　晴

一朝飯後およし殿帰去。○昼前、岡勇五郎来ル。暫して帰去。○昼後小太郎山本ニ行、夫ゟ何れへ歟行、夕七時過帰宅。四谷伝馬町辺を勇五郎同道ニてぶらつき居候由、見たる者の話也。○昼後およし殿、入湯ニ参り候やと被誘引。右ニ付、自同道ニて入湯ニ行。今日、柚湯也。暫して帰宅。○右留主中、お国殿ゟ荷持由兵衛ヲ以、此方ニ預り置候神棚・三斗樽壱ツ取ニ参り候由ニ付、則右二品渡し候と、帰宅後告之。○おふさ殿来ル。先日貸進之朝夷嶋めぐり五編・六編二部被返之。おさちと物語稍暫して、迎之人参り候ニ付、帰去。○夕七時頃松村儀助来ル。過日貸進の雑記十三ノ巻壱冊被返之。尚又、十四ノ巻壱冊貸進ズ。琴靍追善手向の歌、冊ニ致候由咄し置処、松村右冊ニ序文綴り候間、緘込候様被申、差置。右は未ダ其儘有之候まゝ、何れ出来次第緘入候様申置く。○夕七時過大内隣之助殿被参、過日貸進之八犬伝三十六ゟ四十迄五冊被返之。且又、借書之謝礼として、かつをぶし五本被恵之。然ども、右之品受候事心苦敷候ニ付、辞し候得ども不聞候故ニ、其儘預り置。尚又、同書四十一ゟ六迄五冊貸進ズ。暫して被帰去。

一暮時頃自伏見ニ行、大内氏ゟ被恵候かつをぶし持参。右は、岩五郎殿ニ自意衷を申演、中ゝ以右之品申受候所存無之、只ゝ母女二人ふつゝか成事ども偏ニ御助を願ふのミ。夫何よりの賜也と申断、右かつをぶしを伏見ニさし置、帰宅ス。○右同刻長次郎殿来ル。ほど無帰去。帰路の由ニて五時頃立より、ほど無帰去。○伊勢外宮大麻・列箸・のし・新暦壱本、如例贈来ル。

○廿一日己酉　晴

一昼後、小太郎髪月代致遣ス。其後何れへ歟出去。暫して玉井鉄之助殿来ル。右は只今ゟ前野氏ニて寄合有之候。今方小太郎殿ニ行逢候て、右之趣申達し候間、帰宅延引可致候様被申、帰去。○八時頃、伏見氏、昨夜返し遣し候堅魚甫亦持参せらる。右昨夜被仰候趣隣之助殿へも申聞候所、右ハ是非〻〻御受納可被下由。左なくてハ、以来借用致難候間、受納候様、伏見氏種〻被申候ニ付、そを辞ん事さすがにて、其意ニ任、受納置。厚く謝礼申述、早〻被帰去。伏見氏簾太郎殿・お源殿髪月代致遣ス。○夕七半時頃触役長谷川幸太郎殿、明廿二日当番、琉球人御暇ニ付、八時起し、七時出の由被触之。○小太郎暮六時帰宅。今日の寄合、蔵宿替の一義也。二十両以下借金有之人〻江ハ、此度改て金三両ヅ、貸候由也。右宿ハ坂倉屋万蔵と歟申候由也。

一暮六時頃長次郎殿来ル。今晩起番の由被申入、帰去。○夕七時前およし殿、暫物語して帰去。所望ニ付、半紙壱帖遣ス。○六時過定吉妻来ル。右は、昨日申付置候田町江供申付候所、明日ハ延引ニ成候由申遣ス。

○廿二日庚戌　晴

一今暁八時長次郎殿、窓ゟ呼起ル。即刻起出候内、鮫ヶ橋豆腐屋松五郎先建具屋ゟ出火、表長屋四、五軒、裏長屋七、八軒焼失ス。右ニ付、岩井政之助殿為見舞被参、七時前被帰去。○今暁八時起し、七時出ニ付、小太郎八時起出、支度致、七時、長次郎殿同道ニて御番所江罷出ル。

一今朝平五郎殿、門前通行の由ニて被立寄、早〻帰去。○昼前おさち入湯ニ行、九時過帰宅。○四時過大内氏被参、昨日浅草鳥の町江参詣被致候由ニて、雷おこし壱袋持参、被贈之、ほど無被帰去。○九時過ゟ自、飯田町江行。出がけ、成田一太夫殿方へ罷越、小太郎一条幷ニ油谷申入候条、半右衛門心得の事申示、魚饅・芹小重入壱重遣之。夫ゟ飯田町江行。是亦小太郎一条、油谷もがりニ等しき事物語致。飯田町ニて夕飯馳走ニ預り、暮六時帰宅。粟水飴一器持参、進上。飯田町ゟみかん五ツ被贈之。○右留主中、久野様御内加藤氏ゟ、遠来の由ニて糟漬蕪・京菜漬、僕広蔵ヲ以被贈之。手紙参り候由の所、自他行中ニ付、返書ニ不及、謝礼、口上ニて申進じ候由、帰宅後おさち告之。

一昼後松村氏被参候所、自他行中ニ付、おさちと物語被致、又明日被参候由被申、被帰去。所望ニ付、金瓶梅初編・二編貸進致候と、是亦おさち告之。

一夜ニ入政之助殿来ル。焼さつま芋一盆持参、被贈之。且、先貸進之金魚伝全部返之、尚又、殺生石全部貸遣ス。夫ゟほど無梅村・加藤両氏被参、如例、煎茶・みかん・おこしを薦む。少し後れて和多殿来ル。五時頃順庵殿被参。何れも雑談、四時過帰去。梅村氏、先日貸進之廻嶋記初編五冊返之、尚又二編五冊貸遣ス。

○廿三日辛亥　晴

一今朝伏見氏被参、昨日同人田町江被呉参候筈の所、無拠用事出来ニ付、今日に延引致、只今ゟ山田氏江参候由被申候ニ付、則、一翰を頼、委細ハ直談被下候やう頼置く。早ゝ被帰去。○同刻おさちヲ以、同人方へ糟漬蕪二ツ為持遣ス。右うつりとして、乾魚被贈之。○四時頃松村氏被参、其後深田氏明番後来ル。両人種ゝ物語被致候内、小太郎九時過帰宅。今日明番ゟ榑正町江廻り候由也。松村・深田、九時過帰去。○小太郎、食後八時頃ゟ近処江罷越候由ニて罷出、暮時帰宅。

一夕七時頃おふさ殿、岡野江被参候帰路の由ニて立より、ほど無帰去。

一昨夜梅村氏、紙入此方井ノ辺江落置候ニ付、今朝見出し、四時前おさちヲ以、為持遣ス。○夜ニ入、深田氏来ル。暫雑談して帰去。手製なめ物一器遣之。

○廿四日壬子　晴　今日ゟ八せん
一今朝長次郎殿、寒菊手折て持参、被贈之。ほど無帰去。

一四時頃伏見氏来ル。昨日宗之介方へ被参、小太郎一条咄申され候由。折よく宗之介ニ面談被致候由被申。○昼前おさち入湯ニ行、帰宅後、自入替て入湯ニ行。出がけ、定吉方へ明日西丸下迄手紙使申付、書面壱封渡し置。
○昼前、つきむし薬袋・奇応丸小包袋摺之。つき虫薬ハ夕方包拵置。
一小太郎四時頃ゟ出宅。何れへ参り候や、如例行所を不知。暮時帰宅。

一夜ニ入、生形綾太郎妹おりやう遊ニ来ル。五時頃、長次郎殿来ル。ほど無帰去。おりやう四時前帰去。今朝おさち髪結遣ス。

○廿五日癸丑　晴　寒気甚し　九時頃地震
一昼前、下掃除忠七、納干大こん百五十本持参。右請取、昼飯為給遣ス。

一右同刻、十二月分御扶持渡る。取番永野差添、車力壱俵持込、請取置。○八時過松村儀助殿来ル。過日貸進之雑記十四ノ巻壱冊・金瓶梅初へん・二編八冊返之。右請取、雑記十五ノ巻壱冊・金瓶梅三・四編八冊貸進ズ。暫して帰去。○小太郎、昼後何れへ歟罷出ル。夕七時過帰宅。

○廿六日甲寅　晴　寒気昨日の如し
一今朝、黒野喜太郎殿来ル。右は、高畑武左衛門跡御番代被仰付候ニ付、膳代金二朱持参、被贈之。小太郎請取。直ニ小太郎ゟ遣ス。

一四時前並木又五郎、明日当番、小太郎に番代致呉候様被頼。右弁当料三百文、並木ゟ請取候由ニ候へども、此方へハ小太郎沙汰なしニ付、しらぬ面色致置。小太郎請引、直ニ組頭に相届、帰宅ス。都て小太郎の行ふ所如此。○昼後高畑久次、今日御番代被仰付候由ニて、組合長谷川幸太郎差添、来ル。○昼後、小太郎ニ髪月代致遣ス。其後、鮫ヶ橋に罷越候由ニて出宅、松村に参り、糸瓜水弁ニ糸瓜がら二ツ貰受て帰宅ス。○八時頃大内氏被参、暫して帰去。○右同刻およし殿来ル。是又暫遊、焼さつま芋為給、夕方帰去。○今朝定吉妻およよ、昨日申付置候糖六升持参、さし置、帰去。○夕七時過ゟ沢庵を漬る。辛づけ一たる七十五本入、あまづけ(ダク)醤油樽に一たる五十本余つけ畢。押の石ハおさち戴(ママ)之。小太郎手伝ニ不及。○夕七半時過ゟおさち同道ニて、自おすきや町に入湯ニ行、暮時帰宅。○暮時定吉、御扶持舂可申由ニて来ル。四斗壱升九合入壱俵・端壱升三合、其儘渡し遣ス。

一昼後、今戸慶養寺ゟ使僧ヲ以、如例、辛納豆一器贈来ル。

○廿七日乙卯　晴　寒気甚し

一今日小太郎並木代番ニ付、正六時頃起出、支度致、天明ニ小太郎起出、早飯を為給候内、高畑誘引ニ来、則、同道ニて罷出ル。

一五時頃ゟ自あつミへ行。小太郎一条ニ付、油谷に被参候や否聞ニ参り候所、未不参、今日油谷ゟ此方へ被参候由ニ付、自即刻帰宅。

一八時頃ゟおさち、おふさ殿・生形妹おりやう殿同道ニて、赤坂一ツ木不動尊へ参詣。御供米一袋持参、納之、且、観量院墓参り、水花を手向て、夕七時帰宅ス。生形綾太郎妹へ飴一袋買取遣ス。

一夕七時過祖太郎殿被参、今日油谷に被参候所、五郎兵衛他行ニ付、小太郎一義ニ不及、何れ来ル廿九日・来朔両日の内、罷越候由、内義申置候由也。尚又、大内氏も被参、祖太郎殿と商量致。両人ニ夕飯を薦め、祖太郎ハ山本ニ罷越候所、以之外之挨拶、山本如例僻言をのミ申、只ゝ其身ハ逸れ候やう取斗候由、祖太郎殿又此方へ被参、申之。何れも廿九日・朔日両日の内、油谷ニ参り可申被申、帰去。弓張てうちん貸進ズ。右同刻大内・岩井両氏被参、種ゝだんかふ致候所、何れニも山本之所ハ岩井氏ニ頼、暫して両人被帰去。山本・油谷憎むべき者奴也。

一暮時高畑久次殿、見習御番無滞相済候由ニて来ル。

○**廿八日**丙辰　晴　今日琉球人御老中廻りの由也

一高畑久次殿、当日祝儀として来ル。○小太郎、四時過明番ニて帰宅、食後日本橋ゟ和泉橋ニ参り候由ニて出宅、暮六時前帰宅。風邪の由ニて、鍋ゆづけ四、五杯給て枕ニつく。○昼後おさち入湯ニ行、八時過帰宅。其後、自入湯ニ行、暫して帰宅。○夕七時頃およし殿遊ニ来ル。暮時前被帰去。

○**廿九日**丁巳　晴

一今暁七時頃ゟ東の方ニ出火有之。夜明て聞、日本橋の由ニ付、小太郎四時過起出、支度致、九時頃ゟ殿木其外ニ見舞ニ行、暮時帰宅。何れも無難の由也。帰路、湯で烏賊二ツ買取、煮つけ候様申ニ付、則煮つけ、壱人ニて夜食を給。殿木ニて桂枝湯買取来ル候ニ付《(ママ)》、今晩二貼煎用ス。其志の賤き事、かたはらいたく、実ニ呆はて候也。○今日、伏見氏ゟ被頼候小立の衣をたち、おさちと両人ニて仕立始む。○昼後定吉妻、先日申付候御扶持しらげ候て持参。つきべり四升二合、白米三斗七升持参ス。右受取置。○昼時頃おさち、生形妹ニ髪結遣ス。○夕方おふさ殿来ル。先日平吉ニ頼候べつこうかんざし取ニ被参候由也。しばらく物語致、帰去。○夕方深田氏被参、沢庵大こんの押を取替貰、其後帰去。

○十二月朔日戊午　晴　美日　風なし

一今朝高畑久治殿《(ママ)》、当日祝儀として来ル。○朝飯後小太郎髪を結、夫ゟ御頭ぃ当日祝儀ニ行、昼時帰宅。食後如例行先を不告して出去、暮六時帰宅。食事致、山本ぃ行、五半時頃帰宅。今日も桂枝湯煎用ス。○四時頃松村儀助殿被参、先日貸進之雑記十五ノ巻・金瓶梅三集・四集八冊被返。右受取、雑記十六ノ巻壱冊・金瓶梅五へん・六へん八冊貸進ズ。昼時被帰去。

一今朝伏見氏ゟ子息簾太郎殿ヲ以、焼まんぢう九ツ入壱重被贈之。

一夕七時頃岩井氏被参。右は小太郎一条、先日油谷、渥見へ参り二十金或は十両金出し候抔と申候事ハ決而無之、五両金も被出候ハゞ兎も角も取斗□□《(ムシ)》抔申候由。右ニ付、此方ゟ山本ぃ五両金ニて取斗候ハゞ、出し遣し□□《(ムシ)》申入可然候。左候ハゞ、落着早〻可致候抔被申。有合のまんぢうを薦め、暮時被帰去。

一暮時過深田氏被参。焼さつまいも一盆持参、被贈之。おりやう参り候間、深田氏持参のさつま芋を振舞、両人五半時過帰去。

○二日己未　曇　風

一今日琉球人御三家ぃ参り候由ニて、人〻群集致候由也。

一小太郎、四時頃ゟ油谷ぃ参り候由ニて罷出、八時頃帰宅。食後山本ぃ行、七時頃帰宅。夜食後、枕ニつく。○今朝高畑文治殿《(ママ)》、明三日初御番被仰付候由ニて来ル。夕方、又夕誘引ニ来ル。○江村茂左衛門殿来ル。右は、同人不快ニ付引込居候所、順快ニ付出勤之由也。○今朝おさちヲ以、伏見ぃ銘茶箱入壱ツ為持遣ス。昨日焼まんぢうの答礼也。○今朝およし殿来ル。弟長次郎殿と口論致候所、長次郎殿方外成事ども申候由ニて、およし殿立腹被致候得ども、両方ともに論ニたへたる者奴ニ候間、先なだめ置、昼時帰去。然る所、夕七時頃又被参、およし殿落涙致候て物語被致候趣、是迄の所ハ不知候へども、昨今の争甚長次郎殿過言の聞及候ニ付、何れ長次郎殿被参折もあらバ申置候由申、なだめ置、夕方被帰去。○夜ニ入長次郎殿被参候ニ付、先刻およし殿被申候趣、実ニ被申候やと承り候所、実ニ申候。余り世話やかれ、うるさきまゝに過言致候由ニ付、過言と申候内ニも甚人聞歹き過言ニ候付、以来ハ決而〱無用可為申置。暫物語して、五時過帰去。鉄瓶取替可申旨被申候ニ付、則渡、頼置。

○三日庚申　曇　昼前ゟ晴　南風　暮六時小地震

一早朝高畑久次殿、朝誘引ニ来ル。○小太郎当番ニ付、正六時過ゟ起出、支度致、天明ニ小太郎を呼起し、早飯為給、深田・高畑等と一緒ニ御番所江罷出ル。

一四時過江坂卜庵殿被参、先日融通□□（ムシ）一人分持参せらる。小太郎一義も詳ニ物語致、せん茶を薦め、昼時被帰去。○四時頃およし殿来ル。暫遊居候ニ付、留主を頼置。右はおさち先月中旬頃ゟ腮の下江小さき凝出来、少しづゝ痛有之候ニ付、何ニて候や分かね候ニ付、花井玄道殿ニ見せ可申存候て、おさち同道ニて花井氏江行。折から在宿ニて、やうを見せ候所、右ハ気凝ニて、先瘤の類ニ候間、疾ニハ治しがたく、口明候ても不宜候ニ付、先ちらし候方宜敷候ニ付、布薬上可申候へども、只今ハ出来合無之候間、後刻上可申由被申候ニ付、帰宅。帰路、信濃屋重兵衛方へ炭注文申付、前金ニ炭代金壱分、外ニ先月買取呉候様望の内、傘壱本代六百四十文、重兵衛妻江渡し置、払済。○昼前、和泉屋市兵衛方ゟ使札ヲ以、五色石台四集下帙摺立校合ニ被越差。右請取、明後五日取ニ可参旨、使江申置。○帰宅後、伏見ゟ精進本膳壱人前、取肴二種・牽物・ギセイ豆ふ・柚みそ添、到来ス。

一夕方松村氏被参、一昨日貸進の雑記壱冊・金瓶梅八冊持参、被返之。暫雑談、到来の品〻有之候ニ付、夕飯を薦め、雑記十八の巻壱さつ・金瓶梅七・八編八冊貸進、手製なめ物一器遣之。同人、琉球人に被下候品〻又献上の品〻御沙汰書持参、被貸之。○昼後入湯ニ行。右出がけ、定吉方へ立より、米つきちん六十四文・糖代百文〆百六十四文渡遣ス。

一夕方伏見ゟ、おさちへ夕膳薦め候由被申、度〻迎ニ被参候ニ付、則おさち参り、夕膳馳走ニ成、帰宅ス。

一今日庚申ニ付、則、神像床の間ニ奉掛、神酒・七色菓子、夜ニ入神灯を供し、祭之。○五時過、牛込辺ニ出火有之。

○**四日**辛未《ママ》　晴　風
一今朝高畑文治殿、昨日初御番無滞相済候由ニて、来ル。

一四時小太郎帰宅。食後、自身池田炭を出し、安火に入んと致候ニ付、池田ハ安火に遣候てハ悪候。池田ハ遣ふべからずと母様被申候也と、おさち申候へバ、池田遣候ても不悪。効候へバこそ池田も買候也。お懐やおのれニ扶持・切米ハ不被下候也。何も皆小太郎の物也と申。過言憎むニ堪たり。

一高畑氏酒代百廿八文ヅ、小太郎受納致由の所、是等ハ一向ニ沙汰なし。賤しき限り也。○夕七時前山本に参り候由ニて出去、暮時頃帰宅。○夕七時過岩井氏被参、暫して被帰去。

○**五日**壬戌　晴　風　今暁七時七分寒ニ入ル
一今朝小太郎、食後髪を結、御頭ゟ組中にかん中見舞として廻勤、昼時帰宅。○昼後岡勇五郎、かん中見舞として来ル。

一昼前定吉ヲ以、渥見へ手紙遣ス。昼時過帰来ル。返書到来。右は、去ル廿九日油谷ニ祖太郎被参候所、油谷兎角六ヶ敷申候由申来ル。半右衛門幷ニ小太郎を油谷ニ遣し候様、是亦申来ル。

一昼前おさち入湯ニ行、九時過帰宅。〇右同刻大内氏、たくあんづけ大こん三本持参、被贈之。〇夕七時頃深田長次郎殿老母被参、暫雑談して、夕七半時過帰去。右帰宅前、およし殿来ル。ほど無入相前帰去。

一昨四日、信濃屋重兵衛方ゟ注文の炭四俵持参ス。内壱俵ハ深田氏買取候分ニて、深田氏ニ為持遣ス。残三俵ハ此方買入候分ニて、受取、納おく。此代一昨日前金ニ渡し置、代済也。

〇六日癸亥　曇　四時過ゟ雪終日　夜ニ入雨
一今朝、高畑文治・松宮兼太郎、かん中見舞として来ル。昼後建石元三郎・玉井鉄之助・永野儀三郎・加藤領助・加藤金之助・稲葉友之丞・長次郎、是亦かん中見舞として来ル。

一夕方泉市ゟ、五色石台四集の下帙校合取ニ来ル。則、渡遣ス。

一小太郎今日終日在宿ス。

〇七日甲子　雨終日　夕方雨止　晴
一今朝長次郎殿伝馬町ニ被参候由被申候ニ付、仮屋横町花井氏ニ薬取頼候所、承知被致、薬紙持参、薬調合中被待居、煎薬拾貼到来ス。九時過持参、此方へ被参、早々被帰去。〇右之外使札・来客なし。小太郎終日在宿ス。

〇昼後伏見氏、小太郎一義ニ付、渥見ニ参り被呉、去廿九日祖太郎油谷ニ参り候所、兎角今少し待呉候やう候由ニ付、此方の様子委敷物語被致。さ候ハヾ、今日直ニ殿木ニ祖太郎参り候由也。〇夕方大内氏、先日貸進之八犬伝九集被返之。尚又跡五冊貸進ズ。暫して被帰去。○伏見氏ゟ被頼候衣類、今日仕立畢。

一今日甲子ニ付、大黒天江神酒・供物、夜ニ入神灯ヲ供ス。

○八日乙丑　晴　美日　亥ノ刻頃地震

一今日寒中見舞、江村茂左衛門殿・土屋宣太郎殿・川井亥三郎殿・森野市十郎殿・小林佐七郎殿、かん中見舞として来ル。

一昼前およし殿来ル。暫遊、昼飯為給、帰去。○昼後おさち同道ニて入湯ニ行。生形小児・およし・おりやう同道。暫して帰宅ス。○夕方、小太郎山本江行、暮時前帰宅。○夕七半時頃岩井氏来ル。先月中貸進之合巻殺生石全部持参、被返之。右請取、暫雑談して、暮時前帰去。

一暮時前おふさ殿来ル。岡野娘おはる殿産後大病の由ニ付、見舞ニ被参候帰路也と云。早ゝ帰去。○暮六時前おりやう来ル。五時過帰去。

○九日丙寅　晴　風

一早朝、泉市ゟ使ヲ以、五色石台四集下帙初校直し出来、見せらる。先預り置、使を帰ス。○昼前、伏見ゟ壱分焼饅頭十三入壱重被贈之。右は、勝右衛門殿来ル十三日一周忌志の由也。謝礼申遣ス。右同人所望ニ付、薬刻台貸遣ス。尚又、同所ゟ頼まれ候一ツ身二ツ出来、おさちヲ以為持遣ス。外ニ下着□□(ムシ)是又持せ、此方ゟしんもツ也。

一暮時前松村氏来ル。三日ニ貸進致候雑記・金瓶梅被返之。右請取、雑記十九ノ巻・金瓶梅九へん・十ぺん八冊貸進ズ。外ニ半紙やうの物二帖ほど被贈之、暫して被帰去。○今日、寒中見舞として、林猪之助殿・西原邦之助殿・長谷川幸太郎殿・前野留五郎殿来ル。〇四時過高畑文治殿来ル。右は、奈良留吉ゟ伝言有之由ニて、小太郎ニ何やら咡き帰去。

一夕七時前およし殿来ル。干魚五枚持参、被贈之。暫く雑談して、七時過帰去。

一昼後ゟ五色石台二番校合致。〇小太郎今日も終日在宿。但し、夜ニ入山本江行、五時頃帰宅、直ニ枕ニつく。

一四時頃、花井玄道殿来診せらる。おさち凝を見せ、其後被帰去。

〇十日丁卯　晴　昼後ゟ曇　今暁卯ノ刻過地震

一今朝小太郎髪を結、其後油谷江参り候由ニて出去。夕七半時頃山本江立より、暮時帰宅。去ル十八日油谷江貸遣し候てうちん受取、帰宅ス。

一小太郎出宅後、自、西丸下あつミ江行、寒中見舞として白砂糖壱斤持参、贈之。祖太郎当番ニて候所、迎ニ遣し候間、待居候所、暫して帰宅。対致(マヽ)候所、祖太郎去八日殿木江被参、竜谿ニ面談ニて一五一十物語致候へバ、竜谿被申候は、兼て御存のごとく成者故、暫糾明為致置候所、山本氏被参、一義ニ及候間、再三御断申候所、是非〳〵申受度、申受候ハねバ瀧澤家へ済不申抔被申候ニ付、然らバ播小太郎義ハ捨可申候間、宜敷取斗可被下と申、三十金ニて小太郎義ハ油谷・山本江任申候間、我等少しも構不申候ニ付、何れとも宜敷様御取斗可被成候ても、我等一切存寄無之候。既ニ小太郎義ハ三十金ニて山本・油谷江任せ候上ハ、此度瀧澤氏より土産金十五両御返しニ相成候ても、未ダ瀧澤家へハ遣し不申候。残金十五両も取添へ、皆小太郎ニ遣し可申候へバ、我等等外ニ存寄無之と申候由。又去八日油谷江祖太郎参り候へバ、油谷五郎兵衛申候は、外ニ何も申事無之候。当人小太郎、三十金申受候ハねバ退去不致と申居候由。只夫のミ申候。油谷内義罷出、種ゝ申候由。殊の外〳〵祖太郎残念存、帰宅の由被申。先もがりニ等しき人ゝニ候へバ、迚も内済ニてハ手間取レ可申候間、此度殿木・油谷・山本へも相届候て、御頭江願出可申、対談致、八時過帰宅ス。油谷・山本を始、皆偽をもて欠合候故ニ、面談毎ニ申分相違致。山本・油谷・殿木・小太郎、右四人の申口四色ニて、其偽知べき也。

一昼後、芝田町山田宗之介ゟ使札到来。かん中見舞として、魚饅十一・焼とうふ十、おまちゟ文到来。右は、来ル十二日朝四時、琉球人帰国ニ付、参可申迎の文也。自留主中ニ付、返書ニ不及、謝礼、口上ニて申遣し候由也。宗之介僕清七、鳥目百文拝借願候ニ付、おさち百文貸遣し候由、帰宅後告之。〇昼後おさちヲ以、ふし見氏江酒壱升一徳利為持遣ス。右は勝右衛門殿大祥忌相当ニ付、遣之。尚又、到来の魚饅壱重七ツ入、是をも遣ス。

〇十一日戊辰　半晴

一昼時、泉（ママ）ゟ五色石台四輯下帙二番校合取ニ来ル。則渡し遣ス。

一小太郎今日終日在宿。但、今朝山本江行、暫して帰たくス。

一八半時過政之助殿来ル。暫雑談、夕方帰去ル。〇夜ニ入伏見氏、昨日魚饅贈り候うつりとして、干魚十枚持参、おさちへ被贈之。右序ニ、此度小太郎一義願出候稿本持参、是亦見せらる。差置、内へハ不入して早ゝ被帰去。

〇十二日己巳　晴

一今朝小太郎、髪月代致、昼時前罷出。如例行先を不告、暮時帰宅。殿木江立寄候由ニて、柴桂湯十貼持参ス。

一昼後自、伏見小児を同道ニて入湯ニ行、暫して帰宅。〇八時過、芝泉市ゟ五色石台弐番校合直し出来、小厮持参ス。一覧の所、大抵直り候ニ付、校合済候由申遣ス。〇右同刻、伏見ゟ精進本膳、取肴添、壱人前被贈之。且又、おさちを被招候ニ付、即刻おさち罷越、馳走ニ預り、帰宅。大内隣之助殿感冒の（ママ）ニて打臥被居候由ニ付、せんじ合有之柴桂湯二貼分為持遣ス。尚又跡ゟ又ミ二貼調合致、煎じ、是をも贈遣ス。〇夕方豆腐や松五郎妻来、四斗樽明居候ハヾ拝借致度と願候ニ付、先当分ハ不用ニ候間、申ニ任せ、貸遣し候旨申聞置。ほど無松五郎右四斗だる取ニ来ル。則貸遣ス。〇夕方高畑文次来ル。明日当番ニ付、宵誘引也。右は今日切ニて宵誘引用捨ニ付、此後ハ不罷出由被申。

〇十三日庚午　晴　風

一今日小太郎当番ニ付、六時過し起出、支度致、天明頃小太郎を呼起し、早飯為給候内、高畑誘引、暫して御番所ニ罷出ル。〇四時前ゟ自身、小屋頭有住岩五郎方へ行候所、他行ニ付不面。直ニ組頭鈴木橘平方へ罷越候所、在宿ニて対面致。小太郎一義申述。小太郎并ニ仮親油谷五郎兵衛不法之義而已申候ニ付、中ミ以力不及候ニ付、親類一同相談の上、弥御頭ニ夫ミニ願出可申存候旨話し候ても、半右衛門同様分らぬ事のミ申居候へども、先其段申届置。帰路、成田一太夫方へも立寄候所、当番、留主宅ニ候間、内義と物語稍久しくして、九時帰宅。昼飯後、飯田町ニかん中見舞として罷越、白砂糖壱斤入壱袋寒中見舞として持参、進之、且、つき虫薬三包持参、渡之。飯田町ニて夕飯馳走ニ預り、且、十一月分薬売溜金二朱ト五百三十二文、外ニ上家ちん金壱分ト二百六十文請受、暮時前帰宅。御上りむしぐわし壱包被贈之。〇右留主中松村氏被参、貸進之雑記十八の巻壱冊被返之。右受取、十九ノ巻壱冊貸進致候由、帰宅後おさち告之。

一暮六時頃木村和多殿来ル。右同人ヲ以、加藤氏白砂糖一曲被贈之。ほど無新五右衛門殿被参、種ミ雑談中、五時頃梅村直記殿被参。煎茶をせんじ《(ダク)》、茶ぐわしとして麁煎餅を薦め、一同雑談。梅村氏所望ニ付、朝夷嶋めぐり三編五冊貸進ズ。尚又、加藤氏母義ニ五色石台四集の下二冊進之。一同、亥ノ刻過退散ス。〇今日留主中、芝泉市ゟ明十四日五色石台四集の下帙売出し候由ニて、製本四通り贈来ル。

○十四日辛未　晴　風

一昼時前豊嶋屋ゟ、注文之醤油壱樽・味林五合、軽子持参ス。醤油壱樽代十一匁五分、味林五合代百八十八文、外ニ駄ちん四十八文。右ニ金壱分渡し、つり銭百四文返し、樽代七十二文受取。○右以前坂本順庵殿御入来、暫物語致候て、九時頃帰宅。○九時前、小太郎明番ゟ帰宅。今日当日礼廻り用捨ニ成候よし候へども、帰宅後沙汰なし。右之趣、深田氏の話ニて知之。小太郎の行状都如此し。昼後山本ニ行、暫して帰宅。○おさち入湯ニ行、暫して帰宅。

一暮時前、亥正月分御扶持渡る。見習取番高畑文次さし添来ル。車力壱俵ト端米持込候を請取置。岩城米也。

一夜ニ入松村氏ゟ荷持ヲ以、手紙差添、雑記十九ノ巻返之。尚又、跡廿の巻借用致度由申来ル。則、貸遣ス。返書ニ不及。

一今晩おりやう遊ニ来ル。おさちと戯遊、五時過帰去。

○十五日壬申　晴　風なし　美日

一今朝長次郎殿被参、先日頼置候たばこ一匁持参せらる。代銭百四十八文の由ニ付、直ニ渡、勘定済。庖丁キレ不申候ニ付、同人ニ庖丁壱丁・小刀アジ切一丁・鋏研呉候様頼、為持遣ス。昼後、研候て持参せらる。右請取。異日謝礼致すべし。○昼後伏見氏より、赤剛飯壱盆被贈之。其後、かしわ・ねぎ・焼どうふ平鍋ニ入、大内氏持参、被贈之。○八半時頃松村氏・大内氏来ル。しバらく雑談、暮時前両人被帰去。○今日美日ニ付、おさち手伝、母女二人ニて西四畳・座敷・中四畳大掃除致。雪隠両方とも右同断。土蔵・勝手ハ又ゝ追而致すべし。小太郎一条内乱、心配大かたならず候ニ付、都て略し、如此。

一小太郎、四時頃何れへ歟罷出ル。夕七半時過帰宅。夜食後山本江行。右留主中奈良留吉、小太郎ニ面談致度由ニて来候間、山本江参り居候と申候へバ、然バ山本江自身参り候由被申、帰去。小太郎ハ五時過帰宅。

○十六日癸酉　半晴　夕方ゟ小雨　夜ニ入雨止

一昼後おさち入湯ニ行。右序ニ、定吉方へ晩茶半斤買取呉候やう申付、代銭百文為持遣ス。○小太郎今日終日在宿。○今朝永野儀三郎、当日祝儀として来ル。○夜ニ入長次郎殿被参、暫して被帰去。○暮六時頃、小太郎枕ニつく。

○十七日甲戌　晴　美日　水不氷　あたゝか也　中春の如く成時候也

一昼前およし殿、山本小児喜三郎同道ニて来ル。暫して帰去。

一昼後おさち花井氏江行。他行、留主宅の由ニて、徒ニ帰宅ス。

一今朝定吉方へ御扶持春可申候由申入候所、同人妻血軍ニて打臥、難義の由ニ付、神女湯二貼遣之。

一八時頃小太郎、母ニ訴て云。右は、同人所持の塗文庫、常ニ夜具風呂敷ニ包有之候文庫江少〻疵つき候。過日も机ニ掛置候毛氈ニ一、三ヶ所鋏疵あり、中ほどに大疵アリ。誠ニ乞食非人也。手前所持せざる故ニ羨敷思ふの□□て能〻疵つけたりと申ニ付、自答云、手前所持致さゞる故、羨敷存候ニ付、我ら母女之内疵つけたりといわるゝや。我等如何斗美事成品御ざ候ても、人之物ハほしからず。決而おぼえなし。いよ〳〵家内の者の所為とおもハるゝやと申候へバ、小太郎答云、尤他所ゟ来て理不仁ニ人の内の道具ニ疵つけ候者ハ無之候と申。然ば家内之者之疵つけ候所を見たるやと申候へバ、小太郎疵つけ候所を見候へバゆるし難抔罵り、此方ニ春ゟ預り置候広盆壱枚幷ニ服砂壱ツ、小太郎渡呉候様申ニ付、今日同人江渡之。是迄机の上ニ置候花毛氈、自文庫江納置。都て哄騙ニ等しき申掛候事、是迄数度也。誠ニ烏滸の白物ナリ。

一八半時過祖太郎来ル。寒中為見舞、羽衣煎餅壱袋持参、被贈之。且亦、小太郎江面談、此間油谷ゟかけ合候一義、いよ〳〵三十金無之候てハ退去せざる、如何ニと祖太郎尋候所、実ニ我等望は三十金也と小太郎申之。其外種〻掛合、祖太郎帰去て伏見氏江参り候ニ付、跡ゟ自も参り候所、去ル十四日殿木江参り、掛合、愈少〻の金子ニてハ承知無之候ハヾ、不本意乍、其筋江願可申存候也と祖太郎申候へバ、竜谿申候は、至極御尤。我等等《(ママ)》少しも存寄無之候。昨夜も悴と噂致候也。迚も和熟せざるならバ、少しも早きがよろしく、当人も定めし難義可成候。可相成ハ内済ニ致度願也。山本・油谷とも我等方へ一向不参候間、何卒油谷・山本同道ニて我等方へ参り候様致度候と申ニ付、其意ニ任候間、早〻山本江其旨御申可成と祖太郎申。山本・油谷、殿木江参り候ハヾ、早束私事方へ御為知可成候と約束致、帰去。〇小太郎、夜食後近所江罷出候由ニて出宅、暮六時帰宅。後ニ聞、山本江内談の由也。

一昼後、下掃除忠七来ル。両厠そふぢ致、帰去。

一暮時前、高野山宝積院ゟ使ヲ以、当六月九日琴靍居士月牌料寄進致候請取幷ニ支証・戒名贈来。請取遣ス。〇今日、貞教様御祥月忌ニ付、朝料供、一汁二菜供之。料供畢、もり物みかんを供ス。家内終日精進也。

一今日観音祭、如例備餅・七色ぐわしを供ス。

一今日美日ニ付、土蔵大掃除、おさち壱人ニて致畢。

〇十八日乙亥　晴　時候昨日の如し

一早朝、自山本江行。右は、昨日祖太郎申付為《(ママ)》候山本・油谷同道ニて殿木江被参候様申入、帰宅。〇小太郎四時前起出、髪結呉候様申ニ付、則結遣ス。其後昼時前ゟ出宅、行先を不知。暮時帰宅ス。小太郎持参の小きび《(ダク)》しよ、是迄勝手戸棚ニ入置候所、小太郎自身取出し、自身手箱ニ紙ニ包、納畢。其心術の賤き事、言語同断、沙汰の限り也。笑ふ《ダク》べし。

一小太郎出宅後、引つゞき自深光寺へ参詣。明十九日、清誉相覚浄頓居士祥月忌ニ付、参詣。諸墓ニ花水を手向、そふぢ致、拝し畢、八時帰宅。かねて十八・十九日両日の内、小太郎他行ニ候ハヾ参詣致度と存候所、今日小太郎他行致候ニ付、折こそよけれと、心ひそかによろこび《ダク》、早束支度致、浄頓居士祥月命日に参詣して、水花を供し、志しを果しこと、数年先祖累世を敬給ふ蓑笠居士の引合ならんと難有、尚又一入拝礼致、帰宅。誠ニ歓ぶ《ダク》べし。○夕方伊勢御師代、御初尾集ニ来ル。則百文渡し、請取書取之。○八時頃ゟおよし殿来ル。暫遊、夕飯を為給、入相頃帰去。○此節の時候、春二月頃の時候、綿入二ツニて八日中ハ歩行致候て少し汗バ《ダク》ミ候程也。寒中ニハ似げなしと人ゝ申之。昨今浅草市大当り、人ゝ群集致候由也。○昼後伏見氏ニ行、岩五郎殿ニ面談、一昨日頼置候小太郎内願書、御同人□□ニ持参被致候所、少ゝ不都合之義有之候ニ付、先方ニて書被加、持参被致候由被申。祖太郎ニても市ヶ谷辺ニ参り候せツ、瀧澤家一条何分宜敷頼候と申候様被申之、承知之旨答、謝礼申述、帰たく。右一義ハ秘べき事也。

○十九日丙子　晴　今暁亥ノ六分大寒ニ入

一今朝小太郎四時頃起出、早昼飯ニて油谷ニ行、夕七時帰宅。夜食後山本ニ罷越、日暮て帰宅、直ニ枕ニつく。○小太郎出宅後、此方母女二人ニて勝手・四畳煤払を致ス。夕七時前、煤取畢。伏見氏ゟ煎茶・くわしを被贈之。右畢、母女替〳〵入湯ニ行。帰路、くわしやニ餅つきの事申入、餅米代金二分渡し置、来ル廿三日ニ搗候様申付置。○昼時長次郎殿被参、過日用立候金二分持参、被返之。右請取置。○永野儀三郎殿被参。右は、板倉安次郎地面内ニ借地致候由ニて来ル。○夕七時歌住左内殿来ル。暫く雑談して、帰去。同人内儀、当秋中死去の(ママ)被申之。

一今朝稲毛や由五郎ゟ歳暮為祝義、牛房七本結壱把贈来ル。○夕七時過鈴木昇太郎殿、門前通行のよしニて被立寄、早〻帰去。

一暮時定吉来ル。十五日中付候晩茶半斤買取、持参ス。御扶持春可申由申ニ付、三斗二升五合入壱俵、端米八升ほど為持遣ス。同人妻血軍順快ニハ候得ども、未ダ兎角しか〴〵と不致由ニ付、猶又神女湯二貼遣之。○今日浄頓様御祥月忌ニ付、朝料供、一汁二菜供之。家内終(ママ)精進也。昼後、せん茶・もり物・くわしを供之。

○廿日丁丑　晴

一早朝長次郎殿被参。炭遣切、困り候間、壱俵借用致度由被申候間、其意ニ任、貸進ズ。○今朝小太郎山本ぇ行、昼時前帰宅。九時前ゟ隣家林ぇ行。猪之介殿ハ留主宅、内儀と内談時をうつして、八時過帰宅。其後食事致、仲殿町ぇ参り候由ニて罷出、暮時帰たく。

一夕七時頃松村氏被参、過日貸進之雑記廿一の巻一冊・合巻美少年録二冊被返之。右請取、尚又雑記廿二ノ巻壱冊貸進ズ。雑談後被帰去。○今昼時おさちヲ以、山本ぇ去ル十八日朝頼置候一義如何と、聞ニ遣ス。然る所、内義挨拶被致候は、殿木氏ぇ参り候隙ハなし。殿木氏ニて半右衛門ニ参り候様被申候事ハあらず。其やうなるばか〳〵しき事、この節季殊多ニ出歩行候隙ハ無之。殊ニ半右衛門ハ風邪ニて引籠居候也と被申候由、おさち帰宅後告之。右ニ付、即刻自参り候所、半右衛門風邪の由ニ候所、臥房へ通り対面。半右衛門申候は、殿木氏、油谷同道ニて我等罷出候様被申候由、甚心得不申。先方ゟ油谷ぇ也とも参り候て可申所、我等呼付候抔とハ、我等甚不承知也。度〻祖太郎殿被参、御欠合ニ及候得ども、我等ぇ当り、口状のミ被申候故ニ、今ニ相談不整。□□もなく三十金の望ニ候ハヾ、其半分をとりて八両金出し候ハヾ、欠合可申。迚も四両や五両ニてハ取拵致かね候。高畑吉蔵すら、勤不申候へども五両金ニて離別ニ相成候。ましてや勤候家督人ニ候へバ、五両ニてハ相談六ヶ敷と申之候ニ付、自答て、五両金ニて承知無之候ハヾ、此方ニてハ其余の事ハ一切出来不申候と申断、帰宅す。

一尾張屋勘介ゟ、歳暮祝儀として棕梠箒壱本贈之。

一宮口や庄蔵方ゟも右同様、祝儀として七本結牛房壱把贈之。

○廿一日戊寅《トラ》　晴　風

一今朝小太郎、下町江罷出候由ニて出宅、九時過帰宅。○四時頃、自山本氏江行。右は小太郎一条、五両金遣し候間、和談ニて取拵呉候様頼候所、五両金ニてハ取拵出来かね候。組頭鈴木も左可申候。土産金十五金を三十金ニ致遣し候は余り余分ニもあらず。其位ニ候ハヾ遣し候て、落着ニ候ハヾ宜敷と被申候。迚も五両金ニてハ埒明申間敷候と半右衛門被申候。其儘帰宅ス。○今日伏見煤払ニ候間、煎茶一土瓶、地大こん・海老・八ツがしら煮つけ一皿為持遣ス。子供両人ニ昼飯を振ふ。

一小太郎帰宅。昼飯を給、隣家林猪之介方へ行、夕七時前帰宅。

一昼後荷持、給米を乞ニ来ル。則、玄米二升渡遣ス。○今朝母女、髪を洗う。

一小太郎、日暮て山本江行。自も深田江用事有之候ニ付、直ニ罷出候所、小太郎大声ニて母子を譏り居候事、心ともなく窃聞ス。深田江参り、ほど無帰宅ス。○六時過大内氏、先日貸進之八犬伝九輯末五冊被返之。右請取、雑談数刻、五時前長次郎殿も来ル。此せツ小太郎、隣家林江折〻参り、内談数ニ付、隣家内義小太郎をひゐき致、此方母女を仲間の者江譏り、小太郎宜敷ものと触ちらし候由。且仲間の者ども申候ハ、小太郎引籠ニ相成候ハヾ、仲間一同推寄候て、小太郎壮健成者を御番引籠候や、決而助番不致候と申候由。其発当人ハ有住忠三郎・長田章之丞成由、深田之話也。誠ニ理非を弁ぬ。此方母女二人と侮り、歹人なる小太郎ニ荷担致候事、母女之厄難とハ申乍、冤屈の罪ニ落候心地、残念涯りなく、只〻嘆息、一時も早く厄解よかしと思ふ而已。おさち等今の苦辛を忘るゝことなく、口と行状を慎むべき事、第一とすべき也。

○廿二日己卯　晴

一今朝深田氏被参、先日貸進の炭壱俵代三百文持参、被返之候得ども、右の代ハ不用ニ候間、是ニて正月持のきせる買取候て、正月持候へとて、右三百文深田江しん上ス。暫して帰去。○四時過、加藤領助殿・永野儀三郎殿、扶持場せいぼ八十四文集ニ来ル。則、渡之。

一今朝小太郎ニ髪月代致遣ス。其後、何れ江罷出候や、出宅。如例其行所を知らず。○九時前ゟ自、不動尊并ニ虎の御門金毘羅権現江参詣、夫ゟ西丸下あつミ江罷出、小太郎一義先山本江申入候所、山本殿木江不行事・金子之事、祖太郎父子ニ咄し候て、夕七時前帰宅。其後おさち入湯ニ行、七半時過帰宅。○小太郎暮時帰宅。

一暮六時過伏見氏内義被参。右は、昨廿一日弥歎書壱通差出し候所、御頭御覧御ざ候て、此連名之内ニて明日組合与力へ差出候様、今日御下知あり、右ニ付、歎書壱冊認め、明日組合与力江出し可申と申候ニ付、直ニ認め、九時認畢。明日西丸下江致す《(ダク)》べし。

○廿三日庚辰　晴　九時頃ゟ雨

一今朝小太郎当番ニ付、六時過起出、支度致。天明頃小太郎起出、早飯後、山本・深田・高畑等と御番所江罷出ル。○其後、自昨夜したゝめ候歎書壱冊ニ緘、且伏見氏ゟ村上氏江之書状壱通、共ニ持参。出がけ、鉄炮坂下村上氏江右壱通差出し、西丸下渥見江行。則、渥見祖太郎を頼、今日組合与力安田半平殿迄此壱冊持参被下様申入候所、今日昼後ハ難出。今ゟ御同道可申申候ニ付、則、祖太郎同道ニて鉄炮坂上安田氏江祖太郎参り、右願書壱冊、何とぞ此壱冊御頭様へ願度と相頼候所、安田氏受取、此一義は過日有住江宜敷可取斗申候所、其後一向沙汰無之候ニ付、熟縁いたし候事と心得居候所、扨ハ未かゝる始末ニ候や。何れニも有住江申聞、為取斗可申と被申候由。夫ゟ祖太郎鈴木橘平方へ立より、橘平ニ面談致、委細申入、有住江参り候所、有住ハ当番ニて留主宅ニ付、早ゝ出去、尚又、山本氏江参り、内義ニ対面致、先日殿木ゟ被申入候如く、油谷同道ニて日本橋殿木江参被呉候やと祖太郎申候得バ、内義答、否、半右衛門義、殿木江参り候委細無之候と被申候ニ付、尚又押返し、左様ニ候とも媒人の事ありとて実家江不参と申事無之。最初取結候せツハ風雨も不被厭被参候所、此節離縁相談ニ相成候迚、実家不為参候ハ如何と祖太郎申候得ば、否、何事歟不知候へども、半右衛門参り候筋無之と申候ニ付、祖太郎呆、何事を申ともいふかひなき白人と存、其儘帰宅。此方へ鳥渡立より、早ゝ帰去。○昼時松村氏被参、過日貸進の雑記廿二ノ巻被返之。尚又、廿三ノ巻壱冊貸進ズ。暫して帰去。○自、昼時西丸下ゟ帰宅、其後勘介方へ供人足申付、芝田町山田宗之介方へ、供人足召連候て九時過行。寒中見舞として、白砂糖一曲・神在餅壱重贈之。宗之介・赤尾老母江小太郎一義物語致、且、宗之介江金子之一義相頼、夕飯馳走ニ預り、暮六時頃帰宅。宗之介方ゟあづき五合・みかん七つ被贈之。○今朝おすきや町餅屋ゟ、過日申付置候餅つき候て持参ス。五升取一鏻・三升取一鏻・五寸一備・小備十四・のし餅八枚・水餅二升余持参ス。今日早朝ゟ自他行ニ付、おさち一人ニて神在もち製作致、今ぴら権現・不動尊両神像江奉備、且、如例之家廟・諸霊位江供し、隣家はやし・伏見其外江壱重ヅヽ贈之。○隣家林氏ゟも、今日哥ちん煉候由ニ而、あべ川餅九ツ入壱ツ被贈之。○昼後およし殿来ル。暫遊、神在餅を薦め、夕方帰去。○暮時頃岩井政之助来ル。六時頃加藤氏被参、青海苔壱包被贈之。岩井氏江神在餅を薦む。五時頃梅村氏被参、過日貸進之朝夷三編五冊被返之。尚又、四編五冊貸進ズ。岩井氏幷ニ梅村氏・加藤氏江煎茶・みかん・蕎麦がきを薦め候得ども、何れも多く不被給、雑談後、四時過被帰去。〇今日留主中、無礼村源右衛門来ル。里芋壱升持参ス。〇五時過大内隣之助殿、大久保に被参候帰路の由ニて、今日のやう子問んとて被立寄。今朝祖太郎安田氏に参りし事、且、組頭鈴木橘平に参りし事物語致、暫して被帰去。

〇廿四日辛巳　晴　美日　暖かし　近年不然ナル寒中也

一伏見氏ゟ、子息簾太郎殿綿入衣仕立候様被申候ニ付、受取置。今日ゟ仕立始ム。〇今朝荷持、小太郎傘・下駄取ニ来ル。則、渡し遣ス。

一小太郎、明番ゟ昼時帰宅。帰路、林氏に立より、暫時を移して帰宅。食後、組合歳暮銭集り候ニ付、天保銭四枚紙ニ包、水引を掛、有住に持参の由ニテ罷出ル。昼時帰宅。昼飯後山本に行、時を移して夕七時過帰宅。暮六時ゟ枕ニつく。〇前野留五郎殿・真太郎殿、勤番中仮火の番被仰付候由ニて被参。〇昼時、飯田町ゟ使ヲ以、寒中為見舞、かつをぶし三本入壱袋、今日餅つきの由ニて神在餅一器被贈之。御姉様ゟ御文到来、且売薬無之由ニ付、奇応丸大包壱ツ・同小包十、返書差添、使に渡遣ス。〇夜ニ入長次郎殿殿《(ママ)》被参、過日約束致候みそ一器遣之。

〇廿五日壬午　晴　風寒し

一今朝小太郎、何れへ歟罷出、雪踏代金二朱渡ス。帰路山本に立より、時を移して暮時帰宅。〇小太郎出宅後、おさちヲ以、勘介方へ使人足申付遣ス。即刻来ル。右人足ニ申付、深光寺へ、如例年鳥目二百四十八文・白米二升・備餅一飾、外ニ施餓鬼袋壱升余入壱ツ・十夜袋壱升余入壱ツ為持遣ス。先、市ヶ谷田町迄自供ニ召連、夫ゟ深光寺へ遣ス。自ハ田町岩五郎殿実兄安西鐘三郎殿に先日頼候一義謝礼として参り、鰹節三本入壱袋《フクロ》遣之。

夫ゟ飯田町江行、小太郎一義物語致、飯田町ニて煎茶・哥ちんを被振舞、且おさち方へ切餅廿片余被贈之。夕七時帰宅。○右留主中、伏見氏ゟ哥ちん煉ニ付、阿部川餅壱重被贈候由也。

一おさち夕七時頃ゟ入湯ニ参り候序ニ、定吉小児江切もち壱包十余片為持遣ス。七半時過帰宅。○豆腐や松五郎妻江右同断、切餅を遣ス。○四時過高畑久次殿内義、小児両人同道ニて来ル。右は相識之為、初来也。早ゝ帰去。

一今日平川天神市ニ付、色ゝ買物有之ニ付、長次郎被参候由ニ候間、同人ニ頼候所、おさち参り度由申ニ付、生形妹おりやう同道ニて平川市江行。諸買物代金二朱渡し遣ス。五時過帰宅。買物代三百四十文也。三百四十四文残る。右両人ニ餅を振舞、四時前帰去。

○廿六日癸未　半晴　寒気甚し

一今日小太郎昼時前起出、終日安火ニかゝり、在宿。夜ニ入山本江行。

一おさち、風邪ニ付、桂枝湯を煎用ス。今日使札・来客なし。

○廿七日甲申　晴

一早朝高畑久次来ル。右は、明日小太郎加人也と被申。

一今朝小太郎ニ髪月代致遣ス。八時頃ゟ近所罷出、夕方帰宅。日暮て枕ニ就く。おさち、昨今風邪ニて平臥、壱人手まハりかね候へども、自分安然と火鉢かゝり、何事も不致。○昼後隣之介殿被参、福寿草一鉢持参、被贈之。暫雑談して、被帰去。○同刻およし殿被参、かつをぶし一本持参、被贈之。おさち頭痛致候ニ付、少しおよし殿ニ安摩致貰、代銭十六文遣ス。暫して帰去。○同刻長次郎来ル。頼置候まつ六門持参せらる。四十八文の由ニ付、則四十八文渡之、且、過日みそ贈り候うつりとして、むき身一器持参、被贈之。○夕七時頃定吉妻、御扶持春候て持参ス。三斗六升七合二勺持参、且亦、先日頼置候庖丁壱丁買取、持参ス。代銭ハ未ダ也。尚亦、金伯買取呉候やう頼、代銭百文渡し置。○おさち今日ハ順快ニて候得ども、床をあげず、平臥也。柴桂湯を煎用ス。

○廿八日乙酉　半晴　暮時ゟ雨　夜中雪　但多不降

一今日小太郎半時早出加人ニ付、正六時前ゟ起出、支度致、天明前ニ小太郎起出、早飯為給、高畑・深田・山本等と同道、御番所江罷出ル。帰路、日本橋江立より、古上下持参、夕七時過帰宅。○昼後ゟ伝馬町江買物ニ行、八時頃帰宅。夫ゟ勘介方へ日雇人足ちん三百文払遣し、おすきや町餅屋江餅つきちん四百八文持参、払遣し、帰宅。○昼前、障子切張致、神棚せうじ・灯籠・仏檀せうじ同断、あんどんをも張替畢。

一今朝荷持江歳暮として、切餅十一片・天保銭壱枚遣之。

一昼時頃加藤新五右衛門殿、九月中貸進之蔵書目録壱冊持参、被返之。浅草辺迄被参候由ニて、早〻被帰去。

一昼前有住岩五郎来ル。右は、去ル廿三日祖太郎安田氏江持参の書面の義也。右ニ付、安田氏江有住被招、罷出候所、以外之事ニて、右様の書面被出候てハ、反て家名断絶致可申。如何ニ心得候や。且又、仲間の名簿も出居候。右之書面、皆一同ニ被知候てハ不宜候間、右書面ハ預り置候間、祖太郎ヲ以早〻下ゲ可申由被申之。暫種〻被申候て帰去。実ニ手前勝手成取斗、歎息之外なし。

一八半時頃大内氏被参。有住只今被参、被申候趣物語致候所、右書面安田氏ゟ見せられ候ハヾ、立腹致、参り候半と思ひしに違ハず。余りニ安田氏不取斗、有住ニ右書面見せ候事ハ無之筈、誠ニおろか也。併、有住何様被申候ても驚べからずと被申、今壱度安西(ママ)江申候て、御頭江願候ハヾ宜敷と被申候間、然バ何分頼候様申、頼置。暫して帰去。

一おさち今日ハ順快、半起半臥也。

一昼時頃ふし見氏、襷壱掛・さとう壱斤持参、被贈之。有住被参居候折からなれバ、早ゝ被帰去。
○**廿九日**丙戌　晴　八時頃雨　雷鳴二、三声　夕七時頃ゟ雨止　晴
一昼前小太郎山本江行、ほど無帰宅。昼後ゟ油谷江罷越、夕七半時頃帰宅。同人、食つミ一ツ・雑木五枚買取、帰宅。

一今日諸神江備餅を供、飾を致、其後仏器を磨、如例祝儀一式を致畢。○伏見氏ゟ被頼候綿入拵畢、おさち持参致ス。屠蘇一服遣ス。

一夕七時頃定吉来ル。歳暮祝儀として里芋二升ほど持参、且、外飾松を処ゝ江たて、内外掃除致。夕飯を為給、暮時帰去。大ばん《ダク》ちり紙二帖遣之。一昨日申付候金伯五枚買取、持参ス。代銭ハ一昨日遣ス。

一夕七時過坂本氏被参、如例屠蘇壱貼被贈之、ほど無被帰去。

一大内氏被参、暫して帰去。○夜ニ入深田氏被参、暫遊、所望ニ付、年始礼帳壱冊上書致、遣之。○今夕方、豆ふや松五郎・与太郎両人ニて、四斗樽ニ入、焼どうふ持参ス。明日売ん為也。預り置。
○**卅日**丁亥　半晴
一昼時、下掃除忠七来ル。歳暮祝儀として里芋壱升持参ス。早ゝ帰去。来正月二日ニ参り候由申之。○昼後、萱家師伊三郎来ル。是亦歳暮祝儀として、土大こん五本持参ス。早ゝ帰去。

一小太郎、下駄歯入直し度由ニ付、代銭百文渡し遣ス。出がけ、長友江無尽残金催促致候へども不被遣、時分柄

甚難渋ニ及、昼時帰宅。〇今日、如例諸神江神酒、家廟江もかざり致し、昼節一汁三菜、家内一同祝食。夜ニ入、神灯・福茶、荒神棚江水を供ス。都先例の如く。〇昼時およし殿、入湯ニ被参候哉と誘引。暫為待、八時過ゟ右同道ニて入湯ニ行、夕七時頃帰宅。右以前、小太郎ニ髪月代致遣し、序ニおさちニも結遣ス。

一夜食後小太郎、与力中・組中江歳末しうぎとして廻勤、日暮て帰宅。足袋買取候由申ニ付、三百文渡し遣ス。買取、帰宅ス。然る処、足袋ニ疵有之候ニ付、四時過ゟ又仮屋横町迄引替ニ行、暫して帰宅ス。

一夜ニ入、およし殿・おりよう殿遊ニ来ル。何れも雑談、四時過帰去。

一日暮て宗村お国殿来ル。右は、娘方へ綿入衣持参致候由ニて、暫物語して帰去。〇四時過長次郎殿来ル。四谷江参り候帰路の由也。およし殿同道ニて帰去。〇夕方、歳末為祝儀、建石元三郎・岡勇五郎殿・高畑久次殿・永野儀三郎殿・加藤金之助殿・加藤領助殿被参。〇日暮て梅村直記殿被参。過日貸進の朝夷嶋めぐり四へん五冊被返之。右謝礼として白砂糖壱斤被贈之。早ゝ帰去。

一早朝豆腐屋松五郎妻、昨日預り置候焼どうふ所ゝ江売あるき、七時売仕舞。〇伏見氏ゟおさちへ髪の油・元結被贈之。右謝礼として、中形縞じゆばん半ゑり一掛、おさちヲ以贈之。

一夕方伏見氏被参、秋中貸進之吾仏の記五冊、其外裏見葛の葉五冊・東達記考持参、被返之。右請取、納置。

嘉永四年辛亥日記

嘉永四辛亥年

○正月元日戊子　晴

家内安全　諸事如吉例之

一今朝小太郎、朝節雑煮餅を祝、其後礼服ニて御頭佐ゝ木様ヲ初、組中江年始祝儀として廻勤、昼時帰宅。

一今日礼者三十人、内十八人ハ内江入ル。十二人ハ門礼也。

一矢野信太郎殿、為年玉ようかん一さほ持参、被贈之。礼者姓名ハ贈答暦ニ記之。○八時過ゟ哥かる（ママ）を初ム。右ニ付、深田長次郎殿内義を招、章之丞殿・市十郎殿・長次郎殿内義おさく殿・おさち・小太郎、皆同席也。せん茶・くわしを薦む。およし殿昼時ゟ遊、一同暮時前帰去。おりよう殿ハ夜ニ入又来ル。五時過帰去。○今日、朝節雑煮餅、昼節・夕方福茶。諸神江神酒、夜ニ入神灯、都て先例之如し。

○二日己丑　晴　風

一今日礼者廿三人、内十一人ハ門礼也。姓名ハ別帳ニ記之。

一昼後おふさ殿来ル。みかん廿、為年玉持参、被贈之。所望ニ付、女郎花五色石台初編ゟ四編迄十六冊・皿ゝ郷談合三冊貸遣ス。夕方帰去。

一松村氏、干のり壱帖年玉として持参せらる。○今日小太郎終日在宿。但、昼後哥かるた致由ニテ、仲殿町江行。

並木・松村同道ニて、八半時頃帰宅。右人ヽ弁ニ邦之助殿年始ニ被参候ニ付、一同うたかるたいたし、各暮時退散。内、並木・松村ニ夕膳ふるまい、両人六時過帰去。

一夕方触役長谷川幸太郎殿、明日当番八時起し、七時出のよし被触。○暮時高畑久次殿、明暁起番の由被届之。

一今日、朝雑煮もち、昼節一汁三菜、夕方福茶。夜ニ入御神灯、昨日の如し。○夜ニ入長次郎殿来ル。小太郎ニ何やら被申、帰去。酒酔の様子也。

○三日庚寅　晴　甚寒

一今暁八時久次殿呼被起、即刻起出、雑煮餅を拵、ほどなく小太郎を呼起し、雑煮餅為祝、暁七時ゟ高畑・山本・深田等と共ニ御番所ニ罷出ル。○昼前おさち入湯ニ行、暫して帰宅。

一八半時頃大内氏被参、ほど無被帰去。○其後山本悌三郎殿被参、暮時被帰去。○夕七時過加藤新吾右衛門殿、大酔ニて被参。右ニ付、大内氏幷ニ木村氏介抱被致、先西四畳ニ休ましむ。右ハ、悌三郎殿方ニて大盃ニて数盃被薦候由也。○日暮て清次郎殿・直記殿同道ニて被参、おりよう殿も被参。木村氏ハ暮時前ゟ此方ニ加藤氏ニ付添被居、一同座敷ニてうたかるた数度致。せんちや・くしがき・みかんを出ス。四時過ニ及。然ども加藤氏は帰宅致候事を不得。右ニ付、今晩此方へ止宿被致。女子のミニて壮年の人一宿被致候事、此せツ別而〳〵うしろめたく候ニ付、生形妹おりやう殿をも今晩とゞめおく。

一今日節ニ付、鬼やらひ木村和多殿を頼、祝儀相済、如例、吹竹を四辻ニ捨る。当年おさち十九才ニ付、厄落し、下の帯・鳥目捨之。○荒神棚ニ水を供ス。○渡辺平五郎殿・塚本清三郎どの・成田定之丞殿、年礼として来ル。油売松蔵、油落し二袋持参ス。

一今日朝節・昼節・夕方ふく茶、昨日の如し。○奇応丸ニ伯を掛ル。

○四日辛卯　晴　風　今申ノ八刻立春の節

一加藤氏今朝起出、早〻被帰去、おりやう殿ハ朝飯後被帰去。

一四時過下掃除忠七来ル。為年玉、干大こん一盆持参ス。両厠汲とり、昼飯為給、帰遣ス。○梅村直記殿・岩井政之助殿・鈴木善三郎殿・田辺磯右衛門殿・奈良留吉殿、年礼として入来。外ニ門礼四人也。○昼後おふさ殿来ル。同人母義只今血軍発候由ニ付、神女湯一服・奇応丸小包一遣之。早〻被帰去。○生形小児へも奇応丸小包一遣ス。○夕七時頃松村氏来ル。旧冬袋(ママ)進之雑記廿四持参、被返之、尚又所望ニ付、雑記廿五ノ巻壱冊・俠客伝二集五冊貸進ズ。暮時前帰去。○昼後長次郎殿来ル。旧冬中同人伯父田中多平殿ゟ貸置候八犬伝初集五冊持参、被返之、右謝礼として煎《セン》茶小袋入壱ツ被贈之。○小太郎明番ゟ四時帰宅。其後食事致、仮寐致、暮時起出、又食事致、六半時頃枕ニつく。明五日、親類方へ年始ニ参り候由申ニ付、供人足定吉ニ申つくる。かねて松過ニ参り候様申といへども聞不入候ニ付、其意ニ任置。万事かくのごとし。

○五日壬辰　晴　夕方みぞれ　夜ニ入薄雪

一今朝四時定吉来ル。此時やうやく小太郎起出候ニ付、朝飯を果し、髪を結、其後定吉を召連、小石川・飯田町・本郷・日本橋所〻、西丸下ゟ芝田町宗之介方へ罷越、暮六時帰宅。田町ニて夜食被振舞候由ニ付、餅を為給、帰し遣ス。且、旧秋さがミやゟ貸遣し候美少年録初編ゟ三ぺん十五冊、定吉ニ為持被返之。右謝礼として、相模屋よりかつをぶし七本入一袋、是をも被贈越。○今日礼者三人也。右は、長友代太郎殿・しなのや重兵衛・宗之介、昼時来ル。為年玉、黒繻子半襟一掛・白糖糖(ママ)一袋被贈。赤尾ゟ干海苔二帖・手拭一掛被贈之。折ふし岩井氏被参候ニ付、宗之介両人ゟ屠蘇酒をすゝめ、祝儀畢、かん酒・つまみ肴・なべ、終而昼飯を薦、供人足清七へも酒・飯・餅を振ふ。七時前帰去。○同刻、おふさ殿外壱人同道ニて来ル。尚又座敷ニて岩井・深田四、五人ニてうたかるたを致、各暮時帰去。

一夜ニ入深田氏、右同様歌かるた致候由ニて、小太郎・おさちを被招。然ども小太郎留主宅ニ付、不行。ほど無およし殿又迎ニ被参候所、夜ニ付不行。

一昼前、おさち入湯ニ行。

○六日癸巳　晴

一小太郎四時頃隣家林江行、八時ニ及といへども不帰候内、八時過並木留吉・谷五郎・章之丞来ル。右ニ付、並木氏小太郎を呼れ候ニ付、小太郎帰宅。一同座敷ニてうたかるた致。せん茶・海苔鮨を薦め、暮時前一同帰去。

○右同刻、筆屋直吉来ル。小太郎と話説致、暮時帰去。小太郎も同道ニて出去、戌ノ刻過帰宅。食事致、種ゝ不埒成事ども申ちらし、枕ニつく。林内義、此方母女を飽まで憎、なき事をもあるが如く小太郎讒言致、弥小太郎罵り狂ふ事、ま事に歎息かぎりなし。

一夜ニ入およし殿来ル。夕飯為給、五半時帰去。

一同刻、大内ニて歌かるた致候由ニ付、おりよう殿迎ニ来ル。おさち直ニ行、五時過帰宅。

一今日昼節、福茶・神灯、荒神棚江水を供ス。都先例之如し。七種をうち囃ス。神灯都て母子二人ニて致、小太郎一向不構。

一高畑久次殿、年礼として来ル。

○七日甲午　晴

一今朝綾部《アヤ》次右衛門殿年礼として被参。白砂糖壱斤入壱袋持参、被贈之、早〻帰去。○其後松岡織衛殿被参、是亦早〻帰去。○四時前久次殿、明八日小太郎捨りの端心得候様被申入。○小太郎、林氏江参り暫く内義と内談、帰宅後、本郷江参り候由ニて罷出、夜ニ入五時前帰宅。直ニ枕ニつく。小太郎日〻隣家林江入込候の故ニ、林内義前ニ記せる如く、なき事をもあるが如く小太郎へ申聞。右ニ付、小太郎帰宅後罵り候ハ此故也。誠ニ語言ニたへたる悪物也。怕れおもふて、おさち等此後とても交ることなかるべし。○右悪物の悪言ニて、荒井幸三郎殿内義此せッ立腹被致候由ニ付、是全く林悪婆の口ゟ出たる事ニ候間、坂本順庵殿荒井氏と懇意ニ付、右同人を相頼、荒井氏江申入呉候様今日頼候半と存、おさちヲ以、坂本氏江手紙差越候所、留主宅の由ニ付、いたづらに帰宅の所、折よく久野様御門前ニて順庵殿ニ行逢候ニ付、おさち右之趣物語して、順庵殿同道ニて帰宅ス。右一条順庵殿ニ頼、何とぞ此一儀荒井氏江申入可被下候。毎度の事ニて打捨置候てハますく悪口つのり、此度ハ懲し候半と存候也と物語して帰去。

一八時過勘助方へ人足申付、飯田町江薬売溜せん取ニ遣ス。訔もの一器為持、手紙遣ス。夕七時過帰宅。飯田町ゟ返書幷ニ薬うり溜金二朱ト八百六十四文、上家ちん壱分ト二百七十二文来ル。外ニ鱒切身九片被贈之。○今日七くさ、爪をとる。○今日七くさ粥、家内一同祝食ス。

○八日乙未　晴

一早朝定吉ヲ以宗之介方へ、明九日参り呉候様手紙遣ス。且又所望ニ付、石魂録前後十冊貸遣ス。定吉五半時頃帰来ル。請取書来ル。何れ明九日参り候由也。○四時頃長次郎殿、先日頼候てうちんこしらへ、持参せらる。且、伝馬町ゟ被参候由ニ付、浅くさ紙半紙・刻こんぶ等買取呉候やう頼、代銭百廿四文頼遣ス。暫して帰去。夕方、買取、持参せらる。

一四ツ時前、小太郎隣家林ゟ行、内義と内談、昼飯林ニて被振舞、八時帰宅。其後髪月代致遣ス。何方へ歟出去、夕七時過帰宅。○夕七時過小太郎相識之者、年礼として来ル。何れの人なるを不知。年玉手拭・扇子持参致候由ニ候得ども、小太郎押かくして見せず。其心術の賤き事、都て如此し。○夜ニ入およし殿来ル。暫らく遊、五時過帰去。門前迄送り遣ス。○今朝触役礒右衛門殿来ル。小太郎明日御城附人ニ罷出候由被入申。○安田半平殿子息年礼として来ル。

○九日丙申　晴

一今朝五時過ゟ小太郎、明日上野《アキ》御成御城附人ニ付、江村・深田等と御番所ゟ罷出ル。八半時帰宅、食後枕ニつく。○夕方触役長谷川幸太郎、明日九時起し、八時出の由被触。○松岡庫一郎殿年礼として来ル。○昼時およし殿来ル。干魚十枚持参、被贈之、早ゝ帰去。

一昼後おふさ殿来ル。先日貸進之皿ゝ郷談三冊被返之。右請取、弓張月初編五冊貸遣ス。暮時迄遊、帰去。

一夕方松村儀助殿来ル。是亦雑記廿五ノ巻・侠客伝二集五冊被返之。右請取、雑記廿六ノ巻・侠客伝三集五冊貸遣ス。暮時前被帰去。○昼時前山田宗之介来ル。右は小太郎一儀なり。扨、旧冬廿三日与力迄差出し候願書、有住の手ニ入、未ダ御頭ゟ不出候間、右早ゝ差出呉候様申入呉候様宗之介ゟ頼候所、宗之介其意ニ不随、先山本氏ゟ参り候上ニて右も左も致可申と申、直ニ山本半右衛門方へ宗之介罷越。如例六ヶ敷、兎角一銭ニても余分ニ貪り候事のミ旨と致。宗之介斗候て、先七両金出し可申候。右ニて宜敷取斗之由申入候由、八時過此方へ帰り来、告之。然ば此方望と不同。此方ニてハ与力へ願書出し置候を御頭ゟ差出し呉候様申入度候所、大違ニテ、反て山本半右衛門に恩ニ被掛、扨も残念。半右衛門等恣なる事を致候事ニて、此方申分一分も不立、余り成事也。何れニも明十日宗之介方へ参り候様宗之介申候ニ付、然バ明十日早朝参り候由約束致、主僕ニ昼飯為給、両人帰去。

一昨八日宗之介旧僕豊蔵、小児両人を携て来ル。くわしを為給、其後もちを薦め、娘ニ手遊・小切遣ス。夕方帰去。

一暮時荷持、御鉄炮其外、弁当集ニ来ル。如例御道具・ぞふり・弁当渡し遣ス。今晩九時起しニ付、不寐也。

○十日丁酉　晴

一今晩九時、高畑久次起番ニ付被起。ほど無小太郎を呼起し、茶づけ飯為給、八時ゟ山本・高畑等と上野御場所ニ罷出ル。

一朝飯後勘助方へ供人足申付、食後供人召連、芝田町宗之介方へ行。右、昨日宗之介参り候様申候ニ依也。出がけ、綾部氏ニ年始祝儀申入、年玉煉羊羹箱入壱・きおふ丸中包一ツ贈之。綾部氏ニてせん茶・屠蘇酒を薦らる。ほど無出去、宗之介方へ行。是亦宗之介ニ年玉三種、赤尾ニ年玉三種贈。昨日山本被申候一義、委細宗之介物語、何れニも今壱度自山本ニ参り、頼候由申之。山本ニ自参り候事、何分心苦しく候得ども、宗之介申候条黙しがたく候ニ付、其意ニ任、帰宅致候ハゞ早〻参り候様、宗之介ニ申示置。宗之介方ニて昼飯を振舞レ、八時過帰宅。宗之介方ニて干のり壱帖・切元結を贈。○夕七時頃おさち入湯ニ行。

一小太郎夕七時頃帰宅。其後入湯ニ罷越候由ニて出去、日暮て帰宅ス。直ニ枕ニつく。○夜ニ入おりよう来ル。五時前長次郎殿も来ル。両人ともうたかるた致、四時前帰去。

○十一日戊戌　晴　夜ニ入曇
一今朝小太郎何れへ歟出去、日暮て山本迄帰来ル。六時過帰宅。

一昼後、深田氏ニて今日鏡もち開被致候ニ付、おさちを被招、即刻おさち罷越。浅くさ海苔壱帖持参、贈之。尚又、おさち入替り自ニも参り候様被申候へども、折ふし客来を待て候得(ママ)、不行所、長次郎殿養母汁粉一鍋持参、被贈之。謝礼申、養母早ゝ被帰去。

一日暮ておりよう・深田氏被参、暫して並木又五郎殿・松尾瓠一殿・松むら儀助殿来ル。一同座敷ニて哥骨牌を致、四半時過一同帰去。

一夕七半時頃、自山本半右衛門江行。右は、宗之介参り候様申候ニ依て也。半右衛門ニ面談致候所、如例祖太郎申条ニ付甚立腹致、種ゝ被申、此方親類共一同承知ニ候ハヾ、先油谷江可申聞。左なくバ申難。小太郎迚も、秋中之勢ニ候ハヾ何事を致候や難斗候所、やうやく此せツ宥候てしづかに成候抔、都ての事恩ニ着、且又、隣家林内義此方を讒言致候事一ゝ取上り、左候ハヾ小太郎立腹いたし候方無理ならず抔申。誠ニ憎ても憎ミ飽ぬ悪物也。○暮時山本悌三郎殿来ル。右は外ニて聞候事有之ニ付、右を申度と被申候所、見うけ候所酒酔のやうニ候間、今晩は承り難候間、両三日中出直し被参候やう申、早ゝ帰去せ候也。

○十二日己亥　曇　小雪　忽止　昼後ゟ晴
一四時過小太郎起出、髪月代致遣ス。其後山本江行、夕七半時頃帰宅。食後又山本江行、五時過帰宅。

一昼後およし殿来ル。暫遊、暮時帰去。○八時過あや部おふさ殿来ル。先日貸進之女郎花五色石台初編ゟ四集迄十六冊被返之。ほどなく長次郎殿来ル。同人宅ニて哥骨牌被致候由ニて、おさち同道ニておふさどの深田江行。夕七半時頃皆帰去。○夕七時頃伏見ゟ自ニ用事有之由ニて被招候間、直ニ行。然る所、松村氏被参居、小太郎一義追願書之事、隣家林内義所ニ罷出、此方母子を讒言致、其身ハ飽まてよき者と申立。右ニ付、小太郎離縁一条長引候事を書加申度申示、昨夜内ゝ持参被致候書面を返ス。暫密談、暮時帰宅。

一今朝おさち入湯ニ行、昼時帰宅。○右同刻、おりようどの髪結呉候様被申候ニ付、結遣ス。右終テ帰去。

○十三日庚子　晴　風　昼後風止

一今日小太郎当番ニ付、天明前起出、支度候内、高畑久次殿誘引、食後高畑・山本等と御番所ニ罷出ル。

一昼後おさち入湯ニ行、ほど無帰宅。其後自、およし殿同道ニて入湯ニ行、八半時頃帰宅。○右同刻松村氏被参、過日貸進之雑記廿六一冊・俠客伝三輯五冊被返、尚又、雑記廿七壱冊・俠客伝四輯五冊貸進ズ。夜食を振舞、暮時帰去。○夕七時頃おふさ殿被参、弓張月五冊被返之。今晩は此方へ一宿也。○夜ニ入長次郎殿来ル。暫して帰去。○夕方鈴木昇太郎殿、岩井氏を尋て来ル。暫物語して被居候へども、岩井氏不被参候ニ付帰去。○今晩おさち・おふさ殿、其外大内氏・おりよう・加藤氏・木村氏其外十余人ニておしハらよせニ行、四時頃皆帰宅。夫ゟ大内氏ニ寄合、骨牌あそび丑ノ刻中ニ及。おふさ殿・おさち、暁七時前枕ニつく。

○十四日辛丑　雪　八時ゟ雨　夜ニ入同断

一五時頃おふさ殿方ゟ雨具為持、迎ニ来ル。即刻帰り候由申し、使を帰ス。食後お房殿帰去。弓張月後編六冊貸遣ス。

一小太郎四時明番ニて帰宅、食後山本ニ行、八時頃帰宅。○右同刻森野市十郎来ル。小太郎と雑談、せん茶を薦む。夕七時頃帰去。

一今日内銹を微（ママ）し、諸神江神酒、削掛を掛る。昼節・夕方ふく茶、夜ニ入荒神棚江水を供し、神灯。諸神・仏壇を掃除ス。

一夜ニ入深田来ル。雑談、五時帰去。

○十五日壬寅　雪　風　夕方雪止　不晴

一今日あづき粥祝食ス。諸神江神酒、夜ニ入神灯。

一小太郎昼前ゟ山本江行、暮時帰宅。○夜ニ入おりやう・長次郎・およし来ル。哥骨牌を致、深田・生形ハ四時頃帰去、およしハ止宿ス。

○十六日癸卯　曇

一今朝食後小太郎、本郷江罷越候由ニて出去、昼時過迄山本ニて遊、本郷江不行して、八時前帰宅。昼飯給、仮寐、夕方起出。

一およし殿昼飯後帰去。○四時頃山本半右衛門内義来ル。右は小太郎一条ニ付宗之介江対面致度由ニ付、田町江人遣し候様被申。但十八日当（ママ）ニ付、其外日限為知呉候様被申之、帰去。則、おさちヲ以勘介方へ人足申付遣ス。おさちハ入湯致、昼時帰宅。人足ハ即刻来ル。則、手紙認め、田町五丁め宗之介方へ遣ス。八時過帰来ル。返書到来ス。但、両三日無拠用事有之ニ付、参り難候。来ル廿日ニハ参上可致申来ル。追而山本江申入べし。○八時過おふさ殿来ル。隣家娘おふミと歟申人も来ル。暫遊、帰去。○夜ニ入深田氏来ル。五時帰去。○おさち交友岡野氏娘、旧冬安産被致候所、産後の脳（ママ）ニて昨十五日夜死去被致候由、今日綾部ニて聞之。痛ましき事かぎりなし。

○十七日甲辰　雪　昼後ゟ雪止

一今朝久次殿、小太郎捨りの端の由被申之。○土屋宣太郎殿、今日忌明ニ付出勤の由ニて来ル。○小太郎朝飯後髪月代致、山本江行、昼時過帰宅。八時頃ゟ山本江行、夕方帰宅。夜ニ入又山本江行、五時前帰宅して枕ニつく。○夕七時頃松村氏来ル。雑記一冊・俠客伝四集持参、被返之。尚又雑記廿八ノ巻壱冊貸進ズ。早〻帰去。○今朝生形妹お鐐、髪結呉候様被申候ニ付、則結遣ス。○夜ニ入深田氏・お鐐来ル。又〻うたかるた致、四時過帰去。

○十八日乙巳　晴

一今朝小太郎、本郷油谷江罷越候由ニて罷出ル。夕七時過帰宅。夜ニ入山本江行、無程帰宅、枕ニ就く。○今日、如例年鏡餅開内祝致し候ニ付、諸神江神酒、家廟江汁粉餅を供し、床の間江羅文様・蓑笠様・琴嶺様御画像奉掛、神酒・七色菓子供之。

一鏡開祝儀、昼時汁粉餅を製作、家内祝食後、伏見廉太郎・おつぐ・大内隣之助殿・深田長次郎殿・其姉およし殿・綾部おふさ殿・生形妹お鐐殿・伏見氏江汁粉餅を、招きて薦む。其外伏見内義・山本氏・深田長次郎殿内義ニハ鍋ニ入、膾添、為持遣ス。都て十五人前也。

一夜ニ入長次郎殿・お鐐遊ニ来ル。程なく和多殿、隣之助殿ハ不居と尋被参、此方ニて被居ず申聞候へバ、暫して帰去。深田氏・お鐐殿ハ四時頃被帰去。

一夕方山本江行、宗之介来ル廿日参り候て山本江参り候由、内義江申示置。

○十九日丙午　晴　今日午ノ八刻雨水の節ニ成

一小太郎朝飯後山本江行、昼前帰宅。食後鮫ヶ橋江遊ニ行、夕七時頃帰宅。○昼後おさち、深田ニて髪結呉候様被申候ニ付、則、油・元結持参、罷出ル。暫して帰宅。○昼前山本内義、昨日汁粉もち遣し候謝礼として来ル。早〻帰去。○夕七時前およし殿来ル。是又暫遊、暮時前帰去。

一七時過貸本屋来ル。先日申付葛の葉読本五冊持参、則、借置。見料三十二文の由。右は、此方ニ有之候所三ノ巻十四丁め落丁ニ付、写し取ん為也。○夜ニ入深田・生形お鐐来ル。如例骨牌致、四時帰去。

一今日小太郎一条、追歎願書昼後ゟ認め、暮時伏見氏江持参ス。明廿日安西氏江持参被致候故也。

○廿日丁未　晴

一小太郎、四時過ゟ何方へ歟参り候由ニ付、髪結呉候様申ニ付、即刻結遣ス。其後下町辺江行。出がけ山本江立より、内義と咡き、罷出ル。帰宅後山本江行、六時過帰宅。○八時頃、芝田町山田宗之介ゟ使札到来ス。右は、今日一条ニ付山本江可参候所、在所ゟ客来ニ付、今日参りかね候よし申来ル。山本江も手紙ニて断申遣し候由也。山本江ハ宗之介ゟ木葉煎餅一折・干のり一帖進物ニ致候由也。おまち殿ゟも文到来ス。旧冬相模屋江貸遣し候童子訓一ゟ廿迄十五冊被返之。尚又所望ニ付、青砥藤綱合七冊貸遣ス。宗之介・おまち殿江返書認、使清七を帰ス。

一夕七時頃自入湯ニ行、暫して帰宅。右留主中松村氏被参候由ニ候所、留主中ニ付早〻帰去。○今朝定吉妻糖持参ス。しんたくあん四本遣ス。○四時過大内氏被参。暫して被帰去。伏見子供両人ニ髪月代致遣ス。○夕七時前深田氏養母被参。暫雑談して、帰去。

一夜ニ入定吉来ル。旧冬ゟの人足ちん幷ニ米つきちん・庖丁代、金二朱渡し遣ス。○夜ニ入およし殿来ル。今ゟ哥骨牌致候ニ付おさちを被招候間、お鐐殿同道ニテ深田江行。およし殿ハ此方ニ遊被居、四時ニ及候ニ付、およし殿今晩此方へ止宿ス。おさち四時過帰宅。長次郎殿送り被参。

一昼前伏見氏被参。一昨日の奇応丸代料壱匁五分、此銭百五十六文持参、被返之、ほど無帰去。○今朝小太郎こん足袋買取候やう申ニ付、三百十六文渡し遣ス。

○廿一日戊申　雨　昼時雨止

一今朝およし殿起出、帰去。○昼時触役長谷川幸太郎殿来ル。右は、急ニ御場所受取附人出候ニ付、早ゝ御城江罷出候由被申入。即刻小太郎食事致、久次殿・長次郎殿同道ニて御城江罷出ル。右は、去ル十七日紅葉山(アキ)御成の延也。夕七時小太郎帰宅。明日御成、当組当番之由也。○八半時過宗之介山本江来ル。帰路此方へ立より、山本半右衛門ハ他行、留主宅之由。内義ゟ被申聞候義は、小太郎返各勤金七両差遣し候由対談の所、今二両さし加え廿五両ニ致呉候様油谷幷ニ小太郎申候由ニ候へども、七両金すら六ヶ敷、勘弁ヲ以出し候所、尚又二両之増金ハ出し難候由宗之介申断、弥廿三両ニて承知ニ候ハヾ親類一同集合可申と申置候ニ付、明日ニも西丸下渥見・飯田丁瀧沢江右申入、御出の日限定り候ハヾ、弥之所取極可申候と宗之介申置候ニ付、右承知之趣申入、尚又山本より一札を乞候得共、右は親類一同承知の上ならでハ出し難由申、宗之介右一札を持参ス。右一札、左之如し。

一去ル戌年二月中ゟ太郎病気ニ付、養子取極メ一条之節、万端世話被成下、御奉公相勤罷在候所、此度ニ至り家内不熟ニ付、私親類共一同相談の上ニて、御同役中は及不申、恐入候得ども、離縁致度段申入、何卒宜敷御取拵被下候様頼入候所、実正ニ御座候。此後致離縁候上ハ、私ども親類ニ至る迄、御取拵之儀ニ付、不

瀧沢小太郎養母
足ヶ間敷儀一切申間敷候。為後日、一札仍如件。
嘉永四亥年正月　山本半右衛門殿
山田宗之介
右之通り之一札山本江出し候由申候ニ付、書付宗之介持参、預り置。宗之介ハ急候由ニ付早々帰去。○夜ニ入長次郎殿来ル。暫して帰去。○暮時過荷持、御銕炮・御道具・弁当集ニ来ル。則、如例渡遣ス。五時頃母子枕ニつく。小太郎ハ暮時ゟ枕ニつく。

○廿二日己酉　晴　暁八時前ゟ風

一今暁八時起番高畑久次殿起。即刻起出、支度致、小太郎をも呼起し、食事為致、七時ゟ御場所江罷出ル。九時帰宅。食後仮寐致、夕七時過起出、其後入湯ニ罷出、暮時帰宅。夜食後、暮六時過枕ニつく。○昼前深田氏来ル。ほど無帰去、夕方又来ル。頼置候のり入買取、持参せらる。暫して帰去。○昼後おさち入湯ニ行、暫して、おふさ殿同道ニて帰宅。○おさち帰宅後、およし殿来ル。かたもちを焼、おふさ殿・およし殿江振ふ。折から冨蔵参り候ニ付是ニも薦め、皆々夕方帰去。おふさ殿所望ニ付、しんたくあんづけ大こん五本しんず。右移りとして、葛粉壱包被贈之。

一暮時過大内隣之助殿被参、過日貸進之八犬伝結局編五冊被返之。右請取、納置く。暫雑談、五時頃帰去。お鐐殿同断。

一夕方、二月分御扶持渡ル。取番宣太郎殿さし添、車力壱俵持込候を請取置。端米、高畑・此方両家ニて五升四合。則、半分二升七合、高畑江小太郎持参ス。

○廿三日庚戌　晴

一今朝小太郎当番ニ付、正六時過おさちを呼起し、支度為致。天明頃小太郎起出、早飯後御番所ゟ罷出ル。

一五時過ゟ自一ツ木不動尊ゟ参詣、夫ゟ象頭山ゟ参詣致畢、西丸下渥見氏ゟ年始ニ罷越。年玉白砂糖壱斤・黒丸子二進之。小太郎一条具ニ物語致、来ル廿六・廿七両日之内親類内寄、弥離縁一段決着致候ニ付、右両日の内、御繰合出来候ハヾ御出可被下申候所、廿七日差合無之候ニ付罷出候由被申。渥見ニて雑煮餅・霰酒を振舞、九時罷出、飯田町ゟ行。是亦年玉、白砂糖壱斤・手拭一筋・黒丸子二包・五色石台四集下帙進之。尚又飯田町御夫婦ゟも一条を物語、半右衛門殿ゟ差越候書付一札一覧ニ入。彼方ニて屠蘇酒・吸物・取肴・玉子緘《とぢ》そば切を振舞ル。木村氏ゟ紙包持参致候所、折よく高松ゟ年始書状さし被出候ニ付、直様引替ニ為持遣ス。夕七時帰宅。

一右留主中、大内氏・松村氏・岩井氏被参候由。岩井氏ハ紫ちりめん半襟一掛、おさちゟ被贈候由、おさち、帰宅後告之。

一同留主中祖太郎殿年始として被参。とし玉、染さらさ小ふろしき一・絵半切持参、被贈。留主中ニ付早ミ被帰去。

一夕七時過定吉、御扶持春可申由ニて来ル。則、一俵と八合渡し遣ス。

一右同刻おふさ殿来ル。今晩止宿也。○夜ニ入、木村和多どの・お鐐殿来ル。暫して加藤氏・坂本氏被参。おさち・おふさ殿・和多殿ハ大内ゟ行。暫坂本・加藤ハ雑談、四時頃是亦大内ゟ行。

一飯田町清右衛門様、去秋八月下旬ゟ御不快の所、此せツ漸こに衰、痰つよく聲不出、食事進ミかね、折こ盗汗も有之。是迄医師両三人も転薬被致候へども功なく、今日千住ニて名売卜有之由ニて、清右衛門様舎弟八十吉殿右売卜ゟ被参候所、酒痰ニて、薬餌功なし。右ニ付、痰せき怠り候薬方を示し候由。右薬方ハ干地黄三匁・

桂枝三匁・桔梗三匁・黄芩三匁・茯苓三匁・大黄三匁・石膏六匁、右七味せんじ、二帖ヅ、用ひなバ少しハよろしからん。迚も急ニハ全快致難由也。何分大病、全快無心許、歎之一ツ也。

一おふさ殿・おさち大内江行、九時両人帰宅。枕ニつく。

一今ばん荷持、明日御成ニ付、御道具・弁当集ニ来ル。則、渡し遣ス。

○廿四日辛亥　晴

一今日増上寺江御成《アキ》ニ付、小太郎御番所ゟ御場所江罷出、昼時過帰宅。食後仮寐致、暮時呼起し、夜食為給、直ニ又枕ニ就く。

一昼前信濃屋重兵衛、注文之炭二俵持参ス。差置、帰去。

一右同刻、飯田町ゟ使来ル。沢あん一本・菜づけ、みそ越ニ入、其儘被贈之。外ニろふそく大小十四・利久箸五膳、是をも被贈之。御姉様より御文到来、昨日御約束申上候絹かいまき・羽根ふとん・三布ふとん借用致由被申越ニ付、則三品貸進ズ。外ニ葛粉一包・干のり壱帖進之。返書認め、使返し遣ス。

一昼後おさち入湯ニ行、暫して帰宅。○おふさ殿、朝飯後帰去。

一植木や富蔵ゟ沢庵漬貰ニ来ル。則、おさち三本遣ス。○野菜売多吉、木綿羽織続張呉候様外ゟ被頼候由ニて、持参ス。然ども、裏不足ニ付、未取かゝらず、又参り候せツ申遣スべし。

○廿五日壬子　晴　八せん之初

一今朝食後小太郎山本江行、昼時帰宅。○其後、自も宗之介申置候口状ヲ以山本江行。半右衛門江面談、宗之介ゟの口上申入、何れ廿七日宗之介幷ニ祖太郎参り候ニ付、其趣油谷江も御通達被致候様申置、早ゝ帰宅。

一昼前およし殿来ル。右同人江鼠ちりめん中形じゆばん半ゑり・たとふ紙壱つ遣之。○小太郎おさち江申聞候は、先代太郎火事羽織夏冬とも・紙入之類幷ニ其外諸品可有之候。出し候様申候由。其後母ニ迎、小紋股引損じ候ニ付、太郎用候品可有之候間、貰申度由申候ニ付、太郎股引ハ無之。人ニ譲候間、手元無之と申候へバ、左候ハヾ拵可申候ニ付、只今ハ拵がたく候間、古きを用候由申候所、寄場有之候てハさしつかへ候と申。よせバ有之候ハヾ借用致候ても間ニ合せ可申候答候へバ、又小太郎、火事ハ日〻有之候。人の物を借候てハ心配ニ候間、早〻拵可申申之。只今七両出せ、九両出せ抔申居候所、如何成人非人ニ候や。然る口上ハ出間敷候所、よく〳〵なる仞者、一ツも貪り出んとす。心術推て知るべ《(ダク)》し。○長次郎殿来ル。夜話如例。○夜ニ入小太郎火鉢江火を起し、安火江入候所、跡火鉢ニ火壱ツ無之次第、長次郎殿見かね、消炭をもて来て起さんとするに、火種なし。右ニ付、安火之火を一ツ出して、おさち火鉢江火を起。誠ニ一同呆れはて、諸事如此。○夕七時過政之助殿、ほど無帰去。○右暫して松村氏被参、雑記三十一貸進ズ。早〻被帰去。

○廿六日癸丑　晴

一小太郎髪を揃候様申ニ付、則結遣ス。其後何れへ歟罷出ル。梅花遣し度由ニて、手折持参ス。夕七半時頃帰宅。食後鮫河橋江参り候由ニて罷出、帰路山本江罷越、暮時帰宅。○昼後自深光寺へ墓参致、諸墓掃除致、水花を手向、拝し畢。大日様江参り、清右衛門様御病気の為ニ御鬮をとり候所、七十五番ノ吉ニて、病長し。売卜或は売薬抔用候は甚歹し。只医師ニ任せ置候方宜敷由。然ども急〻ニハ全快致難由也。夕七時前帰宅。右留主中、芝田町ゟ使札到来ル。留主中ニ付、為待置候ニ付、早〻返書認め遣ス。右は明廿七日宗之介参り候ニ付、金子持参可致や否申参るニ付、右金子持参ニ不及由申遣ス。

一留主中政之助殿被参、燕石誰《(ママ)》志五冊所望ニ付、おさち貸進ズと云。

一今朝松村氏被参。昨日貸進之誰記三十一ノ巻一向ニ分り不申候ニ付、同書三十二ノ巻壱冊貸進ズ。暫雑談、昼時帰去。

一夕七時頃宗村お国殿来ル。手みやげせんべい一袋持参、被贈之。煎茶・くわしを薦め、夕飯を振舞、暮時前帰去。○日暮ておよし殿来ル。右は帖めんに可記事有之、記呉候様被申候ニ付、記遣ス。

○廿七日甲寅《キノヱ》　晴　春暖

一四時頃宗之介来ル。かねて今日一条落着ニ相成候ニ付て也。然る所、又候山本不筋申聞、是迄小太郎へ貸置候衣類遣可申候得ども、大小は先祖相伝ニ候間、家督致者ニ無之候てハ遣し難、かねて申置候へども、右両刀是非貰受候由、小太郎・半右衛門申ニ付、宗之介当惑、自ニ申聞候へども、元来可遣筋無之候間、辞退するといへども、宗之介甚迷惑ニ見受候間、然らバ兎も角も斗候へと申聞。勿論祖太郎も参り候約束ニ候間、是等の事相談致候ハんとて暫く待合居候得ども、余り遅刻ニ付、右之段山本に申入、八時過帰去。○右帰宅後祖太郎来ル。右一条、両刀の事申聞候所、甚憤り、右ニも左ニも右両刀ハ又と難得き品ニ候間、右料少し遣し、両刀取戻し度由申、内談致。夕膳を薦め、七半時過、帰路山本に行、右両刀の一義申入候所、尤不承知也。何れ相談の上又可参由申、尚又、組頭鈴木橘平・有住岩五郎に一条崖略取極り候ニ付、存寄無之義、又跡式の事頼候由、祖太郎申入、帰宅ス。山本今日も不筋種ミ並立候へども、宗之介・祖太郎とも取合不申候由也。

一高畑久次殿、明廿八日小太郎加人番由、当らる。

一今朝小太郎髪月代致遣ス。其後煙草買取度由申ニ付二百文渡し遣ス。直ニ山本に行、八時帰宅。食後又山本に行、暫して帰宅。其後又山本に行。今日小太郎山本に参り候事五度なり。

一定吉、中付置候抹香三袋持参ス。右受取置。

一旧冬誂置候傘、やうやく今日出来致候ニ付、三百四十八文代銭遣ス。

一日暮ておりやう来ル。暫遊、五時過帰去。

○廿八日乙卯　雨　四時頃ゟ雨止　晴

一今日小太郎加人、半時早出ニ付、正六時前ゟ起出、支度致、天明後早飯を為給、御番所ニ罷出ル。○引続自、一条ニ付田町宗之介方へ行。両刀一義宗之介ニ相談致、両刀替として、金二百疋可遣積ニ掛合候手紙壱通、宗之介ゟ半右衛門ニ遣を壱通認め、差越候ニ付、帰宅後山本ニおさちヲ以遣之。昼飯田町ニて被振舞、九時過帰宅。○右留主中、順庵殿被参候由也。○八時過ゟおさち入湯ニ行、八半時頃帰宅。○小太郎七時頃帰宅、夜ニ入隣家林ニ行、暫して帰宅。其後山本ニ行、山本ゟ帰宅後、不法の事申罵り候ニ付、おさち事立腹致、二、三言も申候ニ付、誡置。○昼後林内義山本ニ参り候由、暮時帰来ル。此方を罵ること窓下ニて、左之如し。

　今迄半右衛門の所ニ参り居候。此度誤り証文を出し候。ざ《(ダク)》まを見やアがれ。今ニ見ろ。ひどいめニあわせ遣し候也。今度ハ是非〳〵仆しくれん。其外筆紙ニ記がたく、悪口甚しく、思ふニ今日林内義山本ニ参り、又〻此方讒言致候ニ付、右如く成べし。

一昼後荷持、給米を乞ニ来ル。則、二升渡し遣ス。

○廿九日丙辰《ヒノヱ》　晴　風　八時頃ゟ風止

一小太郎、朝飯後山本ニ行。右以前、林家内此方へ来り、小太郎と囁き、帰去。○隣林猪之助妻今朝起出、早〻此方窓下ニて昨日の如く罵り、悪口致、其後此方へ来ル。小太郎と囁き、小太郎同道ニて、山本ニ行、昼時後帰宅、悪口罵ること今朝の如し。夕方ニ至る迄悪口已ズ。小太郎帰時相待、是又何れへ歟行、暮時帰宅。○暮

時前願性院来ル。御供米五合・鳥目十二文遣之。

一四時前小太郎起出、髪結呉候様申ニ付、則結遣ス。其後何れ江罷出候や出宅、夕七時前帰宅。其後山本江行、日暮て帰宅。

○卅日丁巳　晴

一八時過祖太郎来ル。かねて今日参り候約定なれバ也。宗之介同断。宗之介ハ山本江先江行、夫ゟ此方へ来ル。祖太郎両人相談致、大小料金壱両遣し、其外遣し候品ミ、当人ねだり《ダク》候由也ニ付、遣し候積也。小太郎初、山本恣なる事のミ。残念かぎりなし。

一四時頃ゟ猪之助妻昨日の如く罵り、悪口八時過迄やむ時なく、折から大内氏・順庵殿参り合候ニ付、右両人も罵り悪口致候を被聞。此方母女畜類の如く申、遺恨遣方もなき次第也。右妻鎮り候て、両人帰去。○夕方大内氏・長次郎来ル。宗之介・祖太郎江蕎麦切・茶つけ出し候ニ付、おさち壱人手廻り不申候間、大内うぢ手伝、帰去。長次郎ハ蕎麦切振舞。

一七時頃松村氏来ル。雑記三十二壱冊持参、被返之。右請取、同書三十二ノ下貸進ズ。客来中ニ付早ミ帰去。○昼後、あや部ゟ弥五郎娘を使として弓張月十冊被返之。おふさ殿ゟおさち江文到来ス。右請取、所望ニ付、三勝半七六冊貸遣ス。

○二月朔日戊午　晴

一朝飯後小太郎何れへ歟出去。袋ニ入、赤つち持参して行。夕七時頃帰宅。夕七時過帰宅、夫ゟ髪結候様申ニ付、結遣ス。食後入湯ニ罷出候由ニて出去、暮時帰宅。○夕七半時頃ゟ自、松村江行。右は、小太郎一義ニ付、蔵宿森村屋長十郎方迄、小太郎離縁ニ付此後御切米其外、金子等借用ニ参り候とも、老母手紙無之候ハヾ、不渡様申断置呉候様頼申入、支度代二百文持参致候所、心よく承引れ候間、其儘帰宅。○今日稲荷午祭ニ付、妻恋稲荷神像・世継稲荷神像・鈴降稲荷、床間ニ奉掛、神酒・備もち・七色菓子を供之。夜ニ入、神灯。今日家内終日茶を不煮、素湯也。家例ニ依て也。五時神像納畢。

○二日己未　晴　夕七時前ゟ小雨　但多不降

一小太郎起出、食後山本ぃ行、昼時過帰宅。食後又山本ぃ行。

一四時頃祖太郎来ル。弥今日小太郎親里ぃ内ゝ預ケ候ニ依也。祖太郎殿被申候は、今日の一条有住岩五郎ぃ届可申、且、旧冬さし出し置候歎願書下ゲ参可申被申候ニ付、其意ニ任、即刻有住方へ祖太郎殿被参候。岩五郎ぃ面談、今日小太郎義先内分里親ぃ預可申候と被申候得ば、有住聞てうち驚き、そはけしからぬ事也。小太郎里方へ預ケ候とも、先神文状出して、当人御番を引籠候て後ニこそ里方へ預ケ可申。只今神文状出し候ても、仲間平番之者、小太郎本病ニも無之ニ小太郎助番ハ不致と申候ハヾ如何被成候哉。今日の事ニハ埒明申間敷と有住被申。祖太郎殿其類の事ニハ心つかず候ニ付、当惑致、然バ又相談致候上ニて、何分宜敷頼候由申入、旧冬の願書請取、帰来られ候て、右被申候ニ付、右先月中ゟ其事心ニかゝり居候所、さてハ山本半右衛門并ニ小太郎、奸計ニてだしぬき候つもり成べしと物語之内、宗之介来ル。右、宗之介へも相談の上、山本ぃ右一五一十有住ニ而被申候条ゝ、半右衛門ぃ申入候方宜敷候とて、両人食後半右衛門方へ参り、半右衛門ぃ右有住被申候条ゝ、半右衛門ぃ申聞せ候所、半右衛門申候は、夫はさしこし也。今日の取引ハ極内ゝなるに、有住ぃ被申入候事かハと被申。然ば只今ゟ我等有住ぃ申談じ参るべし。暫為待候へとて、半右衛門ハ有住方へ行、山田・渥見ハ此方へ帰来ル。半右衛門挨拶を待居候所、八時過半右衛門来ル。只今の条ゝ有住ぃ申入候所、有住申候て、今日神文状出がたく候ニ付、明日の当番ハ仲間明手の人ニ差かへ頼入候方可然候。せツ角打寄候事故、今日小太郎并ニ当人荷持遣し可申候。右ニ付、即刻長次郎ヲ以平番仲間手明之方へ頼被入候所、手明之人板倉安次郎壱人ニ候ニ付、同人ニ頼入候所不承引、さし合有之由ニ断候ニ付、長次郎殿帰宅の上、半右衛門江右申聞候所、半右衛門、差かへ人無之候ハヾ有住へ参り可申と申候ニ付、長次郎殿、有住江参り何と頼候やと承り候所、それハ勝手可為、けんもほろゝニ付、長次郎又有住江行。有住口状ヲ以板倉安次郎江又ゝ頼入候折から、自も跡ゟ安次郎方へ行、明三日の当番ひたすら頼入候所、辞して不承引候所、種ゝ歎き候て頼入候所、然ば有住江参り、承り候上ニて、代番可致候。暫待候由申候ニ付、暫相待候所帰宅致、明日の代番承知の由被申ニ付、長次郎殿同道ニて鈴木橘平江届申入、板倉江厚く謝礼申述、長次郎同道ニて五時帰宅。右以前、七時過ニ成、宗之介・祖太郎殿・半右衛門・小太郎・油谷五郎兵衛悴・自、立合ニて、小太郎持参の衣類・諸道ぐ、此方ゟ遣し候品ゝ相改、書付と引合せ、荷駄こしらへ置。証文・印鑑請取、宗之介金子取出し、金十六両小太郎土産、金七両勤、金壱両大小引替料、〆金廿四両小太郎江渡し、金子請取・諸道具請取書をとり、油谷悴并ニ半右衛門・小太郎へ夕膳薦候内、人足来ル候所、小太郎・半右衛門しきりニ帰宅を急候ニ付、暫く留置、代番ニ出候人無之内ハ、当人并ニ荷物等遣し難、留候へども、しきりとせり立候。内心ハ金子請取相済、并ニ荷物・小太郎を手放し候へバ、代番也とも神文状出し候も出来かね候ニ付、此方飽迄罪ニ陥んと、半右衛門・小太郎の奸悪ニて、既ニ其奸計ニかゝらんとせし所、祖太郎有住江今朝届候ニ付、其奸計をまぬがれし事、神仏の冥助ならんと、返〳〵も難有事也。然ども、未神文状を不出、何れ明後四日山田・渥見両人ニて参り呉候上、又兎も角も取斗候様申之。定吉方ゟ人足参り候は夕七時の事也。小太郎・油谷悴荷物持出し候は五時過也。○夕七時豊蔵、宗之介雨具持参、迎ニ来ル。祖太郎・宗之介ニ酒食を薦め、亥ノ時前両人帰去。

一夜ニ入松村・伏見・深田、酒食を薦め、種ゝ商量、四半時過皆ゝ帰去。

○三日庚申　雨　夕方雨止

一今朝起出、朝飯後宗之介ゟ金子借用証文差越候ニ付、右壱通西の内ニした〻め、持参して飯田町ニ行。熊胆掛目八匁・糸瓜水一徳り進之。小太郎一条を物語致、請取一札を見せ、且又借用証文ニ清右衛門殿印鑑押貰、正月分売溜八百廿四文、外ニ上家ちん金壱分ト二百六十八文請取、昼飯を振舞レ、八時前帰宅。清右衛門様御不快追ゝニ重り候様ニ見受候へども、家内ニてハ左ほどニも思ハざる様子ニ候間、先帰宅ス。かねては夜分ニても折ゝ参り、看病之助ニもならんと心掛候所、御姉様ニハ左様の事も煩しく思し被申候やう見受候ニ付、度ゝハ不参。病人ハ人なつかしく思ひ候由、人参り候へバよろこバれ候由、病人物語也。○夕七時頃大内氏被参。其後松村氏も被参。暫雑談、暮時両人被帰去。○暮時前定吉来ル。昨夜小太郎荷物送り、九時頃帰宅の由也。てうちん・細引持参ス。小太郎、鑓ハ高畑ニ金壱分二朱ニ売払候由也。五時母女枕ニつく。

一今日庚申ニ付、神像を床の間ニ掛奉、神酒・供物、夜ニ入神灯供之。

○四日辛酉　晴　昼時過霰少ゝ　今日午ノ刻一分啓蟄之節ニ入

一四時頃山田宗之介来ル。今日祖太郎も参り候約束ニ付、宗之介・祖太郎・自三人同道ニて有住ニ可参積ニて、暫く待居候へども被参(ママ)候ニ付、昼飯後宗之介・自両人ニて有住宅ニ参り候所、岩五郎他行ニ付、不面、後刻可参由申入、徒に帰宅ス。其後宗之介、自由ニ候へども少ゝ急候用事有之候ニ付、今日は此儘帰宅致度との事、且又、西丸下ニ御人被遣、今日ニも明朝ニも祖太郎を招よせ可被成く、若祖太郎様御出無之候ハヾ、今晩ニも御人被下候ハヾ我等明朝参上可致と申候ニ付、其意ニ任、即刻西丸下迄人足申付、手紙認め、為持遣ス。宗之介は右申置、帰去。○宗之介帰宅後、祖太郎来ル。宗之介申候条、且今朝宗之介同道ニて有住ニ参り候事、其外物語致、夕七時頃ゟ祖太郎同道ニて有住江参り候所、取次之者申候は、岩五郎儀先刻帰宅致候所、今日はそなた様一条ニ付、所ゝ江罷出候ニ付、御めニ掛かね候と申候ニ付、然バ明朝又参上致候間、御帰り有之候ハヾ宜敷申上候様申、罷出。祖太郎ハ直ニ帰宅、自ハ板倉安次郎殿方へ、去ル三日小太郎代番之謝礼申入、且かつをぶし二本被贈（ママ）之、帰宅ス。其後おさちヲ以勘介方へ人足申付、右人足ほど無来ル。則、手紙したゝめ、芝田町山田宗之介方へ明早朝参り呉候様申遣ス。右人足ハ定吉也。定吉五時過帰来ル。宗之介ゟ返書来ル。明日参り候様申来ル。

一八時過松村氏被参、雑記三十三壱冊返之、尚又、三十四ノ巻壱冊貸進ズ。暫雑談して被帰去。○夜ニ入深田氏来ル。暫雑談、五時過帰去。

○五日壬戌　晴　寒し　八せんの終

一今朝四時過宗之介来ル。則、自同道ニて有住方へ参り候所、取次罷出候て申聞候は、岩五郎只今頃迄御待申候へども、御出無之故ニ只今罷出候。帰宅知れかね候と申ニ付、又候後刻可参旨申置、いたづらに帰宅。宗之介と商量致、有住留主宅ニハあらず、此方を困らせんの為なるべし。何ニもせよ山本江参り、承り候ハん方宜しからんとの事ニ付、尚又宗之介同道ニて山本江行。半右衛門在宿ニて面談、且、神文状の事申入候所、右は有住へ承り取斗べしと答、一向取あハず。其奸計知るべし。昼時帰宅。宗之介ニ昼飯を薦め、宗之介八時前帰去。

一夕七時前自壱人ニて有住江参り候半と出がけ、鉄砲坂ニて有住氏と行逢、夫ゟ有住同道ニて有住宅江罷越、小太郎一条申入、神文状の事頼入候所、種ゝ被申、神文状の事ハ組合長友江可頼。七日ニ差出し可申候間、明日持参致スべしと被申候ニ付、其意ニ任、何分頼入候様申入、帰宅。帰路、長友氏江ミの紙半紙持参致候所、代太郎殿留主宅ニ付、内義江神文状頼入、何れ明朝又可参由申入、帰宅。○暮時ころ伏見氏被参。右神文状一義話説致、暫して帰去。

一今日宗之介ゟ金子借用証文、清右衛門様印鑑致、渡し置。

一有住ゟ帰路、森野氏ゟ立より、お国殿ゟめんだん、煎茶を被振舞、且又、預り置候金子二朱今日渡ス。〇昼時、江坂氏窓より安否を被尋。遠足の帰路の由也。

一夜ニ入お鐐来ル。度ゝ髪結遣し候謝礼として小切一・鼻紙壱帖持参、被贈之。辞すれども不聞。何れ明日返スべし。暫く遊、五時帰去。

〇**六日**癸亥　晴　今朝ハ水氷り余ほど霜降　寒し
一今朝起出、早ゝ長友氏ゟ昨日頼置候神文状受取ニ参り候所、谷五郎殿出迎、渡之。右請取、山本ゟ印鑑持参致候へバ、山本印鑑開封致、神文ゟ印して、尚又印鑑封して被渡之。右請取、帰宅。朝飯を給、右神文状有住ゟ持参致、岩五郎殿ゟ渡し、帰宅。〇今日、到岸大姉様御祥当月御逮夜ニ入、茶飯、一汁三菜丁理致、御牌前・著作堂様幷ニ到岸様ゟ供奉り、料供残、伏見氏・大内氏幷ニ子供両人を招、振舞之。折から無礼村源右衛門参り候ニ付、是をも留置、振舞遣ス。其後帰去。定吉妻来り候ニ付、料供残為給遣ス。去ル二日、殿木ゟ小太郎荷物受取、半右衛門名宛ニて定吉妻持参致候ニ付、請取置。昼後持参、山本妻ゟ渡し遣ス。
一八半時頃ゟ自入湯ニ行。先月廿日ニ入湯致候まゝ、十七日め也。暫して帰宅。其後おさち入湯ニ行。〇夜ニ入およし殿来ル。茶飯を為給、今晩此方へ止宿被致。〇夜ニ入定吉来ル。是又茶飯為給、雑談、五時過同人妻迎ニ参り候ニ付、帰去。其後枕ニつく。

○七日甲子　雨　四時過ゟ雨止　昼時ゟ晴
一朝飯後およし殿帰去、夜ニ入又来ル。今晩も止宿ス。
一昼後ゟ自深光寺へ参詣、諸墓掃除致、水花を供し、帰路買物致、八半時過帰宅ス。
一右留主中、大内隣之助殿窓の月一折持参、被贈之。右之外客来なし。

○八日乙丑　晴　夜ニ入小雨
一今朝食後およし殿帰去。○五時頃定吉妻来ル。右は、今日浅草江定吉参り候間、飯田町様江御使可致申来ル。然バ、手紙したゝめ可申間、定吉出がけニ立より候様申遣ス。右ニ付、奇応丸大包壱ツ・同中包三ツ、包こしらへ、手紙したゝめ候内、定吉来ル。然る所、飯田町ゟ使来ル。右は、清右衛門様今朝御死去被成候由為知来ル。即刻参り候由申遣し、使を返ス。則、定吉ニ申付、里芋・にんじん・焼豆ふ等買取せ、右三品煮染ニ致、外ニ白米壱斗、定吉ヲ以飯田町江為持遣ス。自ハ即刻飯田町江行、同所ニて昼飯を給、深光寺へ参り、清右衛門様死去の届申入、和尚恵明ニ対面致、清右衛門死去ニ付、明九日八時送葬、且枕廻向・通夜僧弁ニ迎僧、土瓶・茶わん、且清右衛門安葬之事申談事、四谷江帰宅。又食事致、おさち壱人ニ付、今晩の所伏見氏江頼、およし殿をも止宿を頼、其後飯田町江行。飯田町ニて今晩通夜ス。○飯田町ニてハ鱗形屋小兵衛夫婦、其外深川成お祐様・西丸下お鍬様・清右衛門様舎弟八十吉、其外入来之客数人也。夜ニ入、鱗形屋夫婦ハ帰去、其余は八十吉・御成道絵草紙屋榎本某・外壱人止宿ス。夕方通夜僧来ル。清右衛門様法号、光誉明廓信士と云。今晩五時過浴沐、榎本某・鎮吉・八十吉・新助と云者、右四人清右衛門様剃髪、ゆかたの上ニ経帷子のミ也。右畢、人《ヒト》ゝ枕ニつく。御姉様・お祐・お鍬・おつぎ・自、通夜ス。○今晩四谷宅ニてハおよし殿・生形妹お鐐殿止宿被致候也。

○**九日**丙寅　小雨　昼後ゟ雨止　半晴

一今日未ノ刻明廓信士深光寺へ送葬、昼時過おさち、四谷ゟ定吉召連、飯田町ニ来ル。船橋屋窓の月一折持参、進之上。昼時皆ゝ集り、未ノ刻出棺、定吉ハ深光寺ニ送り行。此方母女ハ出棺畢、帰宅。定吉ハ跡ゟ帰来ル。今晩ハおゆう様御逗留の由也。四谷の宅ニてハ伏見氏被居、帰宅之節ハおよし殿・お鐐殿被居、其後お鐐ハ帰去、およし殿ハ止宿ス。夕方長次郎殿来ル。ほど無帰去。

○**十日**丁卯　晴　夜ニ入曇　夜中雪

一およし殿今朝起出、被帰去。○夕方松村氏被参、雑記三十五ノ巻被返之、尚又三十六ノ巻貸進ズ。暫して帰去。○夕七時頃長次郎殿来ル。暫雑談、今日順蔵山本ニ参り候由、長次郎殿ノ話也。暮時前帰去。○夜ニ入坂本順庵殿被参。岩井政之助、坂本氏ニ被参候て此方の事幷ニ加藤氏抔の事甚譏り被申候ニ付、加藤氏幷ニ此方へ順庵殿被参候事難成、右ニ付、無沙汰致候由被申之。男子ニ有間敷事也。畢竟ハ妬ゟ事起りし事の由、人ゝ申之。順庵殿ニあんかけもちを薦め、五時過帰去。

○**十一日**戊辰　雨　夕七時頃ゟ雨止

一昼後およし殿来ル。おさちニ髪結貰、夕方帰去。八時過定吉来ル。暫雑談。伏見氏被参、是亦雑談。一同かたもちを振舞、暮時皆被帰去。今晩五時、母女枕ニ就く。

○十二日己巳　晴

一昼前おさち入湯ニ行、九時過帰宅。○七時頃松村氏来ル。雑記三十五ノ巻持参、被返之。右請取、三十六ノ巻貸進ズ。○八時過およし殿来ル。山本小児も来ル。山本小児ニ飴整遣ス。暫して母義迎ニ来ル。帰去。ほどなく長次郎殿来ル。暮時前一同帰去。○夜ニ入長次郎殿被参。右は、今日二月分御切米玉落候間、印行持参致候様山本被申候伝言の由被申之。右ニ付、一筆したゝめ、印行取添、山本ニ持参、頼置。○右同刻加藤領助殿来ル。雨降出候間、傘拝借致候由被申、暫く雑談、五時頃帰去。折から雨止候ニ付、傘貸進ニ不及。およし殿も暮時過来ル。今晩止宿ス。

○十三日庚午　晴　夕方ゟ霰降　寒し

一今朝食後、およし殿帰去。○昼後自入湯ニ行、暫して帰宅。其後おさち入湯ニ罷越、ほどなく帰宅。○昼後定吉ヲ以、飯田町瀧沢ニ香料百疋、手紙さし添為持遣ス。今日清右衛門殿事明廓信士初七日逮夜ニ依て也。

一定吉夕七半時過帰来ル。飯田町ゟ本膳・牽物・餅菓子・山本山角袋入、定吉幸便ニ被贈之。且亦、香料百疋を返さる。定吉ニ頼遣し候白粉百文分買取来ル。代銭百文遣之。○暮時おふさ殿来ル。今晩此方へ止宿被致。

○十四日辛未　晴　風

一今朝食後、おふさ殿帰去。○五時過松村氏被参。今日母女留主ニ付、留主居せん為也。○四時前長次郎殿来ル。山本ゟ伝言被申入。右は、御切米請取参り候ニ付、印行幷ニ金子請取ニ参り候様被申。則、即刻自山本ニ行、印行幷ニ御切米、諸入用差引、金三両二朱ト六百七十六文請取、帰宅ス。折から政之助殿来ル。過日大内氏ゟ被届候鳥目四十八文、岩井氏ニ今日渡ス。
一四時頃定吉来ル。則、食事為致、礼服ニて母女二人定吉召連、深光寺へ行、昼時過寺ニ至る。飯田町ゟは先達而被参居。今日参詣之人〻、
飯田町御姉様　お鍬様　お次　此方母女二人　田口栄太郎母おいねどの　鱗方屋小兵衛　渥見鉈五郎　田辺鎮吉　清右衛門様弟八十吉　右十人
各香奠進上、本堂ニおゐて読経、恵明和尚・僧四人也。法事畢、深光寺ニて煎茶・餅菓子を被出、飯田町ニて斎を薦。小兵衛・八十吉へハ酒を薦め、右食事畢、各五ツ宛壱分まんぢう・薄皮もちを被牽、各夕七時頃退散ス。帰路横寺町竜門寺・円福寺江墓参り致、七半時頃帰宅ス。其後、松村氏終日留主被致、帰去。○右同刻大内氏・梅村氏来ル。大内氏ハ早〻帰去、梅村氏ハ縁談一義被申入、朝夷嶋めぐり五編貸進ズ。夕方帰去。
一夜ニ入定吉来ル。日雇人足ちん金壱分二朱払遣ス。

○十五日壬申　雪終日　夕方雪止　不晴

一昼後自入湯ニ行、ほど無帰宅。其後おさち入湯ニ行。行戻ともおふさ殿方へ立より、夕七時過おふさ殿同道ニて帰宅。おふさ殿暮時前帰去。此せツ、小太郎離別後慎ミ可居所、おさち其心得無、入湯ニ行ども夕方迄あや部氏ニ遊居候は、如何心得居候や、甚不埒之事。憎むべき奴《ヤツ》也。○夕七時頃およし殿来ル。暮時帰去。○今朝長次郎殿来ル。暫く雑談して、帰去。

一夕方松村氏来ル。雑記三十七持参、被返之。尚又所望ニ付、同書三十八・四十、二冊、外ニ自撰自集壱冊貸進ズ。折から伏見氏被参。雑談暫して、両人暮時被帰去。○下掃除忠七事病身者ニて、掃除さし支候ニ付、是迄度〻困り候ニ付、去ル六日忠七舅源右衛門参り候節、掃除の義断遣し候間、深田長次郎殿方へ掃除ニ参り候下

高井戸初五郎と申者ニ申付候ニ付、右初五郎初て来ル。両厠そふぢ致、帰去。今日ゟ此者ニ掃除致さしむ。○夜ニ入加藤新五右衛門殿被参。去ル廿三日貸進之八丈奇談五冊持参、被返之。尚又所望ニ付、裏見葛の葉五冊・常世物語五冊貸進ズ。煎茶を薦め、暫雑談、四時帰去らる。

○十六日癸酉　晴　今日彼岸ノ入

一昼時前、六軒町建部氏地借居候芦野与兵衛と申人来ル。右は、此方養子一義也。杉山嘉兵衛様御次男、廿才ニ相成候由。此方へ申入呉候様被頼候由ニて来ル。然ども、杉山氏の二男相識ありて風聞承り候所、風聞不宜候ニ付、其儘聞捨、其内挨拶可致旨申聞、被帰去。

一昼後森野市十郎殿、近所通行之由ニて被尋、暫して帰去。○其後自、不動尊ゟ象頭山ニ参詣致候半と存、出宅、紀州様青物御門前迄行候所、芝田町山田宗之介使此方へ参り候ニ行逢、直ニ夫ゟ帰宅、宗之介・おまち殿ゟ手紙来ル。干大こん少〻被贈之。且、相模屋ゟ童子訓二部十冊被返之。尚又所望ニ付、弓張月合部廿九冊、外ニ三勝櫛狂言本七冊貸進ズ。小太郎一条神文状出し候や否被問、則返書ニ通認、神文状の事・飯田町不幸之事申遣ス。使豊蔵わかめ五把持参、贈之。其後帰去。○豊蔵帰去て、又自象頭山ゟ不動尊ニ参詣、御供米壱袋備之。且、小太郎一条ニ付、心願御礼として百度を踏、暮時過帰宅。○同刻高畑氏、深田を尋て来ル。小太郎高畑ニて去ル二日金壱分二朱借用、其代として鑓一筋預ケ置候鑓、今日小太郎取ニ参り候由。其後伝馬町骨董店ニ売払候や、彼方に有之候ニ付、高畑氏被聞候所、代金壱分二朱ト五百文の由、高畑氏の話也。

一暮六時長次郎殿・伏見氏迄《(ママ)》。四時頃迄雑談、両人とも被帰去。

一今朝定吉妻来ル。糖持参ス。暫して帰去。おさち、さるどふ着遣ス。

一助炭、一昨酉年張替候まゝにて、甚しく破れ候ニ付、今日沙羅沙紙ヲ以張替置く。

○十七日甲戌　小雨　昼時止　南風

一今朝五時過ゟ象頭山江参詣、帰路買物致、昼時前帰宅。○今朝おさち、だんごの粉白米壱升挽。昼後入湯ニ行、暫して帰宅。

一昼後およし殿、山本喜三郎同道ニて遊ニ来ル。仁助江鰯めざし二把持参、被贈之。暫して帰去。昨日小太郎山本江参り、弁当料金壱分二朱、小太郎江渡し候由也。

一昼後松村氏ゟ荷持由兵衛ヲ以、大机差越。右は預り呉候様、過日儀助殿より被頼候ニ付、其儘請取置。○夜ニ入およし殿来ル。今日止宿ス。○今日観世音、供物を備、祭之。

○十八日乙亥　曇　昼後ゟ晴　南　暖和

一今朝起出、朝飯前象頭山江参詣、四時頃帰宅。○今日彼岸中ニ付、だんごを製致、家廟江供ス。○昼前おつぎ来ル。供人召連、過日貸進之ふとん被返之。右謝礼として、ろふそく三十挺・ちりがミ三十枚被贈之。外ニ年玉として、半ゑり一掛・小杉原壱束・切元結七把・鰤切身七片・せん香玉初壱包被贈之。神女湯無之由ニ付、十包供人ニ為持、先江返ス。折からお国殿来ル。両人ニ昼飯給させ、昼後だんご製作致、せんべい等を薦め、八時過お国殿帰去。だんご壱重為持遣ス。おつぎ江夕飯を薦め、夕七時過帰去。津の守坂迄送行。是亦だんご為持遣ス。且又、おつぎ珊瑚珠壱ツ持参、右ニてうしろざしかんざし拵度由、平吉殿江談じ候所、まがひニて、今壱分くらい、生物にてハ金二分位ニて出来の由被申。右ニ付、自所望（ママ）の櫛壱枚遣し候ハヾ、右ニてこしらへ候方宜敷、こしらへちん六匁の由被申候ニ付、右櫛おつぎ江遣し、こしらへ平吉殿江頼置。売払候ハヾ三分位の由也。○夕七時頃鈴木安次郎殿来ル。右は養子一義也。雑談して帰去。○夜ニ入お鐐来ル。暫遊、五時頃帰去。○右同刻木村和多来ル。雑談、餡だんごを薦め、四時帰去。

○十九日丙子　晴　昼九時一分春分の節ニ入
一昼前大内氏被参。ほそね大こん持参、被贈之。およし殿髪結貰度由被申候ニ付、おさち結遣ス。廉太郎殿同断、昼時帰去。

一昼前おさちヲ以、伏見氏江鰤魚切身三片・切元結二把進之。

一伏見氏昼時被参。今日江坂江被参候ハヾ、何卒威徳寺裏門前生花の師一鶯と被申候方へ手紙届呉候様被申之。右請取置。

一昼後自、旧冬ゟの謝礼として岩井政之助方へ行、かつをぶし二本贈之。岩井氏老母せん茶・水餅を被出。夫ゟ江坂氏江参、謝礼申入、手拭一筋をおくる。早ゝ立出、伏見氏ニ被頼候手紙、一鶯方へ届、不動尊を拝し、夫ゟ象頭山江参詣、帰路、一昨日誂置候不動尊江納てうちん出来候ニ付、受取、夕七半時頃帰宅。

一夜ニ入長次郎殿来ル。暫して帰去。○大内氏江あづきだんご壱盆遣之。

一今晩伏見廉太郎殿止宿ス。

○廿日丁丑　晴　風

一今日上野《(アキ)》御成、当組ハ非番由也。今日の御成、最寿院様廿五年回御法事の由也。

一暁七時頃東の方ニ出火有之。後ニ聞く、榎町の由也。○昼前、自象頭山江参詣。出がけ、一ツ木威徳寺不動尊江参詣、てうちんを奉納。帰路入湯致、昼時帰宅。

一昼後大内氏被参。吉原せんべい一包持参、被贈之。おふさ殿も来ル。右両人ニ煎茶・かた餅を薦め、夕七半時頃帰去。○右同刻松村氏被参。過日貸進之雑記・自撰自集〆三冊被返之。且、借書之謝礼としてようかん一棹持参、被贈之。尚又、自撰自集中ノ巻貸進ズ。暮時前帰宅。○昼前およし殿来ル。暫遊、帰去。○昼後おさち入湯ニ行、帰路綾部に立より、時を移して帰宅。此せツ別而慎ミ第一ニ候所、如斯なる事度ヽ有之、甚心配也。世の人口ハ防難候所、其心得なきハ、壮年とハ申乍、尤愚事甚し。○夜ニ入お鐐殿来ル。ほど無帰去。○廉太郎殿、今晩も止宿ス。

一夕七時頃森野子息来ル。過日だんご入遣し候うつりとして、いもがら二把被贈之。且、重箱を被返る。さし置、早ヽ帰去。

○廿一日戊寅　雨終日　未ノ刻地震　余程震ふ

一四時頃ゟ自象頭山に参詣、九時過帰宅。○昼後およし殿来ル。夕方帰去。

一右同刻伏見氏ゟ、あべ川餅出来の由ニて、被贈之。およし殿ニも振ふ。

一廉太郎殿、今晩も止宿ス。

○廿二日己卯　雨　折ヽ止

一今朝加藤領助殿来ル。先日約束致候美少年録初集、所望ニ付借遣ス。明廿三日、小太郎代番ハ加藤氏也と云。

一四時頃伏見氏被参。其後ほど無、岩井政之助来ル。先月中貸置候燕石雑志持参、被返之。数珠袋壱ツ被贈、雑談数刻、昼時伏見氏帰去。政之助殿ニハ昼飯を振ひ、八時帰去。○其後象頭山に参詣。出がけ定吉方へ立より、飯米無之候間、持参致候様申入、夕七時過帰宅。○右留主中松村氏被参、一昨日貸進之自撰自集壱冊返之、尚又所望ニ付、兎園集壱冊貸進致候由、帰宅後おさち告之。○昼後長次郎殿来ル。伝馬町に被参候由ニ付、おさち口紅を頼、買取貰ふ。夕方、買取被参候由也。○日暮ておよし殿来ル。今晩止宿。

○廿三日己辰　雨終日　寒し

一昼後おふさ殿来ル。隠元豆煮つけ小重入壱重持参、被贈之。雨天ニ付、止宿ス。○昼後自象頭山ニ参詣、夕七時過帰宅。○およし殿、朝飯・昼飯為給、夕七時帰宅。傘貸遣ス。○暮時前大内氏来ル。夕飯を給させ、四時前帰去。○夕方定吉妻、白米六升持参ス。右請取おく。

一昼前伏見氏・大内氏被参、ほど無帰去。

○廿四日庚巳　晴

一今朝おふさ殿被帰去。昨日の重箱ニうつりとしてさゝげ少ゝ遣ス。尚又所望ニ付、お染久松読本六冊・化くらべ丑三ノ鐘壱冊貸進ズ。○右同刻伏見氏・大内氏被参、暫雑談、昼時被帰去。○今朝長次郎殿来ル。右は、小太郎初矢場ニ付、金二朱出金可出、外ニ二ノ祭稲荷祭神楽わり合、銀四匁出し候様被申候ニ付、則金壱分同人ニ渡ス。後刻右四匁へ此銭四百廿文さし引、銭三百六十文持参、被渡之。右請取おく。

一昼後順庵殿来ル。雑談暫、岩井政之助事此方を譏り、順庵殿母義申越し、且、山本悌三郎殿・加藤新五右衛門殿右両人をも甚敷譏り被申候ニ付、順庵殿迷惑被致候由被申。男子ニ有間敷事と、只ゝ歎息の事也。○昼八時頃、諏訪新左衛門殿義祖母礒女老人来ル。手みやげあげもの持参、被贈之。此老人も実子無之故ニいたハり候者も無、甚いたましく被思、幸此方ニも無人ニ付、暫逗留被致候やう申薦め、留め置き、おさち等随分いたハり候様申付く。

一八時過自象頭山ニ参詣、夕七時帰宅。○右留主中、おふさ殿母義被参候由也。

一夕方大内氏来ル。暫して被帰去。○夜ニ入およし殿来ル。今晩止宿ス。

一夕方、信濃屋重兵衛炭壱俵持参。先頃中ゟ五俵之炭代金壱分払遣ス。
○廿五日辛午　雨　八時過ゟ雨止　夜ニ入晴
一およし殿起出、帰去。○昼後大内氏被参。かねて、昨日廿四日壱丁目中村座江芝居見物ニおさち・おふさどの誘引候所、雨天ニ付延引、明廿六日晴天ニ候ハヾ参り可申候。雨天ニ候ハヾ又延引可為被申候所、八時頃ゟ雨止候ニ付、右之趣あや部江申入ニ行。おふさ殿ニ髪結貰、彼方ニて食事致、其後湯ニ入、七時頃おふさ殿同道ニて帰宅。右ニ付、おふさ殿今晩此方ニ止宿ス。大内氏ハ暫して被帰去。○夕方大内氏又来ル。明日道のぬかり甚敷候得共、日和下駄ニて宜敷候半。帰路道[難]可申候間、其心得ニて支度致候由被申入、帰去。

一夕七時過松村氏被参、過日貸進之兎園別集壱冊被返之。尚又所望ニ付、異聞雑稿壱冊・惜字雑式四冊貸進ズ。暮時被帰去。

一夜ニ入おふさ殿継母来ル。明日路甚しくぬかり候ニ付、駕ニて参り候やう被申入候得ども、夫ニハ及間敷、必安事無之様申候へバ帰去。其後又同人弟紋次郎殿ヲ以、迚も駕ニ無之てハ往来六ヶ敷候ニ付、行戻りとも駕ニて参可申候由又被申候ニ付、おふさ殿一度又弟と同道ニて帰去り、暫して来ル。父申ニ任、片道駕ニて参り可申候間、明六時駕者参り候由被申之。何れとも此方ニ存寄無之。○夜ニ入順庵殿被参、過日貸進之美少年録三集持参、被返之。色〻雑談、四時頃帰去。所望ニ付、童子訓初輯五冊貸進ズ。○八時過ゟ自虎ノ御門象頭山江参詣。路のぬかり甚しく難義致、夕七時頃帰宅。おさち不居故、承り候所、入湯ニ参り、其序あや部江参り、髪を結帰宅の由儀女殿被申。おさち甚心得違ひ、親の難義をもかへり見ず、帰宅の頃ニハ湯ニてもわかし、足の穢候をあらハせ候筈の所、反てわが身の遊ニ髪結、入湯抔とハ、あまり大胆無敵のふるまひ、尤も憎むべき奴ナレドモ、礒女どの薦めニよりて参りしと申候ニ付、今日ハ深くハ不咎、其儘さしおく。

一今日雨天ニ付、矢場稲荷神楽ハ延引也と云。

○廿六日壬未　晴　南風　夕方ゟ曇

一今暁七時、おさち・おふさ殿を呼起す。即刻両人起出、たきつけ、湯をわかし、湯づけ給、手水をつかひ、身ごしらへ致候内、大内氏を初、今日の連中、花房家中少女二人来ル候所、未ダおふさ殿を乗候駕の者不来。右ニ付大内氏迎ニ被参、暫して来ル。則、おふさどの駕にのり、六時過ゟ一同出宅ス。

一昼時頃丸屋藤兵衛来ル。鶯餅壱包持参、贈之。昼飯を薦め、雑談時を移して、八時過帰去。○其後自象頭山江参詣、暮時前帰宅。右留主居ハ礒女老人也。○暮時、鈴木栄助と云者来ル。右は、伏見氏江参り候媒人也と云。今日伏見氏留主ニ付、此方へ参り、明昼後縁郎同道可致候間、其思しめしニて御逢被下候由申ニ付、然らバ兎もかくも対面致候て後ニこそと申聞、被帰去。○今晩九時前おさち等一同帰宅。おふさ殿送り候駕の者壱人留置、帰宅之せつ召連、右人足ニ衣類を背おハせ、直ニ帰去ル。枕ニ就候ハ子ノ刻也。

○廿七日癸申　晴

一四時頃ゟ自四谷伝馬町江買物に行。右ハ、有住・渥見江謝物として遣し候反物也。品〻買取、九時帰宅。○今朝定吉妻、青菜壱包持参して、被贈之。暫して帰去。○昼時前およし来ル。雑談、昼時帰去。

一昼後、昨日参り候鈴木栄助と申者来ル。右は、昨日被申入候養子ハ間違ニて、今日被参候は、牛込南御徒町御徒槙五郎太郎殿舎弟槙鉄之助と申人、昼後ゟ被参候間、御対面被下候由申入、帰去。

一昼八時頃、右槙五郎太郎殿来ル。座敷江通し対面被致、追〻様子承り候所、五郎太郎殿の弟鉄之助と被申候を此方縁郎也。兄弟多ニて支度等も行届不申、且、土産金抔も余分ニハ出来不申、且亦追〻相談被致と被申候へども、当人ハ病身の様ニも聞え候ニ付、相応之挨拶致候て帰去しむ。

一右以前おふさ殿来ル。芝居入用わり合金子壱分持参せらる。おさち請取置。暫して帰去。

一夜ニ入順庵殿・和多殿来ル。順庵殿所望ニ付、八丈筆記写本壱冊貸進ズ。ほど無順庵殿帰去。和多殿ハ四時頃迄八犬伝を被読ル。かた餅を薦、和多殿所望ニ付、燕石雑志六冊貸遣ス。亥の時帰去。

○廿八日甲酉　晴

一今朝伏見氏被参、芝居見物わり合、壱人別金二朱ト三百廿二文ヅヽの由ニて、金壱分の内四百六十文被返。暫雑談、九時被帰去。○昼後おさちヲ以、おふさ殿方へ昨日金壱分被渡候雑劇入用さし引銭四百六十文、手紙さし添、且先日ゟ借用致候中本端物七冊返之、夕七時過帰去。

○廿九日乙戌　曇　昼頃ゟ雨　夕方止

一今朝四時過ゟ礒女殿・おさち入湯ニ行、九時過帰宅。

一今朝およし殿・大内氏来ル。暫雑談、昼時帰去。○五時頃長次郎来ル。猫仁助ニめざしいわし二把持参、被恵、尚又、金二朱入用ニ候間、内〻貸呉候様被申候ニ付、貸遣ス。外ニ鳥の箱是亦借用致度被申候ニ付、貸遣ス。

一昼前伏見氏・岩井氏被参、暫物語。伏見氏ハ昼時過被帰去、政之助殿ニハかけ合之昼飯を薦め、其後大内氏又来ル。皆〻ニ煎茶・あげもちを振ひ、夕七時前岩井・大内帰去。○右同刻松村氏来ル。過日貸進之異聞雑稿壱冊・惜字雑式四冊被返之。右請取、尚又外本四冊貸進ズ。昨廿八日於御番所、有住・山本・岡右三人之話ニ、兎角此方養子一義妨せんとてもくろミ居候由、同人之話也。

一早朝、並木又五郎来ル。右は、石子様御家中ニ縁郎有之候ニ付、外ゟ被頼申入候様被申候得ども、実は間諜見ニ被参候様子也。相応成挨拶いたし、雑談後、四時前帰去。

○卅日丙亥　晴　温暖

一今朝伏見氏被参、くわゐ・蓮根を被贈、暫して被帰去。

一昼前おさち手伝、雛を建る。○昼後お鍬様、鉈五郎同道ニて御出。手みやげ小かつをぶし二本・塩がまおこし御持参、被贈之。種ミ物語、煎茶・鮓を出し、且夕膳を薦め、弓張月拾遺稿本六冊進上ス。夕七時過被帰去。

一右同刻おふさ殿来ル。おさち髪結遣ス。其後被帰去。

一八時過松村氏被参、礒女殿と物語して被帰去。○夕七時過、三月分御扶持渡ル。取番高畑・深田差添、車力壱俵持込畢。高畑其後又来ル。右は縁郎一義、且、土屋桂助殿今朝死去被致候由、被告之。○昼後自入湯ニ行、暫して帰宅。

○三月朔日丁子　晴

一今朝五時過礒女老嫗被帰去。廿四日ゟ今日迄八日の間逗留也。

一伏見小児廉太郎昨日此方へ止宿して、今朝食後帰去。○四時前加藤領助殿来ル。去ル廿三日貸進之美少年録初集五冊持参、被返之。所望ニ付、同書二輯五冊貸進ズ。窓の月一袋、借書の為謝礼被贈之。雑談久しくして、九時帰去。○高畑久次殿来ル。桂助殿送葬ハ明二日九時の由ニ候間、其心得、且、此方小太郎引籠中ニ付、宜敷申可置由被申候ニ付、悔・送葬見送り之義頼置く。早ミ帰去。○昼後自有住岩五郎方へ行、小太郎一義ニ付、謝礼として栈留袴地壱反持参。岩五郎留主中ニ付、取次の女子ぇ渡し、口上申置く。尚又橋平方へ参り、謝礼申述。是亦橘平他行ニ付、内義に謝礼申入、銘茶山本山角袋入壱ツ贈之。早〻立出、森野氏に立より、豆いり一袋小児に遣ス。お国殿と雑談して、夫ゟ岡左十郎方へ参り、旧冬両度、小太郎一条ニ付被参候謝礼申述候所、左十郎ニハ対面せず、内義に向上申置、夫より寺町成田一太夫方へ罷越候所、内義ハ留主宅ニ候得ども、一太夫在宿ニ付、対面して謝礼申述、銘茶角袋入壱ツ進之、夕七半時頃帰宅。○右留主中、知久様御内松岡氏ゟお鐐殿度〻おさち迎ニ被参候ニ付、おさち夕七半時頃ゟ松岡氏に行、四時頃帰宅。○暮時前大内氏被参、雑談後、暮時雨戸建られ、諸神に神灯を備られ、且所望ニ付、俠客伝初集五冊貸進ズ。暮六時過被帰去。

一今朝およし殿来ル。如例雑談、昼時帰去、暮時前又来ル。今晩此方へ止宿ス。

一今朝雛に備候豆煎をいる。煎畢、家廟に供し、雛に備ふ。小重ニ入、壱重伏見に進ズ。およし殿其外皆〻に振ふ。
○右以前伏見氏ゟ豆煎小重ニ入、被贈之。
一大内氏鉢うゑ桜持参、被贈之。

○二日戊丑　雨終日
一今朝伏見氏小児を携て被参、百合三ツ・わかさぎ一把被贈之。右為移、蕗壱把進ズ。

一昼時下掃除初五郎来ル。上巳為祝儀、青菜二把持参ス。早〻帰去。

一四時頃鈴木三右衛門と云者来ル。右は、牛込南おかち町槇五郎太郎殿の使ニて、縁郎やう子如何ニ候や、相談致度由申来ル。然ども、此方ニても只今吟味致候事出来かね、何れ其内沙汰可致旨申、帰し遣ス。○昼後おさち入湯ニ行。右留主中松岡お靏殿被参候所、おさち不在ニ付、早〻被帰去。おさち、あや部へ立より暫く時を移し、夕七時過帰宅。折からお靏殿又被参、おさち帰宅を待被居候ニ付、雑談暫して帰去。

一夕七時頃順庵殿被参、過日貸進之八丈筆記持参、被返之。○夕七半時頃大内氏被参候ニ付、順庵殿両人ニ白

酒・煮染を薦む。暮時前順庵殿被帰去。大内氏は暮時被帰去。○おさち出がけ定吉方へ立より、豆煎小重入壱重遣ス。

一暮時お靏殿、赤坂宅ゟ被帰候由ニて窓より声を被掛、帰去。宗仲殿も同道の由也。○政之助殿、此方へハ一切被不参候由被申候と順庵殿ゟ被申候由、順庵殿の話也。政之助妬気偏執の心ありや、坂本氏ゟ被参候て、此方事弁ニ山本悌三郎殿・加藤新五右衛門抔を譏り被申、又悌三郎殿・梅村抔ゟ被参候てハ順庵殿を譏り、或は松村を譏り候事聞え、世ニ云内股と歟いふ者ニて、政之助殿方ゟ被不参成ハ幸甚しき事也。

○三日己寅　晴

一今朝上巳祝儀、さゝげ飯・一汁三菜雛ゟ供し、重詰煮染を製作して雛へ供ス。

一昼後おさちあや部氏ゟ行、八時過おふさ殿同道ニて帰宅、暫して又おふさ殿方へ行、暮時前おさち帰宅。○八時過順庵殿被参、ほど無和多殿被参。煎茶・豆いりを薦め、夕方帰去。○夕七時過、自伝馬町ゟ樟脳買取ニ行、ほど無帰宅。○夜ニ入おふさ殿来ル。今晩止宿ス。○夜ニ入伏見氏、自ニ白酒を薦んとて迎ニ被参候所、おさち・おふさ殿両人ニて大内氏ゟ参り、自只壱人ニ候間参上致難存ニ付、此方ニて雑談中、大内氏同道ニておふさ殿・おさち帰宅。五時頃ニ成、和多殿来ル。白酒・煮染を一同ニ薦め、四時過帰去。

一五時過順庵殿、梅村氏ニて発句運座被致候所、てうちん借用致度由被申候ニ付、小てうちん貸進ズ。○今晩雛ゟそばを供ス。

一御扶持増かゝり十六文、高畑氏立替被置候由ニ付、今日おさちヲ以為持遣ス。久次殿当番ニ付、内義ゟ渡置と云。○大内氏鉢植桜を持参、被贈之。

○四日庚卯　曇　寒し　申ノ七刻清明の節ニ入
一今朝雛を取納畢。○大内氏被参、ほど無帰去。○昼後順庵どの、昨夜貸進之てうちんかへさる。右受取、早ゝ被帰去。

一八時過、鈴木三右衛門と云者又来ル。右は鈴木栄助事槙五郎太郎殿方へ参り、縁郎一義ニ付土産金三十金出来致候や否と申参り候ニ付、槙氏ニて立腹致、右やう子承り度由申候ニ付参り候也と云。此方ニてハいまだ紀不申候ニ付、何とも申不遣、間違なるべしと申遣ス。然る所、媒人只得いそぎ、栄助を除、自分壱人の株ニ可致思ふの故也と見候ニ付、此方ニてハ親類取込居候間、何れ其内挨拶可致候間、以後参ニ不及と申遣ス。早ゝ帰去。

一夕七時頃およし殿来ル。暫遊、入相頃帰去、日暮て又来ル。止宿の心得ニて参り候ニ付、迷惑乍留置。○暮時大内氏被参、ほどなく被帰去。

一日暮て加藤新五右衛門殿被参、先月十五日貸進之その丶雪五冊・葛の葉五持参、被返之。煎茶・干ぐわしを薦候得ども、茶子ハ一ツも不給、雑談暫く、四時頃被帰去。所望ニ付、稚枝の鳩五冊・く丶り頭巾五冊貸進ズ。

○五日辛辰　晴　風
一およし殿朝飯後四時帰去。○四時前お国殿、小児を携て来ル。子供両人江くわし・餅を為給、四時過被帰去。
○四時過、市ヶ谷生花の師一峨と申者妻来ル。右は縁郎一義也。折から伏見氏被参居候ニ付、物語被致、委細右妻江被聞申候也。暫して一峨妻帰去。其後伏見氏も被帰去。
一昼前定吉妻、菜園からし菜凡十把ほど持参。且、高箒持参、代銭廿四文の由ニ付、則、渡し遣ス。大ばんちりがミ壱帖遣ス。暫して帰去。

一夕七時前おふさ殿来ル。過日貸進之ひよくもん合巻二冊・化くらべ壱冊・秋の七草六冊被返之。暫雑談、あげもちを薦め、其後被帰去。

一夕七時過有住岩五郎来ル。右は、去ル一日袴地壱反贈り候所、右袴地持参、被返之。薦むれども不被聞。右ニ付、先受納置、異日又贈るべし。且又、養子一義急がれ、ほど無被帰去。○其後松岡お靏殿、今日も雛仕舞乍里方へ被参候由ニて被参、暫遊、暮時前被帰去。○夜ニ入長次郎殿来ル。雑談数刻、四時頃帰去。高畑助左衛門養子吉蔵、高畑退身の後新宿辺ゟ養子ニ参り候所、此ほど又離別ニ相成、衣類・諸道ぐ・持参金廿両も皆先方被引上、其身壱ツニ成候由、深田氏の話也。虚実不詳。
○**六日**壬巳　半晴　昼後雨少〻　忽止　不晴
一今朝四時頃、伏見小児を同道入湯ニ行、昼時帰宅。食後、西丸下渥見ゟ飯田町瀧沢ゟ行。あつミ氏ゟハ絞木綿壱反、旧冬の謝礼として進之。煎茶を被出候。早〻立出、飯田町ゟ行。ようかん一棹進上。同所ニて夕飯を被振舞、牛肥・らく鴈を小重ニ入、被贈之。夕七半時過帰宅。右留主中伏見氏被参、書物被致候由也。○日暮ておりよう・林鉦三郎遊ニ来ル。五時前帰去。
○**七日**甲午　晴
一今朝お鐐、小米桜・彼岸桜手折て被贈。其後大内氏、桃花手折、壱把ほど被贈、早〻帰去。○四時前生形氏、小児を携て来ル。先日被申入候□矢良輔二次外ゟ相談出来候由、外ニ下谷御徒町辺ニ壱人有之候由ニて、書付持参せらる。

一昼後おさち入湯ニ行、八時頃帰宅。右序ヲ以、勘助方へ日雇人足ちん六百文為持遣、請取書取之。〇八半時頃松村氏被参。右同人ニ頼候て算帳致貰ふ。暮時ニ及、夕飯を薦め候内、領助殿去ル二日貸進致候美少年録二輯五冊被返、尚又三輯五冊貸進ズ。松村氏江ハ後ハ昔物語壱冊貸進ズ。領助殿と同道ニて被帰去。〇八時過長次郎どの養母来ル。白木綿糸一紈・土器巻芋二ツ持参、被贈之。煎茶・干菓子を薦、雑談稍久敷して夕七時前被帰去。其後およし殿被参、無程帰らる。〇暮時定吉来ル。玄米春あげ、三斗五升八合二勺、内壱斗五升引二斗八合二勺持参、つきちん六十四文渡し遣ス。尚又、明日飯田町江序有之候ハヾ参り候様申付、晩茶代百文渡し置。

一昼後神女湯能書・外題・奇応丸能書・神女湯小切、摺之。

〇八日乙未　晴

一夕七時前定吉妻来ル。右は、定吉今夕大門通り江参り可申候間、飯田町江御使可致候と申候ニ付、手紙認め、重箱二組・同台・ふくさ・奇応丸大包壱、定吉ニ為持遣ス。右之外今日来客なし。〇今日終日、売薬包紙、品ミ拵置。

〇九日丙申　晴　風

一今朝定吉妻来ル。昨日飯田町ゟの返書・晩茶等持参、飯田町ゟくわし一包被贈之。暫して帰去。〇同刻ふし見氏被参、是亦雑談して被帰去。

一昼前礒女老人来ル。手みやげあげもの壱包持参。先暫此方ニ逗留せらる。

一昼後おさち同道入湯ニ行、八時過帰宅。〇昼後定吉ヲ以、礒女殿きがえつゝみ、権田原諏訪氏江取ニ遣ス。暫して同人妻右ふろしき包持参、礒女殿ニ受取置。

一伏見氏被参、縁郎一本松顕宗寺ニ寄宿致候人、相談致度由先方ニて被申候由被申。此方ニて内紀致候上同道致候様、先方へ伏見氏申入被置候と被申。煎茶・くわしを薦め、暫して被帰去。○暮時長次郎殿来ル。無程被帰去。

一日暮て大内氏被参、過日貸進之俠客伝初集五冊被返之。尚又俠客伝二集五冊貸進ズ。暫く雑談、亥ノ刻被帰去。

○十日丁酉　晴　暖和

一今朝清助方ゟ女ヲ以、旧冬十二月上旬貸遣し候しゆんくわん嶋物語前後二冊返之、右謝礼として、塩がまおこし壱包被贈之。右使女遊び参り候由ニ付、此方母女二人象頭山ニ参詣出がけニ付、則同道して四時前ゟ虎の御門象頭山ニ参詣、昼時帰宅。清介女ニハ手遊物買と、のへ、昼飯為給、おさち清助方迄送り帰し遣ス。○右留主中、縁郎一条ニ付、一本松浄土宗顕宗寺ニ罷在候吉次郎姉聟万平と申人、伏見氏ニ被参候ニて、自たいめん致度由被申候ニ付、自帰宅を暫く待被居、帰宅後万平・伏見氏同道ニて被参候間、対面致候所、来ル十六日昼後、右縁郎同道ニて可参旨、且雨天ニ候ハヾ十九日・廿日両日の内参り可申約束致、帰去。○八時過松村氏被参、後は昔物語壱冊持参、被返之。所望ニ付、慶長年録一冊貸進ズ。暮時帰去。○昼後飯田町ゟ使札到来。右は、来ル十二日明廓信士様五七日ニ相当被致候ニ付、志之重之内壱重、御姉様ゟ御文さし添被贈之。則、返書ニ御礼申上、使を返ス。

一昼後伏見氏ゟ手製切鮓一皿被贈之。右以前、餅菓子壱包、おさちヲ以贈之。○夜ニ入順庵殿被参、童子訓三板五冊被返之。

一右同刻大内氏・およし殿来ル。一同ニせん茶・餅菓子を振ふ。坂本氏・大内氏四時被帰去、およし殿ハ止宿ス。

○今日象頭山江神酒五合持参、備之、象頭山ゟ御備餅三備受之、帰宅ス。

○十一日戊戌　晴

一今朝起出、およし殿帰去、四時頃又来ル。おさちほき《(ママ)》物頼候ニ付、衣をとき、昼飯を振舞、昼後おさちニ髪貫《(ママ)》、帰去。○昼前順庵殿被参、八犬伝四集三ノ巻壱巻を被読。所望ニ付、童子訓三板十一ゟ十五迄五冊貸進ズ。昼前被帰去。○昼後礒女老嫗、おさち同道ニて入湯ニ行、暫して帰宅。おさちにあげ物被贈。○八半時頃大内氏被参、暫雑談して、被帰去。○夜ニ入順庵殿被参、暫雑談中、加藤新五右衛門殿被参、信州の産氷蕎麦切・氷餅持参、被贈之。是亦雑談、煎茶・くわしを薦、四時過帰去。○今朝起出、象頭山江参詣、四時頃帰宅。昼後ゟ多吉ゟ被頼候仕立物木綿袷仕立之。客来ニ付、未果。

一おさち洗たく・張物を致ス。

○十二日己亥　晴

一今朝起出、象頭山江参詣、帰宅後食事致畢。

一昼後ゟおさち同道、深光寺へ参詣。今日明廓様三十五日ニ付、参詣ス也。然る所、生形妹おりよう、寺町竜門寺江返し物有之ニ付、同道致度由申ニ付、横寺町竜門寺・円福寺開帳江参詣、夫ゟ深光寺へ参り、諸墓江水花を手向、拝畢、本堂江参り、焼香畢。直ニ帰宅可致存候所、おりよう所望ニ付、上野江廻り候ニ付、宗之介香華院・鱗祥院なる安禅院・長松院其外諸墓江水花を手向、上野江行。帰路本郷ニて支度致、暮時帰宅。おりようニ手みやげ為持遣ス。

一右留主中、飯田町ゟ使札到来。留主中ニ付□受取被置候由也。右は過日貸進之重箱幷ニおつぎ祝儀衣類仕立の

事、又明廓信士遺物被贈候也。〇留主中松村氏・領助殿両人被参、松村氏ハ慶長年録を被返之、加藤領助殿ハ美少年録三集返し、尚又童子訓初板五冊貸進ズ。松村氏ハ慶長年録貸進ズ。両人とも、夜ニ入五時被帰去。〇夜ニ入、八犬伝五集壱冊松村氏被読。右ニ付、大内氏被参。右以前和多殿被参。是亦八犬伝を被読、五時過帰去。

一今日仏参留主居ハ㒞女殿也。〇下掃除初五郎来ル。両厠そふぢ致、帰去と云。

〇**十三日**庚子　雨　風　八時頃ゟ雨止

一朝飯後象頭山江参詣、四半時頃帰宅。昼後おつぎ祝儀裾模様を裁。今日吉日に依也。〇八時頃大内氏・順庵殿被参。右両人とも八犬伝五輯三ノ巻を被読候内、松村氏被参。右の人〻に煎茶・のり鮓を薦め、夕七半時頃被帰去。

一夜ニ入和多殿来ル。松村氏ニ夕飯を薦め、尚又八犬伝を被読。両人五時過被帰去。〇過日加藤成次殿ゟ被頼候ニ付、雑記七ノまき一冊、坂本氏帰路立より、右壱冊被届被呉候様頼遣ス。

〇**十四日**辛丑　雨終日

一昼後おさち同道ニて入湯ニ行、夫ゟ直ニ象頭山江参詣、おさちハ直ニ帰宅ス。然る所赤坂ゟ雨降出候ニ付、傘一本買取、帰宅。おさちハ途中迄傘携、迎ひニ出候所、路行違、不逢して徒ニ帰宅ス。右買取候傘ハ隣家伏見子息廉太郎殿江遣ス。子供傘ニ依て也。〇夕方ふし見氏ゟ鮭二片被贈之。今日使札・来客なし。五時過各枕ニ就く。

○十五日壬寅　曇　四時頃ゟ小雨終日　夜中同断　寒し

一朝飯後象頭山江参詣。出がけ、不動尊江御供米持参、納之。拝畢候所雨降出候ニ付、同所ニて雨傘借用、象頭山江参詣、昼時帰宅。○右留主中加藤領助殿、過日貸進之童子訓初板五冊持参、被返之。右請取、同書二板五冊おさち取出し、貸進ズ。暫して帰去。○四時過、伏見氏江此方縁郎・其親族世話人来ル。右は、此方へ咄し無之候間不知候所、右書付ハ伏見氏ニ有之、今日見せらる。西丸御膳所六尺塩嶋又六弟、廿六才塩嶋由郎と云男ニて、前原栄五郎と申候人、外ニ世話人共四人被参、面談。尻列（ママ）羽織、麁末成打扮也。伏見氏も被参候て、暫して皆退散ス。

一八時過松村氏来ル。慶長年録二ノ巻持参、被返之。吾仏ノ記内見致由被申候ニ付、然ば此方へ参り候て被内覧被致様申候ニ付、去十二日ゟ初、今日も右秘書被見。夕膳を薦、夜ニ入四時頃被帰去。暮時順庵殿来ル。是亦過日貸進之童子訓三板持参、被返之。尚又四板・五板十冊貸進ズ。夜ニ入投扇興を弄、四時頃帰去。松村氏江も慶長年録三ノ巻貸進ズ。

一今朝信濃屋重兵衛ゟ、申付候薪八把持参、其儘受取おく。

○十六日癸卯　風雨　夜中同断　寒し

一今朝起出、象頭山江参詣。今日ニて七日め也。昨日威徳寺ニて借用の傘持参、返却ス。四時帰宅。○昼後松村儀助殿来ル。ふかしさつまいも小重入持参せらる。尚又吾仏の記内覧被致、入相頃帰去。

一八時過伏見氏被参。右は、去ル十日被参候万平殿、縁郎吉次郎同道被致候由ニ付、則此方へ右両人を伏見氏紹介致、対面致畢。何れも廿日過迄ニ挨拶可致申談、両人退散せらる。

其後伏見氏被参、雑談して、夕方被帰去。○八時過大内氏被参、俠客伝二集返之。右請受（ママ）、煎茶出来候ニ付、皆ゝに薦め、客来ニ付、大内氏早ゝ被帰去。○今晩ハ客来なし。五時一同枕ニ就く。

○十七日甲辰　晴

一今朝松村氏被参。此方ニ而昼飯を薦め、夕七時頃被帰去。

一昼後自伝馬町に買物ニ行、暫して帰宅。其後山本半右衛門方へ行。右は、半右衛門小児喜三郎、去ル十日夕方熱気有之、難痘の由承り候ニ付、右見舞として菓子壱袋持参、贈之。ほど無山本を立去、深田氏に参り、安否を問候所、深田氏ニて煎茶・水餅を被薦、馳走ニ預り、夕七時過帰宅。○山本小児、最初ハ久野様御門番嘉七ニ見せ候所、嘉七見立、風也と云。面部に小瘡出来候は風邪故ニ発し候間、両三日過候ハヾ全快也とて、風薬様の物薬店土屋ニて買求め、服薬致候内、追ゝ面部・惣身に透間なく出来、疱瘡也と心付候は十五日の事ニて、既ニ初熱ゟ六日也。夫ゟ医師を招見せ候所、手後レニ相成候間、甚六ヶ敷とて断候由。夫ゟ尚又薬店土屋之買薬の由也。今夕ハさしこミも有之、食事不給、甚敷難痘、心許なしと人ゝ云。是迄疱瘡ニハ手懲致候人ニハ似げなく、左までニ療治等閑なりしハ愚といふも余り也。○夜ニ入加藤成次来ル。此度十問屋株御免之御触書持参、被借之。煎茶を出し、雑談時を移して、亥ノ刻頃帰去。

○十八日乙巳　曇終日　暮方ゟ小雨　但多不降

一昼前順庵殿被参、八犬伝六集三ノ巻一回読被聞。昼時被帰、昼後又被参、右同書四ノ巻壱冊を被読。かけ合の夕飯を薦め、夜ニ入雑談暫して、戌ノ刻過被帰去。○昼前おさち入湯ニ行、帰路久保町ニてまんぢう買取、帰宅。○昼後、饅頭小重ニ入、おさち山本に疱瘡見舞ニ行、ほど無帰宅。○今朝深田氏老母、伝馬町に参り候ニ付、買取候物ハ無之やと尋られ、早〻帰去。○今日、傘袋・重台ふくろ・餅くバりふくろ其外、品〻張物を致ス。○坂本氏窓の月一折、借書の謝礼として持参、被贈之。

○十九日丙午　小雨　多不降　半晴　夕七時過ゟ又雨終夜

一今朝長次郎殿来ル。山本疱瘡人同編の由也。○今朝多吉参り候ニ付、袷仕立候を為持遣ス。過日為持遣し候袷壱ツ・浴衣壱ツ、仕立代二百四十八文請之畢。○昼前、会津熊胆屋金右衛門来ル。如例絵蠟燭二挺持参、贈之。昼時ニ候間、昼飯を薦め候得ども、不給して帰去。

一八時頃おふさ殿来ル。門前通行の由ニて立被寄、おさち同道ニて帰去。おさち七時頃帰宅。右以前およし殿、山本小児おとみを携て来ル。おとみニ飴を為給、暫して帰去。○夕方伏見氏被参。去ル十六日参り候万平、此方へ相談致度由被申候由也。暫して被帰去。

○廿日丁未　曇　四時頃ゟ半晴　今暁丑ノ二刻穀雨之節

一四時過飯田町ゟ清右衛門様舎弟八十吉ヲ以御文到来。右は、おつぎ祝儀当月下旬ニ致候所、廿七日忌明ニ成候まゝ、廿八・廿九両日は日柄不宜候ニ付、来四月九日と相定メ候間、衣類袷ニ致度由、且又神女湯・黒丸子・奇応丸無之由被仰越候ニ付、神女湯十五・奇応丸小包七・黒丸子二、旧冬八犬伝落丁書入出来致候ニ付、是をも一緒ニ致、綿入小袖袷ニ致候事承知致候趣、返書認め、八十吉殿被帰去。

一昼後、山本小児入湯為致度由ニ付、およし殿・おさち同道ニておすき屋町ニ入湯ニ行、暫して帰宅致候所、お鍬様御出ニて被待居候。右は、過日贈り候絞木綿一反辞して不受入、返候ニ付、先受取置。追而又贈るべし。煎茶・菓子を出し、夕飯を薦め、所望ニ付、旬殿実〻記前編五冊・しゆんくわん後編合壱冊貸進ズ。五色石台四集下帙校本壱部進ズ。夕七時頃被帰去。
一右同刻加藤領助殿来ル。童子訓二板返之、尚又、三板五冊貸進ズ。暮時被帰去。〇木村和多殿、来ル廿二日出立の由ニて、暇乞として被参、ほど無被帰去。〇松村氏夕七時前来ル。雑談後、八犬伝七集壱巻壱冊被読。夕飯を薦め、夜ニ入同書二ノ巻を壱冊被読、被帰去。先日貸進之慶長年録壱冊持参、被返之。尚又、元和年録壱冊貸進ズ。〇五時頃坂本氏被参候所、門を閉候ニ付、窓ゟ声を被掛、童子訓四板五冊被返、六板を被乞候間、則貸進ズ。先日頼置候はやつきの粉壱包買取、持参せらる。但内ニハ不被入、直ニ帰去。

〇廿一日戊申　雨　四時頃ゟ晴　南　温暖
一深田老母山本小児を携、遊ニ来ル。雑談中およし来ル。山本半右衛門貰子喜三郎、去ル十日夕方難痘ニ取かゝり候所、養生不相叶、九時頃死去致候由也。今日十一日め也。直ニ深田老母、山本小児を携帰去。
一右ニ付、自昼後山本ニ悔ニ行、悔申入、帰宅。其後、にんじん・里いも・焼豆ふ煮染をこしらへ、重箱ニ入、おさちヲ以為持遣ス。
一明廿二日卯ノ刻送葬の由ニ付、定吉ヲ以為送候半、今晩定吉を遣候所、小児と申、且香華院遠方ニ付、堅く断候由被申候ニ付、其意ニ任、定吉を不遣。〇八時過松村氏被参。アヒルたまご三ツ持参、被贈之。髪刀・庖丁研貰ふ。夕方領助殿来ル。雑談夜ニ入、松村儀助殿・領助殿ニ夕飯を出し、礒女殿所望ニ付、右両人ニ八犬伝七輯四・五ノ巻為読、各四半時過帰去。松村ニからし菜づけ壱重遣之。〇夜ニ入順庵殿来ル。右同人八犬伝を被聞、四時頃帰去。〇今日南温暖、袷衣ニて暑し。

○廿二日己酉　晴　四時過ゟ曇　八時頃ゟ雨終夜

一今朝礒女殿、左京様御家中某氏一昨日死去被致、今日送葬の由ニ付、朝飯後被参候ニ付、髪結遣ス。五半時頃彼方被参。○深田老母、山本おとみを携て来ル。其後およし来ル。暫して一同被帰去。

一昼前木村和多殿、今日昼後出立被致候由ニ付、暇乞ニ来ル。右ニ付、絹地ニ画キ候大黒天壱枚・蓑笠様御染筆たにざく壱枚、餞別として贈之。暫して被帰去。其折から伏見氏来ル。雑談暫して、昼後被帰去。

一夜ニ入順庵殿被参、八犬伝七集ノ下壱冊被読、雑談後四時前被帰去。其外客来なし。○礒女殿八半時頃此方へ被帰来。

○廿三日庚戌　終日曇　夜ニ入晴　ほど無又曇

一昼後伏見氏被参。今日縁郎世話人新兵衛参り、先方ニてハ相談致度由申参り候間、何れニても篤と糺候上、相談可致と挨拶被致候由被申之。暫雑談、礒女殿所望ニ付、八犬伝八輯壱ノ巻被読、夕方被帰去。○昼後松村氏被参、所望之吾仏の記を独読致。夕飯を薦め、夜ニ入又礒女殿所望ニ付、八犬伝弐・三ノ巻被読候て帰去。○日暮て御扶持渡ル。取番玉井氏差添、車力一俵持込畢。丸俵ハ高畑ニ有之由也。

一夜ニ入大内氏来ル。貸進之俠客伝三集持参、被返之。尚又四輯五冊貸進ズ。雑談後四時過帰去。

○廿四日辛亥　終日曇　暮時ゟ雨終日

一昼後、自飯田町ニ行。右は、お次祝儀衣類出来致候ニ付、白服と共に持参ス。外ニ、去ル十二日明廓信士様遺物としてこん嶋浴衣被贈候ニ付、三月十八日袷羽織被恵候間、二重ニ成候ニ付、今日持参、御返上申候所、決而被不受候ニ付、尚又受戴候也。箏・蕗・焼豆ふ煮染小重入、持参ス。尚又、先月中渥見江贈り候じゆばん地壱反、当月廿日お鍬様御持参、此方被返候ニ付、尚又今日飯田町江持参して、宜敷渥見江御取なし、御受納被下様願候と申、飯田町江頼、預ケ置。折から深川お祐様・お鉄殿被参候ニ付、対面致、赤剛飯・夕膳馳走ニ相成、暮時帰宅。三月中ゟ預り置候髪刀今日持参、此方ゟ遣し置候髪刀ハ持返る。おつぎ江亀《(ママ)》甲髪ざし祝遣ス。

一四時頃儀助殿来ル。昨日の如く吾仏の記自読被致、昼《ヒル》飯を薦、夕七時帰去し由也。○昼時おふさ殿来ル。過日貸之雨夜の月六持参、被返之。尚又八丈奇談五冊貸進ズと云。おさちと暫遊、帰去。

一留主中順庵殿被参候由。雑談後被帰去。○夕七時過岩井政之助来ル。何らの風の吹候や、此方へハ不参候被申候ニ、今日参り候て心得がたし。後ニ聞、おさち門前ニ居候所、政之助を見かけ候ニ付、無拠被参候様子也。生涯不参候とて不苦候ニ、参り候は無益之義也。○今朝およしどの参り、此方膳・椀幷ニ皿・猪口・小皿借用致度由、半右衛門伝言被申候ニ付、則承知之趣答遣ス。○自留主中、定吉御扶持可春由申、取参り候間、御扶持米渡し、且山本江所望之品ニ為持遣ス。

一暮時長次郎来ル。過日貸進之金子今少ニ待呉候やう被申之、暫して被帰去。○今朝伏見氏被参、乾魚壱包持参、被贈之。且又、柄袋先日貸進候所、被返之。然ども、右は琴靍遺物ニ付、其儘被返候ニ不及と申候へども、被不受候ニ付、其儘受取置。後刻おさちヲ以進之ズ。

○廿六《(ママ)》日壬子　雨終日　今日ゟ八せん

一四時過、礒女殿宅新左衛門殿ゟ使来ル。右は、今日花見客来有之候ニ付、礒女殿即刻帰宅致候様申来ル。即刻支度致、被帰去。使ハ先江帰ス。

一今日、成正様御祥月御逮夜ニ付、茶飯・一汁二菜こしらへ、家廟江供し、深田長次郎・其姉およしを呼、振ふ。

長次郎殿老母・内義江器ニ入、長次郎帰宅之節、為持遣之。○昼前おさちヲ以、山本江鴈食豆壱重・干瓢・氷こんにやく・小椎茸壱重二重ニ致、為持遣ス。明廿六日逮夜ニ依而也。○昼後、久野様御内加藤氏ゟ僕広蔵ヲ以、過日貸進之くゝり頭巾五冊・燕石雑志五冊・稚枝ノ鳩五冊被返之。右請取、納置く。

一暮時前順庵殿来ル。○夜ニ入加藤新五右衛門殿被参、紀州産わかめ五枚持参、被贈之。両人雑談数刻、所望ニ付、秋の七草七冊・化くらべ丑三ノ鐘壱冊、加藤氏江貸進、坂本氏江ハ侠客伝初集五冊貸進ズ。煎茶・くわしを薦め、四半時過被帰去。

○**廿六日**癸丑　小雨　四時頃ゟ晴

一今朝礒女殿被参。昼飯此方ニて給、渋谷親類江被参候由ニて、八時過ゟ被帰去。

一四時前松村儀助殿被参。今日此方縁郎一義ニ付麻布辺江被呉参候由ニ付、昼飯を薦め、其後麻布江被参。夕方帰宅被致候由也。

一今日成正様御祥月忌御当日、且明廓信士四十九（ママ）ニ付、深光寺江昼後ゟ参詣致候所、おつぎ・八十吉・深川成お祐様幷ニお鉄殿墓参りいたし被居。一同諸墓江水花を供し、直ニ立帰り可申心得ノ所、是非〳〵飯田町江廻り候様、おつぎ申ニ付、其意ニ随飯田町江行。出がけ石屋勘介方へ立より、飯田町ゟの伝言申入、近日飯田町瀧沢清右衛門宅江参り呉候様申、頼置。飯田町ニて料供残之馳走ニ預り、暮時帰宅。○右留主中、芝田町ゟ使札到来、切鮓壱重・焼豆ふ壱重、おまち殿ゟ文到来。且、二月中貸進之三勝櫛八冊被返之。おむめゟ切元結、手紙さし添、宗之介方へ頼置候由ニて届来ル。おさち請取、返書遣し候由也。

一同留主中おふさ殿被参、五もく鮓小重入壱ツ被贈之候由也。

一山本半右衛門小児初七日逮夜ニ付、おさち度ゝ被招候所、自留主中ニ付不参候所、暮時長次郎殿ヲ以、一汁三菜壱膳被贈之。

一昨今成正様御画像床の間ニ奉掛、神酒・備餅・七色菓子を供ス。深光寺ゟ帰宅後取納置。今晩六時過ゟ母女枕ニ就く。〇暮時定吉来ル。御扶持舂候て持参ス。玄米四斗四合、つきべり四升、借米四升引、白米三斗六升三合持参ス。請取置、つきちん六十四文未遣。

〇廿七日甲寅　晴

一昼前おさち入湯ニ行。出がけ、綾部氏ニ昨日被恵候五もくずし移りとして、焼豆ふ五ツ入持参、被返之《(ママ)》。昼時頃帰宅。〇昼後松村氏被参。昨日竜土組屋敷榎本彦三郎殿近辺并ニ賢崇寺ニも被参候て聞合被致候所、至極宜敷由被申之。尚又、吾仏の記校訂被致。明廿八日当番之由ニ付、髪月代致進ズ。〇昼後おふさ殿来ル。媼神ニ参詣被致候ニ付、おさちを被誘、則おさちも参詣ス。夕七時前両人帰たく。〇夕七時前順庵殿来ル。暫遊、被帰去。〇同刻加藤領助殿来ル。過日貸進之童子訓三板五冊被返之、尚又四板五冊貸進ズ。松村同道ニて、領助殿暮時前帰去。〇成田氏読本借用致度由、長次郎ヲ以申越候ニ付、則長次郎ニ朝夷嶋めぐり初編五渡、貸進ズ。

一夕方長次郎殿、山本使として膳・わん、品ミ被返之。右謝礼として、筆三本被贈之。

〇廿八日乙卯　晴　夜ニ入雨終夜

一今朝礒女殿渋谷ゟ被参、暫休足被致、又明石様御屋敷へ被参候由ニて出去。〇暮時順庵殿被参、堀の内ニ被参候由ニて、粟煎餅壱袋被贈之。雑談中加藤氏被参、過日貸進之雑記七ノ巻持参、被返之。煎茶・粟せんべいを薦む。折から雨降出候ニ付、両人之衆ニ下駄・傘貸進、四時頃被帰去。

○廿九日丙辰　晴　夜ニ入雨
一今朝新五右衛門殿ゟ僕広蔵ヲ以、昨夜貸進之下駄・傘を被返、右受取置。○五時過礒女殿被参。又此方へ当分止宿被致候由也。

一今朝四時頃飯田町ニ行。今日おつぎ納采ニ付、右目録伏見氏ニ頼、認め貰候まゝ持参ス。飯田町ニて昼飯馳走ニ成。八時過納采無滞目出たく相済、夕七時頃帰宅。白ちりめん服砂切・黒丸子一包・わかめ三枚持参して贈之。来ル九日、縁郎弥兵衛迎取候ニ付、箱灯挑有之候ハゞ入用の由被申候ニ付、帰宅後早束取出し候所、殊の外損じ候ニ付、直させ可申存候へども、余り高料ニてハ無益ニ付見合候所、松村氏明朝てうちん屋ニ持参致、可承被申候ニ付、松むら氏ニ頼遣ス。○夕方松村氏被参。夕飯を薦め、礒女殿所望ニ付、八犬伝八輯二冊被読、五時過被帰去。○夜ニ入順庵殿・おふさ殿被参。おふさ殿ハ止宿ス。坂本氏ハ四時過被帰去、坂本氏ハ昨夜貸進之下駄・灯挑持参、被返之。右請取置。○今朝五時過村田万平殿来ル。右は吉次郎殿一義ニ付伏見氏被参候所、伏見氏留主宅ニ付此方へ被参、則自対面、宜挨拶承度由被申候所、未ダ宗之介方へ申不入候ニ付、彼方へ申聞候上ニて御左右可致由申談じ、暫して被帰去。

○四月朔日丁巳　晴　夜中雨　但多不降
一今朝伏見氏ゟとゝろ汁一器被贈之。其後伏見氏被参、暫して被帰去。

一四時頃礒女殿、植木や金太郎方へ仕立物取ニ被参、ほど無帰宅せらる。小袖受取、仕立らる。○昼後信濃屋重兵衛来ル。先日頼置候傘壱本持参、右受取置。其後軽子ヲ以、炭二俵贈来ル。受取置く。○昼後松村氏被参、鶏卵七ツ持参、被贈之。暫校合被致、夕飯を薦、夜ニ入五時被帰去。○七時頃おふさ殿来ル。おさち迎ニ参り候故也。ほど無被帰去。〇暮時前三毛由良太郎殿被参、たまごせんべい一折持参、被贈之。暫く物語被致、礒女殿相識ニ付、対面せらる。有住岩五郎方へ罷在候女子、由良太郎殿女の由也。初て知之。暮時帰去。〇同刻長次郎殿来ル。松村一同遊候内、西北ノ方ニ出火有之、長次郎直ニ帰去。後ニ聞、四谷湯屋横町御家人火元ニて、両三軒焼失の由也。ほど無火鎮る。〇坂本氏、出火見舞ニ被参候由ニて立寄、早々被帰。

一昨日順庵殿岩井政之助方へ被参候所、過日貸進之蓑笠雨談三冊順庵殿ゟ頼、被返之。右受取畢。

〇二日戊午　晴

一昼後、おさち同道ニて市ヶ谷八幡前ゟ買物ニ行、八幡前大和屋ニて懐中鏡袋壱ツ仕立誂。右裏地・仕立ちんとも五匁の由也。右誂、外ニ壱ツ鏡袋買取、其外伝馬町ニて買物致、帰宅。其後、山本半右衛門ゟ小児疱瘡見舞として、干菓子壱折おさちヲ以遣之。右留主中加藤領助殿被参、童子訓四板持参、返之。右請取、留主居礒女殿と長談被致、又後刻被参候由被申、帰去りしと、礒女殿被告之。〇暮時前領助殿来ル。童子訓五板五冊貸進ズ。雑談時をうつして、四時被帰去。〇日暮て順庵殿来ル。ほど無被帰去。

一伏見氏ゟ蓮二本・鶏卵十・くわゐ・お多福・大こんみそづけ被贈之。大内氏ゟ菜園大こん持参、被贈之。

〇三日己未　晴　風

一今朝清助来ル。右は、養子申込、此方へ同道可致由申ニ付、先此方ニて相談致かけ候義有之ニ付、先延引の段申聞候所、左候ハヾ手前宅ゟ八時頃より御出可被下候。先方ゟ参り候筈ニ付、何分願候と申、帰去。誠ニ難義ニ候所、無拠其意ニ任、後刻可参由申置、帰去。〇昼時頃清助妻来ル。右養子同道ニて先方ゟ被参候間、鳥渡御出被下候と申候ニ付、昼飯過ニ可参申。折から茶飯出来ニ付、右同人幷ニ清助女おきつゟ茶飯為給、畢候所菱屋横町ゟ出火之由ニて早ゝ帰去。女ハ此方へ預り置。○右以前、成田一太夫殿来ル。過日長次郎殿ヲ以貸進致候朝夷初編五冊持参、被返之、干菓子一包被贈之。尚又同書二編五冊貸進ズ。

一午ノ中刻、四谷菱屋横町より出火、北西烈しく、南寺町江火うつり、東西へ延焼、凡十五町四方也と云。右ニ付、皆諸道具取片付、家書幷ニ仏具二葛籠幷ニ蓑笠様御画像久野様御内加藤氏江預ケ、ほど無久野様御内加藤氏家僕広蔵・同音吉両人手伝候内、宗之介、僕二人召連、何れも片付。其外飯田町ゟは速く来、拵。渥見祖太郎外二人同道ニて来ル。荷持（ママ）取出し、藪江皆運畢。既ニ永井信濃守様江火移り候ニ付、此方へ飛火二ヶ処ニ付、危く見ゑ候間、礒女殿・自・おさち、礒女殿宅江立退、最早焼落候心得ニて帰宅致候所、辛くして火を逸れ候也。近所、隣家太田殿ゟ余程もえ出し、荒井様江ハ八ヶ所飛うつり候由也。其外見舞の人ゝ姓名、別帳ニ記之。暮時迄ニ藪江取出し候荷持運返し、荷持番人ハ清介方ゟ参り候老人を荷持番人とす。清介方類焼ニ付、たんす其外種ゝ此方へ持込候故ニ、老人は此方ニ罷在候也。清介娘ハ此方へ預り置く。暮時前豊蔵煮染壱重持参、被贈之。宗之介方ゟも弁当を被贈。拵候人ゝ江酒を振舞、亥ノ刻頃一同帰去。今晩甚ぶつさうニ付、新五右衛門殿僕広蔵此方へ止宿ス。荷持片付呉候人ゝ都て九人也。子ノ刻火鎮り、安堵す。伏見氏今晩ハ終夜不睡ニて、近辺を心被付、見廻り被致。○森野市十郎殿見舞ニ被参、お国殿ゟ預り置く葛籠壱ツ・夜具包壱、市十郎持帰り候由被申候ニ付、則右二品渡し返ス。

○四日庚申　曇　夕七時前ゟ雨終夜

一四時頃豊蔵来ル。昨日取出し候荷持取片付手伝、豊蔵・広蔵・松村氏・礒女殿・おさち手伝、暮時前迄ニ取片付畢。昼後広蔵帰去、又音吉来候ニ付、豊蔵・音吉・松村ニ酒飯を薦め、夕七時豊蔵帰去。雨がさ貸遣ス。

一渥見氏ゟ出火見舞として煮染物壱重、お鍬様ゟ文さし添、被贈之。且又、約束致候ニ付、半障子二枚右使ニ渡し、謝礼口上ニて申述、使を返ス。

一丁子屋平兵衛ゟ手代使ヲ以、出火為見舞、手拭二筋・煮豆一曲被贈之。是亦、謝礼申入置く。○夕七時前長田章之丞、近火見舞《（ママ）》して来ル。松村氏と雑談稍久敷して帰去。其後松村氏・礒女殿同道ニて、久野様御屋敷居風呂ニ入湯ニ被参、加藤氏ニ立より、礒女殿ハ先ニ被帰参、松村氏ハ酒を被振舞、暮時過此方へ被参、暫して被帰去。○岩井政之助殿近火為見舞来ル。深田氏老母同様、早ゝ被帰去。○自去ル二日頃ゟ血軍且感冒の気味ニ候所、近火ニ付押て走奔候故、今日昼後ゟ悪寒甚しく、右ニ付桂枝湯四貼調合致、煎用。夜ニ入鶏雑水ニて汁を取。無程発熱ス。○暮時過新五右衛門殿弁ニ同宿之仁森安三殿同道ニて被参。暫して跡ゟ中西清次郎来ル。清次郎ハ何等の故ニ来り候や、其故を不知。隣家林の間諜児ニて、此方やう子を捜ん為成べし。怕るべき人物なり。森氏・加藤氏煎茶を薦、四時被帰去。

○**五日**辛酉　雨終日　時候寒し
一今朝清介来ル。無程帰去。○右同刻伏見氏被参、暫して帰去。其後もちぐわし一皿を被贈。○大内氏来ル。雑談して帰去。○およし殿同断。○おふさ殿被参、おさちと雑談久して帰去。○加藤領助殿火事見舞ニ来ル。ほど無被帰去。

一夜ニ入松村氏来ル。ほど無伏見氏鮓一皿持参、被贈之。松村、八犬伝九集を被読、余り雨止無候ニ付、松村氏ハ止宿被致、伏見氏ハ被帰去。○昨四日、あや部氏ニ預ケ置候御鉄砲・御どうらん、松村氏ヲ以取ニ遣、持参、請取、納置く。

○**六日**壬戌　晴　昼九時三分立夏ノ節ニ入　寒し

一今朝松村氏起出、被帰去。○昼後おさちヲ以、板倉栄蔵殿方へ類焼為見舞、煮豆一曲為持遣ス。帰宅後久保町ニ買物ニ遣し、八時頃買物候て帰宅。其後紺足袋一双久野内加藤新五右衛門殿僕広蔵ニ、近火之せツ手伝候謝礼として為持遣ス。外ニ、同家中間音吉ニも同様ニて、天保銭三枚為持遣ス。○家根屋亥三郎来ル。此方家根近日直し可申由申、帰去。

一昼時頃大内氏被参。去ル三日家根むしり候所ゟ雨漏甚しく、難義致候所、大内氏つくろい被呉、当分凌宜敷様米俵ニて補ハれ、助を得たり。其外土蔵目ぬり土、家根ニ有之候を皆取おろし、元の如く用心土入、瓶ニ納、尚亦水を入こねられ、こしらへ置かれ候也。寔ニ老実の若者也。

一勘介近火為見舞、今日来ル。○荷持太蔵代、給米乞ニ来ル。二月分も未遣さず候ニ付、二月・三月両月分四升渡し遣ス。

一新五右衛門殿僕広蔵来ル。ほど無帰去。○森野市十郎殿来ル。お国殿より預り置候葛籠近日取ニ可遣旨申之。委細承知の由答置、早ゝ帰去。

一夕七時過水谷嘉平次殿来ル。近火見舞也。是亦早ゝ被帰去。

一暮時前順庵殿被参、過日貸進の童子訓六板五冊・俠客伝二集五冊被返之。右請取、暫夜話、四時過被帰去。

○**七日**癸亥　曇　八せんの終　昼後ゟ雨　夜中同断

一今朝家根屋伊三郎弟子職人、家根つくろいニ来ル。昼飯《ヒル》此方にて為給、昼後雨降出、仕事出来かね候由ニて仕舞、帰去。傘一本貸遣ス。

一飯田町ゟ八十吉殿来ル。右は過日おつぎ納采被受候ニ付、為納分祝儀酒、正法院酒小徳ニ入《(ママ)》壱、其外しら賀一包・こん布・かつをぶし二本壱包被贈之。外ニ上家ちん金壱分ト二百七十二文、薬売溜金二朱ト壱〆四百六十二文、内壱わりさし引、金二朱ト壱〆二百四十二文、尾張切干大こん二掛を被贈。御姉様ゟ御文被下候得共、取込中ニ付返書上不申、謝礼、口状ニて申遣ス。是は昨六日のことなるに、漏したれバこゝにしるす。

一夕七時前順庵殿来ル。夕飯を被振《(ママ)》舞、暫く物語して、五時頃被帰去。俠客伝三集貸進ズ。〇夜ニ入大内氏被参、去ル廿三日貸進の俠客伝四集五冊被返之。暫雑談、四時過被帰去。〇順庵殿ゟ今日服砂を返し渡ス。太白散代料同断。

〇八日甲子　晴

一今朝家根屋弟子、昨日のつくろいかけ家根拵ニ来ル。昼時出来畢、昼飯為給。昨日貸遣し候傘持参ス。〇昼時過音吉・広蔵、昨日贈物の礼ニ来ル。早ゝ帰去。

一昼時順庵殿来ル。今ゟ小川町ゟ被参候由被申候ニ付、然らバ一緒ニ可参旨申候へバ、大番町迄被参、八時頃此方へ被参、夫ゟ飯田町迄同道ニて行。飯田町ゟ鳥渡被立寄、直ニ小川町ゟ被参。おつぎゟ懐中鏡袋一・鶏卵持参ス。御姉様今日深光寺へ御仏参の御留主、暫待合候所御帰りニ付、御めニ掛り、夕方ニ及。少ゝ悪寒致候ニ付、羽織借用して帰宅。

一右留主中田辺鎮吉来ル。近火見舞として窓の月一折持参せらる。折ふし留主ニて、おさち煎茶・くわしを薦め、且、夕飯を出し、其後帰去候由也。

一同清助妻おひさ助惣焼壱重持参候由也。〇松村同断。

一暮時松岡お靍殿来ル。おさちへ真綿壱袋持参、被贈、今晩甲子ニ付、おさちを被招候ニ付、後刻可参旨、暫遊、帰去。其後おさち松岡ニ行。助惣焼壱重持参、贈之。丑ノ刻帰宅。〇深田氏ゟあづきだんご一器被贈之。

一夜ニ入順庵殿被参。八犬伝九集一回被読、五時被帰去。〇今日甲子ニ付、大黒天ニ供物・神灯を供ス。

〇九日乙丑　晴

一今朝半右衛門ゟ赤剛飯壱重贈。今日酒湯祝儀の由也。

一昼前ゟ礒女殿、近火見舞被参候由ニて出去、八時過帰来ル。〇おつるどの被参、昨夜助惣焼おくり候移として五もく鮓壱重持参、被贈之。ほど無被帰去。〇右同刻おふさ殿来ル。過日貸進之常世物語五冊被返之。赤剛飯・五もく飯を薦め、夕方帰去。〇願性院、近火見舞として来ル。

一深田氏ゟ草だんご一器被贈候移りとして、大こん切干少ヽ遣ス。

一伏見氏ゟ煮豆一器被贈之。右うつりとして赤剛飯遣ス。

一暮時前加藤領助殿来ル。貸進之童子訓五板五冊被返之、尚又六板五冊貸進ズ。同人実父三月廿九日病死致候ニ付、六日ゟ忌引の由也。暫く雑談して四時帰去。深田長次郎同断。〇六時過加藤新五右衛門殿来ル。先日貸進致候秋の七草六冊・長助くじら二冊被返之、ほど無帰去。

〇十日丙寅　晴

一今朝清助方へ行。右は、一昨八日同人ゟ助惣焼壱重被贈候謝礼として、右重箱ニ筝・蕗・にんじん煮つけ壱重持参、遣之。謝礼申入、夫より去廿九日誂置候箱てうちん取ニ参り候所、出来ニ付、代銭五匁、此銭五百廿文払遣ス。昼時帰宅。〇昼後象頭山ニ参詣。出がけ入湯致、不動尊ニ参詣、御供米壱袋寄進、拝畢。江坂卜庵殿方へ立より、近火見舞被参候謝礼申入、象頭山ニ参詣、帰路半右衛門ニ昨日赤剛飯被贈候謝礼申入、八半時頃帰宅ス。右留主中、綾部氏ゟ草だんご壱重被贈之。○日暮て加藤新五右衛門殿来ル。如例夜遊。五時前順庵殿被参。順庵殿ハ昼前・昼後両度被参、草だんごを薦め、早ミ被帰去。今晩被参候約束之故也。新五右衛門殿・順庵殿両人暫く夜話、四時過被帰去。○象頭山江神酒・備もちを供ス。夜ニ入神灯同断。

○十一日丁卯　雨終日　風

一昼前おさち入湯ニ行、昼時帰宅。○箱てうちん、此度飯田町ニて聟養子弥兵衛引取候当日、迎ニ出し候者ニ為持候ニ付入用ニ候間、此方小箱てうちん過日張替ニ遣し、出来致候所、右棒紛失ニ付、久野様御内加藤氏・大久保矢野氏江聞合所、何れも大きく、間ニ合かね候ニ付、此方ニ有之候大箱てうちん棒を取出し、矢野氏・大内氏江相頼候所、右削こしらへ被呉候ニ付、今日の間をかゝず。○今日飯田町おつぎ婚礼ニ付、昼飯後おさち同道ニて、礼服を携て行。○暮六時過、世話人親分鱗方屋小兵衛・同人妻・聟弥兵衛・其両親入来、飯田町ゟ近辺迄迎の人出ル。媒人西丸下覚重殿御夫婦。座敷ニて祝儀盃目出度相済、一同二階ニのぼり、親類盃是またメで度相済。此方ゟ迎人足参り居候ニ付、本膳、牽物添、馳走ニあづかり、八半帰宅。今日の留主居礒女殿也。右留主中松村儀助殿被参候て、礒女殿ニ八犬伝九輯を読被為聞、夕飯を薦め、亥ノ刻帰去候由也。

○十二日戊辰　晴　四時頃ゟ曇　昼時ゟ晴　遠雷

一昨夜不睡ニ付、四時頃ゟ一同仮寐す。八時過起出、夫ゟ食事後、礒女殿・自両人ニて入湯ニ行、ほど無帰宅。○七時過松村氏被参、暫して帰去。

一夜ニ入長次郎殿来ル。是亦ほど無帰去。

○十三日己巳　晴

一昨日定吉方へ申付候供人足来ル。右人足召連、広岳院江参詣。先出がけ、宮様御門前山本悌三郎殿方へ、近火見舞ニ被参候謝礼として罷越候所、留主宅の由ニ付内義江謝礼申延、ちらし五もく鮓を贈り、堀様御内山村春畊方へ立より、手みやげめざし鰯十くゝり一袋・手遊物子供江遣ス。暫く雑記《（ママ）》、おむめゟ切元結三把被贈。夫ゟ広岳院江参詣、諸墓江水花を供し、拝畢、保安寺へ参詣、鈴木氏の墓江水花を手向、宗之介方へ行。宗之介方へ蕎麦切・窓の月一折を遣ス。且、先月中預り置候宗之介袴返之。田町ニて切鮓・夕飯を馳走ニ預り、近火之せつ豊蔵ゟ煮染を贈り、且両日拵候謝礼として、金五十疋を遣し呉候様頼、宗之介江預ケ、暮時帰宅。田町ゟおさち江切鮓一包被贈之。てうちん借用ス。

一今朝豊嶋屋ゟ注文の醤油壱樽持参。代金二朱ト二百三十文の所、返樽代差引、駄ちんとも金二朱ト百五十四文払遣ス。

○十四日庚《カノエ》午　晴

一昼後自伝馬町江買物ニ行、ほど無帰宅。○同刻おさち入湯ニ行、八時前帰たく。

一八時過ゟ礒女殿、火事見舞として柳町江被参、夕七時頃帰来ル。○夕七時過およし殿来ル。暫して帰去。○右同刻お久来ル。右は過日参り候縁郎一義也。其儘ニ捨置候も不宜候ニ付、来ル十六日此方へ同道可致申候ニ付、此方ニてハ甚迷惑乍、其意ニ任置、久しくて帰去。○夕方成田氏朝夷二編持参、被返之。尚又三編五冊貸進ズ。○夜ニ入加藤領助殿来ル。去ル九日貸進之童子訓六板五冊被返之、尚又皿ゝ郷談合三冊貸進ズ。雑談稍久敷、四時被帰去。

○十五日辛未　半晴

一今朝伏見氏被参、びん付油・すき油被贈之。且又、竜土榎本彦三郎方へ罷越て否申入置候やと尋候所、至極宜敷被申候ニ付、其意ニ任、暫して被帰去。

一昼後八時過ゟ定吉を召連、竜土御組屋敷榎本彦三郎殿方へ行候所、同人在宿ニて面談、先日ゟ度〻被参候謝礼申延、且吉次郎殿一義申入。今日は同人母義他行ニ付不面、暫して帰宅。○帰宅後定吉、門外・門内そふぢ致、物置同断。夕飯為給、礒女殿今日敷明日本宅ニ帰宅被致候由ニ付、同人きがへ定吉ニ為持、諏訪氏ニ遣ス。○日暮て松村氏来ル。如例夜話、五時過被帰去。○夕方坂本氏ゟ順庵殿ハ此方ニ在やと被尋候所、此方へハ十日以来不被参候ニ付、其由申遣ス。若被参候ハヾ早〻帰宅致候様申候様被申、使帰去。

○十六日壬申　雨

一昼後清助来ル。右は、過日同人妻ヲ以申入候縁郎、来ル十八日参り可申候間、其思しめしニて罷在候様申。暫く雑談して帰去。○夕七時前松村氏被参、ほど無被帰去。

一暮時加藤新五右衛門殿被参。如例夜話、四時過被帰去。

○十七日癸酉　晴　昼後雷数声　八時過ゟ雨　暮雷止

一今朝象頭山ニ参詣、昼時帰宅。○昼後礒女殿本宅ニ帰去。二月廿四日参り三月一日帰去、三月九日ゟ此方へ逗留、三十余日ニ及ぶ。○今日伏見ゟあづき飯、煮染添、被贈之。此方ゟ切元結三把遣之。○昼前悌三郎殿被参、二月下旬貸進之亨《(ママ)》雑記二冊被返之。右請取。自留主中ニ付、又後刻可参由被申、帰去候と云。○昼後、成田一太夫殿方へ類焼見舞として手拭二筋持参、贈之。遠ゟ可遣所、住居不相知候ニ付延引致候所、両三日以前鮫ヶ橋谷町に徙移被致候由承り候ニ付、今日尋行、贈之。○今日観世音祭候事如例。

○十八日甲戌　晴　寒し

一今朝象頭山に参詣、四時帰宅。○昼時頃下掃除初五郎来ル。先月十二日ニ来り候儘、今日三十六日めニて来ル。殊の外つかへ候ニ付、両厠少しヅ、汲取、帰去。

一八時過松村氏被参。松尾瓠一殿小児難痘ニて没し、今日七時過送葬の由ニて帰去。組合ニ付、少〻の物也とも備可申、松村氏ニ相談致候所、松村氏被申候は汘《（ママ）》ハ必無用可為候。被遣候てハ反て先方迷惑可為被申候ニ付、其意ニ任、松尾氏に御序之節宜敷御噂可被下候と頼置。

一夕七時頃伏見氏ゟ自を被招。右は、竜土御組榎本彦三郎殿・右同人姉聟村田万平殿両人ニて伏見に参り候ニ付て也。即刻参、右両人に対面致候所、養子吉次郎義相談致度存候所、土産金三十両之内五両金を減じ、当金十五両、跡十両金ハ当冬さし上可申。只今御即答不被下候ハヾ、両三日中ニ挨拶致呉候様被申。右ニ付、此方ニても諸親に相談の上可申上候と答て、帰去。○夕七半時過成田定之丞殿来ル。去ル十四日貸進の島めぐり三編五冊被返、尚又所望ニ付四編五冊貸進ズ。○今朝、ほとゝぎす初音を両三声を聞く。立夏後十二日目也。然ども時候甚不順ニて、此せツ綿入衣ニ無之候てハ寒し。下高井戸辺ハ多く雹降、麦をあらし候よし、下掃除初五郎の話也。○夕方およし殿来ル。暫遊、夕方帰去。

一夜ニ入おひさ来ル。右は今日縁郎此方へ参候やと尋候へども、此方へハ不参由答候へバ、然ば明《（ママ）》先方へ私事参り可申由申、帰去。

○十九日乙亥　晴　時候也

一今朝起出、象頭山江参詣、四時帰宅。○右同刻加藤領助殿被参、過日貸進之皿と郷談合三冊被返之。おさちへ懐中針、畳紙・鋏添被贈之。如例之長話ニて、竜土辺江被参候由ニて昼時被帰去。帰路立より候由ニて、ふくさ一ツ預り置く。○右同刻、村田万平殿伏見へ被参候由ニて、伏見ゟ被招、則、隣家へ参り、委細承り候所、先方ニて被申候は、土産金廿五両ニて相済候ハヾ、不残持参可致、或は亦三拾金ニて御相談致候ハヾ、当金廿両ニて、跡金ハ当冬十月無相違納可申、何れニても御挨拶承り度由被申候へども、即答ニ挨拶出来かね候ニ付、両三日中田町江相談の上、委細可申上候置く（ママ）。○昼後板倉栄蔵殿・成田一太夫殿、類焼見舞謝礼として被参。○お久来ル。昨日縁郎一義不参ニ付、私事只今参り候所、先方ニて父当番打つゞき、取込居候ニ付、何れ清助帰宅の上参り可申由申候由。雑談後帰去。

一長次郎殿来ル。二月下旬貸進之金二朱持参、返之。右請取おく。

一日暮ておよし来ル。今晩止宿ス。○右同刻、加藤領助殿竜土より帰路の由ニて被参。五時前新五右衛門殿被参、女扇子壱対被贈之。右両人ニ煎茶・菓子を薦め、四時頃被帰去。

○廿日丙子　晴　時候也

一およし殿、おさちニ灸治所と江致貫、朝飯・昼飯とも振舞、被帰去。

一四時過ゟ飯田丁江行。ある平一袋持参、進上。飯田丁ニて昼飯馳走ニ相成、夫ゟ西丸下渥見江行。玉子煎餅一折進上。西丸下江近火見舞謝礼申延、暫雑談、帰路象頭山江参詣、尚又一ツ木不動尊江参詣、彼神前ニて縁談御鬮を伺候所、九十二番の吉也。夕七時過帰宅。帰路定吉方へ立より、明廿一日飯田町江使申付置。

一右留主中飯田町使来ル。重箱借用、且神女湯無之由ニて、御文さし添来候所、留主中ニ付返書ニ不及、使徒ニ帰去。飯田町箱てうちん被返、ろふそく大小十八挺、外ニ牽物籠五・かる尾（ママ）一尾、鱗方やゟ此方へ被贈候由ニて、被差越。

○廿一日丁丑　南風烈

一昼前松村氏被参、糸瓜種蒔候様被申。其意ニ任、菜園少ゝこしらへ、種を被蒔、昼飯を薦め、古浴衣壱ツ進之。昼後帰去。

一昼時お房殿被参、先日貸進之大柏狂言本持参、被返之。右請取、暫雑（ママ）して被帰去。○夕方成田氏被参、朝夷四編五冊被返之。尚又五編四冊貸進ズ。○今朝定吉ヲ以、飯田町ぇ重箱二組・神女湯十一包、文さし添為持遣ス。下町ぇ廻り候由ニ付、晩茶半斤買取呉候やう頼、代銭百文渡遣ス。○夕七時過、定吉帰り候由ニて同人妻飯田町返書持参ス。且買取晩茶半斤持参、飯田町昨日到来の由ニて赤剛飯壱重、弥兵衛引移り之節手みやげとして苧一包・扇子一対被届之。○昼後ゟ象頭山ぇ参詣、八時帰宅。

○廿二日戊寅　大風雨　昼時ゟ小雨　昼後晴

一今朝大雨中象頭山ぇ参詣、赤坂辺大水ニて難義致、昼時頃帰宅。

一昼後おふさ殿方ゟおさちを被招。同人母義他行ニ付、留主中徒然ニ付て也。即刻おさち行、夕飯アや部氏ニて被振舞、暮時前おふさ殿同道ニて帰宅。おふさ殿ぇよミ本壱部貸進ズ。早ゝ帰去。

一夕方深田氏被参、暫して被帰去。○暮六時過新五右衛門殿被参、暫く夜話、九時頃被帰去。

○廿三日己卯　晴　時候相応也

一今朝定吉を召連、芝田町宗之介方へ行。右は縁郎一義也。薄皮餅壱重遣之。宗之介ぃ面談、榎本氏ニて被申候土産金三十両之内廿両ハ当金ニ可差出候。跡金拾両ハ当冬十月無相違納候。さもなくバ廿五両ニ被致被呉候ハヾ、当日廿五両相揃持参可被致と被申候趣、宗之介ぃ話候へバ、宗之介うち聞て、夫は亦迷惑也。持参金不揃致候事心得難候へども、今一応先方へ当金廿五両、跡金五両ハ十月ニても極月ニても御請取被成候方可然と存。併私事存寄有之候間、今一両日の所榎本氏ぃ御申延被置候やう致度候と申ニ付、其意ニ任、宗之介方を立去。宗之介自に太織嶋一反を被恵。右携、帰路榎本氏ぃ立より、否両三日相待被呉候様申入、昼時帰宅。定吉ニ昼飯為給、帰遣ス。○およし殿昼前ゟ遊ニ来ル。昼飯為給遣ス。○昼食後象頭山ぃ参詣、八時帰宅。今晩五時前ゟ枕ニ就く。

○廿四日庚辰　晴

一今朝伏見氏被参、暫して被帰去。今日は象頭山ぃ被参。神女湯能書を摺、拵置。○夜ニ入順庵殿被参。右は金灯籠の図無之候ニ付、若や読本さし絵・口絵等ニ有之候義ニ候ハヾ少ゝ借用被致度由被申候ニ付、先心当り尋候所無之ニ付、何れ明日可尋出由申、五時頃被帰去。○暮時前長次郎殿来ル。ほど無被帰去。

○廿五日辛巳

一今朝象頭山ぃ参詣、手拭一筋を納ム。昼時前帰宅。○帰宅前ゟ松むら氏・坂本氏被参居、坂本氏ハ昨夜被申候金灯籠図を尋んとて、合巻類・八犬伝抔を被尋候所無。然る所、反魂余紙の内可有之やと心付候ニ付、右取出し尋候所、果して右之内、弘法大師開帳のせツ所ゟ納物番付中ニ金とうろうの図有之ニ付、反魂余紙三ノ巻一冊貸進。右携、昼時頃被帰去。松村氏ニハ昼飯を薦、先月中之小遣帳を算帳致貰候内、飯田町ゟ弥兵衛同道ニて御姉様御入来。手みやげかつをぶし一袋三本入・扇子一対、おさち江厚板こし帯地被贈之。弥兵衛初来ニ付、盃を薦め、吸物・取肴・さしミ・拵物二種。折ふし松村氏被居候ニ付、相伴被致。右畢、夕飯を御姉様・弥兵衛に薦め、弥兵衛ハ幸橋辺江まハり候由ニて先江帰去、其後松村帰去。御姉様ハ夕七時頃帰去。○弥兵衛参り候所、右取肴等取よせ候人無之候ニ付、松村氏を頼、向坂むさしや江丼・皿為持頼候所、先方無人の由ニて、松村氏持参せらる。○夕七時前およし殿来ル。暫く遊、夕飯為給、入相頃帰去。○夕方五月分御扶持渡る。取番高畑久次殿さし添、壱俵受取置。壬寅十年米也と云。端米壱升壱合ハ高畑ニ有之候由被申。○永井辻番人、親方可為者代り候由也。菜の物少し遣し候所、謝礼ニ来ル。○夕方深田氏被参、昨日当番、小太郎名代建石鉄三郎殿也と云。暮時被帰去。○夜ニ入順庵殿、今朝貸進之反魂余紙三ノ巻壱冊持参、被返之。尚又、同人親父(アキ)反魂余紙一・二の巻借用被致度由被申候由ニ付、則二冊取出し、貸進ズ。早々被帰去。○暮六時過加藤領助殿来ル。去ル十八日貸進之新累解脱物語五冊被返之。右うけとり、朝夷嶋めぐり初編・二編十冊貸進ズ。切鮓壱包被贈之。如例長話して、九時前帰去。

一昨廿四日昼時清助妻来ル。赤坂仲の町ゟ縁郎同道致候ニ付、鳥渡御沙汰致候とだしぬきニ申来ル。此方ニてハ迷惑ニ候へども、其意ニ任、此方へ右人ゝを呼よせ候所、去ル三日申込候者とハ相違致居候ニ付、当人廿三、四才ニて温柔ならず、且、付添の者ハ四谷伝馬町蛇の目鮓屋の横町ニて笊商人友某といふ人の由。両人とも多弁也。右、北御徒町小普請仮役大西忠次郎と申者の三男の由ニて、音三郎と云者也と云。ほど無帰去。此方ニてハ赤坂仲の町住居一橋御家人茂三郎と云者の忰の由ニて心得候所、外人を同道致候事、清助妻不埒成事いふべからず。おひさ参り候せツ尋可申候。

○廿六日壬午　晴　夕七半時頃ゟ雨　但多不降

一今朝伏見氏被参、暫して被帰去。○昼前定吉妻、先日申付置候芳(ママ)買取候由ニて持参ス。代銭は先日渡置。ほろがや無之由ニ付、此方ニ有之候品遣之。右携て帰去。○昼八時頃、東の方ニ出火有之。火元、西念寺本堂家根より出火致候由也。仲殿町・鮫ヶ橋辺風下ニ付、人遣し度候所、母女二人而已。せん方なく定吉ニても遣し候半と存候折から、定吉来り候ニ付、則所ゝ江参り呉候やう申遣し候所、道ニて火鎮り、且余ほど放レ居候ニ付、不参して帰宅致候由申之。早ゝ帰去。

一政之助殿来ル。早ゝ被帰去。○水谷嘉平次殿、近辺江被参候由ニて被尋、暫して帰去。○おふさ殿、一昨日貸進之括頭巾五冊持参、被参。右請取、うら見葛の葉五冊貸進ズ。久敷遊、夕飯を薦め、其後被帰去。○夕方清助妻来ル。昨日縁郎の一義也。兼申入候仲の町一橋御家人の子息とハ違候よし同人江申候所、悉偽を以挨拶致候ニ付、ほどよく請答致、雑談稍久敷して暮時帰去。

一日暮て、稲荷前御家人御小人鈴木昇太郎殿来ル。同人八犬伝借用致度申ニ付、甚迷惑ニ候へども貸遣ス。雑談数刻、四時頃帰去。此節夜分の客来ハ厭敷候所、かゝる人被参候事甚敷難義也。○此節所ゝ物騒ニて、所ゝ賊難・火難之風聞多く、去廿一日夜四時頃牛込横寺町竜門寺ゟ出火、一軒焼候て怪火也と云。用心致すべ(ダク)し。

○廿七日癸未　雨　夕方止　風烈

一今朝荷持来ル。右は、私事国元親共不快ニ付、両三日中国元江参り可申候。右ニ付、私代り者同道致候間、何分宜敷願候と云。代り之者廿五、六才の男ニて、名ハ和蔵と申候由申之。○昼前・昼後両度伏見氏被参、暫雑談して被帰去。○八時頃鈴木昇太郎殿来ル。御上りの由ニてもちぐわし一包贈之、ほど無被帰去。○昼後長次

郎殿被参、久野様江被参候由ニて早〻被帰去
一八時過岩井政之助殿来ル。右は、俳諧歳時記借用の為也。雑談数刻、右歳時記携、暮時前被帰去。○右同刻定吉来ル。御扶持春可申由申ニ付、壱俵渡し遣ス。○今晩五時頃ゟ枕ニつく。

○廿八日甲申　雨　五時過ゟ雨止　晴

一今朝村田万平殿入来。右は縁談一義、昨日伏見氏江新兵衛と被申媒人参り候所、伏見氏ゟ昨朝咄し置候一条、新兵衛江被申聞趣則村田氏江申入候由。右は新兵衛申候所相違有間敷候半なれども、先は伏見氏江聞合可被申被存候とて、伏見江被参候所、伏見氏ハ折から不在ニ付、此方へ被参候由也。則面談、宗之介ゟ申聞候一義申延、宗之介温泉ニ参り未ダ帰宅せざるの故ニ、聢と致候事不出来、田町宗之介方ゟ参り次第可申上候由申置、暫して被帰去。○昼後飯田町ゟ、今日婚姻祝儀無滞相済候内祝の由ニて赤剛飯壱重、御姉様御文ヲ以壱重被贈之。則、返書ニ謝礼申述、使を帰し遣ス。○昼後、伏見氏江煮豆・赤剛飯一器づゝ遣之。右答礼として鶏卵五被恵之。○八時過加藤領助殿来ル。如例長話、夕七時被帰去。朝夷嶋めぐり三編五冊貸進ズ。○暮時前、成田一太夫殿子息貞之丞殿来ル。朝夷六編五冊被返之。且所望ニ付、俊寛嶋物語前編合壱冊貸進ズ。○日暮て松村氏来ル。アヒロたまご二ツ被贈之。此節殊の外物騒ニて、夜廻り初り候由也。木こく一封・赤剛飯少〻同人小児江遣ス。早〻帰去。

一昼前一ツ木不動尊江参詣、帰路買物致、昼時前帰宅。不動尊江神酒・供物、夜ニ入神灯ヲ供ス。

○廿九日乙酉　晴

一今朝おさち入湯ニ行、昼時前帰宅。○昼時前順庵殿被参、雑談して昼時頃被帰去。○右同刻大内氏、菜園さや

ゑんどう一笊持参、被贈之、ほど無被帰去。其後、白墨幷ニ硯入用由ニ付、貸進ズ。○昼後八時過、柳町七軒寺町ニ出火有之、久成寺と申寺一軒焼也と云。○昼前深田来ル。暫して帰去。○夜ニ入順庵殿、過日貸進致候反魂余紙二冊持参して、被帰去。（ママ）自両人ニて夜話稍久敷、四時頃被帰去、且反魂余紙中ﾆ可入張品被贈之。○夕七時過およし殿来ル。入相頃帰去。

一縁談一義、宗之介方ゟ一向沙汰無之候ニ付、明早朝人可遣存候て手紙二通認、定吉ﾆ明朝田町ﾆ届呉候様申遣ス。

○卅日丙戌　晴

一昼前岩井氏被参、貸進致置候俳諧歳時記持参、被返之。雑談数刻、八時前被帰去。所望ニ付、しりうごと三冊貸進ズ。○昼時前定吉、田町宗之介ゟの返書持参ス。右返書ニ曰、未少ミ分かね候義有之候ニ付、今少し先方へ申延置候やう申来ル。定吉ハ直ニ帰去。

一昼後おふさ殿来ル。敵討裏見葛葉五冊持参、被返之。且又、梶原源太さみせん聢と存不申候ニ付、心得度由被申候ニ付、教遣ス。夕七時過被帰去。石言遺郷（ママ）五冊貸進ズ。○夕七時頃、芝田町宗之介方ゟ使札到来、且、早春相模屋ﾆ貸置候松浦佐用姫前後十冊・青砥模稜案七冊、おまち殿ゟ口状を被添、被返之。折から自他行中ニ付、返書ニ不及、清七を帰し遣し候由、帰宅後告之。○右書面の趣、宗之介ゟ申越候は、縁談一義取極メ可然申越候也。○暮時およし来ル。今晩止宿也。

一暮時山本悌三郎殿被参、蓑笠雨談借用致度由申ニ付、貸進ズ。暫雑談して被帰去。○右同刻領助殿来ル。過日両度ニ貸進致候朝夷巡嶋記初編ゟ三編迄十五冊持参、被返之。右請取、四編ゟ六編迄十四冊貸遣ス。夜話久して帰去。

○五月朔日丁亥　曇

一今朝食後、およし殿被帰去。○右同刻久野様御内加藤氏ゟ僕広蔵ヲ以、田丸木村和多殿ゟの書状壱封被届之。右請取、謝礼申遣ス。

一今朝伏見氏被参。昨日宗之介ゟ手紙遣し、且後刻宗之介方ゟ書面参り候趣、一五一十を物語致候所、さ候ハヾ今日弥取極メ趣一封認、榎本氏ゟ申通じ候趣被申之、被帰去。○昼前伏見氏被参、今日媒人新兵衛方へ右一義可申入候と被申、被帰去。八時過右方へ被参候由ニて、此方へ被参。右新兵衛ヲ以村田氏ゟ申入候所、何れ明二日万平殿此方へ被参候由被申候由也。○暮時前成田一太夫殿被参、しゅんくわん前編壱冊被返之、且美少年録初編五冊貸進ズ。早〻被帰去。○昼後目白辺ニ出火有之、一軒焼の由也。此頃日〻の如く所〻ゟ燃出、心不安時節也。

○二日戊子　半晴　昼前ゟ雨終日　夜ニ入風　巳ノ刻頃地震

一今朝村田万平殿被参候由ニ付、伏見氏と待合候所、終日不来。

一今朝およし殿来ル。ほど無被帰去。○八時頃深田長次郎どの養母被参、煎茶・口取ぐわしを薦め、暫雑談して被帰去。

一右同刻お国殿来ル。且、丙午年ゟ預り置候金子証文三通、外ニ印行同人ゟ渡ス。夕方帰去。○暮時前定吉、当月分玄米三斗九升つき候て持参、内壱斗定吉方へ差引、つきべり三、四升ニて、弐斗五升三合持参ス。右請取置、且、来ル八日

琴嶺居士十七回忌御相当ニ付、六日志の重の内配物人足申付置く。今晩暮六時母女枕ニつく。○今朝おさち髪

を洗ふ。

○三日己丑　雨終日　夜中同断

一今朝村田万平殿伏見氏江被参候所、伏見氏他行ニ付、此方へ入来。右は、縁談一義弥熟談ニ付、封金可致日限幷ニ金高の一義被問。然ども、今朝は伏見氏留主宅ニてハ甚不都合ニ候間、聢と日限・金高等定がたく候ニ付、其段村田氏江申入候所、然ば明朝可罷出候と被申、被帰去。

一四時頃、加藤新五右衛門殿ゟ僕弘蔵ヲ以、ひじき一袋、手紙さし添被贈之。同人弥来ル十日出立被致候由申来ル。返書ニ謝礼申遣ス。

一早昼飯ニて我身飯田町江行、縁談一義幷ニ来ル八日法事の事商量致、つミ金壱両請取、上家ちん金壱分ト二百六十八文・薬売溜八百八文請取、暫時をうつして、夕七時過帰宅。

一右留主中、大久保矢野氏ゟ手製かしわもち壱重被贈、手紙二通も被贈之。留主中ニ付、返書ニ不及。○暮時前松村氏被参、過日貸進之寛永年録壱冊被返之、尚又同書二・三ノ巻二冊・合巻二部貸進ズ。其後被帰去。○今日飯田町ゟ帰路、しなのや重兵衛方へ傘代六百四十文・薪代金二朱の所、金壱分渡置。○今朝およし殿来ル。ほどなく被帰去。

○四日庚寅　雨終日

一今朝村田万平殿伏見氏迄被参候所、伏見氏未帰宅致候ニ付、然バ後刻彦三郎殿を差越候由被申候由ニて、大内氏被申入。

一然る所、伏見氏ほど無帰宅被致、此方へ被参候ニ付、昨三日万平殿被参候趣都て物語致。昼後榎本氏被参候由ニ付、伏見氏も他行不被致、榎本氏を被待居。○昼後自入湯ニ行、暫して帰宅。其後伏見氏被参、雑談数刻、夕七時ニ及候ニ付、榎本氏ハ今日不被参候と噂致候折から、夕七半時頃榎本彦三郎殿被参。伏見氏・自も面談、縁談一義弥相談致度候ニ付、封金日限幷ニ納采・婚姻之義其外、種〻相談致、暫して榎本氏・伏見氏被帰去。

一昨日深田氏、下掃除同道被致。右は、下高井戸定吉と申者の由申、今ゟ末長ふ掃除致度由申ニ付、右之定吉ニ申付置。○今朝、是迄の下掃除初五郎、端午祝儀として蕗壱把持参ス。然る所、此方下掃除は外ニ遣し候趣申候所、沙汰なしニ此方東の方の雪隠汲取、帰去。

一今朝、如例菖蒲を葺。○夕方信濃屋ゟ炭二俵・薪八把持参ス。うけとり置。

○五日辛卯　雨　昼ゟ止　折〻小雨

一今朝伏見氏ゟ煮染一皿被贈之。右うつりとして、干鱓壱枚遣之。○昼前飯田町ゟ使来ル。先日貸進之重箱返之、且又神女湯・奇応丸中包無之由ニ付、神女湯六包・奇応丸中包二ツ。御姉様御文来ル。銘茶万緑山一袋・干鱓壱枚被恵之。過日預り置弥兵衛短刀・羽織・袴・小盆壱枚、右使ニ渡し、返し遣ス。○昼前おさち入湯ニ行、昼時帰宅。○昼時頃、自深光寺へ参詣。右は、来ル八日琴嶺様十七回忌相当ニ付、琴靏三回忌をも取越、法事致候存得ニて、琴嶺様法事料金二分・琴靏三回忌取越法事料金壱分、合金三分持参の所、和尚恵明他行ニ付、納所之僧ニ申聞、渡し、且諸墓掃除致、琴嶺様十七回忌法事・且琴靏三回忌法事取越・相続人一義諸霊ニ奉告。帰路色〻買物致、夕七時過帰宅。出がけ市ヶ谷桔梗屋ニ餅ぐわし明六日五時頃迄ニ持参可致由申付置。○右留主中加藤領助来ル。朝夷嶋めぐり四編ゟ六編迄十四冊被返之。右請取、青砥前後合巻七冊貸進ズ。夜ニ入、四時頃被帰去。○おふさ殿同やう来ル。今晩止宿ス。○夜ニ入五時頃順庵殿被参、暫物語被致、四時過被帰去。○今日、田丸和多殿ニ返翰認め置。○今日諸神ニ神酒、夜ニ入神灯、幷ニ赤飯を食ス。終日開門。

○六日壬辰　半晴
一今朝定吉来ル。今日配物致候為也。未餅屋ゟ不参故ニ、下流そぶぢを致ス。○ほど無桔梗屋ゟ昨日注文のまんぢう・薄皮もち壱束五十持参、直ニ入物を返し候様申ニ付、則代金壱分渡し遣ス。

一先琴嶺様・御先祖・琴靏牌前に備、残もちぐわし各廿入壱重ヅヽ、宗之介・赤尾・飯田町・西丸下渥見・本所菊川町鈴木文次郎に定吉ヲ以、文を添、為持参ス。渥見にハ八犬伝稿本廿八冊・ひじき一袋添遣ス。飯田町へも伊勢ひじき一袋贈之。定吉に帰路買物申付、六百文渡し遣ス。○昼前丸屋藤兵衛来ル。右は縁談の一義也。既ニ此方縁郎取極候ニ付、其義ニ不及、せん茶・もちぐわしを薦め、昼時帰去。同人小児にまんぢう・もち為持遣ス。

一昼時頃村田氏、伏見氏に被参候由。右は、今日納采と心得、何れも目録ニ致、持参被致候由也。伏見氏、今日ニハ無之、何れ封金後、来ル十六日ニ納采のつもりニ御ざ候と被申、其外雑談被致候由、伏見氏被参、被告之。

一琴嶺様十七回忌志の重の内、伏見氏・大内氏に十五入壱重ヅ、贈之。

一定吉夕七時過帰来、何れも請取書来ル。渥見ゟ返書、且先日貸進之旬殿実ゝ記五冊被返之。頼置候花色縞壱疋被差越。定吉に夕飯為給、もちぐわし五ツ小児に為持遣ス。申付買物持参ス。

一夕七時頃昇太郎来ル。所望ニ付、八犬伝二輯貸進ズ。早ゝ被帰去。

一夜ニ入大内氏被参、暫雑談して帰去。

○七日癸巳　曇　夕七時壱分芒種の節　昼前雨　夕七時過ゟ雨止
今日《(ママ)》琴嶺居士十七回忌逮夜ニ付、今朝ゟ伏見氏・大内氏被参候て、料料《(ママ)》手伝被致。伏見・大内両家ニて蠟燭壱箱被備之。昼時過あつミおくわ様御入来、其後深川田辺御姉様、おつぎ同道ニて来ル。各香料五十疋を被備、飯田町ゟハ蠟燭一袋を被添。料供を霊前江二膳備、親族の外、大内氏・長次郎殿も招、料供残を薦む。皆〻回向畢、夕七時過御姉様・おくわ様・おつぎ飯田町江被帰候ニ付、定吉ヲ以送之。且又飯田町御姉様・弥兵衛方へ定吉ニ為持、贈之。渥見氏江も壱人前為持、定吉ヲ立よらせ、送り畢て、五時過定吉帰来ル。定吉ニも膳部を為給、同人妻江壱人前定吉ニ為持、帰し遣ス。明日深光寺へ墓参之供人足申付置。○皆〻帰宅前、松村氏・坂本氏被参。松村氏ハ悼のうた三首短冊江認、持参、手向被之。右両人・伏見氏・此方母女二人、一同膳部を給、松村氏ハ五時被帰候ニ付、平・坪・猪口為持遣ス。伏見・坂本ハ四時被帰去。深田老母江壱人前被（ママ）遣之。

○今日琴嶺様御画像床間ニ奉掛、神酒・備餅・くわしを供ス。夜ニ入灯明を供ス。

一夕七時前長次郎ヲ頼、久保町ゑびすや江明日深光寺ニて人〻江牽候餅数六十誂置。

○八日甲午　晴

一今朝芝田町ゟ使札到来。宗之介ゟ琴嶺様霊前江金五十疋、赤尾ゟ白砂糖壱斤入壱袋被備之。宗之介・赤尾江返書ニ謝礼申遣し、餅菓子壱重為持遣ス。来ル十日封金致候ニ付、参り候様宗之介江申遣ス。

一四時過加藤新五右衛門殿、弥明後出立ニ付、暇乞として被参。せん茶・くわしを薦め、松岡江被参候由ニて早〻被帰去。○今朝青山笑寿やゟ昨日注文之もちぐわし持参ス。右請取置。○昼飯後定吉ヲ召連、深光寺へ母女二人参詣、餅菓子持参ス。飯田町ゟ御姉様幷ニ弥兵衛・おつぎ・お鍬さま・田辺鎮吉殿参詣。本堂ニて十七回忌読経、次ニ琴靍居士三回忌取越読経、各焼香畢、墓参、拝礼ス。且、過去帳ニ到岸幷ニ明廓信士記之候ニ付、今日弥兵衛委敷記之。深光寺ニて上餡ころもち少〻を被出、此方ゟ持参の壱分饅頭・薄皮もち先牌前江供、参詣の人〻江牽之。法事畢、各退散。鎮吉殿ハ香華院蓮秀寺江参詣致候由ニ付、右寺迄同道、蓮秀寺へ一同参詣。右門前ニて立別れ、夕七時過帰宅。

一右留主中、松村氏被参候由也。昇太郎・政之助両人来ル。政之助先貸進のしりうごと三冊、先月廿六日貸進の八犬伝初集五冊、昇太郎殿持参、返ス。ほど無帰去。○加藤新五右衛門殿明後十日出立被致候ニ付、砂糖づけ壱斤入一折、手紙さし添、定吉ヲ以遣之。且、去ル五月一日木村和多殿より書状の返書、加藤ヘ頼、遣之。定吉ニ夕飯為給、白粉・べに買取呉候やう申付、代銭百三十二文渡遣ス。○今日仏参留主居ハ伏見氏被参居候也。

一夜ニ入順庵殿被参、ほど無被帰去。○今日も琴嶺様御画像昨日のごとく祀之、夕方納畢。

○九日乙未　雨

一今朝伏見氏被参、親類書認め被呉候由ニて右持参、被帰去。昼後出来ニ付持参、被参、暫雑談して被帰去。○昼後入湯ニ行、暫して帰宅。

一夕方およし殿来ル。雑談して暮時被帰去。

一夜五時過加藤新五右衛門殿来ル。弥明十日卯ノ刻頃出立ニ付、暇乞被申入。同様名残をしまれ、ほど無被帰去。

○十日丙申　雨終日

一今朝象頭山ヘ参詣、帰路種々買物致、昼時前帰宅。○同刻長次郎殿来ル。暫して帰去。蠟燭三本遣之。○昼九半時頃弥兵衛来ル。其後宗之介駕ニて来ル。今日縁談封金ニ依て也。右以前伏見氏被参、今日来会之人々ヘ出し候料理あんば《(ダク)》い被致、刺身・口取物ハむさしやヘ申つくる。

一八時頃村田万平、橋かけ人新兵衛同道ニて伏見ヘ被参、ほどなく此方へ両人来ル。一同座敷ニて対面、惣方為替取証文ヘ印行被致、封金五両被渡之。右請取畢、吸物・さしみ・とり肴を出ス。各ヘ夕膳を薦め、万平殿・

新兵衛ハ先ニ帰去、宗之介駕之者ニ夕飯為給、夕七時過宗之介・弥兵衛帰宅ス。伏見氏被取持、暮時被帰去。

一八半時過、綾部氏ゟ武蔵屋弥五郎娘おいちヲ以、蕎麦切壱重被贈之。先日貸進之青砥合巻を被返之。おさちニ文到来、則おさちゟ返書ニ謝礼申遣ス。且、石の枕壱冊貸進ズ。○夜ニ入順庵殿被参、四時頃迄雑談して被帰去。

○十日《(ママ)》丁酉　雨　寒し　綿入衣を着用ス
一今朝象頭山ニ参詣、四時過帰宅。○昼前大内氏被参、菜園しんぎく一笊持参、被贈之。暫して被帰去。伏見廉太郎殿・おつぐ殿ニ髪月代致し遣ス。大内氏、長柄長者　塔《(アキ)》と申読本三冊被貸。

一昼後おふさ殿来ル。暫遊、帰去。○八時過昇太郎殿来、八犬伝二集持参、返之。内五ノ巻ハ未不返。尚又三輯五冊貸遣ス。ほどなく帰去。○夕七時頃松村氏来ル。昨九日、五月渡り御切米玉落候間、両三日中ニ可参候間、こなた様も一緒ニ取ニ可参被申、暫雑談、暮時前被帰去。○暮時前領助殿来ル。去ル五日貸進之青砥全部被返之。右請取、玄同放言全部七冊貸進ズ。如例長話、四時帰去。

○十二日戊戌　半晴
一今朝象頭山ニ参詣、四時前帰宅。○同刻伏見氏被参。右は、媒人田嶋新兵衛参り、縁郎世話料貫申度由申参り候と被申候ニ付、承知之趣申、伏見氏被帰去。ほど無新兵衛右金子請取書持参、此方へ来ル。則、金壱両二分渡し遣ス。ほど無帰去。○四時過松村氏被参、今日昼後御切米請取ニ可参候間、こなた御切米も序乍取可参候由被申候ニ付、壱封さし添、印行同人ニ渡之。いせひじき一袋進之。暫して帰去。

一右同刻下掃除定吉来ル。厠そふぢ致、帰去。○今朝長次郎殿来ル。させる用事なし。ほど無帰去。○四時過おさち入湯ニ行。伏見小児両人同道ス。○八時頃およし殿来ル。雑談して夕方帰去。

○十三日己亥　晴

一今朝象頭山江参詣、四時頃帰宅。○四時過松村氏来ル。今日蔵宿森村屋江被参候由ニ付、印行渡、頼置。夜ニ入帰り被参、蔵宿諸入用さし引、金弐両二分五百三十八文持参、被返之、暫して被帰去。印行請取、納置く。

○十四日庚子　晴

一早朝象頭山江参詣、五時過帰宅。○五時過定吉妻来ル。中付置候糖持参、且日雇賃書付持参、壱〆七百五十四文の由ニ付、金壱分二朱渡し遣ス。

一右同刻伏見氏被参、松村も無程来ル。昼時迄雑談、両人帰去。松村氏、伏見氏と後刻又可参由約束被致、被帰去。○昼後大内氏被参、雑談後被帰去。○夕七時前松村氏被参候所、伏見氏大久保江被参、少ゝ用事有之由ニて、伏見氏、松村氏江一封被贈。右ニ付、約せし一義明十五日出会可致と、松村氏より返翰ニ被申遣、其後松村氏被帰去。古紙入壱ツ松村氏江進ズ。

一暮時前およし殿来ル。今晩止宿ス。○日暮て順庵殿被参、暫物語被致、帰去。○今晩より蚊帳を用ゆ。

○十五日辛丑　晴

一今朝松村氏被参。右は昨《(ママ)》日伏見氏と酒宴の為也。直ニ伏見江被参。

一およし殿四時頃被帰去。○昼後、自板倉安次郎方へ行、去ル二月三日小太郎当番頼候弁当料三匁、此銭三百十二文持参、返之。夫ゟ象頭山江参詣、夕七時前帰宅。○右同刻順庵殿被参。麹町江被参候由ニて、暫して被帰去。○今朝長次郎来ル。およし殿迎之為也。ほどなく帰去。ひじき一袋遣之。○明十六日納采贈り候ニ付、問合として伏見氏、村田氏ゟ被参候由、夕方被参、被告之。○去月廿五日武蔵屋ニて口取さかな・さしみ等取よせ候所、代銭乞ニ不来。右ニ付、今日持参して渡之、勘定済。

○**十六日**壬寅　晴　夕七時頃曇　其後雨終夜　今日ゟ入梅

一早朝象頭山ゟ、五時頃帰宅。○今日吉祥日ニ付、昼後ゟ伏見氏、榎本氏ゟ納采持参被致候ニ付、則伏見氏目録奉書ゟ被認、金三百疋祉𥝱料、金百疋諸品料として、榎本氏ゟ持参せらる。榎本氏ニて祝酒を被出候由。尚又、先方ゟ此方へ被贈候品ゝ、直ニ伏見氏ゟ被渡。目録の如く帯代三百疋、諸品代料金百疋伏見氏被渡。右ニ付、取替せ祝儀目出度相済。今日賢崇寺隠居榎本氏ゟ被参、伏見氏も面談の《(ママ)》由、帰宅後被告之。○昼後おふさ殿来ル。旬殿実ゝ記十冊被返之。右請取、春蝶奇縁八冊貸進ズ。ほどなく被帰去。○鈴木昇太郎殿被参、八犬伝弐輯壱冊・三輯五冊持参、被返之。尚又八犬伝四輯四冊貸遣ス。暫雑談して帰去。○同刻およし殿来ル。ほどなく帰去。○今朝高井戸定吉来ル。さやえんどう一笊持参、贈之。昼時ニ候間、昼飯為給遣ス。

一八時過順庵殿、上野ゟ被参候由ニて、早ゝ帰去。

○**十七日**癸卯　雨　昼後雨止　不晴

一今朝象頭山ゟ参詣、四時帰宅。十一日より今日迄日参也。

一昼後飯田町ゟ使札到来。右は、明十八日明廓信士百ヶ日逮夜ニ付、志の由ニて黄剛飯壱重、煮染添被贈之。返書ニ謝礼申遣ス。

一今日、元立院様御祥月忌ニ付、挽割飯こしらへ、とゝろ汁・平皿ニて料供を備、伏見氏・大内氏・松村氏を招きて振ふ之。且、ふし見氏家内江ハ此方ゟ贈之。伏見氏ゟ牛房壱把・そら豆壱升被贈之。黄剛飯、にしめ添、伏見江遣ス。○大内氏夕方又被参候ニ付、黄剛飯・にしめを薦め、夜ニ入坂本氏被参、暫雑談後、五時坂本・大内帰去、松村氏ハ其後被帰去。

一今日観世音祀之。

○十八日甲辰　晴　薄暑

一四時過ゟ飯田町江行。さとうづけ一袋持参、明廓信士百ヶ日ニ付、もり物として備之。飯田町ニて昼飯被振、八時頃ゟ御姉様・おつぎ・自三人ニて深光寺へ参詣、諸墓江水花を供、拝し畢、本堂ニて焼香致。深光寺門前ニて御あね様・おつぎニ別をつげ、壱人夕七時頃帰宅。今朝出がけ、しなのや重兵衛へ炭薪代金壱分払、受取書を取。内三百四十八文未残ニなる。○右留主中客来なし。○日暮て長次郎殿来ル。其後加藤氏被参。両人ニせんちや・そら豆を薦め、雑談数刻、四時深田帰去、少しおくれて加藤氏被帰去。

○十九日乙巳　晴　夜ニ入曇

一四時前、自青山久保町伊勢屋長三郎方へ買物行。おさち浴衣地一反・うらゑり・袖口ちりめん買取、代金二分ト六百六十四文払、帰路入湯致、四時過帰宅。其後おさち入湯ニ行、昼時帰宅。○四時過定吉来ル。裏掃除致可申ニ候へども、今少ヽ先江致候方よろしくと申聞、暫して帰去。

一昼後伏見氏被参、茄子五ツ持参、被返之(ママ)、暫して帰去。○昼前万平殿来ル。去ル十日此方ゟ遣し置候重箱持参、被返之。右うつりとしてかつをぶし一本被贈之。当番出がけの由ニて早ヽ被帰去。○八半時頃深田およし殿被参、手製五もく鮓一器持参、被贈之。右(ママ)つりとして、煎茶一包右ふた物ニ入、遣之。およし殿雑談被致、夕方被帰去。○夕方長次郎来ル。させる用事なし。暫して被帰去。

○廿日丙午　雨　昼後ゟ雨止　不晴

一昼後おふさ殿来ル。去ル十六日貸進之春蝶奇縁八冊返之、尚また月氷奇縁五冊貸進ズ。おさちと暫く雑談して被帰去。

一八時過定吉、昨日申付置候きぬ糸買取、持参ス。早く帰去。

一夕方およし殿来ル。今晩止宿ス。○暮時過順庵殿被参。所望ニ付、俠客伝四集貸進ズ。五時前被帰去。

○廿一日丁未　晴

一今日吉日ニ付、おさち浴衣裁、おさち仕立畢。○およし殿浴衣地買取度存候所、代銭少ゝ不足ニて不整由被申候ニ付、少ゝの貸進可致候と申候へバ、然ば今ゟ買取度、何卒御つれ被下候由申ニ付、朝飯後およし殿同道ニていせ屋長三郎方へ行、浴衣地一反・うらえり買取。代銭金壱分弐朱之内八十文残る。昼時前帰宅。○昼後八時過ゟ荒木横町紺屋染物申付、代縁（ママ）拾匁の由ニて、来月五日頃出来致候と申。尚又紫屋ぇ参り、浅黄ちりめん染申付。右は代金弐朱ト七十二文也と云。是亦来月初旬ニ出来の由申之。○夜ニ入順庵殿来ル。暫して被帰去。

○廿二日戊申　晴　~~今日巳ノ四刻夏至也~~

一今朝伏見氏被参、無程被帰去。○四時過ゟおさち入湯ニ行、昼前帰たく。

一四時頃順庵殿来ル。暫雑談、同人親父所望ニ付、燕石雑志六冊貸進ズ。○八時過定吉妻白米五升持参ス。右は、去ル七日深田氏ぇ白米五升貸候所、今ニ不被返、此方飯米不足ニ付、昨日定吉ぇ申入置候ニ依て也。○夕方お吉殿来ル。雑談して入相頃帰去。

一今暁八時頃東の方ニ出火有之、おさち起出見候所、何方歟不分。天明後聞、大名小路土佐守様御屋敷御長屋一棟焼失也といふ。よせ場立候由也。○赤猫仁助昨夕方ゟ罷出、今日も不帰、所ミ尋候ども行方一向知れず、如何致候や。自昨夜ノ夢ニ、仁助何方ニて歟頭ヘ二寸程の疵をうけて帰宅致候所、おさち疵口へ薬つけ遣し候と見て、覚たり。右ニて格別心ニ掛り候也。

○**廿三日**己酉　晴　薄暑　今朝巳ノ四刻夏至也
一昼後伏見氏、過日絞り候麻染出来の由ニて持参、外ニ浴衣地二反、襟・袖口・糸添仕立頼度由也。右請取置。暫して被帰去。

一昼後清助来ル。一昨日越後ゟ帰宅の由ニて、汗手拭一筋土産として持参、被贈之。雑談して帰去。○猫仁助明方に相成帰来ル。其悦限りなし。

○**廿四日**庚戌　半晴　昼後少ミ雨
一昼前坂本氏被参、返魂余紙出来の由ニて、被貸之。雑談後、昼後被帰去。

一伏見氏今朝被参、大久保矢野氏ゟ藩翰譜・伊勢軍記、其外犬追物御覧記・老人雑話借受度由被申越候由ニ付、則貸進ズ。其後鰺魚壱尾持参、被贈之。ほど無帰去。昼後又被参、暫く雑談後帰去。○八時過おふさ殿被参、今日柏もち出来の由ニ付持参、被贈之。暫して帰去。○折からおよし殿参り被居候ニ付、振ふ之。

一夕方順庵殿来ル。ほど無帰去ル。およしどのも夕方帰去。

一伏見氏ニて被頼候浴衣、今日壱ツ仕立畢。

○**廿五日**辛亥　雨

一四時頃おさち入湯ニ行、昼時前帰宅。昼後自入湯ニ行、ほどなく帰たく。

一今朝伏見氏ゟ精進平・にしめ・ごま汁二人前、岩五郎殿内義持参、被贈之。○八時過長次郎殿来ル。暫物語致、明廿六日成田頼母子会有之候所、我等掛金ニ差支、殆難義致し、何とも申出難候へども、半口分金弐朱貸賜るべしと被申候ニ付、然ば来ル五日頃迄ニ持参被致候様申示、金二朱貸遣ス。暫して帰去。

一今朝下掃除定吉来ル。大こん壱把持参、贈之。厠そふぢ致、帰去。

一暮時領助殿来ル。如例長談、五時過帰去。○五時前順庵殿被参、無程領助殿と一緒ニ被帰去。

一四身・三身今日仕立畢、つけ紐・肩・腰あげ不残出来候ニ付、おさちふし見江持参、渡之。

○**廿六日**壬子　雨　今日ゟ八専也　夜中大雨　雷鳴

一昼時頃加藤領助殿、今日ゟ忌明ニ付出勤の由ニて被参、暫して被帰去。

一夕七時頃岩井氏被参、過日貸進の出板一双被返之、ほどなく被帰去。

一昼後おさちヲ以、大内氏江さとうづけ一器為持遣ス。右うつりとして窓の月九ツ被贈之。○八時過定吉妻来ル。過日頼置候びん付油買取、持参ス。

一夕方長次郎殿来ル。そら豆塩ゆで一袋持参、被贈之、早ゝ帰去。右同刻およし殿来ル。今晩止宿ス。

○**廿七日**癸丑　終日雨

一今朝喰後およし殿帰去、八時過又来ル。暫遊、夕七時過帰去。

一昼時嘉平次殿被参。高畑ㇾ用事有之候ニ付被参候所、高畑他行ニ付、帰り待合候間、来り候由也。煎茶・干菓子を薦め、暫く雑談して被帰去。

一昼後、青山権田原御家人須川小太郎殿来ル。右は八犬伝借覧の為也。窓の月壱折持参、被贈之。何分読本貸進ハ甚迷惑ニ存候へども、流石ニ断申入候もきの毒ニ付、所望の如く、三集五冊貸遣ス。ほどなく帰去。

一夕方伏見氏被参、先日頼置候浅黄ちりめん絞出来、持参せらる。代料は何ほど也と承り候ども、何とも被不申、其儘請取おく。ほどなく帰去。

一伏見氏ニ被頼候さらしもめんしぼり、今日絞り初ム。

○廿八日甲寅　曇　昼前ゟ晴　夕七時頃ゟ又雨

一今朝不動尊ㇾ神酒・備餅・供物を供ス。○昼前ゟ赤坂ㇾ行、昼時頃帰宅。右留主中およし殿被参。右は、入湯ニ同道可致為也。然る所、今日不参ニ付、ほど無被帰去。○昼後伏見氏ㇾ頼、日記帳を綴貫ふ。ほどなく出来、持参被致、暫して被帰去。

一夕七時頃定吉、御扶持春可申由ニて取ニ来ル。則渡し遣ス。

一暮時長次郎殿来ル。暫く雑談して五時前帰去。

一伏見氏ゟ被頼候仕立もの、ひとへ物壱ツ・帷子弐ツ出来ニ付、おさち持参、渡之。○昼後おさち入湯ニ行、しバらくして帰宅。

○廿九日乙卯　半晴　昼後ゟ晴

一昼後、芝田町山田宗之介ゟ使札到来、鶏卵九ツ入壱重到来。おまち殿ゟ文到来、安否を被問。謝礼、返書ニ申遣ス。先月四日豊蔵ニ貸遣し候傘、今日清七持参、返之。清七所望ニ付、新枕夜話一冊・古本しらミ盛衰記・無筆あて字尽し、三本貸遣ス。〇夕七時前昇太郎殿、過日貸進の八犬伝四輯四冊被返之、尚又五輯六冊貸進ズ。暫雑談して帰去。

一荷持和蔵給米取ニ参り候所、昨日俵の儘定吉持参致候ニ付、未玄米無之候ニ付、一両日中ニ又参り候やう申遣ス。

一藤田内義来ル。今日つけ梅おとし候ニ付、入用ニ候ハヾ取ニ可参旨窓ゟ申被入候ニ付、承知の趣申遣ス。其後おさちを取ニ遣し候所、壱斗有之由被申。右ニ付、皆此方へ請取をく。内五升ハ飯田町ゟ遣スべし。〇今日日記帳を表紙をかけ、緘畢、上書付伏見氏ゟ頼遣ス。伏見氏ゟなら漬瓜少し被贈之。伏見氏ゟたのまれ候白木綿壱反、今日絞畢候間、おさちヲ以為持遣ス。

五大力菩薩
瀧澤（裏表紙）

辛亥日記　嘉永四歳　自六月 同五年壬子春二月迄

うとからぬ　こころをくみて　君もしれ　まじはりふかき　山の井のみづ　（この歌と次の一行は六月新日記の見返しにあり）
右は、七月十六日深攷光寺へ参詣せし所、このうた琴靏の墓の花立ニ手向ありしを取て持帰り茲ニ張置。（見返）

○六月朔日丙辰　半晴　折ゝ雨

一昼後、大久保矢野氏ゟ樹木梅子五升被贈之。手紙到来ニ候所、取込ニ付返書ニ不及、使を返ス。○伏見小児両人ニ髪月代致遣ス。

一今朝弥兵衛来ル。先月分薬売留《(ママ)》、一わり差引金二朱ト壱〆弐百九十文、上家ちん金壱分ト二百五十八文持参ス。且、神女湯幷ニ奇応丸大包・小包無之由ニ付、神女湯十四・奇応丸大包一・小包十渡遣ス。過日貸進之重箱被返之。暫して帰去。○昼後須川小太郎殿被参、過日貸進之八犬伝三集五冊被返之。所望ニ付、四輯四冊貸進ズ。早ゝ帰去。

一およし殿今朝・夕方両度来ル。去月廿一日貸進之鳥目二百文持参、被返之。右請取おく。○富蔵妻来ル。先日富蔵願置候悴重太郎手習双紙、二冊こしらへ置候まゝ、おさち遣之。○夕七時頃勘助方へ人足申付、飯田丁江つけ梅五升、外ニ寒紅梅三升余為持遣ス。尚又清助方へ、手紙さし添、鶏卵壱重為持遣ス。右は、在所ゟ帰宅之せツ、汗手拭《(ダク)》壱すじ為土産持参致候答礼也。右使七半時頃帰来ル。飯田町ゟ返書、人足ちん百四十八文被遣之。右請取おく。○暮時前順庵殿被参、暫く雑談、夜ニ入四時頃被帰去。○夕七時頃長次郎殿来ル。伝馬町江買物ニ被参候由ニ付、白麻切買取呉候様頼遣ス。今日、線香壱把門口ニて焼候得ば雷除ニ成候由ニ付、所ゝニて致。右ニ付、手前ニても今日裏口ニてせん香壱把焼之。右は長次郎殿之話也。長次郎七半時頃右買取、持参せらる。其後被帰去。

○二日丁巳　曇終日　折〻雨　今日半夏

一四時頃およし殿来ル。とき物致、昼飯為給、帰去。○昼後八時過松村氏来ル。先月貸進之寛永年録二冊・合巻二部被返之。且つ小てうちん・ふた物持参、是また被返、所望ニ付、和名抄二冊貸進ズ。折からお国殿被参、右両人ニ蕎麦がきを薦、雑談後被帰去。松村氏鶏卵二ツ被恵之。○夜ニ入山本悌三郎殿来ル。ほど無順庵殿被参。雑談後、五時頃両人とも被帰去。順庵殿ゟ過日より借置候返魂余紙返之。○日暮ておよし殿来ル。せんべい一袋持参、被贈之。今晩此方へ止宿也。

○三日戊午　晴　暑

一今朝四時過伏見氏被参、おさちゟ両天傘壱本被贈之。且、一昨日絞り候木綿染出来、被見せ之。此方ニて絞り候糸をとく。○およし殿朝飯後おさちニ髪結貰、帰去。○昼前長次郎殿来ル。先日貸進の金二朱持参、被返之。右請取、おさちニ髪結貰、帰去。○夕七時前三毛由良太郎殿来ル。枇杷壱把持参、被贈之。暫雑談して被帰去。

一右同刻有住岩五郎殿来ル。右は相続人未取極無之や。少しも早く取極メ申度由被申、被帰去。○夕七時頃下掃除定吉来ル。只今客来ニて掃除出来かね候由申候得ば、帰去。○夕方自入湯ニ行、ほど無帰宅ス。○暮時頃およし殿・順庵殿被参、およし殿ハ止宿ス。

一自、中暑之気味ニて、折〻胸痛、食事不薦、今晩少〻悪寒致候ニ付、順庵殿ゟ診脉を頼候所、診脉被致。全暑邪ゟ持病引出し候。五苓散煎用被致候様被申之。雑談後五時頃被帰去。

○四日己未　曇　雨少ヽ　忽止

一自昨夜ゟ胸痛甚しく、今朝壱度甚しく胸痛致、終日平臥。右ニ付、およし殿終日此方ニ罷在、今晩も止宿ス。○朝飯後おさち久保町江薬種買取ニ行、ほどなく帰宅、直ニ五苓散を煎用ス。○四時頃伏見氏・松村被参、雑談昼時ニ及。松村氏アヒロたまご五ツ持参。右は予買取候約束ニ付、代銭百文渡之。昼時被帰去。

一昼後並木又五郎外壱人、同道ニて来ル。自不面、早ゝ帰去。何等の用事なるや不知。大既(ママ)ハ縁郎一義成べし。○夕七時過、鈴木昇太郎殿・政之助殿来ル。跡ゟ須川小太郎殿来ル。一日貸進之八犬伝四輯四冊被返之。右請とり六輯六冊貸進ズ。三人一緒ニ帰去。○昼前順庵殿被参。自薬五苓散ニてハ不宜、紫蘓和気飲可然候。帰宅後調合致、上可申と被申候ニ付、夕刻おさちを取ニ遣ス。○夕方おふさ殿、先日貸進之稚枝鳩五冊持参、被返之。おさちと雑談して被帰去。○日暮て定吉来ル。御扶持春候所、甚しき悪米ニ付、先四升持参致候。残米ハ異日良米と取替、さし上可申と申。定吉江革提たばこ入遣之、其後帰去。○今日庚申祭、如例之。

○五日庚申　晴　南風

一今朝順庵殿被参。湯嶋ニて書画会有之候ニ付、松葉や江被参候由ニて早ゝ帰去。○昼前伏見氏被参。伝馬町江諸買物ニ参り候。何ぞ買物ハ無之やと問ハれ候ニ付、其意ニ任、染物幷ニ糸・茶わん買取呉候様頼、金壱分二朱渡、頼。昼時頃買物整、被参、紫ちりめん染出来ニ付、請取被参。右請取、謝礼を申述、直ニ被帰去。其後門の金物損レ候所、右鋲打つけ被参。○およし殿今朝起出、食前被帰去、暮時又来ル。此方へさし置候うちわ携、暮時帰去。○暮時定吉、高畑まで参り候由ニて来ル。ほど無帰去。○自今日ハ順快ニて、起出候へども、食事不薦、折〳〵胸痛有之、難義也。○八時頃大内氏被参、暫く雑談、秤入用の由ニ付、大秤貸進ズ。七時頃帰去。○自今日は先順快なり。然ども食気なし。

一今朝高畑久次殿来ル。右は、荷持和蔵請状筆墨料、十六文出し候様被申、則十六文遣之、且、請状を見せらる。暫して被帰去。

○六日辛酉　晴　凌よし

一昼後おふさ殿来ル。おさちと雑談後八時過被帰去。合巻三部貸遣ス。

一おさちヲ以、容躰書認、坂本氏江薬取ニ遣候所、未ダ帰宅無之由ニ付、さし置、帰宅。○夕方およし殿来ル。今晩止宿、自療治を被致。

一昼前長次郎殿来ル。仲間此せつ引籠多、難義の由被申、被帰去。

一自今日ハ不出来。兎角胸痛致、食事不薦、大便三日以来通じ無之、甚難義也。

○七日壬戌　晴　凌ヨシ　暮時頃ゟ雨

一昼前深田長次郎殿来ル。梅子落し候由被申候ニ付、則、落貰ふ。七升余有之、三升深田江しん物ニ遣ス。所望ニ依而也。○右同刻深田養母被参。自不快見舞也。四谷江買物ニ参り候由ニて、早々被帰去。

一およし殿四時過被帰去。昨夜之療治代四十八文遣之。

一四時頃伏見氏被参、二丁目番附持参、被見せ之。雑談稍久敷して、昼時被帰去。○四半時頃加藤領助殿来ル。是亦雑談数刻、昼時帰去。

一今朝おさちヲ以、坂本氏江薬取ニ遣ス。然所未帰宅無之由ニて、坂本氏内義速功丹壱包を被差越、徒ニ帰宅。帰路三黄丸・赤にしの粉買取来ル。直ニ服用ス。○昼後大内氏、先貸進之秤持参、被返之。且、采園《(ママ)》の蔓な被贈之。折から政之助殿施痢病の粉薬三包被贈。内壱包ハ大内氏江進ズ。両人暫雑談、煎茶を薦、八半時頃帰去。○夕七時頃おさち入湯ニ行、暫して帰宅。○夕七半時頃順庵殿来診、薬調合、持参被致。三貼之内二貼今日煎用ス。診脈被致、被帰去。○右同刻長次郎殿、先刻梅を入持参候木鉢持参、被返、早ゝ帰去。○夕方荷持和蔵、給米乞ニ来ル。則、玄米四升渡遣ス。○夜ニ入領助殿、麻布江被参候帰路之由ニて来ル。如例長話、雨降出候ニ付、傘・下駄・ふろしき貸進ズ。四時過帰去。

一定吉妻来ル。草ぼふき壱本持参、差置、帰去。○坂本氏、新吉原町万字や茂吉ひき札壱枚被贈之。

○**八日**癸亥　雨　八専の終　昼時頃雨止　四時頃ゟ南風烈

一今朝伏見氏被参、無程被帰去。○八時頃およし殿、暫遊、帰去。

一八時過伏見氏又被参、雑談後帰去。○夕七時頃山田半右衛門内義、自不快見舞ニ来ル。ほど無帰去。○右同刻高畑久次殿来ル。右は、今日加藤領助殿宅ニて寄合有之、此節平番引籠多ニ付、是迄弁当料三匁ニ御ざ候所、直上致、御番壱度分弁当料五匁、早出之節ハ二匁増七匁の由也。右書付を見せらる。右書付一覧、承知之趣答候へバ帰去。○今日おさち、伏見ニて被頼候しぼり浴衣壱反仕立畢、伏見江持参ス。○暮時前順庵殿来診、追ゝ順快ニ付、診脈ニ不及、明朝薬取ニ可遣旨申し候は（ママ）、然ば我等薬紙持参、帰宅可致旨被申候ニ付、則、薬包紙を渡置、暫して帰去。

一昼後清助来ル。ほどなく帰去。過日進物之謝礼申入ル。

○**九日**甲子　雨　忽止　半晴　四時地震少ゝ

一今朝高畑久次殿ヲ以、成田氏ゟ美少年録初輯ゟ三輯迄十五冊・童子訓初板・二板十冊被返之。右請取置く。

○今朝伏見氏白うり香の物持参、被贈之。此方ゟしぎ焼少〻贈之。暫して帰去。
一昼前おさちヲ以、坂本氏江薬取ニ遣ス。ほどなく帰宅。○昼後自伝馬町江買物ニ行、種〻買物致、八時過帰宅。其後おさちヲ以、あや部氏江寒ざらしの粉壱重贈遣ス。先頃中ゟ度〻物を被贈候謝礼也。程なく帰宅ス。○夕七時過山本悌三郎来ル。過日貸進の蓑笠雨談三冊持参、被返之。右請取置く。同人是迄宮様御門前住居の所、六月四日六番町江転宅被致候由也。雑談後、入相頃帰去。○今日甲子ニ付、大黒天江神酒・供物、夜ニ入神灯を供ス。如例之。

○十日乙丑　晴　凌ヨシ　今暁卯ノ刻小暑之節也

一今朝自象頭山江参詣、四時頃帰宅。其後およし殿同道ニて入湯ニ行、昼時帰宅。○右同刻政之助殿入来ル。先日頼候新吉原万字や引札写取持参、被贈之。暫雑談して帰去。○長次郎殿来ル。させる用事なし。ほど無帰去。○八時過家根や伊三郎手代来ル。母屋の漏所つくろい、帰去。○夜ニ入お国殿来ル。小児を同道ス。小児江菓子を遣ス。暫く雑談、明十一日、市十郎殿母義三十三回忌ニ相当致候ニ付、志致度、右ニ付金子入用ニ付、金壱分申受度由被申候間、則、金壱分渡ス。都合二両二分預り候所、昨六月十七日ゟ是迄金壱両ト三分二朱渡し候間、残金二分二朱也。きうり十本遣之、しバらく物語して、五時前被帰去。

○十一日丙寅　晴　暮時ゟ雨

一今朝伏見氏被参、今日三田三丁目迄使遣し候間、田町山田江用事有之候ハヾ、立寄せ可申候被申候間、其意ニ随、宗之介江手紙一通、おまち殿江一通認め、届貰ふ。右は、有住江宗之介参り呉候やう頼遣ス。右使昼時過帰来ル。おまちゟ返書到来。客来ニ付、宗之介ゟハ返書不来、何れ十四日ニ参り候由申来ル。

一下掃除定吉来ル。薪大把三把持参、金二朱ニ付六把之由。直ニ代金二朱渡呉候様申ニ付、渡遣ス。厠そふぢ致、帰去。○八半時頃ゟおさち入湯ニ行。生形妹お鐐同道ス。暫して帰宅。○暮時長次郎殿・およし殿来ル。明十二日増上寺（アキ）御成罷出候由ニて、両人とも早〻帰去。

一夜ニ入順庵殿被参、先月中貸進の化くらべ丑三ノ鐘持参、被返之。ほどなく被帰去。

○十二日丁卯　曇　八時過ゟ雨　雷数声

一昼後榎本氏被参、百人町迄被参候由被申之。煎茶・葛煉を薦め、暫く雑談して被帰去。○夕七時頃定吉、御扶持つき候て持参ス。則つきちん六十四文渡遣ス。○日暮ておよし殿来ル。其後長次郎殿来ル。暫して長次郎帰去、およし殿ハ止宿ス。

○十三日戊辰（十二日に重ねて貼付）

一今朝食後およし殿被帰去。

一昼後大内氏被参、先頃中頼置候火打がま買取被呉候由ニて持参被致。代銭ハ四十八文の由ニて、おさちニ為持遣ス。今日外ニ使札・客来なし。此日付落し、故ニ別ニ認め置。

○十四日己巳　晴　八時過ゟ雷鳴数声　雨　夜ニ入同断

一今朝およし殿、朝飯後おさちニ髪結貰、尚又おさち同道ニて入湯ニ行、四時過帰去。○今朝伏見氏被参、暫して帰去。○九時過領助殿入来、先日貸進之下駄・傘・ふろしき持参、被返之。蝋燭二挺被贈之。如例長物語、是ゟ御番所江御使ニ被参候由ニて被帰去。外ニ返し候てうちん持参、一両日預り呉候様被申候ニ付、其儘あづかり置く。○八半時頃宗之介来ル。去十一日、参り呉候様申遣し候ニ依也。縁郎一義ニ付、有住ニ参り呉候やう頼候所、今日は参上致難候。何れ十七、十八日頃迄ニ参り候間、其せツ又上り可申由。是ゟ氷川明神祭礼ニ付、赤坂久保富次郎方へ参り候由ニて帰去。おまち殿ゟ文到来。去八月中品川三文字やニ貸置候夢惣兵衛九冊被返之。右請取、納置。○夕方おさちヲ以、深田氏ニ糸綿為持参遣ス。取ちん同様。

○十五日庚午　晴　今日初伏

一今日座敷ゟ勝手迄、おさち手伝大掃除をス。八半時頃仕畢。右ニ付、伏見氏ゟ煎豆腐・白うり香の物、せんちやを添被贈之。右うつりとして、しら玉もち一器贈之。

一夕七時頃成田氏被参、借書の謝礼として白玉餅一器持参、被贈之。是亦右うつりとして、あひるたまご三ツ遣之、尚又童子訓四板・三板十冊貸進ズ。○暮時伏見氏被参、暫くして被帰去。

○十六日辛《(ママ)》　雨　昼後ゟ雨止　不晴

一昨夕無礼村源右衛門来ル。氷川明神祭礼見物致、帰路の由ニて、せんべい一袋持参り、ほど無帰去。○今日も亦来ル。昨夜定吉方へ止宿致、只今無礼村ニ帰路由ニ而、伊勢ひじき少々遣之。早々帰去。

一昼前およし殿来ル。せんべい一袋持参、被贈之。昼時頃弟長次郎迎ニ来ル。右ニ付帰去。長次郎同断。○昼後半右衛門来ル。去二月二日の儘ニて、今日百四日め也。暫物語被致、被帰去。

一昼前定吉来ル。今日北の方境垣并ニそふぢ致候心得ニて来り候所、雨降出候ニ付延引ス。垣根杭の代金二朱渡し置く。外ニ百四十八文、くわし・白粉買取呉候様頼、渡し置く。

○十七日壬申　晴　夕七時頃ゟ曇　其後雨　暮時ゟ小雨

一今朝食後、自赤坂一ツ木不動尊江参詣、白米一袋納之。帰路、同寺歓量院妙誉清信大姉、来ル廿日一周忌ニ付、墓参致、水花を手向。伝馬町ニて買物致、四時前帰宅。○右同刻加藤領助殿来ル。如例長座、昼時ニ成候ても被帰去ず候ニ付、かけ合之昼飯をを（ママ）薦め、尚又雑談、八時過漸く帰去。○八時過梅むら直記殿来ル。伊勢田丸木村和多殿ゟ書状到来。五月廿八日出也。梅村氏江煎茶・くわしをすゝめ、暫して被帰去。

一昼時過およし殿来ル。梅桐院観世音江同道ニて参詣可致候筈の所、折から雨降出候ニ付、延引しておよし殿被帰去、夜ニ入又来ル。今晩ハ止宿也。○夜ニ入領助殿又来ル。先刻此方ゟ麻布辺江被参、右帰路の由也。およし殿ニ療治を致貰ふ。○六半時頃順庵殿被参、貸進致置候雨夜月六冊持参、被返之。暫く雑談、四時過加藤氏と一緒ニ被帰去。○夕方おさち入湯ニ行、ほどなく帰たく。

○十八日癸酉　晴　八半時頃ゟ雨　暮時止

一今朝食後およし殿帰去。○四時前松村氏被参、鶏卵二ツ持参、被贈之。昨戌年婚姻・冨代両入用算帳致貰ふ。昼飯を薦候半と存候内、伏見氏被参。松村氏を被招、直ニ伏見氏江松村氏被参。伏見氏ニて酒食のもてなしをうけ、夕七時前又此方へ被参候て、暫して被帰去。和名抄一・二ノ巻持参せらる。右うけとり、三・四の巻を貸進ズ。○昼時おふさ殿来ル。暫く遊、所望ニ夢惣兵衛前編五冊貸遣ス。○昼前、伏見小児両人江髪月代致遣ス。○右同刻およき殿、おさちニ髪結貰度由ニて、来ル。右ニ付、おさち髪を結遣ス。

一今朝定吉来ル。直ニ北之方境垣つくろい、右入用、栗丸太六本代五百四十八文・棕梠縄七把代弐百三十二文、一昨日渡し置候金弐朱ニて勘定済。昼飯・夕飯為給、夕方帰去。終日にして未果、何れ両三日中ニ参り候由申、帰去。

○十九日甲戌　半晴　夕七時過ゟ雨

一今朝万平殿来ル。右は、吉次郎迎取候日限廿四日ニ取極候や。若故障有之候ハヾ廿一日迄ニ挨拶候積りニ談じ置候。伏見にも被参候て、岩五郎殿面談被致由也。早ヽ被帰去。○昼前伏見氏被参、ほど無被帰去。○右同刻およし殿来ル。昼時迄遊、被帰去。

一昼後、芝田町宗之介方ゟ使札到来。右は、今日此方へ可参候所、無拠用事出来ニ付参りかね、尚又両三日は此方へ参り候事出来かね候ニ付、弥兵衛ニても祖太郎ニても頼候由、廿二日ニても宜敷御ざ候ハヾ参上可致申来ル。右ニてハ此方不都合ニ付、伏見氏に相談致候て、吉次郎引取廿四日と定メ候得共、廿八日ニ延引いたし、廿二日ニても不苦候間、無違《ママ》相参り呉候様、返書ニ申遣ス。おまち殿ゟも文到来ニ付、返書遣ス。清七ニ昼飯為給遣ス。

一右同刻順庵殿来ル。伏見氏同断。両人に煎茶・くわしを薦め、坂本氏所望ニ付、くヽり頭巾ちりめん紙衣五冊貸進ズ。両人夕七時過被帰去。○夕七時頃鈴木昇太郎殿来ル。六月三日貸進之八犬伝六輯六冊被返之。右請取、七輯七冊貸遣ス。新宿番所町嫗神に参詣致間、帰路立より候ニ付、夫迄預り置く。日暮て又来ル。則貸進ズ。早ヽ帰去。○夕方長次郎殿来ル。過日四日同人母義に頼置置《ママ》木綿糸出来、持参ス。とりちん百文渡し置候所、四十八文被返之。尚又縁郎外ゟ被頼候由ニて書付持参せらる。もはや此方ニてハ取極り候得ども、左らぬ面色ニて書付を留置く。入湯ニ参り候由ニて、早ヽ帰去。

一昨夜伏見氏天王仮家に参詣被致候土産の由ニて、切鮓五ツ入一皿・枝豆少ヽ・藤細工かんざし、右持参、被贈之。且亦、頼置候白ざとう半斤・つけ木十三把買取候て、持参せらる。其儘請取、謝礼申述。

一今朝おさちを以、昨夜買物代為持参ス。○今朝富蔵来ル。きぢ隠し一鉢持参ス。太田江仕事ニ参り居候由ニて、早〻帰去。夕方又来り候間、夕膳為給進ズ。○日暮てお国殿来ル。右は、明後廿一日天王通行ニ付参り候様被申、暫して帰去。同人小児水瀉致候由ニ付、黒丸子一包遣之。○今夕かゝり湯をつかふ。

○廿日乙亥　半晴　夕方ゟ雨　雷数声　五時頃雷止

一四時頃ゟ象頭山江参詣、昼時帰宅。○昼後おさち入湯ニ行、帰路綾部江立より、暫して帰宅。○昼前綾部氏ゟ弥五郎娘ヲ以、鯵一皿数十一尾被贈之。謝礼申入、使を返ス。

一昼後おさち留主中、松岡お靍殿来ル。留主中ニ付、ほどなく帰去、八時過又被参、暫物語して帰去。○右同刻おふさ殿、天王仮家江おさち同道ニて参詣被致候由ニて来ル。即刻支度致、両人ニて出宅、暮時帰宅。おふさ殿ハ今晩止宿也。○暮時前坂本氏ゟ昨日貸進之括頭巾五冊、手紙さし添、被返之。且又、先頼置候遊女引札二枚買取、被贈之。尚亦、外ニ読本何ニても借用被致度由ニ付、旬殿実〻記前後十冊貸進ズ。暮時ニ及、返書ニ不遣、口状ニて申遣ス。○伊勢田丸加藤新五右衛門殿ゟ書状到来。右は、同家中森安三殿持参被致候所、おさち天王参詣帰路、信濃殿町ニて右安三殿ニ行合、おさち江被渡。○暮時定吉来ル。伝馬町江参り申候御用無之やと申。何も用事無之。但、さとう買取申候様申付、代銭百文渡し遣ス。

○廿一日丙子　雨　昼頃ゟ晴

一今朝おふさ殿食後帰去。○昼後自、伏見小児廉太郎殿を同道ニて、天王今日御宮江御帰りニ付、鮫ヶ橋森野氏江行。鯵・茄子煮つけ一器贈之。森野氏ニて剛飯・煮染を被出、廉太郎殿ニも為給、暫して立出、松村氏江行。松村氏ニて浮ふもち・にしめを被薦、彼方ニてあひるたまごを三ツ被贈之。ほどなく天王・稲荷の両社御通行ニ付、其跡ゟつき、桐の馬場ゟ鮫ヶ橋をうちめぐり、又森野氏ゟ立より、預ケ置候傘・ふた物を携、御本宮迄目送りたてまつり、暮時前帰宅。○同刻伏見氏ゟたぎり候湯一手桶持参、被贈之。かゝり湯致し候由也。右ニ付、廉太郎殿・自かゝり湯致、其後廉太郎殿ニも夕飯を為給、自も食事致、尚又鮫ヶ橋ゟ仲殿町辺ゟ天王様之跡賑ひ候所見物の為、岩五郎殿・おさち・廉太郎殿同道ニて、暮時過罷出ル。所ゝ見物致、伏見氏鮓やゟ立より、おさちニ切鮓を振舞れ、九時頃帰宅。

一暮六時過森安三殿被参、暫く雑談、四時頃被帰去。

○廿二日丁丑　晴　今朝辰ノ六分土用ニ入ル

一今日四時頃宗之介来ル。右は、有住ゟ養子一義申入候為也。則、有住ゟ罷越候所、同人留主の由ニて、ほどなく帰来ル。供人清七ニも昼飯を振ふ。九ツ半時頃帰去。○今朝伏見ゟ沢庵づけ二本被贈之。○昼後・昼前両度伏見氏被参、暫物語して被帰去。○夕方植木や富蔵来ル。今日太田氏仕事仕舞ニ成間、明日ゟ此方へ可参旨申、暫して帰去。

一夕方加藤領助殿来ル。暫して暮時帰去。○暮時長次郎殿来ル。入湯ニ参り候由ニて早ゝ帰去。○夕七時前おさち入湯ニ行、おふさ殿方へ立より候様子ニて時をうつして、他作合巻同人ゟ借受、帰宅。蔵書合巻多く有之所、そを見んとハ致さず、外ゟ合巻借受候て見候は心得難し。其心術をして知るべし。おさち行状平日ゟ恣なる事のミ。我まゝ多く、親を侮り、強情はり、親の意ニ背候事かくの如し。憎むべき奴也。

一夕七時過おさちヲ以、松村氏ゟ昨日馳走ニ成候謝礼として、ろふそく七てう・かつをぶし一本、同人小児ゟ巾着一ツ為持遣ス。暮時帰宅。

一夕七時過およし殿来ル。暫く雑談中、永井屋敷ゟ迎ニ来ル。即刻帰去。永井療治を仕舞、五時此方へ又来ル。

今晩止宿也。

○廿三日戊寅　晴　大暑

一早朝自、暑中見舞旁〻祝儀一条ニ付、飯田町江行。かんざらしの粉一袋、暑中為見舞進之。吉之助迎取候一義申入候所、廿九日ニてハ飯田町さし合有之候ニ付、矢張廿八日の方宜敷と被申候ニ付、其意ニ任、弥廿八日と取極メ、昼時帰宅ス。○今朝植木や富蔵松こしらへニ来ル。門かむりまつ出来あがり候へども、赤松の方ハ三分一ニて、未果、終日也。夕方帰去。○加藤金之助殿暑中見舞として来ル。其外、鈴木昇太郎殿・加藤領助殿・玉井鉄之助殿・長次郎殿・半右衛門殿被参、ほどなく被帰去。○吉之助引取明廿四日延引致候ニ付、今夕七時過より渥見氏江自行。大桃十五持参、進之。明廿四日延引、来ル廿八日に致、幷ニあつみ夫婦江媒人の一義頼申入、暮六時帰宅。○右留主中領助殿又来り候ニ付、おさち壱人ニて迷惑ニ候ニ付、伏見氏被参被居、暫して被帰去候由、帰宅後告之。○およし殿食後四時頃帰去、夕七時過亦参り、夜ニ入五時前帰去。門前迄おさち送り遣ス。○夕方長次郎殿、番南《ママ》瓜煮つけ一器被贈之。○隣家伏見小児三人江髪月代致遣ス。夜ニ入、大黒花火・みけんじやく其外鼠花火遣之。○五時伏見氏小児を携、梅桐院観世音へ被参候由ニて、おさちを被誘引、おさち即刻同道ス。四時過帰宅。

○廿四日　晴　大暑　己卯

一今日暑中為見舞、水谷嘉平次殿・森野市十郎殿・並木又五郎殿・江村茂左衛門殿被参。外ニ近隣仲間外、大内隣之助殿・小林佐七郎殿被参。

一夕七時過宗之介来ル。有住江参り、委細申入、袴地壱反同人江贈り、婚礼幷ニ番代等之所頼入、只今帰宅の由也。暑中見舞として菓子壱折持参。暮時ニ及候ニ付早〻帰去。何れ廿八日ニ参り候様申置。

一夕方おさち入湯ニ行、暫して帰宅。〇八時過岩五郎殿内義来ル。右は、大内隣之助殿方へ用向成廻状来候所、隣之助殿他行ニ付、請取書致、并ニ刻付致、外ニ順達致候様取斗呉候様被申候ニ付、則請取を致、使を帰し、且又順達付認、隣之助殿名簿下ニ張入、廻状写取置。本文ハ富蔵居合候ニ付、同人ニ為持遣ス。右は鮫ヶ橋八軒町也。ほどなく帰来ル。請取を持参ス。其後、無程隣之助殿帰宅ニ付、廻状写を同人ニ見する。

一暮六時過森野内義お国殿来ル。此方ニ預り置候三布ふとん自携て帰去。〇五時前加藤領助殿来ル。昨日めりやす此方へ置忘れ被参候ニ付、右取ニ被参、暫して、五時過被帰去。〇今日富蔵来ル。昨日こしらへ残し赤松拵畢、苅三、四本致、終日也。昼飯為給遣ス。明日参り候由ニて帰去。

〇廿五日庚辰　晴　大暑之節戌ノ刻二分ニ入

一今朝植木や富蔵来ル。東の方諸木苅致、掃除致、終日也。内、銀杏・梅・山花《アキ》・槙・柿、都て大樹ハ皆大内氏被伐、富蔵の手伝被致候ニ付、終日ニて出来畢。同人子供両人終日此方ニ遊居ル。茶うけそらまめ父子三人ニ遣ス。

一夕方七月分御扶持渡る。取番白井勝次郎差添、車力一俵持込候を請取置く。〇右以前、渥見ゟ使札到来。右は、一昨日参り此度婚姻媒人を頼候所、覚重殿昨夜ゟ霍乱致候ニ付、断の一義申来ル。則返書ニ申遣ス。〇昼後おふさ殿来ル。暫く遊、被帰去。

一其後おさちヲ以、坂本順庵殿疾見舞としてくわし一折、手紙差添遣ス。坂本氏ゟ返書到来ス。おさち帰路入湯致、七時過帰宅ス。

一今朝およし殿来ル。昼時前迄仮寐被致、昼時帰去。〇昼後おさちヲ以、深田氏ニ一昨日番南瓜煮つけ到来致候うつりとして、なす・生がひ煮つけ為持遣ス。暫して帰宅ス。

○廿六日辛巳　晴　大暑

一今朝伏見氏被参、只今ゟ竜土榎本氏ㇸ委細婚媾相談に被参候由被申、直ニ出宅被致、夕七時過帰被参。榎本氏・村田氏両人とも明日当番ニ相成候ニ付、明朝吉之助同道致がたく候へども、村田氏ハ番先ニて操合いたし、明昼後ゟ吉之助同道可致旨被申候由。尚又吉之助諸具明日送りたく候所、彦三郎殿当番ニて不都合ニ候間、明後廿八日朝道具送り可致候よし被申。其後又廿八日料理相談被致候ニ付、何分御任申候由、頼置之。右、伏見氏ㇸ媒人の一義頼候所承知致、安心ス。○昼前およし殿来ル。昼飯為給、古帷子遣之、昼後帰去。○今朝弥兵衛暑中見舞として来ル。せん茶山本山一袋被贈之。せん茶・煎餅を薦、暫して帰去。廿八日牽物かつをぶしを右同人ㇸ頼置く。○夕七時頃礒女殿来ル。鯖大干魚五枚持参、被贈之。当分此方ニ逗留由被申。甚迷惑限なし。

一夕七時過およし殿、帷子遣し候謝礼として、番南瓜二ツ被贈之。今晩止宿ス。○おさち中暑之気ニ付、黒丸子用之。○縁談一義殊の外心取込候中、逗留客ハ甚敷難義也。○今日恵正様御祥月忌ニ付、昼料供・一汁二菜、成正様へも備、且御画像床の間ㇸ奉掛、神酒・七色ぐわし・備餅を供ス。夜ニ入、神灯ヲ供ス。

○廿七日壬午　晴　大暑甚し

一今朝起出、早朝ゟ自深光寺へ参詣。恵正様御祥月忌ニ依而也。諸墓そふぢ致、水花を手向、回向して、九時前帰宅。帰路色〻買物致ス。

一およし殿昼前帰去。○成田一太夫殿、先日中ゟ貸進之童子訓三板・四板十冊被返之。尚亦五・六板十冊貸進ズ。

右同人ニ吉之助一義頼置く。○今朝伏見氏被参、昨夜相談致候料理一義、一昨夜柳町八百六ㇸ御談じ被成候所、

金壱両金ニて賄可申由申ニ付、八百六江任参り候由被申。○昼後田辺礒右衛門殿・岩井政之助殿、暑中為見舞として来ル。○八半時頃村田万平殿、吉之助同道ニて来ル。則、自有住岩五郎方へ同道致候所、有住二男安次郎殿方へ被参居候由、忠三郎殿被申候ニ付、則安次郎方へ行、彼方ニて岩五郎殿ニ対面、万平殿・吉之助を引合せ、今日は与力安田氏江ハ不参、直ニ帰宅ス。万平殿・吉之助も直ニ帰去。

一日暮て大内氏四谷江伝馬町江被参候由ニ付、両替壱分頼、渡し遣ス。

一夕方長次郎殿来ル。弁当料直上書付持参被致、則うつしとり、直ニ返ス。○夕方山本半右衛門方へ行。右は、明廿八日縁郎引とり候事届置、序ニ深田氏江立より、無程帰宅。

○廿八日癸未　晴　甚暑　風なし

一今朝伏見氏被参。昼前大内氏伝馬町江被参候由ニ付買物を頼、鳥目を頼遣ス。昼時帰被参、則伏見氏両人ニ酒食を薦め候所、長次郎殿来候ニ付、右同人ニも酒を振ふ。暫して帰去。○昼後願性院別当、御供米・御初穂を乞ニ来ル。則御初穂十二銅・白米五合渡し遣ス。○八時頃吉次郎荷物到来、簞笥一棹・釣台一荷、榎本彦三郎さし添、被贈之。右目出たく受取納、人足四人江祝儀として天保銭二枚ヅヽ遣ス。榎本氏暫く休足被致、開被参。○夕七時前、柳町八百屋六兵衛方ゟ料理人・手伝弐人来ル。今晩の料理を拵。○夕七時頃山田宗之介来ル。其後暮時前渥見祖太郎殿被参、真綿二把持参、被祝之。暫して弥兵衛来ル。是亦肴代金百疋を被贈、尚亦、先日頼置候鰹節三本入二袋持参ス。代銀十八匁之由也。今晩御姉様・おつぎ可参の所、御姉様昨日ゟ御持病の由ニて御延引、弥兵衛のミ来ル。不本意之事也。

一夜ニ入五時ニ及候ども、吉之助不来、延引ニ付、定吉ヲ以宮様御門前まで迎ニ遣。五半時頃榎本彦三郎殿・村田万平殿差添、吉之助来ル。則、村田氏・榎本氏先此方へ被参、宗之介初、祖太郎・弥兵衛各対面致、為取替証文且金子証文受取渡し、金子拾五金請取、其後吉之助を迎入。媒人伏見氏夫婦、杓取同人子息・女二人。婚姻盃目出度相済、親類盃も相済、礼酒畢、吸物・取肴三種、牽物かつをぶし三本入壱袋をを《(ママ)》牽、各七時頃開《(ママ)》ニ成。供人五人ニ酒食を薦め、祝儀二百文ヅ、遣之。右畢、吉之助・おさち臥房ニ入ル。○其後八百六三人ハ帰宅、伏見氏御夫婦・大内氏・家内・定吉、皆祝食、明六時一同枕ニつく。

一今朝定吉来ル。垣根こしらへかけ、こしらへ畢、所ゝ掃除致、其外立拵、三、四人前ニ及。祝儀二百文遣之。

○今朝綾部氏ゟ正宗酒壱升、稲毛やヲ以被祝之。伏見氏・大内氏両名ニて酒三升被祝之。

○廿九日甲申　晴　大暑昨日の如し

一今朝伏見氏被参、昨日残酒薦之、昼飯後帰去。○今朝一同ニて昨夜之器・盃盤片付畢。○昼後八時過ゟ大内氏を頼、吉之助同道、山本ゟ深田・梅村直記殿・高畑・林・生形・荒井・藤田、右八軒ニ廻勤ス。其後大内氏ニ酒食を薦め、暮時帰去。○右同刻およし殿来ル。一昨日遣し候帷子洗返し、仕立出来の由ニて右着用見せらる。暫して帰去。○夕方、一同かゝり湯をつかふ。○今晩ゟ盆てうちんを檐廊ニ出ス。

○七月朔日乙酉　晴　昨日の如し

一今朝五時過飯田町ニ行。吉之助手みやげ小杉原一束、外ニ麻二把添、持参ス。終日飯田町ニて馳走ニ相成。先月分上家金壱分ト二百六十文・薬売溜壱〆七十二文内一わり百文引、九百七十二文請取、且亦、鰹節代金壱分ト三百十二文今日渡し、勘定済。夕七時過ゟ罷出、帰路種ゝ買物致、暮時帰宅。○右留主中山本半右衛門内義被参候由也。右は、歓之口状申被述、帰去。○同留主中、木村金次郎殿来ル。先日昇太郎殿ニ貸進之八犬伝七輯七冊持参、被返之。尚又所望ニ付、同書八輯上帙五冊貸進致候由。同人桃十五持参、被贈候ニ付、おさち辞退すれども不被聞候ニ付、請取置候と、帰宅後告之。○下掃除定吉来ル。残薪大三把持参致ス。そふぢ致、帰去。

○二日丙戌　晴　甚暑

一今朝長次郎、歓として来ル。暫雑談して帰去。

一今日、夜具蒲団を虫干す。夕方かゝり湯、昨日の如し。右之外、使札・来客なし。

○三日丁亥　晴　昨日の如し

一今朝矢野信太郎殿、暑中見舞として被参、金玉糖壱棹被贈之。吉之助を引合せ、早ヽ被帰去。○深田長次郎殿母義、歓として被参、ほどなく帰去。○小林佐七郎殿、右同様ニて来ル。早ヽ被帰去。○今日夜具ふとんを干。漬梅同様。○昼後、八百や六兵衛ゟ仕出し代料乞ニ来ル。則、金壱両を渡し、請取書を取。○夕方定吉妻来ル。右は明朝西丸下江幸《(ママ)》有之候ニ付御使可致申ニ付、渥見氏江手紙さし添、絹地壱疋代金三分弐朱、外ニ吉之助手みやげ小杉原一束渡し遣ス。○今夕かゝり湯、きのうの如し。

○四日戊子　晴

一今朝有住岩五郎殿被参、吉之助番代願書下書持参、被見之、且又榎本氏江近日宿見ニ参可申候ニ付、先方へ宜敷通達可致旨被申之。右承知之趣申答、謝礼を述、暫して被帰去。

一四時頃伏見氏被参。雑談中山本半右衛門歓として被参。暫く雑談して、昼時被帰去。○昼時過およし殿被参、暫して帰去。○夕方定吉、御扶持春候て持参ス。明五日芝田町ゟ二本榎迄供の事申付おく。

一今日ヨリ蔵書類を曝暑《(ママ)》を始ム。

○五日己丑　晴

一今朝定吉来ル。則支度致、吉之助同道ニて宗之助方へ行。出がけ、綾部氏ニ相識之為吉之助を引合せ、小杉原一束進上之。夫ゟ広岳院〻参詣、諸墓掃除致、花水を手向、回向畢、保安寺同断。其後宗之介方へ行し也。江坂卜庵殿へも紹介致、扇子一対進之。卜庵殿留主ニて不面。宗之介方へ切鮓壱重・小杉原二束・花色絹壱反、謝礼として遣之、且又暑中見舞として、金玉糖同断。宗之介方ニて礼酒を出ス。取肴二種・吸物等也。右畢、夕膳を薦らる。且、当春二月二日借用の金廿四両之内金拾両返之、受取書取之。夕七時過田町を罷出、暮時帰宅ス。○右留主中卜庵殿・三毛由良太郎殿被参、礒女殿と雑談して帰去候と云。

一同留主中深川田辺御姉様御出、酒二升切手ニて持参、被祝之。外ニうちわ二本手みやげとして御持参被成。おさち取斗、煎茶・くわしをすゝめ、麁飯をも薦め、今晩止宿被致候様申候所、明後七夕ニ付、帰去候様被申候由ニて、被帰去。偶ゝ之御出ニ留主宅ニて御めニ掛れず、不本意の事也。○下掃除定吉来ル。七夕祝儀として白瓜二ツ持参ス。○出がけ、竜土ニて村田氏ニ行逢。右は此方被参候由ニて、然而出がけニ付、途中ニて物語致候所、吉之助里開七日ゟ九日迄之内、如何可有之被申候ニ付、右は盆過可然申、且又、世話人新兵衛礼金之外、祝儀・肴代乞ニ榎本氏〻参り候由。右は貪候ニて、余り張慾《(ママ)》ニて可有之由被申。右一義、何卒伏見氏〻御咄し被下候ハヾ、伏見氏何と歟新兵衛〻被申候半と申候へバ、伏見氏〻立より候由ニて、立別る。榎本氏ゟ吉之助浴衣・帷子二枚ヅヽ、被差越之。

○六日庚寅　曇　昼時前雨　夜中大雨
一今朝定吉ゟ昨日の残銭持参、胡瓜七本贈之。早〻帰去。

一伏見氏被参、暫して被帰去。○昼後元安氏内義おつるどの被参。同人弟同道。きなこだんごを振ふ。おさちと雑談稍久しくして帰去。

一四時過およし殿来ル。昼時帰去。

一今朝吉之助を榎本氏幷ニ賢崇寺へ遣ス。近日有住氏為宿《ママ》して榎本氏ニ参り候ニ付、其日限承り参り候様申付、且其節の肴代金壱分為持遣ス。夕七時過榎本氏ゟ吉之助下駄・傘取おこさる。おさち則下駄・傘使ニ渡ス。ほど無吉之助帰宅。長州産団扇二本・鮓壱包被贈之、今晩一同賞翫ス。宿見肴代金百疋、榎本氏ゟ被返之。心得難候へども、先預り置く。○暮時おつる殿又被参。右は、吉之助ニ相識にならんとての為也。則紹介、初対面の口誼畢、被帰去。

一今朝短冊竹を出ス。○今日辛づけ沢庵の口を開。

○七日辛卯　雨　昼後ゟ雨止
一今朝伏見氏被参、ほど無被帰去。○昼後おふさ殿来ル。伏見氏も被参。吉之助初一同歌かるた遊致、夕七時過帰去。○夕七時頃鈴木昇太郎殿来ル。去ル一日貸進之八犬伝八輯上帙五冊持参、返之。右受取、早〻帰去。

一暮時前ゟ吉之助をおすきや町ニ入湯ニ遣ス。六時頃帰宅。

○八日壬辰　晴　甚暑

一今朝吉之助同道ニて、鮫ヶ橋組合松尾瓠一殿・松宮兼太郎殿・長友代太郎殿方へ、相識として罷越、右序ニ松村氏江も同道ス。且、有住氏江吉之助而已参り、宿見時日承り候所、来ル十日朝辰ノ刻頃可罷出旨被申。何れニも吉之助同道可致由申入、帰宅。○右留主中弥兵衛来ル。右は売薬無之ニ付、神女湯十包・奇応丸小包七・中包二ツ遣之。早〻帰去。○暮時吉之助長安寺門前江入湯ニ行、ほど無帰宅。自伝馬町江売薬入用紙・砂糖類買取ニ行。吉之助門前迄同道、六時頃帰宅。帰路深田氏ニ行逢ふ。○家内三人ハかゝり湯をつかふ。○今日も日記類曝暑ス。

○九日癸巳　晴　昼後雨　忽止　夕七時又雨　夜ニ入同断

一今朝今戸慶養寺使僧、施餓鬼袋持参ス。差置、帰去。

一今日伏見氏、下町江川柳開有之、被参候由ニ付、金伯の事頼、代百文渡置。○昼後大内氏菜園の花を手折持参、被贈之。ほど無被帰去。○吉之助今朝髪月代致、夜食後榎本氏江行。右は、明十日有住氏、為宿見榎本氏江被参候案内の為也。帰路入湯致、暮六時帰宅。榎本氏ゟ菜園ニ出来の由ニて、隠元・さゝげ・胡瓜・梨子を被贈。

一夕方おさち入湯ニ行、ほど無帰宅ス。○暮時前およし殿来ル。礒女殿物語、暮時帰去。○無礼村源右衛門悴、暑中見舞として麦こがし一袋持参、贈之。右同帰去。此一条、昨八日可記所漏したれバ、こゝに記ス。

一今朝神女湯・奇応丸能書、摺之。

○十日甲午　晴

一今朝五時過ゟ吉之助有住江行。右、岩五郎同道ニて榎本氏江罷越、彼方ニて宅見相済、榎本氏ニて有住氏江肴代を被贈。右畢、尚又有住同道ニて榎本氏を立出、吉之助壱人昼時帰宅。○右同刻自象頭山へ参詣、備餅を納、さいせんを上ゲ、禱念仕畢、昼時前帰宅。

一昼時前山本悌三郎殿被参。雑談数刻、昼時ニ及候ニ付、かけ合の昼飯を薦め、畢候節、吉之助帰宅ニ付、悌三郎殿江引合、暫して帰去。

一昼時、高井戸下掃除定吉来ル。麦こがし一袋・温飩粉壱袋持参、贈之、早〻帰去。○昼前およし殿来ル。観世音へ参詣、同道可致為也。右断を申述、昼時帰去。○夕方伏見氏被参、暫く物語致候内、御同人内義用事有之由ニて迎ニ来ル。○夕七時過忍原角江吉之助入湯ニ行、ほどなく帰宅。○日暮ておよし殿、青山ゟ帰路の由ニて来ル。白粉一包おさち江贈之。

○十二日（ママ）乙未　晴

一今朝深田老母、庭前之草花を手折て持参、被贈之。引続きおよし殿山本半右衛門小児を（ママ）、せん茶・くわしを薦、雑談数刻にして帰去。

一昼前伏見氏被参、暫して被帰去。○夕方およし殿又来ル。雑談して帰去。

一夕七半時過高畑久次殿、歓として被参、暫して帰去。○板倉英太郎殿父茂兵衛殿今朝死去被致候由、およし殿の話ニ聞之。○暮時前ゟ自、礒女殿同道ニて三毛由良太郎殿方へ行。右は、過日度〻被参候ニ付、答礼として団扇二本持参、贈之。由良太郎殿他行ニ付、早〻帰宅。帰路種〻買物致、六時過帰宅。○今晩一同かゝり湯を遣ふ。吉之助今晩は入湯ニ不行、かゝり湯也。○夕方定吉来ル。右は、明後十三日今戸より深光寺へ参り候由ニて、竹園の竹一本花ヅヽにこしらへ、帰去。

一今日も読本類曝暑ス。○仏器、今日吉之助・おさち手伝、磨之。
○十二日丙申　午ノ七刻立秋之節ニ成　夕七時過ゟ雨　夜ニ入同断　朝止
一今朝礒女殿仏参致候由ニて出、帰去、暮時亦来ル。未夕飯前之由ニ付、夕飯を薦む。手みやげ窓の月・いなかまんぢう贈之。右同人帷子・浴衣洗遣ス。○今朝だんごの粉を挽、昼時挽畢。

一およし殿来ル。だんご粉手伝、昼飯為給、昼寐致、夕七時頃被帰去。

一夕方吉之助入湯ニ行、ほど無帰宅。○暮時前定吉来ル。右は、明十三日深光寺・慶養寺へ御使可致ニ付、色ゝ買物等申聞候所、明朝右同人妻取ニ差上可申候間、御書付置御渡可被下と申。黒砂糖壱斤代二百文のミ渡し遣ス。○伏見氏ゟ里芋壱升遣之。其後、大内氏菜園芋茰二株・茄子廿五、葉生が少ゝ添持参、被贈之。○廉太郎殿ニ髪月代致遣ス。吉之助ハ朝髪月代ス。吉之助御棚竹を巻。
○十三日丁酉　風雨　四時頃ゟ雨止　大風
一今朝御霊棚を錺、昼後あづきだんご製作致、御霊棚へ供し、一同食之。伏見氏ゟ一器遣之。其後伏見氏、白砂糖壱斤・びん付すき油・甜瓜三持参、被贈之。○八半時頃坂本氏被参、先月中代進之旬《(ママ)》殿実ゝ記前後十冊持参、返之、右謝礼として京素麪壱折被贈之。暫雑談、煎茶・だんごを薦、夕方被帰去。○吉之助、今朝竜土榎本氏ゟ賢崇寺へ行。兼而今日彼方せわしきに依て手伝之為也。夕七時過帰宅。折から坂本氏被居候ニ付、相識ニ致ス。

一夜ニ入およし殿来ル。煎茶・だんごを為給、五時帰去。門前迄送り遣ス。

一信濃屋重兵衛来ル。炭代残三百四十八文有之ニ付、払遣ス。○夕方定吉、深光寺幷ニ今戸慶養寺へ盆供納、花づゝ取かへ、花水を手向、色ゝ買物致。買代金壱分ト二百文渡し候所、六百四十八文残る。○夜ニ入、玄関前ニて御迎火を焼、一同拝礼ス。

○**十四日**戊戌　小雨　忽止　晴　秋暑

一今朝弥兵衛来ル。仙台糒・醤瓜干持参ス。御霊棚ぇ拝礼致、帰去。

一今朝・昼後両度伏見氏被参、暫して被帰去。○昼後、自伝馬町ぇ御もり物・料供之品ゝ買物ニ行、無程帰宅。
○今日朝料供、平里いも・あげ、汁とうなす、香の物茄子。昼料供、平ずいきあへ、汁白みそ・冬瓜・椎茸・めうがのこ、香の物白瓜ひと塩。昼後あんころもち・煮茶、香の物胡瓜、もり物桃・梨子。夕方あげもの・煮茶、香之物鉈豆。夜ニ入ひやしどうふ・神酒を供ス。都て先例之如し。
一昼後およし殿来ル。暫して帰去。○右同刻定吉妻来ル。日雇ちん書付持参、壱〆文の由。外ニ六十四文つきちん、〆金二朱ト二百廿八文払遣ス。

○**十五日**己亥　晴

一今朝吉之助髪月代致遣し、賢崇寺へ行。手伝の為也。賢崇寺御隠居御所望ニ付、夢惣兵衛胡蝶物語前編五冊為持、貸進ズ。○引続き自飯田町ぇ行。右は、明廓信士新盆ニ依而拝礼之為也。京素麪三把・沢庵づけ大こん二本進上ス。飯田町ニて素麪馳走ニ成、帰路買物致、昼時帰宅。○今朝定吉小児を携て来ル。今ゟ無礼村親源右衛門方へ罷越、小児八、九日も預ケ置候由。右何ぞ子細有べし。此せツ多用之中、小児を携、田舎ぇ参り候事、心得がたし。追而尋ぬべし。後ニ聞、右は夫婦口論致候ニ付、定吉憤甚しく、右之如く致候由也。○吉之助五時前帰宅。賢崇寺御隠居ゟ干瓜一袋吉之助ニ為持、被贈之。

一八時過深光寺ゟ棚経僧来ル。如例布施四十八銅遣ス。施餓鬼袋持参ス。

一今日霊棚朝料供なす・たうなすご《ダク》ま汁、平茄子さしみ、香の物印籠づけ。昼冷素麪。夕飯蓮の飯、煮染添、煮茶。夜ニ入きなこだんご《ダク》・西瓜等也。○おさち入湯ニ行。

○**十六日**庚子　晴　残暑甚し

一今日朝料供、里芋・もミ大こん汁、平茄子・十六さゝげごまよご《ダク》し、香の物干白うり・塩づけ茄子。右畢、挽茶を供し、一同拝礼。其後御棚を徹し、諸霊位御位牌を仏棚に移奉り、都て先例之如し。

一夕七時過ゟ自、吉之助・おさち同道ニて深光寺へ参詣、諸墓に水花を供し、拝礼ス。右畢、和尚に香奠二百銅吉之助ゟしん上、恵明ニ初対面之口誼相済、諸霊位に焼香致、帰宅。帰路、伝馬町倉ひさやと申鮓店ニて母子三人支度致、立出候所、吉之助きせる右鮓店に置忘、直ニ跡に引返し尋候所、最早無之、分《ママ》失致候也。右相客ニ理不尽之老婆有之候て、此方残し置候玉子鮓壱ツ、叨ニ其子ニとりてあたへしとおさち申ニ付、右之老婆の為所、きせるは早く秘せしなるべし。今日の留主居礒女殿被居候ニ付、土産切鮓壱包持参、贈之。帰宅後御送り火を玄関前ニて焚之、一同拝礼し畢。○今日八犬伝読本弁ニ諸評書を虫干ス。

○**十七日**辛丑　晴　残暑昨日の如し

一今朝加藤領助殿来ル。歓被申述、如例久敷雑談、竜土に被参候由ニて昼前被帰去。○四時頃礒女権田原諏訪へ被帰去。先月廿六日のまゝ、今日迄廿一日め也。○およし殿来ル。昼前帰去。○夕方お国殿来ル。暫雑談して帰去。

一夕飯後吉之助、村田氏江参り候由ニて出宅、暮六時頃帰宅。村田氏ハ他行の由也。

一今日も蔵書類、読本虫干ス。今日観音祭、如例。

○十八日壬寅　晴　残暑甚し　凌兼程也

一今日桐本箱の蔵書二箱を干。○昼時高井戸定吉来ル。先日申付候皮付麦壱升程持参、贈之。今日はいそぎ候由ニて、早〻帰去。

一夕方吉之助入湯行、暫して帰宅。○夕方伏見氏ゟ菜園茄子十五被贈之。

一今朝おふさ殿被参、おさちと雑談。所望ニ付、夢惣兵衛胡蝶物語後編四冊・合巻四部貸進ズ。暫して被帰去。

○十九日癸卯　晴　風なし　残暑甚し　昨今寒暖計九十五分余也と云

一今朝伏見氏被参、暫物語して被帰去。○今日桐の本箱二箱を曝暑ス。

一昼前高井戸定吉来ル。鯵ひもの三拾枚遣之。西ノ方厠汲取、帰去。

一夜ニ入自久保町江買物ニ行、しん物其外買取、ほどなく帰宅。○吉之助は暮時ゟ入湯ニ行、是亦ほど無帰宅。其後伏見氏被参、ゆで枝豆持参、被贈之。且又、吉之助薄茶をたて伏見氏江薦、くわし同断。雑談時をうつして、九時頃帰去。

一盆後ゟ残暑甚敷、凌兼候ほどニ候間、五苓散一同服用ス。

○廿日甲辰　晴　夜ニ入四時前ゟ雷数声　大雨　丑ノ刻ゟ雷止　晴

一今朝荒井幸三郎殿為歓被参、口状申述、早〻被帰去。

一今朝五時前赤坂一ツ木不動尊江参詣、ほど無帰宅ス。

一今日は雑記類二箱曝暑ス。○昼前伏見氏被参、暫雑談して帰去。

一夕七時前定吉妻来ル。右は、西丸下江参り候ニ付、御使可致申来ル。則、渥見氏江手紙さし添、菓子壱折為持遣ス。○今晩は一同かゝり湯をつかふ。○夜中雷大雨ニ付、床の間其外雨漏候ニ付、一同起出、床間ニ有之候本を片付。其後雷鎮り、一同枕ニつく。○今日は暑さ堪がたく候ニ付、五苓散を煎用ス。○今夕吉之助髪月代致遣ス。

○廿一日乙巳　晴

一五時過ゟ吉之助賢崇寺へ行。右は、明廿二日鍋嶋候（ママ）御先代御百年忌之御法事有之候ニ付、手伝之為也。今晩ハ止宿致候心得也。

一今朝伏見氏被参、暫雑談被致、被帰去。昼後又被参、暫蔵書類を一覧被致、被帰去。○今日終日残暑、且心地不例候ニ付、蔵書虫干は休む。但夕方、一昨日干候分本箱江納置。

一昼後定吉妻来、昨日西丸下江届物無相違相届候所、お鍬様ニは追〻快よく御出被成候へども、（アキ）殿様此せツ御大病ニて、渥見父子詰候由、口状ニて申来ル。○夕方坂本氏被参、暫物語して、暮時前被帰去。

一昨日の雷所〻江落雷の由、坂本之話也。伊勢田丸木村和多殿よりの書状坂本氏持参、被届之。七月八日出の状也。

○廿二日丙午　晴　四時頃少ゝ雨　忽止

一今暁丑ノ刻頃、青山六軒町西川某の宅ゟ出火、直ニ母女両人起出候所、最初ハ火勢つよく、危く存候ニ付、御札箱母屋江上ゲ、少ゝ取片付候内、火勢衰、壱軒焼ニて火鎮る。右ニ付、吉之助を（ママ）賢崇寺ゟ欠（ママ）付帰宅、榎本氏も同道ニて被参る。其外大内氏・水谷嘉平次殿・松尾氏・清助・定吉、近火見舞として被参。榎本氏は暫して吉之助同道ニて被帰去。吉之助ハ賢崇寺江参り候也。

一四時頃深田老母来ル。同刻並木氏も被参、近火見舞被申入、折ふし雨降出候ニ付、傘一本貸進ズ。深田老母は暫く雑談して、被帰去。○荷持和蔵同様ニて来ル。

一四時過有住岩五郎殿被参。右は番代願書ニ付順蔵幷ニ油谷迄も使さし遣し度候。両三日中ニ手紙認置可申間、人遣し候様申被入、暫して帰去。

一其後坂本氏、花房屋敷迄病用ニて被参候由ニて、立寄る。戸田山城守様当月上旬ゟ御不快ニ候所、此ほどハ御大切成由、同人の話也。○暮時前ゟ自、今朝出火見舞ニ被参候人ゝ江謝礼行。森野小児江菓子一包遣之、暮六時帰宅。

一森野氏内義近火見舞として被参、暫雑談して被帰去。○夕方家根屋伊三郎近火為見舞来ル。母屋の漏所直し候様申付置。○五時前吉之助賢崇寺より帰宅、乾菓子壱折被贈之。今日御法事疾く相済候由ニて、今晩帰宅候也。

一今日葛籠二ツを曝暑ス。○夕七時頃おさち入湯ニ行、暫して帰宅。

一夕方おふさ殿被参、過日貸進之合巻類持参、被返之。おさちと雑談して被帰去。

○廿三日丁未　晴

一今朝加藤栄助殿、門前通行の由被参。雑談数刻、煎茶・羊羹を出ス。吉之助対面。折から、今日琴光院様御祥当月逮夜ニ付、茶飯・一汁三菜出来ニ付、栄助殿幷ニ大内氏を招き、右両人ニ振舞ふ。昼後栄助殿帰去。大内氏ハ八時被帰去。

一右同刻鈴木昇太郎殿被参、暫雑談時を移して帰去。

一昼時前成田一太夫殿被参、先月中貸進之童子訓五板・六板十冊持参、被返之。右請取、青砥藤綱前後七冊貸進ズ。

一暮時前、八月分御扶持渡ル。奈良氏取番ニて、車力一俵持込候を請取畢。石州米三斗九升七合入也。端米ハ高畑ヘ遣ス。

一今日琴光院様御祥月逮夜ニ付、茶飯・一汁三菜を供ス。

○廿四日戊申　晴　冷気

一今朝有住岩五郎殿来ル。右は、番代願一義、此方願之通りニハ相成かね、右ニてハ急ニ小太郎方へ沙汰致難候。何れニも、両三日中宗之介・自同道ニて有住ヘ参り可申、其上ニて相談致候様被申。右承知之趣答、其後被帰去。

一昼前順庵殿被参。吉之助、疾瘡ニて熱気有之由話説いたし候へバ、右は六物湯煎用可然被申候ニ付、其分量書を認貰。暫く雑談、さつまいも・くわしを薦む。九時過被帰去。○およし殿四時過来ル。是亦さつまいもを薦、昼時被帰去。○昼時過定吉来ル。日本橋ヘ御使可致申来候へども、右は延引ス。御扶持壱俵持帰る。

○廿五日己酉　晴　残暑

一昼後自飯田町ニ行。過日賢崇寺ゟ被贈候干菓子一包持参、遣之。尚又、渥見氏之やう子承り候所、戸田山城守様七月九日(アキ)御城ゟ御不快ニて御下り後いよ〳〵御大病、終十三日御死去被遊候由、明廿六日御達ニ相成、多分卅日頃御出棺也と申事の由也。御年四十八歳ニ被為成候と云。帰路飯田町小松屋ニて薬種買取、暮時帰宅。帰路森川様御門前ニて自を迎の者定吉ニ行逢、同道ニて帰宅。但、飯田町ニて鰻蒲焼ニて夕飯を被振舞、回向院施餓鬼菓子壱包被贈之。

一八時過、留主中麻布竜土榎本氏御母義被参候所、留主中ニておさち困候所、折から伏見氏被参、手伝、吸物・取肴・鉢肴ハ武蔵やニ申付、煎茶・菓子を出ス。盃を薦め、夜ニ入自帰宅、則対面。切鮓壱重を被恵。帰宅後尚又盃を薦め、供人ニも同断。四時頃ニ相成ニ付、伏見氏并ニ吉之助、青山様先迄送之、九時前右両人帰宅被致。其後伏見氏ヲ始一同夕飯を果ス。暫して伏見氏被帰去。九時過一同枕ニ就く。○今夕定吉来ル。右は、明早朝田町ニ使可致為也。おさち則手紙二通状箱ニ入、遣之。○今日合巻類を曝暑ス。

○廿六日庚戌　晴○今日も小本類を虫干ス。

一今朝伏見氏被参、暫して被帰去。○昼時定吉妻来ル。今朝宗之介方へ使致候得ば、御返事参り候由ニて持参ス。おまち殿ゟ返書到来。今日は客来有之、今日客来之内逗留之客有之候ハヾ、明後廿八日参り可申候。若亦客来皆帰り候ハヾ、明日参り候由申来ル。○昼後豊嶋やゟ、注文の醤油壱樽持参、代金二朱ト百九十四文の所、返し樽代さし引、金二朱ト百四十六文払遣ス。

一夕七時触役長谷川幸太郎殿来ル。右は、戸田山城守様御死去ニ付、今日ゟ廿八日迄鳴物止停の由、但、普請ハ不苦候也と被触之。

○**廿七日**辛亥　晴　今暁丑ノ刻七時五分一（ママ）処暑之節ニ入ル　今日ゟ八専也

一今朝四時頃山田宗之介来ル。右は、今日番代願一義ニ付、有住氏ぇ同道可致為也。即刻支度致、自同道ニて有住ぇ行。然所、有住氏他行ニ付、暫待合候所、忠三郎殿迎ニ被参候ニ付、暫して有住氏帰宅せらる。宗之介対面して一義を商量せらる。是迄之振合ニてハ納かね候ニ付、趣向を取替可然被申候ニ付、然ば、諸親其外ぇ申聞、右ニて又相願可申答、有住氏を暇乞して出去、宗之介ハ赤坂久保ぇ罷越由ニて立別、帰去。自ハ昼時帰宅。○右同刻おふさ殿、仏参ニ被参候由ニて被立寄、過日貸進之合巻持参、被返之。尚又所望ニ付、合巻三部貸進ズ。昼時被帰去。○大内氏ニ頼、刀剃を砥貰ふ。大内氏持参せらる。暫して被帰去。○右同刻およし殿来ル。暫して帰去、暮時亦来ル。今晩ハ止宿被致。○今日も合巻類を虫干ス。夕方吉之助・おさち手伝、取入畢。

一夕方かゝり湯をつかふ。

○**廿八日**壬子　晴　残暑甚し

一今朝伏見氏被参、暫く本を読被居、昼時頃被帰去。昼後又被参候て読書被致、夕方被帰去。○およし殿朝飯後帰去。○今日歌書類其外色ゝ、二本箱を曝暑ス。○今日不動尊ぇ神酒・備餅・梨子を供ス。夕方かゝり湯、昨日の如し。

○**廿九日**癸丑　晴　如昨日の

一今朝伏見氏被参、暫して被帰去。○四時過飯田町御姉様、おつぎ同道ニて被参。かつをぶし五本・酒壱升切手・梨子七ツ持参、被贈之。せん茶・餅菓子を薦め、昼飯さうめんを薦め、且番代願一義談じ、且渥見江可参事御咄し申候へば、右は、飯田町ゟ咄し可申候間、延引可致被申候ニ付、渥見江相談ハ延引ス。夕方かゝり湯を御使被成候て、夕七半時頃被帰去。○夕方定吉御扶持舂候て持参。玄米四斗の所、つきべり四升引、玄米三斗壱升持参。つきちん六十四文渡し遣ス。

○**卅日**甲寅　晴　残暑

一四時頃松村氏被参。先月十八日の儘、今日ニて四十二日めニて来ル。和名抄八・九ノ巻壱冊被返之。昼飯を薦め、和名抄九・十ノ巻壱冊貸進ズ。昼時過被帰去。○右同人ゟ夕方荷持由兵衛ヲ以、手作芋萸三株・糸瓜五本被贈之。先刻約束致候払焔硝一袋、被贈之。内壱斤分代四匁、此銭四百十六文由兵衛江渡し遣ス。

一夕方大内氏ゟ払味噌有之由ニて被贈之。掛目四百六十目有之候て、代銭八十文の由也。此せツ、百文ニ付掛目三百七十目ニ候間、此払味噌八十文に四百六十目ニてハ余程之廉也。○今日笔筹三ツ・絵文庫を虫干ス。暮時前かゝり湯、家内一同ス。盆てうちんを今晩ニて畢也。

○**八月朔日**乙卯　晴　残暑　風なし

一今日巻物類・柳笔筹・合巻を曝暑ス。○清助小児遊ニ来ル。昼飯為給、八半時頃迄遊、帰去。○吉之助髪月代致、半《(ママ)》時頃ゟ竜土江行。八時頃迄仮寐致、其後賢崇寺へ参り候由ニて、暮六時頃帰宅。

一夜ニ入およし殿来ル。今晩止宿ス。○夕七時頃ゟおさち入湯ニ行、暫して帰宅。夜食後自入湯ニ行、暮時過帰宅ス。○今日諸神江神酒を供ス。夜ニ入神灯、如例。○今日米兵様御祥月忌ニ付、もり物梨子を供ス。○

○二日丙辰　晴　如昨日
一今日葛籠類・産物等虫干ス。○昼前伏見氏梨子十持参、被贈之。暫雑談して、昼時過被帰去。○日暮て順庵殿被参、暫物語被致、帰去。

一朝飯後およし殿被帰去、暮時又来ル。今朝置忘れ候団扇・髪さし差込携帰去。

○三日丁巳　晴
一今朝伏見氏被参。今日榎本氏ニ被参候由被申候へども、暫く雑談中時移りして、昼時前被帰去。○建石鉄三郎殿子息、父跡御番代被《アキ》仰付候由ニて来ル。

一四時頃礒女殿被参。今ゟ永心寺ニ墓参被致候由ニて被立寄、枝豆壱把持参、被贈之。今晩は此方へ止宿被致。
○八時過鈴木橘平養子、三原田谷五郎跡御番代被仰付候由ニて来ル。○伏見氏夕方ゟ榎本氏ニ被参候て番代一義相談被致候所、榎本氏も種〻考られ、何れニも手軽ニ参り候様工風《ママ》可致由被申候由也。○今日文庫類を虫干ス。夕方かゝりゆ、如昨日之。
一暮時ゟおさち同道ニて伝馬町ニ買物ニ行、紙類其外種〻買物致、五時頃帰宅。其後伏見ニ自行、暫して帰宅ス。
○早朝自象頭山ニ参詣ス。出がけ、不動尊ニ参詣、供米を納ム。

○四日戊午　晴　残暑
一今朝加藤領助殿来ル。暫物語被致、番町辺ニ被参候由ニて帰去。

一礒女殿朝飯後被帰去。○昼前伏見氏被参、番南瓜一ツ被贈之。暫く物語致、昼時過帰去。○夕方およし殿来ル。

暫して帰去。

一今夕、勢州田丸木村和多殿江返書認め、日暮て梅村氏江右書状持参、明五日飛脚便有之候ニ付、頼置く。○今日懸物類虫干ス。

○五日己未　晴　風無

一鈴木吉次郎殿、明五(ママ)日見習御番無滞被仰付候由ニて来ル。

一今日衣類・社袮類を曝暑ス。今日使札・来客なし。夕方かゝりゆ昨日の如し。○早朝自象頭山江参詣、五時過帰宅。朝夕後(ママ)、吉之助江髪月代ヲ致ス。

一早朝象頭山江参詣、五時過帰宅。○夕方信濃やゟ注文の薪八把軽子持参、書付持参り候ニ付、代金弐朱渡し遣ス。

○六日庚申　晴

一今日簞笥類を干。○昼時頃おふさ殿来ル。暫物語して被帰去。

一昼前定吉妻来ル。手作芋茰二株持参、贈之、ほどなく帰去。

一夕方鈴木吉次郎殿、見習御番無滞相済候由ニて来ル。

一早朝象頭山江参詣ス。五時過帰宅。○昼時ふし見江ゆでさつまいも一盆贈之。右うつりとしてゆで豆一盆被贈之。○昼後吉之助西四畳の窓簾を損じ候ニ付、あミ直し、こしらへ掛置。今晩かゝりゆ、昨日の如し。庚申祭も例之如し。

○七日辛酉　晴　秋暑甚し

一早朝象頭山江参詣、五時頃帰宅。○四時頃榎本氏被参。右は、番代願一義ニ付、過日伏見氏ヲ以頼入候事甚六ヶ敷、何れニ致候ても其内伏見江も相談の上、榎本氏、有住へも被参候上ニて相談可致被申之。有合の品ニて昼飯を薦め、せん茶・くわし同断。投扇興・楊弓抔弄、夕七時前被帰去。○今日虫干、吉之助・おさち篭笥を干。○日暮て深田長次郎殿来ル。五月七日貸進之白米貸進残二升持参、被返之。右答礼として番南瓜二ツ持参、被贈之。伝馬町江被参候由ニて、早ゝ被帰去。○暮六時過松村氏被参、川柳書抜、外ニ組合附持参被致。川柳ハ伏見へ被届呉候様被申、預り置く。且亦、此節取込ニ付、金子百疋借用致度被申。此方ニても物入多、甚難義ニ候得ども、松村氏の内中相像（ママ）致候得バ、流石ニ断申候も不本意ニ被思候ニ付、金壱分貸進ズ。其後五時頃被帰去。小挑灯貸遣ス。○昼前荷持和蔵、給米乞ニ来ル。則玄米二升渡、外ニ沢庵づけ香の物二本遣ス。○当月三日八時過南寺町宗論寺と申寺の本堂江火を付候盗人直ニ搦捕候所、其者首状致、是迄八ヶ年来、当年ニ至り寺方所ゝ江附火致、皆燃上り、今日のミ火事ニ不成。妻子八人暮、小櫛金之助と申者の由、首状ニ及候由也。牛込七軒寺町芦や香華院・久成寺・四谷西念寺江付候者も右之者也由也。

○八日壬戌　晴

一早朝象頭山江参詣、五時頃帰宅ス。○吉之助服薬、六物湯今日ゟ二貼ヅヽ、煎用ス。

一下掃除定吉来ル。両厠そふぢ致、帰去。○今朝伏見氏被参、暫雑談被帰去。今夕吉之助・おさち入湯ニ行、暫して帰宅。其後自入湯ニ罷出、六時頃帰宅。

○九日癸亥　晴　残暑甚しく　酷暑如し

一早朝象頭山ニ参詣、三日ゟ今日迄七日め也。五時過帰宅。○四時過およし殿来ル。暫雑談して、昼時頃被帰去。

○今日使札・来客なし。夕方かゝりゆをつかふ。○昼前順庵殿被参、暫雑談して被帰去。

○十日甲子　晴　残暑甚敷凌兼候ほど也

一早朝自象頭山ニ参詣、五時頃帰宅。○夕七時頃おふさ殿来ル。岡野ニ被参、帰路の由ニて、ほどなく帰去。○右同刻かかりゆを致、食後吉之助、一本松大黒天ニ致《(ママ)》候由ニて罷出ル。榎本氏ニ立寄、賢崇寺同断、亥ノ刻帰宅。夫ゟ枕ニ就。○今日甲子ニ付、大黒天ニ神酒・備もち・七色菓子・梨子を供し、祀之。金毘羅権現様へも同断。夜ニ入神灯如例之。○暮時三村某の母義来ル。右は、旧冬山本悌三郎殿の姉町田被参、町田女と共ニ踊の教を受度由被申入候所、其頃殊の外〳〵内乱ニ取掛り候ニ付、只今ハ右之趣ニ随がたし。春ニも成候て一条片付候ハヾ、兎も角も可致申置候所、右之三村氏老婆被待兼候て、町田氏ゟ被参候由ニて、此方へ直ニ来リ候由。右之老婆ニ対面致候所、孫女の由ニて、八才ニ成候所、外ニて少し学候所、未熟ニ候間、其儘打捨候も甚敷残念ニ母共侶ニ被存候ニ付、町田氏ゟ聞及候間、御六ヶ敷乍何卒願候と連ニ頼被申候ニ付、さすがニ断も申がたく候ニ付、忰未引籠中ニ候間、出勤致候ハヾ又此方ゟ御沙汰可申候と申、ほど無被帰去。

○十一日乙丑　晴　残暑昨日の如し　風なし　凌難し

一今日羅文様御祥月御逮夜ニ付、夕料供紫蘇飯・一汁三菜製作致、貞窓様御牌前・羅文様御霊前ニ供之。羅文様御画像如例之床間ニ掛奉り、神酒・備もち・あんもち・梨子を供し、夜ニ入神灯ヲ供ス。且、伏見氏ニもしそ飯、平・汁添、贈之。ふしみ氏ゟ手作茄子少〻被贈之。

一今朝伏見氏被参、雑談時をうつして、昼前被帰去。

一暮時ゟ自深田氏江行、先頃物を被贈候答礼として黒砂糖壱器持参、贈之。暫物語致、煎茶を被薦、しそのミ・草花少〻被贈之、五時前帰宅。山本氏江も立より、安否訪ふ。○今晩ハ一同かゝ(ママ)りをつかふ。

○十二日丙寅　晴

一自早朝起出、深光寺へ参詣。羅文様御祥月忌ニ依而也。深光寺ニ至り、諸墓そふぢ致、水花を手向、拝し畢。

帰路種〻買物致、四時頃帰宅。

一夜食後、自有住氏江行。然る(ママ)他行ニ付、徒ニ帰宅。但、梨子十持参致候ニ付贈之、帰宅ス。○今朝伏見氏被参、暫して被帰去。夕方かかりゆをつかふ。右之外使札・来客なし。○夜ニ入松岡お靏殿来ル。暫物語して被帰去。

○十三日丁卯　晴　今未ノ七刻白露の節ニ入

一今朝大内氏枝豆持参、被贈之、早〻被帰去。

一八半時過ゟ自有住氏江参り候所、有住氏在宿被致候ニ付、面談致候て、番代願一義話説申入候所、是亦困り候由被申。然ば先榎本氏ニて願候て、其上被仰付候当日、直ニ瀧沢氏ニ被仰付候様取斗可然被申候。何れニも考候て又相談可致被申之。且亦、炮術弟子入の事聞合候所、右は未可早。御番被仰付候ての上ニて弟子入可致被申候ニ付、其意ニ任置候といへども、一日片時も早き方可宜敷被存候所、右様有住被申候は心得がたし。

○十四日戊辰　晴　風なし　あつし

一今朝吉之助江髪月代致畢候所、飯田町弥兵衛来ル。右は、奇応丸大包・中包無之由ニ付、即刻右様拵、大包二ツ・中包五ツ為持遣ス。せんちや・くわしをすゝめ、其後被帰去。○明日月見ニ付、白米壱升五合、吉之助・おさち手伝、昼九時過挽畢。○昼後およし殿来ル。暫しておふさ殿来ル。何れも雑談、せん茶・だんご・屑餅を薦、夕七時過両人帰去。○同刻松村氏被参、和名抄壱冊持参、被返之。尚又所望ニ付、馭戎慨言四冊貸進ズ。

一同かゝり湯致候折からニ候間、松村氏ニもかゝり湯被致、帰去。

○十五日己巳　晴　蒸暑し

一今朝鈴木吉次郎殿、今日祝義として来ル。○今日未明ゟ起出、あづき団子製作致、家廟江供し、家内一同祝食畢。伏見氏・永井辻番人江あづきだ《(ダク)》んご、枝豆・柿添、おさちヲ以遣之。伏見氏ゟも今朝内義ヲ以、きなこだんご、枝豆・芋添被贈之。○今朝松村氏手作芋莄・萩の花持参、被贈之。暫して被帰去。○昼前ゟ吉之助、竜土榎本氏ゟ賢崇寺へ罷出ル。

一九時前加藤領助殿来ル。暫雑談、煎茶・だんごを薦、暫して帰去。

一右同刻下掃除定吉来ル。同人ニだんご・昼飯を為給遣ス。

一昼後伏見氏被参、ほどなく被帰去。○おさち八時過ゟ入湯ニ行、暫して帰たく。

一八半時過吉之助帰宅。過日賢崇寺へ貸進之夢惣兵衛胡蝶物語後編四冊・質屋の庫五冊、吉之助江為持、被返之。且又、榎本氏ゟ手作やつがしら芋被贈之。帰宅後、垣根拵候由ニて、下拵をス。○夕方松岡お靏殿被参、ほどなく被帰去。○今日己巳ニ付、弁才天弁ニ八幡宮江神酒・七色ぐわし、夜ニ入神灯供之。

○十六日庚午　半晴　八時過ゟ雨　冷気

一今朝榎本彦三郎殿被参。右は、番代願一義ニ付有住氏江被参候由也。則、吉之助同道ニて被参候所、親類江罷出候ニ付、徒ニ帰宅せらる。せん茶・くわしを薦め、かけ合の昼飯を出し、又明朝可参由ニて被帰去。伏見氏相客たり。

一今日八時過ゟ雨降出候ニ付、冷気ニ相成、袷衣を着候も綿入衣を着用致候者も有之候。先月廿二日の儘、今日ニて廿四日め、人ゝ雨を願候折なれバ、誠ニ甘雨也。

○十七日辛未　曇　四時頃ゟ雨終日

一今早朝榎本氏被参、即刻有住江被参候て、一義商量ニ及候所、遠縁ニ無之候ハヾ、小太郎養子ニ致可申候でハ不相成、左なくバ遠縁致候ゟ外ニ分別無之由、有住被申。榎本氏被申候ニハ、遠縁ニ致候てハ手重、且又株ニ離れ候様ナ物ニ候。然ば瀧沢親類一同江相談の上、又可申上候被申、此方へ被参、右之趣を申入らる。何れ近日宗之介方・飯田町江も其段申可入段申置、其後早ゝ被帰去。○伏見氏ゟ被頼候仕立物、今日仕畢。未綿入。

○吉之助今日は畑をうない、地大こんの種を蒔。

一夜ニ入、五時前順庵殿被参、暫く雑談、四時頃被帰去。

○十八日壬申　半晴　夕方ゟ又雨　冷気

一今朝萱屋師伊三郎弟子来ル。則、漏候所江指揮致、こしらへさせ、昼時帰去。○右同刻竜土榎本氏御老母御出。右は、此方番代願一義の事也。伏見氏江も咄被申。右は、小屋頭有住へハ小太郎養子願之如く申入候て、極内ゝニて御頭佐ゝ木様江養子替の趣ニ奉願候ハヾ如何可有やと榎本氏被申。右ニ付、伏見氏江も相談ニ及候ハヾ、然ば明十九日安西江吉之助様御同道可致被申、其後雑談、有合の昼飯を薦め、八時過被帰去。餅菓子壱包、手みやげとして被贈之。○昼前およし殿来ル。暫して被帰去。○一昨日畑こしらへ、地大こん種蒔くまハり江、吉之助今日垣根をこしらへ畢。自・おさち手伝、草をとり、掃除致畢。冷気乍、一同穢候ニ付、浴沐ス。棕梠縄三把買取。

○**十九日**癸酉　雨終日

一今朝食後、吉之助髪月代を致、早昼飯ニて、伏見岩五郎殿紹介被致候て、市谷田町なる岩五郎殿伯兄安西兼三郎殿方へ罷出ル。然る所他行被致候ニ付、内義江初対面致、手みやげ堅魚甫一袋・扇子壱対進之。伏見氏ハ残被居、吉之助のミ八時過帰宅。○夕七時頃森野内義被参。ふかしさつま芋一袋持参、被贈、雑談数刻にして被帰去。

一夕七時過おさち入湯ニ行、帰路買物致、帰宅。

一昼前およし殿来ル。ほどなく帰去。○

○**廿日**甲戌　半晴

一今朝自起出候所不例候ニ付、昼時迄休足ス。昼後、伏見ゟ被頼候仕立物拵畢。○昼前およし殿来ル。ほどなく帰去。○八時頃おふさ殿被参、暫して被帰去。

一夕飯後吉之助入湯ニ行、無程帰宅。右之外、今日は使札・客来なし。但、七時前長次郎殿来ル。樹木柿持参、被贈之、暫雑談して帰去。

○廿一日乙亥　~~終日雨~~　半晴

一吉之助、昨日ゟ大内氏ニ頼申入、鉄炮稽古を始ム。昼後大内氏江行、教を受て帰宅。今日も同様也。今日は終日雨天ニ付、客来なし。伏見氏夕方被参、番代願一義ニ付内談。小太郎親類書無之候ては分かね候ニ付、近日持参可致由被申。右は、過日榎本氏江参り居候まゝ、明日取よせ差上候様申、其後帰去。右以前、ゆでまめ一盆被贈之。

○廿二日丙子　終日雨

一伏見氏ゟ被頼候布子を縫始ム。○昨廿一日吉辰日ニ付、昼後吉之助綿入絹三反・結城木綿裏表とも二反・おさち太織島壱反、都合六反裁之。

一おふさどの・おけいどの同道ニて伝馬町江買物ニ被参候由ニ付通行之所、おさち呼入候ニ付、鳥渡立より、直ニ帰去。○昼前およし殿来ル。暫く雑談、おさちニ髪結貰、昼前帰去。

○廿三日丁丑　晴

一今朝食後吉之助髪月代致、其後竜土榎本氏江行。右は、過日親類書榎本氏持参、被帰去候、其後未此方ニ不帰候ニ付、右請取ニ行。

一右同刻おさち定吉方へ行、白米無之候ニ付、今日中ニ持参可致由申遣ス。

一吉之助親類受（ママ）取、昼時帰宅。其後伏見氏江右親類書持参、渡之。

一昼時頃石井勘五郎殿来ル。今日芝神明万人講代〻ニ付、御初穂集として被参、則、如例之御初穂百廿四文同人

ニ渡之、早〻帰去。○梅村直記殿養女おさだ不快ニ付、為見舞鶏卵煎餅壱折、以おさち遣之。○昼前自伝馬町
江買物ニ行、糸・綿、其外袖口等買取、昼前帰宅。其後おすや《（ママ）》町江入湯ニ行、昼時帰宅。
一定吉白米五升持参、右請取置。○夜食後、暮時ゟ吉之助松村儀助殿方へ行。同人内義安産被致候由、今朝石
井氏物語ニ承り候ニ付、為見舞神女湯二服持参、贈之、ほどなく帰宅ス。
一昼後大内氏江鉄砲稽古ニ行、暫物語して帰宅。○昼後おさち腹痛甚敷由ニ付、黒丸子・熊胆を用。暫打臥し、
夕方起出ル。

○**廿四日**戊寅　半晴

一今朝九月分御扶持渡ル。取番永野儀三郎殿・岡勇五郎殿さし添、車力壱俵持込、請取置。○右同刻伏見氏被参。
同人之話ニ、俳優市村羽左衛門急病ニて当月十九日死去致候由也。
一昼前おさちヲ以、花房様御家中小嶋某の女おやすと申者方江罷越。右は、同人何れへ歟縁付かれ候や問候所、
未ダ聢と定り候ニハ無之候と被申。右ニ付、榎本氏媳婦之事申出候所、先方ニても被歓候へども、同人父今日
は他行ニ付、帰宅次第挨拶可致由被申之。○右留主中おふさ殿来ル。おさち留主中ニ付、森川様御屋敷江参り
候由ニて帰去、暫して八時過又来ル。大内氏ニ教を受たきさみせん有之由ニて、おさち同道ニて大内氏江被参、
をしえを受て、夕七半時過帰去。
一夕七時頃およし殿来ル。暫して帰去。○吉之助鉄砲稽古ニ行、暫して帰宅。

○**廿五日**己卯　晴　南風　夜ニ入亥刻頃ゟ雨　折〻止

一吉之助平川天満宮江参詣、帰路茶呑茶わん・家橘死絵等買取、昼時前帰宅。大内氏所望ニ付、夢惣兵衛胡蝶物

語前ぺん五冊吉之助持参、貸進ズ。今日ハ鉄砲稽古不致。〇昼前、伏見内義持病ニて打臥居候ニ付、小児此方へ仮寐為致、廉太郎ニ昼飯を為給、帰し遣ス。昨今南風ニて暑さニ付、かゝりゆをつかふ。

一天神画像奉掛、神酒・供物備之。

〇廿六日庚辰　雨

一今日大内氏他行ニ付、鉄炮稽古休也。夕方かゝりゆハ延引、不仕。今日は別用事なし。無事也。

〇廿七日辛巳　晴　南風　暑し

一今朝吉之助髪月代致、其後仮寐致、昼時起出ル。昨夜疾瘡かゆく、不睡に依也。〇四時頃長次郎殿来ル。紫苑・秋海棠一折持参、被贈之。暫雑談して、昼時帰去。〇昼後吉之助大内氏ゟ鉄砲稽古ニ行、暫して帰宅。

一昼前定吉来ル。御扶持舂可申由申ニ付、渡し遣ス。白米五升持参、蔵前ゟ参り候由ニ付、玉やニてびん付油買取呉候様頼、百文渡、且としまやへ醤油の事申遣ス。〇伏見子供両人ニ髪月代致遣ス。

〇廿八日壬午　雨　昼後ゟ晴

一昼後自不動尊ゟ参詣、夕七時前帰宅。〇右留主中有住岩五郎来ル。然所留主中ニ付早〻帰去候由也。右は願書一義ニ付、明朝参り候様申置。

一暮時吉之助入湯ニ行、六時過帰宅。右之外用事なし。不動尊ゟ神酒・七色菓子・備もちを供ス。夜ニ入神灯ヲ供ス。

○**廿九日**癸未　晴　八時頃ゟ雨　今暁九時五分秋分之節ニ入

一今朝触役亥三郎来ル。夏服御免の由被触之。

一右以前坂本氏被参、暫雑談して被帰去。○同刻伏見氏被参、是亦雑談して被帰去。○四時過有住岩五郎方へ行。右願書の一義申談じ、小太郎養子ニ不致、名跡養子ニ致候由被申。右畢、帰宅。○高井戸下掃除定吉来ル。納茄子の内壱束小茄子持参、下掃除致、帰去。

一夜ニ入順庵殿被参、雑談数刻、九時前被帰去。

〆

○**九月朔日**甲申　雨

一朝飯後吉之助髪月代致、芝田町宗之介方ゟ榎本氏・一本まつ賢崇寺江罷出ル。折から伏見氏被参、被申候は、御頭様より、外組ニ度ゝ養子替の例もあらバ、委細認め持参可致、且又小太郎義、太郎兄弟の続ニ相成候如何、何ぞ子細有之や御尋の由ニ付、吉之助ヲ以、榎本氏江申入、書付貰受参り候様申付遣ス。其後伏見氏、小太郎義、太郎兄弟之続ニ親類書ニ書出し候事、親類中ゟ頼候義ニは無之由、下書持参被致、吉之助帰宅次第、安西氏江為持遣候様被申之。○鈴木吉次郎殿、当日祝儀として来ル。御扶持増かゝり十二文の由ニ付、則渡之。○伏見氏払物みそ買取候様被申之、則買取置。○大内氏ずいき三株持参、被贈之。

一昼後おさち入湯ニ行、暫して帰宅ス。

一暮六半時頃吉之助帰宅。宗之介ハ留主宅の由ニて、寿栄・おまち等ニ対面、彼方ニて夕飯を給、帰路亦榎本氏江立より、同人組之養子替一条之例有之候親類書を借用致。右は安西氏江持参可致所、夜ニ入候ニ付今晩ハ延引ス。〇夕方松村氏被参、糸瓜水一徳り持参、被贈之。暫雑談、明二日当番の由ニ付、帰去。沢庵づけ大こん十余本遣之。

一夕方豆腐や松五郎妻、先日古浴衣遣し候謝礼として来ル。暫物語いたし、なめ物製方書付呉候様申ニ付、則書付遣ス。

一二月（ママ）二日乙酉　曇　昼後ゟ雨終日　暮方ゟ雨止　夜ニ入晴

一早朝吉之助、市ヶ谷田町安西兼三郎殿方へ行。昨日榎本氏ゟ借用之親類書持参、兼三郎殿ニ対面、親類（ママ）を渡し、帰路入湯致、五半時頃帰宅。〇其後おさち同道ニてだんご坂下江坂氏江自行、小太郎引取候同人名簿、加入致候事申断、帰路不動尊江参詣、昼時帰宅。食後飯田町江行、安否を問、ある平一袋・沢あんづけ二本進上。先月分売溜金壱分ト九百三十八文・上家ちん金壱分ト二百七十八文請取、帰路種〻買物致、鈴木江赤剛飯注文書中付、暮時帰宅。〇右留主中、伏見氏内義江おさち灸治致遣ス。

一およし殿来ル。吉之助療治致貰、代四十八文遣候由也。

〇三日丙戌　晴　日暮て雨　無程止

一今朝伏見氏来ル。暫雑談して被帰去。〇昼時頃順庵殿被参。今日八丁堀江被参候由也。伊勢木村江此度書状さし出し不申候間、此方ゟ出し候ハヾよろしく申候様被頼、早〻帰去。〇右同刻高畑久次来ル。先日成田氏江貸置候青砥七冊持参、被返之、早〻帰去。〇夕方おふさ殿来ル。暫遊、夕方帰去。

一夕七半時頃お国殿来ル。右は、先年ゟ預り置候金入用ニ付、取ニ来ル。先日中ゟ度〻渡し、残金二分二朱の所、今日渡、皆済也。伝馬町ニて綿買取候由ニて、早〻帰去。〇日暮て自おさち同道ニて定吉方へ行、明四日赤飯配り人足申付、帰宅。〇八半時頃榎本氏ゟ使来ル。吉之助布団二ツ・ねざめたばこ盆被贈之。外ニ手作芋萸五株、是ヲも被贈之。且、てうちん二張使江渡し、返之。○今日吉之助、宗之介・榎本氏・賢崇寺へ手紙三通ヲ書、自も飯田丁・西丸下・深川・田町江四通書之。外ニ田丸木村行書状壱通認め置。

○四日丁亥　晴

一今朝五時頃、四谷餅や鈴木ゟ注文の赤飯持参ス。

一五半時頃定吉来ル。則、赤飯八寸重へ詰、おさちゟおふさどの江文さし添、為持遣ス。夫ゟ伏見・大内両家へ壱重宛、但ふし見氏江ハ花色絹壱反添遣ス。其後飯田丁江、西丸下渥見・深川田辺江壱重ヅヽ、遣之。但し田辺氏江ハ吉之助手みやげの小杉原一包添、飯田町江ハ沢庵づけ大こん十本余・糸瓜水・ずいき贈之。何れも文を添へ、八半時頃定吉帰来ル。則、赤飯為給、夫ゟ竜土榎本氏ゟ宗之介方幷ニ赤尾・賢崇寺へ壱重ヅヽ、贈之。右何れも吉之助手紙さし添ル。山田・赤尾へハ真綿壱包添之。おまち・宗之介・榎本氏・賢崇寺ゟも返書来ル。飯田町・西丸下ゟも返書同断、深川ゟ請取を取、定吉暮六時頃帰来ル。夕飯為給、赤剛飯小重ニ入、小児方へ遣ス。五時頃帰去。右ニて祝儀畢。

○五日戊子　晴

一今朝吉之助髪月代致、入湯ニ行、暫して帰宅。

一四時頃加藤領助殿来ル。去ル十五日貸進の秋の七草六冊持参、被返之。尚又所望ニ付、月氷奇縁五冊貸進ズ。且又先日中より約束ニ付、額骨壱ツ遣之。暫く雑談して、昼時前被帰去。

一昼後自、吉之助同道ニて飯田町弥兵衛方へ行。吉之助手みやげとして、小もんちりめん汗衫袖切・織出し白半襟壱掛・扇子一対・煮肴七尾持参、進之。飯田町ニて吸物・取肴・礼酒畢、夕飯を被薦め、暫物語致、暮時前帰宅。飯田町ゟ取ざかな・まめ煎、おさち方へ被贈。○五時前木本佐一郎来ル。暫く中絶ニて、太郎病中・歿後とも一向疎遠ニ打過候所、何等の故ニ来り候やと不審ニ候所、八犬伝三輯所望被致、則貸進ズ。不実の本性斯有《ダク》べし。

一暮時石井勘五郎殿来ル。芝神明大麻壱ツ持参、被差置之。吉之助面談、相識ニ成ル。

○六日己丑　晴

一今朝伏見氏被参、赤剛飯贈り候謝礼被申入、早ゝ被帰去。

一八時過榎本氏被参。暫雑談、煎茶子《ママ》・有合之夕飯を薦め、且、来ル十二日里開可致申談じ置、夕七時過被帰去。

○右同刻およし殿来ル。出入帳付呉候様被申候ニ付、記遣ス。暫して帰去。

○七日戊寅　晴

一今朝起出、湯づけ飯を給、自深光寺へ墓参ス。来ル九日貞松様御祥月ニ候所、節句ニ付、今日仏参、諸墓そふぢ致、水花を手向、拝し畢、四半時頃帰宅ス。○梅村直記殿養女おさだ久ゝニ不快ニ候所養生不叶、今朝四時頃死去被致候由、太田定太郎殿子もり告之。右ニ付、暮時前自為悔参り、梅村夫婦ニ悔申入、葬刻限承り候所、未不知由被申、早ゝ帰宅。夫ゟ鮫ヶ橋南町大工亀次郎方へ繕普《ママ》之申付候所、両三日ハ参りかね候ニ付、節句後可罷出旨被申。○日暮て長次郎殿来ル。雑談数刻、昨日およし殿持参被致候番南瓜代四十文、長次郎殿ニ渡し遣し、勘定済、五時過被帰去。

○**八日**庚卯　半晴　夕七時過雨少ヽ　止ㇾ忽

一今朝伏見氏ゟ手作茄子・里芋被贈之。○今朝梅むら直記殿養女おさだ《(ダク)》送葬の由ニ付、吉之助呼起し、直ニ支度致候得ども不及、跡ゟ追欠《(ママ)》、南寺町角付候由ニて、南寺町西光寺江贈之《(ママ)》、暫して帰宅ス。○昼後ふし見氏被参、先日頼置候扇子一箱五対入被買取、持参せらる。右代金ハ過日金二朱渡し置候也。内百四文被返之、暫して被帰去。○今朝弥兵衛来ル。先日頼置候かつをぶし十五本買、袋・水引等添、持参ス。代金二朱ト百四文の由ニ付、則渡し遣ス。今ゟ下町江参り候由ニ付、早ヽ帰去。

一夕七時過およし殿来ル。雑談、出入銭帳面江印候様頼、帰去。

○**九日**辛辰　南風　晴　暑し　夜ニ入曇

一今朝重陽祝儀として、長野《(ママ)》儀三郎殿・南条源太郎殿被参。

一今日重陽祝儀、さゝげ飯・一汁二菜家内一同祝食、神棚江神酒・備もち供之、家廟其外江も供之。○今朝吉之助髪月代致、昼後ゟ竜土榎本氏ゟ賢崇寺へ罷越、暮時帰宅。

一昼後おさち入湯ニ行。右序ヲ以、坂本氏江夏中借用の本五冊、外ニ合巻物返之。且又、六月中煎茶少ヽ貰受候ニ付、謝礼としてかつをぶし三本入壱袋贈之。○夕方、右謝礼として順庵殿来ル。雑談、夜ニ入四時過被帰去。○昼後定吉妻来ル。先日申付候石灰買取、持参ス。右請取置。○暮時頃、山本半右衛門妻小児を携て来ル。ほど無被帰去。○昼後大工亀吉来ル。繕普請の事つもらせ候所、金三分二朱ニて致候様申之。何れ十五日過ならでハ不都合ニ候間、十六日頃ゟ取掛り候様申付、且伏見氏被参候て申付之。

一荷持和蔵、給米乞ニ来ル。則玄米二升渡し遣ス。

一今日終日開門也。

〇十日壬巳　雨終日

一今早朝象頭山ニ参詣、四時前帰宅。帰路赤坂ニて砂糖づけ・さとう、色ミ買物致候也。〇昼前おさちヲ以、梅村直記殿ニ白砂糖壱斤入壱袋遣之。ほどなく養女おさだ初七日ニ相当なれバ、霊前ニ備候也。

一夕七時前順庵殿来ル。昨夜約束ニよりて明ばん少ミ持参、被贈之、暫して帰去。〇今日常光院月山秋円居士祥月ニより、朝料供を備、もり物煎餅を供ス。〇象頭山ニハ神酒・備もち、供物せんべい、夜ニ入神灯を供ス。

〇榎本氏縁者、早賀組石川与右衛門殿御子息長病の所、昨九日病死被致由。享年廿四才ニ被成候と云。痛ましき限り也。御家内の愁傷相像べし。

〇十一日癸午　半晴

一今日月見入用白米二升、吉之助・おさち手伝、挽之、昼時出来畢。

一昼後自伝馬町ニ買物ニ行、帰路入湯致、夕七時過帰宅。大内氏先日貸進の夢惣兵衛胡蝶物語五冊持参、返之。右請取置。

一日暮て順庵殿被参、暫あそび、亥ノ時頃被帰去。又明日留主居乍可被参由被申、帰去。

〇十二日甲未　雨　八時頃ゟ止　夜ニ入晴

一今朝お国殿来ル。小鯖干物十五枚持参、被贈之。此方へ預り置候葛籠二ツ、外ニ本箱・たばこ盆・鮫入小だんす、近日取ニ遣し候間、何卒〳〵御渡し被下候由被申、承知之趣こたへ置、ほどなく帰去。右同刻およし殿来ル。せんべい一袋持参、被返之《（ママ）》。暫して帰去。

一今朝食後吉之助江髪月代致遣し、右序ニおさちニもそろへ遣し、両人とも入湯ニ行。今日里開ニ付、榎本氏江罷越候所、おさち下駄無之。右ニ付帰路下駄買取、帰宅。○昼時定吉来ル。則、同人ニ礼服背せ、土産物等同様。八時頃伏見氏・此方母子三人、定吉ヲ召連、榎本氏江行。榎本氏ニても此方ゟ参り候遅刻致候ニ付、村田氏途中迄迎之為被参、青山青物御門ニて行逢候ニ付、則同道致さる。○賢崇寺御隠居幷ニ御当住も被参候間、母女二人初対面盃畢、一同礼酒・吸物・取肴種〻、三絃ヲ以饗応を被致。梅川金十郎殿ニも初対面。右は榎本氏之姉聟也。夜ニ入、本膳・牽物鰡、一汁五菜薦被之。賢崇寺御当住・御隠居ハ少〻乍先江被開。四時過榎本氏を罷出候所、伏見氏酩酊被致、自歩行成かね候ニ付、吉之助・定吉扶ひき候ニ付、村田氏も帰宅被致候道すがら伏見氏を扶け引、且又、青山様御屋敷内行抜、夜分ハ往来成かね候得ども、村田氏・榎本氏斗ひ候て御家中内相識之由大藤文七殿と申候方ニて切手を貰、恙なく通抜いたし、四時過帰宅。伏見氏ハ直ニ送り込。村田氏伏見迄被送之、直ニ帰去。帰宅後定吉ハ帰去。○今日の留主居、大内氏・坂本氏也。帰宅後榎本氏ゟ被贈候肴ニて右両人ニ盃を薦め、両人九時被帰去。右ニて里入一件芽出度相済。○今朝下掃除定吉来ル。枝柿廿ほど持参ス。今日はそふぢせず、早〻帰去。

○十三日乙申　晴

一今日十三夜ニ付、如例あづきだんご製作致、家廟江供し、くり・柿・枝豆・きぬかつぎ芋添、供之。母子三人祝食ス。○今朝源右衛門来ル。昨夜定吉方へ止宿致、只今帰り候由也。枝柿二把持参ス。

一今朝伏見氏ゟもろこしだんご、品〻添被贈之。且、伏見氏被参、暫して大久保江被参候由ニて帰去。○餡だんご、品〻添伏見江遣ス。辻番人江も遣之。○昼前彦三郎殿昨日の謝礼として被参。せん茶・だんご《（ダク）》を薦め、ほどなく被帰去。○同刻板家根や虎吉来ル。此方屋根つもらせ候所、三拾五匁掛り候由。然ば下ごしらへ出来次第、早〻参り候様申付遣ス。○暮六半時過順庵殿来ル。ほどなく被帰去。

○十四日丙酉　曇終日　亥ノ中刻頃地震

一今朝順庵殿被参、昨夜刀を預ケ置かれ候ニ付、右刀受取、早〻被帰去。

一およし殿来ル。昼時迄遊、だんご其外芋・枝豆等為給、昼時被帰去。

一今夕初而鳫の声を聞く。

一右同刻長次郎殿来ル。昨日鋏炮玉鋳形貸遣し候ニ付持参、被返之、早〻帰去。○今朝吉之助・おさち両人江髪月代致遣ス。今夕神田祭礼宵宮江飯田町宅江行んが為也。○右祭礼見物ニ参り候ニ付、留主居無之候間、夕方松村氏を頼ニ行。松村氏承知被致、後刻可被参由被申候ニ付帰宅。何れも支度致、隣家伏見廉太郎殿を同道ニて、家内一同飯田町江行。手みやげ有平巻小重ニ入、柿廿三持参ス。伏見氏ゟハ□□折枝を被贈。出宅の頃ハ大内氏留主せらる。出宅後ほどなく松村氏被参候由也。おさち・廉太郎殿ハ飯田町江止宿、吉之助・自ハ亥ノ時帰宅。

一夕七時頃一本松賢崇寺ゟ使札到来、先月中貸進之朝夷島めぐり初編ゟ六編迄廿九冊・忠儀（ママ）水滸伝三冊被返之。右請取、尚又歌書所望被致候へども、自留主中ニ付知れかね候間、何れ両三日中是ゟ持参可致旨、使江口状ニて申聞遣し候由、帰宅後告之。○今晩松村氏ハ止宿被致。○今朝森野氏お国殿ゟ荷持ヲ以、此方へ預り置候葛籠二ツ・本箱壱ツ・鮫付小簞笥壱ツ・たばこ盆壱ツ、右請取ニ来ル。則、右之品渡し遣ス。

○十五日丁戌　雨　五時前ゟ雨止　昼後ゟ晴　今暁六半時寒露ノ節也
一今朝食後、自、吉之助同道ニて、飯田町弥兵衛方へ祭見物旁〻、おさち・廉太郎を迎ニ行。祭礼見物相済、昼飯を被振舞、母子三人、廉太郎殿同道ニて、八半時頃帰宅。飯田町ゟ赤剛飯・煮染を被贈之。廉太郎殿江ハくわし一包、為土産此方ゟ贈遣ス。今日も松村氏留主せらる。留主中徒然を慰ん為、酒肴少〻被薦《ママ》之、帰宅後松村氏被帰去候ニ付、赤剛飯、にしめそへ、同人小児江遣之。○今日留主中、坂本弁ニ願性院別当・およしの来り候由。何れも留主中ニ付早〻被帰去候由、松村氏、帰宅後被告之。

一今晩は疲労候ニ付、一同六時過ゟ枕ニ就く。

○十六日己亥　曇
一今朝食後吉之助、安西氏江過日遣し置候榎本氏ゟ借用の親類書請取ニ行、則請取、昼前帰宅。昼飯後榎本氏ゟ一本松賢崇寺江罷越、夕七時過帰宅。○右同刻順庵殿来ル。暫雑談、所望ニ付俳諧歳時記貸進ズ。ほどなく被帰去。○今夕の蚊帳を不用。○今朝大工亀吉来ル。流し・玄関・水口敷居取かへ、流をはり、屋根下拵致、終日にして、暮時前帰去。

○十七日庚子《カノエ》　晴
一今朝家根屋虎吉、弟子二人召連来ル。則、勝手庇・雪隠家根葺畢、夕七時頃帰去。

一朝五半時過大工来ル。今日ハ西雪隠庇こしらへ、玄関庇同様。流し台・水桶台其外、少しヅヽ繕致、夕方帰去。
○朝飯後自飯田町江行。重箱返上、右為移小椎茸少〻贈之。今日普請出来上り候ニ付、上家つミ金去戌年分残

り金二分、当亥年正月分ゟ八月分迄金壱両、右ニてハ不足ニ付、九月分ゟ十二月分迄取越借用金二分、〆金弐両請取、夕七時前帰宅。○夕方定吉ヲ以、去十二日榎本氏ゟ借用の重箱幷ニ先日失念之親類書壱冊、手紙さし添為持遣ス。暮時定吉帰来ル。榎本氏江栗壱升・隠食豆五合余贈之。十二日預ケ置候吉之助小袖・合羽等被差越。○今日観世音江備もち・七色菓子を供ス。

○十八日辛丑　晴

一昼後、大工亀次郎請取書持参、請負分金三分、十七日一日分金壱分ト八十文の由ニ付、金壱両ト八十文払遣ス。ほどなく家根や小厮払取ニ来ル。三十五匁の由ニ付、金二分二朱渡し、つり銭二百六十四文、請取書請之。○昼前伏見氏被参、雑談してほどなく被帰去。

一右同刻有住岩五郎殿来ル。右は、此方伺書下り候ニ付、廿三、四日頃に本書可差出候間、其以前認め、出来次第殿木竜谿幷ニ油谷恭三郎江印行致候様可致被申、被帰去。

一昼時前下掃除定吉来ル。先日薪代、伏見・此方分両用ニて金二朱払遣ス。右之外客来なし。○昼後母女同道ニて《(ママ)》。

○十九日壬寅　曇

一今朝榎本氏被参、来ル廿一日神明様御祭礼ニ付、醴出来の由ニて、手製醴壱重持参、被贈之。且又、当日地おどり抔興行賑敷御ざ候間、家内見物ニ参り候様被申之。煎茶・くわしを薦め、ほどなく被帰去。

一昼時前弥兵衛来ル。神女湯無之由ニ付、神女湯・奇応丸小包十渡ス。切もち一包贈之、今朝榎本氏ゟ到来のあま酒一器遣之。いそぎ候由ニて早〻帰去。○朝飯後髪月代致、四時過ゟ吉之助虎の御門象頭山江参詣、昼時帰宅。○八時過ゟ吉之助同道、自定吉を召連、大久保矢野氏ニ行。初参ニ付、かつをぶし一袋・扇子壱対・吉原せんべい一折持参、贈之。則信太郎殿幷ニ同人母義・同内義ニ初対面の口議畢、盃を被薦、吸物・取肴・煮肴・くり・柿・くわしを被出、雑談後暇乞致、暮時帰宅。矢野氏ゟ樹木柿・取肴小重入被贈之。帰宅後定吉ニ夕飯為給、帰し遣ス。

○廿日癸卯　終日風雨　夕七時過雨止　不晴

一今朝伏見氏被参、本書一義、若殿木ニ印行取ニ被遣候ハヾ、有住か又は半右衛門、左なくバ宗之助・祖太郎両人之名簿ニ致、被遣候方可然候、御心を被付。老実の事也。此人都如此。

一夕七時定吉妻来ル。日雇ちん書付持参、金二朱ト二百十六文払遣ス。○夕七半時頃ゟ吉之助象頭山ニ参詣、昨廿日ゟ当分日参致候心得の由申之、暮時帰宅。途中ニて端尾切、難義致。右ニ付、草鞋買取、穿ゝ参候ト申之。

○廿一日甲辰　晴

一今朝吉之助、有住ニ願一札出来致候ハヾ印行取ニ可遣旨申入ニ行。然る所、未出来由被申、徒ニ帰宅。帰路松村ニ立より、明廿二日川柳開有之候間、出席可致旨、伏見ゟ書付参り候間、持参致、渡置。○昼飯後吉之助竜土榎本氏ニ行。右は、今日鎮守神明祭礼ニ付、地踊御組内ニて出来致候間、見物ニ行。右ニ付、自・おさち等をも被招候ニ付、昼後松村氏被参候故ニ、同人ニ留主を接《ママ》、支度致、母女同道ニて竜土榎本氏ニ行。手みやげ、柿持参ス。地踊見物致、榎本氏ニて種ゝ款待被致、夜ニ入亥ノ刻帰宅。榎本氏ゟ煮染物・鮨等被贈之。帰宅後、右之品松村ニ配分ス。直ニ松村氏ハ帰去。

一昨日伏見氏ゟ被頼候小袖裾直しこしらへ、為持遣ス。柿五ツ外ゟ到来の由ニて被贈之。○永井辻番人福田藤蔵、勝手ニ付退身致候間、代之煮《（ママ）》後藤常蔵と云者同道ニて来ル。

○廿二日乙巳　晴

一今朝有住岩五郎殿来ル。右は、来ル廿五日本書与力迄出し、廿七日御番之御頭佐ゝ木様江差出し候間、殿木・油谷・江坂右三人印居置候様被申、願書幷ニ岩五郎ゟ小太郎江手紙差添、持参せらる。早ゝ被帰去。依之、先江坂氏江調印致呉候様吉之助ヲ以早束遣し候所、同人留主の由ニ付、然バ廿四日夕方歟廿五日朝罷出候間、其節願候様内義江頼、夫ゟ麻布竜土江榎本氏江罷越、右調印の事頼、願書壱通さし置、八時頃帰宅。其後又松村江行。右は、宗之介・祖太郎ゟの壱通代筆之者無之ニ付、代筆頼ニ行。折ふし在宿被致候ニ付、則壱通被認、吉之助江被渡。右持参、帰宅。

一おさちヲ以、定吉方へ日本橋江使申聞候所、今日は終日帰宅不致と申事ニ付、勘助方へ人足申付、帰宅。其後宗之介代筆頼ん為、坂本氏江参り候所、在宿ニ付、順庵殿ほどなく被参、則代筆案文致、被認。代筆最中ニ吉之助、松村氏代筆の手紙持参。然る所、松村氏書面妙ならず候ニ付、坂本氏之代筆ヲ以願書二通、岩五郎殿ゟ小太郎江の手紙壱通、宗之介・祖太郎両名ニて殿木竜谿江の書面壱通、都四通状箱ニ納、勘助方人足ヲ以、夕七時頃ゟ日本橋榑正町殿木谿《（ママ）》方へ遣ス。右使夜五時前帰来。小太郎他行の由ニて、受取書来ル。使ハ直ニ帰去。
○大内氏被参、暫雑談して被帰去。○順庵殿代筆後ほどなく被帰去、夜ニ入被参、如例夜話、五時過被帰去。
○明廿三日吉之助、有住氏紹介被致組頭江被参旨被申、則承知之趣申置。

○廿三日丙午　雨終日

一今朝吉之助有住江行。今日両組頭江改て対面せん為也。然る所、雨天ニ付明日に延引、程なく帰宅。○右同刻伏見氏被参、暫雑談して被帰去、ほどなく又来ル。此方ニて川柳書物被致、欠合の昼飯振舞、其後被帰去。○昼時頃生形内義来ル。土用中取候山椒有之候ハヾ貰度由被申、則、貯置候ニ付、少ヽ遣ス。○夕七時過、有住岩五郎殿より使札到来。右は、昨日殿木江為持遣し候調印、只今小太郎調印致、持参致、受取候ニ付、安心致候様被越申。使和蔵江酒代遣し候様書加有之候ニ付、則四十八文遣之、返書認、和蔵ニ渡、帰し遣ス。

一八時頃、定吉妻白米八升持参ス。右請取置。○夜ニ入長次郎殿来ル。暫雑談して五時帰去。

○廿四日丁未　晴

一四時頃榎本彦三郎殿被参。折から有住岩五郎殿、弥明廿五日本書差出し候ニ付、入用等小太郎の節の如くニて宜敷由被申、相済候跡ニて組頭其外江謝礼として可被参由被申、幷ニ小太郎儀明廿五日調印乍可罷出候所、参候も何とやらうしろめたく、右ニ付、明日は大病と申立候て不罷出候間、其心得ニて罷在候様被申、早ヽ被帰去。榎本氏江昼飯を薦、又明日可参由ニて、被帰去。○夕七時前、吉之助有住方へ罷越、願書一通請取、直ニ江坂氏江願書持参、調印頼候処、今日も卜庵殿不在ニ付、不調。何卒明朝御出被成候旨内義被申候ニ付、徒ニ帰宅ス。○伏見氏ゟ隣之助殿等の祖母三十三回忌逮夜の由ニ付、茶飯・一汁三菜二人前被贈之。依之、樽抜柿十仏前もり物として贈之。且又、おさち度ヽ被招候へども不行。右ニ付、尚又別ニ壱人前被贈之。気の毒の事也。明廿五日本書差出し候ニ付、菓子誂ニ可参所、伏見氏序有之候ニ付、参り誂可申由被申候ニ付、其意ニ任、書付致、頼置。○夕七時前政之助来ル。久しく不沙汰、六月廿七日ニ参り候まゝ、八十七日めニて来ル。

○廿五日戊申　晴

一今朝食後吉之助、赤坂丹後坂下江坂卜庵殿方へ印行取ニ行。調印出来居候ニ付、受取、帰路入湯致、四時過帰宅。其後髪月代致、人〻の入来を待。

一昼九時過、組合有住岩五郎殿来ル。今日吉之助番代本書出し候ニ付て也。先有住氏江煎茶・菓子を出ス。其後当町高畑久次殿・深田長次郎殿・組合松尾瓠一殿・松宮兼太郎殿被参。組合長友代太郎殿ハ祖父の忌引ニ付、不被参ズ。暫して月番小屋頭黒野喜太郎・取次小屋頭板倉英太郎両人来ル。右以前、榎本彦三郎殿被参居、人〻に面会、挨拶畢。瀧沢太郎・同鎮五郎・清右衛門・小太郎・彦三郎殿調印相済、月番小屋頭黒野喜太郎殿・取次小屋頭板倉英太郎殿江願書数通相改、各江煎茶・餅菓子を薦む。右屢読畢、黒野・板倉之両人ハ願書数通携、組合与力安田半平宅江差出し、無滞相済候上、又此方へ可被参筈之所、短日ニ付、両人とも安田氏ゟ直ニ帰宅被致候由也。当町深田・高畑、組合松尾・松宮江薄皮餅壱包・膳代二百文宛牽之。長友代太郎殿ハ欠席ニ付、牽物松宮江頼遣之。其後何れも退散、有住氏而已残被居、尚又煎茶・樽柿を薦む。有住氏江夕膳出し候所、辞して不被受、暫榎本氏与雑談後、有住氏吉之助同道、黒野・板倉・組頭成田一夫（マヽ）殿・鈴木橘平殿宅江謝礼として罷越。右五人江薄皮餅七ツ入壱包・膳代三百文、一人別江牽之。右畢、夕七時過ころ吉之助帰宅。其後榎本氏江夕飯を薦め、七半時頃被帰去。榎本母義江薄皮餅七ツ入壱ツ進之。〇同刻松村氏被参、糸瓜がら三本・鶏卵三ツ被贈之、且、先夜貸進之小てうちん持参、被返之。暫物語して、暮時前被帰去。〇林猪之助隣家組合ニ候ども、出役中且当番ニ付不来。右ニ付、薄皮餅壱包吉之助持参、贈之。但、膳代ニ不及。南隣伏見氏ハ深田代ニ候へども、別懇且恩人ニ候間、餅菓子壱包是亦吉之助持参、謝礼申述、帰宅ス。明廿六日礼服ニて安田半平方へ有住氏同道被致由被申越之。〇四時頃、伝馬町鈴木と申餅店ゟ、昨日伏見氏ゟ申被付候薄皮餅壱分物七ツ入六人前、五ツ入七人前、外ニ五りもち数七十持参、差置帰去。〇今朝おさち入湯ニ行、無程帰宅。〇夕七時過十月分御扶持渡ル。取番岡勇五郎差添、車力壱俵持込畢。高畑家内一同留主宅ニ付、右分一俵此方へ預り置。〇夕方自山本半右衛門方へ、今日本書願相済候趣届ニ行。然る所、宗之介幷ニ半右衛門立合の上小太郎印行開封の事彼是被申候得ども、格別之儀ニも無之候ニ付、相応の挨拶致、帰宅ス。○暮時長次郎殿来ル。雑談時をうつして、五時過帰去。

○廿六日己酉　曇

一五時過、吉之助礼服ニて有住方へ罷越、有住・成田ニて手間取候由ニて、九時過帰宅。○今朝林金之助、昨日餅菓子贈り候謝礼として来ル。早々帰去。

一昼前自入湯ニ行。伏見家内落合手間取、九時過帰宅。

一今朝梅村直記殿ゟ使札到来。右は、亡女おさだ三十五日取越法事被致候由ニて、壱分まんぢう・薄皮餅壱重被贈之。謝礼口状ニて申遣ス。

一四時頃加藤栄助殿来訪。暫雑談、餅菓子を薦め、昼前被帰去。

一昼前およし殿来ル。おさちほどき物を頼、暮時迄遊、夕飯為給、被帰去。

一八時頃自、吉之助同道ニて渥見覚重殿方へ行。吉之助初参ニ付、かつをぶし三本入壱袋・手拭一筋・扇子一対進之。渥見氏ニて煎茶・菓子を被出、其後、盃・吸物・取肴被出。右畢帰宅。吉之助ハ直ニ四谷へ帰去。自ハ飯田町ニ立より、昨日本書相済一義申入、帰路伝馬町滝沢蓑吉ニ吉之助印行訛、暮六時過帰宅。忍原ゟこのかた無てうちん、夜ミちニて甚難義致候也。

一夕方定吉来ル。御扶持春可申由ニて、此方一俵・久次殿御扶持壱俵、端米とも携行候由也。

○廿七日庚戌《カノエ》　曇　昼前ゟ終日　夜中同断

一今朝伏見氏被参、今ゟ大久保ニ被参候由ニ付、餅屋鈴木ニ一昨日の餅代金二朱ト三百三十二文届呉られ候様頼、右代渡ス。早ゝ被帰去。
一右同刻定吉妻来ル。玄米二升・糖少ゝ持参ス。ほどなく被帰去。
一昼前大内氏被参、夢惣兵衛後編四冊持参、被返之。右請取、尚又所望ニ付、美少年録初輯五冊貸進ズ。暫雑談、
九時過被帰去。
○**廿八日**辛亥　雨終日　夕七時過ゟ雨止　風
一昼後大内氏被参、暫して被帰去。○夕方順庵殿来ル。ほどなく被帰去。
一今朝深田氏来ル。させる用事なし。暫して帰去。○夕七時前定吉妻来ル。白米四升・荷持米弐升持参ス。請取
置。
一今日不動尊江神酒を供ス。夜ニ入神灯、如例之。○今日も伏見内義灸事《(ママ)》致遣ス。柿五ツ到来して帰宅ス。
○**廿九日**壬子　風　晴　八専の始
一朝飯後吉之助髪月代致、芝田町ゟ一本松賢宗寺《(ママ)》・竜土榎本氏江行。右は、去廿五日番代本書出し候吹聴申入、
夕七半時頃帰宅。榎本氏より里芋・菊花被贈之。○今朝大内氏茄子廿余持参、被贈之。今日三九日茄子ニ依而
也。早ゝ被帰去。○自四時過ゟ一ツ木不動尊へ参詣、昼時帰宅。○八時過おさち入湯ニ行、ほどなく帰宅。右
以前、伏見氏江灸事ニ行。○右同刻南之方ニ出火有之、赤坂也と云。火元不詳。
一夕七時頃松村儀助殿来ル。先日貸進之食膳摘要・馭戎慨言壱冊被返之。右請取、所望ニ付、江戸志二冊貸進ズ。
雑談数刻、夕飯を薦め、小てうちん貸進ズ。且、柳川《(ママ)》持参、伏見氏江届呉候様申之。右請取、あづかり置。
一山本半右衛門儀、去ル廿七日当番之節御番所ニおゐて此方を罵る事甚しく、或は放蕩、或は悪物と唱、人を譏

り、不義ニて吉之助を貰受候抔、宗之介・祖太郎迄も譏り、其甚しき事かぞえあぐる《ダク》にいとまあらず《ダク》と、松村氏の話也。心術の愚なる、女ゝしく人ゝを譏り候事、妒気偏執甚しく、烏滸のしれもの也。

○卅日癸丑　半晴　辰ノ七刻寒露之節ニ入ル

一今朝伏見氏小児を携て被参、ほどなく被帰去。○昼前、鈴降稲荷別当願性院来ル。廿八日御普請落成ニ付御遷宮ニ付、御守札壱枚・供物一包持参、早ゝ帰去。○夕七時前ゟ吉之助村田万平殿方へ行。村田氏ニて夕膳被振舞、暮時帰宅。村田氏ゟうら越壱ツ・枝柿壱包被贈之。

一夕七時過およし殿来ル。暫遊、夕飯為給、暮時帰去。

○十月朔日甲寅《キノヱ》　半晴　夜ニ入雨

一昼後ゟおさち同道ニて象頭山江参詣、帰路一ツ木不動尊・豊川稲荷へ参詣、夕七時前帰宅。○今朝大内氏ゟ被恵候竹を挽わり、吉之助勝手口へ掛ル。夕七時過吉之助髪月代致遣ス。明二日宗清寺ニ入院有之候ニ付、吉之助参り候ニ依而也。今日使札・来客なし。

○二日乙卯　雨終日　風烈　夜中同断

一今朝五時過ゟ吉之助魚覧《ママ》下宗清寺へ罷越、入院来会の人ゝ数十人饗応手伝畢、人ゝに先立、暮六時頃帰宅。大風雨ニて、途中殊の外〳〵難義致候由也。桐油借用して帰宅ス。○五半時頃ゟ自象頭山江参詣、是亦風雨ニて、少ゝ不快の故ニ難義致、九時帰宅ス。帰宅後悪寒・頭痛致候ゆへニ、終日平臥。○暮六時頃大内氏、先日貸進之美少年録初輯五冊被返之。右請取、二集五冊貸進ズ。暫雑談して被帰去。折から吉之助帰宅、宗清寺ゟ餅菓子・平菜等被贈候ニ付、まんぢう大内江薦め、帰路伏見小児江為持遣ス。

○三日丙辰　雨　五時頃ゟ晴　昼後ゟ又雨

一自今日も快よからず。然ども昼後ゟ象頭山江参詣、夕七時頃帰宅。

一昼後定吉妻、御扶持春出来候ニ付持参ス。三斗七升七合玄米、春上り三斗三升三升（ママ）五合、内壱斗二升差引、弐斗壱升五合持参ス。右請取置。○夕七半時過定吉来ル。右は明四日下町辺江参り可申、御買物御ざ候ハヾ買取参り候様申来ル。則、黒ざとう壱斤半買取呉候様申、代銭三百文渡遣ス。今日使札・来客なし。

○四日丁巳　雨　四時頃ゟ晴

一天明頃ゟ象頭山江参詣、五時前帰宅。○四時前長次郎殿来ル。同人母義不快ニて、薬買取煎用致候所、誠ニ困窮、只今可買取手宛無之、右ニ付、金二朱借用致度被申之。然ども此方ニても人ゝに貸進ずべき余財無之候得ども、人を資ケ候は則我身の可成為思ふの故ニ、金二朱貸遣ス。からすうり一把被贈之。

一右同刻伏見氏被参、先日ゟ被頼置候小袖袖口・綿等持参、暫して被帰去。

一およし殿来ル。昼前被帰去。○九時過ゟ吉之助、麹町十三丁目印板師滝沢蓑吉方へ、先月廿六日誂置候印形取ニ行、代金二朱為持遣ス。帰路直に有住氏江印行持参、罷越、調印致、九時過帰宅ス。○今日公坊様駒場江（アキ）御成可有之所、御延引ニ成。○暮時松村氏被参、江戸志一・二ノ巻持参、被返之。尚又所望ニ付、二ノ下ゟ三・四ノ巻三冊貸進ズ。暫雑談して、暮時前被帰去。○並木又五郎、組頭成田一太夫殿門番所借家致、住居被致候所、当夏頃ゟ一太夫殿女と密通致、又五郎ゟ女おでん江贈り候艶書一通、成田養子定之丞拾取。右ニ付、段ゝ穿鑿致候所、艶書数通有之。依之、並木又五郎住居追立られ、松村氏地面江来ル六日引越候由、松村の話ニて知之。

一天明頃ゟ象頭山江参詣、帰路不動尊幷ニ豊川稲荷江参詣、赤坂ニて種ゝ買物致、四時前帰宅。○四時過伏見氏被参、暫して被帰去。

○五日戊午　晴

一右同刻定吉妻来ル。昨日申付餅白米三升五合・さとう持参ス。餅米代四百三十二文渡し遣ス。○並木又五郎忌引の所、今日ゟ忌明の由ニて来ル。

○六日己未　晴

一来ル九日琴靍居《（ママ）》三回忌ニ相当致候ニ付、早朝ゟ起出、牡丹餅を製作致。吉之助・おさち手伝、九時出来シ畢。先祖江供し、琴靍牌前備、諸霊位同断。夫ゟおさちヲ以、山本・深田・辻番人・豆腐や・あや部氏・定吉方へ壱重ヅヽ遣之。山本・あや部ゟハ柿を贈、伏見・大内へ壱重ヅヽ、吉之助持参、贈之。

一昼時勘助方人足ニ申付、竜土榎本氏・山田宗之介・赤尾江、文をさし添為持遣ス。おむめ方へも同断、壱重遣ス。榎本氏江ハ吉之助ゟ手紙進ズ。右使八時過帰来ル。赤尾氏ゟ返事・醤油の実一器被贈之。○昼後吉之助ヲ以、飯田町・渥見江壱重ヅヽ、進之、飯田町江神女湯九包為持遣ス。飯田町ゟ裸ろふそく廿・茄子からしづけ壱器贈之、あつミ氏ゟ干瓢大一把被贈之。吉之助暮時帰宅。○八時過ゟ自象頭山江参詣、夕七時帰宅。其後又松村・森野氏江ぼたん餅壱重ヅヽ、持参して贈之。入物先方へ預ケ置、帰路伝馬町江まハり、種ゝ買物致、暮時過帰宅。

一昨五日弥兵衛、九月分薬売溜《（アキ）》・上家賃金壱分ト二百七十六文持参、切もち一器被贈之。且又、つきむし薬・

神女湯無之由ニ付、つきむし薬三包、出来居候神女湯四包弥兵衛ヘ渡ス。ほどなく帰去。〇およし殿ニ牡丹餅を為給遣ス。

〇七日庚申　晴

一天明頃ゟ象頭山ヘ参詣、帰路買物致、四時前帰宅。今日迄七日の間日参畢。〇四時頃大内氏被参、琴鶴牌前ヘ山本山一袋小半斤入被贈之。暫して帰去。〇今日庚申ニ付、神像床の間へ奉掛、神酒・供物・備餅を供ス。夜ニ入、神灯ヲ供ス。〇明八日琴鶴三回忌逮夜ニ付、料供下ごしらへ等ニて終日也。〇夕方伏見氏被参、大久保の人の由ニて、琴鶴三回忌追悼歌三葉被贈之、暫物語して被帰去。

〇八日辛酉　晴

一今朝長次郎殿、庭前の菊花手折て持参、ほどなく帰去。

一今日琴鶴居士三回忌逮夜ニ付、本膳一汁四菜丁理いたし、伏見氏手伝、昼後出来畢。琴鶴牌前幷ニ琴嶺様牌前ヘ供之。もり物、蒲葛《（ママ）》・柿を供ス。〇昼後礒女殿被参。かねて、今日琴鶴逮夜承知の由ニ而、追悼歌短冊壱枚・樽抜柿被備之。〇右以前おつぎ来ル。柿十五持参ス。〇八時頃竜土榎本氏母義被参、霊前ヘ煎茶壱袋・樽柿十五・菊花持参、被備之。其後松村氏も被参、是亦樽抜柿十・いたミの歌短冊四葉被備之。〇森野内義大さつま芋七本持参、被備之。右人ゝヘ料供残を薦、煎茶・くわし・柿をすゝむ。松村・伏見・大内・榎本氏ヘ鹿酒を薦む。

一夕七半時過勘助方へおつぎ送り人足申付、ほどなく来ル。右人足召連、帰去、御姉様・弥兵衛方へ本膳一汁四菜・樽柿五為持遣ス。五時過右人足帰来ル。〇榎本氏老母暮時被帰去。彦三郎殿方へ、右之品ゝ御同人ニ頼、遣之。○本膳三人前伏見氏ニ贈之。深田氏ニ壱人前同断。山本半右衛門ハ今日夫婦ニて北沢あわ嶋へ被参候て暮時帰宅被致候ニ付、六時頃壱膳為持遣ス。長次郎殿日暮て来ル。則、酒食をすゝめ、雑談数刻、九時頃被帰去。○五時頃順庵殿来ル。煎餅壱袋持参、被贈之。則、麁飯を薦め、各九時過帰去。大内氏ハ四時頃被帰去。森野内義、九時頃ニ付、深田氏・此方母子三人ニておくり行。森野・松村氏各壱人前ヅヽ、為持遣ス。礒女殿ハ止宿也。○夕方深光寺ゟ十夜袋、納所持参ス。

一昼後深田氏ゟおよし殿ヲ以柿十五被贈之。謝礼申述置。

○**九日**壬戌　晴

一今朝山本半右衛門殿来ル。枝柿十持参、被贈之。煎茶・くわしを薦め、雑談暫して、九時頃帰去。○右同刻吉之助髪月代致遣し、支度致、自・お幸同道ニて、八時頃ゟ深光寺へ参詣、諸墓そふぢ致、拝礼畢、焼香致、夕七半時頃帰宅。今日琴靍三回忌ニ依て也。○今朝定吉妻来ル。先日遣し置重箱持参、いもがらを贈る。同人小児ニさつまいも二本遣ス。○夕七時頃松村来ル。暮時前ゟ伏見ニ被参、伏見ニて物語被致、此方へ立より、九時前被帰去。

一五時前越後や清助来ル。右は、明日長ぜん寺ニて祝儀御座候ニ付、麻上下入用ニ候間、麻上下・もん付小袖借用致度由申ニ付、吉之助麻上下・黒紬もん付一ツ借遣ス。四時頃帰去。○今日の留主居ハ礒女殿也。今晩此方へ止宿。

一今朝およし殿、昨日のわん・皿・猪口返しニ来ル。早〻帰去。

○十日癸亥　曇　昼時ゟ雨

一天明後自象頭山江参詣、神酒一樽・手拭を奉納、四時前帰宅。

一四時過礒女殿帰去。○およし殿来ル。出入帳面江印呉候様申候ニ付、印遣ス。其後帰去。

一右同刻、愛宕清松寺地内（アキ）の僧、元吉之助と賢崇寺ニ同勤の由、此辺通行の由ニ付立寄、ほど無被帰去。煎茶出し候ハんと支度致候所、間ニ不合、早ミ也。○四半時頃宗之介来ル。永心寺ニ法事有之由ニて、早ミ帰去。琴靏牌前江香料金二朱被贈之。赤尾氏ゟせん茶半斤入壱袋被贈之。おまち殿ゟ文到来、おむめ方ゟ柿十五・文を贈之。おまち殿ゟ、此せツ小田原ゟ比岳尼《ママ》客四人逗留致、右之人ミ本所望被致候ニ付、何卒読本借用致度由被申候ニ付、旬殿実ミ記前後十冊・新累五冊貸進ズ。○昼九時頃ゟ吉之助、大久保矢野氏江先月廿九日借用の重箱、文を添、為持遣ス。八時過帰宅ス。折から雨降出候ニ付、傘借用、帰宅ス。

一右同刻大久保矢野氏ゟ使札到来、玄猪手製ぼたんもち壱重被贈之。返書ニ謝礼申遣ス。○昼後大久保矢野氏ゟ、玄猪牡丹もち十五入壱重、手紙さし添被贈之。返書ニ謝礼申遣ス。○八半時過、成田一太夫・黒野喜太郎両人ニて来ル。右は、林荘蔵義、類焼後甚難渋致候ニ付、此度無尽相催たく存候間、何分頼候由被申入。然ども、此方ニて四ヶ年以来物入散財多ニて難渋致候ニ付、其趣申述置。○夕七時頃おふさ殿、過日牡丹餅贈り候謝礼として来ル。暫く暮時迄遊、被帰去。奇応丸所望ニ付、小包壱ツ為持遣ス。○暮時前清助妻ひさ来ル。昨夜清助江麻上下・もん付小袖貸遣し候品持参、被返之、右謝礼として干菓子壱折持、贈之、ほどなく帰去。○八半時頃順庵殿被参。途ニて雨降出候ニ付、道ぬかり、雪踏ニて歩行六ヶ敷候間、下駄借用致度由被申候ニ付、則貸進ズ。ほどなく被帰去。○象頭山江神酒・備もち・七色菓子を供ス。夜ニ入神灯如例。

○十一日甲子　晴
一昼前順庵殿、昨日の下駄を被返之、早ヽ被帰去。○昼前下掃除定吉来ル。西ノ方厠汲取、帰去。薪残り分ニ把持参ス。

一八時過森野市十郎殿来ル。先夜遣し候重箱持参、被返之、壱分まんぢう五ツ、移りとして被贈之。吉之助を引合、ほどなく被帰去。

一夕七半時頃松村氏被参、貸進之江戸志二・三・四ノ巻三冊被返、尚又同書五・六ノ巻二冊貸進ズ。吉之助羽織両三日借用致度被申候ニ付、右之趣吉之助へ申聞候へバ承知致、則貸進ズ。暮時被帰去。○今日母女髪を洗ふ。吉之助ハ薪拵、菜園之水仙を鉢江うつす。○大黒天江神酒・供物、夜ニ入神灯如例之。
○十二日乙丑　晴○土蔵江鼠出候ニ付、自今晩ゟ土蔵を臥房とス。
一昼後おさち入湯ニ行、暫して帰宅。○右同刻吉之助髪月代をいたし、番代の沙汰を待候へども、今日も沙汰なし。○おさち留主中、おふさ殿来ル。昨日持被参候奇応丸小包壱ツ代五分持参、吉之助へ渡し、早ヽ被帰去。今日は外ニ客来なし。
○十三日丙寅　曇　夕七半時頃ゟ雨
一今朝伏見氏ゟ、祖師会式ニ付赤剛飯壱重、煮染添被贈之。右答礼として此方ゟ蓮根二本進之。昼後おさち灸治致遣ス。

一おさち、八時頃浴衣を仕立かゝる。○昼時会津熊胆屋金左衛門来ル。昨年ゟ旅宿取替、馬喰町二丁目加藤屋平右衛門方へ旅宿致候由也。此度ハ用事なし。暫物語して帰去。○夕七時過吉之助入湯ニ行、暮時帰宅。

一吉之助御番代、今日被《アキ》仰付候心得ニて相待候所、今日も沙汰なし。

○十四日丁卯　雨終日

一昼時有住忠三郎来ル。右は、明後十六日吉之助へ御番代被《アキ》仰付候ニ付、御頭佐ゝ木様ゟ巳ノ刻ニ罷出候ニ付、辰ノ刻迄ニ有住方迄礼服ニて名簿持参、罷出候様被申入、被帰去。○八時過およし殿来、如例金銭出入帳面ゟ印呉候様被申候ニ付、印遣ス。暫遊、暮時帰去。

一夕七半時頃松村儀助殿来ル。一昨日貸進之吉之助袷羽織、且当秋中用立候金壱分持参、被返之。右請取、暫雑談、且やきさつまいも一包被贈之。川柳出板伏見ニて借用致度由被申候ニ付借受、同人ゟ渡ス。暮時帰去。明後十六日吉之助廻勤の供人荷持ゟ申付呉候様儀助殿被申候ニ付、則同人ゟ頼、申付置。○今朝大内氏被参、大りん菊花持参、被贈之。美少年録二輯五冊返却せらる。右請取、三輯五冊貸進ズ。

○十五日戊辰　晴　今朝辰ノ中刻立冬ノ節ニ入ル

一今朝吉之助髪斗揃、四時前ゟ榎本、夫ゟ賢崇寺へ行。三日祝儀の為也。夕七時頃帰宅。頼遣し候金伯四枚買取、持参。

一昼前自伝馬町ゟ買物ニ行。昨日松村氏ゟ被返候金壱分持参致候所、何方ニて買物致候ても不受取、買物先方へ預ケ置、徒ニ帰宅ス。食後又金壱分持参して、買取置候品ゝ受取、払致、八時過帰宅ス。○八半時頃芝田町山田宗之介方ゟ使札到来。右は、宗之介祖父文基院貫道一翁居士来ル十一月廿日五十回忌、父安祥院別道祖伝居士同月十日十三回忌、何れも当月廿日ニ取越法事致候由ニて、白餅二枚壱重・壱分焼饅頭壱重、吉之助方へ宗之介ゟ手紙差添、被贈之。おまち殿ゟ自ニ文到来ス。則、返書ニ謝礼申遣ス。且又、過日なめもの被贈候ふた物、今日使ニ返ス。使旧僕来ル。夕飯為給遣ス。

一夕七時頃荷持和蔵、十月分給米取ニ来ル。玄米四升渡遣ス。尚又、明十六日番町御頭ゟ組中廻勤の供人足申付、五時前ニ此方へ参り候様申遣ス。

一おさち八時過入湯ニ行、暫して帰宅ス。福ぞふり買取来ル。

○十六日己巳　晴

一今日吉之助へ御番代被仰付候ニ付、天明前ゟ起出、吉之助髪月代致遣し、昨日申付候供人足和蔵待合せ居候所、一向不参候ニ付、吉之助礼服ニて有住方へ壱人ニて行。暫して仲殿町荷持来ル。供ニ立ん為也。則、和蔵代として吉之助草履・雪踏為持遣ス。○四時前和蔵来ル。然ども間ニ不合候ニ付、其段申聞、帰し遣ス。○四時過有住岩五郎殿被参、今日御番代被仰付候ニ付、金子配分可致由被申。則、過日包置候金子、左之通り。

一金壱分ヅ、、四包、両組頭・小屋頭四人ニ。金二朱二包、内壱包ハ師匠番並木又五郎へ。内金二朱ハ書役長友代太郎ニ。外ニ二百文、例之外筆墨料二百文一包、小太郎名代之仁松宮兼太郎へ。又二百文組合代太郎紹介被致候酒代。二百文願書さし出し候節供人足ちん。又三百文ヅ、、二包、右は道具代。〆金壱両壱分ト壱〆四百文有住氏ニ渡之、暫して被帰去。○今日御頭ニ罷出候人、与力安田半平殿・組頭成田一太夫・小太郎名代組合松宮兼太郎・吉之助罷出、番代御書付ヲ以被渡候。夫ゟ組合長友代太郎紹介として当組与力・同心中ニ廻勤畢、昼九時頃帰宅。則、紹介人長友代太郎へ酒食を薦む。右畢、八半時過長友帰去。○右同刻大内氏、祝儀として来、早ゝ被帰去。○八時頃深田長次郎殿、番代被（アキ）仰付候祝儀として鯔七尾持参、被贈之。尚又盃を薦め、暫して被帰去。○吉之助供人足由兵衛忰ニ昼膳為給、今日の人足ちん・祝儀とも、三百文遣ス。○夕七時過松村儀助殿被参、番代被(アキ)仰付候為祝儀、短ざく三枚、興良を祝し候祝哥也。右同人江酒食を薦め、煮肴其外、残候品〻同人小児江帰宅之節為持遣ス。五時頃也。

一昼時自山本半右衛門方へ今日番代被(アキ)仰付候間、両三日油谷へ右之段申遣し可申、御手紙ニても被下候やと問合ニ行候所、半右衛門留主宅ニて其儘帰宅、序ニ深田江見舞申入候。○吉之助、山本・深田・高畑江宵誘引ニ行。

一夕方およし殿被参、暫遊、被帰去。

○十七日庚午　曇　卯ノ中刻頃地震

一今日吉之助見習御番ニ付、明六時過ゟ起出、支度致、天明前吉之助・おさち起出、早飯為給、高畑へ朝誘引ニ行。暫見合、高畑同道ニて御番所江罷出ル。

一昼前伏見氏江鰡二尾、おさちヲ以遣之。ほど無大内氏被参、今ゟ浅草蔵宿森村や長十郎方へ十月渡り御切米取ニ被参候由ニ付、此方分頼置、則、印行二ツ、小太郎・吉之助両人の印行渡し置候。夕七時帰宅被致、未吉之助印鑑ハ長十郎方へ不参候ニ付、小太郎名印ニて受取被参候由也。右印行二ツ・金子受取置。金出入ハ別帳ニ記之。○右同刻おふさ殿来ル。ほどなくお国殿小児を背ふて来ル。両人ニもちを薦め、おふさ殿母義血軍の由ニ付、神女湯二包買取、被帰去。お国殿ハ入湯被致候由ニ付、自も同道ニて出去、則、伝馬町ニて入湯致、種〻買物整、十三丁めニてお国殿ニ別レ、八時頃帰宅。

一夕方山本氏江参り、本郷油谷江番代済届、口状ニても宜敷や承り候所、口状ニて宜敷由被申。深田江昨日魚被贈候謝礼ニ立より、ほど無帰宅。定吉方へ行、先日頼置さとう代七十二文・つきちん六十四文渡し、明日本郷江参り候由ニ付、油谷江右口状申付置。○夜ニ入順庵殿来ル。先月中貸進の俳諧歳時記一ツ持参、被返之。ほど無被帰去。○吉之助見習御番無滞相勤、御頭ゟ組中礼廻り致、暮時帰宅。今日も案内、吉兵衛の忰也。

○十八日辛未　晴

一四時頃大内氏被参、今日昼前斉藤雲八郎殿江為入門、吉之助同道致候由被申候ニ付、即刻支度致、入門贄として三本入鰹節一袋・扇子一対為持遣ス。則、大内氏同道ニて斉藤氏江罷越、昼時頃帰宅。

一右同刻、芝田町山田宗之介方ゟ手紙来ル。過日十五日被申越候法事、廿日可致之所、宗之介不快ニ付延引、右為知之書面、吉之介方へ来ル。吉之助出掛居候ニ付、返書ニ不及、承知之趣口状ニて申遣ス。

一昼時吉之助髪月代致、食《ショク》後榎本氏ゟ鷲善坊梅川金十郎方へ、山田宗之介方へ出宅。梅川氏江ハ内義安産被致候為見舞、煮染一曲為持遣ス。宗之介方へハ香料金百疋・干菓子一折・山本山名茶一袋遣之。吉之助六時前帰宅。宗之介不快当分の事ニあらず、疝癪ゟ種ゝ持廻、十六日ゟ大熱ニて打臥候由。苟且の事ならざる由、吉之助帰宅後告之。○今朝定吉来、草田ふき二本持参ス。古雪踏二双・切もち一包遣之。本郷江明日参り候由ニ付、油谷江口状申付、晩茶買取候やう申付、代銭渡し置、無程帰去。○八時過榎本彦三郎殿、番代被（アキ）仰付候祝儀として交肴一折持参、被贈之。其後松村氏被参。幸榎本氏も被参候ニ付、盃を薦め、雑談数刻、夕膳をも両人江薦め、榎本氏ハ暮六時過被帰去。吉之助帰宅之節、榎本氏ニててうちん借用して帰宅ニ付、直ニ右灯挑榎本持参、帰去。松村氏ハ其後暫して帰去。○松村氏返却被致候金壱分、焼金ニ付、何方ニても不受取候ニ付、蔵宿森村や長十郎方へ取ニ可遣為、手紙持参せらる。八時過榎本氏被参候ニ付、酒肴買取候者無之候ニ付、定吉江申付、むさしやニて買為取、今日の間を合ス。

○十九日壬申　終日曇　暮時ゟ雨終夜

一四時頃岡勇五郎来ル。当月御扶持、吉之助見習取番書出し候ニ付、明日ハ勇五郎殿組頭江聞ニ被参候間、明後廿一日御扶持聞ニ参り候様被申、被帰去。

一昼後吉之助、斉藤氏江鋏炮稽古ニ行、暫して帰宅。○八時過ゟ自、有住岩五郎・両組頭成田一太夫・鈴木橘平方へ行、番代無滞相済候謝礼として、有住江金二百疋、成田・鈴木江金百疋ヅヽ、持参、贈之。成田ハ在宿ニ付、直ニ渡し遣ス。鈴木他行ニ付、内義江渡ス。有住も他行被致候所、子息忠三郎殿在宿ニて対面致、同人江渡し、帰路森野江立より、暫物語して暮時前帰宅。○右留主中長次郎殿来ル。過日用立候金二朱持参、返之。おさち受取、帰宅後告之。○同刻およし殿来ル。暫遊、暮時帰去。

一暮時定吉方へ飯米申付ニ行。昨日むさしや江使致候ちんせん三十二文遣之。

一五時前定吉、白米金二朱分七升二合持参、代金二朱渡遣ス。且亦、明廿日蔵宿江参り候ニ付、森村や江御使可致申候ニ付、昨日松村持参の手紙一通幷ニ悪金壱分渡し遣ス。雑談して、四時前帰去。

○廿日癸酉　雨　五時過雨止　終日くもる
一朝飯後吉之助、矢場江鉄炮稽古ニ行、昼時帰宅。昼飯後竜土榎本氏江罷越ス。

一昨日預り置候榎本氏袴持参、返却、且、吉之助小袖綿受取、暮時帰宅ス。榎本氏ゟ芋がら一包被贈之。○夕七時林荘蔵殿・石井勘五郎殿被参。頼母子講一義也。おさち挨拶致、帰し遣ス。○暮時長次郎殿来ル。暫して被帰去。

一昼後おさち入湯ニ行、ほど無帰宅ス。

○廿一日甲戌
一今朝食後吉之助、師匠番並木又五郎江参り、夫ゟ番割ニ致、且与力組中江明日初番礼廻りとして廻勤致、昼時帰宅。

一八時過ゟ麹町三丁目助惣江、明日御番所江持参可致助惣焼を九ツ入三十四人分誂、内十七人分ハ明日取ニ可遣間渡し候様申付、代銭渡、帰路両組頭江御扶持聞ニ行、夕方帰宅。夕七半時頃、山本・深田・高畑江宵誘引ニ行。昼前髪月代ヲ致ス。○昼後自石井勘五郎方へ行。右は、明日荘蔵殿同道ニて頼母子講の一義断申入、帰路伝馬町ニて買物致、帰宅。○右同刻有住岩五郎殿参ル。一昨十九日肴代金二百疋持参贈り候所、右肴代不被受、被返之。如何ニ薦れども、遣りツ返しツ果しなければバ、其儘あづかり置。甚迷惑之次第也。ほどなく被帰去。○おふさ殿来ル。桜花の形切取呉候様被申候ニ付、紙ニて切ぬき遣ス。暫して被帰去。○夕刻松村氏被参、手作八ツがしら三株持参、被贈之。文蕾主へ贈り度由被申壱封をさしおかる。則あづかり置。明日当番之由ニて早〻被帰去。○暮時定吉妻来ル。定吉蔵宿森村江参り、此方松村手紙ヲ以引替候金百疋・晩茶一袋・御役人附壱冊持参ス。右請取、其後帰去。

○廿二日乙亥　晴

一今日吉之助初番ニ付、正六時前ゟ起出支度致、天明を待かね、高畑・深田江朝誘引致、直ニ壱人ニて仲殿町江行。夫ゟ皆一同御番所江行しなるべし。

一五時頃荷持和蔵来ル。葛籠渡し、外ニ文庫ふた持せ、右は麹町助惣ニて、昨日誂置候助惣焼十七人分請取、御番所江持参可致申付、渡し遣ス。

一四時前村田万平主被参、鰹魚節五本入壱袋持参、被贈之。当番出がけ、且所〻江被参候由ニて早〻被帰去。○四時頃伏見氏被参、雑談数刻、昼時過被帰去。○昼後おさち入湯ニ行、帰路綾部氏江立より、暫して帰宅。右以前、森野氏江先年ゟ預り置候字引二冊持参、返之。

一夕七時前お靍殿被参、おさちと物語稍暫して夕方被帰去。○おつる殿帰宅少し前、およし殿来ル。おさちへひもの三枚持参、被贈、是亦雑談久しく、暮時帰去。○暮六時頃植村直記殿来ル。先月中同人娘病死之頃の謝礼申被述、雑談五時ニ及、松岡江被参候由ニて帰去。

一今日終日如此客来ニて、仕立物一向不出来、不本意の事也。

○廿三日　晴　丙子

一四時前吉之助、明番ゟ御頭・組中江初番相済候為礼廻勤して、帰宅。且はき物用捨の由申入、食後矢場江鉄炮稽古ニ行、夕方帰宅。食後枕ニ就く。○夕七時過長次郎来ル。右は明廿四日御扶持落候ニ付、例刻ゟ相手岡勇五郎方へ参り候様被申、承知の由申置。○八時過豆腐や松五郎妻おすみ来ル。今明日御番所江出候ニ付金子入用ニて、甚難成由申ニ付、金二分二朱貸遣ス。早ゝ帰去。伏見氏被参候へども、小児携候間、両三度被参候得ども、早ゝ被帰去。○今日伏見江灸治ニ行。

○廿四日丁丑　晴

一今五時前ゟ吉之助御扶持見習ニ付、敵手浦上清之助・勇五郎同道ニて森村や長十郎方へ行。然る所夕渡りの由ニ付、右三人同道ニて浅草辺・両国渡りを遊、森村や江帰来ル。御扶持受取、右御扶持舟ニ積置、五半時頃帰宅。又明廿五日牛込迄請取ニ参り候様被申。○八時頃長次郎殿来ル。雑談後被帰去。○夕七時頃定吉、近所通行の由ニ来ル。ほど無帰去。伏見小児両人江髪月代致遣ス。

○廿五日戊寅　晴

一天明前起出、早朝飯、吉之助牛込茗荷やへ昨夜預ケ置候御扶持取ニ行。水谷嘉平次・江村茂左衛門同道ス。九時前御扶持受取、帰宅。越後米也。

一昼後吉之助・おさち入湯ニ行。おさち、伏見小児おつぐ同道ス。八時過両人帰宅。其後自廉太郎同道ニて入湯ニ行、帰路久保町ニて種ミ買物致、夕七時前帰宅ス。○夕七時頃松村氏被参、過日貸進之江戸志三・四ノ巻二冊被返之。右請取、所望ニ付先哲壱冊貸進ズ。暮時被帰去。

一右同刻有住岩五郎来ル。右は黒野喜太郎頼母子講当年ニて仕舞候所、金子少ミ不足ニ付、来子ノ十月迄ニ候。然る所、此方外ニ壱人残り候。此方此節物入多有之ニ付、せり金十匁くらいニてせりとり候や、如何致候やと被問。若せり不申候ハヾ、両人残り候ニ付、鬮ニても致可申、当り鬮ニ成候ハヾ、当時金子不足ニ付壱両渡可申、残金二両ハ明年十月終りの節渡可申由被申。右ニ付、此方ニても雖鬮ハ好からず候ニ付、其段有住江申候得ば、然らバ鬮ニ致候。若此方当り候ハヾ金壱両持参致候や、又は明年十月金三両ニ致、御渡可申やと被申候ニ付、右ニ答て云、たとへ当り鬮ニ成候とも、金壱両ハ御持参被下候ニ不及、明年ノ冬皆三両受取可申由申入置、早ミ被帰去。○日暮て定吉来ル。御扶持春可申由ニて壱俵持帰る。暫して又来ル。此度の御扶持三升切米ニ候間、尚又高畑之方斗分候所、是亦三升の切米ニ候間、余り切多く如何と存候ニ付、伺候由申之。右之趣高畑へも申入候所、久次殿ハ留主宅のよし、一夜舟ニ泊り居候ニ付、多く切しなるべし。尚又外ニも聞合せ候由申遣ス。

○廿六日己卯　曇　夕七時過ゟ雨

一今朝吉之助髪月代を致、有住方へ行。右は、去十九日肴代贈候所、廿日持参、被返候ニ付、今朝吉之助ヲ以贈遣し候所、岩五郎殿他行の由ニ候得ども、内義ニ渡し、昼時帰宅。昼飯後山田宗之介方ニ病気為見舞遣ス。序ニ、賢崇寺・榎本氏ニ立より候由也。夕七半時頃迄ニハ帰宅可致候所、暮時ニ及候へども未帰宅せず。右ニ付、壱丁ニ明日当番之宵誘引延引ニ及、甚心配ニ付、定吉ニ申付、榎本氏迄てうちん灯させ、壱封認め、迎ニ遣ス。然る所、三筋町先ニて吉之助ニ行逢、早ゝ帰宅、六時過也。直ニ山本・深田・高畑ニ宵誘引為済、漸く安堵也。今日賢崇寺へ罷越候所、御両僧とも魚覧《ママ》成宗清寺へ御出ニて御留主ニ付、宗之介方ゟ帰路右宗清寺へ立より候所、同寺ニて仙波振舞有之、取込饗応の最中ニて、吉之助も同様款待ニ預り、留められ、延引ニ及候由也。○昼後大内氏美少年録三集五冊持参、被返之。尚又、童子訓初板五冊貸進ズ。○今晩五時過枕ニつく。吉之助、山田ニ干菓子壱折持参致候由也。旧冬預ケ置候糸織小袖、今日吉之助ニ被渡、吉之助持参ス。

○廿七日庚辰　終日曇

一正六時おさちを呼起し、支度為致、天明前吉之助起出、当町三街誘合、吉之助先ニ仲殿町ニ行。今日も助惣焼、廿二日当番の時の如く持参ス。○昼前おさち入湯ニ行、暫して帰宅。○右同刻およし殿来ル。暫遊、昼後ゟ入湯ニ可参由被申、同道致候つもりニて、約束して帰去。○昼飯後およし殿入湯ニ可参由ニて来ル。直ニ支度致、同道ニて罷出候所、折から西丸下渥見お鍬様御出ニ付、延引ス。およし殿ハ帰去。鮮魚持参、被贈之。煎茶・切鮓を薦め、其後蕎麦切を出ス。供人ニハ茶づけ飯を給さしむ。蕎麦切余分ニ申付候ニ付、残候間、渥見氏ニ重箱ニ入、遣之。夕七時過被帰去。○昼後おさちヲ以、ほうぼう二尾大内氏ニ為持遣ス。先日中吉之助鉄炮教られ候謝礼也。○夜ニ入梅むら直記殿来ル。去廿二日話被致候榎本氏縁女の一義也。縁女亥廿才ニて、住居麻布谷町諏訪《アキ》殿家来益田左司馬姉の由也。委細書付認められ、さしおかる。此方ゟも榎本氏書付遣ス。雑談五時ニ及、其後被帰去。○今日客来ニて仕事出来かね、四時迄夜職致、其後母女枕ニ就。

○廿八日辛巳　終日曇

一今日顧誉護念唯称居士祥当月ニ付、朝料供一汁三菜、但香の物とも、料供を備。食後自深光寺へ参詣、諸墓そふぢ致、水花を供し、拝し畢、帰路種〻買物致、且安田半平殿宅ヘ旧冬幷ニ此度の謝礼として菓子壱折持参して罷越候所、取次同人子息被出候ニ付、右謝礼申述、森野氏ヘ立より、昼時帰宅ス。○右留主中儀助殿被参候由也。○昼後有住岩五郎殿被参、一昨日進じ候肴代又持参、被返之。尚又薦め候得ども不入受、右半分受納被致由被申、内金一分被返之。内壱分ハ受納して被帰去。扨〻当惑の事也。

一吉之助四時頃明番ゟ帰宅、食後入湯ニ罷越、帰宅後土蔵ニ入仮寐致、夕七半時頃起出ル。○今日終日精進ス。

○定吉ニ金壱分貸遣ス。

○廿九日壬午　曇終日

一早朝自一ツ木不動尊ヘ参詣、百度を踏、手拭を納、帰路豊川稲荷ヘ参詣、四時前帰宅。○朝飯後吉之助矢場ヘ行。今日鈴木側の由也。六ツ打、六ツ内二ツ星当り也。九時頃帰宅。其後玉を鋳。○昼前おさち入湯ニ行、昼時帰宅。○昼前伏見氏被参。右同人ヘ短冊掛壱ツ進之。右謝礼申入、暫雑談して、九時頃帰去。○昼後吉之助髪月代致遣し候内、およし殿来ル。右は、入湯ニ参り候やと被申候ニ付、其意ニ任、伏見小児二人携て行、夕七時頃帰宅。○今晩五時枕ニつく。○勘介来ル。日雇ちん書付持参ス。留主中ニ付、さし置帰去。

一今日成田氏ゟ御渡り御焰硝四百八十匁、吉之助へ被渡、右受取、帰宅。

○**十一月朔日**癸未　今暁寅ノ八刻小雪也

一食後吉之助、為当日祝儀、御頭ゟ組中江廻勤、昼時帰宅。

一松尾瓠一殿内義久〻病気の所、養生不叶今日死去被致候由、長友代太郎殿ゟ吉之助承り、組合の事ニ付、昼飯後吉之助松尾氏江悔申入、今晩通夜可致旨申候所、達而さし留られ候ニ付、延引ニ及。送葬ハ明二日夕七時頃の由也。○八半時過おさち入湯ニ行、ほどなく帰宅。

一四時頃ゟ自勘介方へ人足ちん四百八十文払遣ス。夫ゟ伝馬町江参り買物致、しなのや江薪・切炭申付、昼時帰宅ス。今日使札・来客なし。

一今晩諸神江神灯ヲ供ス。○今日奇応丸壱匁弱金伯を打。

○**二日**甲申　雨終日

一朝飯後吉之助当番ニ罷出、昼時帰宅。昼飯後髪月代致、八時過ゟ松尾内義送葬ニ付、同所江行。然る所送葬ハ夕七半時過ニ付、帰宅、六時ニ及ぶ。右送葬の間、吉之助森野氏江立より待合候所、森野氏ニて夕飯を被薦ら候由也。○昼後、芝田町山田宗之介ゟ使札到来、宗之介不快之所、此せつ全快ニ付、今日床揚祝儀の由ニて、赤剛飯壱重、吉之助江手紙到来ス。おまち殿ゟ自江文到来、使急候ニ付、謝礼口状ニて申遣ス。

一右同刻榎本氏被参。右は金子の一義、先月持参可致所、彼是賢崇寺方ニて差支有之、何れ来ル十日過ニハ納可申間、夫迄延引の段被申。其儀決而不苦候間、御都合次第可為、御念被入候段ヲ謝ス。欠合の夕飯を薦、暮時被帰去。弓張てうちん貸進ズ。○暮時深田長次郎殿来ル。起番帳持参、右帳めん拵直度由被申候間、請取置。

暫して帰去。○吉之助暮時帰宅、直ニ山本・深田・高畑江宵誘引ニ行。○榎本氏江縁女一義申入候所、可然被申候ニ付、何れ両三日中ニ縁女方へ申遣し、御見逢被成候様談事置。

○**三日**乙酉　晴　暖気　昼後ゟ曇

一今日吉之助、礒右衛門殿江捨り助番ニ付、正六時頃ゟ起出、支度致、早飯後、例刻ゟ長次郎同道ニて御番所江罷出ル。明日明番帰路、渥見江立より候様申付、お鍬様江文をさし添、豊嶋や酒切手壱枚持参致候様にと、代銭四百文渡遣ス。

一五時過丁子屋平兵衛手代忠七来ル。平兵衛手紙、且かすていら壱折被贈之。外ニ、かな読八犬伝三部持参。右は、此度金水かなよミ八犬伝をさし置、八犬伝後日の話と申中本をこしらへ出し候。右は、丁平江沙汰なしニ致候段、甚不埒也。依之、作者金水ニ頼がたく候間、何卒こなた様ニて御書抜出来候ハヾ、ま事に難有候と被頼候へども、何分此方ニ作意可有人物無之候得ども、又商量致候上、出来致候ハヾどの様ニも間ニ合せ可申候。然ども、世間臆(ママ)万人江見せ候義ゆへ、必出来すべくもあらず候間、外江頼候人あらバ御たのミあらせ度と申置。其外雑談数刻、忠七ニ昼飯為給、帰し遣ス。

一昼後豆腐やおすみ来ル。与太郎一義未落着不致候由也。暫雑談、赤飯を為給遣ス。右之外客来なし。

○**四日**丙戌　晴　暖也

一今朝四時吉之助帰宅。帰路西丸下渥見氏江立より、先月中覚重殿要人(ママ)ニ転役被致候祝儀として、酒手切(ママ)壱枚、文ヲさし添贈之。祝儀申述、帰宅ス。食後仮寐、夕方起出。○昼後芝田町山田宗之介ゟ吉之助方へ手紙到来。右は、明後六日天沢山ニて法事興行致候ニ付、四時出席致候案内状也。吉之助仮寐中ニ付、請取、返事遣之。

一昼後おさちをヲ《(ママ)》以、梅村氏江縁女一儀申遣ス。右以前入湯ニ行。
一夕七時前自飯田町江行。十月分上家ちん壱分ト二百七十二文、薬売溜銭金弐朱ト壱〆三百十二文、内二百八文
壱わりさし引、請取、帰宅ス。暮時也。
一八時過長次郎殿来ル。右は、金二朱入用ニ候所、手元ニ無之、差支甚敷難義致候ニ付、借用致由《(ママ)》度被申。右入
用ハ、同人母義久〻不快ニ候所医師屢見舞、先大砥今日仕舞ニ相成可申間、右医師江酒食薦め候料ニ使候由被
申候へども、甚心得違の由ニ被思候也。いかにとなれバ、薬礼だに六ヶ敷候所、他借して医師江もてなし候義、
心得がたし。○下掃除定吉来ル。厠汲取、帰去。

○五日丁亥　晴　寒し

一今朝松村氏被参、先預り置候焔硝三百八十匁之内半分百九十目入用の由ニ付、渡遣ス。直ニ帰去、夕方又来
ル。○今日著作堂様御祥当月逮夜ニ付、茶飯・一汁三菜、但香之物とも丁理致、家廟江供し、伏見、一同ハ大
内氏・松村江薦め、永井辻番人江も遣之。○今朝長次郎殿来ル。昨日被申入候金二朱借用致度由ニ付、則貸遣
ス。早〻帰去。○夜ニ入およし殿を呼よせ、吉之助療治を受ル。代銭四十八文遣ス。帰路四時ニ付、送り遣ス。
一夜ニ入おさち同道ニて入湯ニ行、帰路勘助方へ立より、明六日本郷江供申付、帰宅ス。○御画像床間ニ奉掛、
神酒・もり物みかん・ある平を供ス。夜ニ入、御あかしを供ス。

○六日戊子　晴　今暁寅ノ刻地震

一今暁八時、定吉門戸を敲、呼起し候ニ付、おさち驚起出、何事ぞと聞候所、同人妻九時頃出産致候所、其後
跡腹ニ悩候ニ付、薬買度由ニ付、神女湯壱腹《(ママ)》・つき虫薬壱包遣之。吉之助も起出ル。其後茶を沸し、茶漬を給

て、又一同枕ニつく。○天明後起出、支度致候所、勘助方ゟ昨夜申付雇人足甚蔵来ル。朝飯為致、右供人ニ召連、自・吉之助同道ニて天沢山隣祥院《(ママ)》江罷越。右は、宗之介祖父文基院五十回忌幷ニ亡父十三回忌取越法事興行致候ニ付罷越。人ゝ来会。右之人ゝハ左之通り。

一施主山田宗之介、尚亦、本家曾根惣右衛門。○其母比岳尼寿覚・同人姉比岳尼禅妙○弟子尼二人○宗之介姉おみさ○此方母子二人・富次郎○八木や○甚助○久次郎○同人母おまち○大和や伊兵衛・榎本代之者○丸や藤兵衛○友八・豊蔵○石井おひさ○安五郎妻おいふ、其外供人数人。法事・焼香相済、墓参いたし、夫ゟ寺ニて各支度致、且、方丈ニ一同対面、各ゝ暇乞して退散。自母子ハ深光寺へ墓参、拝し畢、本堂ニて焼香畢、香でんを進上ス。今日は著作堂様御祥月忌ニ依て也。○今朝出がけ、梅村氏被参。右は縁女見合之一義、先方へ被申入候所、来ル九日可然候。若九日さし支ニ候ハヾ、十二日に御出被下候様被申之。出かゝり居候ニ付、右承知之趣申答、早ゝ被帰去。

一右留主中領助殿・大内氏来ル。領助殿、九月五日貸進之月氷奇縁五冊被返之、窓の月一折被贈、如例之雑談数刻、尚又所望ニ付、葛葉五冊・大柏六冊貸進致候由。大内氏ハせんべい一重持参、被贈之。童子訓初板五冊被返之、同書二輯貸進致候と、都帰宅後おさち告之。隣祥院江香奠進上。○今日も終《(ママ)》、御画像昨日の如し。終日精進也。

○七日己丑　終日雨　夕方ゟ雨止　不晴

一昼後吉之助、竜土榎本氏江行。右は、彦三郎殿縁女見合被致候一義、来ル九日、若当日差支候ハヾ十二日、先方谷町江御出可然申入候所、九日何も差支無之候間被参候由被申之。尤母義は鶯善坊へ被参、留主宅の由也。折から賢崇寺御隠居榎本氏江被参候て、対面ニ及。大円寺方丈様ゟ過日吉之助願置候琴靍追悼の短冊壱枚被恵

之。且亦、吉之助江金百疋を被贈候由ニて、右短冊共侶持参、夕七時過帰宅。帰路入湯致候由也。吉之助帰宅後、山本・高畑江宵誘引ニ罷越、其後髪月代を致ス。今晩五時枕ニ就く。

○八日庚寅　晴　今朝は余程霜降

一今朝天明頃起出、支度致、其後吉之助を呼起し、直ニ高畑・山本江朝誘致、帰宅して食事致居候所、高畑少ゝ外江参り候ニ付先江罷出候由被申、且又、御扶持之義余り切多く、甚迷惑ニ付、有住と相談の上、当月ゟハ此方ゟ人ヲ以別ニ取可遣旨ニ取極メ候。此方も如何と被問候ニ付、答ニ云、手前ニても御同意候間、宜敷御取斗頼候由申入候へバ、然ば一両日中ニ森村近所迄我等罷越候ニ付、右之趣申聞候間、吉之助参ニ不及候よし被申之。右ニ高畑久次殿江頼置、当月ゟハ御扶持定吉取ニ遣スべし也。吉之助ハ山本を誘合、御番所江罷出ル。高畑ハ先江被参。

一荷持和蔵、当月分給米取ニ参り候所、二升渡候へども、当月分ハ四升給るべしと申。先月十五日玄米四升渡し候所、心得違申ニ付、其段申聞遣ス。○昼後触役礒右衛門殿来ル。右は、明後十日増上寺御成ニ付、吉之助居残りニ付、九日一ツ弁当出し候様被申之。○昼後自飯田町江行。むしぐわし一折持参、進之。尚又飯田町ニて夕飯を被振舞、帰路種ゝ買物致、暮時帰宅。飯田町ゟ柿二ツ・蒲どう一房・嘉永五子年暦被贈之。

一右留主中松村儀助殿来ル。八犬伝六輯貸進ズ。吉之助古帯壱筋、おさち松村氏江贈り候由、帰宅後告之。○暮時頃定吉方へ煮豆一器、自持参して遣之。○暮時政之助殿来ル。みかん八ツ持参、おさちニ贈り、早ゝ帰去。

○九日辛卯　晴

一今日吉之助居残番ニ付、壱ツ弁当遣之、八時過帰宅。且又今晩此方起番ニ付、山本・深田・高畑江右之趣申入、髪月代致、暮時ゟ枕ニつく。○日暮て荷持和蔵、御銕炮其外等集ニ来ル。則、御銕炮・壱ツ弁当・雨皮ぞふり等渡し遣ス。

一夜ニ入松村氏被参、昨日貸進之八犬伝六集・同かなよミ十五編二冊持参、被返之。明朝御成先番の由ニて、早ゝ被帰去。○夜ニ入定吉来ル。先日貸遣し候金壱分持参、返之。右請取、暫雑談して帰去。○明日増上寺御《（アキ）》成ニ付、今晩起番ニ付、母女二人通夜ス。

○十日壬辰　晴

一今暁八時吉之助を呼覚し、高畑・山本を呼為起、其後早飯を為給、暁七時ゟ高畑・山本等と増上寺御場所江罷出ル。八時前帰宅。昼時過荷持、御銕炮其外御道具・昨夜渡し遣候弁当がら・品ゝ・てうちん持参ス。右請取置。○昼後自入湯ニ行、ほどなく帰宅。

一右留主中榎本彦三郎殿被参居。右は今日村田氏幷ニ宗之介立合ニて、吉之助土産残金拾両可被渡心得ニ、去ル七日吉之助榎本氏参り候節約束候所、右一義吉之助帰宅後亡《（ママ）》却致、何とも沙汰無之故ニ、宗之介方へも申不遣候ニ付、今日不参の所、榎本氏・村田氏ハ不知して被参候也。右ニ付、伏見岩五郎立合、仮請取被認、右金拾両請取仮証証《（ママ）》を致候也。異日宗之介江可聞旨申置、右畢、村田氏・榎本氏帰去。夕七時頃也。○右同刻丁子や手代忠七来ル。右は、傍訓八犬伝十七編書読候や否を聞ニ来ル。然ども、十六編草稿有之候ハゞ借受度申遣ス。早ゝ帰去。○忠七帰去の後、自象頭山江参詣、暮六時帰宅。

一夕七時過触役幸太郎殿来ル。明十一日御城江附人ニ罷出候様被触。依之、相敵小屋頭渡辺平五郎・書役松村儀助・平番高畑久次・深田長次郎、右五軒江申合ニ行。夜ニ入五時一同枕ニ就く。

○十一日癸巳　晴

一今朝吉之助五時過ゟ、高畑・深田同道ニて御城江罷出ル。

一右同刻、荷持由兵衛悴弁当集ニ来ル。過日吉之助見習番組中廻勤之節、案内致呉候ニ付、三十二文今日遣之、弁当渡遣ス。昼時右弁当がら持参ス。○吉之助八時過帰宅。明日御成、当組は非番也。

一夕七時頃おさち入湯ニ行、暮時頃帰宅。○右同刻およし殿来ル。尚又、帳面記呉候様被申候ニ付、則印遣ス。雑談後暮時前帰去。

○十二日甲午　晴

一早朝並木又五郎殿来ル。右は、吉之助宛番書付幷ニ諸役点順帳・御扶持方請取帳持参、右之条と心得居候様被申。近日並木氏ハ番町辺江転宅之様子ニ付、如此帳めん二冊持参被致也。吉之助ハ留吉殿本介のよし也。依之、即刻吉之助宛（ママ）当所と江申入、帰宅、其後竜土榎本ゟ賢崇寺江罷出、夕七時帰宅ス。雪踏買取候由ニ付、代金壱分おさちヲ以渡之。其後高畑・深田江宵誘ニ行。○今日午の日ニより、自豊川稲荷江参詣、帰路不動尊江参詣、四時過帰宅。○夕七時頃伏見氏ゟ赤飯、平・汁添、被贈之。今日子息誕生日ニ付而也。おさち・吉之助を被招候ニ付、両人伏見氏江参、赤飯の馳走を受、暮時帰宅ス。

○十三日乙未　晴

一今日吉之助、留吉江本介ニ付、天明前起出、天明ニ吉之助を呼起し、即刻高畑・深田江誘引合、帰宅。食事致候内、高畑被参、昨日蔵宿森村や江被参候て、御扶持当月ゟ通ニて取ニ可遣旨被申入候所、承知のよしニ付、森村やゟ御扶持方通帳面壱冊、吉之助分請取、被渡之。右請取、謝礼申延、則同道ニて御番所江罷出ル。○昼前伏見氏被参、雑談数刻、昼時被帰去。

一昼後自、伝丁（ママ）餅や鈴木江鳥の子餅誂ニ行、明五時迄ニ出来致候様申付、帰路入湯致、帰宅。其後おさち入湯ニ行、暫して帰宅。

一八時過弥兵衛来ル。神女湯無之由ニ付、神女湯十五・奇応丸小包十渡し遣ス。暫物語して帰去。○今朝自定吉方へ行、昨（ママ）日竜土ゟ芝田町江供人足申付候所、畏り候由被申。

○十四日丙申　晴

一今朝五時過餅や鈴木ゟ昨日誂置候鳥の子餅三軒分持参、代六百廿八文の由書付持参。右請取、代銭払遣ス。○右同刻定吉来ル。昨日申付候に依也。即刻同人ヲ以、深田長次郎殿江鳥の子餅壱重為持遣ス。其後自定吉を召連、芝田町宗之介方へ行。定吉は村田万平殿方ゟ榎本彦三郎殿方へ鳥の子餅壱重ヅ、贈り、手紙差添。何れも他行ニ付、返書不来。昼時定吉宗之介方へ来ル。宗之介在宿ニて、金拾両宗之介江渡し、請取書をとり、且為取替証文下書宗之介江見せ、同人印鑑ハ本書出来之節可致旨申之。近日此方へ参り候ニ付、夫迄ニ本書認め置候様約束致。宗之介方ニて風呂ニ入、昼飯を給、定吉も同様飯を被振舞ル。宗之介方へかすていら一折・鶏卵壱重贈之。宗之介方ゟさる坊むき身被贈之。八時過宗之介方を立去、帰路榎本氏江立より、手みやげみかん一籠進之。煎茶・くわしを薦られ、暫物語して、暮時帰宅ス。

一吉之助明番ゟ丁平方へ当夏近火見舞謝礼旁〻立より、千歳柿一折為持遣ス。且、傍訓読八犬伝十六編草稿有之候ハヾ借受参り候やう申遣し候所、右は彫〻廻り、手元ニ無之由ニ付、十五編壱部受取、昼後帰宅の由也。
○右留主中お靍殿・岡勇五郎・長次郎被参候由也。○定吉ハ、帰宅後夜食為給、帰し遣ス。

○十五日丁酉《ヒノト》　晴　風

一五時過鈴木吉次郎、当日祝儀として来ル。且又、十一月分御扶持増かゝり十一文ヅヽの由、被集、則十一文渡之。○右同刻吉之助を呼起し、朝飯為給、其後御頭ゟ当組中〻三日祝儀として罷出ル。

一朝飯後吉之助、御頭ゟ当組中当日祝儀として廻勤、九時前帰宅。

一昼前伏見氏被参。榎本氏〻為取替証文本書被認、ほど無帰去。

一昼前大内氏被参、童子訓二板持参、被返之、尚亦三板を貸進ズ。即刻被帰去。○九時吉之助竜土榎本氏〻行。右は鳥の町〻参り候約束致候由ニて、食前支度致行。然る所延引致候由ニて、夕七時帰宅。

一自昼後飯田町〻参り、為取替証詔（ママ）持参致、弥兵衛印鑑調印致、且、中屋惣助娘やう子承り候所、随分やう子よろしき話。暫して帰宅ス。

一夜ニ入松村氏被参、犬のさうし貸進、帰去。

○十六日戊戌《ツチノエ》　終日曇　暮時ゟ雨終夜　今暁子ノ四刻大雪也

一今朝吉之助髪月代致、昼後ゟ榎本氏〻行。今日御取越ニ依て也。暮時帰宅。榎本氏ゟ御取越ニ付丁理被致候平菜・膾・猪口、重箱ニ入、吉之助帰路ニ被贈之。○昼前およし殿来ル。暫して帰去。

一八時過長次郎来ル。鋏炮玉鋳候ニ付、金杓子借ニ来り候ニ付、則貸遣ス。早〻被帰去。○松岡お靍殿来ル。おさちと雑談して帰去。

○十七日己亥　晴　南風

一昼前岩五郎殿被参、吉之助縁談願明（ママ）差出し候由ニ而、願書見せらる。且又、吉之助印鑑組頭幷ニ与力へ差出し候由ニて、西の内小切小札ニ致、六枚今日有住氏自被認、印鑑致、右携て被帰去。

一今日吉之助一同手伝、座敷・玄関・西の窓・北窓障子を張、終日也。夕方山本・高畑江宵誘ニ行。○夕方長次郎殿、昨日貸遣し候金杓子持参、被返之、早〻被帰去。

○十八日庚子　晴　風

一今朝おさち手伝、勝手障子二枚・同窓四枚・四畳障子切張、厠六枚・行灯壱ツ張之。八時張畢、其後おさち入湯ニ行、夕七時過帰宅。綾部江立より候由也。○今日吉之助当番ニ付、天明前おさち起出、天明頃吉之助呼起し、髪斗揃、例刻ゟ高畑・山本等と御番所江罷出ル。今日は昼前当組与力斉藤方へ使ニ参り候由ニて、宅江鳥渡立より、昼飯を給、早〻御番所江行。○昼後長次郎殿来ル。早〻帰去。用事なし。

一暮六時およし殿来ル。今晩は止宿致さる。

○十九日辛丑　晴　風　厚氷張

一朝飯後およし殿帰去。○四時頃吉之助明番ニて帰宅。食後土蔵ニ入仮寐致、八半時過起出。○昼後自入湯ニ行、ほど無帰宅。其後おさち入湯ニ行、是亦無程帰宅。○夕七時前賢崇寺御隠居御入来。尤、今日は堀之内妙法寺へ御参詣被成序之由ニて、煎番椒・糯水飴被恵之。然共初ての御光臨ニ付、心斗の酒飯弁ニ煎茶・菓子を薦め、暫く物語被致。御供小侍壱人御召連、今日は此方へ被立寄候一義は御内ゝの由被申之、暮時前被帰去。○御隠居御出ニ付、酒其外酒采《(ママ)》等買取候人無之ニ付、定吉に申付、むさしやニて寄レ取之。○松村氏被参、犬のさうし持参、被返之。組頭に参り《(ママ)》由ニて、早ゝ帰去。○およし殿同刻来ル。今朝貸進致候鳥目四十四文持参、被返之。右受取、ほどなく帰去。○今日御扶持取番書付、今朝両組頭に吉之助持参ス。○おさちふし見に灸治ニ行、暫して帰宅。

○**廿日**壬寅　晴

一自、黒丸子剤三品細末ニス。○昼後吉之助髪月代致、あんどん洗清め、夕七時頃ゟ両組頭に御扶持聞ニ行。御扶持今日落候由也。帰路伝馬町に廻り、種ゝ買物、入湯致、六時頃帰宅。今日使札・来客なし。

○**廿一日**癸卯《ミツノト》　晴

一今日御扶持取番ニ付、天明前ゟおさち起出、支度致、天明後吉之助早飯為給、相手礒右衛門殿方へ行。吉之助初取番ニ付、膳代四百文為持遣ス。夫ゟ礒右衛門殿同道ニて御蔵森村や長十郎方へ行。

一昼前伏見氏被参、暫雑談して被帰去。○右同刻清介妻ひさ来、奇応丸小包買取、代銭五十二文請取、帰去。○昼前順庵殿被参、暫物語して、九時過被帰去。かな読八犬伝初編・二編四冊貸進ズ。○八時頃ゟおさち久保町に入湯ニ行。帰路買物申付遣ス。○松尾瓠一殿、過日内義送葬之謝礼申被入、帰去。

一夕七時頃およし殿来ル。暫遊、帰去。○暮暮《(ママ)》て松村氏被参、八犬でん七集ノ廿一冊・八輯の一壱冊被読、五時頃帰去。○五時過順庵殿来ル。是又雑談して被帰去。○吉之助暮時前帰宅。

○廿二日甲辰　晴

一今朝定吉来ル。右は、浅草ゟ御扶持取ニ可参由申ニ付、則通帳ニ調印致、為持遣ス。

一朝五時頃吉之助当番とし罷出、四時過帰宅。吉之助ハ明日加人之由也。

一八時頃おふさ殿被参、菜園菜漬壱重持参、被贈之。暫くおさちと物語して、夕七時過帰去。○夕七時頃西丸下渥見氏ゟ使札到来、覚重様御役替内祝の由ニて、赤剛飯壱重、外ニなづけ一重、お鍬様ゟ文ヲ以被贈之。謝礼、返書ニ申遣ス。○吉之助肩張候由ニ付、およし殿を迎ニ行。然る所、食事前ニ付仕舞次第罷越候由申来ル。しかれども夜ニ入候ても不来候ニ付、門を閉、一同枕ニ就候所、六時過ニ長次郎ニ被送候て来ル。此故ニ吉之助療治をうく。およし殿ハ止宿ス。代銭三十二文遣ス。○昼後吉之助髪月代致、夕七時過山本・高畑・深田ゟ宵誘引ニ行、四時過一同枕ニつく。

一夕七時過、北ノ方ニ出火有之。火元不詳。○昨今黒丸子小半剤丸之。惣掛〆、粉ニて九匁九分也。

○廿三日乙巳　晴

一今朝吉之助加人番ニ付、天明頃ゟ起出、早飯後深田・高畑等と御番所ゟ罷出ル。帰路西丸下渥見ゟ昨日重之内の謝礼申述、八時過帰宅。○およし殿、朝飯後暫遊候て、昼時前帰去。○八時過宗之介来ル。万文窓の月壱折持参、被贈之。暫雑談して帰去。煎茶・くわしを薦む。今日は久保富次郎方七夜祝儀ニ付、彼方ニて昼飯被振舞候由ニ付、夕飯を不出、且、榎本氏ゟ可遣為取替証詔今日印行持参不致候由ニ付、宗之介ゟ預ケ遣ス。○昼後おさち入湯ニ行、暫して帰宅ス。

○**廿四日**丙午　晴

一今朝四時頃ゟ吉之助、榎本氏ゟ賢崇寺へ罷越。出がけ、江坂卜庵殿方へ番代被仰付候一義申入、夕七時過帰宅ス。○自四半時過ゟ豊川稲荷へ参詣、帰路入湯致、八時頃帰宅。○八半時頃おさち伏見江灸治ニ行、稍暫して帰宅。○右同刻およし殿来ル。暫遊、夕飯を薦め、浅羽江療治ニ罷越候由ニて、暮時被帰去。ゆでさつまいも持参、被贈之。○昼時東の方へ出火有之。丸の内の由也。○伊勢外宮岡村又太夫ゟ大麻のし・新暦・白箸二膳贈来ル。右請取置。

○**廿五日**丁未　半晴

一今日鈴木側帳前ニ付、五時頃ゟ吉之助矢場江行、昼時帰宅。

一右同刻自象頭山江参詣、四時帰宅。○下掃除定吉来ル。西の方厠そふぢ致、帰去。○昼後おさち同道ニて入湯ニ行、暫し帰宅。其後吉之助入湯ニ行、暮時帰宅。○夕七時過松村氏被参、焼さつまいも壱包持参、被贈之。黒丸子一包・大ひもの二枚・菜づけ少ゝ被（ママ）贈之。暮時被帰去。○右同刻定吉来ル。十二月分御扶持四斗九合つきあげ、つきべり四升壱合差引、白米三斗六升五合持参ス。つきちん六十四文、御扶持壱俵雑（ママ）町より軽子百五十六文、〆二百廿四文渡遣ス。○夜ニ入およし殿来ル。今晩此方へ止宿致候由被申、今ゟ六軒町江参り、帰路此方へ被参候由ニて早ゝ出去。五時右療治仕舞、此方へ来ル。則、止宿被致、一同四時枕ニ就く。

○**廿六日**戊申　晴　夜ニ入雨　ほど無止

一早朝食前象頭山江参詣、五半時帰宅。○およし殿四時過帰去。

一昼時清助来ル。然せる用事なし。ほどなく帰去。

一昼後吉之助斉藤江鉄炮稽古ニ行。雲八郎殿他行の由ニて、いたづらニ帰宅。先月廿日ゟ夜稽古初候由也。右ニ付、夜ニ入罷越、五時過帰宅。大内氏も吉之助跡ゟ被参候由ニて、折から雨降出候まゝ、吉之助傘をも持参、吉之助江被渡。○昼後芝田町山田宗之介ゟ使来ル。右は、去ル廿三日為替取証文江調印致候由ニて、宗之介江渡し所、今日調印致被贈之。おまち殿方ゟ先月中貸進之よミ本二部・しん累二冊・旬殿実と記前後十冊、手紙差添被返之。右請取、宗之介方ゟも口上書参り候へども、おまち殿方へのミ返書ニ謝礼申遣ス。○夕七時前岡左十郎殿、上野御普請出来ニ付、出役勤番今日帰番の由ニて、来ル。○夕七時過大内氏過日貸進の童子訓三板持参、被返之。右請取、四板五冊貸進ズ。剃刀きれ止り、甚困り候ニ付、同人江研を頼候て、研石共侶渡置。折から順庵殿被参、雑談後、両人とも暮時被帰去。

○**廿七日**己酉　晴　昼後ゟ風　凌よし　暖也

一今暁九時過ゟおさち腹痛甚しく、吉之助起出、介抱ス。右ニ付、自も暁七時ゟ起出、容躰見候所、全く腹痛ならず。九月中より経水止り、懐胎可成心付、食物等も撰候所、今日食物《アキ》いたし、俄ニ血あらしニ付、腹痛甚しく、つき虫薬・神女湯を用。天明後おり物致、其後順快也。終日平臥ス。○昼後自象頭山江参詣、八時帰宅。其後吉之助髪月代致遣し、自も髪を揃。今日おさち平臥の故ニ、厨掃自《ママ》、吉之助手伝之。

一夕七時過吉之助入湯ニ行、帰路山本・高畑江宵誘引ニ行。宵誘引ハ今日ニて皆断候ニ付、此後は宵誘引なし。

○**廿八日**庚戌《カノヱ》　晴　美日

一今日吉之助当番ニ付、正六時少し前ゟ起出、支度致、天明頃吉之助を呼覚し、早飯為給、其後御番所江罷出ル。

おさち今朝は不起出、吉之助出宅後起出。○朝飯後自象頭山ヘ参詣、帰路一ツ木不動尊へ参詣致、四時過帰宅。昼後ふし見ヘ参り、内義ヘ灸治致遣ス。

一夕七時過長次郎殿来ル。日暮て鈴木昇太郎殿来ル。両人とも雑談、せん茶を薦む。五時過両人帰去。

一春屋政吉、去ル十月二日死去致候由也。年来此方飯米舂候者ニ付、茲ニ記。五十五才也と云。今日象頭山帰路、三筋町ニて政吉妻ニ行逢候て、此一義を聞く。○夕方ふし見氏ゟ煮豆一器被贈之。

○廿九日辛亥　晴

一今朝五時過ゟ象頭山ヘ参詣、帰路入湯致、昼時帰宅。○昼前下掃除定吉来ル。厠そふぢ致、帰去。○吉之助明番ニて四時過帰宅。帰路大内氏ニ被頼、日本橋ヘ廻り候由也。食後仮寐致、夕七時過起出、夜食。暮六時過ゟ斉藤氏ヘ鉄炮稽古ニ行、四時過帰宅ス。

一暮時長次郎殿来ル。伝馬町ヘ買物ニ被参候由ニ付、おさちほうの木炭買取呉候様頼遣ス。五時過右買取、被参。代銭十二文由也。暫雑談して、四時過帰去。

○卅日壬子　晴　酉ノ中刻冬至之節也　今日ゟ八専

一早朝象頭山ヘ参詣、四時前帰宅。○昼前松村氏被参、先日の重箱持参、返之。焼さつま芋被贈之。雑談後、昼時被帰去。右同刻下そふぢ定吉、納大こん持参。当年大こん不出来の由ニて、百八十本持参、昼飯為給遣ス。
○昼前昼後、伏見氏被参、雑談して被帰去。
一昼後弥兵衛来ル。先日貸進之重箱被返之、めざし鰯十串被贈之。暫く雑談して帰去。○昼後定吉方へ糖五升申付候所、夕七時頃定吉妻糖五升持参、請取置。○おさち昼後伏見ヘ罷越、内義ヘ灸致遣ス。

一昨夕、清助妻おひで来ル。女半てん仕立呉候様申、持参、頼置、帰去。

○十二月朔日癸丑《ミツノト》　晴

一今朝五時過ゟ象頭山江参詣、今日ニて七日参り結願也。昼時前帰宅。

一右同刻吉之助、御頭ゟ組中江当日祝儀として廻勤、昼時前帰宅。

一昼時前およし殿来ル。金銭出入帳面江印呉候様被申候ニ付、印遣ス。昼時帰去。

一当年沢庵大根甚不出来ニ付、麁末の大根納候ニ付、辛漬ハ延引ス。依之、百本壱樽甘づけニ致、今朝吉之助手伝、漬畢。残六十本ハぬかみそ・さき干ニ致ス。○昼前吉之助帰宅、食後、当月は月番ニ付、石井勘五郎殿・長友代太郎・木原計三郎・松尾瓠一・西原邦之助・松宮兼太郎方へ申合ニ行、八時頃帰宅。夜ニ入斉藤江鉄炮稽古ニ行、五時過帰宅。

一夕七時頃深田長次郎殿養母来ル。煎茶・くわしを薦め、雑談数刻にして被帰去。○鈴木吉次郎殿、当日祝儀とし被参。

○二日甲寅　半晴

一今暁六半時頃東之方ニ出火有之。依之、吉之助月番ニ付即刻組頭江罷越候所、寄場立候由ニて帰宅、食事致、御鉄炮・御どうらん携て、矢来江罷出ル。四時過、火鎮り候由ニて帰宅ス。○昼後髪月代を致、其後井戸端こしらへ、暮時ゟ伝馬町江入湯ニ行、五時前帰宅。

一八時過およし殿来ル。切元結二・黒元結二・房やうじ二袋被贈之。歳暮の心なるべし。暫雑談して帰去。○夕七時前礒女殿来ル。ひしこめざし五把持参、被贈之。煎茶・夕膳をすゝめ、暮時前帰去。当秋中ゟ預り置候摺物壱冊・眼鏡、同人江渡ス。○暮時長次郎殿来ル。今日吉之助、長次郎殿請取番を宛ざるよし咎らる。然る所、吉之助師匠番又五郎殿、直ニ長次郎殿江被申候由ニ付、吉之助は長次郎殿江不届申之。

○三日乙卯　晴　美日

一今日吉之助、宣太郎殿江捨り助番ニ付、六時過ゟおさち起出、支度致、天明後吉之助起出、早飯後深田・高畑と御番所江罷出ル。

一今日美日ニ付、自・おさち両人ニて煤払を致、終日にして不残箒終。

一夕方家根や弟子参り、家根少々繕、帰去。○自暮時入湯ニ行、ほど無帰宅。○昼時伏見氏ゟにんじん・やき豆ふ・ばかむき身煮染一器被贈之。今日使札・来客なし。但松岡お靍殿来ル。煤払中ニ付、早々被帰去。○今晩諸神江神灯ヲ供ス。

○四日丙辰　晴

一今朝長次郎殿来ル。先日中貸進之金二朱持参、被返之。右請取、暫雑談して帰去。右同刻、信濃や重兵衛ゟかるこ薪八束贈来ル。一昨日注文申遣し候故也。代金二朱渡し遣ス。○四時過吉之助番明ゟ帰宅、食土蔵《(ママ)》ニて仮寐致、夕七時過起出ル。○自、鮫橋大坂てうちんや江納てうちん張替持参、誂ニ罷越、ほど無帰宅。○昨日煤払致候ニ付、今日節をこしらへ、諸神江神酒を供ス。○昼後おさち伏見江行。右は、伏見内義入湯ニ参り候ニ付、留主居致遣ス。右留主中そふぢ仕かけ致、帰宅後おさち帰来ル。晩景ニ及、灸治ハ明日に延引ス。○お久ゟ頼候次郎半てん、拵畢。○暮時順庵殿被参、夜ニ入八犬伝八輯四・五ノ巻被読候て、五時過被帰去。煎茶・大福もちを薦む。

○五日丁巳　四時前ゟ雨　忽止　昼後ゟ晴

一昼前およし殿来ル。暫して帰去。○昼後八時過、自伏見内義江灸治致遣ス。

一日暮て吉之助、斉藤江夜稽古ニ行、四時前帰宅。

○六日丙（ママ）午　晴　風

一今朝自豊川稲荷江参詣、四時帰宅。○吉之助今日は終日在宿也。

一暮時大内隣之助殿被参、先日貸進之童子訓四板五冊被返之。右請取、五板五冊貸進ズ。少〻物語被致、帰去。

○清助ゟ頼まれ候半てん幷ニ小袖江あげ致、八ツ口留をかけ、こしらへ置。

○七日戊《ツチノエ》（ママ）未　晴

一昼前吉之助髪月代致遣し、おさち同断。○昼前伏見氏被参、暫雑談して昼前被帰去。其後沢庵づけ大こん三本持参、被贈之、早〻帰去。

一昼後榎本彦三郎殿母義被参、為手土産ひもの十五枚持参、被贈之。且、吉之助どふぎ仕立出来の由ニ付持参、被渡之。且又、先月九日見合致され候縁女、相談致度由被申候所、右余り好しからず候由風聞聞及候ニ付、其段母義申述、延引ス。煎茶・切鮓を薦め、其後夕飯を参らせんとかれい一尾買取候所、今日は長者ヶ丸万平殿方へ被参候由ニ付、右かれい其儘しん上ス。暫して被帰去。○夕七半時頃松村氏被参、日暮て順庵殿来ル。先日貸進のてうちん被返、ほどなく帰去。松村氏ハ夕飯を薦め、夜ニ入八犬伝八輯七・八ノ巻被読候て、五時過被帰去。

一夕方おさち入湯ニ行、暫して帰宅。○暮時ゟ吉之助も入湯ニ行、ほど無帰宅。

○八日庚申　晴

一今日吉之助当番ニ付、正六時ゟおさち起出、支度致、天明後吉之助起出、早飯為給、高畑・山本と御番所ニ罷出ル。○自五時ゟ深光寺へ参詣、諸墓そふぢ致、水花を供し、深光寺へ歳暮供二百四十八文・白米二升持参、寄進之ス。夫ゟ飯田町へ立より、先月分薬売溜・上家ちん請取、飯田丁ニて昼飯を被振舞、夕七時帰宅。飯田町ニみかん十五持参、贈之。○夕七時頃賢崇寺ゟ使札到来、吉之助ニ御隠居ゟ書翰ヲ以、袴一具・めいせん一反・花木綿一反、綿糸取添被贈之。吉之助留主中ニ付、請取書遣之。○其後今戸慶養寺ゟ使僧ヲ以納豆一曲□被贈之。右請取、謝礼申遣ス。

一夕方おさち入湯ニ行、暫して帰宅。○留主中おひさ来。右は先日中頼置候仕立物出来ニ付、おさち渡遣ス。尚又布子二ツ仕立呉候様ニて、さし置、帰去。○夜ニ入およし殿来ル。今晩止宿ス。

一暮六時頃触役宣太郎殿来ル。右は、吉之助明九日居残ニ付、一ツ弁当遣し候由被触、早ヽ帰去。○今日庚申ニ付、神像を床の間ニ奉掛、神酒・供物を供ス。夜ニ入神灯、祀之。○暮時前自入湯ニ行、ほどなく帰宅。○夕方定吉妻来ル。先申付候晩茶半斤持参、代銭百文・糖代八十文渡し遣ス。

○九日辛酉　晴

一今日吉之助御番所居残ニ付、一ツ弁当遣ス。夕七時過帰宅。明日紅葉山ニ御成《アキ》御ざ候所、当組ハ非番也。食後枕ニつく。

一昼後おさち伏見内義ニ灸治致遣ス。○日暮て村田万平殿より、同人隣家喜助と申ヲ以手紙被差越。右は、仲間売株の事也。然ども、詳なる事不知故ニ、明日よく〳〵訪正候上ニて、明日此方ゟ万平殿方へ沙汰可致申示置。暫雑談して帰去。○夕方定吉来ル。ほどなく帰去。

○十日壬戌　晴

一早朝自象頭山に参詣、てうちんを納ム。四時帰宅。○吉之助朝飯後、両組頭に御扶持取番書付持参、帰路永野氏に立より、売株委細聞正し、書付ニ致、帰宅。其後髪ヲ結、昼飯後竜土ゟ賢崇寺に罷越。帰路万平殿方へ立より候由也。暮時帰宅。○暮時前松村氏被参。神酒下り少ゝ有之候ニ付、薦む之。夜ニ入八犬伝八集十ノ巻末一回・九集壱ノ冊二一回被読、四時頃帰去。

○十一日癸亥　晴　寒し

一今朝吉之助永野に参り候由ニて罷出、帰路松村に立より、小竹貰、帰宅。其後心地不宜とて仮寐して昼飯を不給、八時過起出、今日齊藤氏稽古納ニ付、参り候様大内氏被申候ニ付、おさちヲ以久保町に吉原せんべい買取ニ遣し、夕七時頃大内氏被参候間、則大内氏同道ニて齊藤氏に行。右煎餅進上、齊藤氏ニて夕飯を被振舞、帰路両組頭に御扶持聞ニ参り候所、御扶持落候由也。暮六時帰宅。○今朝伏見氏被参、暫して被帰去。

一右同刻松村氏来ル。小袖壱ツ貸呉候様被申候ニ付、則嶋小袖貸遣ス。早ゝ被帰去。○八時過おふさ殿被参、おさちと雑談して帰去。

一昨十日有住忠三郎・渡辺平五郎・長友代太郎来ル。右は、松尾瓠一殿困窮ニ付、仲間一同ゟ一ヶ年ニ金二朱ヅヽ出金致、右は、二・五・十の三季、二月二匁五分、五月同断、十月三匁蔵宿ニ差引、十月鬮ニて八人当りの由ニて、書付持参被致。此方とても甚迷惑ニ候へども、少ゝの事ニ付承知之趣申入置、ほど無被帰去。此一条、昨十日記べきを漏したれバ(ダク)、こゝに記ス。

○十二日甲子　晴　寒し　硯水初氷る

一今日御扶持取番ニ付、正六時ゟ起出、吉之助髪月代致、忠三郎同道ニて蔵宿森村や江行、御扶持受取、暮時帰宅。○今朝江村茂左衛門殿来ル。右は、明十三日吉之助加人の由被申。今日宛番吉之助宛候所、御扶持取番ニ付、茂左衛門殿宛候也。○おさち昼後入湯ニ行、帰路おふさ殿方へ立より帰宅。

一今朝清助・長次郎殿来ル。させる用事なし。両人雑談後帰去。

一夕七時頃加藤栄助殿来ル。暫雑談して帰去。○暮時定吉妻来ル。明日御扶持受取ニ参可申間、通渡呉候様申ニ付、則通渡し遣ス。

一下掃除定吉来ル。厠汲取、帰去。○今日甲子ニ付、大黒天江神酒・供物、夜ニ入神灯ヲ供、祭之。

○十三日乙丑　晴　寒し　昨日ニ同じ

一今朝吉之助捨加人ニ付、五時頃ゟ山本・高畑等と御番所江罷出ル。暮時帰宅。壱ツ弁当遣ス。

一昼前伏見氏被参、ほど無帰宅。○昼後、同所志の茶飯・一汁二菜被贈之、謝礼申遣ス。此方ゟおさちヲ以、密柑廿為持遣ス。○右同刻林内義弟栄次郎、剃髪して破黒衣を着て来ル。合力を乞。依之十二文遣ス。身持不宜、姉聟猪之助・姉お雪も不構成行候ニ付、かくの如く成べし。

一昼後およし殿来ル。暫して帰去、夜ニ入又来ル。止宿ス。○今晩四半時過東の方ニ出火有之。右ニ付一同起出、吉之助ハ両組頭江届ニ行、九時帰たく。其後湯づけ飯を給、枕ニつく。

○十四日丙寅　曇　寒気甚し

一昼前田町宗之介方ゟおまち殿文ヲ以、旧冬相模や甚助殿方へ貸進致候弓張月後編六冊・続編五冊(ママ)二冊・拾遺五冊〆十三冊被返之、右謝礼として銘茶箱入壱ツ、相模やゟ被贈之。謝礼返書ニ申遣ス。使清吉江昼飯為給遣ス。○およし殿昨夜止宿して、昼前帰去。○吉之助今日終日在宿ス。

○十五日丁卯　晴　今朝巳ノ八刻小寒

一今朝吉之助髪月代致、四時頃ゟ当日為祝儀、御頭ゟ組中江廻勤、昼時帰宅。夕方入湯ニ罷出、暮時帰宅。○鈴木吉二郎殿当日祝儀として来ル。○南条源太郎殿寒中為見舞来ル。○今朝松村儀助殿来ル。ほど無伏見氏被参。両人とも雑談時を移し、昼時ニ及候ニ付、かけ合の昼飯を薦む。且、赤飯をも薦む。昼後伏見氏被帰去。松村氏江ハ名簿少し認貰、其後被帰去。○昼時竜土榎本氏ゟ吉之助方へ以手紙、赤飯壱重被贈之。右は、吉之助祝儀内祝の由也。吉之助他行中ニ付、返書ニ不及、謝礼口状ニて申遣ス。

一伏見氏子供江赤飯一盆贈之。

○十六日戊辰　晴

一高畑久次殿・加藤金之助殿・岡勇五郎殿・加藤領助殿・玉井鉄之助殿、寒中為見舞来ル。○今朝吉之助、御頭ゟ組中江寒中見舞とし廻勤ス。昼時前帰宅。食後西丸下渥見ゟ飯田町江寒中為見舞罷越、干のり一帖贈之。帰路、安西兼次郎殿方寒中見舞申入、夕七時帰宅。○今朝・昼後両度長次郎来ル。雑談後帰去。○夕方およし殿来ル。暫遊、帰路、同人母義江木綿糸頼置候ま丶、綿代・とりちん二百文渡遣ス。○昼後定吉妻来ル。右は、餅米稲毛ゟ駄来り候ニ付代金渡呉候様申ニ付、金二分渡遣ス。〇昼後、清助女綿入二ツ仕立出来ニ付、為持遣ス。昼後ゟ同人ゟ被頼候木綿羽織を仕立、夕方出来。

〇十七日己巳　晴

一建石元三郎・江村茂左衛門寒中為見舞来ル。〇昼後、松尾瓠一殿此度無尽様の一義出来、且一昨十五日調印致候ニ付、無滞出来の由謝礼申被入、帰去。

一深光寺ゟ納豆一曲被贈之。〇夕七時頃伊勢御師代八幡太夫より、例年之如く大麻□のし一ツ・ぬりばし二膳・新暦一本・いせひじき一袋被差越。〇今朝森野内義お国殿来ル。無沙汰見舞也。ほどなく被帰去。〇昨日清助ゟ被頼候木綿袷羽織仕立出来ニ付、渡遣ス。

一今日順誉至心貞教大姉祥月忌ニ付、朝料供一汁二菜供之。

一昼後長次郎殿来ル。四谷伝馬町江買物ニ参り候由ニ付、買物頼遣ス。夕七時過帰来ル。代銭四十四文の由也。無ほど帰去、夕方又来ル。是亦早〻被帰去。

一暮時前触役亥三郎殿来ル。右は、明日当番出刻右大将様《アキ》御成道筋障りニ相成候ニ付、当交代天明頃ゟ罷出候様被触之。〇九時前ゟ吉之助髪月代致、かん中為見舞、榎本氏ゟ坂本順庵殿・岩井政之助殿・江坂卜庵殿・一本松賢崇寺・山田宗之介方へ罷越。宗之介江煎茶一袋、榎本氏江干のり一帖贈之。賢崇寺・宗之介方ニて馳走ニ成、暮六半時頃帰宅。〇今日観世音江供物を供ス。

○十八日庚午　晴
一今日当番六時交代ニ付、正六時をさち(ママ)起出、支度致、天明前吉之助を呼覚し、早飯後山本・深田・高畑等と御番所江罷出ル。

一今朝深田氏老母来ル。過日頼置候木綿糸出来ニ付持参、請取、暫雑談して帰去。尚又、四十八文分木綿糸とり置候ニ付、御入用ニ候ハヾ御遣被成候様被申候ニ付、夫をも買取、代銭・とりちんとも七十六文渡之。

一昼前松村氏来ル。小袖少ゝ借用致度由ニ付、貸遣ス。○板倉安次郎殿寒中為見舞来ル。○昼前およし殿来ル。ほど無被帰、夜ニ入五時又来ル。止宿ス。

一昼前お次、寒中為見舞大干魚五枚・鮒昆布巻壱重持参、被贈之。且又松村氏江、当夏中糸瓜水遣し候謝礼としてかつをぶし三本・新暦一本、是を持参ス。おつぎ江昼飯為給、雑談、夕七時帰去。おさち伝馬町迄送り行。奇応丸大包一・つき虫薬三渡し遣ス。切もち少ゝ遣之。○おさち、帰宅後暮時前入湯ニ行、暮時帰宅。○暮時亦松村来ル。則、おつぎ持参之進物渡之、ほど無被帰去。○夜ニ入伏見氏被参、暫雑談、五時被帰去。

○十九日辛未　晴　南風
一今朝植木や富蔵悴金太郎来ル。小児頭巾・涎かけ御仕立被下候様申、切持参、承知之趣申、切さし置、帰去。
○およし殿昨夜止宿、朝飯後四時帰去。
一昼時水谷嘉平次殿、寒中為見舞来ル。暫雑談、八時頃被帰去。○暮時頃、岩井政之助殿右同様ニて来ル。早ゝ帰去。○吉之助明番ニて四時前帰たく、食後土蔵ニ入休足、八時前起出ル。○自昼前入湯ニ行、昼時帰宅。食後八時頃ゟ竜土榎本氏江罷越、手みやげこんぶ巻壱重持参、進之。先日中此方へ参り居候ふた物・小ふろしき持参、返之。榎本氏ニて煎茶・くわしを薦られ、夕飯を被出、暫物語、馳走ニ預り、暮時帰宅。〇六時前およし殿来ル。右は、今朝髪剃此方へ置亡（ママ）れ候由ニて取ニ被参候也。則渡候へバ携候て帰去。〇今日清誉相覚浄頓居士祥月忌ニ付、朝料供一汁二菜供之、昼後煎茶・もり物を供ス。家内終日精進也。

〇廿日壬申　晴　風烈

一今朝自起出、食前伝馬町江買物ニ行、四時前帰宅。食後又千駄ヶ谷米や平蔵方へ餅つき一義ニ付罷越、明後廿二日搗可申由申付、後刻餅米・餅白米為持可遣旨申示、夫ゟ定吉方へ罷越、米・白米今日中ニ平蔵方へ遣呉候様申入、帰宅ス。〇昼後神女湯能書・黒丸子・奇応丸袋摺之、拵置。吉之助ハ神棚御せうじ・御灯籠を張。〇鈴木橋平殿寒中為見舞来ル。〇昼後矢野信太郎殿、寒中為見舞みぞれおこし二包持参、被贈之、早ゝ帰去。〇夜ニ入松村儀助殿来ル。蕎麦切、露添持参し、被贈之。ほどなく出火ニ付早ゝ被帰去。入物ハ預り置。〇五時前品川辺ニ出火有之、其内東の方ニ失火有之候ニ付、支度致、両組頭江吉之助罷出候所、日本橋辺の由ニ付引取帰宅致候所、又ほどなく同処辺ニ失火余ほど相見へ、寄場建候様被存候ニ付、尚又支度いたし、両組頭江罷出。寄場相建候ニ付、吉之助ハ御頭江罷出、夫ゟ寄場江罷出。当月ハ月番ニ依候也。〇昼後長次郎殿来ル。暫し被帰去。

〇廿一日癸酉　晴　風

一今暁卯刻寄場ゟ帰宅、夫ゟ枕ニつく。
一今朝長次郎殿来ル。させる用事なし。屠蘇一服遣之。伏見氏江同断贈之。〇信濃や重兵衛炭壱俵持参、閣、被帰去。

一今朝千駄ヶ谷米や平蔵、餅米取ニ来ル。未此方ニ無之候ニ付、後刻此方ゟ可遣旨申示、帰去シム。○即刻定吉江自罷越、餅白米只今平蔵方へ可遣旨申付、帰宅。○昼後高畑久次殿方へ蕎麦切壱重持参、遣之。先日中ゟ御扶持一義ニ付、謝礼として遣ス。○夕方大内氏被参、先日貸進之童子訓五板持参、被返之。右請取、六板五冊貸進ズ。早ミ帰去。

一今日おさち髪を洗ふ。吉之助同断、洗遣ス。

○廿二日甲戌　晴

一今朝食後吉之助番当ニ行、暫して帰宅。明廿三日吉之助留吉江本介の由也。○早朝千駄ヶ谷越後や平蔵方ゟ餅つき候て持参ス。五升鏡もち一飾・三升一飾・五寸一備・小備十四・のし餅九枚、右請取置。○四時頃平蔵方へ自水餅取ニ参り候所、未出来由ニ付、徒ニ帰宅。其後吉之助髪月代致遣し、平蔵方へ吉之助水餅取ニ罷越、ほどなく水餅携、帰宅。直ニ神在餅吉之助手伝製作致、象頭山・不動尊幷ニ家廟江供し、一同祝食ス。例年の如く伏見氏江十三入壱重、豆腐や子どもへ壱重遣之。折から順庵殿寒中為見舞被参候ニ付、煎茶幷ニ神在餅を薦む。暫して帰去。○昼食後吉之助、林猪之助・荒井氏・小林佐七・大内・伏見江寒中為見舞罷出、其後榎本氏・村田氏江行。村田氏江寒中為見舞、みぞれぐわし二包為持遣ス。外ニ神在もち小重入・屠蘇壱包為持、榎本氏江も神在もち一重、外ニ屠蘇壱包・雪蕉画[ボケ]ニ鶏画幅壱ツ贈之。村田氏ゟ鶏卵二・こんぶ二枚・塗柄御紋付貝杓子一本被贈之。榎本氏ゟ黒胡麻壱包被贈之。吉之助暮時帰宅。其後組合小屋頭有住岩五郎殿方へ組合歳暮天保四枚紙ニ包ミ、水引を掛、持参ス。暮六時前帰宅。○夕七時前ゟ自飯田町江行。右、西丸下引うつり安否を聞んが為也。神在もち一重・屠蘇壱服持参ス。未引越不知よし也。飯田町ゟ新たくあん貰候由ニて、一本移之、暮時過帰宅。

一夕七時過松村氏被参、一昨夜の切溜・とくり返之、早ゝ帰去。○昨廿一日内藤様、西丸御老中（アキ）被仰候由也。

幷ニ御頭佐ゝ木近江守様も御呼出しニて御役替被成候ニ付、組ゟ一役壱人罷出候由也。

○廿三日乙亥　晴　四時頃少ゝ霰降　氷不張

一今朝吉之助介番ニ付、正六時ゟおさち起出、支度致、天明ニ吉之助呼覚し、食後久次殿同道ニて御番所江罷出ル。扶持場歳暮銭為持遣ス。都合次第西丸下渥見氏江立より、安否承り、委細荷持江左右致候様申遣ス。

一昼後およし殿来ル。暫雑談、夕七時過帰去、夜ニ入又来ル。今晩止宿ス。

一下掃除定吉来ル。西厠汲取、帰去。○夜ニ入順庵殿来ル。例年の如く屠蘇壱服被贈之。暫雑談、四半時頃帰去。

一五時過定吉来ル。明廿四日山王近辺江参り候ニ付、山王地内御使可致旨申来ル。則、木本佐一郎方へ八犬伝四輯貸置候ニ付、手紙差添、取ニ遣ス。切もちを焼、一同江薦め、定吉四時被帰去。九時頃一同枕ニ就く。

○廿四日丙子　晴

一今朝荷持葛籠下ゲ来り候せツ、歳暮祝儀として天保一枚・切もち一包遣ス。○吉之助明番ゟ西丸下渥見江立より、引移り安否承り候所、未不知由。来春ニも相成可申哉の由の風聞ニ有之候由被申と云。九時前帰宅、食後仮寐致、入相頃起出ル。○荒井幸三郎殿・林猪之助殿・山本半右衛門殿、寒中為見舞来ル。山本氏江屠蘇壱服遣之。

一昼後高畑久次殿、三日礼廻り用捨の由ニて来ル。○昼前おふさ殿被参、おさち暫物語被致、昼時被帰去。所望ニ付、金瓶梅二集より四集迄十二冊・つゞ見が滝二冊貸遣し候由、おさち申之。

一今朝定吉妻、昨日定吉江申付候八犬伝木本氏ゟ請取、持参ス。右受取置。○およし殿朝飯後四時頃帰去、ほど無又来ル。粟もち壱包廿片持参、被贈之、早ゝ帰去。○伊勢外宮又太夫ゟ御初尾乞ニ来ル。例年は天保壱枚ニ候所、尚又十二銅さし添呉候様頼ニ付、外ニ十二銅遣之、請取書をとる。

一三安廻り男ニ去ル廿日持参の炭代四百三十二文渡之。
○廿五日丁丑　晴
一早朝食前、伝馬町ニ買物ニ行。出がけ松村氏ニ立より、今日伏見氏ニて煤払被致候ニ付、手伝として可被参旨申入候所、同人今日は松尾同道ニて浅草ニ参り可申候間、参りかね候由断ニ及。買物買取、五時前帰宅。松村氏今日不被参由ふし見へ申入置。○朝飯後吉之助髪を結、深光寺へ遣ス。深光寺備餅一飾持参、諸墓ニ水花を手向、帰路矢野信太郎殿方へ寒中見舞申入、煉羊羹壱棹持参、贈之、九時頃帰宅ス。

一自頼まれ候綿入物致、こしらへ置。○今日伏見氏煤払ニ付、地大こん・鯵煮びたし一皿、煎茶さし添、遣之。土瓶ハ夕方被返之。

一昼後長次郎殿来ル。伝馬町ニ買物ニ被参候由ニて、早ゝ被帰去。

一昼後おさち入湯ニ行、暫して帰宅。○夕方およし殿来ル。ほどなく帰去。

一昼前山村春畊方ゟ、同家中世話ニ成候人之由、お本人手紙さし添、めざし鰯弁ニひしこ贈来ル。右之人高田ニ参り、昼後帰来て返事を乞ふ。則返書認、謝礼申述、切餅廿片子ども方へ遣ス。○暮時ゟ吉之助、おさち同道、長次郎と共ニ平川天神市ニ行、四時過帰宅。いろ〳〵買取、入用七百文也。
○廿六日戊寅　晴
一今朝松村氏被参、暫して伏見氏も被参、右両人雑談、昼時帰去。松村氏ゆずり葉持参、被贈之。○同刻およし殿来ル。暫遊帰去、昼後又来ル。夕方帰去。〇四時頃おひさ来ル。清助どふぎ仕立呉候様申候ニ付、則請取、仕立遣ス。めざし鰯五遣之。〇昼前ゟ吉之助、榎本氏ゟ賢崇寺ゟ歳暮祝儀として罷越、夕方帰宅。賢崇寺御隠居幷ニ方丈ゟ吉之助ゟ手拭・足袋を恵□候由ニて、持参ス。

つく。

〇**廿七日**己卯　晴

一早朝自象頭山ゟ不動尊・豊川稲荷ゟ参詣、五半時頃帰宅。

一下掃除定吉、歳暮為祝儀牛蒡一把持参ス。〇昼後森野市十郎殿寒中為見舞来ル。且又、先年ゟお国殿ニ預り置候つぼ壱ツ・金小土盧、今日渡呉候様被申候ニ付、則二品渡遣ス。〇昼後伏見岩五郎殿、歳暮為祝儀おさち方へ襷壱ツ・唐雪さとう壱斤・髪の油被贈之、尚又阿部川もち同様被贈之、暫して被帰去。

一昼後吉之助髪月代致、其後松を建、仏器みがき物吉之助致ス。夕方ゟ入湯ニ行、暮時帰宅。〇夕方長次郎来ル。四谷ゟ買物ニ参り候ニ付、神酒之口幷ニうら白買取候様被申候ニ付、則頼遣ス。夜ニ入五時頃帰来ル。右買物受取置。

一暮時ゟ自おさち同道ニて入湯ニ行、暫して帰宅。

一昼前清助ゟ次郎ヲ以、蜊むき身贈来ル。且又、玉紬綿入仕立呉候様申越、うら続張呉候様申、ふのりさし添贈之。承知之趣申示、次郎を返ス。夕方又次郎ヲ以、右表為持来ル。請取置。〇夜ニ入夜職、四時過一同枕ニ

〇**廿八日**庚辰　晴

一今日当番ニ付、正六時起出、天明頃吉之助起出、御番所ゟ罷出ル。

一昼後自飯田町江行、帰路種〻買物致、四時過帰宅。

一夕方おさち入湯ニ行。○夕方触役宣太郎殿来ル。右は、新御頭明廿九日御引渡しニ付、御番出少〻早目ニ礼服ニて罷出候様被申。新御頭築地多賀兵庫助様の由被申。○今日はおさち明廿九日の支度、膾其外種〻取込、寸暇なし。○夜ニ入長次郎殿来ル。暫遊、帰去。

○**廿九日**辛巳　晴

一今朝五時過明番ゟ愛宕下江御使相勤、帰宅。食後礼服ニて、組中一同新御頭多賀兵庫助様江罷出、引渡し相済、夕七時過帰宅。其後節を祝、枕ニ就く。○今日如例内飾、所〻江神酒弁ニ家廟江供し、節を祝。夜ニ入神灯・福茶、かまどの神江水を供ス。都て先例之如し。○定吉妻、歳(ママ)為祝義里芋壱升余持参ス。此方ゟ手拭一筋・古足袋四双遣之。○家根や伊三郎歳暮為祝儀土大こん五本持参ス。○夕方およし殿来ル。暫して被帰去。

一夜ニ入大内隣之助殿被参、過日貸進之童子訓六板五冊持参、被返之。尚亦借書の謝礼として刻たここ(ママ)壱包被贈之。暫く雑談して、五時過帰去。○定吉来ル。世話敷由ニて、早〻帰去。

嘉永五年壬子日記

嘉永五壬子年

○正月元日壬午　晴　美日
家内安全　新年之迎春　今暁寅ノ三分大寒の節ニ入
一今朝、朝節雑煮餅、昼節一汁三菜、但香物・焼物鮭、家一同祝食。夕方福茶例之如く、諸神江神酒・神灯昨日の如し。
一吉之助朝節後髪月代致、礼服ニて組中一同江年始祝儀申入、帰路荒井幸三郎殿・小林佐七殿・生形八右衛門殿・大内隣之助殿・藤田嘉三郎殿江祝儀申入、帰宅ス。○今日礼者廿八人也。内十五人門礼也。姓名ハ別帳ニ記之。

○二日癸未　晴
一今日も朝節・昼節・福茶、神灯・神酒、昨日の如し。

一昼後吉之助新頭多賀兵庫助様江年頭申入、八時過帰たく。

一今朝長次郎殿来ル。御頭江御出被成候ハヾ同道可致被申候ニ付、昼後誘引可申由挨拶致、帰去。右ニ付、吉之助出がけ誘引候所、人の誘引を不待して先江参り候由也。同人母義江黒丸子二包遣之。

一今朝吉之助入湯ニ罷出、天王江参詣、帰路、足袋等買取、昼時帰宅ス。

一今日礼者十九人、内九人ハ門礼也。姓名は贈答暦ニ記之。

一松村氏・榎《（ママ）》氏ハ年玉持参、右両人ニ礼酒・屠蘇、其後かん酒・吸物・取肴・つまみ物・大平等薦之。夕方榎本氏・松村氏ハ伏見氏江年礼ニ被参候所、むり留せられ、両人とも餘ほ咯《（ママ）》叮《（ママ）》被致、榎本氏江歩行六ヶ敷、帰宅無心許被存候ニ付、供人にハ酒食薦め、榎本氏母義江手紙さし添、供人ニ上下を為持、先江帰ス。今晩此方へ止宿由申遣ス。

一夕七時過およし殿来ル。年玉として手拭一筋・羽根やうじ・書翰袋持参、贈之。尚又屠蘇酒を薦、夕方帰去、夜ニ入又来ル。暫し遊、五時過被帰去。吉之助・おさち送り遣ス。

一榎本氏伏見ニて醒臥、四時此方へ迎取、今晩ハ止宿ス。

一五時過東之方ニ出火有之、坂町也と云。吉之助直ニ罷出、暫して帰宅ス。

一長次郎殿も夜ニ入、来ル。暫して伏見江行。一同九時枕ニつく。

○三日甲《キノエ》申　晴

一今朝吉之助雑煮を祝、其後宛番ニ罷越、四時頃帰宅。其後髪月代を致遣ス。○朝食後榎本氏被帰去。吉之助羽織貸進ズ。

一四時過松村氏来ル。昨日の謝礼被申入、早ヽ帰去。○自昼前入湯ニ行。おつぐ殿同道、九時過帰宅ス。○今日礼者十四人、内七人ハ門礼也。

一夜ニ入、八犬伝九集ノ七読之、四時過一同枕ニつく。然る所、四時過新宿ゟ失火、即刻起出候内、長次郎殿門呼《ママ》を敲く。ほど無松村氏被参。此方風下ニ付、竜吐水を持出し、吉之助屋根を防ぐ。

一無程宗之介ハ清七召つれ来ル。其後榎本氏被参、一同江餅を焼、煎茶を薦む。九半時頃火鎮り候ニ付、榎本氏被帰去。其後宗之介主僕帰去。其後暁七時前枕く（ママ）。

○四日乙酉　晴

一今日吉之助、留吉江本介ニ付、天明前可起出候所、今暁の失火ニて七時枕ニつき候ニ付寐忘れ、烏鳴ニて起出。吉之助も直ニ起出、湯づけ飯為給、直ニ高畑を誘引、御番所江罷出ル。○昼前、梅村直記殿・松岡織江殿年礼ニ来ル。昼後長田章之丞殿も来ル。暫雑談して帰去。其外礼者、門礼とも五人也。○昼後おさち入湯ニ行、暫して帰宅。

一夕七時頃宗之介、年礼として来ル。今朝ゟ両国辺ニ失火、未火鎮らず候ニ付、屠蘇酒ニ不及、いそぎ早〻帰去。○日暮ておよし殿来ル。今晩は此方へ止宿ス。○今朝巳ノ刻頃東の方ニ失火有之。両国辺也と。

○五日丙戌　晴

一およし殿朝飯後帰去。○食後自伝馬町江買物ニ行、四時前帰宅。

一吉之助明番ニて四時頃帰宅。食後土蔵ニ入休足、夕七時頃起出ル。○今日礼者七人、内五人ハ門礼也。○八半時頃弥兵衛年礼として来ル。年玉半切紙・煎茶一袋持参、外ニ菜づけ一重・鮭切身七片被贈之、尚又、自江年玉金五十疋を被贈。こは必内〻なるべし。礼酒・取肴・吸物、右畢、かん酒・つまみ肴・大平物、吉之助相伴、夕飯を薦む。暫く雑談して、夕七半時過帰去。伴人ニも夕飯同断。○夜ニ入およし殿・長次郎来ル。うたかるた三、四度致、五時過長次郎殿帰去、およし殿ハ止宿ス。四時過一同枕ニつく。○暮時前吉之助、定吉方へ明日年始伴人足申付、帰宅。

○六日丁亥　晴　五時頃ゟ雨
一およし殿今朝起出、帰去。○食後吉之助髪月代致候内、定吉来ル。其後礼服ニて定吉を召連、年礼として罷出ル。久野内梅村直記殿・中西氏・榎店綾部氏・坂本順庵殿・遠藤安兵衛殿・岩井政之助殿、右六軒ハ門礼也。其外、武士請江坂卜庵殿・榎本氏・村田氏・梅川氏・丸や藤兵衛・一本松賢崇寺・田町赤尾氏・宗之介方へ、各年玉為持遣ス。

一今朝綾部次右衛門殿、為年礼来ル。早ゝ帰去。○四時頃土屋宣太郎殿来ル。右は、八犬伝借覧被致度被申候ニ付、初輯五冊貸進ズ。ほど無帰去。

一吉之助暮時帰宅。宗之介方ゟ右幸便ニ、年玉二種・かん中為見舞白ざとう一斤・年始文おまち殿ゟ、被差越。○暮六時麹町ゟ出火致、材木町不残、五丁目北側燃出、四時過火鎮る。吉之助帰宅、食事致、麹町ぇ行、五時過帰宅。定吉、火事ニ付帰宅後早ゝ帰去。

一暮時およし殿来、出火ニ付、早ゝ帰去。○今朝富蔵妻来ル。ほど無帰去。

一中西清次郎殿年礼として来ル。○今日諸神ぇ神酒、夜ニ入神灯、暮福茶。竈神ぇ水を供ス。おさち七種をうちはやす。○今夕、門松・外かざりをとる。
○七日戊子　六時頃ゟ天明後迄雪
一五半時頃定吉来ル。則、吉之助支度致、年礼として大久保矢野信太郎殿ぇ罷出、くわし一折為年玉持参ス。夫ゟ深光寺ぇ墓参致、香奠しん上。尚又飯田町弥兵衛《ママ》ぇ方参り、年玉三種持参、同所ニて屠蘇酒・夕膳を被薦。帰路渥見氏ぇ年始祝儀申入、年玉二種持参ス。渥見氏は明八日浜町ぇ引移候由ニて、皆荷ごしらへ致有之候由也。夕七時過帰宅。渥見氏明引移りニ付、定吉ニ申付、稲毛屋ニて里芋・蓮の根・こんにやく等買取、定吉ニ夕飯為給、返し遣ス。○自鮫ヶ橋ニて鰺買取、にしめ物五種おさち手伝こしらへ、明朝渥見氏江届呉候様定吉江申付、則、吉之助ニ定吉方へ為持遣ス。○夕七時過順庵殿来ル。温泉江被参候由ニて被帰去、夜ニ入又被参、暫遊、四時過被帰去。

○八日己丑　晴

一今朝四時頃ゟ吉之助、渥見江引越手伝として罷越、夕七時過帰宅。其後髪月代致遣ス。○およし殿昨夜止宿して、昼時帰去。

一今朝伏見氏被参、雑談後昼時帰去。○今日浅野半輔殿・村井真三郎殿、年礼として来ル。越後や清助同断、鼻紙二帖持参ス。早ゝ帰去。

一夕七半時頃松村氏被参。折から伏見江被招、早ゝ帰去。○日暮ておよし来ル。今晩も止宿ス。

○九日庚寅　晴　夕七半時頃地震

一今日吉之助当番ニ付、天明前起出、支度致、早飯後御番所江罷出ル。

一およし殿四時帰去、其後又来ル。自同道ニて入湯ニ行、昼時帰たく。

一昼後おさち入湯ニ行。おつぐ殿同道、ほど無帰宅。○右同刻、芝三田家主丸屋藤兵衛年礼として来ル、年玉海苔壱帖・扇子一本持参ス。煎茶・菓子を薦め、暫く雑談して帰去。○夕七時過土屋宣太郎殿被参、過日貸進の八犬伝初輯五冊持参、返之。尚又所望ニ付、同書二輯・三輯十冊貸進ズ。右為謝礼、煎茶一袋被贈之。

一日暮て伏見氏被参、其後およし殿来ル。海苔もちをこしらへ、薦之。雑談数刻、九時被帰去。およし殿ハ止宿ス。

○十日辛卯　晴　南風烈　暮時風止

一今日上野《（アキ）》御成ニ付、早交代ニて五時前吉之助帰宅。其後休足、八時前起出、食後長者ヶ丸万平殿方へ行。右は、内義腰痛ニて被脳《（ママ）》候由ニ付、平肝流気飲六服調合致、右持参、村田氏ゟ被贈之。彼方ニて夕飯を被振舞、暮時帰宅。噌味《（ママ）》こし一ツ被贈之。○夕七時過岩井政之助殿来ル。暫雑談、暮時被帰去。

一およし殿暮時来ル。止宿也。○今日象頭山ゟ参詣可致候所、足痛ニて延引ス。

○十一日壬辰　晴

一朝飯後およし殿帰去。○信濃や重兵衛、年礼としてするが半紙小方一帖持参ス。○昼後おふさ殿、年礼として来ル。年玉塩がま一包持参、被贈之。且、旧冬貸進之合巻三部持参、被贈《（ママ）》之。是ゟ岡野氏ゟ被参候由ニて帰去、夕方帰路の由ニて又被参候て、金瓶梅六・七・八輯貸進ズ。暮時ニ及、早〻被帰去。

一吉之助今日は終日在宿、庭掃除致ス。

一夜ニ入松村氏被参、神酒残り薦む。其後八犬伝九輯二ノ七・八、二冊被読、百七回一回残る。四時頃帰去。○右同刻およし殿来ル。早〻帰去。

○十二日癸巳　終日曇　寒気甚し。

一今日吉之助終日在宿ス。○昼時過高畑久次殿来ル。右は、茶番ニて藤沢と云台をとり候所、藤沢寺の寺号幷ニ何ぞ縁起記候者無之やと被問。差あたり覚候事無之ニ付、若や燕石の内又ハ江戸砂子抔ニ印有之候やと、右二書取出し貸進ズ。則携、被帰去。○八時過おさち入湯ニ行、ほどなく帰宅。

一夕方およし殿来ル。暫遊、暮時帰去。○伏見氏ニて旧冬ゟ被頼置候子ども綿入羽織、仕立出来ニ付、おさちヲ以為持遣ス。○夜ニ入長次郎来ル。暫く雑談、五時過帰去。其後枕ニつく。○今日新沢庵の口をあける。

○十三日甲午　晴

一昼前吉之助髪月代致遣ス。○昼後自、およし殿同道ニて入湯ニ行、暫して帰宅。○夕七時頃松村氏被参、八犬伝九輯の八、一冊被読、被帰去。

一夕方順庵殿来ル。先日借置候清元本三冊返之、暫して帰去。

一昼後鈴降稲荷別当願性院、年礼として来ル。如例年略暦一枚・守札一枚持参、吉之助挨拶致、帰し遣ス。○夕方およし殿来ル。今晩止宿ス。○夕方おさちヲ以、深田氏江新沢あん四本為持遣ス。

○十四日乙未　晴

一今日吉之助、留吉本介番ニ付、六時過ゟおさち起出、支度致。天明頃ゟ吉之助起出、早飯後御番所江罷出ル。今日は当町ニてハ吉之助壱人也。

一昼前政之助殿来ル。暫雑談、昼時ニ及候間、有合の節平ニて昼飯を薦め、八時過帰去。○右同刻高畑久次殿、昨日の貸進の江戸砂子・燕石持参、被返之。尋候条無之由、間ニ不合。然る所、右謝礼として唐の粉一袋・串柿五本被恵之。甚不本意、気の毒の事也。謝礼申延、被帰去。

一八時頃長次郎殿来ル。暫して帰去。○およし殿起出、被帰去、八時頃又来ル。ほどなく被帰去、夜ニ入又来ル。今晩も止宿也。

一昼前、下掃除定吉来ル。両厠そふぢ致、帰去。

一昼後信濃やゟ注文の薪八把持参、さし置、帰去。○昼後おさち入湯ニ行、暫して帰宅ス。○今日節分ニ付、昼節平・汁・膾祝食、吉之助ハ弁当ニ遣ス。但、焼物塩鱈整候所、ねこ仁助ニ銜去れ、右ニ付焼物なまぐさハ不遣。

一今日鬼打致。年男吉之助本助番ニ付、隣家廉太郎を頼候て鬼打如例致、諸神江神酒・神灯・福茶、竈神江水を供ス。都て先例之如し。四辻江火吹竹を捨る。是亦如例之。○廉太郎殿江串柿一包遣之。○昼前、太田定太郎殿子もりとくと申下女、髪を結呉候様申ニ付、則結遣ス。右は、定太郎殿内義、親里江被参候ニ付て也。

○十五日丙申　晴　亥ノ刻《アキ》立春の節ニ入

一吉之助五時過早交代ニて帰宅、赤小豆粥を祝、枕ニつく。夕七時過起出。

一およし殿起出、帰去、夜ニ入又来ル。今晩も止宿ス。

一野菜売多吉、串柿一包持参。

一今日赤小豆粥祝食、諸神江神酒、夜ニ入神灯を供ス。

○十六日丁酉　晴

一今暁六時頃北の方ニ失火有之、吉之助起出候所、ほど無火鎮る。後ニ聞く、かつぱ坂上也と云。○四時過玉井鉄之助殿来ル。右は、今ゟ蔵宿森村や江御使出候処、中殿町ニて御使ニ出候者無之。右ニ付、当町江御使宛候義無之候間、若さし支も無之候ハヾ御扶持点ニ致、可被参候やう被申候ニ付、其意ニ任、即刻支度致、組頭江罷出、組頭ゟ用事承り、森村や長十郎方へ行。右使相済、帰路飯田町江立より休足致、尚又組頭江立より、夕七時頃帰宅。

一昼後、竜土榎本氏ゟ彼方荷持長兵衛ヲ以、炭五俵被贈之。旧冬榎本氏江頼候ニ依て也。長兵衛申候は、今日賢崇寺ゟ御両所とも此方へ御出の由被申。則、長兵衛江人足ちん百文遣ス。○賢崇寺御両所御出ニ付、自稲毛や江買物ニ行、支度致置。○八半時頃、田口栄太郎改名久右衛門殿来ル。年礼也。ほど無帰去。○其後丁子や平兵衛来ル。袋入かつをぶし五本持参、かなよミ八犬伝十六編持参、被贈之。八犬伝十七編書抜呉候様被申之。然る内、賢崇寺ゟ御両所御入来。此故ニ平兵衛殿早ゝに帰去。○賢崇寺ゟ御出ニ付、定吉江申付、むさしやゟ口取物・鍋を取よせ、御両所幷ニ御供人江も酒飯を薦む。折から松村氏被参候ニ付、座敷江誘引、盃を薦む。夜ニ入六時過賢崇寺ゟ御迎之寺僕来、則、供人三人召連られ、五時前被帰去。松村氏ハ四時帰去。賢崇寺ゟ伏見岩五郎殿江為土産白砂糖一袋被恵之。則、御同人他行ニ付、預り置。○およし殿昨夜ゟ止宿、昼飯給、帰去、夕方又来ル。今晩も止宿被致。○旧冬ゟ町ニて物騒、所ゝニあやし火有之ニ付、此節町方厳重の被仰渡ニ付、所ゝわり竹ひやう木（ママ）ニて火まハり致候よし也。旧冬十一月二日雨降候儘也。

○十七日戊戌　終日曇ル　夜ニ入晴

一今朝朝飯後およし殿被帰去。○同刻伏見氏被参、昨日賢崇寺ゟ被恵候砂糖壱袋同人江渡ス。暫して被帰去。○四時過松村氏被参、かなよみ八犬伝十六編持参、被返之。尚又十七編抄録ニ付、画わり考可申被申、暫く雑談、七輯ノ一・六輯五上下携、昼時被帰去。○昼時前元賢崇寺の寺僧恵正と云法師被参、みかん一籠持参、被贈之。吉之助ニ頼度一儀有之由、暫く吉之助ニ物語被致、煎茶・菓子・欠合之昼飯を薦む。八時過被帰去。○其後吉之助、榎本氏江行。右は、明十八日家例ニ依鏡餅開致候ニ付、御老母幷ニ彦三郎殿ニ被参候由申遣ス。然る所、御老母ハ他行の由也。何れ可被参思ふ也。黒砂糖買取、暮時帰宅。

一夜ニ入順庵殿被参、切山椒壱袋持参、被贈之、暫雑談、四時被帰去。

○十八日己亥　晴

一今朝長次郎殿来ル。暫く遊、被帰去。右同人ゟ羽織紐・沢庵づけ三本遣之。右うつりとして、うど七本持参、被贈之。○朝飯後吉之助御扶持帳めん持参、岡勇五郎方へ行、帰路入湯致、昼時帰宅。○今日、例年の如く鏡もち開ニ付、汁粉・膾家廟ニ供し、家内祝食。床の間ニ羅文様・蓑笠様・琴嶺様御画像掛奉り、神酒・くわしを供ス。○大内氏并ニ伏見子ども両人・およし殿ニ汁粉餅を振ふ。○今朝吉之助ヲ以、むさしやニ払為持遣ス。

一今日榎本氏老母被参候つもりニて支度致候所、八時頃迄待居候所、入来無之候ニ付、依之取肴鯔・平菜・吸物重箱ニ入、吉之助ヲ以為持遣ス。然る所、老母ハ昨日ゟ村田氏ニ被参、帰宅不被致候由ニ付、吉之助、持参の品ミ榎本氏ニ差置、村田氏ニ行、安否を問候て暮時帰宅。村田氏内義ゟ為年玉、小風呂敷壱・紫ちりめん絞切、吉之助幸便ニ被贈之。○夕七時平五郎殿兄木本佐一郎来ル。右は、旧冬八犬伝四輯貸進之謝礼として、手製落鴈少ミ持参、被贈之、ほどなく帰去。○夜ニ入およし殿・長次郎殿来ル。雑談後長次郎殿被帰去、およし殿ハ止宿也。

○十九日　終日曇　庚子

一今日吉之助当番ニ付、正六時頃おさち起出、支度致、吉之助早飯後御番所ニ罷出ル。○自・おさち風邪、頭痛・悪寒致候ニ付、終日平臥。○今朝長次郎殿来ル。昼前迄遊、帰去、昼後又来ル。戸障子損じ候所繕被致候ニ付、残有之候酒壱合弱薦む。且又、序有之由ニ付、薬種買取呉候様頼、夕方被帰去。夜ニ入右薬種買取被参、則、調合致、煎用ス。桂枝湯也。○およし殿夜ニ入来。今晩止宿也。長次郎殿ハ五時過帰去。○夕七時頃松村氏被参、八犬伝十七編之序文草稿持参せらる。暫して暮時帰去。○吉之助今日賀ㇾ加屋敷ニ御使ニ罷出候由ニ付、つき虫薬三包飯田町迄為持遣ス。

○廿日辛丑　晴　風

一四時吉之助明番ニて帰宅。今日上野御成《アキ》御延引、御名代の由。右ニ付平日の如く交代の由也。○およし殿四時過帰去、夜ニ入又来ル。今晩も止宿也。

一昼後、榎本御老母年礼として御入来。年玉、紫山舞ちりめん半襟壱掛・白粉一箱・すき油壱ツ・鱒魚壱尾被贈之。とも人長兵衛ハ先へ帰さる。此故ニ吉之助起出、盃を薦め、折から長次郎殿被参候ニ付、同人ニ頼、むさしやニ肴・鍋申付、幷ニ酒・鱚を買取貰ふ。長次郎殿へも吸物・盃を薦む。畢、夕飯同様なり。暫く雑談、暮時ニ及候ニ付、母義を吉之助送り行、暮時頃帰宅。○夕七時過岩井政之助殿来ル。八犬士見立錦絵八枚持参、被贈之、暫雑談、暮時頃帰去。○右同刻松村氏被参、八犬伝七集の壱少ゝ抄録被致、持参、是亦暫く雑談、五半時頃帰去。長次郎殿も同道ニて被帰去。

○廿一日壬寅　晴

一今朝伊勢内宮御師付使、御初尾乞ニ来ル。如例二百文遣し、請取書取之。

一昼後有住岩五郎殿被参。右は、親類書廿五日迄ニ差出し候ニ付、榎本氏親類方取寄置候様被申、被帰去。○昼前長次郎殿来ル。させる用事なし。但、火之廻り延引なる由也。○昼後松村氏被参、かなよミ八犬伝十七編わり二丁被致候内、加藤領助殿被参、旧冬十一月六日貸進之裏見葛の葉・大柏六冊持参、被返之。雑談数刻、暮時松村氏同道ニて被帰去。○昼後清助女来ル。海苔壱帖持参ス。右は、旧冬ゟ頼有之候踊指南致呉候様、明日ゟ稽（ママ）ニ可被参由申、暫遊、帰去。

一去ル十七日被参候恵照坊被参。吉之助他行ニ付、早ヽ被帰去。〇吉之助、昼前より竜土ゟ一本松江行。右は、恵照坊ゟ被頼候一義ニ依て也。夜ニ入五時頃帰宅ス。

一暮時前中西清次郎殿、伊勢田丸木村和多殿ゟ書状届来ル。開封いたし候所、正月八日出ニて、年始・寒中見舞申来ル。別ニ用事なし。〇夜ニ入およし殿来ル。止宿也。

〇**廿二日**癸卯　晴　余寒甚し

一およし殿起出、帰去。〇吉之助四時頃起出候内、恵照坊来ル。吉之助食後、恵照坊同道ニて出宅、吉之助ハ榎本氏江親類（ママ）借用致度由申入、借用して昼時帰宅。然る所、右親類書ハ此方ニ参り居、余分ニ人の足を労し候事、甚不行届仕合也。

一八時過高畑久次殿被参。右は、今日斉藤氏稽古初ニ付、吉之助も参り候や、参り候ハヾ同道可致由被申。依之、吉之助麻社𧘕着用致、久次殿同道ニて、手みやげくわし壱折持参ス。右序ヲ以、有住氏江榎本氏親類書持参、届之、暮時帰宅。

一夜ニ入およし殿来ル。かつをぶし一本・くわし壱包持参、被贈之。今晩止宿也。

一かなよミ八犬伝昼後ゟ抄録、わづか壱丁弱写之。〇清助女、昼後稽古ニ来ル。則、教をうけて帰去。〇三安まハり男ニ酒代三百四十八文渡し遣ス。

〇**廿三日**甲辰　晴　夕七時頃ゟ雨　九時頃雨止　不晴

一今晩九時過青山六軒町ゟ出火致候ニ付、伏見氏呼起さる。即刻起出候所、近火ニ付、一同起出、御札箱を家根江あげ、風上ニ候へども、夜具抔つゝみ置。見舞の人〻十余人、性名《ママ》ハ別帳ニ記之。家数十軒程類焼。紀州様御家中古田氏江附火致候由也。おさち師匠遠藤氏も類焼ス。其後枕ニ就き、天明後皆起出。食前吉之助、明廿四日御番わり書付持参、組頭江行。帰路、今朝火事見舞ニ被参候有住岩五郎・田辺礒右衛門・川井亥三郎・森野市十郎・越後や清助江謝礼申延、帰宅。其後食事致ス。○四時過森野内義お国殿、出火見舞として被参、早〻被帰去。○昼後山田宗之介方ゟおまち殿文ヲ以、昨夜之近火見舞被申入、焼どうふ壱重被贈之。返書ニ謝礼申遣ス。清吉江しゆんくわん嶋物語前後合二冊貸遣ス。○夕七時過触役礒右衛門殿、明日当番増上寺へ《アキ》御成ニ付、九半時起し、八半時出のよし被触之。

一右同刻松村氏被参、一昨日貸進之独考論を持参、被返之。夜ニ入夕飯を薦め、其後被帰去。下駄・傘貸進ズ。

○昼後吉之助髪月代を致遣ス。○日暮ておよし殿来。止宿也。

一今晩九半時起し、吉之助起番ニ付、自・おさち通夜ス。九半時ニ至り吉之助起出、深田氏を起し、八時頃早飯為給、八半時頃ゟ深田氏同道ニて御番所江罷出ル。其後母女枕ニ就く。

○廿四日乙巳　晴

一およし殿四時帰去、夜ニ入又来ル。ふろしきづゝみ持参、被預之。火事用心の為也。今晩も止宿ス。

一昼前植木や富蔵来ル。暫雑談して帰去。○夜ニ入、渥見祖太郎来。年礼也。とし玉として半切紙・くわし一包持参、被贈之。遅刻候ニ付、早〻被帰去。○昼後綾部氏ゟ弥五郎女ヲ以、金瓶梅七・八集被返之。おさち方へおふさ殿ゟ文ヲ被越、おさち返書遣ス。金瓶梅九・十集二部貸進ズ。

○**廿五日**丙午　半晴

一およし殿食後帰去。○右同刻、自象頭山并ニ威徳寺不動尊・豊川稲荷へ参詣、象頭山〻額を納む。九時帰宅。

○右留主中吉之助明番ニて帰宅、食後今日御焔硝渡り候由ニて罷出ル。八時過帰宅。御焔硝三百廿三匁、玉代五百廿八文請取、帰宅。

一榎本氏御焔硝渡しニ付、御焔硝蔵長禅寺〻被参候由ニて被立寄。せん茶一瓶おさちせんじ、榎本氏〻渡ス。ほどなく土びん持参、被返之。又長禅寺へ被参。○暮時松村氏被参。右は、明日帳前ニ付、鉄炮少ミ借用致由被申、則貸進ズ。○ほどなく加藤領助殿来ル。させる用事なし。山本迄被参候由ニて被立寄、雑談数刻、松村氏同道ニて被帰去。

一夜ニ入およし殿来ル。今晩も止宿也。○右同刻定吉来ル。御扶持通渡し遣ス。

○**廿六日**丁未　雪　八時頃雪止　不晴　夜ニ入晴

一四時頃松村氏来ル。かなよミ八犬伝画わり四丁抜書致、昼飯を薦め、暮時被帰去。

一今日雪降候て往来致がたく候ニ付、およし殿終日此方ニ罷在、今晩も此方へ止宿也。

一今日雪天ニ付、次郎不来。

○**廿七日**戊申　晴　夜ニ入風

一今日終日在宿、感冒ニて悪寒致候由ニて、安火《ママ》〻平臥。依之、昼後おさち久保町薬種屋〻薬買取ニ行、ほどなく買取帰宅。則葛根湯調剤致、煎用す。夜ニ入焼味噌・煎茶を四辻〻捨る。およし殿今晩も止宿ス。

一夜ニ入梅村直記殿被参、八犬伝にしき絵五枚持参、被贈之。煎茶・せんべいを薦め、八犬伝初輯・二輯十冊所望ニ付、貸進ズ。右は、去ル廿五ゟ猿若町二丁目市村座ニて八犬伝狂言致候ニ付、皆人〻如此也。○昼前長次郎殿来ル。右、弁当料書出し候由被申之、ほどなく帰去。○夕方、定吉妻白米四升持参ス。おかね疱瘡致候由ニ付、奇応丸小包壱ツ遣之。○今日も次郎道不宜候ニ付、不来。

○廿八日己酉　晴　風　餘（ママ）甚し

一今朝吉之助、当日為祝儀組中江廻勤、昼前帰宅。およし殿昼前帰去、夜ニ入又来ル。止宿也。○夕方吉之助髪結、月代を不剃。右風邪ニ付、組頭江右之趣を届ケ候也。○昼後長次郎殿来ル。煎豆腐一器持参、被贈之。およし殿逗留の謝礼成べし。

一夕七時頃松村氏来ル。一昨日大久保矢野氏ニて開有之、被参、今日帰宅。右けい物ニてとり候由ニて、小ぎく紙二帖被贈之。且、手拭同断ニて払度由被申候間、二筋二百文ニ買取、天保銭二ひら同人ニ渡ス。夕飯を薦め、直ニ帰去。

一夜ニ入大内氏被参、雑談時をうつして被帰去。且、燕石雑志所望ニ付、六冊貸進ズ。○夕方高畑久次殿来ル。弁当料組頭江書出し候様被申。則、認め、被帰去。依之吉之助、留吉殿・儀三郎殿弁当料、手前扣とも四通認置。明日持参致候為也。昨今餘寒甚しく、硯水弁ニ仏器茶湯氷る。

○廿九日庚戌　晴

一今日吉之助当番ニ付、正六時過ゟおさち起出、支度致、早飯後例刻ゟ高畑・山本等と御番所江罷出ル。○昼前長次郎殿来、ほどなく帰去。

一およし殿昼飯を、《(ママ)》おさち髪結貰、帰去。○昼後おさち入湯ニ行。定吉小児疱瘡ニ付、八幡宮掛物貸遣ス。○夜ニ入松村氏被参、かなよミ八犬伝十七編の序文稿し、持参せらる。伏見氏ゟ見せ候由ニて、彼方へ持参せらる。松村直ニ帰去。○同刻およし殿来ル。今晩も止宿也。○今日餘寒甚しく、氷ること昨日の如し。今晩も三ヶ所ニ出火有之候由也。

○**卅日**辛亥　晴　餘寒甚し　暮六時七分雨水の節也

一今日上野御成《(アキ)》ニ付、早交代之所、吉之助残番ニて五時帰宅。食後休足、昼時起出ル。

一今朝久次殿窓ゟ被呼候ニ付、出向候所、右は留吉・儀三郎弁当料書付、当春玉取番西原邦之助殿組ニ候間、右ニ通したゝめ、西原ゟ持参致候様被申、帰去。

一右ニ付、昼後吉之助右書付二通認め、西原氏ゟ持参ス。然る所、組合松宮兼太郎老母今朝死去被致候由、途中ニて吉二郎殿ニ承り候ニ付、帰宅後又松宮氏ゟ悔申入、帰宅。夜食後又松宮ゟ行。今晩吉之助通夜可致の所、組合長友幷ニ松尾も不被参候ニ付、五時頃帰宅ス。

一昼時頃儀女殿来ル。手みやげ串柿壱包持参、被贈之。当分又此方へ逗留也。○日暮ておよし殿来ル。止宿也。

○今日おさちヲ以、深田ゟ器を返ス。うつりとしてくし柿一包遣之。

○**二月一日**壬子　曇　昼後ゟ雪　夜ニ入止　八専

一今朝およし殿起出、帰去。昼時頃きらず・むき身一器持参、被贈之。此方ゟにんじん煮つけ為移遣之、早々帰去。○今日松宮兼太郎殿養母送葬ニ付、吉之助礼服ニて辰ノ刻罷出ル。愛宕下清松寺寺中吟宗院ゟ一同送之。寺ニて施主松宮氏餅菓子を被出。右畢、組中当日祝儀相勤、八時過帰宅ス。○右同刻松村氏被参、かなよミ八犬伝十七編序文幷ニ画賛被致、暮時被帰去。○夕七時過おさち水汲候所、井戸釣瓶落入、二ツとも損じ、用立不申候所、大内氏被参候て、自釣瓶携来て被借之。当分買取候迄借用候様頼置。右ニて差支無之、水汲入候也。

一今日御扶持つきあげ、定吉持参ス。差引三斗八升持参、内六升引。

○二日癸丑　天明後ゟ雪　昼時雪止　半晴　夜ニ入晴

一昼後長次郎殿兄弟来ル。暫遊、帰去。○昼後吉之助一本松賢崇寺へ行。右は、過日被頼候恵照坊一義也。右用談畢、竜土江立より、暮時帰宅。梅川金十郎殿子息先月中旬ゟ難痘ニかゝり、養生不相叶終に去月廿三日死去被致候由、今日初て吉之助ゟ聞之。当子五才也。憐むべし。両親・親族愁傷相想《(ダク)》べし。○定吉小児おかね、是も去月廿七日より熱気有之候所、難痘ニて医師も断候由。何とぞ順痘ニ致遣し度、祈候事也。

一夜ニ入長次郎殿来ル。雑談、四時帰去。○昼後宣太郎殿、過日貸進の八犬伝六輯持参、被返之、尚亦七輯七冊貸進ズ。

○三日甲寅　晴　風　春寒昨今殊ニ甚し

一今日吉之助宛番ニ罷出、四時頃帰宅。然る《(ママ)》昼後、儀三郎殿明日ゟ出勤の由ニて被参候ニ付、又御番あて直しニ罷出。儀三郎殿本助久次どのなるを、久次殿本助の鼻ニ成、吉之助ハ留吉殿助也。

一梅村氏ゟ林次男鉦三郎ヲ以、伊勢田丸加藤新五右衛門殿ゟ正月五日出之状被届之。○夕七時頃宣太郎姉御来ル。右は、昨日宣太郎殿江貸進の八犬伝七集貸進致候所、壱ノ巻不足致ニ付、読つゞき不宜候ニ付、若是迄のつゞき違候やと被問候ニ付、其趣申伝ふ《(ママ)》候得ば、被帰去。○右同刻松村氏被参、かなよミ八犬伝十七編少ゝ抄録被致候内、加藤領助殿被参、読本何也とも借用被致度申候ニ付、四天王前編五冊貸進ズ。松村氏と同道ニて被帰去。○夕七半時頃岩井政之助殿被参、金瓶梅借用致度由被申候ニ付、初編ゟ三編迄十二冊貸進ズ。暮時被帰去。○夜ニ入およし殿来ル。今晩ハ止宿ス。

○四日乙卯　晴

一今日吉之助、留吉殿ニ助番ニ付、おさち正六時過ゟ起出、支度致。其後吉之助起出、早飯後例刻ゟ長次郎殿誘引合、御番所ニ罷出ル。○およし殿四時頃帰去、夜ニ入又来ル。止宿也。

一四時過弥兵衛来ル。先月分上家金壱分ト二百七十二文、売薬うり銭金二朱ト壱〆三百八十四文、内二百十七文差引、持参。右請取、且、重箱木地四組・黒重二重所望ニ付、貸進ズ。早々帰去。○昼前伏見氏被参、暫して被帰去。○今朝留蔵来ル。右は、同人小児両人とも疱瘡の由、奇応丸小包所望ニ付、則遣ス。早々帰去。○昼後おさち同道ニて、飯田町弥兵衛方へ行。為年玉くわし一折・小杉原一束・手拭壱筋、おつぎ方へ白粉壱箱・小切壱ツ・扇子壱本遣之。飯田町ニて屠蘇酒・吸もの・夕膳を馳走ニ相成、且、昨年正・四・十一・十二月四月分一わり、ろふそく代借用の分金二朱ト四百廿八文返上之、暮時帰宅。今日留主居儀女老人壱人ニ候ニ付、伏見氏折〻被参、心付くれ候也。○右留主中定吉妻来ル。ぬか・御扶持通帳持参致候由也。○今朝、下掃除定吉代来ル。切干壱袋持参ス。厠掃除致、帰去。

○五日丙辰　晴

一今朝吉之助明番ゟ入湯致、平川ニ廻り候由ニて四時過帰宅。終日休足不致也。

一およし殿食後四時過被帰去、伝馬町ニ入湯ニ同道致呉候由ニて来ル。則自、儀女老女・お吉殿同道ニて伝馬町ニ入湯ニ行、昼時帰宅。其後およし殿帰去。○同刻長次郎殿来ル。させる用事なし。ほどなく帰去。○昼時頃西原邦之助殿被参、暫雑談、且所望ニ付、美少年録初輯五冊貸進ズ。八時頃帰去。○右同刻飯田町ゟ使来ル。右は、明廓信士、来ル八日一周忌ニ御相当ニ付、志として壱分饅頭壱重、御姉様文ヲ以被贈之。外ニ赤剛飯、到来の由ニて被贈之。昨日預ケ置候せつた二双、是をも被差越。本膳・平・坪とも五人前貸進致候様被申越候ニ付、使に渡ス。謝礼返書ニ申、且、昨日借受候駒下駄二双・小ふた物・ふろしき・ふくさ、是をも使に返ス。

一昼後おふさ殿来ル。先月中貸進の金瓶梅九・十、八冊被返之。おさちとしバらく遊、夕七時頃被帰去。まんぢうを薦む。○夕七時前、伏見氏・松村氏被参。昨日伏見氏八犬でん十七編抄録致候稿本校合被致、にご《ダク》り或は其外直し有之所補候様札紙被付候所、松村氏被直。右両人ニ煎茶・赤剛飯を薦む。何れも暮時被帰去。

一今暁八時頃北の方ニ出火有之、大久保矢野氏近辺ニて、余町まち也と云。四軒ほど類焼也と云。此節物騒、所ゝ怪火有之、此故ニ町中用心堅固也と。

○六日丁巳　晴　昼後ゟ曇　夜ニ入あられまじ《ダク》り雨　ほどなく止

一今日挺前ニ付、天明頃吉之助矢場に行、昼前帰宅。○明七日初寄合吉之助方ニて有之由、長次郎殿書付持参、渡之。○昼後吉之助髪ヲ結、丁子や平兵衛方ゟ飯田町弥兵衛方へ行。右は、明七日明廓信士一周忌逮夜ニ候ニ付、一同被招候へども、明日寄合有之候故ニ不参候ニ付、右断旁ゝ香料金五十疋、御姉様に文ヲ以、進上。丁平にハかなよミ八犬伝十七編稿本出来候ニ付、平兵衛へ手紙さし添、為持遣ス。

一今日到岸様御祥当月ニ付、茶飯・一汁二菜丁理致、蓑笠様・到岸様御牌前に供し、家内一同食し、深田長次郎殿幷ニおよし殿に振舞ふ。伏見氏に器に入四人前、おさちニ為持遣ス。○夕七時過松村氏被参。夕飯を薦め、俠客伝二集の一壱冊被読之、五時過帰去。○吉之助暮時帰宅。鈴木へ餅菓子注文申付候所、まんぢう拵候道具焼失致候ニ付、饅頭ハ不出来由ニ而延引、帰宅後、西東に餅菓子誂、六時過帰宅。丁平ニてハ余り筆工細く候ニ付、跡ハあらく致候由申之。〇荷持和蔵ニ給米二升遣ス。正月分也。

〇七日戊午　晴

一今朝、昨日申付餅菓子壱分物数八十・五分餅三百文分、朝がほせんべい百四十八文分持参、請取置。
一四時頃ゟ吉之助、伝馬町江のり入水引買取ニ行。金二朱渡遣ス。帰路入湯致、昼前帰宅。直ニ自、吉之助手伝、餅・まんぢう各五ツ入十六人前、水引を掛、包拵置。今日初寄合来会の人〻江牽ん為也。〇おさち昼前入湯ニ行、暫して帰宅。〇昼後寄合の人〻、定番有住忠三郎・宮下荒太郎・稲葉友之丞、平番板倉栄蔵・深田長次郎・岡勇五郎・建石元三郎・板倉安次郎・加藤金之助・玉井鉄之助・高畑久次・江村茂左衛門・加藤領助・鈴木吉次郎、右十四人来会。右は、永野儀三郎殿旧冬十月ゟ株売んとて引籠被居候所、去ル二月四日出勤被致候ニ付て、右同人の寄合也。各江煎茶・薄皮もち・朝がほせんべいを出、且、壱分饅頭・薄皮もち五ツ入壱包ヅ、、牽之。外ニ定番定八・平番市十郎殿ハ欠席ニ付、来会の仁帰路持参、被届之。夕七時頃皆退散。其後吉之助、定番忠三郎・荒太郎・定八・友之丞江、無滞寄合相済候為謝礼罷出ル。ほど無帰宅。〇八時過飯田町弥兵衛方ゟ本膳・一汁五菜、但香の物とも、牽物添五人前、以使被贈之。謝礼申、使を返ス。〇伏見氏ゟ手製のり鮓一器被贈之。右移として、焼まんぢ《(ダク)》う三ツ贈之。〇夕方およし殿来ル。ほど無帰去。〇今朝源右衛門来ル。定吉小児おかね、難痘ニて昨六日朝病死致候由、四才也。両親の歎相想すべし。ほど無帰去。

〇八日己未　曇　春寒

一今朝五時過ゟ礼服ニて自、吉之助・おさち同道ニて深光寺へ行。今日巳ノ刻、光誉明廓信士一周忌法事有之故也。四時寺ニ至る。然る所、雨天ニて施主弥兵衛方ニて見合せ候由ニて九時頃、弥兵衛初、御姉様・おつぎ・

お鍬様・弥兵衛親分△方や小兵衛・明廓信士弟八十吉来ル。則、本堂ニおゐて読経、住持・所化四人。八時読経畢、各焼香、拝礼。弥兵衛施主、各〻斎を被出畢、牽物餅菓子五ツを牽る。飯田町御姉様ニハ駕籠ニて御出の所、天気ニ相成候様見え候ニ付、駕籠は先〻帰し被遣候所、昼後ます〳〵大雨成、此方何れも合羽無之候ニ付、御姉様合羽おさち〻被貸候ニ付、おさち着用して帰宅。殊の外道ぬかり、吉之助・自も合羽無之、尤難義致候也。暮時帰宅。飯田町ニても大難義被致候なるべし。○右留主中およし殿来ル。昼飯を振舞ふ。昼後伏見氏・松村氏被参、一同帰宅後皆〻被帰去。松村氏へハ夕飯を薦候所、伏見氏ゟ被招候ニ付、伏見〻被参候ニ付、被帰去。

一昼後定吉来ル。雑談後帰去候由、今日留主被致候儀女殿被告之。

○**九日**庚申　終日曇　四時頃雪　忽地止　酉ノ刻小地震　夜中風

一吉之助当番付、天明前起出、支度致、例刻ゟ高畑・山本等と御番所〻罷出ル。

一今朝伏見氏被参、雑談して昼前被帰去。右同人方ゟ、外ゟ到来の由ニて赤剛飯一盆被贈之。

一夕七時前松村氏被参、侠客伝三・四ノ巻被読。夕飯を薦め、五時過被帰去。○夜ニ入およし殿来ル。止宿也。

○今日庚申ニ付、神像を床間ニ掛奉り、供物を供ス。

○**十日**辛酉　風　曇　寒し

一吉之助四時前明番ニて帰宅、食後休足。○八時過森野市十郎殿、宮下荒太郎殿ゟ伝言也とて窓ゟ申入らる。右は、弁当料請取ニ可被参由被申、帰去。依之、吉之助起出、宮下氏〻弁当料請取ニ行、夕七時頃、請取帰宅。早束取調、十七匁森野氏分・五匁並木氏分・五匁高畑氏分・五匁忠三郎殿分・五匁江村氏分。吉之助請取候分

ハ三拾匁請取、納置。皆名(ママ)ゝ江配り、帰宅。江村氏分ハ高畑氏江預ケ置しと也。尚又、加人助先番附人弁当料ハ長次郎殿江可遣候所、他行ニ付、其儘預り置。十一匁也。右、昨九日二月分御玉落候ニ依て也。御張紙三十九両替也と云。○昼後弥兵衛来ル。去六日貸進之膳・わん持参、被返之、山本山小半斤被贈之。且亦神女湯・奇応丸小包無之由ニ付、神女湯八包・奇応丸小包十遣之。御姉様ゟ御文被下候所、返書不上、謝礼口状ニて申、塩がまおこし一包進之。ほどなく帰去。

一およし殿昼前帰去。○昼時頃大内氏被参、暫雑談して被帰去。

○十一日壬戌　半晴　夕七時過地震

一今朝下掃除来ル。厠汲取、帰去。○今朝松村儀助殿被参、かなよミ抄録被致、昼飯・夕飯とも為給、夜ニ入猪聞集壱部被読、九時前帰去。○昼後永野儀三郎殿、同人弁当料持参、吉之助ニ渡、帰去。右吉之助請取、高畑・江村・南條・並木・森野江配、帰宅ス。

一夕方豆腐や松五郎妻来ル。右は、昨十日彼方ニて吉之助両替致候金壱分のかね不宜由ニ付、何卒御取替給ハるべしと申ニ付、吉之助も其儀ニ心付ず候ニ付、則取替遣ス。ほど無帰去。○昼後越後や次郎来ル。蜊むき身壱器被贈之、ほど無迎来り候ニ付、帰去。○夜ニ入およし殿来ル。其後梅村直木(ママ)殿来ル。過日貸進の八犬伝初輯・二輯十冊被返之。右請取、同書三・四輯九冊貸進ズ。暫雑談中長次郎殿来ル。御先番附人弁当料、吉之助の分(アキ)持参、被渡之。九時前、松村・梅村・長次郎殿・およし殿、同道ニて帰去。○八時過岩井氏被参、金瓶梅初集ゟ三集迄十二冊持参、被返之。右請取、同書四・五・六集十二冊貸進ズ。松岡氏江被参候由ニて、被帰去。

一昼後おふさ殿来ル。過日貸進の合巻三部持参、被返之、ほどなく被帰去。

○十二日癸亥　晴　八専の終

一今朝およし殿来ル。蜊二升遣之。○右同刻松村氏来ル。早〻被帰去。

一昼後吉之助髪月代致、深光寺へ行。右は、証文ニ調印可致為也。然る所、恵明和尚他行致、調印不調。夫ゟ小出氏を尋候所、不知由ニて、暮時徒ニ帰宅ス。

一伏見氏被参、銅鍋拝借被致度由ニ付、貸進ズ。○おさち昼後入湯ニ行、八時過帰宅。○八時過願性院、正月分供米集ニ来ル。則、鳥目十二銅・白米五合、外ニ旧秋九月分未不納候ニ付、今日一緒ニ五合・御初穂十二銅進之。然る所、九月分御初穂は旧秋受納致候間、今日の分五月分ニ納置候由、願性院被申之。

一今朝吉之助、宮下荒太郎殿方へ行。去ル十日請取候金子之内、見苦金子有之由之所、然ば森村やニ手紙可遣候と被申、則、手紙認、吉之助被渡。右請とり、昼前帰宅ス。

○十三日甲子　五時過ゟ雨終日　夜ニ入止　風

一昼前有住岩五郎殿被参。右は、親類書一義、著作堂様御夫婦ハ其儘さし置、跡ハ除き候て宜敷分ハ差除候由被申候ニ付、其意ニ任、田辺の分差除候様頼。暫く雑談して被帰去。○其後、礒女殿権田原へ被帰去。去月卅日ゟ十四日の逗留也。

一今朝吉之助当番ニ罷出、四時帰宅。昼後又長友氏ニ、武士請証文請取ニ行。右請取、尚又赤坂丹後坂江坂氏ニ調印の儀申入、金五十疋為肴代持参致、進之。折節卜庵当番ニて、調印致かね候由ニて、右証文内義ニ預ケ、徒ニ帰宅。○夕方およし殿来ル。暫して帰宅。○伏見氏ゟ志の由ニて、茶飯・一汁三菜、取肴添、被贈之。今晩四時、一同枕ニつく。

一今日甲子ニ付、大黒天江神酒・備もちを供ス。夜ニ入神灯。

○十四日乙丑　風　半晴

一今日吉之助、留吉江本助ニ付、天明前おさち起出、吉之助ニ早飯後、深田同道ニ而中の御門御番所江罷出ル。○五時過ゟ自、深光寺へ寺調印出来候やと取ニ参り候所、未ダ和尚帰寺不致候ニ付、今夕か明朝為持上候様納所申ニ付、間違無之頼入、諸墓江水を手向、拝し畢、帰路入湯致、九時帰宅。○今朝おさちヲ以、伏見氏江銘茶山本山壱袋為持遣ス。彼方ゟ尚又昨日残り物の由ニて、取肴被贈之。

一八時過清助来ル。八犬伝九輯十三ノ巻ゟ十七迄所望ニ付、則五冊貸遣ス。ほど無帰去。

一夜ニ入宣太郎被参、過日貸進の八犬伝七集六冊持参、被返之。尚又所望ニ付、八集上下帙十冊貸進ズ。暫して被帰去。○同刻およし殿来ル。今晩止宿也。

一夕七時頃伏見氏被参、暫雑談、暮時被帰去。

○十五日丙寅　夕七時九分啓蟄　終日曇

一今朝五時過吉之助明番ニて帰宅、半刻早交代也。昼後矢場江鉄炮稽古ニ行、夕七時過帰宅。○およし殿昼前帰去。○夕七半時過松村氏被参、殺生石後日の怪談初編二冊被読、且鉄炮借用致度申候ニ付、貸進ズ。五時被帰去。○およし殿所望ニ付、合巻かつぱ相伝一冊貸進ズ。○吉之助明番帰路江坂江立より、武士請証文江調印出来、請取、持参、今日組頭江届く。

○十六日丁卯　曇　昼前
一昼前吉之助髪月代致、食後森村やゟ御切米請取ニ行。右序ニ、丁子や平兵衛へかなよミ八犬伝十七編下冊為持遣ス。然る所、吉之助印鑑未森村やゟ参り不申候ニ付、御切米被不渡候ニ付、丁子やゟのミ十七編稿本を渡し、帰路鉛金二朱分買取、暮時頃帰宅。○昼前およし殿来ル。干のり壱帖持参、被贈之。昼飯為給遣ス。

一昼後榎本氏ゟ長兵衛ヲ以、万平殿植木類数種此方へ被預ケ、二度ニ運畢。右植木品数ハ別帳ニ記之。○昨朝深光寺納所、寺印調候ニ付持参せらる。則、天保銭一ツ遣ス。

○十七日戊辰　晴
一今朝吉之助、昨日村田氏ゟ預り置候植木類、自・おさち手伝、皆植畢。八時前也。

一昼前およし殿来ル。おすきや丁ゟ買物ニ参り候由申ニ付、備もち・七色菓子買取呉候様頼遣ス。昼前買取被参、其後帰去。○暮時前松村氏被参。今日はさせる用事なし。夕飯を薦、殺生石二編を被読、五時頃被帰去。○夜ニ入長次郎殿被参、吉之助本助役点畢候ニ付、帳めんゟ印置候様被申、則、印置。暫して帰去。

○十八日己巳　半晴　寒し　夜ニ入五時頃ゟ雪
一今朝およし殿同道ニて伝馬町へ入湯ニ罷越候所、茶碗鉢と申湯や休ニ付、外之湯やゟ不行して帰宅ス。○今朝吉之助、岡勇五郎方へ行、来廿四日同人ゟ返番可致旨届之、且有住へ参り、森村やゟ吉之助印鑑未不行由申候所、有住被申候ニ付、右印鑑は旧冬鈴木橘平ゟ遣し置候間、彼方ニて承り候様被申候所、鈴木ゟ参り候所、彼方ニて失念致候由。何れ両三日中長友参り候ニ付、届置可申候様被申候由也。四時頃帰宅。

一今日稲荷祭宵宮ニ付、赤飯・にしめ調理致、稲荷神像床間江掛奉り、神酒・七色菓子・水・赤飯・煮染を供ス。明日午の日ニ候へども、明日は吉之助当番ニ付、今日ニ取越祭之。およし殿ニ昼飯為給遣ス。○昼後吉之助竜土ゟ一本松賢崇寺江罷越、夜ニ入帰宅。今日村田氏、長者丸ゟ番町御火消屋敷江引移りの由なり。賢崇寺御隠居ゟ為遺金、吉之助江金三両被恵候由ニて、吉之助帰宅後告之。

一昼後矢野氏ゟ使札到来。右は、八犬伝十三ノ巻ゟ借用致度由ニ付、則稿本九輯十三ノ巻ゟ十八迄五冊、製本十九ゟ廿三迄五冊貸進ズ。○暮時松村氏来ル。赤飯を薦め、皿〻郷談所望ニ付、貸進ズ。四時被帰去。折から雪降出候ニ付、傘貸進ズ。

一暮六時頃梅村氏被参、猿若町二丁目市村座ニて八犬伝狂言致候由。梅村氏は昨十七日見物被致候由ニて、役わり絵ざうしあふむ石持参、被借之、且、狂言の趣を物語被致、且亦所望ニ付、八犬伝五輯六冊貸進ズ。過日貸進の三輯五冊返却被致、五時頃被帰去。

○十九日庚午　雪　但多不降　四時過ゟ雪止　曇

一今朝吉之助当番ニ付、六時過おさち起出、支度致、天明後吉之助を呼起し、早飯為給、其後高畑・山本等と御番所江罷出ル。○自五時過ゟ一ツ木豊川稲荷・不動尊へ参詣、四時頃帰宅。○四時過恵照坊被参、吉之助江贈らんとて、梅花画賛或は書、唐紙江被認候品持参、被贈之。右は、世田ヶ谷広徳寺方丈の書画成由也。数枚持参被致、此内好次第撰候様被申候ニ付、五枚貰受る。暫く雑談して被帰去。今日吉之助留主宅ニ付、両三日中ニ被参候由被申。

一昼後およし殿同道ニて伝馬町江入湯ニ行、八時過帰宅。○夕七時頃定吉妻来ル。明日森村や江御使可致候由申ニ付、手紙認、印形二ツ渡し遣ス。○暮時およし殿帰去。

○廿日辛未　晴

一今朝吉之助明番ニて、五時前帰宅。今日上野《アキ》御成ニ付、早交代の由也。

一昼前礒女殿来ル。去十三日貸進の傘持参、被返之、右請取。今日は岩井氏江被参候由ニ付、早〻被帰去。○昼後吉之助鉄炮を鋳、大内氏ニて鋳鍋借用、大内氏手伝、玉鉛四百四十八匁、外ニ古玉八ツ〆百廿六玉出来ス。○大草氏ゟ此方植木三、四種払呉候様、僕来ル。価如何斗やと被問、此方ニてハ分兼候ニ付、其御方御聞合候て可然と申候へバ、帰去。○暮時松村氏被参、去ル十五日貸進致候鋏炮持参、被返之、皿〻郷談三冊同様被返之。尚又所望ニ付、八犬伝篠斎評二冊貸進ズ。程なく被帰去。五時一同枕ニつく。○日暮て定吉来ル。申付候用事整、晩茶も持参ス。

○廿一日壬申　晴　夜ニ入曇　深夜雨

一昼後おさち同道ニて伝馬町江入湯ニ行、帰路富山ニて神女湯剤薬種買取、且、下駄やニておさち下駄買取、八時過帰宅。然る所、桹郎・芍薬・黄芩、余り細製ニて間ニ合かね候ニ付、夕方吉之助入湯の序ヲ以、生ととりかへさせ、川骨ハ返し、土屋ニて別ニ川骨・細辛買取、暮時帰宅ス。尚又組頭江印鑑持参、渡之。○今朝長次郎殿来ル。右は吉之助捨り助番大書いたし、暫して帰去。○夕方おさち定吉方へ白米申付ニ行。序ニ坂本氏暫く不被参候ニ付尋候所、疾瘡甚しく出来ニ付、引籠被居候由也。

○廿二日癸酉　雨　昼後雨止

一今日吉之助手伝、神女湯剤製薬致、酒ニひたし置く。○昼前およし殿来ル。旧冬ゟ預り置候金壱分、今日渡す。

古帳面二冊同断。昼前帰去。

一八時過松村氏被参、丸あげさつまいも一重持参、被贈之。且又貸進の評書二冊返却、尚又評書二冊貸進ズ。〇夕七時過領助殿被参、過日貸進の四天王前編五冊被返之、尚又後編五冊貸進ズ。松村氏同道ニて、暮時被帰去。

一今日、加藤新五右衛門殿幷ニ木村和多殿ニ書状認め置く。

〇廿三日甲戌　五時頃地震

一今日吉之助番当ニ罷出、四時帰宅。且、明日は大掃除ニ付、吉之助ハ加人ニ罷出候由ニ付、昼後右相手へ申合ニ行、ほどなく帰宅。其後又竜土榎本氏ニ行。右は、猿若町芝居見物明日と定め、其御方ハ如何可有之と問候所、今日は彦三郎殿当番ニて不在ニ候間、知れかね候へども、御母義ハ被参候ニ付、明夕此方へ被参候由也。吉之助竜土ゟ直ニ猿若町二丁め茶や中泉やと申方へ伏見氏手紙持参、参り、明後廿五日見物ニ参り候ニ付、能桟敷取極メ置候様申入、暮六時帰宅。

一今日自、おさち手伝、神女湯を煎、小半剤十六炮烙、昼前畢。九十五杯出来、壺ニ納置。〇昼後伏見氏被参、何やら認め持参、被認。〇昼後おさちヲ以、松村氏ニきす・蛤むき身一重贈之、暫して帰宅。〇八時頃松岡おつる殿被参、暫雑談して被帰去。〇夕七時前松村氏被参、伏見氏と雑談後、伏見氏と一緒ニ暮時被帰去。

一夕七時頃ゟ自飯田町ニ罷越、去ル八日借用の合羽持参、返上、有平一包進上。大福餅を壱包被贈。兼て約束いたし置候芝居見物、弥明後廿五日定め候間、御都合宜敷候ハヾおつぎ被遣候やと申候所、何も差支無之候ニ付、可遣旨被申候間、然ば明後早朝参り候様申、暮時ニ及候ニ付、早ゝ立去、暮六時帰たく。

一日暮て長次郎殿来ル。右は、今朝当番請取、玉井ニ御当被成候得ども、請取は私事也と被申、其趣帳面ニ印置候様被申候ニ付、則記置。雑談後五時過被帰去。

一右同刻久野仲間金兵衛来ル。右は、今がた久野御門前ニ怪きくせもの壱人罷在候ニ付、皆〻棒もて追走らせ候へども、御地面内へも又可参や否難斗候ニ付、用心致候様申入、帰去。依之、吉之助等門前其外地面内度〻廻り、心付候なり。

○廿四日乙亥　晴

一今日吉之助加人番ニ付、六時過ゟ起出、天明頃髪月代致遣し、御番所江罷出ル。南条源太郎殿同道。今日大掃除ニ付、如斯。夕七時過帰宅。一ツ弁当遣ス。

一昨廿三日竜土ゟ浅草江参んとて、大伝町（マヽ）丁子屋平兵衛宅の方通り候所、忽地手代忠七吉之助呼かけ、招き入、甚略義失礼ニ候へども、手前殊之外多用ニて御尊宅江罷出候も寸暇、右ニ付、先日奉願候八犬伝十七編抄録料金三百疋、吉之助江被渡。辞れども聞ざれバ請取、帰宅ス。○荒井幸三郎殿小児春十郎、難痘ニて夕七時頃没し候由。今日十四日也と云。今年五才也。

一昼後自象頭山江参詣、且豊川稲荷へも参詣、手拭一筋を納ム。帰路入湯致、八時過帰宅。

一明廿五日猿若二丁め八犬伝狂言見物致候ニ付、今晩竜土榎本氏御母義被参候約束ニ候所、日暮候ても不被参候ニ付、否様子聞として、吉之助挑灯携、竜土江罷越、暫して御母義同道ニて吉之助帰宅。御母義為手みけ（マヽ）切鮓壱包被贈之。今晩此方へ逗留也。○夕七時頃自深田氏江行、からあさり二升持参、贈之。暫く雑談、煎茶・水もちつけ焼を被出、暮時帰宅。○暮六時頃坂本順庵殿来ル。暫雑談、五時過被帰去。○昼後およし殿来ル。雑談後被帰去。

○廿五日丙子　半晴　夕七時過小雨　多不降　六時頃ゟ弥雨

一今朝暁七時おさち起出、支度致候後、一同起出、早朝（ママ）を給、猿若町二丁目八犬伝狂言見物ニ行。榎本御老母・自弁ニ吉之助・おさち同道、明六時頃出宅の所、留主居伏見氏を頼置候所、昨夜不被帰由ニ付、差掛り甚当惑ニ候得ども、最早出かけ候ニ付、大内氏をよく〳〵頼、出宅して、飯田町ニておつぎ誘引、一同猿若町江行。終日見物、夕七半時頃打出し、観世音江参詣、折から雨降出候間、隣祥院ニて傘三本借受、飯田町江おつぎ送り届、四時前帰宅。彦三郎殿ハ竜土ゟ直ニ被参、帰路、雷神門ニて別れ、榎本氏のミ竜土江帰去。○右留主中、伏見氏・松村氏・大内氏留主被致。右之人江酒肴整置く。榎本母義も此方へ被参、今晩も止宿被致。

一右留主中西原邦之助、去五日貸進の美少年録初輯を五冊被返之。

○廿六日丁丑　晴

一今日帳前ニ付、天明後吉之助矢場江行、九時頃帰宅。○昼前深田養母被参、菓子壱包持参、被贈之。暫物語致、昼飯・煎茶を薦め、昼後帰去。○昼後、榎本氏母義同道ニて入湯ニ行、八時帰宅。

一八半時頃ゟ榎本氏御母義被帰去。○右同刻松村氏被参、暫雑（ママ）、且かなよミ手伝被致候ニ付、金百疋を松村江贈之、暮時被帰去。○夕七半時頃吉之助ヲ以、高畑久次殿小児疱瘡ニ付、菓子一折・手遊一ツ・奇応丸中包壱ツ為持遣ス。○日暮て長次郎殿来ル。暫遊、吉之助当年ハ初矢場ニ付、金五十疋長次郎殿江渡遣ス。○昼前、下掃除定吉来ル。厠汲取、帰去。

○廿七日戊寅　天明後雪　昼後ゟ雨　夕方止　不晴

一昼前伏見氏江行、昼時帰宅。○今日彼岸の入ニ付、唐だんごきなこ付拵、持仏江供し、且隣家へも遣し、家内食ス。○伏見三男勝三殿一昨廿五日ゟ熱気有之、昨夜ゟ少ヽ熱も醒、少しヅヽ見へ候間、多分疱瘡成べし。○吉之助今日終日在宿。○夜ニ入松村氏被参、伏見氏ニて馳走ニ成候由ニて、酒気有之、ほどなく帰去。

○廿八日己卯　晴　風

一今日永野儀三郎殿、当日為祝儀来ル。○吉之助髪月代致、昼後ときは橋御門外長崎や昌三郎方へ麝香・沈香・人参等買取ニ行。○昼後自伝馬町江買物ニ行、伏見小児弥疱瘡ニ付、右見舞物手遊・桃色切等買取、八時過帰宅。其後おさちヲ以定吉方へ、御扶持渡り候ニ付、両三日中ニ取ニ参り候様申付遣ス。

一夕七時頃長次郎殿来ル。松村同断。させる用事なし。暫して帰去。

一今朝大内氏被参、是亦暫遊、昼前帰去。およし殿同断。○宣太郎殿先日中貸進の八犬伝八集十冊被返之。近辺親類江被参候由ニて、早ヽ被帰去。暮時又帰路の由ニて立寄れ、同書九輯の一、六冊貸進ズ。○吉之助夕七時頃帰宅、奇応丸剤三種買取、金二分之内三百十八文残候間、外ニ下村びん付油・すき油・たばこ等買取、帰宅。

一今日朝夕両度伏見江見舞ニ行。夜ニ入おさちヲ以、疱瘡為見舞、桃色木綿手拭・花染枕かけ・手遊為持遣ス。母女五時過帰宅、一同枕ニ就く。○夕方おさち高畑江見舞ニ行。

○廿九日庚辰

一今日吉之助当番ニ付、六時過ゟおさち起出、支度致、天明後吉之助起出、早朝飯、山本・深田誘引、御番所江罷出ル。○昼前・夕方伏見氏ニ行、暫して帰宅。○四時頃ゟ松村氏被参、終日此方ニて八犬伝十八編抄録被致、夕方帰去。○おさち昼後綾部氏ニ罷越。当年初て参り候ニ付、半切太抜、為年玉持せ遣ス。夕方帰宅。○自今日奇応丸剤沈香をおろし、人参同様細末ニ致、麝香とも三種交合、拵置。掛目弐匁五分出来ス。

一今晩伏見娘おつぐ《（ダク）》此方へ止宿ス。○夕方おさちヲ以深田ニふた物を返ス。うつりとして牡蠣遣之。

○卅日辛巳　晴　酉ノ五刻春分之節也

一五半時頃吉之助明番ニて帰宅。食後矢場掃除ニ罷出、帰路入湯致、八半時頃帰宅。右以前玉井鉄之助殿来ル。吉之助帰り候ハヾ、又ゝ矢場参り候様被申、帰去。右ニ付、吉之助帰宅後矢場ニ又行。右は、明一日矢場稲荷祭礼ニ付、子ども踊興行致候ニ付、右入用、組中ハ勿論、地借迄も合力を乞ニ参り候由也。依之、平番一同四匁ヅヽ、出銀、長次郎・鉄之助・儀三郎・吉之助所ゝニ集ニ廻り、夜ニ入五時帰宅。○暮時前、加藤領助殿・梅むら直記殿来ル。雑談時を移して、暮時領助殿被帰去。同刻およし殿来ル。梅むら氏ハ貸進の八犬伝四集・五集十冊返却、所望ニ付、六輯六冊貸進ズ。五時頃帰去。およし殿同道ス。○今日奇応丸、粉ニて壱匁三分煉立、二匁五分丸之。○夕七時過伏見ニ疱瘡見舞罷越、暫して帰宅。おつぐ殿今晩も止宿也。

壬子日記　嘉永五—閏二（付表紙）

閏二月壬子日記（表書）

五大力ボサツ（表書裏）

○閏二月一日壬午　晴　風　夜ニ入風止

一今日吉之助附人ニ付、正六時過おさち起出、支度致、天明前自・吉之助も起出、髪月代致遣し、天明頃朝飯給、高畑・山本等と御城ニ罷出ル。一ツ弁当遣ス。八時過帰宅。其後食事致、矢場ニ行。今日矢場稲荷二ノ午祭り延、今日興行。出銭四百十六文吉之助持参ス。祭礼相済、五時前帰宅。明二日御能有之候ニ付、当組御楽屋番ニ相当り候ニ付、明暁吉之助起番ニ付、吉之助直ニ枕ニつく。○昼後おさち入湯ニ行、暫して帰宅。○今朝長次郎殿来ル。させる用事なし。早ゝ帰去。○夕方伏見氏被参、川柳出板暦摺と被申候品二枚持参、被贈之。内壱枚ハ松村氏ニ遣し候由也。鶏卵二ツ被贈之。○夕方おさちヲ以、干瓢・麩煮つけ伏見ニ為持遣ス。○自奇応丸煉立、三匁五分丸之、夕七時頃丸畢。○八半時頃松村氏被参、かなよみ少ゝ抄録被致、夕方被帰去。○荷持、弁当がら持参、右序ニ、祭礼守札・赤剛飯一包持参。例年之如く願性院ゟ被贈之也。おつぐ殿今日も止宿也。○今晩六時頃荷持弁当集ニ来、則、渡し遣ス。

○二日癸未　雨　昼後ゟ雨止　晴

一今暁八時吉之助を呼起し、直ニ高畑・山本を呼起させ、食事致、七時ゟ高畑・山本等と御番所御楽屋へ罷出ル。○昼前定吉来ル。白米六升持参。同人小児おみよ一昨日死去致候由也。暫く雑談、昼時被帰去。金伯買取呉候様申付、代銭八十文渡置。○昼後富蔵来ル。暫して帰去。

一昼後伏見へ見舞ニ行、暫して帰宅。○其後伏見氏被参、ほどなく被帰去。○吉之助、火ともし頃帰宅ス。六時頃荷持、弁当がら持参ス。右請取置く。

〇三日甲申　晴

一今朝五時頃吉之助起出、長次郎殿方へ罷越、ほど無帰宅。朝飯後宛番として罷出ル。

一今朝長次郎殿被参、ほど無帰去。〇右同刻政之助殿来ル、暫く雑談、四時過被帰去。

一吉之助宛番ゟ矢場江廻り、跡仕舞致、昼時帰宅。〇昼後弥兵衛来ル。先月分上家金壱分ト二百七十六文・薬売溜壱わり引金二朱ト四百三十六文持参ス。神女湯無之由ニ付、則十三包渡し遣ス。暫して帰去。〇八時頃竜土榎本氏御母義被参、手みやげくわし一袋持参、被贈之。且、先月廿五日芝居見物出金銭金壱分ト五百文是又被渡之。有合の夕飯を薦め、暮時被帰去。〇八半時頃松村氏被参。雑談中およし殿・梅村氏・伏見氏被参。梅村氏ハ八犬伝六輯持参、被返之、尚又同書七輯七冊貸進ズ。右七輯ハ此節抄録中ニ候所、貸進、尤迷惑之至り也。何れも夕七時過被帰去。〇清助むすめ次郎、先月廿六日ニ参り候後、眼病ニて久鋪不参候所、今日ゟ又来ル。今日人出入多く、次郎吉共ニ八人也。

一遠藤氏所望被致候由ニ付、おさち手本おさち持参、貸進ズ。〇高畑小児疱瘡の由ニ付、見舞ニ行。

〇四日乙酉　晴

一今日吉之助、金之助江捨り返番、実ハ永野江本助ニ付、天明前起出、支度致、早飯後深田と共ニ御番所江罷出ル。〇昼前自伝馬町江買物ニ罷越、昼時帰宅。昼後おさち入湯ニ、ほど無帰たくス。

一八半時頃お鍬様御入来。今晩ハ止宿也。煎茶・鮓を薦む。〇夜ニ入大内氏被参、菜園青菜持参、被贈之。暫く物語して、五時被帰去。〇今晩お鍬様止宿ニ付、雑談丑ノ刻ニ及、其後枕ニつく。おくわ様、手みやげとしてかつをぶし一本・窓の月壱折、おさちへ髷かけ被贈之。

○五日丙戌　晴　昨今甚寒し　不順也
一今朝吉之助早交代ニて五時帰宅。今日公家衆御暇ニよりて也。○四時頃ゟお鍬様、おさち同道ニて番所町媼神江参詣、昼時帰宅。昼飯後、八時過お鍬さま被帰去。御所望ニ付、蓑笠様御染筆たにざく一まい・しきし一枚・詩壱枚進上之。外ニ黒丸子一包・神女湯粉進之。○昼後岩井氏被参、過日貸進の金瓶梅四輯ゟ六集迄十二冊被返之。尚又所望ニ付、七集ゟ十集迄、校合本貸進ズ。暫雑談、帰去。○吉之助昼後成田氏江行。右は、此度御頭ゟ組中江火元大切ニ致候褒美として金二百疋被下候ニ付、壱人別ニわり合、組中江配畢。吉之助分五十四文請取、八半時帰宅。○長次郎殿両三度被参、およし殿感冒ニて打臥候ニ付、薬種買取可参候間、御調合被下候様被申。承知之趣答、ほどなく薬種持参被致候間、則、葛根湯四貼調合致進ズ。持参、被帰去。○おふさ殿八時頃被参、おさちと遊、かきもちを薦め、夕七時帰去。所望ニ付合巻二部貸進ズ。○夕七時過松村氏被参、貸進の評書二冊返却被致、尚又評書二冊・稗説虎の巻壱冊貸進ズ。其後被帰去。○昼後おさちヲ以、高田小《（ママ）》児疱瘡為見舞、くわし一袋・手遊物四種為持遣ス。其後高田久次殿来ル。右は、明日挺前罷出候筈の所、小児疱瘡ニて罷出かね、右ニ付、明朝吉之助江代被頼。吉之助罷出、承知之趣答候へバ、帰去。○今晩五時前ゟ枕ニつく。

○六日丁亥　曇　八半時頃ゟ雨
一今日有住側矢場ニ付、久次殿ニ《（ママ）》代として五時過ゟ矢場ニ罷出、昼時帰宅。

一昼時伏見氏被参、只今ゟ髪月代、大久保江被参候由也。且所望ニ付、皿ゝ郷談三冊貸進ズ。ほどなく帰去。○昼後おさち久保町江入湯ニ行、買物致、八半時過帰宅。

一八時過自伏見へ見舞ニ参り候所、勝三殿熟睡ニ付、即刻帰宅。

一昼後深田江おさちヲ以、葛根湯四服調合為持遣ス。○昼時信濃や分注文の薪八束かるこ持参、先月八日買入候薪代金二朱渡し遣ス。今日の分ハ代金不遣、薪のミ請取おく。

一今朝長次郎殿来ル。暫して帰去。○昼飯後吉之助、竜土分一本松賢崇寺へ無沙汰為見舞行。鶖善坊梅川氏江も参り候由也。暮時帰宅。一本松ニて下駄・傘借用ス。火消つぼ買取来ル。○昼後山本半右衛門殿内義来ル。右は、今日半右衛門殿鉄炮挺前江罷出候筈の所、無拠用事有之候ニ付、平五郎殿江相頼候所、右平五郎も不被出。右ニ付、半右衛門を呼ニ吉之助罷出、彼是世話ニ成候謝礼として被参。夜ニ入半右衛門同様ニて来ル。

○七日戊子　晴

一今朝伏見氏被参、ほど無被帰去。○昼後自・おさち同道ニて竜土榎本氏江罷出ル。手みやげ窓の月壱折・切鮓壱折・手拭壱筋進之。煎茶・切鮓・雑煮を被薦、暫雑談、夕飯を薦んとてとゞめられ候所、満腹ニ付、辞して暮時罷出、六時帰宅。右留主中、松村氏・伏見氏被参、松村氏ハかなよみ抄録被致、夕方被帰去候由也。

一日暮て坂本氏被参、暫芝居相談して被帰去。○今日吉之助渋柿の木を伐とり、御所柿の株を接。

○八日己丑　朝曇　四時頃分晴　暖気　夜ニ入大風

一今朝吉之助髪月代致、終日在宿。○今朝長次郎殿来ル。右は、同人姉およし感冒追ゝ快方の所、昨日分又候再感致候ニ付、久野御門番嘉七ニ診脉を乞候所、葛根湯ニ柴胡・黄芩を加味して用ゆべしと被申候ニ付、調合致呉候様被頼候ニ付、此方ニ有合の柴胡・黄芩を加、四帖調進ズ。○昼後分かなよミ抄録三の巻の終迄二丁抄録ス。

一八時過ゟ松村参り、四の巻画わり二丁半稿ス。夕飯給、暮時又明日被参候由ニて被帰去。

一右同刻、次郎吉来ル。二月中貸遣し候八犬伝九輯十三ゟ十八迄返し来ル。稽古致、帰去。

一夕七時頃坂本氏被参、八犬伝狂言錦絵二枚持参、被贈之。政之助縁談取極り、来ル十日祝義、右縁女ハ竜土榎本氏御組の内小屋頭永山氏妹也と、坂本氏の話也。吉之助等相識成由也。雑談後被帰去。

○**九日**庚寅　晴　寒し

一昼前伏見氏被参、雑談時をうつして昼時被帰去。夕方菜びたしを被贈。

一今日吉之助当番ニ付、天明前起出、支度致、早飯後長次郎と両人御番所ぃ罷出ル。

一昼前、長次郎殿養母来ル。謝礼申被述、早ミ被帰去。○昼後宣太郎殿被参、先月中貸進の八犬伝九輯の一、六冊持参、被返之。借書の謝礼としてかつをぶし二本被贈之。尚又同書九輯の二、七ゟ十二の下迄七冊貸進ズ。ほどなく被帰去。○昼前おさち入湯ニ行、ほど無帰宅。○八時頃おふさ殿、母義同道ニて来ル。右は、平川天満宮開帳ぃ参詣被致候ニ付、被誘引、則、支度致、おさちを同道被致。夕七時過帰宅ス。

一八時過松村氏被参、口絵二丁・序文半丁稿候て、日ハ暮たり。欠合の夕飯を薦め、且評書貸進、被帰去。其後母女枕ニつく。

○**十日**辛卯　晴

一吉之助明番ゟ麹町ぃ廻り、金伯買取、四時帰宅。食後仮寐致、夕七時過起出ル。

一おさち、昼頃ゟ生形妹おりやう同道ニて象頭山ぃ参詣、画額を納、八半時帰宅。其後深田氏ぃおよし殿不快見舞ニ行、ほどなく帰宅。○夕七時前松村氏被参、てん麩羅壱包持参、被贈之。画わり二枚稿、暮時被帰去。○

昼後伏見氏、今日子息勝三殿酒湯之由ニて、携て被参、暫して被帰去。

○十一日壬辰　晴

一昼前松村氏被参、かなよミ四の巻ゟ画わり・本文とも稿られ、末壱丁弱残る。

一八時過賢崇寺方丈さま、一口坂なる竜興寺と歟被申候住持御同道ニて牛込辺〻被参候由ニて、窓ゟ声を被掛。誰なるらんと存、吉之助罷出候所、右之御両人なり。帰路被参候由ニて、早〻牛込〻被参、其後八半時過右御両人被参。煎茶・くわし・盃を薦め、欠合の夕膳をも薦め候所、方丈様ゟ菓子料として金五十疋を被恵候ニ付、辞退致候へども被聞《ママ》、強て被恵候間、受納置。御両人暮時被帰去。供人ニ夕飯為給遣ス。○暮時坂本氏被参、雑談稍久して、五時被帰去。松村氏ニハ酒を薦む。是亦五時過被帰去。

○十二日癸巳　晴

一昼後松村氏被参、かなよミ十八編め終日抄録、自□書入致、二冊こしらへ置。夕方被帰去。○昼後おふさ殿被参、おさちと雑談して被帰去。○吉之助今日は終日在宿ニて、井戸端小垣根修復致、がく《ダク》草を植、垣根うら通りニス。○

○十三日甲午　晴　春暖　夕

一今朝吉之助番あてニ罷出、ほどなく帰宅。髪月代を致、昼飯後大伝馬町丁子や平兵衛方へ、かなよミ八犬伝十八編抄録出来、稿本持参ス。則金子請取、八半時頃帰宅。○自昼後入湯ニ罷出、其後象頭山ゟ不動尊・豊川稲荷へ参詣。豊川稲荷ニて百度を踏、暮時帰宅。○猫仁助十日ゟ不快ニて終日不食の所、夜中何れへか罷出、今日迄不帰。右ニ付、死したる事と存、死骸を所〻尋候所、何れニも見え（ママ）、打捨置候所、昼後門口へヒヨロ〳〵と出、たらいニ有之候水をのまんと致候所、吉之助見出し、早束抱入、あかゞねの粉と硫黄のませ、むき身・食物あたへ候へども、一向食無之、只〻水を好ミ、おさち水をあたへ、ふとんの上ニふさしめ置。然ども只息の通ふのミ。十日ゟ今日迄四日絶食也。○かなよミ八犬伝七編ゟ十編迄借受、帰たく。

○**十四日**乙未　曇　四時頃ゟ雨　多く不降　夕方ゟ雨終夜

一今日吉之助、安次郎殿捨り番ニ付、六時頃おさち起出、支度致、天明後早飯給、長二郎同道ニて御番所ニ罷出ル。○朝飯後自豊川稲荷へ参詣、帰路買物致、帰たくす。

一猫仁助今日も昨日同様、折〻苦痛。右ニ付、尾張様御長家下ねこ薬買取参り候所、売切候由ニ付、いたづらニ帰宅。○高畑ニ小児疱瘡見舞ニ行。

一昼後おさち入湯ニ行、暫して帰宅。○昼後長次郎殿内義被参、焼さつまいも一包持参、被贈之。煎茶・くわしを薦め、暫物語被致、被帰去。○暮時荷持和蔵、吉之助雨具取ニ来ル。則合羽・下駄・傘為持遣ス。○暮時大内氏、猫仁助見舞ニ被参、雨戸被建、暫く雑談、且、傍訓よみ八犬伝十五・十六の巻借用被致度由ニ付、貸進ズ。六時過帰去。○猫仁助同偏（ママ）不食、暮時水天宮御守札一字切取、戴かせ、今晩ハ水も不飲、只息の通ふのミ。不便限りなし。

○**十五日**丙申　小雨　亥ノ刻九分清明の節ニ成

一今朝起出、自豊川稲荷へ参詣、ほどなく帰宅。○四時前吉之助明番ニて帰宅。食後矢場ニ鉄炮稽古ニ罷出、八時頃帰宅。尚又食後仮寐いたし、夕七時過起出ル。○今朝伏見氏被参、猫仁助不快、何ぞ宜敷薬有之候ハゞ買取可被参由被申、夕七時又被参、下町辺所ヽ猫薬尋求候得ども、兎角ニ良薬を不得、通新石町なる薬種店の主ニ承り候一品、猫毒ニあたり候ハヾ烏犀角可然候と申候ニ付、右さいかく買取被呉。雨中かくまでに心を被用候事、有難心術也。直ニ猫仁助ニ半分程用之。今日も同様ニて不食也。但水を少ヽ呑。○西原邦之助殿ﾆ貸進の美少年録二集、今日吉之助ﾆ被渡、被返之。吉之助つゞらへ入、持参ス。○夕方長次郎殿被参、暫く遊、日暮て被帰去。○夕七時過松村氏被参、明日鉄炮出番ニ付、吉之助鉄炮借用致度由被申候ニ付、則貸進ズ。玉六ツ同断。右携、被帰去。○大内氏、仁助見舞として被参、暫して被帰去。

○十六日丁酉　雨終日　昨今寒し

一今朝食後豊川稲荷へ参詣、暫して帰宅。○昼後順庵殿被参。先刻途中ニて猫仁助不快を告、薬乞候ニ依て、仁助薬持参被致、直ニ用させ候也。暫雑談、且八犬伝四輯三ノ巻一冊被読、又後刻可被参由ニて、七時前被帰。

一生形おりう来ル。暫して帰去。○今日吉之助終日在宿也。○猫仁助今日も同様不食、水少ヽを呑。今朝烏犀角を用ゆ。

○十七日戊戌　曇

一今朝起出、豊川稲荷へ参詣、ほどなく帰宅。食後奇応丸を包ム。

一四時過伏見氏被参。右以前加藤領助殿来ル。先月中貸進の四天王後編五冊返之。長談数刻、両人とも九時過被帰去。○昼飯後吉之助髪月代致、番町御火消屋敷村田万平殿方へ行。右は、旧冬役替被致、家内一同先二月十八日ニ徙移被致候為祝、酒切手壱枚・鰹節二本為持遣ス。暮時帰宅。

一猫仁助、種ヽ薬用候験ニや、昼後大便少ヽ通じ、然ども食気なし。

○十八日己亥　小雪　雨まじり　昼後ゟ雨終日　夜ニ入同断
一今朝伏見氏ゟ勝三殿酒湯内祝の由ニて、赤剛飯壱重被贈之。

一昼時高畑久次殿ゟも小児両人酒湯祝儀の由ニて、赤剛飯壱重・鰹節五本入壱袋、友蔵ヲ以被贈之。其後高畑久次殿、八寸重箱借用被致度ニて被参、則木地八寸重貸進ズ。○昼後、生形綾太郎殿小児玄次郎も今日さゝゆの由ニて、小重入壱重被贈之。○昼時前ゟおさち伝馬町江入湯ニ行、帰路下駄等買取、九時帰宅。○今朝起出、食前豊川稲荷へ参、五時帰宅。

一夕方長次郎殿来ル。雑談久しく、被帰去。同人買入置候糸車借用致度申談候得ば、帰宅後持参して被借之。先当分借置候つもり也。○吉之助今日終日在宿。

一猫仁助昼時頃又大便通ズ。此故ニ少ゝ食気出、むき身を少ゝ食ス。夜ニ入飯も少ゝ食。先順快成べし。

○十九日庚子　風雨終日
一今日吉之助当番ニ付、おさち正六時ゟ起出、弁当支度致。天明後吉之助起出、早飯後山本・深田等と御番所江罷出ル。今日吉之助多分初新門の由、昨日長次郎殿被申候ニ付、四百文、外ニろふそく代百文為持遣ス。

一昼時前榎本氏御入来。今日縁女見合の為、牛込柳町先宗山寺御組屋江媒人同道ニて被参候帰路由也。切鮓壱包被贈之。暫雑談、有合の昼飯・煎茶を薦め、昼後被帰去。○八時過およし殿来ル。其後大内氏・鈴木昌太郎殿来ル。何れも雑談、夕七時過被帰去。およし殿ニハ夕飯為給、入相頃被帰去。○夕七半時頃岩井政之助殿来ル。先日貸進之金瓶梅九輯・十輯持参、被返之、右謝礼として状袋二把・絵半切被贈之。尚又所望ニ付、旬殿実ゝ記前後十冊貸進ズ。暫雑談、暮時被帰去。○朝飯後自豊川稲荷へ参詣。今日迄七日参り也。四時前帰宅。今日母女弐人糸をとる。今日出入多く候間、少ゝ也。○おさち風邪ニ付、桂枝湯二貼煎用、日暮て枕ニつく。○猫仁助順快、今日迄十日絶食の所、今朝飯をくろふ。

○廿日辛丑　雨　昼後ゟ晴

一五半時頃吉之助明番ゟ帰宅、食後休足、夕七時頃起出。

一今朝長次郎殿来ル。焔硝秤ニ掛呉候様被申、則掛分、三百目分別ニ分、被帰去。○夕七時前およし殿来ル。どてらほどき、夕飯を為給。おさち頭痛致し候ニ付、およし殿ニ療治を乞、夜ニ入候ニ付、弟長次郎殿迎ニ被参候ニ付、五時頃両人被帰去。○今日も母女糸とり畢。おさち神女湯を用ゆ。

○廿一日壬寅　晴　寒し

一今朝伏見氏被参、昨日亀戸天満宮ニ参詣被致候由ニて、田舎おこし一袋持参、被贈之。暫して被帰去。○同刻下掃除定吉代来ル。薪壱把・大根葉漬壱つゝみ持参ス。薪代銭ハ先日遣し、代銭済。今日はそふぢ不致帰去。○昼後長次郎殿来ル。沢庵づけ大こん五本被贈之、且並木又五郎身持不宜候ニ付、小普《(ママ)》入被仰付由被申。○昼後吉之助髪月代致、有住氏ニ親類書等世話ニ成候為謝礼、かつをぶし五本入一袋為持遣ス。尚又、黒野氏ニ乞れ候由ニて、ボケ《(ダケ)》少ゝ持参、遣之。帰路入湯致、帰宅ス。○自八時過ゟ入湯ニ参り、薬種等買取、帰路高畑ニ重の内贈られ候謝礼ニ罷越、七時前帰宅。且、勘助方へ明廿二日鱗祥院ニ使申付、帰宅。右留主中、高畑氏ゟ一昨日貸進之重箱被贈《(ママ)》之、紅梅焼一包被贈之。○おさち感冒同様ニ付、葛根湯を煎入用ス。

一夕七時頃松村氏被参。玉子五ツ持参、右請取、丁子屋ゟ請取候金壱分、今日渡之。暫雑談、暮時被帰去。○およし殿来ル。ほどなく帰去。○七時過定吉妻白米八升持参、請取置。

○廿二日癸卯　晴　風

一今朝伏見氏被参、ほどなく被帰去。○右同刻松村氏被参、梨子木先日進じ候約束ニ付、今日被乞ニ付、進之。自堀（ママ）取、被帰去。アヒロたまご壱ツ被贈之。夜ニ入又被参、暫雑談、五時頃被帰去。○昼前ゟ吉之助、田町宗之介方ゟ榎本・賢崇寺へ罷越、おまち殿江文ヲ遣ス。宗之介方へ奇応丸大包壱ツ遣之。然る所、今日は悪寒致候由ニて榎本氏ニ暫休足致、其後一本松・田町江参り候由ニて、五時頃帰宅。ヱノモト氏ニて小でうちん借用、帰宅。○八時頃勘助方ゟ昨日申付候日雇人足来ル。則、飯田町弥兵衛方へ幷ニ天沢山隣（ママ）祥院江先月廿五日借用之傘三本為持遣ス。飯田町へハ奇応丸大包壱・沢庵づけ大根三本為持遣ス。御姉様江御文を進上、飯田町ゟ返書、隣祥院ゟ請取書来ル。使夕七時頃帰来ル。○八時頃おふさ殿来ル。先日貸進之合巻二部持参、被返之、おさちと雑談して、夕七時被帰去。○右同刻松岡おつる殿、今日松岡氏江被参候由ニて、行戻とも被立寄。○およし殿来ル。是亦暫しく（ママ）遊、夕飯を薦め、暮時帰去。○夕七時頃森野氏内義被参。久保田江被参候序の由也。煎茶・くわしを薦め、暫物語、夕飯を薦候得ども辞して不給、京菜づけ五株進ズ。暮時被帰去。○下掃除定吉来ル。厠そふぢ致、帰去。

一暮時土屋宣太郎殿、先日貸進の八犬伝九輯ノ二、七ゟ十二ノ下迄七冊持参、被返之、尚又十三ゟ五冊明日貸進可致旨申、早〻帰去。

一おさち今日も平臥、柴桂湯煎用、二椀ヅ、両度食ス。

○廿三日甲辰　晴

一今日吉之助あて番ニ付、五時呼起し、直ニ組頭幷ニ宛番致帰宅、食後枕ニ就。柴桂湯おさちと共ニ服用、為差事ハ不有、夕七時頃起出。

一昼後越後やゟ次郎稽古の序ニ煮豆小重入被贈之。右うつりとしてたまご三ツ遣之。稽古仕舞、帰去。○夕七時前松むら氏被参、八犬伝九輯の二、九ノ巻被読、壱冊少ゝ残ル。伏見氏被参候ニ付て也。伏見氏同道ニて被帰去。

一おさち今日ハ順快也。○今晩八時頃西北ノ方ニ出火有之、吉之助起出候所、ほど無火鎮ル。後ニ聞く、新宿番所町老媼尊向御家人三、四軒焼失致候由也。今晩ハ五時枕ニ就く。○八時頃梅村直記殿来ル。過日貸進之八犬伝七輯七冊持参、被返之、早ゝ被帰去。

○**廿四日**乙巳　半晴　夕方ゟ小雨　多不降

一今日吉之助、留吉江本助番ニ付、明六時ゟ起出、早飯為給、深田同道ニて御番所江罷出ル。○八時過およし殿来ル。雑談後、暮時被帰去。

一夕七時過ゟ自伝馬町江粘入・薬種等買ニ行、さとう品ゝ買取、暮時帰宅。右留主中森野内義被参、一昨日貸進のふろしき持参、被返之。

一おさち今日は起出、糸を引。

○**廿五日**丙午　晴

一五半時過吉之助明番ゟ帰宅、食後少ゝ休足、無程起出。

一おさち順快、起出、終日糸を引。自同断。今日天神祭、如例神酒・備餅を供ス。今日使札・客来なし。但、夜ニ入長次郎殿来ル。させる用事なし。雑談五時過ニ及、其後被帰去。

○廿六日丁未　晴

一今朝伏見氏被参、暫物語被致、被帰去。○昼前吉之助髪月代致遣ス。今日は終日在宿。○昼後村田万平殿ゟ使札到来ル。右は、旧冬御火消屋敷江転役被致候内祝の由ニて、赤剛飯壱重、吉之助江手紙被贈。返書ニ不及、口状ニて謝礼申遣ス。

一夕方定吉妻、御扶持春上り候由ニて、白米三斗八升の所八升引三斗持参ス。赤剛為給遣ス。○右以前自買物ニ行。綿等也。暫して帰宅。

一夕七半時頃礒女殿来ル。忍原竹ひらや江逗留ニ罷越候所、先方主人此節大病ニ付逗留不被致候ニ付、此方へ被参候由也。今晩此方へ止宿也。

○廿七日戊申　雨　夕方止

一礒女殿今日も逗留、美少年を被読。吉之助終日在宿、手習ス。

一夕七時過およし殿来ル。入相頃被帰去。○夜ニ入順庵殿被参、暫物語被致、被帰去。おさち兎角寒悪(ママ)・頭痛致候ニ付、服薬薦め候得ども一向不用候ニ付、悪寒不退。右ニ付、順庵殿ニ診脉を乞候所、休薬未ダ早し。今少ゝ服薬致候様被申。依之、又柴桂湯を用ゆ。○山本悌三郎殿先三月五日御用ニて越後江出立被致候由也。右、坂本氏の話也。○今日終日両人糸を引。○夜ニ入長次郎殿来ル。直ニ被帰去。

○廿八日己酉　半晴

一今朝吉之助五時過起出、食後三日礼廻りニ罷出、所ゝ廻勤、四時過帰宅。昼後髪月代致、暮時入湯ニ行、ほどなく帰宅。○昼後熊胆屋金右衛門来ル。絵蠟燭一枚持参ス。先此度ハ用事なし。ほどなく帰去。昨年ゟ旅宿、馬食町二丁目加藤屋平三郎方へ取替候由也。○今朝荷持和蔵、給米乞ニ来ル。則先月分・当月分とも四升渡遣ス。○八時過おふさ殿被参、おさちと雑談、暫して被帰去。合巻二部代《(ママ)》進ズ。○夕七時過松村儀助殿被参、アヒロたまご三ツ持参被致。儀女殿ニ被頼、美少年録二輯一の巻を被読、暮時被帰去。○日暮て長次郎殿来ル。右は、明廿九日吉之助当番、多分新御門江可被参候間、さ候ハヾ明後一日明番ニ、両組頭幷ニ当番小屋頭・定番江初新門無滞相勤候由届候様被申、暫して被帰去。今晩五時前一同枕ニ就く。

○廿九日庚戌　晴　昼後ゟ南風

一今日吉之助当番ニ付、自正六時ゟ起出、支度致、天明頃吉之助・おさち両人を呼起し、早飯為給、御番所江出し遣ス。○昼前儀女殿伝馬町江入湯ニ被参、暫して帰来ル。○今朝おさち手伝、雛を四畳の間江たつる。その後豆いりを手製致、家廟幷ニ雛江備ふ。○太田定太郎殿女おてい殿、緋桃手折て持参せらる。謝礼申遣ス。

○三月一日辛亥　晴　暖気

一今朝四時頃ゟ自飯田町江行、暫く雑談、彼方ニて昼飯を給、先月分上家ちん金壱分ト二百七十六文・薬売溜さし不引金二朱ト九百三十二文其儘受とり、九時過帰宅。飯田町江玉子・雛の花持参、贈之。帰路いろ〳〵買物を致ス。

一昼前伏見江豆いり小重ニ入、遣之。尚又昼後、伏見ゟも如例之豆いり小重ニ入、被贈之、且亦、大久保矢野氏ゟ被贈候由ニて、白砂糖壱斤入壱袋、おつぐ《(ダク)》殿ヲ以被差越之。○昼後おふさ殿来ル。一昨日貸進之合巻三部持参、被返之、なをまた所望ニ付、俠客伝初輯・二輯十冊貸進ズ。右持参、早〻被帰去。○およし殿来ル。しバらく遊、又晩刻参り候由ニて帰去、日暮て亦来ル。右は、早春ゟ預り置候綿入、葛籠より取出し、持帰ル。五時過迄雑談、豆いりを振ふ。帰路自・吉之助送り行。

一昼後儀助殿被参、童子訓初板五冊被読之、礒女殿・吉之助等うち聞く。読畢、暮時帰去。小児江まめいり小重ニ入、遣之。〇吉之助昨廿九日初新御門相勤候ニ付、菓子料四百文出銭、今朝明番帰路、両組頭鈴木橘平・成田一太夫、其外組合小屋頭・当番小屋頭・定番・平番江、昨日新御門無滞相勤候由申入。廻勤の人〻の性名ハ贈答暦ニ記之。

〇二日壬子　晴　八専のはじめ　今朝辰の刻穀《アキ》雨の節ニ成ル

一今朝下掃除定吉来ル。上巳為祝、里芋壱升余持参、早〻帰去。

一吉之助今朝髪月代致、昼後ゟ竜土榎本弁ニ一本松堅崇寺《ママ》へ罷越、夕七時過帰宅。〇昼後およし殿来ル。右は、同道ニて入湯可致約束ニ付て也。則礒女殿ニ留主をたのミ、伏見おつぐ殿・およし殿・おさち・自四人ニて伝馬町江入湯ニ罷越、帰路ちりがミ・樟脳・雛菓子等買、八時頃帰宅。〇伏見氏ゟ煮染壱皿・あさつき二把被贈之。

一夕七時過権田原の家ニ被帰去。廿六日ゟ今日迄六日の逗留也。

一日暮て吉之助・おさち同道ニて麹町江雛市見物ニ行、四時前帰宅。

一右同刻坂本順庵殿来ル。手製の由ニて、五もく鮓壱重持参、被贈之。暫く遊、松岡氏江被参候由ニて立出、帰路又立被寄、右重箱返却、早〻被帰去。

○三日癸丑　雨　夕方雨止　不晴　夜ニ入又雨

一今朝長次郎殿山梔少ミ持参、被贈之、被帰去。○今日、岡勇五郎殿・南条源太郎殿・高畑久次殿・鈴木吉次郎殿・永野義三郎殿・加藤金之助殿・加藤領助殿、右七人上巳為祝儀被参。○朝飯後、礼服ニて与力中・同心中江上巳為祝義廻勤、昼時帰宅。○今日上巳祝儀、赤飯・一汁三菜雛へ供し、家内祝食、諸神江神酒・備もち、夜ニ入神灯ヲ供ス。伏見氏江雛硯ぶた物を拵、ヨメナハリ〳〵・ひたし物おさち持参、贈之。○如例年重詰物こしらへ、雛へ供ス。

一暮時前およし殿来ル。おさち迎参り候ゆへ也。夕飯を為給、四時頃帰去。おさち送り行。○夕七時過松村氏被参、青砥合二冊被返之、尚又所望ニ付、八丈奇談五冊貸進ズ。暮時被帰去。○夕七時過吉之助榎本氏江行。右は、今日同所御老母招候所、雨天ニ付延引ニ付、重詰物壱重吉之助ヲ以贈り候所、御母子とも他行ニ付、其儘留主宅江差置、即刻帰宅ス。

○四日甲寅　晴

一今日おさち、吉之助手伝、雛を徹《(ママ)》ス。長持江納置、昼時片付畢。昼後吉之助髪月代を致ス。○今朝吉之助宛番ニ罷出、無程帰宅。明日吉之助、長次郎へ捨り番の由也。○昼後榎本氏御老母御出、蕎麦切・温飩壱重持参、被贈之、暫雑談、酒食を薦。彦三郎殿縁辺の一義、榎木町惣山寺組同心芳沢氏を娶候由物語被致、吉日を択候所、当月七日・十六日・廿日・廿七日、此四ヶ日吉日ニ付、何れ此四ヶ日の内納采、幷ニ十七日立夏ニ成候ニ付、廿日後婚姻可致由被申。雑談数刻、夕七時過被帰去。○夕七時過松むら氏被参、おせり持参、被贈之、早ミ被帰去。○昼前およし殿来ル。昨夜貸進の傘持参、被返之、昼前帰去。○右同刻忍原竹ひらや同居の切商人来ル。何も用事無之ニ付、帰去。

○五日乙卯　晴　南風烈　夜ニ入曇　温暖

一今日吉之助、深田長次郎殿捨り助番ニ付、正六時過起出、支度致候内、おさち起出、天明後吉之助を呼覚し、朝飯後高田・山本等と御番所ぇ罷出ル。

一昼前深田長次郎殿被参、伝馬町ぇ被参候由ニ付、こん木綿糸幷ニ糸・綿等買取呉候様頼、鳥目渡、頼置。○昼後次郎吉来ル。金平糖壱袋持参ス。則稽古を致、帰去、夕方清助同道ニて又来ル。暫して帰去。○八半時過大内氏被参、先月中貸進の燕石雑志五冊・かなよミ八犬伝持参、被返之。雑談数刻、煎茶・くわしを薦め、夕七半時頃被帰去。○夕七時過長次郎殿被参、先刻頼置候糸・綿・木綿糸買取、持参せらる。且、あべ川餅一器・菜園青菜持参、被贈之。昨日客来あり、酒茶わんニ入、薦、暫して帰去。日暮て又来ル。およし殿同道、雑談稍久敷して、五時過帰去。およし殿ハ止宿也。

○六日　雨　丙辰（ママ）

一今朝荷持、吉之助雨具取ニ来ル。則下駄・傘・合羽為持遣ス。○五半時頃吉之助帰宅。食後仮寐致、夕七時頃起出ル。○四時過およし殿帰去。○夕七時頃松村氏来ル。一昨四日貸進の八丈奇談五冊被返之。長次郎殿同刻来ル。両人とも無程帰去。

一八時頃定吉妻糖持参ス。暫物語して帰去。○荷持由兵衛一昨日頓死致候よし、松村氏の話也。○今晩暮時ゟ枕ニ就く。

○七日丁巳　晴　夕七時頃ゟ雨　寒し

一今日鈴木側挺前の所、過日高畑氏ニ代りとして帳前ニ罷出候返番として、今日は高畑被出候ニ付、罷不出。吉之助、是迄鉄炮帳前鈴木側ニ候所、今日ゟ側替ニ相成、有住側ニ成候由也。○今朝五時過ゟ自深光寺ニ墓参、諸墓そふぢ致、水花を供し、拝し畢。大日様ニ参詣、榎本氏婚姻御鬮伺候所、十番之吉ニて、縁談至極宜敷由、寺僧被申之。夫ゟ惣山寺御組ニ廻り、縁女やう子聞合候所、やう子宜敷由其近辺之内義被申候也。帰路入湯致、九時過帰宅。

一昼飯後吉之助、鉄炮稽古之為矢場ニ行、夕七時頃帰宅。

一今朝長次郎来ル。吉之助ニ約束致候由ニて、桃木壱本遣ス。右は、村田氏ゟ預り置候白桃也。○夕方松村氏被参、竹園孟宗三本持参、被贈之。暫雑談、飼籠鳥三冊貸進ズ。右同刻長次郎殿来ル。させる用事なし。暮時松村氏被帰去、長次郎殿五時過被帰去。

○八日戊午　晴　ひやゝか也

一今朝自豊川稲荷ゟ不動尊へ参詣、四時過帰宅。○吉之助髪を結、四時過ゟ竜土榎本氏ニ行。去四日蕎麦切被恵候重箱、今日持参、返上之。縁女一義、大日様御鬮宜敷段弁ニ聞合の事、吉之助ニ申遣ス。吉之助八時頃帰宅。其其（ママ）先月七日渋柿接候所、近隣の子供徒ニ目（ママ）をむしり候ニ付、今日又右柿ニ接直しを致ス。○四時前およし殿来ル。昼時頃帰去。○昼前大久保成矢野氏の近隣白石某の方ゟ八犬伝九輯三十六ゟ四十迄持参、被返之、尚又所望ニ付、四十一ゟ四十九迄十帖貸進ズ。借書之為謝礼船橋やねりようかん壱折、白石氏被贈之。被参候者の名を不知、追而伏見氏ニ尋ぬべし（ダク）。○夕七時頃松村氏被参、山吹を持参、被贈之。飼籠鳥一ゟ六迄三冊も返之、尚又、跡七十二迄三冊貸進ズ。且亦所望ニ付、東の方ニ有之候さくら壱本進之。其後無程被帰去。○夜食後暮時過ゟ吉之助、おさち同道ニて入湯ニ行。

○九日己未　晴

一今朝吉之助髪月代を致ス。明日当番なれバ也。終日在宿、但裏ニ有之候イスラ梅植替を致ス。○昼前松むら氏被参、孟宗筍壱本持参、被贈之。且亦飼籠鳥三冊貸進、青砥後編壱冊被読。読畢、昼時早〻被帰去。○右之外、およし殿来ル。其外来客なし。明日当番ニ付、夜ニ入一同枕ニ就く。○今日下そふぢ定吉来ル。厠汲とり、帰去。

○十日庚申　晴

一吉之助当番ニ付、天明頃起出候ニ付、少〻遅刻致候ゆへニ、いそぎ支度致、早飯を為給、早〻高畑・山本等と御番所江罷出ル。○右同刻自象頭山江参詣、四時前帰宅。

一昼前おさち、長次郎殿内義同道ニて伝馬町江入湯ニ行。おさく殿買物被致候ニ付、手間とれ、九半時頃帰宅。食後おさち、元安氏江参り候由ニ付、小杉原一束・絵半切三拾枚、為手みやげ持参、贈之。途中ニておふさ殿ニ行逢候由ニ付、同道致、元安氏江参り、元安氏内義おつる殿誘引、おふさ殿三人ニて象頭山江参詣、且、帰路又元安氏江立より、ほど無彼方を立出、尚又おふさ殿方へ立より、暫雑談して暮時帰宅。○昼後およし殿来ル。薬種持参。右は、桂枝湯調合致呉候様被申候ニ付、則、四貼調合致、内壱服せんじ《(ダク)》、此方ニて服用致、八時過被帰去。暮時又来ル。早〻帰去。○今日庚申祭、如例之。

一八時過大内氏被参、雑談稍久して、廉太郎殿迎被参候て被帰去。亭雑記二冊貸進ズ。其内伏見氏ゟ手製五もく鮓を被贈。無程文蕾主被参、川柳暦うた出板持参被致、まつ村参り候ハヾ渡し呉候様被申、是亦雑談数刻、暮時帰去。

○十一日辛酉　雨終日

一四時前吉之助番(ママ)ニて帰宅、食後仮寐致、八時頃起出ル。昨日御役羽織渡り候ニ付、今日昼後組合小屋頭江有住氏江受取ニ可参被申候由ニ付、起出、請取ニ行、暫して請取帰宅。為糸代百廿文被渡之。

一右同刻長次郎殿来ル。雑談後帰去、夕方又来ル。沢庵づけ大こん持参、被贈之。今日終日雨、客来なし。○昨日吉之助、御番所ゟ御使ニ賀加(ママ)屋敷江参り候序ニ飯田町江立より候所、渥見氏引越、昨日わたまし被致候由也。不知事ニて無沙汰成事、甚気の毒也。両三日中ニ吉之助を遣スべし。○清助、食客老人昨日死去致、今日送葬ニ付、袴・羽織・脇ざし借用致度申来ル。則貸遣ス。

○十二日壬戌　雨　四時頃ゟ雨止　昼後ゟ晴

一今日有住側銕炮帳前ニ候所、雨天ニ付月送り也。依之不出。

一昼後自伝馬町江入湯ニ罷出、帰路きぬ糸・薬種等買取、八時前帰宅。

一今朝およし殿来ル。一昨日預り置候薬有之ニ付、桂枝湯壱帖調合致遣ス。残り候薬種ハ甘草・生姜・大棗少し残る。其余、桂枝・芍薬ハ無之。おさく殿血軍ニて気分不宜候由ニ付、神女湯壱服切袋ニ入、遣之。其後長次郎殿伝馬町江買物ニ被参候由ニて被参、早々被帰去。○夕七時前松村氏被参、貸進之飼籠鳥持参、被返之。内(アキ)二冊ハ未ダ也。青砥後編末壱冊被読候内、宣太郎殿被参、先月中貸進之八犬伝九輯の内十四ゟ十八まで五冊被返、尚又同書十九ゟ廿三迄五冊貸進、暫物語、煎茶を薦む。夕方松村氏同道ニて被帰去。○右同刻おふさ殿来ル。おさち対面、俠客伝初集ゟ二集迄十冊持参、被返之、猶亦同書三集・四集十冊貸進ズ。暮時被帰去。○吉之助今日終日在宿、但つきむしの薬を製ス。○清助方ゟ昨日貸遣し候羽織・袴・脇差被返之。右請取、納置く。

一夕方定吉来ル。高畑江参り候序の由也。させる用事なし。竹藪穿返しの事申付置、ほど無帰去。○夜ニ入伏見氏被参、昨年九月中安西氏江貸進の蔵書写本新安古史通類十冊持参、被返之。右為謝礼窓の月壱折被贈之、尚又所望あり、蔵書之内十部ほど借用被致度、書付以被越申。則取出し貸進ズ。右書名は貸進帳ニ詳也。

○十三日癸亥　南風烈　八専の終　八十八夜

一今日南風ニ付、鉄炮有間敷と差扣候所、高畑被参候ニ付、吉之助銕炮携罷出候所、果して思ふニ不違延引、来ル十七日迄無之由ニて、徒ニ帰宅ス。○今日役羽織仕立畢。昼後おさち入湯ニ行、暫して帰宅。○今日吉之助・おさち五もく鮓を製作致、深田・伏見江少しヅヽ贈之。○八時過松岡氏お鶴殿被参。右は、昨夜宗仲殿と靏執《(ママ)》立腹致候ニ付、今日宗仲殿他行中、おつる殿不動尊江参詣と偽、此方江被参。右納り如何致哉と商量せらる。尤、是迄之行、元安氏も甚不行届、婦女子の口先ニておつる殿江頼母しからず、昨年ゟ心配致居候所、もはや辛防《(ママ)》難成、右ニ付候てハ、松岡両親江右之訳申入候ても中ゝ以不聞入、一時ニ怒罵り、いかにともせん術なく、甚困り候由。誠ニ痛ましく、何れとも松岡氏江参り、拵見候半と存候所、折から松岡氏内義今日芝居見物ニ被参、母子ともニ他行ニ付、先今日は何となく被帰候様申薦、夕七半時過ゟ元安氏近所迄自送行、家主ニ付、元安氏江被帰候所也。然る所、おつる殿帰宅前宗仲殿も帰宅被致、お靏殿不居見て甚敷立腹被致居候所、おつる殿帰宅の所尚又怒罵り、刀引さげ何れへか出れ候ニ付、内ニ入候も心苦敷、又松岡江参り候も甚難義と被思、暮時又此方へ被参候て、今ゟ松岡江参り、兎も角も申拵呉候様被申。お靏殿心中痛しき事かぎりなくおもひやられ候ニ付、食後松岡氏ニ自参り候所、果して内義・織江殿ハ未帰宅せず、折柄宗仲殿被参居、自参り候時取次ニ被出候て、家内留主之趣、小一郎殿も被出候ても可申事不整、ついでわろしと、持参致候窓の月壱折さし置、早ゝ帰宅。又明日参るべし。右ニ付、今晩ハ此方へお靏殿を留置、尚又雑談九時ニ及、其後一同枕ニつく。

○十四日甲子　晴

一今朝吉之助あて番ニ罷出、所ゝまハり、組頭ニ届、帰宅。明十五日半刻早出ニ付、吉之助ハ加人之由也。帰宅後髪月代致、昼後より飯田町弥兵衛方・田口久右衛門殿方・あつミニ罷出ル。弥兵衛方へ神女湯十包・つき虫薬三包持参、田口久右衛門殿母義ニ吉之助紹介の文ヲ遣ス。吉之助初而参り候ニ依て也。然る所、母義おいね殿他行之由ニて、久右衛門殿ニ初対面致、夫より三味線堀戸田邦之助様御内渥見覚重殿方へ行。箱入煉ようかん持参、贈之、無沙汰見舞申入、おくわ様ニ文を遣ス。渥見氏ニて夕飯を馳走ニ成、帰路村田氏ニ立より、暮時帰宅。榎本氏縁女、来ル廿一日婚姻祝儀之由也。

一昼後長次郎殿焔硝三袋持参、掛目掛分呉候様被申、掛分ケ遣ス。早ゝ帰去。

一八時過宣太郎殿来ル。右は、明十五日御番平刻ニ而、加人ハ不入候由被申之。吉之助他行の由申入、無程帰去。○右ニ付、長次郎殿ニ相頼、御番あて返し、組頭ニ届の義相頼候所、長次郎殿承知ニて、宛直し被致、吉之助加人の所留吉ニ本助ニ成ル。○森野内義お国殿近所通行の由ニて被立寄、早ゝ被帰去。○暮時松村氏被参、飼籠鳥二冊持参、被返之、尚又所望ニ付、水鳥記壱冊・帰郷日記壱冊貸進、携被帰去。○日暮て深田氏又来ル。させる用事なし。暮六時帰去。○八時過坂本氏是亦門前通行の由ニて被立寄、暫して被帰去。○日暮て綾太郎妹おりう殿来ル。精霊ニ備候みそはぎハ有之候ハヾ貰度由被申。玄太郎頭ニ疱瘡より出来、右ニ鼠つき、こまり候ニ付、右のみそはぎ頭の近辺ニ置候へバ鼠つかざる呪の由也。然れども無之候ニ付、其義申、ほどなく帰去。○今朝おつる殿一義ニ付、自松岡氏江罷越、松岡夫婦江対面いたし、右一義申入候所、昨夜宗仲参り候ても何の沙汰無之ニ付、一向不知也と申。さ候ハヾ媒介代鈴木造酒之助殿と申隠居被致者を招可寄、其上兎も角も可致と被申、其まゝおつる殿ハ預り置、又後刻の沙汰を待候とて帰宅。○四時過鈴木（アキ）殿被参、お鶴殿も面談。鈴木氏被申候ハヾ（ママ）、甲子毎ニ松岡氏江鈴木氏・元安氏両人ニて松岡氏江参り候事例之如くに成候ニ付、今日も又両人ニて可参候間、其せつお鶴殿も松岡江被参、平日の如く元安氏・お鶴殿同道被致、元安氏宅江可被帰候様被申。右お鶴殿江申薦、先其趣ニ取極、鈴木氏被帰去。○暮時又自松岡江参り、お鶴殿存寄をのべ、赤坂元安氏方へ帰宅之義何分不承知の由お鶴殿母義江咄し候所、今晩宗仲可参筈之所、未ダ不参、只今離縁申入候義ニも致難、先今晩ハ元安氏江帰り、追而又せん術も可有之候間、其趣申置候由ニ付、帰宅。ほど無鈴木隠居被参、元安氏も只今被参候ニ付、おつる殿同道ニて可参候様被頼候ニ付、尚又不承知なるお鶴殿説薦、ほど無参り候由申候へバ、被帰去。

一日暮て、食後お鶴殿江一義申入、何事も姑且のほど也。先今晩ハ松岡氏江参り、宗仲殿同道ニて赤坂江可被帰候様申薦め候所、其意ニ随候由ニて、自同道ニて松岡氏江罷越、一同対（ママ）、雑談後帰宅せんとて暇乞ニ及候所、鈴木氏別間江被招候間参り候所、お鶴殿如何やうニも元安氏江帰宅致難、強て帰さんとならバ帰りもせん。なれども赤坂の土地へハ足踏入るゝ事不致、路ゟ走去ん抔、一心ニ被申。左候ハヾ宗仲殿同道ニて帰し難、途ニて不慮の義も有之候ハヾ後悔其かひなき事也。所詮此事松岡夫婦江申聞せ候上ニてと、鈴木被申、小一郎を招、一義申候へバ、以外之立腹、母義・織江殿ニ至る迄立腹の躰にて、おつる殿其儘さし置難候ニ付、お鶴殿は其儘此方へ預り、九時過帰宅。又鈴木氏ハ宗仲殿江お鶴殿心底申、先今晩ハひとり可被帰候と、鈴木氏同道ニて先江被帰去。○今日甲子ニ付、大黒天江神酒・供物、夜ニ入神灯を供ス。

○十五日乙丑　晴

一吉之助本助ニ付天明頃起出、茶漬飯を為給、早〻山本等と御番所江罷出ル。

一昼前松岡小一郎殿内義被参。右はおつる殿心得承り度由ニ候所、おつる殿辞して不対面、自種〻諭し候へども不聞。松岡氏内義被申候は、お鶴様より、いよ〳〵辛防不致離縁願候ハヾ、両親ハ申ニ不及、兄弟迄も対面不叶、勘当可為。何方へ也とも片付候迄、預ケ置可申候。片付候上ハ何方へ也とも奉公致候とも、当人勝手次第可為由被申候ニ付、お鶴殿江申為聞候所、お鶴殿被申候は、もし両親ゟ勘当受候ても、元安方へ帰り辛防致かね候由被申候ニ付、心得違の趣種〻申聞候へども聞不入候ニ付、已ことを得ず松岡氏内義江右の答申入候得ば、然らバぜひニ不及。其一同江申聞せ、親類どもへおつる義預ケ可申候迄御預り置被下候様被頼、其後被帰去。笋三本持参、被贈之。○其後自お鶴殿江教訓、甚敷心得違、両親江不孝の義申示、色〻諭候所、おつる殿被申候ハ、現ニ御教訓のごとく、只今離縁とて親類へ預ケられ、夫ゟ奉公致候義、実ニ難義可成候。今一度御示教ニ随、元安江帰り、辛防可致候間、何卒此義松岡江仰被聞被下候と被申候間、いふかひありと思ひ、直ニ松岡氏江自参り、松岡夫婦江右之趣申入候所、松岡氏ニても承知被致、後刻鈴木参り候ハヾ申聞せ可申候由被申、ほど無帰宅、尚又おつる殿江教訓致置。

一八時過岩井氏被参、しバらく雑談して帰去。○昼後長次郎殿、焰硝百十四匁乞る。則掛分、松村預り候分百十五匁渡ス。早〻帰去。○暮六時過およし殿来ル。今晩止宿也。今日もおつる殿此方ニ逗留也。

○十六日丙寅《トラ》　南風　夕方ゟ雨　但多不降

一およし殿起出、帰去。○今朝松岡氏ゟ使札到来。右は、お鶴殿一義、鈴木氏昨日赤坂元安宗仲殿方へ被参、昨夜松岡江も被参、一義商量被致候所、先方ニてハ何の子細無之候間、帰し候様被申。昨夜此義申上候筈ニ候へども、深夜ニ相成、今朝ニ及候由被申越。右承知之趣返書ニ申遣ス。

一吉之助明番ゟ四時過帰宅、食後鉄炮稽古ニ行、暫して帰宅。

一夕七時頃伏見氏被参、暫して松村氏被参。雑談後、両人暮時被帰去。松村氏一昨日貸進の水鳥記一・帰郷日記壱冊持参、被返之、尚又所望ニ付、神皇正とう記二冊貸進ズ。○八半時過鈴木造酒之助殿被参。右は、お鶴殿一義也。今晩元安氏江同道可致候へども、又候心得違無之様可致候様、㖿と被申、度〻示教の上被帰、暮時又被参、おつる殿同道ニて元安氏江被参。お鶴殿此方ニ四日の逗留也。
○十七日丁卯　南風烈　夕方ゟ雨終夜　今申ノ六刻立夏之節ニ入ル
一今日有住側鉄炮帳前ニ付、朝飯後吉之助矢場江罷出、九時帰宅。

一昼後髪月代致、竜土榎本氏江行。来ル廿一日縁女引うつりのよしニ付、肴代金五拾疋・扇子壱対為持遣ス。夕七時過帰宅。榎本氏より菜づけ壱重被贈之。○昼前おさち入湯ニ行、九時過帰宅。右同刻長次郎来ル。右は、昨日松村ゟ預り置候焔硝百十五匁渡し遣候代の由ニて百八十八文、松むら被参候ハヾ渡呉候様被申候ニ付、預りおく。早〻帰去。

一昼後森野氏内義お国殿来ル。暫く雑談中、去乙巳年林荘蔵殿江金拾両用立、残り三十両蔵宿和泉や喜平次方へ預ケ置候所、右金子お国殿江沙汰なしニ自分入用ニつかひ果し候由、今日お国殿荘蔵方へ参り、催促致候ハヾ其義ニ及候由。驚れ、此上ハせん術なし。先蔵宿喜平次方へ参り、委細承り候上ニて、兎も角も被斗候様相談ニ及ぶ。其後又被参、喜平次ゟ請取置候証文持参せらる。尚又右相談して帰去。○八半時頃領助殿被参、雑談時を移して、夕七時過被帰去。○越後や清助方ゟ八犬伝初編借用致度由申来ル。則五冊貸遣ス。○夜ニ入まつ岡小一郎殿内義被参、お鶴殿逗留中為謝礼、信濃真綿壱包持参、被贈之。しバ《(ダク)》らく雑談中大雨ニ付、松岡氏ゟてうちん・傘為持被差越。所望ニ付、金瓶梅八編ゟ十編迄十二冊貸進ズ。五時頃被帰去。〇十五日伏見氏ニて被頼候子供袷、今日仕立出来。三ツ之内壱ツハ未ダ半出来也。〇今日観世音に供物を供ス。

〇十八日戊辰　雨　昼後ゟ雨止

一今朝およし殿来ル。雑談、昼時帰去。〇夕七時頃清助方ゟ昨日貸遣し候八犬伝初輯五冊内五の巻不足、四冊使持参。五ノ巻ハ明返し候由也。尚又二輯五冊貸遣ス。〇昼後松村氏被参、菜園笋二本持参、被贈之、ほどなく被帰去。

一日暮て元安氏内義お鶴殿被参。宗仲殿同道ニて候得ども、宗仲殿ハ松岡に被参候内、お鶴殿ハ此方へのミ被参、隅田川落鴈壱折持参、被贈。雑談中坂本氏被参、是亦夜話ニ及。五時頃宗仲殿御入来。右は、過日お鶴殿逗留之謝礼被申入、暫く物語致、おつる殿同道ニて赤坂住居に被帰去。坂本氏も同道ニて被帰去。

〇十九日己巳　曇　終日不晴

一昼前自象頭山に参詣、帰路入湯致、帰宅。〇昼前山本半右衛門殿ゟ壱分饅頭壱重十二入被贈之。右は、子息一周忌相当ニ付、志之由也。謝礼申遣ス。〇夕七時頃宗之助旧僕豊蔵来ル。させる用事なし。近所に参り候序之由也。暫く雑談して帰去。〇右以前松村氏被参、是亦暫して被帰去。〇当月吉之助御扶持取番ニ付、組頭に右取番名前書、持参ス。帰路入湯致、帰宅ス。

○廿日庚午　小雨　昼後ゟ止
一今日吉之助当番ニ付、天明頃起出、茶漬飯為給、高畑同道ニて御番所江罷出ル。

一四時頃ゟ豊川稲荷江参詣、昼時帰宅。山本氏江昨日贈り物之謝礼申入ル。

一昼後おさちヲ以、山本半右衛門殿方へ菓子壱折、仏前江備呉候様申遣ス。

一八時過ゟおさち元安氏江参り度由申ニ付、遣ス。暮時前元安氏内義同道ニて帰宅。今晩ハお靏殿止宿也。○右同刻山本半右衛門殿内義来ル。子息逮夜ニ付料供残振舞候由ニて、おさちを迎ニ被参、則、おさち彼方へ罷越、茶飯振舞、帰宅。○昼後伏見氏被参、雑談数刻、夕七時過被帰去。

一八半時頃榎本彦三郎殿御母義被参。右は、明廿一日縁女引うつり、里方遠方ニ付中休として此方へ被立寄候由、里方吉沢源八殿被申候由ニ付、其心得可有由被申。且又、女蝶・男蝶の花形入用ニ候間、借用致度被申候へども、余り損じ候ニ付、明日拵、此方ゟ持参可致旨示。今日媚女道具参り候ニ付世話敷由ニて、早ゝ被帰去。○夕方定吉妻白米六升持参、請取おく。

○廿一日辛未　南風烈　半晴
一四時頃吉之助明番ゟ帰宅。食後四畳ニ入仮寐、八時過起出、髪月代致、入湯ニ行、暫して帰宅。○四時過お靏帰去。おさち送り行、昼前帰宅。昼後入湯ニ行、八時頃帰宅。○家根や亥三郎方ゟ此方家根漏繕ニ来ル。暫して帰去。

一昼前・昼後伏見氏被参。今晩榎本氏江家内不残参り候ニ付、留主中の事頼候故也。○夕七時頃松村氏被参、兼て今晩留主の事頼候ニ付、被参、今晩は此方へ止宿也。○夕七半時頃吉之助両組頭江御扶持落候やと聞ニ行、ほどなく帰宅。今日は沙汰無之由也。○榎本氏縁女今日引移り、此方門前通行ニ付、此方へ立寄、休足致、夫ゟ此方家内同道ニて榎本氏江参り候由、昨日榎本氏母義態ゝ案内被致候間、夕刻ゟ相待居候所、一向沙汰無之候ニ付、暮時ゟ家内一同榎本氏江行。然る所、縁女疾ニ榎本江被参候案内として荷持長兵衛を被差越。昨日御老母ゟ被頼候蝶花形、今日拵置候所、右之始末ニて間ニ不合、六日のあやめニ成候事、不本意之至り也。かけ合行届かざれば《ダク》、如此き事多有之者也。暮六時榎本氏江至り、礼酒相済、目出度祝儀整ひ、今日の客来、媚女名ハはま、父宗三寺組同心吉沢源八殿・媒人榎本氏隣家御作事人出役原田俊《アキ》殿夫婦・彦三郎殿姉聟村田万平殿・梅川金十郎殿御夫婦・此方母子三人、其外仲間靍太十郎殿・山口《アキ》　母子三人〆十一人。酌取ハ万平殿幼女也。榎本氏母義・金十郎殿内義・おさち礼服、内白無垢を着し候は彦三郎母義・おさちのミ、縁女おはま殿は服砂《ママ》小袖也。源八殿・媒人・彦三郎殿・吉之助ハ麻上下着用ス。一同江本膳を被出、千秋楽と祝し、此方三人・源八殿九時頃暇乞を致、帰宅。源八殿ハ此方門前通行ニ付、門前迄同道。榎本氏ニて焼肴三尾被贈之。如例青山様御家中大谷文七殿江吉之助切手頼入、送り切手請取、無事ニ通抜致候也。留主居伏見氏ハ帰宅後被帰去、松村氏ハ止宿也。

○廿二日壬申　曇

一松村氏、今日は銕炮帳前之由ニて起出、被帰去。吉之助鉄炮借用致度由ニ付、貸進ズ。昨夜榎本氏ゟ被贈候鰡壱尾進ズ。○昼時大内氏被参。右は、渡辺氏頼母講《ママ》江入候やと被問。手前へハ一向話無之由を答、ほど無帰去。右同刻竜土榎本氏ゟ使来ル。昨夜預ケ置候吉之助・おさち衣類・上下等被差越、尚又吉沢氏手みやげ扇子・麻・小杉原一束、是をも被届、残炭二俵同断。右ニて十俵皆済也。謝礼・請取認め、使を返ス。菜漬壱重を被贈。○夕七時頃吉之助御扶持聞ニ行。親類書出来の由ニて有住江印鑑持参、親類書下書請取、帰宅。御扶持ハ未不落。

一夕方定吉晩茶持参ス。差置、帰去。○今朝、高井戸下掃除来ル。厠汲取、帰去。○夕方清助妻ひでゟ古袷仕立呉候様たのミ来ル。
○廿三日癸酉　雨
一夕七時過吉之助御扶持聞ニ行。未ダ不落。○右同刻松村氏来ル。笋三本持参、被贈之、又明日可参由ニて被帰去。○日暮て宣太郎殿被参、過日貸進之八犬伝九輯十九ゟ廿三迄持参、被返之。尚又廿四ゟ廿八迄貸進ズ。暫く雑談して帰去。

一越後や清助ゟ八犬伝三輯借ニ来ル。則、貸遣ス。
○廿四日甲戌　南風　夕方風止　曇　薄暑　袷衣ニてもあつし
一今朝初牡鵑《ママ》の声を聞く。立夏後八日め也。○
一今朝吉之助あて番ニ罷出、暫して帰宅。其後又御扶持代りの人あてゝ罷出、ほどなく帰宅。昼後髪月代致、夕方又御扶持聞ニ行。明日も不落也。
一昼後おふさ殿来ル。過日貸進之俠客伝三集・四集十冊被返之。おさちに海老色絞り小切被贈之、暫雑談して被帰去。○同刻大内氏被参、藤花持参、被贈之。是亦暫物語被致、被帰去。○定吉妻白米七升持参ス。御扶持通帳めん渡し遣ス。

○廿五日乙亥　雨　折ミ止　寒し

一今日吉之助、勇五郎殿ニ捨り返番ニ付、おさち明六時頃ゟ起出、支度致、天明吉之助を呼起し、早飯後、長次郎同道ニて御番所ニ罷出ル。

一高畑久次殿、鉛代渡り候由ニて弐百（アキ）文おさちニ被渡、被帰去。○昼前順庵殿被参、同人縁女おさだ殿去廿三日引うつり、婚姻無滞相成候由也。暫雑談、九時被帰去。同人ゟ借受置候風登雲竜返之。○昼後深田長次郎殿養母被参、唐まつ煎餅壱袋持参、被贈之。煎茶・くわしを薦め、物語稍久敷して被帰去。折からいせひじき到来ニ付、壱袋遣ス。○八時過梅むら直記殿来ル。右は、伊せ田丸加藤新五右衛門殿ゟ被贈候由ニて、いせひじき一包百目持参被致、松岡氏ニ被参候由ニて早ミ被帰去。則、風呂敷のまゝ預り置。○今朝およし殿来ル。暫して被帰去。○夜ニ入大内隣之助殿来ル。過日貸進の亨雑記二冊被返之、尚又所望ニ付、雨夜月六冊貸進ズ。暫して被帰去。

一今日客来多く、徒ニ日を暮し畢。○今日成正様御祥月逮夜ニ付、御画像奉掛、神酒・くわし・備餅を供ス。

○廿六日丙子　終日雨　寒し　不順也

一今朝明番ニて五時過帰宅。○昼後越後やゟ八犬伝三輯四冊持参、返之。内壱冊不足也。尚又四輯四冊貸遣ス。且又、被頼候おひで給仕立出来ニ付、右使ニ渡遣ス。○昼後お国殿来ル。煎茶・菓子を薦め、雑談、且、荘蔵殿一義被申、泉屋喜平次之喜ノ字を嘉平次と証文ニ書れ候事、心得がたし。其判なるべし。暫して帰去。○夕七時過御扶持聞ニ行。未不落、無程帰宅。今晩暮時ゟ枕ニつく。○今日成正様御肖像昨日の如く床間ニ奉掛、供物を備ふ。家内終日精進也。今日必深光寺へ墓参可致候所、雨天ニて延引、不本意之事也。

○廿七日丁丑　晴

一昼前自伝馬町江入湯ニ行、帰路取替紙買物等致、帰宅。右留主中伏見氏藤花持参、被贈之由也。○昼後伏見氏被参、手拭一筋・襌切・うミ麻十匁持参、被贈之。過日袷仕立進じ候謝礼なるべし。甚きの毒也。ほどなく被帰去。○夕七時頃吉之助両組頭江御扶持聞ニ行、ほど無帰宅。御扶持落候由也。○石井勘五郎殿、神明大麻壱・洗米持参、被贈之、早ゝ被帰去。○吉之助帰宅後髪月代を致ス。明日御扶持取番なれバ也。

○廿八日戊寅　曇　五時過ゟ雨終日　夜ニ入同断

一今日五時前ゟ吉之助、宣太郎殿同道ニて御蔵前森村や長十郎方へ御扶持受取ニ罷越、御扶持十壱俵請取、車ニ積、組屋敷江引つけ、夫ゝ江配分、夕七時頃帰宅。大雨ニて尤難義也。

一九時頃鈴木昌太郎殿来ル。させる用事なし。雑談数刻ニして帰去。甚迷惑也。○夕方清助方ゟ八犬伝四輯四冊持参ス。尚又五輯六冊貸遣ス。○夜ニ入長次郎殿来ル。林荘蔵殿今日未ノ刻死去為致《(ママ)》候と云。尤内分ニ候得ば、門触ニあらず候ニ付、悔ニ参り候とも何れとも勝手次第可為由被申。然ども一町の義ニ候間、明日悔申可入由申おく。一昨戊年六月寄場出役被致、僅出入三年ニして没ス。享年四十三才也と云。誠ニ気の毒の事也。○今日不動尊江神酒・備餅を供ス。夜ニ入、神灯諸神江供ス。○昼後元安内義おつる殿ゟ使ヲ以、おさち方へ塩せんべい壱包被贈之。○おさち昨廿七日ゟ左門町尾岩稲荷江日参ス。

○廿九日己卯　雨　昼前雨止　折ゝ雨

一今朝吉之助髪月代致、長次郎殿同道ニて林荘蔵殿方へ悔申入。今日申ノ刻送葬也と云。ほどなく帰宅。○四時過ゟ吉之助竜土榎本氏ゟ一本松賢崇寺へ罷越、夕七時頃帰宅。榎本氏ゟうつぎ花、賢崇寺ゟ牡丹鉢ニ植、被恵之、則持参ス。夫ゟ直ニ荘蔵殿方へ行。深田同道、荘蔵殿棺長安寺へ送葬畢、七半時頃帰宅。

一八時過深田長次郎殿老母来ル。右は、先頃中ゟ弓張月借覧被致度由、長次郎殿伯父田中某被申候ニ付、今ゟ彼方へ参り候ニ付、借用致度被申候ニ付、望ニ任、弓張月前編六冊右同人ニ渡、貸遣ス。直ニ被帰去。

一夕七時前松村氏被参、神皇正統記三・四ノ巻二冊被返之、尚又四・五ノ巻二冊貸進ズ。夕方被帰去。○今朝およし殿来ル。昼時被帰去。○おさち今日も左門町ニ行。

一しなのやゟ注文の薪八束かるこ持参ス。右請取置。

○卅日庚辰　晴

一今日吉之助当番ニ付、明六時頃起出、支度致、天明後吉之助を呼起し、食事為致候内久次殿来ル。則、同道ニて御番所ニ罷出ル。

一今朝伏見氏被参、暫物語被致、過日約束致置候百人一首貸進ズ。

一四時頃おつぎ来ル。とし玉として、じゆばん半襟一掛・緋絞ちりめん小切・半切百枚持参ス。

一大久保白石氏ゟ貸進の八犬伝九集四十一ゟ四十九迄十冊持参、被返之、尚又所望ニ付、五十ゟ五十三上下五冊貸進ズ。○昼後ゟおつぎ・おさち同道ニて平川天満宮開帳ニ参詣、夫より番所町老媼尊ニ参詣、八半時頃帰来ル。夕飯為給、帰し遣ス。真綿少ゝ遣之。奇応丸大包壱ツ・中包三ツ渡遣ス。○八半時頃松村氏被参、榎本彦三郎殿ニ婚姻祝し候詠草短冊二枚持参被致。暫く物語被致、被帰去。

一今日榎本氏縁女里びらきニ付、手前門前通行被致候間、此方へ被立寄、媒人根元俊助殿も被参。彦三郎殿嫁女おはまどの初来也。折からおつぎ参り合候ニ付、相識ニ成ル。手みやげとして袋入堅魚甫三本・菓子壱折持参、被贈。初来ニ付盃を薦め可申筈の所、里入出がけニ付、略、切鮓・煎茶を薦め、ほどなく牛込弁天町吉沢氏江一同被参。暮六時又一同此方へ開被参、榎本氏御母義ハ此方へ止宿也。其外之一同竜土江開らる。○暮六時頃定吉来ル。白米弐斗六升持参ス。都合三斗九升也。此方御扶持ハ未ダ森村屋ゟ請取ざるよしなり。

○四月朔日辛巳　晴　当月吉之助月番也

一今日明番ニて五時過吉之助帰宅。昼後矢場江鉄炮稽古ニ罷出、夕七時過帰宅。

一昼後八時過ゟ自飯田町江行、先月分上家・売薬うり溜請取、暮時帰宅。

一ヱノモト氏御老母今日もとゞめ、逗留ス。終《ママ》真綿を引被出。○一昨廿八日夜、当組与力鈴木鉦次郎殿方へ盗賊しのび入、土蔵鎖ねぢ《ダク》きり、衣類・両刀都て金品奪去られ候ニ付、今朝訴ニ及候由、吉之助帰宅後告之。○夕方松むら氏被参、杜若手折持参、被贈之、暮時被帰去。○留主《ママ》、お秀来ル。いなかまんぢう七ツ持参、次郎浴衣壱ツ仕立呉候様申由ニて、請取置。○今日有住側鉄炮挺前の所、駒場《アキ》御成ニ付、延引也。

○二日壬午　晴

一今日ヱノモト氏老母、昨日被頼候次郎浴衣を仕立らる。昼後八時頃被帰去。

一吉之助昼時起出、食後裏そふぢ致、竹根七ツ八ツ穿。○夕方清助よめ、次郎差添、頼置候浴衣取ニ来ル。則渡し遣ス。猶又袷仕立呉候様申候ニ付、預りおく。

一夕七時松むら氏被参、田芹持参、被贈之、暮時被帰去。○右同刻定吉妻来ル。御扶持通帳幷ニ白米通帳持参、帰去。○夕方長次郎殿来ル。ほどなく被帰去。

一今晩、暮時ゟ枕ニつく。○昼前、触役幸太郎殿来ル。明三日鉄炮ならし有之候。平刻ゟ罷出候と被申。

○三日癸未　曇　昼後ゟ雨終日

一今朝銕炮ならしニ付、五時頃ゟ吉之助鉄炮携、矢場ニ罷出ル。八時帰宅。

一およし殿来ル。明日入湯ニ被参候ハヾ同道致呉候様被頼、暫して被帰去。

一下そふぢ定吉来ル。厠汲取、帰去。○昼後伏見氏被参、大久保矢野氏内義安産被致由。臨月ニ不及、八月ニて出産、然ども母女とも恙なく肥立候由也。早ミ被帰去。○八時過榎本彦三郎殿被参、村田氏ニ被参候帰路の由也。同人縁女去三月廿一日婚姻整候所、夫ニ背き枕席を共ニせず、夫妻睦しからず候由、甚敷恣成取斗、其意を不得由被申。何ニもせよ、老母の心配想像れ、歎息の至り也。愚なる事乍、売卜歌住ニ問合、右も左も被取斗候様申置、暫して被帰去。○夕方長次郎殿来ル。ほど無被帰去。○おさち今日は腹痛甚しく、吉之助介抱ス。つき虫の薬を用ゆ。○今日我姉《アキ》清心院楚雲妙容大姉様御祥月忌逮夜ニ付、茶飯・一汁一菜を慈正信士様御牌前とも二膳供之、伏見氏ニも遣之。○夜ニ入豆ふや松五郎妻おすミ来ル。去冬貸遣し候蚊や三張の内二張持参、返之。右請取置、暫して帰去。

○四日甲申　晴　風烈　昼後風止　曇、忽晴　夕方又風

一今日吉之助番宛致、ほどなく帰宅。其後髪月代致遣ス。○今日、清助ゟ頼まれ候古木綿袷仕立畢。○朝飯後自歌住左内殿方へ行。右は、榎本氏一義好歹を問候所、左内卜筮致候所、地山謙ニて熟縁ならず、程よく離縁可致由被申。右畢、帰路買物致、四時頃帰宅。信濃や重兵衛へ薪代金壱分払済。○右留主中およし殿来ル。入湯ニ同道可致為也。則同道ニて伝馬町ニ参り、入湯致、尚又、帰路およし殿買物被致、九時過帰宅。およし殿ニ昼飯を薦め、先月中預り置候金二分、今日同人ニ渡ス。○昼後吉之助ヲ以、広岳院ニ墓参為致。右序ヲ以、坂

本順庵殿江婚姻祝儀為歓、銘酒壱升切手・扇子壱対為持遣し、祝儀為申述、榎本氏江も立より、歌住卜笠の趣認め、為持遣ス。雪踏・駒下駄買取候様申付、金壱分渡遣ス。○夕七時頃坂本氏、先刻の謝礼として被参、暫雑談して被帰去。

一夕七半時頃吉之助帰宅。せつた拾壱匁五分ニて買取、持参ス。

○五日乙酉　晴　風

一今日吉之助、板倉安次郎殿江捨り助番ニ付、天明ゟ起出、支度致、食事致候内長次郎殿被参、則同道ニて御番所江罷出ル。○今朝およし殿来ル。綿入二ツ・どふ着二ツほどき呉候様頼、とき貰。昼飯を薦め、八時頃被帰去。○清助ゟ被頼候ぼろ袷仕立出来候ニ付、次郎江渡し遣ス。○荷持和蔵江四月分給米二升渡し遣ス。○昼前坂本氏被参。昨日約束致候ニ付、卯木花進之、ほどなく被帰去。日暮て枕ニ就く。

○六日丙戌　晴

一今朝定吉妻手水・ぬか持参ス。米つきちん・車力・茶代とも、三百廿四文渡遣ス。

一四時前吉之助明番ゟ帰宅、其後畑をうなひ、茄子・胡瓜苗を植る。○自神女湯五角拚ニ外題小切を摺。○八時頃榎本御老母被参。右は、同人嫁おはま夫ニ飽迄不貞の行ひ、且昨五日朝隣家媒人原田俊助殿方へ断もなく恣ニ自参り候段甚敷、其儘商量の上、媒人江預ケ置候由被申、柏餅・黒ごまを被贈之。有合ニて酒食を薦め、夕方被帰去。

一夕七半時頃松村氏被参。明七日帳前ニ付、銕炮借用被致度ニ付、吉之助則貸進ズ。其後被帰去。

一暮時ゟおさち同道ニて伝馬町江買物ニ行、こんやもめん糸染頼、帰宅ス。

○七日丁亥　半晴
一四時頃久次殿、窓ゟ吉之助を被呼、今日帳前ニ候へども、もはや相済候半。今より参り、銕炮打べしと被誘引候ニ付、直ニ角的持参、矢場に行。銕炮は昨夜松村氏に貸遣し候ニ付、持参せず。長友氏ニて剛飯を振舞れ候由ニて、夕七時過帰宅。○長次郎殿卯木持参、被贈之、早〻被帰去。

一伏見氏被参、ほどなく被帰去。見聞集五巻借用ス。

一夕七半時頃おさち遠藤安兵衛方へ行。くわし壱折持参、進之、暮時帰宅。

一今朝およし殿来ル。暫物語致、昼時帰去。
○八日戊子　曇　五時過ゟ雨終日　夜ニ入雨止
一今朝伏見氏被参、暫物語被致、昼時被帰去。今日、右之外使札・客来なし。

一吉之助終日在宿。但、畑に豆を蒔、自・おさちハ終日糸を引。
○九日己丑　曇　八時過ゟ雨　夜ニ入風烈　雨
一今朝吉之助髪月代致、昼後榎本氏に行。彼方縁女おはま、去ル四日朝媒人原田方へ自参り候ニ付、里方吉沢に掛合ニ及、先おはま事父源八迎ひニ参り、父宅宗三寺組屋敷に同道致候由也。其後媒人ヲ以詫られ候所、榎本氏不聞入、弥離縁之沙汰ニ成候由也。おはま里方へ帰り候事、六日の日也。榎本に婚姻後十五日め也。夕七時前帰宅。○昼後およし殿来ル。ほどなく帰去。

一昼後清助ゟ、次郎綿入衣袷ニ仕立直し呉候様申来ル。請取おく。

一夕七半時過自・おさち同道ニて鮫橋仲町江入湯ニ行、暮時帰たく。

一昼後長次郎殿庭前之かきつばた一折持参、被贈之、暫して帰去。

一夕方大内隣之助殿来ル。過日貸進之雨夜の月六冊持参、被返之。右為謝礼白砂糖壱斤持参、被贈之、暫して被帰去。

○十日庚寅　晴　薄暑

一今日吉之助当番ニ付、天明後起出、早〻支度致、茶づけ飯為給、御番所江罷出ル。帰路飯田町江立より候様申付、奇応丸小包十・つきむし薬壱・先月分薬壱わり二百十六文・ろふそく代百文為持遣ス。○今朝長次郎殿来ル。昼時迄遊、風邪の由ニ付、葛根湯五服調合致遣ス。且亦、閏二月十八日ゟ同人所持の古糸車借受、つかひ候所、売払度由ニ付買取、代銭百三十六文同人江渡ス。昼後被帰去、夜ニ入又来ル。雑談後、五時帰去。○おさち昼前伝馬町江買物ニ行、きぬ糸・桂枝等買取、ほどなく帰宅。○八時頃礒女老人門前通行の由ニて被立寄、早〻被帰去。

○十一日辛卯　晴

一四時過吉之助明番ゟ帰宅。帰路飯田町江弥兵衛方へ立より、ろふそく等買取、村田氏江も立より候由也。終日在宿。○昼後清助方へ子共袷直し出来、為持遣ス。○夕方松むら氏被参、先日貸進之神皇正(アキ)記二冊持参、被返之、ほどなく被帰去。○右同刻およし殿来ル。暫して被帰去。日暮て、一同枕ニつく。

○十二日壬辰　雨　四時頃ゟ晴

一四半時過吉之助起出、昼後枇杷・栗・山椒の枝をおろし、右以前髪月代を致、暮時前長次郎殿方へ行、ほどなく帰宅。○朝飯後お幸伝馬町ニ買物ニ参り、帰宅後糸を引。○自暮時前入湯ニ行、ほどなく帰宅。○夜ニ入長次郎遊ニ来ル。雑談四時ニ及、其後被帰去。今日使札・客来なし。

○十三日癸巳　晴

一今朝起出、自象頭山ニ参詣、五時帰宅ス。○今朝森野市十郎殿来ル。荘蔵殿金子一義、御頭ニ願出候所、右は組頭組合ニて内分ニ事為済候様被仰付候由被申、早ミ被帰去。

一昼後弥兵衛来ル。堀の内妙法寺へ参詣致、帰路の由ニて、手みやげくわし壱袋・麦こがし持参、被贈之、暫く雑談して帰去。○其後鈴木昇太郎殿来ル。させる用事なし。ほどなく帰去。○今朝およし殿来ル。おさちとき物致貫、其後帰去、夕方又来ル。壱ツ残り候布子とき、だんご・くわしを薦め、おそへ屋敷ニ被参候由ニて、被帰去。

○十四日甲午　雨

一今朝食後、自象頭山ニ参詣、帰路豊川稲荷へ参詣、買物致、四時帰宅。其後吉之助ニ髪月代致遣ス。○吉之助朝飯後あて番組頭ニ届相済、四時前帰宅。

一昼後白石氏ゟ八犬伝結局編五冊被返之、尚又俠客伝初集・二集十冊貸進ズ。○八時過高畑久次殿来ル。右は、明十五日加人ニ久次殿被出候心得ニ候所、未沙汰無之、如何と被思ヲ以問ニ来ル。右は吉之助申可次所、今朝失念致、高畑江申不入ニ付て也。其段詫置。○今晩暮六時枕ニつく。

○十五日乙未　暖

一今朝吉之助、留吉殿江捨り番ニ付、天明頃起出、支度致、茶漬飯為給、高畑・山本・深田等と御番所江罷出ル。○朝飯後自象頭山江参詣。出がけ一ツ木不動尊江参詣、夫ゟ元安氏江立より、紅梅焼壱折を進ズ。ほどなく立去候て、虎の門江参詣、帰路入湯して、九時前帰宅。来ル十九日下谷伊賀かんニて薬品会有之、若見物ニ被参候人も有之候ハヾ、参り候様被申、札三枚を被贈之。

一触役宣太郎殿来ル。明十六日吉之助附人居残ニ候間、壱度弁当差出候様被触之。○昼後伏見氏被参、暫して被帰去。○夕七時頃清助方より、次郎右衛門綿入袷ニ致呉候様申来ル。其儘受取置。○右同刻岩井政之助殿来ル。先月廿一日貸進致候春蝶奇縁八冊持参、被返之。雑談久しくして、暮時被帰去。尚又、石魂録前後十冊貸進ズ。六時過ゟ枕ニ就く。

○十六日丙申　晴

一今朝起出、象頭山江参詣、五時過帰宅。○五時過荷持来ル。則壱ツ弁当為持遣ス。

一八時頃吉之助帰宅。明十七日紅葉山《（アキ）》御成、当組当番也。○夕七時頃触役幸太郎来ル。明十七日八時起し、七時出の由被触之。吉之助起番ニ付、其由山本・深田・高畑江申告、暮時枕ニつく。○七時頃おふさ殿被参、おさちと雑談、暮時被帰去。昼前おさち入湯ニ行、暫して帰宅。○昼時前目鏡商人来ル。松村ゟ預り置候目鏡、吉之助誤て取落し、わく損じ候間、わく弐匁ニて買取、玉を入替させ、昼時目鏡や拵畢、帰去。○其後森の内義お国殿来ル。暫く物語被致、昼飯を薦め、其後被帰去。

一八半時頃、昨日清助ゟ頼参り候子共綿抜袷ニ出来候間、おさちヲ以為持遣ス。且亦、近日清助、次郎右衛門同道ニて越後国江綿仕入旁〻出立の由ニ付、為餞別きおふ丸中包一・小ふろ敷一ツ為持遣ス。○暮時前、荷持和蔵御道ぐ集ニ来ル。則御鋏炮・雨皮ぞふり・弁当為持遣ス。今晩ハ起番ニ付、自・おさち不寐也。

○十七日丁酉　晴

一吉之助起番ニ付、自通夜致、八時吉之助を呼覚し、夫ゟ深田・山本・高畑を為起、其後食事致、七時ゟ右三人と共ニ御場所江罷出ル。四時過御成相済、帰宅ス。荷持、御鉄炮・御どうらん・弁当がら持参ス。○吉之助帰宅後仮寐致、八時頃ゟ一本松賢崇寺江行。右、同寺ニて長老ニ被成候僧有之候ニ付、兼て約束なれバ也。榎本氏江も立より、暮時過帰宅。竪《(ママ)》崇寺御隠居先日中ゟ御不快、今以痰気ニて御出被成、御難義之由也。○昼後伏見氏ゟあづき飯、煮染添被贈之。○自起出、象頭山江参詣、四時前帰宅。暮時入湯ニ行。○賢崇寺ゟ日ぐらし草壱冊被返之。

○十八日戊戌　曇　夜亥ノ六分芒種の節ニ入

一自起出、象頭山江参詣、五時過帰宅。其後おさち入湯ニ行。○昼前松村氏被参、糸瓜苗十本持参、被贈之。暫く雑談して、被帰去。見聞集二冊貸進ズ。昼時被帰去。右同人目鏡、昨年ゟ預り置目鏡此方へ引受、著作堂様御目鏡松むら江譲り渡し、交易す。○今朝およし殿来ル。昼時被帰去。○昼時過吉之助入湯ニ行。右序ニ鍬・たばこ買取候様申付、金壱分渡し置。夕七時頃、鍬のミ買取帰宅。代銀八匁五分也。

○十九日己亥　晴

一今朝自起出、象頭山江参詣。今日迄七日参り終り也。五時過帰宅。○其後吉之助江髪月代致遣ス。

一右同刻宣太郎殿来ル。右は、医学漢薬品会可参由ニて来ル。吉之助則早昼飯ニて切手持参、罷出ル。八時頃帰宅。土屋宣太郎・松宮兼太郎殿同道ス。○八時過弥兵衛来ル。神女湯・つき虫薬・きおふ丸・黒丸子無之由ニ付、則神女湯十五・奇応丸小包十五・黒丸子四ツ渡遣ス。つき虫薬ハ売切ニ付、明日為持可遣旨申聞、暫雑談、煎茶・田舎まんぢうを薦む。土入用の由ニて堀取《ママ》、持行。菊小鉢ニ植、同断。夕七時前帰去。○昼後おさち伝馬町江買物ニ行、ほどなく帰宅。尾岩稲荷へ日参の由ニて、昨日ゟ今日も参詣ス。

一夕七時前触役幸太郎殿来ル。明廿日上野へ《アキ》御成ニ付、当番八時起し、七時出の由被触之。依之吉之助、明日当番ニ出候山本・高畑江明日起し可申由届ニ行。

一八半時過、自つき虫薬製薬ス。惣掛目八匁二分出来ス。○下掃除定吉代来ル。定吉不快の由也。

○廿日庚子　晴

一今日当番上野《アキ》御成ニ付、早出、八時起し、七時出ニ候間、自寐ずいたし、八時吉之助を呼起し、久次殿・半右衛門殿を呼為起、其後茶漬飯を為給、てうちん携、七時ゟ右三人ニて御番所江罷出ル。○今晩ゟ蚊帳を用る。

一昼前おさち、およし殿・おさく殿同道ニて伝馬町江買物ニ行。およし殿新道福井ニて浴衣地等買、右三人昼時帰宅。○八半時頃領助殿被参、雑談数刻ニして被帰去。

一夕七時頃松村氏被参、桑の実持参、被贈之。是亦物語被致、七半時頃被帰去。右同人娘お猶虫気ニて衰候由ニ付、奇応丸遣之。塩鯖同断。○夜ニ入長次郎殿来ル。根芋壱把持参、被贈、五時頃被帰去。其後枕ニ就く。○

清助・次郎右衛門、今日越後国ゟ出立致候由、申来ル。

一七時頃順庵殿被参、病架ゟ被参候由ニて早ゝ被帰去。

○廿一日辛丑　晴

一今朝自豊川稲荷ゟ参詣、四時過帰宅。○右同刻大内氏被参、菜園しんぎく一笊贈之、雑談して九時被帰去。○吉之助明番ニて帰宅。今日御浜《アキ》御成ニ付、昨夜不睡ニ付、食後仮寐ス。八時起出。明廿二日吉之助実父角左衛門殿十三回忌相当ニ付、今日右逮夜料供被備候間、手前一同参り候様被申候所、留主居無之、一同ハ参りかね候故、吉之助・おさちのミ参り候様申といへども、不聞入候ニ付、八半時頃吉之助松村氏ゟ参り、留主居之事頼入候所、早束承知被致、吉之助同道ニて被参。右ニ付、支度いたし、母子三人榎本氏ゟ罷越、馳走ヲ受く。煎茶一袋進之。村田万平殿御内義幷ニ梅川金十郎殿内義も被参、対面ス。帰路榎本氏ゟ平菜ふた物ニ入被贈之。暮六時帰宅。其後松村氏被帰去。榎本氏ゟ被贈候平菜其儘松村ゟ遣ス。

○廿二日壬寅　曇　今日ゟ入梅　四時頃ゟ雨終日　夜ニ入同断

一今朝起出、自豊川稲荷ゟ参詣、ほどなく帰宅。○朝飯後吉之助矢場ゟ行。今日有住側帳前なれバ也。四半時頃帰宅、其後髪月代致、昼後ゟおさち同道ニて榎本氏ゟ罷越。榎本氏ニて打揃、彦三郎殿老母幷ニ村田万平殿内義・彦三郎殿・吉之助・おさち等、善福寺地中善光寺へ墓参り、猶又榎本氏ゟ立より、同所ニて夕飯の馳走を受、暮時帰宅。今日榎本氏留主居梅川氏内義、村田氏子ども両人預り、留主被致候由也。且亦、萩の花もち製作被致候ニ付、仏参延引也と云。右萩の花もち一器被贈之。○昼前伏見氏被参、雑談後九時過被帰去、夕方又来ル。是亦暫物語して被帰去。○八時頃定吉妻白米八升持参、請取置。

一夕方長次郎殿来ル。吉之助捨り番点切ニ付、捨り帳面右印置様被申候ニ付、自記置。明高（ママ）畑江贈るべ（ダク）し。しバらく雑談、暮時前帰去。

○廿三日癸卯　雨　昼後ゟ雨止　晴

一自去月下旬ゟ疾瘡伝染致候所、当月ニ至り手足ハ勿論惣身江発し、甚難渋ニ付、今日はどくだめ根を煎じ、用之。今日は悪寒ス。半起半臥。○四時頃ゟ吉之助、榎本氏ゟ一本松江行。御隠居御痰気ニ付、糸瓜水持参、進之、八半時過帰宅。○右同刻およし殿来ル。洗度物解貰ふ。夕飯を為給、日暮て同人老母被参、雑談後同道ニて帰去。○吉之助諸役点切ニて、明後廿五日初休ニ付、高畑江点順帳贈之。○定吉妻御扶持方通帳取ニ来ル。則渡し遣ス。

○廿四日甲辰　晴

一今朝高畑久次殿来ル。明廿五日吉之助捨りの鼻心得候様被申、被帰去。

一今朝永野儀三郎殿来ル。右は、明廿五日御扶持取番心得被呉様被頼、帰去。

一昼後おさち伝馬町江薬種買ニ行、暫して帰宅。○其後おさくどの来ル。疾瘡見舞也。ほどなく被帰去。○夕方長次郎殿入湯ニ被参候由ニて来ル。早ゝ帰去。

一自兎角悪寒致、不例。然ども打臥迄ニ至らず、終日糸を引。

○廿五日乙巳　晴

一今日吉之助終日在宿。但、夕七時過両組頭江御扶持聞ニ参り候所、御扶持渡り候ニ付、夫ゝ江届、帰宅。○夕方定吉妻来ル。御扶持渡り候やと問候ニ付、未不知由申聞、所望ニ付、大竹壱本遣ス。○おさち昼前入湯ニ行、九時帰宅。

一暮時ゟ自入湯、五時前帰宅。今日ゟ浮萍湯煎用ス。右之外客来なし。

○廿六日丙午　晴

一昼前およし殿来ル。おさち洗度解物致貰、昼飯を薦め、昼後同人養母迎ニ被参候て被帰去。○昼前順庵殿被参、打薬剤書付被致、暫して被帰去。

一昼後、奈良留吉遠縁番代今日松野勇吉と申者へ被(アキ)仰付候由ニて、右勇吉江森野市十郎殿差添来ル。○夕七時過松村儀助殿来ル。見聞集二冊持参、被返之、尚又五・六・七・八、二冊貸進ズ。桑の実持参、被贈之。明日鉄炮帳前の由ニて、吉之助鉄炮借用致度被申、貸進ズ。ほどなく被帰去。○夕七時前長次郎殿来ル。御扶持取番ゟ只今被帰候由也。暫して被帰去。○吉之助今日も終日在宿、井戸端網柵をこしらへル。

○廿七日丁未　晴

一今朝吉之助、留吉殿弁当料岡左十郎殿方へ請取ニ参り、右請取候て江村・森野・高畑江配分、吉之助分廿五匁。此金壱分ト五匁請取畢、昼時前帰宅。其後髪を結、入湯ニ行、帰路買物致、九時過帰宅。○右同刻おさち入湯ニ罷越、九時前帰宅ス。○今朝およし殿来ル。鼠はん紙買取呉候様おさちへ被頼、被帰去。右ニ付、おさち入湯帰路、鼠はん紙二帖買取、およし殿方へ持参、渡ス。

一今朝伏見氏被参、鰹刺身一皿持参、被贈之、暫して被帰去。○自七時過ゟ入湯ニ行、暫して帰宅。○夕七時過梅川金十郎殿被参、手みやげ切鮓一折持参、被贈之。煎茶・くわしを薦む。初来ニ付、盃を可薦候所、此節禁酒被致候由ニ付、欠合の夕飯のミ薦め、雑談、暮六時前被帰去。去ル廿一日榎本氏ゟ借受候ぶらてうちん江貸(ママ)進ズ。〇玄関脇垣根損じ候ニ付、吉之助添杭致、繕致置。〇定吉妻白米八升持参、納之。請取置。〇おさち尾岩稲荷江参詣、去ル廿一日ゟ参り候事也。

〇**廿八日**戊申　曇　折ゝ雨

一朝飯後吉之助三日礼廻りニ罷出ル。暫して帰宅。〇おさち左門町いなりへ参詣。

一昼前伏見氏被参、茄子十五被贈之、暫して被帰去。〇八半時過松村氏来ル。貸進之御鉄炮・小でうちん持参、被返之、暫く雑談して、夕方被帰去。

一菜園胡瓜花さく。未ダ蔓を出ず候得ども、日ゝ吉之助こやし致候故成べし。去ル六日買入候廿日めニて、花さく。

〇**廿九日**己酉　四時過ゟ雨終日　夜ニ入同断　夕七時頃地震

一昼後おさち入湯ニ行、暫して帰宅。〇右同刻吉之助髪月代致、是も亦入湯ニ罷出、ほど無帰宅。〇八時過おふさ殿被参。おさち留主中ニ付、自と暫く物語被致候内おさち帰宅。猶又雑談稍久敷して被帰去。〇昼前永井遠江守様御家来三人来ル。右は、此度(アキ)公儀ゟ地面改ニ付、名簿・扶持高等詳ニ被聞。則、御頭・組がしら迄申聞せ候へバ、記、帰去。〇松野勇吉殿明日見習御番被仰付由ニて来ル。〇夕七時過触役幸太郎殿被参、明卅日御番、八時起し、七時出の由被申、帰去。〇右同刻加藤領助殿来ル。雑談数刻、暮時被帰去。

一夕方永井様御内中村茂兵衛殿内義、門前通行の由ニて被尋、雑談暫時を移して、暮時前帰去。〇暮時前、明卅日起番勤候由高畑・山本・深田江届、帰宅。暮時ゟ枕ニつく。自・おさちハ不寐也。〇日暮て長次郎殿来ル。

明卅日並木本助番ニ罷出候由被申、無程被帰去。

○卅日庚戌　雨

一今暁八時吉之助起番ニ付、八時ニ至り吉之助を呼起し、無程起出候て、高畑・深田・山本を呼覚しニ参り、帰宅後食事・支度等致、正七時ゟてうちん携、右三人同道ニて御番所ニ罷出ル。今日増上寺へ御成《アキ》ニ付、早交代なれバ也。

一八時過伏見氏被参、雑談久して帰去。○八時過自入湯ニ行、暫して帰宅。

一夕七時頃松野勇吉殿、今日見習御番無滞相済候由ニて被参。

一其後およし殿来ル。しバらく遊、夜ニ入五時頃被帰去。自送り行。

一昼前定吉妻来ル。白米壱斗五升八合持参ス。右請取置。

○五月朔日辛亥　雨

一永野義三郎殿・鈴木吉二郎殿、三日礼廻り用捨の由ニて被参。

一吉之助儀も三日礼廻り用捨の由ニて、明番帰路、与力組中ニ右之趣申入、五時過帰宅。風邪ニ付食後直ニ枕ニつく。○今日客来なし。

一昼前松野勇吉殿当日為祝儀来ル。○昼前おさち入湯ニ行、暫して薬種買取、帰宅。○自今日は終日胸痛致、夜ニ入甚敷痛ミ候ニ付、暮時ゟ枕ニ就。黒丸子服用、丑ノ刻過全睡ル。

○二日壬子　曇　八専の初

一今朝おさち久保町ニ薬種買取ニ行、ほどなく帰宅。○葛根湯煎用、吉之助終日平臥也。○昼後およし殿来ル。夕方迄遊、被帰去。○自此節疾瘡追ミ発し、難義限りなし。此故ニや胸痛致、是も亦難義。今日も夕方ゟ甚敷胸痛、夕飯を不給枕ニ就候所、益痛候ニ付、黒丸子を用、ほどなく吐し、右ニ付少し痛和ぎ、丑ノ刻過ゟ睡ニつく。○定吉妻、定吉ニ申付候晩茶・びん付油等買取、持参ス。右請取置。○夜ニ入長次郎殿来ル。ほどなく被帰去。

○三日癸丑　雨　昼前ハ雨なし

一今朝村田氏相識之人大沢徳兵衛と申仁来ル。右は、榎本氏ニ用事有之候ニ付、住居・名簿等承り度由ニて来ル。則しるし、右徳兵衛ニ遣ス。

一夕七時頃松村氏被参、艾・菖蒲持参、被贈之、暫して被帰去。○ふし見氏ゟしんぎく一笊被贈之。○松村氏ゟ菖蒲被贈候ニ付、今朝買入候ハ不用ニ相成、右其儘ふし見ニ進ズ。○吉之助今日は順快也。自も順快なれども、心地不例。然ども、終日糸を引。

○四日甲寅　雨　未ノ六刻夏至《カ》之節ニ入ル　昼後雨止　夜ニ入亦大雨　遠雷

一今朝江村茂左衛門殿被参、明五日御番吉之助ニ加人の由被宛、帰去。

一四時過伏見氏被参、名頭手本有之候ハヾ借用致度被申候ニ付、則、尋出し貸進。直ニ此方ニて手本被認、持参、被帰去。○昼後吉之助順快ニて、髪月代をいたし、夕七時頃相番高畑・茂左衛門其外、加人ニ被出候人ミ方へ

罷越、且又、一町に起番の事申伝、帰宅。○昼後、下掃除高井戸定吉方ゟ端午為祝儀、自然薯壱俵持参ス。○八半時過触役宣太郎殿来ル。明五日御番八時起、七時出の由被触之。

一七ツ頃ゟ自赤坂一ツ木豊川稲荷へ参詣、夫ゟ不動尊に参詣して帰宅。

一夜食後おさち同道ニて、自おろじ町に入湯ニ行。然る所雨降出、難義ニ及候所、幸定吉入湯ニ参り、傘貸呉候間、右傘かり受、出かけ候所、吉之助雨傘持参いたし候ニ付、直ニ定吉に傘返し、吉之助持参之傘に母女弐人ニて用、帰宅。吉之助五時頃枕ニ就く。今晩も起番ニ付、母女不寐也。○門屋根・玄関・勝手口へ菖蒲を葺く。

○**五日**乙卯　小雨　夕方遠雷　暮止
一今日御番所早交代ニ付、八時起し、七時出起番ニ付、八時吉之助を呼覚し、即刻起出、高畑・深田を呼起し、帰宅後食事致、正七時ゟ高畑・深田等同道ニて御番所に罷出ル。てうちん携、壱ツ弁当遣ス。九時帰宅ス。○今日諸神へ神酒・備もちを供ス。夜ニ入神灯、家廟へも備餅を供し、終日開門也。○昼後おさち綾部氏に行、暫して帰宅。其後深田へ行。

一永井辻番人来ル。暫く雑談して帰去。さゝげ飯・平菜ひたし物を遣ス。

一今日端午祝儀、さゝげ飯・一汁二菜家内祝食ス。○今朝ふし見氏被参、干海苔五枚持参、被贈之、ほどなく被帰去。○昨夜不睡ニ付、暮時前ゟ枕ニつく。○今朝豊川稲荷に参詣ス。

○**六日**丙辰　半晴
一今朝松野勇吉殿、昨日初御番とゞこほりなく相すミ候よしニて来ル。深田長次郎殿養母被参、早ゝ被帰去。○昼前、下掃除定吉来ル。厠汲取、帰去。

一今朝食後豊川稲荷へ参詣、ほどなく帰宅。○昼飯後吉之助、榎本氏より賢崇寺へ行、夕七時帰宅。榎本氏ゟ、到来の由ニて赤飯壱重被贈之。是亦、過日文蕾主ゟ被頼候手鏡折本、賢崇寺に遣し置候所、七両金ニ候ハヾ買入置可申、十余金ニてハ出来かね候由被申、吉之助に渡し被返之。吉之助帰宅後伏見に持参、右賢崇寺ニて被申候趣申入、返之。○今朝長次郎殿来ル。右は、触役亥三郎殿ゟ伝言被頼、明七日上野御場所に罷出候由被申。相手ハ小屋頭英太郎殿・加藤領助殿也。其後庭前の花仏前に備候様ニとて持参、被贈之。

一昼後おさち元安氏に行。隣家おつぐ殿同道ス。夕七時帰宅。○右同刻伏見氏ゟ手製海苔鮓一皿被贈之。其後ふし見氏被参、雑談後被帰去。

一八時頃およし殿来ル。夕方帰去。○夕七時過豆腐や松五郎妻来ル。昨年五月中貸置候蚊帳壱張持参、返之。右請取、雑談後帰去。○自今日も豊川稲荷へ参詣。暮時ゟおさち同道ニて伝馬町に入湯ニ行、帰路買物致、五時前帰宅。

○七日丁巳　曇

一今朝起出、豊川稲荷へ参詣、五時帰宅。○吉之助五時過ゟ上野御場所に罷出ル。上野ゟ築地御頭に廻り、夕七時頃帰宅。明日上野(アキ)御成、当組は非番也。

一今朝伏見氏被参、暫して被帰去。○其後森野内義来ル。ほどなく被帰去。

一今日琴嶺様御祥月忌ニ付、持仏掃除致、床の間に御画像掛奉り、神酒・くわしを供ス。茶飯・一汁三菜但香の物とも、料供を備、隣家ふし見并ニ深田に器へ入、遣之。およし殿・文蕾主・大内氏を呼、茶飯を薦む。八時過被帰去。

一八時頃麻布竜土榎本氏御老母被参。兼て被参候様申入置候故也。腐皮せんまん(マヽ)一重被贈之、外ニ団子一包・暗(ママ)

羹御菓子、是をも被贈之。暫く雑談中、八半時頃彦三郎殿被参。右両人江酒食を薦、四表八表物語致、夜ニ入五時前被帰去。

○八日戊午　曇　四時頃雨　昼後ゟ晴　薄暑

一今朝豊川稲荷へ参詣、四時過帰宅。○昼飯後おさち同道ニて深光寺へ参詣、諸墓水花を供、拝し畢、八半時過帰宅。○右留主中弥兵衛来ル。先月分売薬売溜弐〆百四文、内壱わり二百十四文さし引、上家ちん金壱分ト二百七十六文之内金二朱差引、持参。留主中ニ付、吉之助煎茶を薦め、雑談後帰去候よしなり。

一今日も床間へ御肖像掛奉り、備餅・柏もちを供ス。○今朝前野留五郎殿来ル。右は弓張月所望の由ニ付、前編六冊貸進致候由、赤坂ゟ帰宅後告之。

一自暮時入湯ニ行、ほどなく帰宅。○夜ニ入長次郎殿来ル。暫物語して被帰去。

一今朝文蕾主被参、手鏡一義、何卒十両ニて御預り被下候様、今一応先方へ頼入呉候様被申。然バ明日一本松江参り、為申聞可申答、暫して帰去。

○九日己未　晴　薄暑

一今朝起出、豊川稲荷へ参詣、帰宅後食事致、吉之助ニ髪月代致遣ス。

一四時頃ゟ吉之助一本松賢崇寺へ手鏡一義ニ付罷越、一本松ニて昼飯を給、行戻とも榎本へ立より、八半時頃帰宅。手鏡一義、何れニも今一度見候上ニて右も左も可致被申候由。其趣伏見氏江申聞置く。去ル六日賢崇寺ゟ被贈候赤剛飯重箱、今日吉之助持参、返上ス。○夕方順庵殿鳥渡立被寄、疾瘡薬種の事聞合、亦明日可被参由ニて、早〻被帰去。○夜食後、自・おさち同道ニて伝馬町江入湯ニ罷越、帰路打薬品〻買取、五時前帰宅、枕ニつく。

○十日庚申　小雨　忽地止　不晴

一今朝起出、自象頭山ゟ豊川稲荷へ参詣、五時頃帰宅。○吉之助当番ニて、茶漬を為給、山本・高畑等と御番所ニ罷出ル。○七時頃順庵殿被参、疾打薬口授被致、且反花製方致可参由被申。反花壱両目、又明日来訪被致候由ニて、反花携、被帰去。○暮時前大内氏被参、暫して被帰去。○今朝およし殿被参、昼前帰去、夜ニ入又被参。今晩止宿也。○暮時加藤領助殿被参。させる用事なし。雑談、亥ノ刻過被帰去。○今日吉之助御使ニ出候序ヲ以、飯田町ニ手紙差添、つきむし薬三包為持遣ス。○今日庚申ニ付、神像床間奉掛、神酒・備餅、夜ニ入神灯供ス。

一昼後おふさ殿被参、しバらくおさちと物語して、夕方帰去。

○十一日辛酉　雨

一早朝順庵殿被参、昨日持参返候反鼻製方被致、贈、今ゟ八丁堀ニ被参候由ニて、早ゝ被帰去。○吉之助明番ニて四時頃帰宅。食後休足、夕七時頃起出。

一およし殿昼時被帰去。○昼後松岡氏ゟ手製柏餅廿二入壱重被贈之。則、謝礼としておさちヲ以松岡ニ重箱返し畢。○夕方松村氏被参、暫して被帰去。○疾瘡益盛ニ付、今日ゟ転方、敗毒散・反鼻を加、煎用ス。○昼時としまやゟ注文のひげ十醤油壱樽持参ス。右請取、代銀拾匁七分、外ニかるこ四十八文、〆金二朱ト三百七十二文払遣ス。

○十二日壬戌　雨　昼後遠雷　夕方雨・雷止

一昼前順庵殿被参、打薬製方被致。右は、巴豆一匁・毘麻子壱匁五分・黒胡麻二匁五分、〆五匁薬研ニ掛、細末ニ致、麻の切ニ包、上酒五合ニ漫し《(ママ)》置。其後被帰去。○昼前伏見氏被参、昼時被帰去。○今朝信濃やゟ昨日申付候薪八把送り来ル。右さし置、帰去。

一昼前・夕方、伏見氏両度被参、雑談後被帰去。○夜食後暮時ゟ自・おさち同道ニて、おろじ町《(ダク)》ニ入湯ニ行、無程帰宅。其後打薬を惣身ニ致、枕ニ就く。吉之助ハ終日在宿ス。

○十三日癸亥　曇　八専の終　昼後ゟ晴

一今朝伏見氏被参、暫して被帰去。長次郎殿、同様ほどなく被帰去。

一昼前およし殿来ル。暫して帰去。○昼後弥兵衛来ル。御姉様ゟ御文幷ニ蒲鉾壱枚被贈之。神女湯無之由ニ付、七包渡之。煎茶・稲荷鮓を薦ル。是ゟ日本橋ニ参り候由ニて帰去。○同刻松村氏被参、鶏卵三ツ持参、被贈之。○八時過前野留五郎殿去ル八日貸進之弓張月前編六冊持参、被返之。右為謝礼、手製柏餅壱箱を被贈、尚亦後編六冊貸進ズ。早ミ被帰去。○其後順庵殿来診、煎茶・到来の柏餅を薦め、自疾瘡容躰を被見、今両三日見合、やう子ニより打薬又ミ打候様被申。○夕七時頃定吉妻来ル。白米七升持参ス。明日蔵前ニ参り候序有之候間、渥見氏ニ手紙使可致由申ニ付、今朝認め置候手紙壱通、定吉妻ニ渡遣ス。

一夕七時過吉之助長友ニ玉落の事聞ニ行、暫して帰宅。未ダ落ざるよし也。

一七半時頃おさち入湯ニ行。

一今日吉之助梅之実を落ス。当年ハ外れニて都壱斗也。○夜ニ入長次郎殿来ル。ほど無被帰去。○自昨夜打薬致候所、背ゟ両腕へ多く出、あわつぶ《ダク》の如く、昼夜癬き事限りなし。○暮時頃おくに殿被参、市十郎殿ゟ吉之助に伝言被申。

○十四日甲子　晴　暑し　南風　夕方止

一今朝自起出候所、面部・眼の上重く、吉之助等腫候由申之。疾瘡ハ昨日の如し、同様也。

一おさち伝馬町に買物ニ行、ほどなく帰宅。○四時頃ゟ吉之助鉄炮稽古ニ罷出、昼時帰宅。○八半時頃およし殿来ル。暫遊、夕方帰去。右以前長次郎殿来ル。是亦無程被帰去。

一昨日定吉へ頼置候渥見へ手紙、今日届候由ニて、返書持参ス。右請取置。

一夕七時吉之助髪月代致、其後組頭に御玉落の事聞ニ行、暫して帰宅。御玉今日落候得ども、明十五日当番ニて無人ニ付、松宮兼太郎・吉之助ハ組合取番といへども行ニ不及由也。

一今日甲子ニ付、大黒天に神酒・供物を備、神灯ヲ供ス。

○十五日乙丑　晴　暑し

一今日吉之助加人ニ付、天明前おさち起出、支度致、其後吉之助起出、早飯後御番所に罷出ル。昼九時帰宅。○昼前賢崇寺ゟ使札到来。吉之助不在ニ付、請取書を使に渡ス。

一今朝野菜売多吉幸便ヲ以、樹木つけ梅五升、手紙さし添、頼遣ス。

一昼時山田宗之介ゟ使札到来ス。小田原梅ぼし一重・越の雪ぐわし壱折時候見舞として被贈之。おまち殿ゟ文到来、奇応丸・黒丸子所望ニ付、奇応丸大包一代金弐朱被贈之《ママ》。黒丸子三包ハしん物ニス。返書認め、謝礼申遣し、宗之介に約束ニ付熊胆壱匁遣之、使清吉に昼飯為給遣ス。暫して帰去。

一昼時順庵殿被参、疾瘡出かね候やう子ニ付、打薬今一度打候様被申、早〻被帰去。

一今日朝ゟ天気ニ付、洗度・張物等ニておさち終日奔走ス。夕方、両人かゝりゆを遣ふ。

○**十六日**丙寅　晴　暑し

一今朝およし殿被参、暫して同人母義、山本半右衛門殿小児おとみ同道ニて被参、暫く雑談して被帰去。おとみハおよし殿同道ニて昼時被帰去。○昼時長次郎殿、入湯致し帰路の由ニて立寄、早〻被帰去。○昼前大久保矢野氏ゟ樹木《（ママ）》五升、手紙さし添被贈之。返書不遣、謝礼口状ニて申遣ス。○夕方伏見氏ゟ沢庵づけ大こん三本贈らる。○夕方吉之助・おさち等かゝり湯をつかふ。○夜食自《（ママ）》・おさち同道ニて伝馬町江買物ニ行、明十七日元立院様御祥月逮夜、料供入用品〻買取、帰宅ス。

一今日到来の梅、吉之助夕方漬畢。○昨夜自打薬尚又致候所、矢張同様也。癬き事甚しく、夜中別而難義也。

○**十七日**丁卯　晴　夕方遠雷　雨少〻　忽地止

一今日我実父元立院様御祥月忌ニ付、麦飯・とゝろ汁、外ニ平・猪口拵《コシラヘ》、観心院様・元立院様牌前江供し、伏見氏江遣之、且永井辻番人江遣之。

一八時頃赤尾おまち殿被参、手みやげ切鮓壱重・半切紙持参、被贈之。煎茶・くわしを薦め、其後冷さうめん・夕飯を薦め、且所望ニ付、弓張月前ぺん六冊・島めぐり初へんゟ三編迄。○今日観世音祭、例のごとくス。

○**十八日**戊辰　終日曇　冷気

一今朝吉之助広岳院江参詣、帰路宗之介方へ立より、夕飯を被振舞レ、宗之介方へ窓の月一折持参ス。出がけ榎本氏へ罷越、昼飯を彼方ニて給、一本松賢崇寺へ罷越、夫ゟ広岳院ニ参詣致由ニて、暮六時帰宅ス。○八時頃おふさ殿来ル。番所町老媼尊へ参詣致候由ニて、おさちを被誘引。おさち甚迷惑ニ候へども、さすがニいなとも申兼候ニ付、支度致、同道ニて媼神ニ参詣、夫ゟ隣寺売女しら糸の墓を見物致。右墓ハ、此度俳優しうか白糸の役まハり当り候ニ付、墓を建候由也。夕七時頃帰宅。直ニおさち同道ニておふさ殿宅ニ行、おさちほど無帰宅。

一今朝およしどの来ル。吉わらせんべい少〻被贈、暫く雑談、昼時被帰去。

一昼時過生形内義およき殿、小児を抱き来ル。暫く遊、帰去。

一夕七時過文蕾主被参、ほどなく又大久保ニ被参候由ニて被帰去。

一此せつ新宿辺狼四、五疋出、多く人を脳（ママ）、或は即死、或は半死半生も有之由、風聞おび（ダク）たゞしく候所、皆虚言ニて、実は三月頃（アキ）ニて狼二疋養ならし置候所、内一疋ハ斃、跡一疋成長致候所、鉛（ママ）を喰切迯候所、人〻追かけ、大きなる原へ迯込候を、人〻当地ニて狼五、六疋出参り、人を損じ候由の虚言也と、伏見氏の話也。

一夕七時頃前野留五郎殿去ル十三日貸進之弓張月後編六冊被返、尚又続へん六冊貸進ズ。

○十九日己巳　晴　暑し

一昼後おひさ、綛（ママ）商人同道ニて来ル。薄荷壱包持参、早〻帰去。○夕七時前土屋宣太郎殿被参、先月中貸進の八犬伝九輯二部被返之、尚又同書四十一ゟ四十五迄貸進ズ。借書之為謝礼手製柏餅壱重持参、被贈之。無程被帰去。○其後触役亥三郎殿、明廿日当番、御成ニ付早交代、八時起し、七時少〻早めの由被申入、帰去。○吉之助起番七点相済候間、今朝深田長次郎方へ吉之助持参、渡之。右ニ付、今晩八日暮て一同枕ニつく。

一夕方定吉妻、申付候白米（アキ）持参、受取置。○日暮て長次郎殿被参、明暁起し可申由ニて、被帰去。○昼後吉之助髪月代を致、両人かゝり湯をつかふ。

○廿日庚午　曇　八半時頃雨　無程止　ムシ暑し　巳ノ三刻小暑の節ニ入

一今暁八時、起番長次郎殿窓ゟ呼起さる。即刻おさち起出、支度致。其後吉之助起出、茶漬を給、てうちん携、正七時高畑・山本等と御番所江罷出ル。

一今朝伏見氏被参、今日日本橋辺ニ柳レ川開有之、八時ゟ出席可致所、蔵前森村や七十郎方へ朝の内参可申候。若用事あらバ承り候半と被申候ニ付、当夏渡り御切米未ダ不請取候ニ付、則伏見氏ニ頼、受取被参候様、吉之助印鑑渡し置。○昼前深田長次郎殿老母、山本小児を携来ル。暫して被帰去。○右同刻松村儀助殿来ル。昼飯を薦め、其後仮寐被致、八半時過被帰去。○四時過順庵殿来診、自癬瘡被見。入湯の事聞候所、今四、五日待候様被申、無程被帰去。○荷持和蔵給米を乞、則二升渡遣ス。

一日暮ておよし殿来ル。今晩ハ止宿也。

○廿一日辛未　半晴　凌よし

一今朝伏見氏被参、昨日森村や江被参、御切米請取被参候由ニて、諸入用さし引、金二両二分ト廿四文渡され、印鑑同断、早ゝ被帰去。

一四時過吉之助明番ニて帰宅、直ニかゝり湯致、仮寐ス。昼時起出、食事致、矢場江罷出ル。明日御頭鉄炮見分の為御出ニ由て也。夕七時頃帰宅。其後髪月代致、尚又かゝり湯致ス。○夜ニ入自・おさち同道ニて伝馬町江買物ニ行、薬種・土瓶其外色ゝ買物致、五時前帰宅。其後一同枕ニ就く。○夕方松村氏被参、無程被帰去。○およし殿昼前被帰去。花房様御内ゟ療治ニて招れ候由、長次郎殿申来候故也。

○廿二日晴　壬申《サル》

一今暁七半時頃東方ニ出火有之、自起出、見候所、余ほど大火ニ付、おさち起出候所、もはや天明ニほどなく候ニ付、たきつけ候内、触役宣太郎、失火ハ西御丸ニ付寄場建候間、早ゝ罷出候様被申、早ゝ被帰去。即刻吉之助湯づけ飯を給、御鉄炮・御どうらん携、寄場江罷出ル。ほど無荷持弁当集ニ来ル。則渡し遣ス。吉之助四時過帰宅。今晩又西御丸江御金具番ニ罷出候由ニ付、帰宅後かゝり湯致、枕ニ就く。

一今朝およしどの来ル。おさちへ髷かけを被贈。太郎初年の節の麻上下未ダ納置候ニ付、今日およし殿を頼、解貰ふ。昼時およし殿帰去。其後長次郎殿被参。右同人ハ今晩休の由也。ほどなく被帰去。○今朝伏見氏被参、雑談後被帰去。○今晩西御丸江吉之助等金具番として可罷出よし、組頭ゟ被申候ニ付、罷出候心得ニて候所、夕方ニ相成候ても触役不来。右ニ付暮時組頭江承りニ行。然る所、未ダ不分候由ニて徒ニ帰宅。其後何の沙汰無候ニ付、五時過枕ニつく。○夕方一同かゝり湯。

○廿三日癸酉　曇　四時過ゟ晴　暑し

一今朝お国殿来ル。暫く雑談して被帰去。先年ゟ預り置候市太郎殿冠笠、今日同人ニ渡ス。諸助番帳めん持参被致。

一今朝四時頃ゟ吉之助村田氏江行。おさちゟ幼女おさとどのへ太柄うちわを遣ス。昼時帰宅。村田氏ゟあじろ蓋大小二ツ・なまりぶし一本被贈之。

一下そふぢ定吉大こん壱把持参、明日又可参由ニて帰去。○夕七時頃岩井政之助殿来ル。先月中貸進之石魂録前後持参、被返之、尚又所望ニ付、合巻猪聞集六冊貸進ズ。暫して被帰去。○日暮て森野氏被参。右は、明廿四日松野氏ニて初寄合有之候ニ付、夕七時頃ゟ出席可致被申之、被帰去。今朝右同人内義被参。○今日もかゝり湯をス。○昼後奇応丸壱匁三分江伯を掛ル。

○**廿四日**甲戌　晴　暑し　風なし　凌かね候程也

一朝飯後吉之助番宛ニ罷出ル。ほどなく帰宅。○昼後下そふぢ代来ル。昨日申付候皮つき麦(アキ)升持参ス。代銭百文渡遣ス。下そふぢいたし、帰去。

一夕七時前およし殿来ル。ほどなく帰去。○右同刻渡辺平五郎殿、隣家林氏迄被参候由ニて被立寄、暫して帰去。

○夕七時前吉之助かゝり湯致、食後松野氏江初寄合ニ行。右少し以前高畑も誘引、夜ニ入五時前帰宅。餅菓子壱包を被牽。今日の寄合、並木又五郎殿の一義也と云。

一昼後越後や清助娘来ル。昨夜越後ゟ帰着の由ニて、真綿壱包為土産持参ス。早く帰去。○今日ゟ夜具類を干はじむ。

○**廿五日**乙亥　晴　暑し　凌かね候ほど也

一今日も夜具を干ス。○昼時ふし見氏ゟ茶飯・一汁一菜被贈之。○夕方定吉妻白米壱斗持参ス。請取置。○夜ニ入順庵殿被参、暫して被帰去。

一今日の暑さ、風なし。夜ニ入候てもむしあつく、凌かね、甚敷難義ス。夕方かゝりゆ致ス。○夕方礒女殿被参。先月中ゟ飯田町小松や江逗留ニて、只今帰路の由。ほど無被帰去。

○廿六日丙子　晴　暑さ昨日の如し
一昼前長次郎被参、暫して被帰去。右之外、今日客来なし。

一夕方かゝり湯致ス。今日も夜着・蒲団を虫干ス。○自癬瘡かゆミ有之、夜分睡かね、大難義也。
○廿七日丁丑　晴　暑さ甚し　天明頃小地震
一今朝留五郎殿来ル。先日中貸進の弓張月六冊被返之、尚又拾遺五冊貸進ズ。ほどなく被帰去。○其後土や宣太郎殿是亦八犬伝九集四十一ゟ四十五迄持参、被返之、尚又四十五ゟ大団円迄十冊貸進ズ。暫して被帰去。○夕七時松宮兼太郎殿、過日吉之助ニ被頼置候由ニて、けいせい水滸伝借用致度被申候ニ付、則、貸進ズ。○今日吉之助かりこみをス。

一夕方吉之助髪月代致、入湯ニ行、ほどなく帰宅。其後自・おさち同道ニて、暮時ゟおろじ町《ダク》ニ入湯ニ行、暫して帰宅。○今日御扶持渡り候由ニて、定吉妻通帳取ニ来ル。則渡遣ス。○夕方およし殿被参、暫して被帰去。
○廿八日戊寅　晴　小風　昨日ゟ少し凌ヨシ
一朝飯後、自不動尊・豊川稲荷へ参詣ス。四時前帰宅。

一右同刻吉之助、竜土榎本氏ゟ一本松賢崇寺へ罷越、夕七時過帰宅。

一今朝松野勇吉殿当日為祝儀来ル。右以前松村氏被参、早ゝ被帰去。

一今夕もかゝり湯を致ス。暮時ゟ自入湯ニ行、無程帰宅ス。○今日も夜具を干ス。

○廿九日己卯　晴　今日暑さ甚し

一吉之助終日在宿、夕方かゝりゆ致。右以前髪月代をス。○暮時ゟ自入湯ニ行、無程帰宅。○夕方大久保矢野氏ゟ手製柏餅壱重、手紙差添被贈之。口状ニて謝礼申遣ス。○今日は簞笥類を干ス。

○六月朔日庚辰　晴　初伏也

一今日吉之助当番ニ付、正六時前ゟ起出、支度致、天明頃吉之助を呼起し、早飯後高畑氏被誘、同道ニて御番所ニ罷出ル。○朝飯後自飯田町ニ行、うちわ壱本・皮付麦進ズ。神女湯十包持参ス。飯田町昼飯・せん茶・もちぐわしを被出、其後冷麦を薦らる。且亦先月分上家ちん・薬うり溜請取、ろふそく百文買取、外ニ廿五挺壱袋被贈之。折から深川お祐様、おてつ殿同道ニて御出、八時迄物語致、八半時帰宅。○右留主中、賢崇寺方丈様牛込辺ニ御出の由ニて、外之御僧三、四人御同道ニて御出の所、おさち壱人ニてこまり候由也。吉之助・自留主中ニて、方丈様御出ニても甚麁末成也。来ル六日御法事御ざ候ニ付、吉之助ニ罷出候様被申之、暫御休足ニて御帰寺也と、帰宅後告之。

一昼後およし殿来ル。暫く遊、被帰候せつ、長次郎殿ニ裸ろふそく十一挺入壱袋進ズ。夕方被帰去、暮時又来ル。止宿也。きうり三本・そら豆少ゝ持参、被贈之。

一右同刻、信濃や重兵衛薪代乞ニ来ル。則、代金二朱渡し遣ス。

一今暁九時、回向院門前あわ雪茶づけやゟ出火致、二丁四方焼失致候由なり。

一先月廿八日両国川びらき、西丸様御焼失ニ付延引也と云。

○二日辛巳　終日曇　淩よし　夜ニ入雨　但多不降
一五半時頃吉之助明番ニて帰宅。其後かゝり湯致、仮寐いたし、八半時起出ル。

一林銀兵衛殿、亡父忌明ニ付被参、謝礼被申入、帰去。○昼時順庵殿来診。自少ヽ中暑之気味ニ付診脉乞。其後被帰去。○夕七時かゝりゆ。右ニ付、昨日弥兵衛ゟ貰受参り候疾の粉薬、酒・酢等分ニ致、右薬をひたし、物身にすり込候所、疾瘡出候事甚しく、暫くかわかし置、其後入湯致ス。吉之助・おさち等ハ多く不出、自腹ゟ両手・両足多く出。○昼前おさち尾岩稲荷へ参詣ス。
○三日壬午　曇　午ノ八刻土用ニ入ル　終日冷気
一今朝起出、自豊川稲荷へ参詣、五時過帰宅。帰路定吉方へ立より、車力代・米つきちん二百廿四文渡遣ス。○おさち尾岩いなりへ参詣ス。○夕方吉之助・自疾薬をつける。○今朝松村氏被参、昼時被帰去。○右同刻森野内義・およし殿被参、何れも雑談して被帰去。○八時過前野氏先日貸進之弓張月五冊持参、被返之、尚亦残編六冊貸進ズ。早ヽ被帰去。

一長次郎殿、一昨日蠟燭遣し候謝礼被申入、被帰去。○暮時自入湯ニ行、ほど無帰宅。○七時過定吉妻来ル。御扶持春候ニ付、持参ス。三斗五升春上り、借米弐斗五升差引、壱斗持参ス。つきちん・車力ちんハ今朝渡遣ス。
○夕方吉之助髪月代致遣ス。○今日漬梅に紫蘓を入ル。
○四日癸未　曇　夕方小雨　冷気
一今朝吉之助、食後御頭多賀兵庫助様幷ニ御用人衆に暑中見舞ニ罷出、夫ゟ組中に廻勤、其外大内隣之助殿・生

形八右衛門殿・小林佐一郎殿江暑中見舞申入、昼時帰宅。

一今日暑中見舞、仲間十名被参。姓名は別帳ニ記之。○越後や清助来ル。暫して被帰去。○今朝およし殿来ル。昼時帰去。昨日午ノ八刻暑ニ入候得ども冷気ニて、老人ハ綿入衣或は袷衣也。歩行致候ヘバ、単衣ニて少し汗出候位の事也。甚不順也。○今日高畑江番宛帳面を贈る。
○五日甲申　雨
一今日暑中見舞、玉井銕之助殿・松宮兼太郎殿・宮下荒太郎殿・水谷嘉平次殿・江村茂左衛門殿・深田長次郎殿、右六人被参。○吉之助ハ終日在宿、夕方髪月代ヲ致ス。○自夕方しん物くわし買取ニ行、ほどなく帰宅。今日も冷気。在宿なれバ袷ニて相応也。○夕方大内隣之助殿暑中為見舞被参、ほどなく被帰去。
○六日乙酉　曇　今日は薄暑也
一今朝食後自深光寺へ参詣、諸墓そふぢ致、水花を供し、拝し畢、横寺町竜門寺・円福寺へ参詣、帰路買物致、昼前帰宅。

一右留主中、深田長次郎殿養母被参、手作茄子持参被致、暫雑談被致、昼時前被帰去。○吉之助五時過ゟ賢崇寺へ行。今日御先住御隠居小乗忌ニ為当候ニ付、罷越ス。右序ニ、榎本氏江炭代金壱分弐朱為持遣ス。且又、御隠居暫く御不快ニ付、右為見舞、葛ぐわし壱折進之、暮六時頃帰宅。賢崇寺ゟ料供残壱折・饅頭壱包被贈之。榎本氏ゟ生り節壱本、是亦被贈。○昼前伏見氏、小児を携て被参、暫して被帰去。

一夕方およし殿来ル。吉之助持参の平菜・まんぢうを振ふ。五時頃帰去。おさち送り遣ス。○元安宗仲殿、近所江被参候由ニて被立寄、早こ被帰去。

○七日丙戌　曇　昼後ゟ半晴　暑し　今暁寅ノ二刻大暑ニ入ル
一今朝食後吉之助、大久保矢野信太郎殿方へ暑中為見舞葛らくがん壱折持参ス。四時過帰宅。○昼後およし殿被参、無程被帰去。

一夕方一同かゝり湯をつかふ。其後自伝馬町ゟ買物ニ行、暮時前帰宅。

一前野留五郎殿暑中為見舞被参、早ゝ被帰去。○八時頃、長次郎殿内義おさだ殿門前通行、おさち呼入、雑談後、買物ニ被参候由ニて帰去。

一暮六時過長次郎殿来ル。雑談して五時被帰去。
○八日丁亥　晴　暑し
一今朝、荒井幸三郎殿暑中為見舞来ル。○朝飯後吉之助髪月代致、其後飯田町弥兵衛方・村田万平殿方へ暑中見舞ニ行。村田氏ゟかんざらし粉壱袋、弥兵衛方へ寒晒一袋・枇杷葉湯五帖為持遣ス。飯田町ニて休足致、昼飯を被振舞。田口久右衛門殿方へ暑中見舞申入、帰路、村田氏ゟ尚又立より、八半時頃帰宅ス。浦上清之助殿暑中為見舞来ル。○今日は醬瓜を干ス。夕方かゝり湯をつかふ。
○九日戊子　曇　昼後ゟ雨　多不降　夜ニ入雨　凌ヨシ
一林猪之助殿暑中為見舞被参。○吉之助感冒ニ付、葛根湯二貼煎用ス。終日在宿。○今朝伏見氏被参、栄花物語板本、松村氏被参候ハヾ写取候様被頼之、暫して被帰去。○昼後おふさ殿被参。岡野へ被参候由ニて、早ゝ被帰去。

一おさち尾岩稲荷へ参詣ス。

一今朝松村氏被参。右同刻伏見氏も被参、雑談。伏見氏昨日持参の栄花物語、松村ニ被頼、昼時両人被帰去。○昼時梅村金十郎殿暑中為見舞被参。煎茶・くわしを出ス。冷さうめん・有合の茶漬飯を薦む。雑談後、八時頃被帰去。

○十日己丑　晴

一岩井政之助暑見《ママ》見舞として来ル。早々被帰去。○今朝おふさ殿母義被参。右は、あぢさい花おさち約束致候ニ付持参、被贈之。紫陽花、土用中丑ノ日ニ家内ニ釣し置候ハヾ宜敷由ニ付て也。○昼後芝田町宗之介方ゟ使札到来、暑中見舞、今日宗之介可参の所、道順不宜候ニ付延引、暑中為見舞、おまち殿ゟ文をさし添、白砂糖壱斤入壱袋被贈之。且又、先月十七日貸進之弓張月前編六冊被返之。廻嶋記ハ不返候へども、尚亦四編ゟ六編迄十四冊所望ニ付貸進、弓張月後編六冊同断、使清吉ニ渡ス。赤坂久保ニて被頼候由ニて、奇応丸大包二ツ所望ニ付、二包渡、代金壱分請取、返書認め、清吉ニ渡遣ス。○夕方およし殿来ル。其後浅羽娘おふき殿被参。両人とも無程帰去。○右同刻伏見氏煎豆腐一器持参、被贈之。○八時過吉之助奇応丸能書・外題を摺。右以前、雑木をこなし、夕方髪斗揃、月代を不剃。風邪ニ依て也。今日も葛根湯煎用ス。

一日暮て自・おさち同道ニておろじ町《ダク》ニ入湯ニ行、無程帰宅。其後五時、一同枕ニつく。

○十一日庚寅　曇　昼後ゟ半晴　冷気

一今日吉之助当番ニ付、天明頃起出、支度致、早飯後御番所ニ罷出ル。

一今朝伏見氏被参、奇応丸中包帯赤紙を細引被呉、其後帰去。○夕方お幸入湯ニ行、暫して帰宅。入替りて自も入湯、無程帰宅。○暮時、元安氏内義お鶴殿来ル。おさちと遊、五時頃おさち同道ニて松岡氏ニ行、四時お幸帰宅。お鶴殿ハ赤坂ニ被帰去。○おさち今日も尾岩様ニ参詣。

○十二日辛卯　晴　折こ雲出ル　冷気

一今朝上野御成《アキ》ニ付早交代ニて、天明後吉之助帰宅。直ニ枕ニ就く。

一昼前土屋宣太郎殿、先月中貸進の八犬伝九輯四十五ゟ五十三ノ下迄十冊持参、被返之。右請取、納置。ほど無被帰去。○其後前野留五郎殿被参、是亦過日貸進の弓張月残編六冊被返之、尚亦所望ニ付、八犬伝初輯・二輯十冊貸進ズ。借書の為謝礼荒粉落鴈壱折持参、被贈之、其後被帰去。○今朝長次郎殿被参、ほどなく被帰去。

一夕方およし殿来ル。無程被帰去。夜ニ入又被参、早こ被帰去。

一右同刻定吉妻白米壱斗持参、さし置、帰去。○今日もおさち左門町尾岩様ニ参詣。夕方母女同道ニて入湯ニ行、暮時頃帰宅、直ニ枕ニつく。

○十三日壬辰　晴

一昼前自伝馬町ニ買物ニ行、□ニ入薬種等買取、帰宅。おさちハ左門町ニ罷越、四時頃帰宅。○四時過丸屋藤兵衛、暑中為見舞くわし一袋持参ス。雑談久くして、昼飯を薦め、且所望ニ付、枇杷葉湯五服・黒丸子壱包遣ス。奇応丸小包二ツ代銭百文請取、九半時過帰去。○八時頃赤坂鈴降稲荷別当願性院、五月分寄進米弁ニ御初尾銭集ニ来ル。則、白米五合・初穂十二銅渡遣ス。○夕七時過榎本彦三郎殿暑中為見舞被参、白砂糖壱袋持参、被贈之。煎茶・口取ぐわしを薦、夕飯を薦んと致候所、早こ被帰去。

一夕方おさち入湯ニ行、暫して帰宅。○吉之助昼後ゟ精霊様台を拵掛ル。今日は柴桂湯を煎服ス。○今日漬梅を干ス。

一昼前、下掃除定吉代来ル。厠そふぢ致、帰去。
○十四日癸巳　晴
一今朝おさち尾岩様江参詣、ほどなく帰宅。吉之助今朝霊棚台拵畢。柴桂湯煎用。今日も梅を干。七時頃ゟ自赤坂江行、帰路入湯いたし、暮時帰宅。今日使札・来客なし。
○十五日甲午　晴　甚暑
一今朝勇五郎殿来ル。右は、明十六日御嘉祥ニ付、加人ニ罷出、且捨りの鼻心得候やう被申入、帰去。○四時頃松村氏・伏見氏被参、暫く雑談、両人昼時被帰去。

一夕七時頃触役長谷川幸太郎殿、明日御番八時起し、七時出の由被申之、被帰去。○夕方おさち入湯ニ行、ほどなく帰宅。○右同刻吉之助髪月代を致、其後かゝゆ《ママ》を遣ふ。○暮時ゟおさち尾岩稲荷へ参詣いたし候ニ付、自も同道ニて行、忍原ニて買物致、帰宅ス。○日暮て山本半右衛門殿内義、明日起番被致候由被申。其後長次郎殿被参、雑談後帰去。○久次殿暑中為見舞来ル。

一今日ゟ蔵書類干初ム。今日ハ稿本を曝暑ス。
○十六日乙未　晴　甚暑
一今暁八時、起番半右衛門殿呼起ル。然る所、今晩家内三人一向不不睡《ママ》候ニ付、直ニ茶漬飯をを《ママ》為給、正七時ゟ深田・高田等と御番所江罷出、九半時過帰宅。○八時頃松岡庫一郎殿暑中為見舞被参、早〻被帰去。

一今朝おさち尾岩様ニ参詣、帰路買物致、帰宅。○昼前およし殿来ル。昼時帰去。

一今朝伏見氏被参、暫して被帰去。○昼前神女湯能書・外題を摺、夕方こしらへ置。昼後木綿糸をとり合置。○今日を日記（ママ）・贈答歴の類を虫干ス。夕方かゝりゆを遣ふ。○おさち今日尾岩様ゟ土狐を持参ス。

○十七日丙申　晴　甚暑　風なし　凌かね候程也

一今朝吉之助髪を結、竜土榎本氏・一本松賢崇寺へ暑中為見舞罷出ル。出がけ、坂本順庵殿・梅村直記殿・遠藤安兵衛殿・岩井政之助殿・江坂卜庵殿方へ暑中見舞申入ル。榎本氏ニかんざらし粉壱袋持参ス。夜ニ入五時頃帰宅。賢崇寺御隠居兎角御同編の内、昨今ハ御不出来のよし也。

一昼前順庵殿来ル。ほど無被帰去。○今日雑記類を虫干ス。夕方かゝりゆをス。今日客来なし。枇杷葉湯を煎用ス。

○十八日丁酉　晴　八時過遠雷数声　夕方雨　忽地止　夜ニ入又雨　多不降

一今朝触役幸太郎殿被参、明十九日御場所請取ニ罷出候様被申、被帰去。

一吉之助髪月代致、夕方小屋頭喜太郎方へ明日附人申合ニ行、無程帰宅。出がけ松宮兼太郎殿ニ行合候所、先日貸進の傾城水滸伝二編、吉之助ニ渡し、被返之。跡三編、明日吉之助持参致候て貸進致候約束之由也。

一夕七時過自・おさち同道ニて入湯ニ行、暫して帰宅。其後吉之助入湯ニ罷出、帰路□歯・はみがき等買取、帰宅ス。○右以前おさち尾岩稲荷へ参詣、無程帰宅。

一今日ハ四ツ手本箱の部虫干ス。

○十九日戊戌　晴　甚暑

一今暁自疾瘡癬甚しく睡かね候まに〳〵、七時過ゟ起出、朝飯之支度致、天明後おさちを呼起し、食後五時過ゟ吉之助、久次殿・長次郎殿同道ニて御番所ゟ罷出ル。壱度弁当荷持ゟ渡し遣ス。吉之助御番所ゟ上野ゟ罷越、夕七時過帰宅。明廿日、当組は非番の由也。けいせい水滸伝三ぺん吉之助持参、松宮ゟ貸進ズ。荷持昼時弁当ながら持参ス。

一昼前遠藤安兵衛殿、暑中為見舞被参、早ミ被帰去。○昼前文蕾主被参、暫物語被致、昼時被帰去。○今朝おさち昨日の如く尾岩様ゟ参詣ス。○夜ニ入、吉之助・おさち同道ニて天王御仮家へ参詣、四時前帰宅。

○廿日己亥　晴　甚暑昨日の如し　○今日合巻類曝暑ス

一今朝前野留五郎殿被参、過日貸進之八犬伝三輯・四輯九冊持参、被返之。且、借書の為謝礼くわし壱折被贈之。尚又同書五・六輯二部貸進ズ。早ミ被帰去。○今朝長次郎殿来ル。庭前之花持参、被贈之。

一同刻政之助殿被参、先日中貸進之猪聞集持参、被返之。暫く物語、長次郎殿同刻帰去。

一昼前おつぎ来ル。暑中為見舞麦落鴈壱折持参ス。もちぐわしを薦、夕方かゝりゆ為致、夕飯後帰遣ス。見附前《ママ》送り行。

一渥見覚重殿女おいく殿、此度神田橋本多様御家中ゟ縁談取極り、来ル廿六日婚姻の由おつぎ告之。此方ゟ暑中見舞吉之助可参の所、延引ニ及候故、右祝儀を不知也。

一およし殿今朝・昼後両度来ル。暫して被帰去。○今朝食後吉之助髪月代致、一本松賢崇寺ゟ御隠居病気見舞ニ行。出がけ松岡氏ゟ暑中見舞申入、竜土榎本氏ゟ行戻とも立より候成べし、暮六時過帰宅。御隠居御不快、今日は少〻御快よく御出被成候よし也。

一日暮て元安内義お霍殿被参、天王仮家へ被参候ニ付、おさちを被誘引。吉之助留主宅ニ候得ども、度〻薦られ候ニ付、則支度致、松岡家内一同御仮家へ参詣、九時帰宅。○暮時松村氏被参、所望ニ付枇杷葉湯二服進ズ。暫して明日当番の由ニて被帰去。○六時過ゟ自、隣家子息廉太郎殿・妹おつぐ殿同道ニて四谷伝馬町天王仮家へ行、所〻見物致、四時帰宅ス。

○廿一日庚子　晴　大暑昨日如し。

一今日吉之助当番ニ付、天明頃おさち呼起し、支度為致、其後吉之助を呼起し、早飯後山本・高畑等と御番所江罷出ル。今日御使之せツ飯田町江立より候様申付、手紙差添、神女湯九ツつゞらへ入遣ス。

一今朝下そふぢ定吉来ル。暑中為見舞、うどんこ一袋・麦こがし一袋持参ス。○昼後清助方ゟ小重入赤剛飯壱重おひさ持参。右は、今日四谷天王弁ニ稲荷様御通行ニおさちニ参り候申《(ママ)》之。謝礼申遣ス。○昼後松岡氏ゟ餅菓子小重ニ入、被贈之。且亦童子訓所望ニ付、四板ゟ六板迄貸進ズ。○夕七時前鮫ヶ橋江天王様御出の由、隣家子も参り度由申ニ付、両人同道ニて鮫ヶ橋ゟ御宮迄参詣、七半時過帰宅ス。

一およし殿昼前来ル。右は、同人伯父田中氏ゟ弓張月所望被致候ニ付、続へん六冊・拾遺編五冊およし殿江渡し、貸遣ス。○夕方かゝりゆをつかふ。

一夕方おさち松岡江両度行、暫して帰宅。○日暮ておよし殿来ル。胡瓜五ツ持参、被贈之。今晩止宿也。

○廿二日辛丑　晴　今日酉ノ刻立秋之節也　南風烈　夜中同断

一今朝長次郎来ル。およし殿迎の為也。およし殿即刻被帰去。

一右同刻伏見氏ゟ胡瓜七ツ、小児ヲ以被贈之。謝礼申遣ス。

一今日は百巻本箱・小本箱二ツ曝暑ス。

一五半時頃吉之助明番ニて帰宅。食後休足、夕七時過起出。

一四時前伏見氏被参、山王祭礼番附悉記候品持参、被貸、暫く雑談、昼時被帰去。○八時過大内氏被参、過日貸進之秤持参、被返之、ほどなく被帰去。

一夕方かゝり湯を致ス。
○廿三日壬寅　残暑甚しく凌かね候ほど也
一今朝食後髪月代を致、賢崇寺へ御隠居御不快見舞ニ行。○おさち今日も左門町ニ行、ほど無帰宅。○今日桐長本箱二ツを曝暑ス。

一昼前長次郎殿来ル。鉈豆二ツ・杏壱袋持参、被贈之。右うつりとして鯖干魚十枚遣ス。雑談して昼時被帰去。○昼後およし殿来ル。夕七時前迄仮寐致、起出帰去。○夕方かゝり湯を致ス。○吉之助暮六時帰宅。竜土ゟ煮鰈・同鯆持参ス。一同又食事ス。
○廿四日癸卯　晴　残昨日の如し（ママ）　夜中同断
一今朝吉之助天明後渥見覚重殿方へ行。暑中見舞後レ残暑見舞幷ニおいく殿縁談整、来ル廿六日引うつりの由ニ付、かつをぶし五本壱袋祝遣之。外ニ、荒粉ぐわし壱折残暑為見舞、おくわ様ニ文を差添、吉之助持参ス。○五半時頃大久保白石氏ゟ過日貸進之俠客伝初集・二集十冊持参、被返之、尚又三集・四集十冊貸進ズ。借書の為謝礼、三盆砂糖壱斤入壱袋被贈之。早束著作堂様牌前ニ備ふ。外ゝゟ何を候ても、皆御先祖様・蓑笠様御影と難有、魚鳥之外、何也とも第一番ニ仏前江備ふべし《ダク》。○五時大内氏被参、今日家根替被致候ニ付、此方へ芥落候由ニて申之、被帰去。○今朝留五郎殿被参、貸進之八犬伝五・六集十一冊被返之、尚又七輯七冊貸進ズ。暫して被帰去。○昼前松村氏被参、蓼持参、被贈之。枇杷葉湯二貼進ズ。昼時被帰去。○およし殿来ル。暫遊、被帰去。○吉之助、帰路村田氏江立より、昼飯彼方ニて被振舞、八半時頃帰宅。渥見婚姻先月《ママ》三、四日頃ニ延引の由也。夕方かゝりゆス。

一夕方高畑氏秤借ニ来ル。則貸進ズ。○暮時過長次郎殿被参。右は、同人養母虫歯ニて脳候ニ付、咒致呉候様被頼、伝馬町迄参、帰路立より候由ニて伝馬町行、五時帰被参。則、咒致、渡之、ほど無被帰去。

○廿五日甲辰　晴

一今朝茂左衛門殿来ル。明日当番、吉之助捨り鼻心得候様被触、被帰去。吉之助今日終日在宿。○今朝松村氏被参、ほど無被帰、又夕方又被参。右は、此方ニて松村氏江頼候一義有之候ニ依而也。手作たうなす壱ツ持参、被贈之、夕方被帰去。○八時過黒野喜太郎殿、小普請方勤番被仰付候由ニて被参。

一今朝おさち尾岩様へ参詣、夕方久保町江行。

一今日は読本類を曝暑ス。○下掃除定吉来ル。七夕祝儀取越として、茄子三十持参ス。今日は下掃除不致、帰去。

○廿六日乙巳　小雨終日　夜中同断　但折ゝ止　甘雨ニて諸人大悦

一今朝吉之助髪月代を致ス。○およし殿来ル。髪結遣ス。昼時被帰去。

一同刻順庵殿被参、暫物語被致、被帰去。○亥三郎殿、御普請中勤番被仰付候由ニて来ル。○荷持和蔵来ル。五月分給米四升渡し遣ス。

一八時頃お靍殿被参、番町嫗神ニおさちを被誘引。右ニ付、おさちほど無支度致、同道ス。夕七時帰宅。

一夕方前野氏一昨廿四日貸進の八犬伝七集七冊持参、被返之、尚又所望ニ付、八集十冊貸進ズ。早ゝ被帰去。○八時過伏見氏被参、一昨年戊年中貸進之蔵書目録持参、被返之。此方ゟ催促致候故也。暫く雑談して被帰去。

一夕方定吉妻御扶持春候て持参ス。玄米四斗弐升四合、四升三合つきべり差引、白米三斗八升壱合、内壱斗八升定吉方へ返ス。

一おさち今朝尾岩様ニ行、久保町へも行。○今日雨天、虫干ハ延引、休足也。但、是迄干候分ハ本箱を掃除致、納、二階ニ運置。○暮時前ゟ自、おさち・およし殿同道ニておろじ《(ダク)》町ニ入湯ニ行。然る所、釜損じ候由ニて早仕舞也。此故ニ上り湯無之穢湯に入、帰宅ス。○今日恵正様御祥月忌御逮夜ニ付、御画像を奉掛、神酒・供物を供ス。

○**廿七日**丙午　晴　残暑

一朝飯後自一ツ木豊川稲荷・不動尊・象頭山ニ参詣、四時過帰宅。右留主中、深田老母・領助殿来ル。深田老母は無程被帰去、領助殿ハ自対めん、九時前被帰去。

一朝飯過吉之助深光寺へ参詣、諸墓掃除致、水花を供、拝し畢、帰路入湯致、昼時帰宅。○四半時過、渥見お鉄様、おいく殿・孫四郎殿同道也。右は、おいく殿来七月上旬本多伊予守様御家臣大内良之助殿方へ縁談取極り候ニ付、暇乞の為也。手みやげ、葛粉小重ニ入候て、角うちわ二本被贈之。煎茶・くわし幷ニ鮓を薦ム。今ゟ千駄ヶ谷御屋敷小川氏ニ被参候由ニて、被帰去。○右同刻長次郎殿来ル。右は、昨日鳥籠催促いたし候所、今日長次郎殿被申候は、借候覚無之由被申。然ども、此方貸進帳幷ニ日記ニ二月廿九日金子二朱借用ニ被参候くだりニ記有之、紛もなき事なるに、借ぬと申候は心得難し。或人の噂ニ聞候所、此方ニて辛亥《カノト》二月廿九日貸進の鳥箱、価四百四十八文売払候由聞及ぶ。其行不埒成事、今ニはじめぬ事ながら、只〻歎息の外なし。

一昼後伏見氏被参、雑談数刻、夕七時被帰去。○今日も恵正様御画像江もり物葛もち・備もちを供ス。夕方取納置く。

一夜ニ入松村氏被参、暫遊、有合の焼酒を薦む。手引草借用致度由被申候ニ付、別録一冊貸進ズ。戌の頃被帰去。
○夕方母女入湯ニ行、暮時帰宅。
一昼前・昼後両度およし殿来ル。雷催し候ニ付、早〻被帰去。

○**廿八日**丁未　晴

一今日読本類を干ス。○五時過松宮兼太郎殿、去十九日貸進之けいせい水滸伝三ぺん四冊持参、被返之、尚又四編四冊貸進ズ。早〻被帰去。

一右同刻吉之助、一本松ゟ榎本氏江罷越ス。何事の用事出来致候や、今晩不帰、止宿也。○松野勇吉殿当日為祝儀来ル。○今朝およし殿来ル。髪を結呉候様被申候ニ付、則結遣ス。どてら解物被致、昼飯を薦め、夕七部（ママ）前被帰去。○四時頃伏見氏被参、雑談後昼時被帰去。○夕七時頃深田長次郎殿養母、山本小児を携来ル。右は、先日頼置候木綿糸持参被致、右進物也とて代銭を不被取。追而謝礼致すべし。暫く物語被致、被帰去。

一右同刻高畑久次殿、一昨日貸進の秤持参、被返之。右受取、納置く。

一夕七時過おさち入湯ニ行、暫して帰宅。其後尾岩様江参詣ス。

一暮時加藤領助殿被参。右は、側替被致、吉之助同側ニ相成候由被申、暫く雑談、四時被帰去。榎本彦三郎殿今日勤番被仰付候由、同人の話なり。

一今日も読本を干ス。

○廿九日戊申　半晴　凌ヨシ

一今朝吉之助帰宅致候半と待居候所、四時過ニも沙汰なし。此故ニ定吉ゟ申付、やう子承りニ遣し候半と存候所、他行ニて間ニ合ず、其外雇人足も今日出し切ニて無人ニ候間、何分やう子不知、無心許存候ニ付、自竜土榎本氏ゟ罷越候所、竜土町ニて吉之助ニ行逢候へども、最早榎本氏ゟ間近く成候間、又吉之助も引帰し、榎本氏ゟ参り、彼方ニて切鮓・甜瓜を被出、しバらく雑談して夕七時頃帰宅。飛魚干魚六枚進ズ。○帰宅後伏見氏・松村氏被参、両人暫物語致、暮時被帰去。○今朝おさち尾岩稲荷へ参詣、ほど無帰宅。今日納也。○およし殿来ル。夕方帰去。

一今晩ゟ檐先ゟ盆でうちんを出ス。

○七月朔日己酉　雨　但多く不降　忽地止　終日不晴

一今朝松村氏被参、所望ニ付、鎖国論一・蔵書目録一貸進ズ。昼時頃被帰去。

一松野勇吉殿当日為祝儀被参。○昼時おさちヲ以、生形氏ゟ茄子・鯵煮つけ一皿為持遣ス。右は、両度物を被贈候為謝礼遣ス。尚又、巴旦杏を被贈。

一八時過今戸慶養寺ゟ施餓餽袋贈来ル。○八時頃榎本彦三郎殿被参。昨廿九日勤番初番ニて今日明番の由也。暫雑談、有合の品ゝにて酒飯を薦め、夜ニ入五時被帰去。此方竜吐水二挺有之候ニ付、古竜吐水壱挺進上ス。則、持参被致。

○二日庚戌　晴　今日末伏也　夜ニ入南風
一今日吉之助当番ニ付、正六時おさち起出、支度致、天明後吉之助を呼起し、早朝飯、御番所ニ罷出ル。今明日之内飯田町ニ立より、先月分薬売溜受取可参由申付、手紙・通帳葛籠ニ入遣ス。○昼前およし殿来ル。風邪の由ニ付風薬所望被致候ニ付、葛根湯二貼進ズ。昼時被帰去。

一今日歌書類を虫干ス。夕方か丶り湯致ス。今日使札・客来なし。今日も終日糸をとる。
○三日辛亥ノ(ママ)曇　風なし　むし暑し
一今日吉之助明番ゟ飯田町ニ廻り、先月分売溜・上家ちん受取、四時過帰宅。抹香代百文さし置、仙台糒少〻被贈之。○右同刻加藤領助殿被参。如例長座、昼時ニ及候ニ付、昼飯を薦め、夕七時被帰去。所望ニ付、奇跡考三冊貸進ズ。○おさち夕方入湯ニ行、暫して帰宅。○夕方順庵殿被参、ほど無被帰去。○自・吉之助ハか丶り湯をつかふ。夕方髪月代ヲ致ス。
○四日壬子　晴　残暑甚し　折〻曇　今日八専の初
一今朝食後吉之助、宗之介方・梅川金十郎殿・丸や藤兵衛方へ行。右は、残暑見舞也。藤兵衛へさとう半斤、梅川氏ニ角うちわ二本、宗之介方へ菓子買取可参由申付、二百文渡し遣ス。帰路賢崇寺・竜土榎本ニ罷越ス。夜ニ入五時過帰宅。宗之介方ゟ俊寛嶋物語合二冊二冊(ママ)吉之助持参ス。

一五時過嘉平次殿来ル。右は、一昨年中ゟ所望被致候蓑笠様御染筆物所望、此節虫干ニ付、何ぞ有之候やと被思候て被参候ニ付、御染筆物大物壱枚・横小物壱枚しん上ス。暫く雑談して被帰去。○夕方か丶り湯致。おさち伝馬町ぶ買物ニ行、日暮て六時前帰宅ス。

一夕方高橋真太郎殿来ル。右は、去ル戌年十二月ゟ鉄炮方勤番御用済ニ付、帰番の由ニて被参。○其後加藤金之助・岡勇五郎来ル。吉之助ぶ頼入候一義有之由被申候へども、吉之助他行ニ付、帰宅次第申聞候趣申候へバ、又参り候由被申、被帰去。○今日小本箱二ツ・手本類を曝暑ス。○しなのやゟ申付候薪八把持参、さし置、帰去。

○五日癸丑　半晴　折〻残暑甚し　凌かね候程也

一早朝前野留五郎殿、先日貸進之八犬伝九集の一・二持参、被返之、尚又同書十三ゟ廿四迄十冊、貸進ズ。○四時頃松村氏・伏見氏被参、松村氏菜園之唐なす一ッ持参、被贈之。両人とも昼時被帰去。所望ニ付、松坂殿むら幷ニ小津・木村書状一袋しんズ。

一夕刻宮下荒太郎殿来ル。右は、林荘蔵殿病気ニ付、寄場出役帰番被仰付候由ニて来ル。吉之助挨拶ス。○今朝本箱を取納。吉之助・おさち、七夕しきし短冊を書、昼後両人とも久敷仮寐ス。夕七時過起出ル。かゝり湯を一同致ス。自癖疾兎角癖甚しく、今夕ハ大黄の根をおろし、酢ニてとき、惣身ぶつける。○夕方おさち定吉方へ行。右序ニつきちん・車力二百廿四文渡し遣ス。○昼後およし殿来ル。大内氏、此方ニておよし殿ニ療治致貫、八時両人帰去。およし殿ゟ預り置候銭二朱分、今夕渡遣ス。○夕方岡勇五郎・加藤金之助来ル。右は、吉之助ゟ竹貰受取約束の由ニて被参。右之咄し少〻も無之、吉之助一存ニてたとへ少〻の物なりともやくそく致、無沙汰ニ遣し候事、心得がたし。五・六年以来竹枯候て払底の所、遣し候事不埒可成哉。自心ニ申分の怒有之候へども、先其儘さし置といへども、今よりかゝる振舞致候事、後〻ハ如何可有や心許なくおもハれ、歎息致し候也。

○六日甲寅　晴　暑し　風なく　昼後甚し
一今朝吉之助短冊竹を出ス。食後髪月代致、一本松賢崇寺へ参り候由ニて四時ゟ罷出ル。暮六時帰宅。其後かゝり湯致、枕ニつく。自・おさちハ不寐也。

一吉之助髪月代の序ニ、伏見小児三人ニ髪月代致遣ス。

一四時頃森野市十郎殿被参。右は、明日吉之助御加人の由被当、被帰去。

一右以前伏見氏被参、暫遊、被帰去。右同所ゟ枝豆・十六さゝげ被贈之。

一おふさ殿被参、隣家迷猫有之候をおさち貰度由申候ニ付、先方へ申入候へバ、早ゝ上度由被申。然ども、未猫を不知故ニ、後刻参り一覧の上貰受候由、おさち、おふさ殿ニ申置、ほどなく被帰去。

一八半時頃触役長谷川幸太郎殿来ル。明七日当番八時起し、七時出の由被申之、被帰去。○昼後およし殿来ル。同人祖母十三回忌の由ニて、平菜壱人前、茶うけニ致候様と被申持参、被贈之。右うつりとして、丸うり雷ぼし二ツ遣之。

一吉之助帰宅延引ニ付、明日出番之深田・高畑ニ、明暁起し候様申置く。

一今日書物入葛籠二ツ干ス。
○七日乙卯　晴　残暑甚しく　風なし　夜ニ入同断暑し
一今暁八時吉之助、高畑・深田を呼起し、正七時前食事致、右三人と御番所ニ罷出ル。てうちん携行。昼九時帰宅、食後休足ス。○今日七夕祝儀、さゝげ飯・一汁一菜家内祝食、諸神ニ神酒、夜ニ入神灯。終日開門也。○昼後ふし見氏被参、茄子・鯵汁を被贈之。○今日骨柳二ツを虫干ス。○昼前およし殿、半右衛門殿女同道ニて来ル。昼時被帰去。○暮時前おさち入湯ニ行、暮時帰宅。

○八日丙辰　晴　残暑昨日の如し　夜ニ入南風烈

一今日産物幷ニ画手本其外、いろ〳〵干ス。○今日胡瓜畑をこわし、蔓上り候故也。数廿本ニて三十六本とる。日でりニて大外レ也。終日在宿。

一夜ニ入森野市十郎殿来ル。助番帳被贈、此度有住忠三郎殿追勤番罷出候由也。仮触ニ被成候由也。右之外使札・来客なし。

○九日丁巳　晴　南風烈　四時頃風止　雨　昼時雨止　巳ノ一刻処暑之節ニ入ル

一今日五時前高畑久次殿被参。右は、鉄炮帳前有之候ニ付被誘引。即刻吉之助起出、鉄炮携矢場ニ行。食前ニ付、五時過自弁当松村氏迄持参、頼置く。吉之助参り候ハヾ被遣被下候様頼、差置、帰宅ス。依之、吉之助弁当を食し、帰路雨降出し候ニ付、御鉄炮・弁当がら等松村ニ預ケ置、九時帰宅。

一昼時、下掃除定吉代之者来ル。西厠そふぢ致、帰去。

一夕七時前加藤金之助・岡勇五郎来ル。何の用事なるを不知。吉之助立出、暫しく両人被帰去。○其後松村氏被参、先刻預置候御鉄炮・弁当がら持参被致、外ニ西瓜壱ツ、是亦被贈、暫物語して被帰去。且又、吉之助借用の下駄、せつたと引替ニ致、返之。傘ハ過日松村氏清助方ニて借用被致候傘ニ付、此方ゟ返し候と申、預り置く。○夕方おさち入湯ニ行、暫して帰宅。○暮時おつる殿、只今帰路の由ニて被立寄、ほどなく被帰去。○昼時頃伏見氏被参、樹木巴旦杏一笊持参、被贈、直ニ被帰去。今日雨降候ニ付、昼後ゟ(ママ)。

○十日戊午　曇　冷気
一今朝五時頃ゟ吉之助今戸慶養寺江行。盆供四十八銅・白米壱升代、外ニ施餓鬼袋壱ツ持せ遣ス。花代・筒代・支度代とも金二朱ト百文渡遣ス。帰路渥見氏・飯田町弁ニ村田氏江立より候所、村田氏出生鬼灯火ニて脳候由ニて手間取、暮時帰宅。○八時頃松村氏被参、西瓜被恵之謝礼として、酒を薦め、夕被帰去。○およし殿被参、暫雑談中、同人母義、山本氏小児同道ニて被参、ほどなく被帰去。○およし殿ハ夕方帰去、暮時ゟ又来ル。右同道ニて入湯ニ行、暮六時過帰宅。右以前おさち入湯ニ行、ほどなく帰宅。○夕七時前有住忠三郎殿、此度御細工所勤番被仰付候由ニて被参、早〻被帰去。○夜ニ入五時過長次郎殿来ル。およし殿此方ニ被居候ニ付、迎の為也。則同道ニて帰去。

一昼前政之助殿被参、暫雑談、昼時被帰去。

○十一日己未　雨　四時ゟ雨止　不晴　冷気
一今日早朝自深光寺へ参詣、如例年盆供二百四十八銅・白米二升代二百文相納、諸墓そふぢ致、花筒取替、水花を供し、拝畢。帰路、盆入用品〻買物致、四時帰宅。○右留主中吉之助賢崇寺へ行。然る所、四時頃村田万平殿方ゟ吉之助江手紙到来。開封致候所、今日昼後手透ニ候ハヾ村田氏江参り候由頼来ル。何の用事なるを不知といへども、昨夜吉之助咄し候やう子ニて存候所、多分出生の小児死去被致候ニ付、吉之助を被招候半と存候ニ付、右使麻布善福寺中善光寺へ参り候由申ニ付、則右使ニ頼、手紙書添候て賢崇寺へ遣ス。○今朝松村氏被参、暫雑談して、昼時被帰去。

一昼時頃清助妻来ル。五月以来次郎右衛門久敷稽古休候所、尚又願度由申来ル。盆前甚迷惑ニ候所、せつ角参り候事故、心よく答帰し遣ス。○八半時定吉妻およよあわたゞしく来ル。何事と存候所、定吉地主某の内義安産被致候所、跡六ヶ敷候ニ付、神女湯一服貰度由申来ル。則一服渡し遣ス。いそぎ帰去。○夕七時頃次郎右衛門来ル。おさち入湯ニ出がけニ付、則同道ニて入湯ニ行、暫して帰宅。次郎右衛門おど《(ダク)》り二ツさらい、帰去。○おさち仏器磨物致、夫ゟ自、おさち手伝、だんごの粉白米壱升余挽く。

一吉之助暮六時帰宅。賢崇寺へ手紙参り候ニ付、直ニ榎本氏ニ参り、夫ゟ番町村田氏ニ参り、出生病死の手伝致、麻布善福寺地中善光寺へ右出生の小児を送り葬、帰路入湯致、帰宅致也。

○十二日庚申　晴　南風　暑し

一今日吉之助当番ニ付、天明前起出支度致、ほど無吉之助を呼起し、髪月代致遣し、早飯為給、高畑・山本等と御番所ニ罷出ル。○今日精霊様御棚竹をまき、多用也。

一夕方松村氏被参候ニ付、右同人ニ留主を頼置、四谷大横町草市ニおさち同道ニて罷越候所ニおよし殿被参、一緒ニ参り度由申候ニ付、則同道ス。出がけ鈴木ニあんころもち誂置、大横町迄参り候所、大内氏弁ニ生形内義ニ行合、一緒ニ相成、種ミ買物致、帰路千代里鮓店ニ立より候由申ニ付、則一同千代里二階ニ登り、鮓を為出、一同食ス。生形内義、酒一徳利を申付被出ル。惣払六百卅二文也。帰路但嶋せんべい買取、松村氏小児ニ為土産遣之。九時前帰宅、松村氏ハ直ニ被帰路《(ママ)》、およし殿ハ止宿也。

一今日庚申ニ付、神像床の間ニ掛奉り、神酒・梨子を供ス。

○十三日辛酉　半晴

一今日おさち手伝、御霊棚を拵、其後あづきだんご《(ダク)》製作致、霊棚ニ供し、一同食ス。ふし見氏ニ壱重、松村氏ニ一重、賢崇寺御隠居ㇾ壱重、清助ㇾ小ふた物入遣之。

一四時過吉之助明番ニて帰宅、かゝり湯致、食後休足。八時過呼起し、食事為致、賢崇寺ゟ榎本氏ㇾ遣ス。両家ㇾだんご持参ス。七半時過帰宅。

一昼時次郎右衛門来ル。白砂糖半斤入壱折持参ス。だんごふた物ニ入遣之。○昼後伏見氏被参、白砂糖壱斤入壱袋・手拭一筋持参、被贈之。暫雑談して被帰去、其後巴旦杏を贈之。○今朝右同所ゟ手作芋茎三株被贈之。およし殿朝飯・昼飯とも此方ニて為給、夕方被帰去。

一昼頃おふさ殿、仏参ニ出がけの由ニて被立寄。だんご出来合候間是ヲ薦め候内、同人母義被参、同道ニて被帰去。○夕七時前自、松村氏小児ㇾだんご持参、遣之、即刻帰宅。○夕七時おさち入湯ニ行、暫く手間取、帰宅。入替りて自、およし殿同道ニて入湯ニ行、暮時帰宅。○夕七半時過定吉、白米壱斗持参ス。

一暮時過、如例玄関前ニて精霊様御迎を焼。右同刻、松村儀介殿手作唐もろこし五本持参被致、被贈之、暫く物語して、五時被帰去。

○十四日壬戌　曇

一今日朝料供芋・油あげ、汁とうなす、香の物ぬかづけなす。昼料供皿ずいきあへ、汁白みそ・冬瓜・水芋・めうがのこ、香の物白うり。八時、あんころ・煮ばな。夕料供つけあげ・にばな、香の物なたまめ。夜ニ入神酒・ひやしどうふ。其間、到来ニ付とうもろこし・枝豆を供ス。

一今朝大内氏被参、白砂糖壱斤入壱袋持参、被贈之。去ル十二日鮓やニて一同食し候割合として代料被差越候ニ付、其儀ニ不及と申断、右代銭返し候故ニ、白砂糖を被贈候也。ほどなく被帰去。○夕方定吉妻来ル。昨日申付候晩茶半斤・餅白米五合買取、持参ス。右代百七十二文渡し遣ス。

一八時過荷持和蔵、給米乞ニ来ル。則六月分玄米二升渡し遣ス。

一昼後、信濃や重兵衛薪代乞ニ来ル。則代金弐朱渡し遣ス。

一夕方松村氏被参。右は、急ニ差支候一義有之、何卒金二朱借用致度被申候ニ付、迷惑乍唯《(ママ)》ゝの難義も同様可成思ふ之故ニ、則金二朱貸進ズ。用事有之由ニて早ゝ被帰去。

一今朝およし殿来ル。昼後迄遊、同人母義迎ニ被参、帰去。

一日暮て自・おさち同道ニて入湯ニ行、暫して帰宅。

○十五日癸亥　曇　残暑甚し　夜ニ入同断　八専の終

一今日朝料供、胡麻汁・茄子さしみ・印籠づけ・香物。昼、冷さうめん。八時過蓮の飯・煮染・藤豆・茶せんなす・葉生が・煮ばな。夜ニ入、きなこだんご。其間西瓜・せんべい・有平・さつまいもを供ス。○今朝伏見氏被参、其内長次郎殿・およし殿来ル。何れも昼時被帰去。昼後およし殿被参、暫して帰り、暮時又来ル。五時被帰去。○八時過、深光寺納所棚経ニ来ル。経読果て、早ゝ帰去。布施四十八文遣ス。○右同刻弥兵衛来ル。せんべい・有平持参ス。飯田町ゟ西瓜四半分被贈之。神女湯・黒丸子・奇応丸無之由ニ付、神女湯七・奇応丸大包壱・中二ツ・小包十・黒丸子三、弥兵衛ニ渡ス。且、有合の品ニて神酒余りを弥兵衛ニ薦め、暫く雑談して帰去。お次ゟさし櫛一枚を被贈之。飯田町御姉様江砂糖漬壱折、弥兵衛ニ渡、進ズ。

一夕方ゟ吉之助ヲ以、村田万平殿方へ同人内義産後見舞として、白砂糖半斤入一袋為持遣ス。程なく帰宅。○夕方暮時前留五郎殿過日貸進の八犬伝持参、被返之、尚又百四十三回ゟ三部貸進ズ。内二部ハ稿本也。ほどなく帰去。○おさち昨今食滞の気味ニて腹痛、度ゝ黒丸子を用ゆ。吉之助同断。然ども騒候事ハ平日ニ不替。

一夕方吉之助だんごを製作ス。蓮の飯・煮染添、きなこだんご《(ダク)》、ふし見江進ズ。

○十六日甲子　晴　残暑

一今朝料供、里芋・もミ大根の汁、平なす・ふぢ豆・ひよう胡麻よごし、香の物もミ大こんを供ス。例年ハ十六さゝげの所、今年ハ十六さゝげ払底ニ付、已ことを不得、ふぢ豆を遣ふ。右畢、挽茶《ママ》を供し、暫して御霊棚を微《ママ》し、御位牌ハ仏檀《ママ》江納、其外精霊様御道具ハ夫々江納畢。其後吉之助江髪月代致遣ス。○今朝食後吉之助鼻あてニ行。明十七日吉之助ハ加人也。四時帰宅。○今日甲子ニ付、大黒天ニ神酒・備もち・七色ぐわしを供ス。○夜ニ入神灯。象頭山江も今日神酒・供物を供ス。十日の後レ也。○八時頃ゟ吉之助深光寺へ参詣、夕七時前帰宅。夫ゟかゝり湯致、食後明日加人出番の小屋頭西原邦之助殿方へ申合ニ罷越、帰路高畑江立より帰宅ス。○暮時前おふさ殿母女被参、右大宗寺ゑんまへ参詣被致候ニ付、おさちを被誘引。然ども、おさち、おふさ殿同道ニて参り候所存無之候へども、折節誘引れ候ニ付、さすがにいなとも申難、この故ニしぶ《ダク》〳〵支度致、右三人ニて大宗寺へ参詣、夫ゟ見附前迄参り、五時帰宅ス。右以前おさち入湯ニ行、おふさ殿被参候少し前帰宅ス。○おさち帰宅後、玄関前ニて送り火を焼く。○今日甲子ニ付、大黒天江神酒・備餅・七色ぐわしを供之。

○十七日乙丑　晴　今日二百十日也　秋暑甚し　風なし

一今日吉之助加人ニ付、天明頃起出、支度致、早飯後《ご》高畑同道ニて御番所江罷出ル。夕七半時過帰宅。○昼前伏見氏被参、暫雑談して、昼時被帰去。○昼後およし殿来ル。およし殿初、おさちも夕方迄仮《ママ》、夕七時過ゟ起出、おさち入湯ニ行。帰宅後入替りおよし殿同道ニて、入湯ニ罷越、暮六時帰宅。夕飯をおよし殿ニも振ふ。吉之助はかゝり湯を致ス。およし殿止宿ス。○今日観音様江供物梨子を供ス。今日は終日徒ニ日を暮し畢。

○十八日丙寅　曇　四時ゟ晴　昼前雨　多く不降　昼後止　半晴
一およし殿朝飯後帰去。○○（ママ）食後吉之助賢崇寺へ行、暮六時頃帰宅。御隠居兎角同編の由也。○四時頃伏見氏被参、暫雑談、昼時過被帰去。○夕方おさち入湯ニ行、無程帰宅ス。○右同刻まつ村氏被参、鎖国編壱冊被返、尚亦所望ニ付、白石手簡四冊貸進ズ。銕炮同断、貸遣ス。暮時帰去。○今日も観世音、昨日の如し。
○十九日丁卯　曇　折〻運雨　夜中同断
一昼前白石氏、先月下旬貸進の俠客伝三集・四集持参、被返之、尚又所望ニ付、美少年録初編・二編貸進ズ。早〻被帰去。○暮時およしどの沢庵づけ大根五本持参、被贈之。暫く遊候内、夜ニ入、順庵殿御入来。一同戯遊、五時一同被帰去。雨降出候ニ付、長次郎殿迎ニ来ル。

一今日吉之助終日在宿、手習ス。自・おさちハ昨今織糸を取。
○廿日戊辰　雨　折〻止　夜ニ入同断
一昼後吉之助髪月代致、八時前ゟ賢崇寺へ御隠居看病の為罷越、今晩止宿ス。

一夕方おさち入湯ニ行、暫して帰宅。○右同刻松村氏被参、一昨日貸進之御銕炮持参、被返之、無程被帰去。○右以前豆腐屋ゟ娘おまきヲ以、梅干を貰ニ来ル。松五郎妻霍乱致、脳候由ニ付、黒丸子一包・沢庵づけ大根三本、所望の梅干一器遣ス。右之外客来なし。○昼後ゟ吉之助綿入仕立畢、未綿入。

○廿一日己巳　風雨　折〻小雨　夜中同断

一昼前丁子や平兵衛ゟ使来ル。右は、かなよミ八犬伝十七編板下出来ニ付、校合ニ被差越、むつの花ぐわし壱折被贈之。右請取、使を返ス。明日序御ざ候ニ付、人上候由申、帰去。○右ニ付、直ニ校合致、直し五、七ヶ所、此方ニて直し置。

一吉之助九半時頃賢崇寺ゟ帰宅。賢崇寺御隠居御同へんの由也。

一昼後松宮兼太郎殿過日貸進之けいせい水滸伝四へん持参、被返之、尚又五へん四冊貸進ズ。○夕刻前野留五郎殿被参、是亦八犬伝九集卅六ゟ四十迄十冊被返之、尚又四十五ゟ十冊貸進ズ。無程被帰去。

○廿二日庚午　風雨終日　暮方ゟ雨止

一今日吉之助当番ニ付、天明前起出、支度致。天明頃吉之助起出、早飯後高畑来ル。右同道ニて御番所ぃ出ル。○右同刻、自豊川稲荷ゟ象頭山ぃ参詣、四時帰宅。風雨ニて甚難義也。○右留主中、丁子や小もの昨日の八犬伝校合取ニ参り候ニ付、おさち渡し遣ス。○昼後大内氏被参、一昨日堀の内妙法寺へ被参候由ニて、麦コガシ壱袋持参、被贈之。暫くして被帰去。○右同刻およし殿被参、雨止の内被参候所又〻雨降出候ニ付、止宿ス。○加藤金之助殿窓ゟ吉之助を被呼候へども、他行中ニ付自立出、用事承り候所、何やら約束致置候品有之由ニて、明日当番ニ出候ハヾ持参可致旨被申、被帰去。○夜ニ入五時前伏見氏、赤白雑毛小猫めすの由ニて、柳町某の方ゟ貰受持参、おさちへ被贈之。然ども、おさち望候は黒白の雑毛めすを望、過日約束候所、此猫めすニあらず、男すニて候得ども、せつ角持参被致候故ニ、其儘留置、ふんしこしらへ置。

○廿三日辛未　晴　秋暑甚し

一今朝伏見氏被参、頼置候色〻書込物壱冊持参、被借之。右は、吉之助ニ写せん為也。暫雑談、昼時被帰去。○およし殿四時頃被帰去。○吉之助明番ニて四時前帰宅。食後休足致候所、建石元三郎殿被参。右は、吉之助刀同人ゟ買取ん約束致、そを見せん為也。吉之助を呼起し、吉之助対面、何やらして被帰去。吉之助直ニ仮寐、夕七時過起出、食後入湯ニ行、暫して帰宅。○おさち同刻入湯ニ行、序ニ定吉江白米の事申遣ス。おさち帰宅後、定吉白米壱斗持参、さし置帰去。

一暮時自伝馬町江入湯ニ行、帰路売多《(ママ)》用のり入・半紙買取、暮六時帰宅。

一今日琴光院様御祥月御逮夜ニ付、きがら茶飯・一汁二菜を供ス。○今日ゟ次郎又参り。

○廿四日壬申　晴　秋暑　今夜戌ノ七刻白露之節ニ入　夜ニ入夜中雨　多不降

一昼前吉之助髪月代致遣ス。昼後ゟ種〻書入本を写し始ム。

一お靏殿被参、先月中松岡江貸進致置候玉石童子訓三部被返之。右為謝礼雪月花窓の月一折被贈之、ほど無被帰去。後刻又被参、仙台糒・牡丹もちを薦む。○夕七時過家根や伊三郎、家根漏候所直しニ来ル。則、所〻為直、帰去。

一夕七半時頃前野氏八犬伝九集三部持参、被返之、尚亦結局へん五冊貸進ズ。無程被帰去。○右以前おさち入湯ニ行、しばらくして帰宅。

○廿五日癸酉　晴　秋冷
一今朝松村氏被参、無程被帰去。○昼前次郎右衛門稽古ニ来ル。則教遣ス。

一昼後吉之助賢崇寺江行、御隠居江窓の月壱折為持遣ス。

一夕方おふさ殿被参、おさちと雑談後、暮時被帰去。奇応丸小包壱ツ買取、被帰去。代銭四十八文請取、二文不足。○右以前、およき殿三味せん借用致度由被申候ニ付、則貸進ズ。右は、今日生形氏妹おりよう今日里開ニ付、入用の由也。○吉之助五時過帰宅。御隠居弥差重り候由也。

一今日天満宮神象（ママ）を掛奉り、供物を供ス。

○廿六日甲戌　晴　冷気
一今朝およし殿来ル。かんぜ麩一袋持参、被贈之、暫物語して、昼時被帰去。○五半時頃久次殿被参、明日吉之助明捨り番の被申入、被帰去。依之吉之助髪月代致、四時前ゟ賢崇寺へ行。御隠居看病の為也。夜ニ入五時帰宅。御隠居弥ゝ御衰の由、痛敷限なし。○八半時頃丁子やゟ小もの使ヲ以、かなよミ八犬伝十七編の下十丁校合ニ被差越、明日取ニ可参由ニて帰去。○右同刻土屋宣太郎殿被参、鶏卵五ツ持参、被贈之。暫雑談、俠客伝所望ニ付、初集・二集十冊貸進ズ。其後被帰去。○昼前、下そふぢ代来ル。東の厠そふぢ致、帰去。○夜ニ入長次郎殿来ル。五時被帰去。○松村氏かなよみ板下一覧被致度申候ニ付、今日の分自持参、見せ候所一覧、直ニ被返之。○夕方森野氏内儀被参、暮方ニ及、立話して被帰去。○今暁北の方ニ出火有之、夜明て承り候所、なるこの方淀橋水車ゟ失火して、五、六軒焼失したりと云。○今日巻物類を曙（ママ）暑ス。

○廿七日乙亥　晴

一今夜九時頃、西南の方出火有之、明六時火鎮ル。品川東海寺近辺ゟ出火、凡（ママ）。

一今日吉之助明捨り番ニ付、正六時ゟおさち起出、支度致、一行院つき鐘ニ吉之助起出、早飯後長次郎と同道ニて御番所江罷出ル。○自食後直ニかなよみ八犬伝校合直しニ取かゝり、直し多く、四時直し畢。

一同刻丁子や小もの、校合出来候やと取ニ来ル。少し為待置、出来の上渡し遣ス。

一昼後およし殿被参、無程被帰去。夜ニ入五時頃又来ル。止宿也。○暮時前松村氏被参、ほどなく被帰去。○八時過おさち青山表町と云所江入湯ニ行、暫して帰宅。其後尾岩稲荷へ参詣して帰宅。

○廿八日丙子《ヒノヱ》　晴

一今朝吉之助半刻早交代ニて、五時過帰宅ス。○其後自、おさち・およし殿同道ニて伝馬町江入湯ニ行、帰路買物致、九時前帰宅。○吉之助昼後賢崇寺へ看病ニ参り候ニ付、明日鉄炮帳前出側ニ候へども、賢崇寺へ参り候ニ付、明日の所深田氏江頼合候所、長次郎殿用事有之候ニ付、外江頼候由被申候ニ付、仲殿町辺仲間之仁ニ頼入候由ニて罷出ル。永野氏を頼、昼時帰宅。食後賢崇寺へ罷出ル。今晩ハ止宿、看病ス。

○廿九日丁丑　曇　八時頃ゟ雨

一今朝山本半右衛門殿来ル。右は、今日有住側鉄炮帳前、吉之助・山本・高畑出側ニ候所、吉之助、永野氏を頼候ニ付不出候所、高畑氏ハ出側心得違被致、他行ニ付、山本江誘引ニ不参候ニ付、山本氏やう子聞ニ来候也。依之、高畑内義此方へ来ル。今日久次殿も出側の由申候へバ、即刻深田長次郎殿を頼候て、今日を為済候由也。

一今朝伏見氏被参、雑談後昼時被帰去。昼後又被参、猿若町二丁め・三丁め狂言番附持参、被借之、夕方被帰去。○昼前およし殿・長次郎被参、暫して被帰去。○八半時過加藤領助殿来ル。あらこ落鴈壱折持参、被贈之、暫く雑談、暮時被帰去。○暮時前吉之助賢崇寺ゟ帰宅、益御大病ニ成候よし。昨今榎本氏御老母、看病之為賢崇寺へ被参候由也。

○**卅日**戊寅　終日曇

一今朝長次郎殿庭前のしおん花持参、被贈之、無程被帰去。○食後吉之助髪月代致、賢崇寺へ行。握飯壱重・煮染壱重拵、看病人江為持遣ス。今晩不帰宅。

一八時頃、絶交の兄土岐村玄祐倅土岐村玄十郎来ル。初来也。右は、祖父土岐村検様《ママ》告文書此方ニ有之候ハヾ申受度由玄十郎申といへども、容易ニ不被渡候ニ付、右告文書行方不知由申、断置く。絶交の甥江たま〳〵尋参り候事故、詳ニ安否を問、且煎茶・くわしを薦め、且夕飯を為給、暮帰去。右玄十郎ハ当時父玄祐と同居せず《ダク》、妻恋坂下中川御番酒井新三郎様御家臣ニ相成居候由。父玄祐は本多家を去て、当時小笠原《アキ》　様御家来、五人扶持を賜ふ由、下谷天神下ニ住居の由申之。

一夜ニ入土屋宣太郎殿被参、過日貸進之侠客伝初集・二集十冊被返之。右請取、二輯・三集貸進ズ。暫物語、煎茶・くわしを薦め、四時過帰去。○夕方松村氏被参、食滞の由ニて黒丸子を被乞、夕方被帰去。

○**八月朔日**己卯　晴　但夕七時前少ゝ雨　忽地止

一今日朔日為祝儀被参候者、松野勇吉殿・永野儀三郎殿・高畑久次どの・鈴木吉二郎殿、四人也。○吉之助四時賢崇寺ゟ帰宅、其後食事致、礼服ニて組中江朔日為祝儀廻勤、九時帰宅。○今朝およし殿来ル。入湯ニ参り度由申ニ付、則伝馬町江同道、入湯致、昼時帰宅。直ニおよし殿ハ被帰去。○夕七時前松村氏被参、当春中貸進の小袖持参、被返之。右の謝礼梨子十持参、被贈之。雑談中伏見氏被参、是亦暫物語、暮時前ゟ伏見氏江同道、両人帰去。○八時過おさち入湯ニ行、暫して帰宅。○昼前定吉妻、御扶持春候由ニて持参ス。つき上り三斗七升七合の所、是迄借米弐斗差引、白米壱斗七升七合持参、請取置く。

一昼後長次郎殿来ル。長糸瓜持参、みぢんニくだき候ニ付、直ニ貰受、ねり薬ニ致置。長糸瓜一本也。○今日著作堂様伯父米岳信士祥月忌ニ付、牌前江備餅・香を供ス。○今日終日開門、さゝげ飯・一汁一菜を食ス。諸神江神酒、夜ニ入神灯を供ス。

○二日庚辰　雨　夕方雨止

一今日吉之助当番ニ付、天明前ゟ起出、支度致、食後高畑・山本を誘引合、御番処へ罷出ル。○昼後自飯田町江行、いなだ煮つけ五片・糸瓜煉薬持参、進ズ。暫く雑談、七月分売溜金二朱ト壱〆二百卅二文・上家賃金二朱ト二百七十六文請取、夕飯を被出ル。其後暮時帰宅。○右留主中賢崇寺ゟ使札到来。右は、御隠居今朝巳ノ中刻御死去の由、為知来ル。今日吉之助当番ニ付、明朝帰宅之節早ゝ罷出候様申遣ス。○昼後およし殿来ル。夕刻迄遊、帰去。

○三日辛巳　曇

一五時過吉之助明番ゟ帰宅、賢崇寺ゟ参り候手紙を見せ、即刻支度致、四時過ゟ賢崇寺へ行。ほどなく賢崇寺僕ヲ以、麻上下・紋付帷（ママ）取ニ来ル。則、上下・染帷子・じゆばん〆三品渡遣ス。今晩止宿ス。○おさち昼前入湯ニ行、帰路薬種等買取、九時過帰宅。○夕七時過松村氏鋏炮借用ニ被参、則貸進ズ。別録少ゝ写され、帰去。

○夜ニ入順庵殿被参、所望ニ付、俳諧七部集二冊貸進ズ。雑談後、四時被帰去。○四時過下そふぢ定吉代来ル。東厠そふぢ致、帰去。

○**四日**壬午　曇　五時過ゟ雨終日　折ゝ止

一四時頃弥兵衛来ル。越瓜十持参、被贈之。且亦、売薬切候由ニ付、奇応丸大包壱ツ・同小包十・神女湯十・つき虫薬三・黒丸子五、渡し遣ス。おつぎ薬、平肝流気飲六貼同断遣之。一昨日約束致候小猫、男すと存候所めすニて候へども、約束ニ付、今日渡、弥兵衛懐ニ致、携へ行。○下掃除定吉、昨日申付候皮つき麦壱升五合持参ス。代銭四十八文渡之。○夕方前野留五郎殿、先月廿五日貸進之八犬伝結局編五冊持参、被返之、右為謝礼餅ぐわし一折持参、被贈之。暫雑談して被帰去。○今朝およし殿昼前被帰去。

一暮時前おさちヲ以、松岡氏江先刻到来之餅菓子一折為持遣ス。ほどなく帰宅。○今夜五時過吉之助帰宅、昨三日御隠居内葬ニて火葬被致、賢崇大応良智大和尚禅師と申。亨(ママ)年六十七歳ニ被成候也。惜むべき事也。当春三月の頃ゟ御不快之所、夏ニ至りて梅（アキ）の病ニかゝり、余症疝積発り、七月中旬ゟ弥危台、種ゝ手当被致候へども其甲斐無、終に八月二日巳ノ中刻遠行被致候事、実ニ歎息限りなし。常平ニ慈善を旨と被致候事多ゝ故、人ゝ愁傷致候由也。

○**五日**癸未　雨

一夕方松村氏一昨日貸進之御鉄炮持参、被返之、暫雑談して被帰去。

一右同刻およし殿来ル。吉之助療治を受度由ニ付、夕飯を薦め、療治いたし、五時被帰去。夜分ニ付、送り遣ス。

○定吉妻荷持米持参ス。右請取置。

一昼後おさち尾岩稲荷へ参詣、其後久保町ニ行、暫して帰宅ス。

○六日甲申　半晴

一昼後伏見氏被参、暫して被帰去。○~~夕方定吉妻~~。○今朝岡勇五郎殿来ル。右は、明七日吉之助捨りの鼻心得候様被申、被帰去。○吉之助今日は終日在宿ス。

一次郎右衛門やきさつまいも持参ス。

○七日乙酉　半晴　冷気　今ゟ彼岸　昼夜等分

一今朝屋根師伊三郎来ル。此方家根ふき替積り認め、持参ス。金六両程掛り候由。右請取さし置、帰去。○昼後吉之助髪月代致。其後自・おさち同道ニて入湯ニ行、帰路買物致、八時過帰宅。吉之助ハ終日在宿。

○八日丙戌《ヒノヘ》　雨　夕方雨止

一今朝吉之助賢崇寺へ行。右は、御隠居大応良知禅師様御初七日ニ付、拝礼之為也。菓子壱折御牌前ニ備ふ之。暮六時帰宅。今日終日雨天、客来なし。

○九日丁亥《ヒノト》　晴　四時頃ゟ雨　夜ニ入間断なし

一今朝長次郎紫苑花手折持参、被贈之、ほどなく帰去。○夕七時前おさち尾岩稲荷へ参詣。出宅後雨降出候ニ付、吉之助傘持参ス。左門町ニて行逢、同道ニて帰宅。

一右同刻板倉英太郎殿、渡辺平五郎殿同道ニて来ル。吉之助罷出、挨拶ニ及候所、此度英太郎殿無尽被致候ニ付、出金致候様被申。吉之助半断申、被帰去しむ。

一夕七時過不知人来ル。象頭山御守札持参、贈りていふやう、此度心願有之候ニ付、此御守札納申候。御初穂ニハ不及由申といへども、不知人故押返し候所、不入聞、然ば御初穂納可申候所、其儀ニ不及と被申、右御守札さし置、早〻帰去。依之、右守札ハ先預り置。

一暮時前加藤領助殿来ル。七月三日貸進之奇跡考五冊持参、被返之、早〻被帰去。

○十日戊子　大風烈　今暁卯ノ六刻秋分之節ニ入ル

一五時過ゟ自、吉之助同道ニて象頭山ぇ参詣。大風雨ニて途中尤大難義、吉之助傘を損じ、九時帰宅。風烈ニて裏の大栗中ゟおれル。吉之助帰宅早〻引起し、大内氏を頼、枝を伐、隣家林猪之助方へ折込候ニ付、大内氏・吉之助両人ニて此方へ引入置。其外、隣家・近所垣根・塀を仆し候事あまた也。先幸と此方ハ栗木折候のミ、外ニ損じ候所無之。幸といふべし。○倉林斧三郎殿、御普請小屋勤番被仰付候由ニて来ル。○夕方植木や金太郎来ル。右は、諏訪新左衛門殿祖母礒女殿此せツ大病、全快有之間敷由ニて、為知来ル。今日の大風烈、所〻痛、鮫ヶ橋南うら町ニて長家二棟潰れ、信濃町ニて岡部様向一ツ家潰れ、かゝる事所〻に有之由也。

○十一日己丑　晴

一明十二日羅文様御祥月忌ニ付、きがら茶飯・一汁一菜、松葉院様・羅文様牌前ぇ供、御画像床間ニ奉掛り、神酒・備もち・梨子を供ス。○昼前吉之助髪月代致遣し、昼後ゟ昨日折レ候栗の枝を薪ニ致候様、自手伝、吉之助拵おく。吉之助ハ夕方入湯ニ行。右序ヲ以、しなのや重兵衛へ薪申付遣ス。出がけ左門町尾岩稲荷へおさち為代参、吉之助参詣ス。暮時帰宅。○八半時頃宣太郎殿貸進の俠客伝三集・四集十冊持参、被返之、猶又所望ニ付、弓張月初へん六冊貸進ズ。其後被帰去。〇夕七時過お房殿被参、暫く物語被致、暮時被帰去。
一おさち今日は頭痛つよく、且癬瘡のより背ゟ乳の下江出来、痛候由ニて終平(ママ)臥。〇暮六時稲荷前諏訪新左衛門方ゟ、榎木店初蔵ヲ以、手紙到来ス。右は、礒女殿不快の所養生不叶、今日巳ノ刻頃病死被致候由、為知来ル。

〇十二日庚寅《カノヘ》　半晴

一今日吉之助当番ニ付、正六時少し過ゟ起出、支度致。松葉院様・羅文様江一汁二菜ニて料供を備、吉之助ニ早飯為給、其後御番所江罷出ル。暫しておさち起出、早飯を食ス。
一四時頃長次郎殿、させる用事なし。右同刻自深光寺へ参。長次郎と長安寺門前迄同道、今日羅文様御祥当月ニ依て也。深光寺ニ至り、諸墓そふぢいたし、水花を供し、拝し畢。帰路入湯致、八時前帰宅ス。〇右留主中、昨日申付候薪八束、しなのやゟ持参、差置帰去。〇今日もおさち半起半臥也。

〇十三日辛卯《カノト》　雨　折々止

一今朝長次郎殿しをん持参、被贈之、ほどなく被帰去。〇右同刻吉之助明番ゟ帰宅ス。〇昼前政之助被参、雑談、昼時被帰去。〇夕方松村儀助殿来ル。先月十四日貸進の金二朱持参、被返之。所望ニ付、木犀花進ズ。八犬伝九集四十ゟ五冊貸進ズ。〇今朝白米壱升五合吉之助・おさち挽之。昼前挽畢。〇去ル十日大風烈ニ付、所々家々損じ候ニ付、昨十二日蔵宿森村や江金子借用の為松村・田辺両人被参候由也。一人別ニ金壱両ヅ、借用の由也。〇夜ニ入林銀兵衛殿来ル。此度居宅人ニ売渡し候ニ付、組頭成田一太夫殿門江仮宅致候由ニて来ル。

○十四日壬辰　曇

一今日有住側鉄炮帳前ニ付、高畑氏被誘引、吉之助茶づけを給、早ミ罷出ル。昨日松村氏財嚢此方取落し被参候間、今日吉之助持参、渡之。鉄炮帳前畢、四時頃帰宅。其後髪月代致遣ス。○夕方およし殿来ル。雑談稍久敷して、五時被帰去。おさち・自送り行。○昼後文蕾主被参、雑談後被帰去。

一夕七時頃松宮兼太郎殿、過日貸進之傾城水滸伝五編持参、被返之。右為謝礼かつをぶし一袋三本入被贈之、尚又六編四冊貸進ズ。

一今日ゟ蚊帳を退ル。

○十五日癸巳《ミツノト》　終日曇ル　夕方ゟ雨

一今日月見祝儀、あづき団子製作致、家廟江供し、家内祝食。○ふし見氏・松村氏江壱重、品ミ添、進ズ。松村江ハ塩鮭三片遣之。○昼後吉之助賢崇寺江行。御隠居二七日ニ依て也。餡だんご壱重為持遣ス。往還榎本江立より、暮六時帰宅。帰路傘の柄折ル。虫ば《（ダク）》ミ居候故也。先月廿二日颪烈より今日迄、傘四本損じ候也。○昼後およし殿来ル。夕飯を薦め、止宿也。

一夕方松村氏被参、一昨日貸進之八犬伝四十ゟ五冊被返之、尚又四十六ゟ五冊貸進ズ。○松岡内義五色石台三集・四集所望被致候ニ付、おさち持参、貸進ズ。○八時過伏見氏被参、暫く雑談して被帰去。○夕七時前、松村氏方へ自用事有之候ニ付罷越候所、内義他行ニ付用事不弁、帰路深田氏江立より、暫して帰宅ス。

○十六日甲《キノヘ》午　曇　風烈　折ヽ雨　夕方雨風止

一高畑久次殿来ル。右は、明十七日当番、久次殿、荘蔵殿本助番の所、同人無拠用事有之、出番致かね候ニ付、都合宜敷候ハヾ吉之助江本介番頼度被申候ニ付、吉之助義も為差用事無之ニ付、右之趣致承知、即刻組頭江代番之趣届申入、暫して帰宅。○昼前清助来ル。無程帰去。○昼時長次郎殿、姉およし殿の迎ニ来ル。早ヽ帰去。依之およし殿昼飯を為給、其後帰去。

一右同刻岩井政之助殿来ル。絵半切五十枚・状ぶくろ三把被贈之、雑談数刻。所望ニ付、合巻撫子咄し三冊・小女郎蛛三冊・金魚伝全部、〆三部同人江貸進ズ。九時過被帰去。○夕方吉之助髪月代を致遣ス。昼前吉之助、土蔵ねだ《(ダク)》落候所繕置く。○暮時前長次郎殿沢庵漬大こん七本持参、被贈之、暫して帰去。○夕七時過、定吉妻白米壱斗持参ス。外ニ縄少ヽ持参ス。受取置。

○十七日乙未　半晴　夜ニ入少ヽ雨　忽止

一今日吉之助、高畑ニ被頼荘蔵殿本助番ニ付、六時頃起出、支度致、早飯為給、御番所江罷出ル。当町今日は吉之助壱人出番也。

一五時過荷持和蔵、葛籠取ニ来ル。右序ニ八月分給米を乞ふ。則玄米二升わたし遣ス。○昼前長次郎殿紫苑花持参、被贈之、暫く雑談して昼時帰去、夜ニ入又来ル。四時迄遊、帰去。○夕方およし殿被参、後刻可参由申帰去、其後不来。○八時頃榎本氏御母義御入来、為手土産鰺干魚壱包・緋絞ちりめん小切被贈之。有合の肴ニて酒食を薦め、暫物語被致、暮時前被帰去。先夜吉之助借用のぶら打挑持、帰去。略義乍、其意ニ任置。

一昼前おさち尾岩稲荷へ参詣、昼時帰宅。其後おつる殿来ル。今日松岡氏江三味線の曲有之候ニ付、おさち聞ニ参る様被申、暫して帰去。〇日暮て松岡ゟおさちを被招候ニ付、則お幸罷越、四時帰宅。お靍殿外人壱人送り来ル。

一昼後自松村氏江行、小児江焼さつまいも一包贈之。松村氏内義何れへ歟参り候様子ニ付、用事を不果、何れ又明日可参由申、帰宅ス。

〇十八日丙申　曇　昼後ゟ半晴

一四時過吉之助明番ニて帰宅ス。〇昼後自松村氏江参り候所、儀助殿は仮寐被致、内義は他行、小児壱人遊居候ニ付、直ニ帰宅。帰路森野氏江立より候所、是も内義他行ニ付早〻帰宅ス。〇昼前おさち尾岩稲荷へ参詣、ほどなく帰宅。〇夕七時前松村氏被参、明日帳前ニ付鉄炮借用致度由被申。吉之助則貸進ズ。火縄同断。

〇十九日丁酉　晴

一昼前自一ツ木不動尊ゟ豊川稲荷へ参詣、帰路松村氏江立より、高場足袋仕立指南をうけ、右二束請取、昼時帰宅。〇昼後伏見氏被参、雑談中、榎本彦三郎殿明番ゟ同僚ニ誘引、四谷迄被参、酒店ニ立より候帰路の由ニて被立寄、ほどなく被帰去。〇八時過松村儀介殿昨日貸進の御鉄炮・火縄持参、被返之。伏見氏と雑談後、加藤領助殿被参。夕七時過伏見氏ハ被帰去。松村・加藤ハ七半時頃一緒ニ帰去。〇其後豆ふや松五郎妻来ル。明日・明後日両日の内品川江参り候。田町宗之介方へ用事無之やと申、暫して帰去。〇おさち尾岩稲荷へ参詣ス。〇夕方およし殿来ル。同人ニ被頼候びん付油・梳油買取置候間、同人江渡ス。

○廿日戊戌　晴　夜ニ入四時過ゟ雨

一今朝およし殿来ル。過日預り置候金子二分之内二朱、入用ニ付渡し呉候様被申候ニ付、則、金二朱同人江渡ス。其後同人母義被参、暫して被帰去。○右同刻、おさち同道ニて伝馬町江入湯ニ罷越。出がけ松村氏江立より、足袋六双請取、持参ス。九時過帰宅。

一其後松村氏内義被参。右は、先刻請取候足袋大急ニ付、返し呉候様被申候ニ付、則同人江其儘渡し、返之。早〻被帰去。○昼前長次郎殿沢庵づけ大こん五本持参、被贈之、暫く物語して被帰去。○今朝下そふぢ定吉来ル。西ノ方厠掃除致、帰去。○暮時頃松村儀助殿被参、暫く雑談して、五時過被帰去。○暮六時過松村氏内義被参。右は、足袋之義ニ付明朝参候様被申、被帰去。○右以前おさちヲ以、深田・松村江煎雪花菜一器ヅヽ遣之。伏見氏江も同断。右うつりとして沢あんづけ大こん二本被贈之。四時一同枕ニつく。

○廿一日己亥　雨　四時頃ゟ晴

一今朝食後松村氏江自行。昨夜内義被参候て招候故也。彼方ニて足まハし致、其後十束請取、九時過帰宅。○右留主中渡辺平五郎殿被参。右は板倉無尽一義也。相応成挨拶致候由也。○加藤領助殿本借用ニ被参候所、留主中ニて知れかね候由ニて、昼時被帰去候由、帰宅後告之。

一昼後吉之助髪月代致、足袋一双仕立、其後八時過ゟ賢崇寺へ行。今日御隠居三七日逮夜ニ依而也。

一昼後ゟ足袋十双出来上り、松村氏江おさち持参ス。十束之内六双おさち、四双自、一双ハ吉之助也。尚又十双請取、帰宅。其後尾岩稲荷へ参詣ス。

一昨日およし殿、過日田中氏江貸進の弓張月二部被返之。右請取置。○昨日朝豆ふやおすみ、今日品川江罷越ニ付、山田様ニ御使可致申候ニ付、則手紙したゝめ、宗之介方へ安否尋遣ス。日暮ておすみ帰来ル。おまち殿ゟ返書来ル。右は昨日のつけ落し也。

○廿二日庚子　半晴　夜ニ入雨　夜中大風雨　十日の如し

一今日吉之助当番ニ付、正六時ゟ起出、支度致、早飯後御番所ニ罷出ル。出がけ、昨日仕立候足袋十双松村氏為持遣ス。○昼前松村氏被参、先日貸進之白石手簡四冊之内二冊返却被致。右請取、古史通四冊貸進ズ。足袋廻し三双持参、請取置。且、後刻足袋取次候者方へ参り候様被申之、焼さつまいも一包持参、被贈之、暫して被帰去。○依之、昼後自出来候足袋十双持参、松村氏ニ行。則、儀助殿内義紹介被致同人隣家田安様浪人後家某方へ罷越、相識ニ成り、尚又たび十双請取、帰宅。煎餅一袋持参候て、後家へ贈ル。○昼後岩井氏被参、過日貸進の合巻三部持参、被返之。八犬伝所望ニ付、初しふ・二しふ十冊貸進ズ。暫して被帰去。○右同刻土や宣太郎殿是又弓張月持参、被返之、尚又拾遺続編十一冊貸進ズ。ほど無被帰去。

一おさちお岩稲荷へ参詣、帰路染物請取、帰宅ス。

○廿三日辛丑《カノト》　晴　風

一四時頃明番ニて吉之助帰宅。食後休足、八時起出、今日松村氏ニ寄合有之由ニて、八時過ゟ罷出ル。暮六時帰宅。○今朝坂本順庵殿ゟ当春婚姻内祝の由ニて赤飯壱重、手紙差添被贈之。謝礼口状ニて申遣ス。○伏見氏被参、暫して被帰去。

一八時過松村氏被参、足袋廿双持参。右は急の由也。折から伏見氏被参、両人雑談して、何れも暮時被帰去。松村氏持参の足袋いそぎニ付、おさち・自九時迄夜職いたし、こしらへ畢。

○**廿四日**壬寅　晴

一今朝自、昨日拵あげ候足袋廿双今日持参、尚又十双・まハし八双請取来ル。

一昼後ゟ吉之助、矢場掃除の為罷出ル。暮時帰宅。其後髪月代致、鉄炮を磨く。○同刻松村氏来ル。明日見分ニ付、衣類ニ差支候間、何卒借呉候様被申候ニ付、則単衣・刀・鉄炮・玉六ツ・角二枚貸進ズ。

一深田氏老母手作紫蕪のミ持参、被贈之、ほどなく被帰去。○右以前ゟ伏見氏被参、暫く雑談して被帰去。同所ゟ沢庵づけ大こん二本・芋茰二株被贈之。

一八時過豆腐屋松五郎来ル。右は、同人妻過日願候夜具蒲団借用致度由ニて来ル。則、夜具蒲団貸遣ス。○夕刻足袋十双・まハし八束（ママ）出ニ付、松村迄持参致候所、片岡後家留主宅ニて、其儘差置、帰宅ス。

一夜ニ入順庵殿被参、過日貸進之七部集持参、被返之、尚又所望ニ付、日暮草壱冊貸進ズ。雑談後、五時過帰去。

○**廿五日**癸卯《ミズノト》　曇　今日午ノ三刻甘露の節ニ入ル

一今朝御頭見分ニ付、正六時ゟ起出、支度致、六半時頃ゟ鉄炮携、矢場江出ル。○吉之助昼弁当森野氏迄自持参之積致置候ニ付、右弁当携、鮫ヶ橋迄参り候所、松村氏ニ行合。松村氏ハ此方足袋持参被致候ニ付、直ニ足袋・弁当引替、弁当渡、頼遣ス。自ハ足袋廿五双持参、帰宅。

一右同刻荷持和蔵、此度高畑久次殿地面内江普請致候由ニて来ル。

一昼前およし殿来ル。ほどなく被帰去。

一吉之助夕七半時頃、見分相済帰宅。今日鉄炮皆中の人〻江御頭ゟ被下候、与力江雨傘一本、同心江小倉帯地、其外小菊紙・扇子等被下候由也。各江餅菓子三ツヅ、被下候也。○夕七時過、自今日受取候足袋廿五双おさち

と両人ニて仕立あげ、出来ニ付、松村氏江持参、差置、尚又いそぎ候足袋六双請取、帰宅、今晩夜職ニ拵畢。

○廿六日甲辰　晴

一今朝長次郎殿しをん花手折て持参、被贈之、ほどなく帰去。○右同刻松村氏昨日貸進の品々持参、被返之。昨日請取参り候六双のたび渡し、尚又外たび廿双持参ス。麻糸染間ニ合ざる由ニて、白糸ニて持参。右ニ付、直ニ吉之助伝馬町江買物旁々染物ニ罷出ル。ほどなく帰宅ス。○右同刻お国殿来ル。鰺干物十枚持参、被贈之。荘蔵殿一義漸く落着致、当金三拾両、親類立合の上請取、跡十金は三季無尽之節、当り次第請取可申由ニ相成候と申。暫雑談して被帰去。○其後松村氏又来ル。弥兵衛ゟ被渡候書物板下、此方ニて写し度由ニて被参。昼飯を薦め、夕方帰去、ほどなく又被参。今朝持参被致候足袋、出来の分取ニ被参、尚又十双持参被致。右請取、出来の分十五双松村氏江渡ス。外ニ鈴木平之丞殿江貸進の白石手簡二冊被返之、右為謝礼、永寿山銘茶壱袋被贈之、暮時前被帰去。○八時前祖太郎殿来ル。千駄ヶ谷江被参候由ニて、暫雑談して被帰去。時候為見舞片折窓の月壱折持参、被贈之。○今朝お吉どの来ル。昼時被帰去。今日吉之助終日戸損じ候所繕畢。○今朝宛番茂左衛門殿来ル。明廿七日吉之助ハ明捨り番ニ出候様被申、被帰去。○夕方長次郎殿来ル。させる用事なし。板倉栄蔵殿二女昨廿五日戊ノ刻死去被致候由ニて、享年卅一、二才ニ成候由也。○自・おさち終《（ママ）》足袋を縫。今日人出入多く、右ニ付、昼後ゟ十五双、夜ニ入子ノ刻迄十五双、〆卅双仕立畢。○八時過お靍殿被参、おさちと雑談して被帰去。

一夕方定吉妻白米六升持参。未ダ御扶持春不出来候由也。

○廿七日乙巳　半晴

一今日吉之助捨り番ニ付、正六時ゟ起出、支度致、天明後吉之助を数声呼起し、やうやくにして起。髪を結、月代を不剃。風邪の故也。早飯後長次郎殿誘引、御番所江罷出ル。○五時過自、片岡江仕立出来候たび十五双持参、尚又十八双請取、帰宅。○昼前およし殿来ル。昼時被帰去。○昼時少し前ゟおさち、長次郎殿内義を誘引合、伝馬町江入湯ニ行、九時過帰宅。長次郎殿内義おさく殿焼さつまいも持参、被贈之。○夕方松村氏内義足袋十二双持参被致、今朝十八双請取候分十八之内十双出来ニ付、同人江渡ス。暫雑談後被帰去。同人江ひもの五枚・さつまいも少〻贈之。

一今日終日、足袋十八双出来也。夜職ハ休足、五時枕ニ就く。

○廿八日丙午　晴　夕方ゟ曇

一四時頃吉之助明番ニて帰宅。○四時過領助殿被参、暫く雑談、所望ニ付、夢惣兵衛胡蝶物語前後九冊貸進ズ。昼九時被帰去。

一昼時頃順庵殿門前通行被致候所、おさち等呼入、右ニ付立寄る。ほどなく被帰去。○昼後八時頃ゟおさち同道ニて豊川稲荷ゟ不動尊へ参詣、帰路松村氏江立寄、昨夜受取候足袋十二双渡し、尚又底かゞり候品五双請取、森野氏江立より、帰宅ス。○右留主中定吉方ゟ御扶持舂出来、三斗八升の内借米二斗一升さし引、壱斗七升持参ス。

○廿九日丁未《ヒノト》　曇　夜ニ入雨　多不降

一今日帳前鈴木側、吉之助、永野江返番ニ付、五時前ゟ矢場江罷出ル。

一四時頃おさち松村江行、昨日請取候まハし五双出来、持参。松村氏江醤油五合遣之。尚又昨日払物の足袋三双之内二双松岡氏ニて被買取、内一双吉之助分、代銭二双分四百四十八文為持遣ス。

一夕方松村氏被参、白払足袋三双持参被致。九文半一双買取、代銭百八十文同人江渡ス。○昼後清助ゟ次郎右衛門ヲ以、小生鯖五尾贈来ル。然る所、余ほど古く、食しかね候ほど也。○昼後宣太郎殿過日貸進之弓張月持参、尚又残ぺん六冊貸進ズ。暫く雑談して被帰去。○夕七時過、自伏見小児を同道ニて片岡ゟ松村氏江行候内、丁子やゟ使参り候由ニて儀助殿被申候ニ付、急ぎ帰宅、丁平ゟ手紙差添、十七へん摺立校合幷ニ板下校合十八へん被差越。摺立候方ハ明朝取ニ可参候。板下ハ不急よし也。右承知之趣申遣ス。

一夜ニ入松村氏被参、足袋十双今晩中ニ拵候由ニ付、八犬伝十七へん摺立校合を松村氏ニ頼、おさち・自両人ニて十双の足袋仕立畢。四時也。右松村氏ニ渡し、四半時被帰去。○今晩戌ノ刻前、伏見氏門辺ニて水を汲、物騒しく候ニ付、おさち罷出候所、家根ニ火の見え候由申ニ付、自早束隣家伏見江欠付、見候所、家上ニ藤田嘉三郎殿登り居候故、承り候所、家根先江火を挟ミ有之。嘉三郎殿内義見出し候内、往来の中元体(ママ)の者伏見江為知候ニ付、嘉三郎殿直ニ家根江のぼり、消留候也。打捨置候ハゞ燃出候ニ付、折から見出し、もえぬけざる事、偏ニ諸神の利益成べしと難有思ひし也。

一吉之助五時過帰宅。雨降出候ニ付、榎本氏ニて傘・てうちん借用、帰宅ス。

一今朝およし殿来ル。山本半右衛門殿内義昨廿八日巳ノ刻安産被致候由、同人之話也。女子誕生被致候由也。

○**九月朔日**戊申　晴　暖気　皆単衣也　当月月番也

一今朝吉之助ヲ以、松村氏江足袋廿双為持遣ス。尚又いそぎ候由ニて廿双持参ス。則、朝飯後ゟ仕立、八時過出(ママ)畢、又吉之助十五双持参、さし置帰宅。当月吉之助月番ニ付、合月番江届来ル。○昼後松村氏被参、板下校合被致、夕方被帰去。松村氏持参の足袋十五双、いそぎ候由ニ付暮時迄ニ仕立畢。夜ニ入五時過ゟおさち・自片岡氏江持参、渡し、帰路松村江立より候所、門戸不開候ニ付、不立寄して帰宅ス。

一八時過おさちヲ以、山本内儀出産為見舞切餅五寸壱重為持遣ス。暫して帰たくス。

一夕方おふさ殿来ル。去ル廿七日貸進の金魚伝十冊持参、被返之、暫くおさちと物語被致、暮時被帰去。

○**二日**己酉　晴　暖気　昼後雨風　ほどなく止

一今朝吉之助髪月代致遣し、其後自飯田町ニ行。先月分薬うり溜・上家ちん、外ニ金壱分請取、彼方ニて昼飯を給、帰路小松や三右衛門江神女湯剤十六味注文致、代金渡し、右揃次第中坂下滝沢江届ケ置候様申付、帰宅。○右留主中伏見氏・松村氏被参。右以前松村氏内義手紙持参、衣被芋被贈之。○およし殿来ル。金二朱分銭ニて預り置候様被申候ニ付、預り置。〆金二分ト六百文の預り也。およし殿五時過帰去。○飯田町ニて古袷袴一具被贈之。

一豆腐や松五郎妻去冬十月貸遣し候緋ぢりめん小袖壱ツ持参、返之。右請取、帳面をけし置く。

○**三日**庚戌　半晴

一今日吉之助当番ニ付、明六時頃ゟ起出、支度致、早飯後御番所江罷出ル。明朝明番帰路、黒砂糖買取参り候様申付、天保三枚為持遣ス。

一昼前白石氏過日貸進之美少年録初へん・二編十冊返之、尚又同書三ぺん五冊・童子訓初板五冊貸進ズ。○昼後まつミや兼太郎殿貸進の水滸でん六ぺん四冊被返之、同書七・八へん八冊貸進ズ。○稲毛やまハり男、炭二俵代、外ニ色〻買物代金二朱ト三百廿四文払遣ス。○昼前松村儀助殿内義昨日被頼被申候品物やう子聞ニ来ル。実ニ難渋の由、断も申かね候ニ付、緋縮緬小袖同人江渡し、貸遣ス。○昼後松村氏被参、暫して被帰去。夜ニ入又被参、たび卅双持参、暫して被帰去。

○四日辛亥　晴

一今朝食後六道米や弥五郎方へ、餅白米申ニ付ニ行、後刻為持越候やう申付、帰路定吉方へ立より、明五日飯田町ニ使申付、帰宅。

一吉之助明番ゟ入湯致、四時過帰宅。昼飯後買物ニ出候様申付、さとう・豆粉等買取候様申付遣ス。然る所村田氏江参り、夕七時頃傘・下駄、其外申付候さとう・豆粉等買、帰宅。去ル廿二日飯田町ニて傘借用致候所、右傘紛失致候ニ付、右為代飯田町江可返之為買取参り候成べけれども、右は心得違也と被思候へども、其儘捨置。○夕七時過高畑内義被参。右は、当組与力鈴木鉦次郎殿養父死去被致候由被申入、被帰去。則其趣深田江申告。○昼前深田長次郎殿来ル。右は、今日長次郎事父大次郎を名を嗣ぎ、大次郎と改名致候由ニて廻勤、早〻被帰、夕七半時過又来ル。明五日親類方ニ封金立合有之候ニ付、袴無之、何とぞ吉之助袷袴借用致度由被頼候所、吉之助承知の趣答ニ及、無程帰去。○おさち八時頃足袋十八双仕立出来、片岡江持参、尚又廿双請取、帰宅。○右同刻およし殿・松村氏被参。松村氏ハしそのミ・やきさつまいも持参、被贈之、暫して被帰去。およし殿ハ跡ゟ帰去。○夜ニ入吉之助たび十二双出来の分松村迄持参ス。ほど無く帰宅。

一今暁権田原其外仲殿町、加藤領助殿地面地かり、其外二ヶ所ゟ出火致、権太原ニてハ壱軒焼失、其外ハ燃抜候迄也。所ゝに怪火有之、甚しく物騒也。よく〳〵心得見廻るべし。

○五日壬子　晴　八専の初

一今日有住側鉄炮帳前。吉之助矢場番ニ付、六半時頃ゟ鉄炮携、矢場江罷出ル。九時前帰宅。○来ル九日貞松信女様十三回忌ニ付、今日ニ取越し、牡丹餅おさち手伝手製致、家廟江供し、其外飯田町弥兵衛方幷ニ田口久右衛門方・村田万平殿方へ廿入壱重ヅヽ、定吉ニ為持遣之。所ゝ江口状書ヲを《ママ》添遣ス。飯田町江ハずいき十二株・大こん二把贈之。定吉飯田丁ゟ八時過帰来ル。彼方ゟ流し袴・ろふそく、外ニ注文之薬種小松やゟ参り居候ニ付、定吉ニ為持、被差越。定吉ニ牡丹餅為給、返し遣ス。

一四時頃おさちヲ以、森野氏・松村氏・片岡氏江ぼたんもち一重ヅヽ為持遣ス。右以前伏見氏江廿入壱重、十五入壱重生形江為持遣ス。尚又昼後、遠藤氏・松岡氏江壱重ヅヽ遣之。遠藤氏ゟ状ぶくろ三把、松岡氏ゟ干菓子壱折、うつりとして被贈之。○今朝定吉妻おとよ遣、ぬか持参ス。定吉事今日昼前ゟ御使ニ可参所、本所辺江罷越候ニ付少ゝ延引、昼後ニ可相成候間、左様思しめし被下度、若御急ニ候ハヾ余人上可申やと申ニ付、少ゝ延引致候ても不苦候間定吉ニ参り候様申付遣ス。およ代《ママ》ニもぼたんもち為給、返し遣ス。右帰り候序ヲ以、おさち文をしたゝめ、おふさ殿方へぼたん餅壱重遣之。返書幷ニ葛粉壱包被贈之。○今日高畑久次殿小児江牡丹餅壱重為持遣し候所、後刻久次殿右謝礼として蒲萄二房持参、被贈之。

一夕七時頃村田氏ゟ女子使ヲ以、いなだ魚一皿三尾被贈之。然る所、使之趣心得難、先請取置、謝礼申述、使を帰し候へども、何分使口上之趣分かね、不思儀存候也。○昼後吉之助ヲ以竜土榎本氏江牡丹餅一器為持遣し、八半時頃帰宅。○其後直ニ村田氏江先刻之使心得難由申遣し候所、全く此方へ被贈候魚之由也。帰路彦三郎殿同道ニて帰宅ス。少しく様子有之ニ付、彦三郎殿ハ此方へ止宿被致。

一今朝大次郎殿、昨夜吉之助ニ約束の袴借用致度由ニ付被参、ぼたん餅を為給、袷袴貸遣ス。今日親類養子封金由也。暮時、帰路の由ニて来ル。無程帰り、又来ル。四時迄（ママ）雑談して帰去。○日暮て宣太郎殿弓張月残編六冊持参、被返之、樹木のまるめろと申実持参、被贈之。右まろめろハ花梨の類ニて、長命の薬也と云。暫く雑談、五時過被帰去。青砥もりやうあん前五冊・後合二冊貸進ズ。○夕方松村氏被参、暫く物語被致、暮時被帰去。

一夕方丁子やゟ小もの使ヲ以、かなよみ十七編上帙十丁校合ニ被差越。其儘受取、両三日中ニ取ニ可参由申遣ス。

○六日癸丑　晴　暖気

一今日貞松様十三回忌逮夜取越、茶飯・一汁三菜、汁つと豆ふ・椎たけ・青味、平かんぜふ・いんげん・がんもどき、皿大こん・柿・岩たけ・白ごま・あげ(ダク)、猪口ゆりみそあへ、香の物塩づけなすこしらへ、貞様・蓑笠様御牌前ニ、貞松様御牌前ニ供し、家内一同食ス。右、ふし見氏ニ四人前、松村ニ二人前、深田ニ同断、遣之。伏見氏を招候内、竜土ヱノモト母義参らる。手みやげ栗一包・ぜんまい・小椎茸一器被贈之。右以前まつ村氏被参。右三人ニ酒飯を薦む。伏見氏ゟ酒五合ほど一徳利被贈之。右畢、伏見氏被帰去。夕方松村被帰去、仕立出来のたび十双為持遣ス。榎本母義七半時被帰去。

一昼後およし殿来ル。四畳ニて解物被致、夕方茶飯を薦め、且亦同人母義ニ茶飯、平・猪口・汁・皿添、為持遣ス。○今朝大次郎殿昨日貸進之袴持参、被返之。右為謝礼菜ゑん八ツ頭持参、被贈之、無程被帰去。○夕方宣太郎殿樹木ぐミ(ダク)持参、贈られ、早ゝ被帰去。○夕方飯田町ゟ使ヲ以、茶飯・一汁三菜、平いも・にんじん・とうふ・かんぴやう・しいたけの御平、汁とうふ・しいたけ、皿ずいき・ははき豆、猪口蓮ごまあへ被贈之。御姉様ゟ文到来、此方ゟも平・猪口・膾、外ニぶどう・梨子、返翰したゝめ、進之。昨日借用之ふろしき今日返ス。○吉之助昼飯後賢崇寺へ行。今日御隠居三十五日逮夜ニ依て也。暮六時帰宅。○日暮て伏見氏を留主をたのミ、おさち・およし殿同道ニて、おろじ町ニ入湯ニ行、五時前帰宅。其後伏見氏被帰去、およし殿五時過帰去。則、自・おさち送り行。〇暮時前自、片岡江茶飯・平・皿・猪口壱人前持参、遣之。入物さし置、森野氏江立より、昨日遣し置候重箱請取、帰宅。刻こんぶ被贈之。

〇七日甲寅　晴

一今朝田口久右衛門母義ゟ文ヲ以、五りまんぢう壱重被贈之。右は、一昨日ぼたん餅を贈り候為謝礼被差越。使の者急候ニ付、返書ニ不及、請取書、謝礼申遣ス。〇昼後ゟ自・おさち同道ニて深光寺へ参詣、来ル九日峯山貞松信女十三回忌相当ニ付、取越、今日参詣。香でん二百銅持参、遣之。飯田町御姉様・おつぎ幷ニおいね殿参詣、寺ニて対面、貞松信女回向料、外ニ塔波代二百文、飯田町弥兵衛方施主ニ成、今日御持参。和尚留主ニ付、留主居の納所ニ頼申入。深光寺門前ニて別れ、夕七半時頃帰宅ス。〇右留主中伏見・松村被参候由。松村氏ハ吉之助刀を借用致、被帰去、且亦昨日料供残遣し候器もの持参、片岡ゟ被贈候由ニてろふそく七挺一袋持参被致候由、帰宅後被告之。〇夕方丁平ゟ使来、校合十七編下帙持参。上帙も未出来不致候ニ付、明日取ニ可参由、返書ニ申遣ス。〇昼前・夕方両度およし殿来ル。暫して被帰去。〇今晩吉之助・おさち等足袋を仕立、四時過出畢、枕ニつく。〇今朝伏見氏ゟ白砂糖壱斤入壱袋被贈之。右は貞松信女霊前江備ん為也。礼申遣ス。〇先月四日此方ゟ遣し候小猫、五日夕方不快ニて絶食の由、今日御姉様の御話也。

〇八日乙卯　晴　美日

一昼前、下掃除定吉来ル。重陽為祝儀衣被芋壱升余持参ス。〇朝飯後自片岡江足袋十双持参、昨日被贈候蠟燭謝礼申述、帰宅。其後食事致、八犬伝十七へん上下帙校合致、こしらへ置。

一昼後ゟ吉之助飯田町弥兵衛江行。右は、小松や江薬種取かへ候序也。細辛細製ニ候間、生と引替参り候由申付遣ス。弥兵衛方へ菜園茄子十一為持遣ス。往還村田氏に立より、日暮て帰宅ス。小猫五日ゟ不快の由ニ付、レイヨウカく等為持遣候所、間ニ不合、今朝斃れ候由。不便の事也。且、小松やニて細辛取替、去ル一日薬味十六種買候所、勘定違いたし、金壱分ニてつり銭百十文受候所、是又弐百三十二文申受度由申ニ付、吉之助則払遣ス。先日、八月廿二日借用の傘五日ニ返し候所、今日吉之助参り候せツ右傘被返、辞れども被不入聞候ニ付、其意ニ任申受、帰宅ス。○夕七時前丁子や平兵衛ゟ小もの使ヲ以、校合取ニ被差越。十七へん十二丁め不足の分壱丁持参、直ニ使為待置、校合いたし、十七編上下帙とも使に渡ス。八犬伝後日譚春水作売出し候由ニて、壱部二冊被贈之。○八半時頃加藤領助殿来ル。如例長座、煎茶・葛煉をすゝむ。八犬伝後日の譚二冊被読、暮時被帰去。○暮時前およし殿来。同道ニて入湯ニ行んとて也。則、吉之助帰宅を待合せ、其後早ゝおさち同道、三人ニて入湯ニ行、五時前帰たく。およし殿五時過被帰去。如例送り遣ス。

○九日丙辰　晴　昼後ゟ曇

一朝飯後吉之助髪月代致、礼服ニて当組与力・同心中に重陽の祝儀廻勤、昼時前帰宅。昼食後、芝田町山田宗之介方へ無沙汰為見舞行、片折くわし一折持参ス。おまち殿に文ヲ以安否を訪ふ。宗之介ハ留主宅の由也。おまち殿ゟ返書到来ス。帰路賢崇寺ゟ竜土榎本氏に立より、暮六時過帰宅ス。

一昼前雇人足頭尾張や勘助方ゟ使ヲ以、ぼろ《ダク》切を乞。右は、勘助養母此せつ瘟疫ニて大病ニ付、何卒手前へぼろ《ダク》切願度由申参り候ニ付、有合の品少し遣ス。

一八時過順庵殿被参、暫して被帰去。右同刻松村氏被参、一昨日吉之助貸進之刀持参、被返之。尚又明日帳前出側ニ付、御鉄炮貸呉候様被申候間、則貸進ズ。折から長田周蔵殿被参、論語ニてかるたこしらへ候間、見候様被申、箱ニ納候まゝ預り置。松村氏と雑談久敷して被帰去、松村氏も其後被帰去。○夜ニ入およし殿来ル。やきさつまいも一包持参、被贈之、四時被帰去。則、送り遣ス。○今日貞松様御十三回忌祥月忌ニ候へども、取越、去ル六日志致候ニ付、只朝料供、昼迄精進ス。○昼さゝげ飯・一汁二菜但香の物とも家内祝食、諸神ゟ神酒を備ふ。夜ニ入神灯を供ス。終日開門也。

○十日丁巳　曇

一今暁八時南方ゟ出火。起出、吉之助・おさちを呼起し、見候所、近火ニて、直ニ吉之助罷出ル。綾部次右衛門殿・遠藤安兵衛殿方、定吉ゟも見舞申入、帰宅ス。火元は六道の木戸番人文太ゟ出火、御坊主秋山某、其外植木や等二軒、都て五、六軒の焼失。尤怪ニて宵ゟ二、三度かゝる事有之由。先月下旬ゟ物騒甚しく、心不易事也。用心すべし。右ニ付、有住岩五郎殿・松村儀助殿・越後や清助・岩井政之助殿・鈴木昇太郎殿、為見舞被参。七時頃火鎮る。其後又枕ニ就く。

一朝飯後吉之助象頭山ゟ参詣、神酒一樽・備餅を納ム。帰路、政之助殿方へ今暁火事見舞謝礼申入、昼時帰宅。八時過ゟ有住・松村其外ゟ近火見舞答礼として廻勤、ほど無帰たく。

一右同刻、定吉昨夜見舞ニ参り候答礼として来ル。早ゝ帰去。○およし殿昨夜置忘れ候小ぶろしき取ニ来ル。ほど無被帰去。其後同人弟大次郎殿来ル。是も亦早ゝ帰去。

一昼時前おふき殿来ル。久敷遊、帰去。○夕七時頃岩井政之助先月廿二日貸進之八犬伝初輯・二輯持参、被返之、尚亦三輯・四輯貸進ズ。暫して被帰去。右同刻松村氏貸進之御鉄炮持参、被返之。所望ニ付、都の手ぶり一双貸進、暮時過被帰去。

一八時頃およし殿遊ニ来ル。羽織解貫、夕飯為給、五時被帰去。送り遣ス。

一今朝、下掃除定吉来ル。西ノ方厠汲取、帰去。○昼後遠藤安兵衛殿被参。今暁近火見舞答礼也。○今日金毘羅大権現御屋敷御門不開、御門外ゟ拝礼致候由、申之。○今日常光院祥月忌ニ付、一汁一菜料供を供ス。終日精進也。

○十一日戊午　晴　未ノ六刻霜降之節ニ入ル

一今朝伏見氏被参、雑談後昼時帰去。昨亥年中貸進之薬刻台幷ニ庖丁持参、被返之。其後女おつぐヲ以、過日頼入置候詩写本五綴被貸る。右は、あつミ祖太郎ニ被頼候故也。○昼後およし殿遊ニ来ル。夕方帰去。○昼前吉之助白米二升ヲ挽、昼後竈をつくろい、損じ候煙草箱・箸箱其外、色々繕物致、終日。夜ニ入手習ス。○夜食後自・おさち同道ニておろじ《(ダク)》町江入湯ニ行、五時前帰宅ス。

○十二日己未　曇　八時頃ゟ雨

一今朝四時前松村氏足袋十二双持参被致、ほど無被帰去。

一昼時頃綾部次右衛門殿、出火見舞答礼として被参、早々被帰去。

一右以前大次郎殿印鑑持参、右鑑何と申某行読聲知かね候由被申。一覧の所勝真と有之由見受候へども碇と八申難、後刻碇と可申候置、神酒残少し薦め、昼後被帰去、夜ニ入又来ル。右印行松村ニ見せ、問候所、勝真ニ相違《(ママ)》之由被申候ニ付、則其趣を大次郎殿ニ告ぐ。然ば勝真と認め呉候様被申候ニ付、認め、大次郎殿ニ遣し候へバ、右を吉之助ニ頼、明十三日当番之節板倉英太郎殿江渡呉候様被頼、五時過被帰去。○暮時前おふさ殿、仏参帰路の由ニて立よらる。おさちと立談して被帰去。○昼後定吉ヲ以、賢崇寺へ御状書ヲ以、過日吉之助約束致置候薄縁を取ニ遣ス。八半時過帰来ル。賢崇寺より薄縁拾枚被贈之。今朝定吉白米壱斗持参す。

一吉之助今朝髪月代致、日暮て松村氏江足袋十二双出来持参、尚又五双受取、帰宅。

○十三日庚申　雨　八時頃ゟ晴

一今日吉之助当番ニ付、正六時ゟ起出、支度致、だんごをふかし拵、家廟江供し、家内祝食ス致（ママ）。早飯後御番所江罷出ル。○今朝伏見氏江あづきだんご、枝豆・いも添、如例贈遣之。尚又伏見氏ゟ唐きなこだんご、品々添被贈之。○昼後松村氏内義来ル。だんご、枝豆・いも添進ズ。昨夜吉之助持参の足袋五双仕立出来ニ付、松村氏内義江渡し遣ス。早々帰去。○右同刻豆腐や松五郎妻来ル。だんご一盆遣ス。頼度由有之、頼遣ス。○夕刻土や宣太郎殿来ル。過日青砥藤岡（ママ）持参、被返之、尚又旬殿実々記前後十冊貸進、其後帰去。○夕七時頃大次郎殿兄弟来ル。右両人江だんご・枝豆・衣被を振ふ。暫して帰去。

一暮時前松村氏来ル。大柿三ツ持参、被返（ママ）之。所望ニ付、雑記三十七貸進ズ。古上流、是ヲも進ズ。○夜ニ入およし殿被参、暫して四時帰去。

一今日庚申ニ付、神像を床間江掛奉り、神酒・柘榴、夜ニ入神灯ヲ供ス。

○十四日辛未　晴　美日

一吉之助番ニて四時前帰宅。休足不致、終日奔走ス。○昼後八時頃ゟおさち同道、自大久保鬼王権現江参詣、豆腐を納ム。右鬼王権現ハ、腫物ニて難義致候者全快を祈候へバ利益あり。此故ニおさち癬瘡全快祈候所、ほど無平癒ニ付、今日為礼参豆ふを納、参詣ス。帰路種々買物致、夕七半時頃帰宅。

一右同刻松村氏足袋十双持参被致、右さし置、帰去。

一昼時大次郎殿来、用事なし。無程被帰去。

〇十五日壬戌　終日曇

一今早朝、自仕立足袋十双片岡〻持参、尚又十双請取、帰宅。

一右同刻伏見氏被参、暫く雑談して被帰去。〇四時頃青山六道とりあげ老婆おみき、伏見〻来ル。右は、過日此方へ参り候様頼被置候故也。おさち容躰を見せ、何れ来十月頼可申由、直ニ帰去。〇昼後深田氏ゟ内義着帯祝儀の由ニて、赤小豆飯・一汁二菜、つまみ物添、壱人前被贈之。〇昼後自片岡氏〻仕立足袋十双持参、尚亦十二双請取、帰宅。〇昼後高畑来ル。右は、触役ニ被頼、明十六日御城附人ニ罷出候様被入申、帰去。〇夕方松村氏被参、荒粉落鴈壱折持参、被贈之。尚亦羽織・刀借用致度由被申候ニ付、則、羽織貸進ズ。然る所、伏見氏被申候ニハ、不用成刀有之候ニ付、右刀暫松村氏〻貸置可申被申、ほど無持参被致候ニ付、其儘松村儀助殿〻渡之、暫して被帰去。

一下掃除定吉代来ル。東の厠そふぢ致、帰去。

〇十六日癸亥　終日曇

一明十七日紅葉山《アキ》御成ニ付、今日吉之助御城附人ニ付、早朝髪月代致、食後五時過ゟ大次郎殿同道ニて御番所〻罷出ル。壱ツ弁当遣ス。夕七時頃帰宅。

一四時過片岡〻足袋持参、未跡無之由ニ付、さし置帰宅。〇夕七時頃触役土屋宣太郎殿、明暁八時起し、七時出の由被申入、帰去。〇今朝自、深田〻昨日贈り膳の為謝礼参り、謝礼申述、真綿少し贈之、無程帰宅。〇日暮て大次郎殿明暁起番の由被入申、暫く遊、帰去。〇右同刻松村氏来ル。足袋十二双持参、早〻帰去。〇夜ニ入およし殿来ル。今晩止宿ス。〇清助ゟ鯖二本次郎右衛門持参。然る所右鯖余ほど古く、家内食し候所、自あてられ、苦痛致、五時頃ゟ悪寒、めんけん・吐の気味有之、神女湯を用、宵ゟ枕ニつく。おさち不寐也。

○十七日甲子　曇

一今暁八時、起番大次郎殿窓ゟ呼起、吉之助起出、茶づけ飯を給、正七時ゟ当町一同御番所江罷出。てうちん携江行。四半時、御城相済帰宅。明十八日、当番板倉安次郎殿代番ニ罷出候様被頼候ニ付、承り参候由也。○今朝深田老母、吉之助今朝持参の灯ちん持参被致、暫く雑談して被帰去。引つゞきおよし殿被帰去。○昼後八時過ゟ吉之助竜土榎本氏江安否を問ニ行。榎本氏勤番一条も先其儘に穏ニ成由也。暮六時帰宅。到来の由ニて大梨子一ツ被贈之。

一昼後大次郎殿来ル。入相前帰去。○昼後松村氏内義被参、昨日受取候十二双の足袋請取ニ参り候由被申候へども、未出来上りかね候ニ付、松村内義ニ附添、片岡江参り、仕立あげ、尚又六双請取、暮時前帰宅。○今日甲子ニ付、大黒天神像江神酒・備餅・七色ぐわし、夜ニ入神灯を供ス。○今晩も夜職、四時過枕ニつく。

○十八日乙丑　雨終日　雨止なし　夜中同断

一今暁七時頃ゟおさち腹痛、脳候ニ付、吉之助起出、介抱致、熊胆を用ゆ。暫して又枕ニ就く。○今日吉之助、安次郎代番出勤ニ付、明六時ゟ起出、支度致、早飯後御番所江罷出ル。○右同刻自《マヽ》昨日受取候足袋六双之内五足出来、片岡江持参ス。尚又廿四双請取、内四足ハ急候由ニ付、昼時仕立あり、昨日の残一足と共ニ六双、昼前おさち持参、さし置帰宅ス。○昼前政之助殿被参、過日貸進之八犬伝三輯五冊持参、被返之。尚又五輯六冊貸進、暫く雑談して、昼九時過被帰去。○昼後ゟ自・おさち足袋廿双仕立畢、四時枕ニつく。

○十九日丙寅　雨　四時頃ゟ雨止　夕方ゟ晴

一朝飯後自片岡江行。昨日仕立候足袋廿双持参致候所、雨天ニ付仕立足袋無之候由ニ付、さし置帰宅ス。○四時過吉之助明番ニて帰宅ス。今日は休足不致。○昼時頃榎本彦三郎殿御母義御入来、明廿日氏神祭礼ニ付、如例醴製作被致候由ニて持参、被贈之、外ニ鯵ひもの十枚被贈之。是ゟ番町村田氏江も被参候由ニて、早ゝ被帰去。且又伏見氏江も醴一器、榎本氏ゟ被贈候ニ付、直ニ為持遣ス。○夜ニ入大次郎殿来ル。其後松村氏足袋十双持参、さし置被帰去。大次郎殿ハ四時帰去。長谷川幸太郎殿祖母今日未刻死去被致候由、同人之話也。亨《ママ》年八十二才也と云。○今朝下掃除代来ル。西ノ厠汲取、帰去。

○廿日丁卯　晴

一今日有住側帳前ニ付、五時ゟ吉之助鉄炮携、罷出ル。四時過帰宅。其後髪月代致、食後おろじ町江入湯ニ行、暫して帰宅。八時頃ゟ長谷川幸太郎殿祖母送葬ニ付、南寺町蓮《アキ》寺へ送之、夕七時頃帰宅。尚又松村氏迄出来之足袋十双持参ス。○八時前松村氏足袋六双持参被致、早ゝ被帰去。

一今朝伏見氏被参、暫く雑談して被帰去。○今朝およし殿来ル。昼時帰去、夕七時過又来ル。銭金二朱分持参、預り置呉候様被申候ニ付、預り置。雑談後、暮時帰去。○昼後おさち腰イタ江灸治ス。折から伏見氏内義被参候ニ付、同人江も背ゟ腰・腹江灸治致進ズ。八半時頃畢、被帰去。

一暮六時過、昼後持参の足袋六双仕立出来ニ付、おさち同道ニて片岡江持参ス。右序ヲ以、松村氏江菜漬壱重持参、進之。尚又十五双請取、戌ノ時帰宅ス。

○廿一日戊辰　晴

一今日五時前吉之助賢崇寺へ行。右は、御隠居御四十九日本葬の《(ママ)》付、大客手伝の為也。今晩は止宿ス。○昼前伏見氏被参、暫く雑談、昼時過被帰去、昼後又被参。○昼後松村氏、去ル十七日貸進の羽織持参、被返之。写物頼置候ニ付、写之、暮時前ゟ伏見氏ニ被招、被参。酒肴、鰯・大こんヌタ、みそづけ、しそ・大根三杯づけ、松村氏ニ為持、伏見江進ズ。五時頃此方へ被参、直ニ被帰去。仕立たび十双同人江渡ス。○今日終日足袋仕立、夕七時出来上りニ付、おさち十一双片岡江持参ス。暫して帰宅、其後尾岩稲荷へ参詣、ほど無帰宅。

一四時過永野儀三郎殿来ル。右は、又五郎殿弁当料書出し一義也。然ども吉之助他行ニ付、早ゝ被帰去。○昼後およし殿被参、袷とき、夕七時過被帰去、暮時又来ル。止宿也。

一今日駒場《(アキ)》　御成ニ付、商人多不来。

○廿二日己巳　晴

一今朝松村氏被参、終日写物被致、昼飯・夕飯とも薦之。松村氏足袋十二双持参被致、是迄ゟ仕立違ひ候由ニて、昼前松村儀助殿内義被参、指南被致、被帰去。○伏見氏今日も朝ゟ折ゝ被参。○今朝高畑久次殿来ル。右は、又五郎殿弁当料書出し一義也。然る所、吉之助他行ニ付、無拠高畑氏書抜被致候由被申。然ば、吉之助迎ニ可遣由申候所、其儀ニ不及由被申候ニ付、其意ニ任、頼置。○およし殿昨夜此方へ止宿、今日も終日此方ニて小袖一ツ解物被致、夕七時過帰去。暮時前又来ル。約束ニ付、自、おさち・およし殿同道ニて四谷伝馬町江入湯ニ行、五時頃帰宅。右留主松村氏江頼置。右留主中加藤領助来ル。四時前領助殿・松村氏被帰去。右序ニおよし殿を送り被遣。

一昼前丁子や平兵衛手代来ル。かなよミ八犬伝十七編、当月十九日売出し候由ニて、製本二部持参、校合直し有之候所、直し此方へ見せ不被候処詫申入、尚又跡十九編抄録致呉候様申。右承知之趣申聞、被帰去。

一右同刻お鶴殿来ル。おさちと立話して被帰去。○昨夕定吉妻白米壱斗持参、さし置帰去、今夕又来ル。御扶持方通受取ニ参り候ニ付、則白米通・御扶持方通為持遣ス。○吉之助四時頃帰宅。精進平菜・まん頭壱包、其外種〻持参ス。

○廿三日庚午　曇　四時過ゟ晴

一今日吉之助当番ニ付、六時過ゟおさち起出、天明頃吉之助も起出、髪月代致、早飯後御番所江罷出ル。○同刻自象頭山ゟ赤坂一木不動尊・豊川稲荷へ参詣、四時前帰宅。○右留主中松村氏足袋卅双持参被致、被帰去。昼後又被参、終日写物致、暮時帰去。○昼前弥兵衛来ル。手みやげ煎餅壱袋持参、させる用事なし。時候見舞也。雑談、煎茶・くわしを薦め、欠合の菜ニて昼飯為給、八時前帰去。おつぎ方へかなよみ八犬伝十七編壱部弥兵衛ニ渡、遣ス。○昼前・昼後両度、大次郎来ル。畑菜一笊持参、被贈之、暫して被帰去。○伏見氏昼前被参、製薬手伝被致、昼時被帰去。昼後又被参、夕方被帰去。○八時過およし殿来ル。暫く遊、夕方帰去。

○廿四日辛未　終日曇　亥ノ刻頃地震少〻

一吉之助明番ニて四時過帰宅、直ニ食事致、尚又賢崇寺江御客来手伝之為罷越ス。夜ニ入四時帰宅。饅頭・平菜持参ス。○今朝伏見氏被参、昼時被帰去、昼後又被参、終日雑談、暮時被帰去。○昼後松村氏被参、鈴木橘平殿ゟ被頼候由ニ付、書物持参、写畢、暮時被帰去。○夕七時過加藤領助殿被参、過日貸進之夢惣兵衛前後九冊、外ニ廿二日貸進の灯挑持参、被返之。暫く雑談、松村氏同道ニて被帰去。

一八時過おさち仕立足袋片岡江持参、他行の由ニてさし置、帰宅。松村氏ニて暫く物語、時をうつし候由也。十三双持参ス。○昼前およし殿来ル。昼時帰去。後刻入湯ニ参り候由ニ付、おさち、おふさ殿江文を頼遣ス。幷ニ仁助食物を買取呉候様頼置。夕七時過右買取、被届之、早ゝ帰去。○夜ニ入宣太郎被参、先月中貸進之旬殿実ゝ記十冊持参、被返之。雑談暫して、五時過被帰去。所望ニ付、夢惣兵衛前後九冊貸進ズ。且、同人小児グヅツキニて難義被致候由ニ付、奇応丸中包壱ツ進之。

○廿五日壬申　雨　八時過雨止　不晴

一榎本彦三郎殿、廿一日当番ゟ昨日迄も帰宅不被致候ニ付、母義甚心配被致、今日迄も此方へ不帰候ハヾ、勤番所迄罷越安否を尋呉候様、母御ゟ吉之助被申付由ニ付、今日四時頃迄も榎本氏ゟ沙汰無之候ニ付、草鞋ニてきじ橋御勤番所江尋ニ罷越候所、勤番所江昨日手紙相届、今日の当誅(ママ)ニても居残勤呉候様手紙参り候由也。往還とも村田氏江立より、昼時帰宅。昼食後吉之助又榎本氏江罷越候所、母御ハ賢崇寺へ被参、留主宅、彦三郎殿も未不被帰候ニ付、尚又賢崇寺へ罷越、右之趣母御江申伝、母義同道ニて梅川氏江立より、やう子承り候所、彼方へも不被参候ニ付、母御を竜土江送届、夕七半時過帰宅。彦三郎殿何方ニ止宿被致居候や一向不分候由。母御ハ嘸かし心配可成、想《ヲモヒ》やるべし。

一今朝松村氏被参、足袋十双持参被致。松村氏ハ終日写物被致、夕方被帰去。右以前儀助殿持参之足袋十双仕立あり、残十三双と共ニ自片岡江持参、さし置、尚又十二双請取、松村氏江立より候所、跡切付六双、儀助帰宅之節迄ニ仕立呉候様被申候ニ付、右六双請取帰宅、直ニおさち両人ニて六双仕立、儀助殿帰宅之節為持遣ス。

一夕方大内隣之助殿菊花持参、被贈之、ほど無被帰去。○夜ニ入深田大次郎殿来ル。右は、来ル廿八日成田側当番、無拠用事出来ニ付、吉之助江代番頼度由被申候ニ付、則承知之趣を答、暫く雑談、五時過帰去。○今晩神女湯剤を製薬ス。四時前枕ニ就く。

○廿六日癸酉　晴　未ノ中刻立冬之節ニ入ル

一今朝大次郎殿鼠持参、仁助ゟ被贈之、ほどなく被帰去。右同刻およし殿来ル。今日鬼王権現ゟ参詣被致候や、御出被成候ハヾ一緒ニ参詣致度由候へども、今日は参り難、何れ来月ニ致候由申断、暫して被帰去。

一四時頃ゟ吉之助榎本氏ゟ行。彦三郎殿帰宅の安否を問ん為也。昼時過帰宅、彦三郎殿今朝帰宅被致候由也。廿三日ゟ同組山口某と同道ニて新宿遊里ニ参り、今日迄彼方ニ罷在候事、親を思ハざる不孝者、憎むべし。吉之助帰宅後畑をこしらへ、終日也。○昼後松村氏来ル。足袋十二双持参、終日写物被致、夕飯を薦め、暮時被帰去。栗薪一把遣ス。松村持参の足袋十二双出来ニ付、おさち・自・松むら氏同道ニて片岡ゟ持参ス。只今無之由ニ付、其儘帰宅。○夕方大内氏被参、払火縄三把持参、内壱把松村氏買取、二把ハ吉之助買取置。○夜ニ入およし殿来ル。右は入湯ニ参ん為也。則、おさち・およし殿同道ニて入湯ニ行、ほど無帰宅ス。

○廿七日甲戌　晴　風

一今朝高畑久次殿内義被参。右は、今朝久次鼻あて可致の所、歯痛、出勤致難候ニ付、あて番吉之助ゟ頼申度由ニ付、即刻吉之助起出、食後仲殿町所ニあて番致、帰宅。其後髪月代を致遣ス。○四時前およし殿、昨夜置忘れ候手拭取ニ来ル。暫して帰去。○昼時ゟ自・おさち同道ニて飯田町弥兵衛方へ行。今日おつぎ着帯ニ依て也。蒲鉾二ツ持参、贈之。飯田町ニて赤小豆飯・一汁三菜、おさちと共ニ被振舞。昼後とりあげ婆ニ来ル。目出度帯相済、夕七半時頃帰宅。飯田町ゟ煮肴・鯔ひらき・猪口・菜づけ等、重箱ニ入被贈之。

一右留主中伏見氏・松村氏被参候由也。松村写物致、夕方帰去。尚又、吉之助羽織借用致度旨被申候ニ付、吉之助則貸進致候由、帰宅後告之。

一夜ニ入大次郎殿来ル。明日当番、我等罷出候筈の所、かねて御承知の如く、伯父太兵衛植木会一義ニ付、出勤難、右ニ付、貴所様御手透ニ候ハヾ明日当番御出勤可被下旨被頼。此方迚も迷惑乍、差掛り御困り候ハヾ繰合罷出候旨申示、即刻吉之助両組頭江大次郎代番之趣申通、帰路松村氏江立より、足袋廿双請取、五時前帰宅。大次郎殿五時過被帰去。

○廿八日乙亥　晴

一今日吉之助、大次郎代番ニ付、正六時起出、弁当支致（マヽ）、天明後吉之助呼起し、食事為致、其後半右衛門殿を誘引合、御番所江罷出ル。半刻早出也。
一今朝神女湯小半剤煎、十六焙烙製しあげ、百四杯出来、例のごとく壺江納置。九時出来畢。○今朝ふし見氏被参、暫して被帰去。○右同刻およし殿来ル。九時帰去。○四時頃永井辻番人常蔵来ル。鳥目弐百文拝借致度由申ニ付、此方ニても両替致候鳥目不有合候ニ付、有合の鳥目八十文借遣ス。
廿八日ゟ弐斗六升八合（上欄付箋）
一昼後伏見氏ゟ大こん・蛤むき身煮つけ一皿被贈。然ども今日は終日精進ニ付、其儘納置。明日賞翫致すべ（ダク）し。
○右以前、赤坂鈴降稲荷別当願性院来ル。九月分白米御初穂渡遣ス。且亦、星祭ニ付、御初穂の所願度由申、帰去。
一夕七時過自片岡江足袋股切取ニ行、則、股切十八、外ニ十二双請取、帰宅ス。

○廿九日丙子　晴　寒し　霜白く見ゆる

一四時前吉之助明番ゟ帰宅、食後林荘蔵殿弁当料書付、勇五郎殿迄認、持参。右序ヲ以、松村氏ぃ十八双の足袋為持遣ス。昼時帰宅、枕ニつく。夕七時起出ル。

一今朝順庵殿被参、暫く雑談して被帰去。○右同刻およし殿被参。おさち呼よせ候故也。右は、順庵殿被参候ハヾ癖疾見せ、服薬承り度由被申候ニ依也。昼時帰去。

一昼八時過十二双分足袋出来ニ付、片岡ぃ持参、尚又九双請取、帰宅、直ニ仕立かけ、夜ニ入、おさち同道ニて持参致候所、片岡ハ留主宅ニ付、松村氏ぃ届、帰宅。松村氏ニて薩摩芋七本被贈之、五時前帰宅、四時枕ニ就く。○夜ニ入大次郎殿来ル。暫して帰去。

一定吉妻御扶持舂候て持参ス。借米弐斗さし引、白米壱斗六升八合持参ス。

○卅日丁丑　晴

一今朝およし殿来ル。右は、此方へ預り置候鳥目七百文の内三百文入用ニ付、請取度由被申候ニ付、則三百文渡之。

一今朝松村儀助殿内義被参。今日は足袋休の由也。当月分足袋屋払、金壱分ト弐百十八文、内三百文糸代さし引、金壱分持参、被渡之。内八十文過ニ成候へども、来月分足袋仕立ニてさし引可申由被申候ニ付、其儘受取置く。木綿さるどふぎ同人ぃ遣ス。其後被帰去。○昼後荷持和蔵、当月分給米乞ニ来ル。則、玄米二升渡し遣ス。○右以前、大内氏料理黄菊持参、被贈之、暫して被帰去。

一万右衛門聟、先日誂置候傘出来、持参。三本繕代弐百十六文之由ニ付、則渡、尚又蛇の目傘白張ニ張替呉候様

頼、渡し遣ス。○八時過まつむら氏被参、半紙二帖持参、かなよミ八犬伝十九編絵わり書付致、暮時被帰去。

一昼後およし殿来ル。洗度物解物致、夕方帰去。○魚うり次助来ル。蒲鉾代弐百卅二文渡遣ス。○荷持和蔵給米乞ニ来ル。則、九月分玄米弐升渡遣ス。

○十月戊《(マヽ)》寅　晴

一今朝松村氏被参、終日かなよミ八犬伝画わり被致、本文少ゝ書かゝり、夕方被帰去。塩かつを三片進之。○今朝およし殿来ル。せんたく致置候解物被致、昼飯を薦め、夕方帰去。

一右同刻加藤領助殿来ル。させる用事なし。松村同道ニて被帰去。

一今朝松野勇吉殿当日祝儀として被参、且過日吉之助ニ鉄砲玉借用被致候由ニ付、今日十持参、被返之。右受取、所望ニ付、弓張月前編六冊貸進ズ。

一四半時頃ゟ吉之助竜土榎本氏ゟ賢崇寺へ行、過日ゟ彼方へ預ケ置候麻上下・小袖等受取、暮六時頃帰宅ス。
○日暮て大次郎殿来ル。右は、先月廿八日同人代番ニ吉之助罷出候ニ付、右為返番明後三日可罷出旨被申、暫く雑談、ぼろ綿抔こしらへ、四時過被帰去。

○二日己卯　晴

一今朝加藤金之助来ル。何の用事なるを不知。吉之助立話して帰去。

一吉之助四時前起出、所ゝそふぢ致、食後伝馬町ニ買物ニ行。今日賢崇寺方丈被参候由ニ付、口取ぐわし船橋やニて買取、帰路入湯致、昼時帰宅。

一昼時賢崇寺方丈被参。煎茶・くわしを薦、酒食を薦めんと心掛候所、今より南寺町永心寺・新宿天竜寺、尚又牛込原辺江被参候ニ付被急、早〻被帰去。

一松村氏四時頃被参、終画(ママ)り(ママ)被致、暮時此方を被帰去、伏見江被参、伏見氏ニて酒食を薦られ、夜ニ入被帰去候由也。○昼前松村氏内義仕立候足袋十双持参被せ。右受取、おさち仕立ル。○夕方およし殿来ル。今夕入湯ニ参り度由被申、則暮時ゟおさち同道入湯ニ行。帰路薬種・きぬ糸等買取、五時帰宅。四時ニ至り、およし殿被帰去。送り行。○今朝山本半右衛門殿来ル。内義出産之節見舞遣し候謝礼也。

一昼後伏見氏内義江灸治致遣ス。其後伏見氏被参、夕方被帰去。

一昼後ゟ吉之助飯田町江薬売溜銭受取ニ行。則、金二朱ト二百七十六文上家、薬売溜九百五十四文受取、内二百文先日飯田町ゟ借用分さし引、残金銭受取、暮時帰宅。飯田町ゟ切餅七片被贈之。

○三日庚辰　曇　昼後晴　夕方ゟ又曇　夜中同断

一今朝伏見氏被参、暫くして被帰去。○昼前おさち片岡江たび持参、尚又跡切小細付六双請取、帰宅。麻染糸八十文分一紈受取。○昼後松村氏来ル。足袋六双持参、終日八犬伝抄録書抜被致、暮時被帰去。酒菜として生がひ少〻贈之。今朝受取候足袋十二双之内九双出来、同人江渡遣ス。○暮時前およし殿来ル。右煎薬請取度由ニ付、則調合致、四服分同人江渡ス。早〻被帰去。○昼後伏見氏かつを煮染三片一皿被贈之。右為移、鮑酢貝少〻贈之。

○四日辛巳　半晴

一今朝松村氏被参、かなよみ八犬伝十九編下帙半丁半ほど抄録被致、夕方被帰去。

一昼後同人内義跡切付足袋十六双持参、且、昨夜参り居候ふた物江やきさつまいも入持参、被贈之。右請取、松村氏内義早〻被帰去。

一およし殿来ル。暫く遊、夕方帰去。煎薬八服分四包同人ニ渡ス。大次郎殿今朝来ル。ほど無帰去。○今朝ふし見氏被参、雑談後昼時被帰去。○四時過、下そふぢ定吉代来ル。厠汲取、帰去。○暮時ゟおさち同道ニておろじ《(ダク)》町ニ入湯ニ行。然る所、門前ニて大次郎殿内義寺町ニ行候帰路の由ニて行逢候ニ付、入湯ニ誘引候所、一緒ニ行んと被申候ニ付、則、同道ニて大次郎殿宅ニ罷越、夫ゟ三人一緒ニ入湯ニ行。六半時頃おさく殿此方へ一緒ニ参り、四時迄雑談、其後被帰去。両人ニて送行。

一今朝吉之助ヲ以、松村氏迄昨夜仕立候足袋為持遣ス。ほど無帰宅ス。

○**五日**壬午　晴　夜ニ入雨少〻　多不降
一今朝松村儀助殿来ル。仮名よミ八犬伝十九編下帙末迄抄録被致、夕七時被帰去。

一夕七時過自仕立足袋十六双松村ニ持参、尚又亦足袋十五双受取、帰宅ス。

一右同刻おさち尾岩稲荷へ参詣、帰路伝馬町ニてさとう・煙草等買取、帰宅。

一昼時頃およし殿遊ニ来ル。夕七時被帰去。○夜ニ入土屋宣太郎殿被参、先月末ニ貸進の夢惣兵衛九冊持参、被返之。尚又所望ニ付、四天王十冊貸進ズ。暫雑談、四時被帰去。吉之助終日在宿也。

○**六日**癸未　晴
一今朝松村氏来ル。かなよミ序文・口絵等認め、夕七時過帰去。出来之足袋十五双為持遣ス。○昼後およし殿来ル。夕七時被帰去。○夜ニ入大次郎殿来ル。五時被帰去。

一日暮て、おさち同道ニて松村氏ニ足袋受取ニ罷越候所、客来の様子ニ付、内ニ不入して片岡ニ行、足袋四双請取、雑談、五時帰宅。吉之助終日在宿。

○**七日**甲申　晴

一五時頃領助殿あて番として来ル。明日吉之助、又五郎江本助由宛。然ども先月十七日高畑本助代番として吉之助罷出候間、此度ハ右為返番、高畑可致候所、高畑今朝他行の由ニ付、已ことを得ず、即刻吉之助届ニ行。○昼前吉之助髪月代致、昼後入湯ニ行、夕七時頃帰宅。○夕方松村氏被参、羽織借用致度被申候ニ付、則貸進ズ。○ほど無被帰、暮時又被参、糸瓜穀(ママ)七本幷ニ足袋十四双持参被致、早々被帰去。○夜ニ入おさち、およし殿・おさく殿同道ニて入湯ニ行、五時頃帰宅。大次郎殿参合居候ニ付、右両人携被帰去。

○**八日**乙酉　晴

一今日吉之助、又五郎本助番ニ付、正六時頃ゟ起出、支度致、天明後吉之助を呼覚し、早飯為給、御番所江出遣ス。○今朝自松村江行。右は、昨日儀助殿持参の足袋仕立方不分候ニ付聞ニ行。帰路片岡江参り候処、尚又足袋十双被渡、右請取、昼後仕立畢。右十双おさち持参、片岡江渡ス。

一夕方伏見氏被参、かなよミ八犬伝十九編序文松村認め候所、此度は余り不宜候ニ付、右序文直し度由相談致候ハヾ(ママ)、先今晩一覧之上考可申被申、十九へん稿本持参、被帰去。○八時頃およし殿来ル。今晩は止宿也。○夕方定吉妻糖持参ス。右請取置く。

○**九日**丙戌　晴

一今日琴靏居士祥月忌日ニ付、きがら茶飯・一汁二菜料供を備、伏見氏江五人前、深田江三人前、山本氏江ハ二人前進之。大内氏・およし殿ハ此方江招、薦之。○四時頃吉之助明番ゟ帰宅、終日在宿也。山本半右衛門殿、琴靍牌前江乾ぐわし一包被備之。○およし殿やきさつまいも持参、被贈之。○大内氏・深田氏銘菊持参、被贈之。則霊前江備ス。○昼後ゟ自・おさち同道ニて深光寺江墓参ス。諸墓そふぢ致、到来の菊花を供し、拝畢、夕七時過帰宅。出がけ片岡江昨日請取候足袋十四双の内十双持参、渡之、内四双残ル。○右留主中、松村氏一昨日貸進之羽織持参、被返之、尚又足袋十双・麻糸持参被致候由也。茶飯薦め可申候筈乍、留主中ニ付其儀ニ不及、吉之助斗ひ、茶飯・汁のミ同人江為持遣し候由、帰宅後告之。○深光寺納所、十夜仏餉袋持参致候由也。○七半時頃順庵殿被参、暫して被帰去。やきさつまいもを薦む。○暮時ゟおさち・自、おさく殿・およし殿同道ニてほど無帰宅。およし殿ニ薬調合致遣ス。折から大次郎殿迎ニ来ル。則同道ニて帰去。

一伏見氏今朝ゟ被参、かなよミ十九へん序文考られ、八時過被帰去。

○十日丁亥　晴

一今朝自天明頃起出、象頭山江参詣、五半時頃帰宅。○吉之助有住側鉄炮帳前ニ付、朝飯後矢場江罷出ル。九時前帰宅。○昼前およし殿来ル。昼時帰去、昼後八時頃ゟ又来ル。浴衣二枚解物致、夕飯を給させ、夜ニ入四時帰去。則、送り遣ス。○吉之助八半時過ゟ象頭山江参詣、暮時帰宅ス。

一八時過玄祐忰玄十郎来ル。雑談数刻、夕飯を為給、其間ぼたんもち・干ぐわし・せん茶を薦む。源太潮くミ抔おどり、笛持参候ニ付、二、三番をふき、夜ニ入五時過帰去。○今晩ゟこたつを用ゆ。

一昼前松岡氏ゟ玄猪祝儀ニ付、あんころもち十五入壱重贈来ル。

一昼後大久保矢野氏ゟ使札ヲ以、牡丹餅廿入壱重被贈之。且亦、文蕾主ゟかなよミ序文半枚稿候て被贈之。謝礼返書ニ申遣ス。○夕方松村氏足袋十双持参被致、右請取。伏見氏ゟ被遣候序文同人ニ見せ、客来中ニ付、早ヽ被帰去。

一右同刻大次郎殿来ル。是亦早ヽ帰去。
○十一日戊子　晴　夕方ゟ曇　夜ニ入雨　今朝巳ノ九刻小雪也
一昨日の足袋十双出来ニ付、四時頃自松村氏ㇾ行、内義ㇾ渡、帰宅。○右同刻松村氏被参、昨日見せ候序文持参、被返之、昼前帰去。○吉之助昨今北の方ㇾ芥捨六、七尺大穴を穿。○昼後およし殿来ル。夕方帰去。○今朝大次郎殿菜園の青菜少ヽ持参、被贈之。
○十二日己丑　雨　八時過ゟ雨止　晴
一今暁八時前東の方ニ出火有之、吉之助起出、見之。

一朝飯前、吉之助松村氏ㇾ昨夜受取候足袋十双仕立出来ニ付、持参ス。尚亦廿双受取、帰宅。○五時過板倉安次郎殿被参。右は、先月廿八日安次郎代りニ出番致候返番、明十三日返番可致旨申之。吉之助本助鼻心得候様被申、帰去。依之、明十三日吉之助ハ休也。○昨十一日、十月渡り御切米玉落候由也。

一八時過松村氏・およし殿遊ニ来ル。松村ハ暫して被帰去、およし殿夕方帰去。
○十三日庚寅　大風烈　夜ニ入風止
一昼時頃伏見氏ゟ会式ニ付出来の由ニて赤剛飯、煮染添被贈之。其後伏見被参、雑談の内、松村氏被参、両人雑談、暮時被帰去。○夕七半時頃御蔵ゟ入米壱俵来ル。玉取番永野氏差添、車力一俵持込候を請取置。

一暮時松村氏内義被参、袋たび四双持参、仕立方教候て帰去。則受取、今ばんおさち・自仕立之。今日霜除板布之。○八時過おさち定吉方へ行。右序ヲ以あや部氏江罷越候所、おふさ殿不快の由ニて不面、右隣家おふミ殿方へ立より、雑談久して帰宅。○吉之助終日在宿、薄べり拾枚へりを解置。

○十四日辛卯　晴

一今朝大次郎殿来ル。同人内義江頼置候木綿糸二百文分出来ニ付、則とりちん百十六文同人江渡ス。○右同刻松村氏江行、昨夜仕立候袷たび四双持参ス。直ニ松村同道ニて帰宅、儀助殿江灸治致、其後被帰去。○右同刻伏見うぢ来ル。およし殿も被参、煎薬一包渡之、早ヽ帰去。○昼九時ゟ吉之助、御蔵前森村屋長十郎方へ冬渡り御切米取ニ遣ス。右序ニ、大伝馬町丁子や平兵衛方江八犬伝十九へん稿本二冊、手紙さし添為持遣ス。暮時頃帰宅。御切米、諸入用さし引金五両ト三分六十弐文受取。丁子や平兵衛方へ稿本遣し候所、平兵衛大病ニて、十八へん出板延引の由也。夫ゟ大丸ニて晒もめん・桃色木綿等買取、尚又大小柄皮整、金壱分之内弐百文余持参。帰路村田氏江立より候由也。

一荷持和蔵、高畑久次殿地面借受、普請出来ニ付、今日引移り候由ニて来、其後又来ル。今日家内も引取候ニ付、吸物わん三組・盃・燭台幷ニ庖丁拝借致度由申ニ付、則貸遣ス。○夕方松村氏袷足袋四双持参被致。右受取、今ゟ入湯ニ参り申度候間留主を頼、およし殿・おさち同道ニて伝馬町江入湯ニ行、暮時帰宅。其後松村氏被参(ママ)、およし殿ハ夕飯為給、五時帰去。如例送り行。○今晩足袋四双を仕立畢。

○十五日壬辰　晴

一今朝食後、吉之助竜土榎本氏ゟ賢崇寺へ行。榎本氏ニて吉之助江用事有之候由也。金壱分小遣渡し遣ス。夕七時頃帰宅。

一今朝およし殿来ル。金壱分廿四文今日渡し、則預り置く。○おさち四時頃松村氏江行、昨夜仕立候袷たび四双持参、さし置帰宅。松村氏戦詩写筆工料百文、内義江別ニ百文、右はたび手伝銭として、今日渡ス。○昼前加藤金之助来ル。右は、荘蔵殿弁当料金壱分ト百四文渡之。吉之助留主中ニ付預り置、吉之助帰宅後、右金壱分ト百四文渡し候へバ、即刻所〻江配分致候て帰宅。

一稲毛や由五郎手代、薪炭代金壱分払遣ス。○今朝およし殿来ル。預り金壱分ト廿四文今日返し、尚又改金三分二朱預り置く。ほどなく被帰去、昼後又来ル。夕方帰去。○今朝おさち、昨夜の袷足袋四双松村江持参、さし置帰宅。

一昼後松村氏被参、さし袋《(ママ)》廿双持参。灸治被致、夕方被帰去。○荷持和蔵昨日貸遣し候吸物わん三組・盃返し来ル。夕方、同人妻相識の為来ル。○夕方定吉来ル。日本橋江参り候由ニ付、髪の油・紅・白粉・晩茶等買取候様申付、金弐朱渡し遣ス。日暮て帰来ル。申付候品〻買取、つり銭四百十六文持参、明日御入米舂候様申、則四斗五合持去。○夕方大次郎殿久々ニじうやく《(ダク)》持参ス。さし置、早〻被帰去。

○十六日癸巳　晴　昨今甚寒し

一今朝およし殿来ル。昼時帰去、八時過又来ル。暮時ゟ同道ニて入湯致、五時過帰去。

一昼後松村氏被参、七月中貸進の飼籠鳥弁ニ同書持参、被返之。尚又灸治被致、暮時被帰去。さしたび十双出来ニ付、同人江渡し置く。○暮時前ゟおさち同道ニて伝馬町江入湯ニ行、帰路紙・糸・かつをぶし・さとう買取、信濃や江薪代金弐朱渡し、帰宅。吉之助終日在宿、もんほどきを致ス。○疾瘡再発ニ付、今日より又蔓芋を煎用ス。

○十七日甲午　晴　寒さ昨日の如し

一今朝起出、自豊川稲荷・不動尊〈江〉参詣、帰路梅桐院観世音〈江〉参詣、夫〈ゟ〉伊勢や長三郎〈江〉注文反物申付、五時過帰宅。食後吉之助〈江〉髪月代致遣ス。吉之助松村氏〈江〉仕立足袋聞〈ニ〉罷越候所、片岡後家指をはらし候〈ニ〉付、仕事休の由〈ニ〉付、徒〈ニ〉帰宅ス。○昼前およし殿来ル。金弐朱預り呉候様被申、則金弐朱預り置。其後被帰去。○昼後自・おさち同道ニて、大久保新殿鬼王《(ママ)》権現〈江〉参詣、来ル廿日〈ゟ〉来十一月廿迄、豆腐を禁、疾瘡平癒心願致。帰路伝馬町〈ニ〉て耳だらい・くし・かうがい・小切・金あミ等買取、夕七半時頃帰宅。

一右同刻定吉入米三斗七升八合つき候て持参。つき上り三斗四升、内六升かり米さし引、白米弐斗八升持参ス。先月分つきちん・日雇ちん其外とも金二朱渡し、百廿四文過〈ニ〉相成候〈ニ〉付、其分定吉〈江〉預ケ〈ニ〉成。来月つきちんと差引べし。○右留主中松村氏被参、此方帰宅を相待、灸治被致、夕方被帰去。羽織貸進ズ。明日当番なれバ也。焼さつまいも中重入持参、被贈之。吉之助明十八日明捨り番の由、宛番人勇五郎被申之。○夜〈ニ〉入、吉之助きじ橋御普請小屋〈江〉行。右は、たき付候てうな屑榎本氏〈江〉約束致候由〈ニ〉て罷越、飯田町弥兵衛方へも遣し、跡榎本氏両人〈ニ〉て村田氏迄荷ひ参り候由。五時過帰宅ス。

○十八日乙未　晴　夜ニ入雨終夜

一昨今観世音祭如例。○昨十七日榎本氏〈ゟ〉荷持長兵衛ヲ以、三河嶋つけ菜一荷被持セ贈之。未代料不知候間、其儘受取、長兵衛帰し遣ス。

一今日吉之助明捨り〈ニ〉付、六時過〈ゟ〉おさち起出、支度致、天明頃吉之助呼起し、早飯為給、久次・大次郎同道〈ニ〉て御番所〈江〉罷出ル。○昼前おさち松村〈江〉行、地大こん・あぶらあげ煮同人〈江〉持参ス。小児〈江〉かんざし二本同断、昼前帰宅。○右同刻いせや調三郎ゟ小ものヲ以、昨日申付候反物持参、地ばん地・うら地・帯地・綿袖口・半ゑり等買取、代金弐分二朱ト四百六十六文払遣ス。

一昼前・昼後両度およし殿来ル。夕方帰去。○昼後おさち伝馬町ニ入湯ニ罷越候所、定式の休也。依之、帰路染物のミ受取帰宅。○八時過松村氏内義さしたび十双持参被致、差置被帰去。○荷持和蔵莚代乞ニ来ル。則、如例四十八文遣ス。夜ニ入雨傘取ニ来ル。渡し遣ス。○魚売次助、魚代三百文渡し遣ス。
○十九日丙申　雨　昼後ゟ雨止　南　あたゝか也。
一早朝荷持、下駄・合羽取ニ来ル。おさち則渡し遣ス。○四時過吉之助明番ゟ帰宅。食後漬菜を洗、即刻四斗樽ニつけ畢。○昼後母子三人髪を洗。

一夕方松村氏被参、灸治致、被帰去。昨日持参の足袋廿双の内十双仕立出来ニ付、同人ニ頼遣ス。○昼後およし殿来ル。其後同人母義被参、ほどなく被帰去。およし殿同断。○夜ニ入大次郎殿来ル。雑談して五時過被帰去。
○廿日丁酉　晴　四時過ゟ風　夕方風止　夜ニ入五時頃ゟ又風
一今朝松村氏一昨日の足袋仕立残り取ニ被参、則十双渡し、今日持参の十五双昼迄ニ出来致候様被申候ニ付、右うけとり、出来候分十双同人ニ渡し、被帰去。今朝持参の足袋母子三人掛りニて昼時十五双出来畢。吉之助松村氏ニ十五双持参、尚又四双被渡之、右請取、帰宅。其後吉之助手伝、四双こしらへ畢。

一八時過松村氏被参、灸治被致、暫うつし物被致、夕方被帰去。吉之助請取参り候足袋四双、同人ニ渡遣ス。○昼後およし殿来ル。雑談後、夕方被帰去。○長谷川幸太郎殿、祖母忌明ニ付被参、早〻被帰去。○夜ニ入、おさち同道ニておすきや町ニ入湯ニ行。

〇廿一日戊戌　晴　暖和
一今朝四時前ゟ自・おさち同道ニて浅草観世音ぇ参詣。出がけ隣祥院ぇ参詣、山田氏諸墓そふぢ致、水花を供し、赤尾氏墓ぇも同断、拝し畢、浅草寺へ参詣。御腹帯おさち幷ニ松岡おつる殿分二ッ受、御初穂廿四銅ヅ、四十八文納。おさち・おつる殿両人とも赤・黄・青三色を受候也。おつぎ・岩井両人とも同様也。夫ゟ今戸慶養寺青岳譚竜信士墓参り致、帰路支度致、種ゝ買物整、飯田町ぇ立より、手みやげ十五進ズ。飯田町ゟ菜びたし・大こんヌタ・なづけ被贈之。且又、来ル廿七日おさち着帯幷ニ元服為致候ニ付、御一同御出被下様申入、帰宅。〇今日終日吉之助留主居也。
一右留主中松村氏被参、足袋十四双持参、明昼時迄ニ仕立候様被申之。吉之助受取置、松村氏ニ灸致遣し、其後被帰去候由也。〇則、今晩仕立かゝり、五双出来ス。〇およし殿も留主中来ル。早ゝ被帰去。
一今朝伏見氏被参、母子出宅後被帰去。

〇廿二日己亥　晴　北風寒し　氷はる
一昨日松村氏持参の跡切付十四双残り、今朝おさち手伝仕立畢、九時前吉之助松村氏ぇ持参ス。尚又廿双持参ス。
〇昼前吉之助髪月代致、夕方入湯ニ罷越、暫して帰宅。
一昼後およし殿来ル。暫して被帰去、夕方又来ル。自、おさち・およし殿同道ニて伝馬町ぇ入湯ニ行、暮時帰宅。およし殿直ニ帰去。〇昼後松村氏被参、無程帰去。足袋廿双持参被致、右請取置。

○廿三日庚子　晴　寒し
一今日吉之助当番ニ付、天明前おさちを呼起し、支度為致、其後吉之助起出、早飯後大次郎殿・半右衛門殿同道ニて御番所江罷出ル。

一昼後自、伝馬町江芳礼綿・半ゑり・さとう買取、ほどなく帰宅。おさち半てん・自布子綿入こしらへ畢。終日也。○松村氏八時頃ゟ被参、手引草之内別録之部書抜被致、夕方被帰去。今晩四時迄夜職を致ス。

一夜ニ入元安内方被参、先日ゟ被楽《(ママ)》候観世音御腹帯戴置候ニ付、今ばん同人江渡ス。暫く物語被致、五時被帰去。

○廿四日辛丑　晴　暖和
一四時過吉之助明番ゟ帰宅、食後休足、夕七時頃起出ル。

一昼前宮下荒太郎殿、同人子息隼太郎殿同道ニて来ル。右は、此度願の通り忰隼太郎無足見習被仰付候由被申、被帰去。

一昼後木原計三郎殿差添、林銀兵衛殿、願之通り父荘蔵跡江御番代被《(アキ)》　仰付候由ニて来ル。○組頭成田一太夫殿昨廿三日当番ニ罷出候所、御頭ゟ御沙汰として同人病気の躰ニ致、替りのをたのミ帰宅致候様被仰付候由ニて、成田氏ハ帰宅。依之、組頭橘平殿御番ニ罷出候由、吉之助・大次郎の話也。○今朝伏見氏被参、少し書取度義有之由ニて持参被致候所、昼後ニ至り、外ニ用事出来の由ニて、早ヽ被帰去。

一昼後松村氏被参、跡付足袋十双持参、昨日の如く別録書抜被致、夕方被帰去。昨日持参被致候廿双の内十五双出来の分、同人江渡、尚又たなご魚・大こん煮つけ重箱ニ入、進之。○夜ニ入、今晩並足袋五双・跡付足袋五双出来畢、内五双残る。四時、一同枕ニ就く。

一八半時過順庵殿被参候ニ付、おさち腰灸点を頼、致貰ふ。幷ニ松村氏肩二ヶ所、吉之助肩二ヶ所・臍返し二ヶ所、何れも三火ヅ、灸治致置、直ニ順庵殿被帰去。〇昼前大次郎殿来ル。暫して被帰去。

〇廿五日壬寅　晴

一今日有住側鉄炮帳前ニ付、早飯後五時前ゟ鉄炮携、矢場ニ罷出ル。昼九時過帰宅。昼飯後竜土榎本氏ニ罷越、去十七日被差越候菜漬代金二朱為持遣ス。つけ菜代三百文・右人足ちん百文〆四百文母義ニ渡し、帰路火入猫弐百卅二文買取、夕七時前帰宅。自榎本老母ニ文ヲ以、来ル廿七日元服・帯の事申遣ス。

一八時過おさち綾部氏ニ罷越、髷入の事おふさ殿ニ頼、拵貰、暫して帰宅ス。

一右同刻松村氏被参、今晩迄ニ足袋五双拵候様被申。則拵あげ、帰路之節同人ニ渡ス。松村氏灸治被致、夕方帰去。〇夕七時過ゟ自・おさち同道ニて伝馬町ニ入湯ニ行。途中ニて高畑内義ニ行逢、同道、茶わん鉢湯やニて一同入湯致、高畑内義ニ別レ、所ゝ種ゝ買物致、暮六時帰宅。〇夜ニ入大次郎殿来ル。雑談数刻、四時過被帰去。〇定吉妻来ル。御扶持受取ニ届候所、通帳見え不申候ニ付、明日届ケ可申由申、帰し遣ス。

〇廿六日癸卯　晴　今暁卯ノ二刻大雪二入ル

一今朝大次郎殿来ル。暫咄し、竹の切端所望ニ付、遣之。九時前帰去。

一昼前およし殿来ル。暫して被帰去。薬二貼持去。〇昼後松村氏来ル。其後同人妻来ル。跡付足袋十双持参、差置被帰去。〇昼前吉之助髪月代致、昼後買物ニ行、帰路入湯致、さゝげ・つミ入・みかん・いなだ等買取、帰宅。松村氏夕方帰去。暮時ゟ自伝馬町ニ買物ニ行、夫ゟとりあげ婆ゝおまつ方へ罷越、明廿七日帯為致候間可参申入、帰宅。

一今晩跡付足袋十双仕立畢、四時過枕ニつく。〇下そふぢ定吉代来ル。厠そふぢいたし、帰去。

〇**廿七日**甲辰　晴　暖和

一今日吉辰日ニ付、おさち元服幷ニ綳帯為致候ニ付、さゝげ飯・一汁三菜、平芹・松、茸切身　汁小かぶ・、つミ入　皿もう、を　猪口ほうれんさ、う・花も、　香の物菜づけ・、大こん　吸物いさき・、ヨメナ　口取肴巻玉子・はす・しそまき・なす・、きんとん・くわい・みかん煮　煮肴いさ、き　鉢物大こん・、はぜ　鮓物葉葵・白うり等也。右製作致、家内一同祝食、幷ニ伏見夫婦・子共三人、大内鉄太郎殿・榎本氏御母子・松村儀助殿、一同江酒食をもてなし、昼前伏見内義被参、おさちニ元服為致。昼後婆ゝ来、綳帯芽出度相済。さゝげ飯為給、酒代として天保銭二枚遣之、其後帰去。

一昼後吉之助榎本氏江行。右は、入来遅刻ニ付、迎の為也。ほど無御母義被参、肴代金五十疋・綳帯二筋被祝之。暫して彦三郎殿被参。右以前おつぎ来ル。玳瑁櫛一枚・肴代金五拾疋・硝子中ざし・口紅一猪口持参、おさち江被祝。外ニくわし一袋持参ス。〇大内隣之助殿ゟいさき五、松村氏ゟ魚鱐一本・目鯛二尾被贈之。昼後ニ至り候ても松村氏不被参候ニ付、吉之助迎ニ罷越候所、祝詞たにざく一枚被贈之。右之歌

　よろづ代を契れる松に注連ゆひてみどりおひそふ春をこそまて

右短冊壱枚被贈之。暫して同人被参、股切付足袋十双持参。伏見・大内・おつぎハ夕七時過帰去。おつぎ送り人足和蔵ニ物を為持、おつぎニ従ひ行、送り届、暮時帰来ル。則、足ちん（ママ）百文遣ス。榎本母子・松村ハ暮六時被帰去。祝儀目出度いわゐ納、尚又松村持参の足袋十双母子三人ニて拵畢、九時枕ニつく。諸神江神酒を供ス。

一定吉妻御扶持通取ニ来ル。則渡遣ス。〇豆腐や松五郎妻来ル。先日貸遣し候夜具ふとん今暫く貸呉候様申、帰去。〇深田氏・山本氏江さゝげ飯・本膳壱人前ヅヽ遣之、およし殿ハ招、此方ニて薦め、昼後被帰去。

○廿八日乙巳　半晴

一今日願誉護念唯称居士祥月忌ニ付、一汁三菜料供を供し、家内一同精進也。朝飯後吉之助深光寺へ参詣、諸墓江水花を供し、帰路下駄・足袋等買取、昼時過帰宅。○今朝伏見氏被参、暫して被帰去。○昼前深田大次郎殿養母被参、しらが・ふしのこ・羽根やうじ、おさちへ被贈。茶菓を薦め、暫く物語して被帰去。右同刻山本半右衛門殿内義被参、是亦鼻紙、かつをぶし二本添持参、被贈之。謝礼申述、ほどなく帰去。

一暮時頃ゟおさち同道ニて伝馬町江入湯ニ行、帰路薬種等買取、帰宅ス。

一日暮て林銀兵衛殿・宮下隼太郎殿来ル。今日見習御番無滞相済候由ニて、窓ゟ被申。門を〆候故也。吉之助水瓶台をこしらへ、水瓶を直し、水を汲入置。○昨日客来ニ付、器終日取納ニ掛り、足袋ハ休也。

○廿九日丙午　半晴　寒し　夜ニ入雨

一今朝起出、自豊川稲荷へ参詣、帰宅後深田・山本江昨日贈物謝礼ニ罷越、帰宅。○吉之助同刻象頭山江参詣、五時頃帰宅、一同朝飯を食ス。

一越後や清助ゟ魚鰱三本被贈之。謝礼申述、使を帰し遣ス。

一四時頃大次郎殿来ル。同刻其姉およし殿来ル。薬三包拵遣し、携帰去。

一組頭成田一太夫殿、去ル廿三日ゟ引込され、昨廿八日退役被致候様申被付候由也。大次郎殿の話也。何の罪有之や不知。気の毒ノ至り也。

一昼時森野市十郎殿来ル。右は、成田一太夫退役ニ付、当分組頭定り（ママ）候間、何事も橘平殿壱人江届可申由被触、帰去。○昼前豊嶋やゟ注文之醤油持参、金銀十匁七分、外ニかるこ四十文、金弐朱ト三百七十二文払遣ス。○

今朝吉之助、神女湯能書・同外題、奇応丸小包袋等を摺。其後髪月代致、昼飯後竜土榎本氏ゟ賢崇寺へ行。榎本氏ニ蘿蔔・魚鮭煮つけ角切重ニ入、為持遣ス。夜ニ入五時過帰宅。榎本氏ゟ甘藷五本、賢崇寺ゟ御留焼茶づけ茶わん壱ツ被贈之。

一夕方松村氏被参、金弐朱ト八十文足袋仕立ちん持参被致。弐百七十九双也。内糸代百七十二文差引。暫く物語して、暮時被帰去。

一組頭成田一太夫昨廿九日《(ママ)》頭ゟ被仰渡候義、老年ニ付組頭役御免、勤向之儀は追而可申付候。且又、当年中ニ住居転宅可致旨被仰渡候也と、松村氏の話也。成田氏文化五戊辰年ゟ勤仕、茲ニ四十五年、今少しニて御褒美奉受候事成ニ、何の罪なるや、六十余才ニ及、かゝる難義ニ及候事、返〳〵も気の毒限なし。

○十一月朔日丁未　晴　日

一朝飯後吉之助象頭山ニ参詣、暫して帰宅。○夕方土や宣太郎殿来ル。先月五日貸進之四天王十冊持参、被返之、尚又所望ニ付、水滸画伝十一冊貸進ズ。暫して被帰去。○右同刻松村氏被参、暫して被帰去。三河嶋菜づけ一重進ズ。○伏見氏ニも菜づけ遣ス。○吉之助・自感冒ニ付、五時一同枕ニつく。

○二日戊申　晴　寒し

一五時前触役長谷川幸太郎殿来ル。右は、成田一太夫殿退役ニ付、今日跡役被仰付候由ニて、月番与力へ九時一同罷出候様被触、被帰去。○今朝松村氏被参、昼時迄写物被致、昼飯此方ニて薦め、食後吉之助、松村・山本・深田・高畑誘引合、組中一同月番与力安田半平殿方へ罷出、有住岩五郎殿一太夫跡役組頭被仰付。右畢、一同帰宅。○昼後あつミ氏ゟ使札到来、お鍇殿里びらき内祝ニ付、赤剛飯一重、お鍬殿文ヲ以被贈之。使急ぎ候間請取謝礼申、帰し遣ス。

一昼後深田養母被参、およし殿癬瘡薬何程買取可申哉と被問。煎茶・赤剛飯を薦め、暫して被帰去。其後夕方大次郎殿、十薬・忍冬・十番皮右三品持参、差置帰去。

一昼後有住岩五郎殿、一太夫殿跡役組頭被仰付候由、礼服ニて被参、且又、黒野無尽掛返し金三両持参、被渡之。右請取置。○稲毛や廻り男へ炭代其外六百九十二文の所金弐朱払、つり銭八十四文取。○八時過松宮兼太郎殿来ル。去月貸進の水滸伝七・八へん八冊持参、且又塩がまおこし小片折一ツ被贈之。尚又同書九へん・十ぺん八冊貸進。吉之助罷出、挨拶ス。○今朝荷持和蔵、昨一日ゟやき芋売はじめ候由ニて、焼芋持参、此方ゟ菜づけ、うつりとして遣ス。

一信濃やゟ注文の薪八束かるこ持参ス。右請取置。○昼後松むら氏被参、夕方被帰去。○吉之助板木ほり初候由ニて、今日ゟ松村氏ニ教をうけて初之。

一吉之助風邪ニ付、暮六時ゟ枕ニつく。自・おさちハ五時過枕ニ就く。

○三日己酉　北風　寒し

一林銀兵衛殿・宮下隼太郎殿、明四日初御番被仰付候由ニて来ル。

一昼時過松村儀助殿内義殷切付足袋十二双持参被致、今日儀助事参り可申筈之所、今ゟ浅草森村屋和三郎方へ罷越候ニ付、不参也といハる。雑談後被帰去。○右同刻およし殿来ル。薬六日分調合致遣ス。雑談後、夕方被帰去。○吉之助今日も終日板木ニ掛居ル。風邪ニ付髪斗揃、月代ハ不剃、夜ニ入早く枕ニ就く。○昼後ゟ自針仕事、おさちハ足袋を縫、夜ニ入四時迄両人足袋仕立也。

○四日庚戌　晴　寒し

一今日吉之助当(ママ)ニ付正六時ゟ起出、支度致。天明頃吉之助起出、早飯後高畑・山本同道ニて御番所江罷出ル。小出啓五郎殿所望ニ付、藩翰譜十二ノ上、今日吉之助葛籠ニ入、貸進ズ。尚又飯田町江神女湯十包・奇応丸小包十五、文おさし添、為持遣ス。今日御使ニ出候ハヾ飯田町江立より候故也。

一昼前松村氏被参。昨日森村や江参り候得ども用事不整、右ニ付今日も亦参り可申候間、羽織借用致度由ニ付、則貸進、昨日受取候足袋十双同人江渡ス。

一八時過同人内義股切付足袋十双持参、さし置、被帰去。○昼後おさち、深田大次郎殿内義同道ニて伝馬町江入湯ニ行、帰路種〻買物致、帰宅ス。

一右留主中山田宗之介来ル。かき壱重・塵半切百枚持参、被贈之。おまち殿ゟ文ヲ以、五月中貸進の朝夷嶋めぐり全部初集ゟ六へん・弓張月二へん五冊被返之。無人ニ付、宗之介江煎茶・くわしを薦め、暫して帰去。○夜ニ入およし殿姉弟来ル。四時前迄雑談、両人同道ニて帰去。およし殿江夕飯為給、老母江かきむき身少〻、おさちを(ママ)ヲ以遣之。深田・山本両家江菜づけ遣之。

○五日辛亥　曇　昼時ゟ雨

一今朝定吉妻十二月分御扶持春上持参ス。白米三斗六升二合、荷持米四升受取、つきちん百文、先月百廿四文遣し置候ニ付、皆済也。外ニばん茶代百文買取呉候様申、頼置。尚又、餅米代内金受取度由申ニ付、手前分金二分、伏見分壱両弐分之内此方ニて立替、金壱両渡し遣ス。○吉之助明番より飯田町江廻り、薬売溜・上家ちん等請取、昼前帰宅ス。○銀兵衛殿・隼太郎殿、昨四日無滞見習御番相済候由ニて来ル。○大内氏菊花持参、被贈之。

一今日著作堂様御祥月忌ニ付、茶飯・地大こん汁・けんちん、皿大こん・にんじん酢あへ製作致、御牌前江供し、伏見・深田江四、五人前ヅヽ遣し、岩五郎殿は此方へ被参、振舞ふ。荷持和蔵江も為給、先月給米四升今日渡ス。ふし見氏ゟ干海苔九枚持参、被備之。〇およし殿昼前来ル。茶飯為給可申存候所、此節癬瘡ニて毒禁多、彼是被申候ニ付、延引ス。昼時帰去。其後弟大二郎殿菜園の菜一ふろしき持参、被贈之。同人母義江茶飯・一汁二菜大次郎殿ニ為持、遣之。〇蓑笠様御画像床の間ニ奉掛、神酒・もり物ある平・しほがま・みかん、夜ニ入明灯ヲ供ス。

〇**六日**壬子　晴　今日火性の者有卦ニ入ル　八専のはじめ

一今朝伏見氏被参、入毛所望被致候ニ付、則進ズ。ほど無被帰去。〇今朝吉之助ヲ以、一昨日股切付足袋十二双松村氏為持遣ス。序ニ平菜をも為持遣ス。暫して帰宅。右同刻松村氏被参、みかん十・柚三ツ持参、被贈之、尚又足袋十二双持参被致。昼飯を薦め、夕方被帰去。〇昼飯後自・おさち同道ニて深光寺へ参詣、十夜袋・白米壱升余持参、諸墓そふぢ致、本堂ニて焼香畢。帰路買物致、夕七時過帰宅ス。

一右留主中山田宗之介方ゟ使札到来、おさち元服為祝儀、肴代金五十疋、宗之介ゟ吉之助江手紙、おまち殿ゟも祝儀の文到来。留主中ニ付、松村氏代筆ニて謝礼返書候由帰宅後告之。〇松野勇吉殿先日貸進之弓張月持参、被返之、尚又跡六冊貸進致ス。〇蓑笠様朝料供昨日の如し。もり物みかんを供ス。御画像も昨日の如く、夕方納畢。〇大内氏菜園蕪八本持参、被贈之。

一伏見氏ゟ菜づけ少〻被贈之。〇此度蔵宿ニて金子借用の人廿三人名、金壱両弐分ヅヽ、金卅四両弐分松村受取被参、借用の人〻江配分被致候由也。

○七日癸丑　晴

一今朝吉之助ヲ以、昨日松村持参の足袋十二双の内十双仕立出来ニ付、為持遣ス。内二双ハまち切不足ニ付、此方へ残し置。右序ヲ以、此度有住岩五郎殿、成田一太夫殿跡役組頭ニ昇進被致候為祝儀、組合五人ニてかつをぶし一連祝遣し候わり合弐百卅六文、長友代太郎殿方へ持参、渡之、帰宅ス。○八時過ゟおさち同道ニて伝馬町江入湯ニ行、帰路仏前茶わん二ツ・京井等買取、帰宅。○右留主中松村氏被参、足袋八双持参、外ニぼたんもち七ツ入壱重持参、被贈之、夕方被帰去。右受取候足袋八双、今晩夜職ニこしらへ置。○吉之助終日板木也。

○八日甲寅　晴

一今朝吉之助、昨夜仕立候足袋八双松村江持参、さし置帰宅。

一昼後およし殿来ル。過日預り置候金壱両之内、金壱分入用ニ付、渡呉候様被申候ニ付金壱分、二朱金ニて二ツ渡之、残金三分ハ預り置。夕方帰去。○右同刻おふさ殿来ル。おさちと雑談、おさち同人江頼、髢ふとん幷ニたぼさし《ダク》こしらへ貰ふ。夕方帰去。右以前松村氏被参、是亦夕方被帰去。○夕七時頃触役長谷川幸太郎来ル。明後十日増上寺江御成《アキ》ニ付、明九日御番所江附人ニ罷出候様被触、被帰去。同刻高畑久次殿来ル。同人も附人申合、吉之助、江村茂左衛門・岡勇五郎方へ可参の所、幸便有之候ニ付、吉之助名代久次殿被参候ニ付、其意ニ任、吉之助ハ罷不出ズ。

○九日乙卯　晴　風　両三日以前ゟ寒さ甚しく　硯の水氷

一今日吉之助御城附人ニ付、正五時ゟ高畑同道ニて茂左衛門・勇五郎誘引合、御城御番所江罷出ル。壱度弁当和蔵江渡し遣ス。夕七時帰宅。○八時頃おつる殿来ル。観音様御腹おび御初尾十二銅持参、請取置。煎茶・焼さつまいも薦め、七時前被帰去。○右以前、赤坂鈴降山稲荷別当願性院来ル。右は、星祭禱祈致候ニ付、御初尾集来ル。右は、是迄か丶る事無之候所、願性院願ニ依て各一軒毎ニ白米壱升・鳥目廿四文寄進ス。家人数・生れ年認め遣ス。○其後およし殿来ル。煎薬無之由ニ付、五貼渡遣ス。暫く遊、入相頃被帰去。○今晩足袋十双拵畢。

○十日丙辰　晴　風

一今朝吉之助、昨夜仕立候足袋十双松村江為持遣ス。尚又十二双持来ル。

一四時頃ゟ吉之助、儀助殿同道ニて、日本橋万町柏木ト中料供茶屋今日川柳開有之候ニ付、見物ニ行。右序ヲ以、丁子や平兵衛不快を問候様申遣ス。夜ニ入丑ノ刻、伏見氏同道ニて帰宅。○昼前触役土屋宣太郎殿来ル。右、明十一日御番所附人ニ罷出候由被申。○其後松野勇吉殿来ル。明十一日御城附人同人も罷出候ニ付、申合の為来ル。弓張月後へん六冊貸進ズ。

一昼後大次郎来ル。四谷伝馬町江綿買ニ被参候由ニ付、染物催促の事頼遣ス。夕七時頃帰来ル。染物ハ未不出来由。暫して被帰去。○八時過畳や宇八来ル。畳替の事申付、畳縁五畳分買入候様申ニ付、其意ニ任、畳刺候せつ持参致候様申、何れ廿日過ニ参り候様申付置。

○十一日丁巳　晴　寒し

一今日吉之助明十二日（アキ）右大将様増上寺（アキ）御成ニ付、御番所江附人ニ罷出、五時過ゟ久次殿・大次郎殿・勇吉殿同道ニて御番所江罷出ル。壱度弁当遣ス。

一四時過松村氏被参、昨日貸進之小袖・羽織・きせる・煙草入持参、被返之。夫ゟ伏見江被参、伏見氏ニて酒飯の馳走を受、八時此方へ来ル。夕方被帰去。

一右同刻おさち、おふさ殿江髪結貰候由ニて罷出ル。みかん十為持遣ス。昼飯あや部ニて被振舞レ、八時過帰宅。○右同刻およし殿来ル。夕方帰去。○夕七時頃触役幸太郎殿、明暁八時起し、七時出の由被触之、被帰去。○夕七時過、榎本彦三郎殿ゟ吉之助江書面到来。右は、明十二日如例年御取越被致候ニ付、此一同被招候由也。口上にて謝礼申遣し、返書ニ不及、使長兵衛帰し遣ス。○夜ニ入、山本半右衛門明暁起番の由被申入、被帰去。○夕方吉之助髪月代を致、夜ニ入五時、一同枕ニ就く。

○十二日戊午　晴　今暁子ノ二刻冬至之節ニ入ル

一今暁八時過七時前、山本半右衛門窓ゟ被呼。起番遅刻也。おさち直ニ起出、支度致、吉之助ニ早飯為給、七時過ゟ久次・大次郎・吉之助御場所江罷出ル。同刻荷持弁当集ニ来ル。則渡し遣ス。亦復母女枕ニつき、天明後起出ル。○昼前おまつ婆ゞ来、おさち腹を撫、帰去。

一昼前伏見氏ゟ、二男誕生の由ニ付あづき飯・一汁一菜三人前被贈之。其後右為移いなだ魚壱本、おさちヲ以贈之。尚又、染手拭一筋おさちへ贈らる。○昼後八時頃おふさ殿、隣家まで《(ダク)》被参候序の由ニて来ル。暫して被帰去。○八時過松村氏被参。右ニ付、同人を留主居ニ頼置、母女弐人竜土榎本氏江行。右は、今日御取越ニ付、昨日使ヲ以被招候故也。ほしのり壱帖・煮ざかな三尾手みやげとして贈之。母女榎本氏ニて馳走ニ相成候内、吉之助一本松ゟ榎本氏江来ル。夕七時過也。是亦榎本氏ニて夕飯の馳走ニ相成、母子三人暮六半時頃帰宅。○其後松村氏ハふし見江被参。五時過一同枕ニ就く。

○十三日己未　晴　寒し

一今朝およし殿来ル。暫して帰去。○昼後おさち同道ニて伝馬町ゟ入湯ニ行。出がけ深田ゟ立より、尚又松村氏参り、小児汗衫持参、贈之。夫ゟ森野氏を問候所、お国殿在宿ニて、茶を薦め、到来の由ニて牡丹餅を被薦らる。依之同所ニて時を移し、八半時過ゟ伝馬町ゟ参り、入湯致。帰路紺やゟ立より、色揚羽織受取、尚亦仕立やゟ立より、過日誂置候袴仕立出来致候やと尋候所、右は未出来由ニて、其儘帰宅。暮時前ゟ、昨日冬至ニ付雑煮餅製作可致候所、榎本氏ゟ被招延引。諸神ゟ神酒・備もちを供し候のミ。今夕雑煮餅を拵、家祝食ス。○夕七時頃松村氏被参、暫く吉之助と物語して被帰去。

○十四日庚申　晴　寒し　灯油氷

一今日吉之助当番ニ候得ども、栄蔵殿明捨りニ付、当番を金之介ゟ頼、今日栄蔵殿捨りゟ罷出候ニ付、天明前ゟおさち起出、支度致、早飯為給、当町一同御番所ゟ罷出ル。吉之助感冒の気味合ニ付、髪月代を不致、其儘撫付、罷出ル。○下掃除定吉代来ル。西厠掃除致、帰去。

一右同刻おとよ来ル。過日申付置候米俵二枚・ひえ糖壱斗・わら灰持参。古足袋少し遣之。○昼後松村氏被参、別録抄抜被致、夕方被帰去。

一八半時過およし殿来ル。薬無之由ニ付、七日分拵、同人ゟ渡ス。暫雑談、夕方帰去。○暮時前山本悌三郎殿被参。当月七日越後表ゟ帰着被致候由也。暫物語被致、被帰去。○おさち昨今足袋の繕を致ス。

一今日庚申ニ付、神像を床間ニ奉掛、神酒・備もち・みかん、夜ニ入神灯を供ス。

○十五日辛酉　晴

一四時頃吉之助明番ニて帰宅。○夕方松村氏被参、写残り別録写しとり、今日出来畢、夕方被帰去。○夕七時頃同人内義来ル。高場足袋十双持参、さし置被帰去。菜づけ少し同人ニ遣ス。おさち昨今足袋つくろい也。○昼後およし殿来ル。暫して帰去。

○十六日壬戌　晴　風なし　美日

一昼後成田一太夫殿、去月廿八日退役後今日出勤、且寅新御門相勤候由ニて被参。吉之助挨拶致、帰去。○今日煤払。早朝ゟ取掛り、四時頃儀助殿右手伝之為被参。則、四人ニて蔵ゟ始皆煤払、夕七半時過皆払畢。儀助殿・吉之助入湯ニ罷越、帰宅後、自母女入湯ニ行。松村氏ニハ酒を薦め、夜ニ入四時前被帰去。昨日同人内義持参の足袋十双、同人ニ頼、為持遣ス。福茶・神灯如例。○伏見氏ゟ煮ばな、いなだ・焼どうふ旨煮一皿被贈之。

○十七日癸亥　晴

一今朝高井戸下掃除定吉納干大根二百四十六本持参。当年も不作の由ニて、大こん細し。昼飯為給遣ス。○昼前定吉妻糖八升持参。昨日申付置候故也。さし置帰去。○昼後塩商人、今朝申付候塩七升持参。代銭弐百六十文払遣ス。退（ママ）刻吉之助手伝、辛づけ一樽百四十余本・甘づけ五十余本つけ畢。

一昼前願性院星祭守札幷ニ供物持参、早ミ帰去。○八時過およし殿沢庵づけ大こん七本持参、被贈之。尚又所望ニ付、菜づけ・糖みそ大こん二本、右為移遣之。其後大次郎殿来ル。則、およし殿同道ニて被帰去。○右同刻松むら氏たび十双持参、被参。右請取、暮時被帰去。○五時前順庵殿被参、暫く雑談して四時前被帰去。○今晩夜職、足袋仕立候所、順庵殿入来ニ付、不果。

○十八日甲子　晴

一今日甲子ニ付、大黒天江神酒・備もち、夜ニ入神灯・供物を供ス。昨今観音祭如例之。○昼後ゟ吉之助賢崇寺ゟ榎本氏江行、夜ニ入五時過帰宅。且又、賢崇寺ゟ両刀代請取候由ニて金弐分持参、請取置。且、大黒天江参詣して、灯心買取来ル。

一八時過松村氏被参。右ニ付、自・おさち同道ニて伝馬町江罷越、鈴木江赤剛飯の事申付、仕立やニて出来の袴請取、色こ買物致、入湯して暮時帰宅。○今朝吉之助松村ゟ持参の足袋十双今晩仕立畢、暮時松村帰去。○和蔵江明日供人足の事申付置。

○十九日乙丑　晴　美日　風なし

一今朝五時頃鈴木ゟ昨日申付候赤剛飯持参ス。右請取、則諸神・家廟江供、家内祝食。伏見氏・越後や清助・松村氏江吉之助ヲ以為持遣ス。且又、昨日請取候足袋十双松村江遣し、渡、帰宅。○右同刻和蔵来ル。昼飯為給、おさち・自、和蔵を召連、榎本氏ゟ広岳院・善光寺・保安寺へ墓参り致、水花を供し、拝畢、宗之助方へ行。宗之介方へ赤剛一重・窓の月壱重・鶏卵十五入壱重遣之。宗之助方ニて吸物・取肴・夕飯を振舞レ、六時過宗之介方を立出、榎本氏江立より、右同所へも赤剛飯を贈り、謝礼申述。榎本氏ゟ煮肴を被贈。右畢、五半時頃帰宅。和蔵江人足ちん弐百文遣し、帰去しむ。一同九時枕ニつく。○右留主中大久保白石氏過日貸進の読本持参、被返之。且、為謝礼蒸ぐわし一折持参、被贈之、糸ざくら貸進致候由、帰宅後告之。

○廿日丙寅　晴

一今朝白石氏被参、昨日貸進の糸ざくら一覧致候ニ付、被返之。尚又、化くらべうし三のかね・三国一夜物語・八丈奇談所望被致候ニ付、則所望の如くメ十一冊貸進致、被帰去。

一其後伏見氏被参、昨日贈り候赤剛飯謝礼被申、沢庵づけ大こん五本持参、被贈之。ほど無被帰去。○昼後およし殿来ル。暫遊、被帰去。○夕方松村氏一昨日貸進の羽織持参、被返之、ほど無被帰去。○夕方おさち同道ニて鮫橋ニ入湯ニ行。右序ニ畳刺宇八方へ立寄、畳替の事申聞候所、両三日大急之仕事受取候間、何卒両三日相待呉候様申ニ付、然ば、参り候前沙汰可致旨申示、暮六時帰宅ス。

○廿一日丁卯　晴

一今朝餅屋鈴木ゟ桶取ニ来ル。則、代金弐朱ト供ニ渡遣ス。

一昼前伏見氏被参、雑談後、昼時被帰去。○昼後およし殿来ル。暫く遊、薬五貼渡、夕方帰去。○八時過松村氏被参、ほど無伏見ニ被参、夜ニ入五時過此方へ立戻り、其後被帰去。

一夕七時過土屋宣太郎殿、過日貸進の画伝水滸伝十一冊持参、被返之。右為謝礼、干海苔一帖被贈之。尚又所望ニ付、雲の絶間六冊貸進、早ゝ被帰去。○夜ニ入大次郎殿来ル。雑談稍久敷して、五時過帰去。○八半時過村田万平殿ゟ手紙ヲ以、交魚被贈之。右は、おさち元服致候ニ付被祝贈之。返書ニ謝礼申、使を返ス。

○廿二日戊辰　晴

一今朝松村氏足袋廿双持参被参、写物被致、夕七時被帰去。○昼後ゟおさち同道ニて自伝馬町ニ入湯ニ行、八時過帰宅。右留主中おふさ殿来ル。帰宅を待居、おさちと物語して被帰去。○夜ニ入大次郎殿来ル。焼さつまいも持参、被贈之。しバらく雑談して被帰去。蕪四本遣之。○今晩松村氏持参の足袋を仕立、内十双残る。

○廿三日己巳　晴

一吉之助今朝髪月代致、昼後入湯ニ行、夕七時前帰宅。○昼時過深田大次郎殿老母被参。煎茶・くわしを薦め、暫く物語して帰去。○右同刻松村氏被参、終日写物被致、暮時帰去。昨日請取候足袋廿双同人江渡遣ス。

一今朝清助、過日贈り候赤剛飯の謝礼として来ル。早ゝ帰去。

○廿四日庚午　晴

一今日吉之助当番ニ付、六時過ゟおさち起出、支度致。天明後吉之助起出、早飯一同ニ給、高畑・山本等と御番所江罷出ル。○同刻自象頭山ゟ赤坂不動尊并ニ豊川稲荷へ参詣、帰路畳や宇八江立より、何日ニ参可申哉と承り候所、何れ明後廿六日頃ゟ上り可申と申。夫ゟ松村氏江片岡氏江立より雑談。松村氏ゟ足袋十双請取、四時帰宅。○深光寺ゟ使僧ヲ以納豆一曲贈来ル。

一昼後松村・伏見氏来ル。何れも雑談、夕方被帰去。右同刻およし殿来ル。暫く遊、薬七日分調合致遣ス。暮時帰去。○八時過畳や宇八方ゟ明日ゟ畳刺職人上可申由申来ル。○昼時玉川炭や彦七方ゟ炭十二俵駄来ル。右は榎本氏の紹介也。右請取、判取帳江印行致、帰し遣ス。

一八時過玄十郎来ル。右は、此度三浦様当御屋敷江御下りニ成、何卒召把《(ママ)》ニ相成申度、右ニ付宗之介方へ参り度由被申。参り候ても子細有之間敷哉、鳥渡伺度と申ニ付、右は悪敷義ニ不有候間、参り候ても不苦候由申聞、しバらくして帰去。○定吉妻御扶持通帳取ニ来ル。おさち則渡遣ス。○夜ニ入大次郎殿来ル。雑談して五時過帰去。

○廿五日辛未　半晴

一今朝畳刺来ル。此方ニて三度食事致、八畳の間皆出来。八時頃茶ぐわし・にばなを遣ス。但、畳表巾不足ニ付、是迄の如く五分縁ニ致かね候由ニ付、此度ハ並縁ニ仕立置く。○八時過松村氏内義大跡十二双持参、さし置、帰去。

一今朝自、片岡ゟ股皮付足袋十双仕立、持参ス。且又所望ニ付、片岡富太郎母ゟ神女湯壱包遣之。○昼時半右衛門来ル。させる用事なし。ほどなく帰去。○吉之助明番ニて四時帰宅。○夕方長谷川幸太郎殿、願之通り縁組願被仰付候由ニて被参、早〻被帰去。○伊勢御師代又太夫より、如例年大麻壱ツ・列箸二膳・新暦壱本贈来ル。当年ハ熨斗舟延着の由ニて、のし包のミ添来ル。高畑氏ニて、参り候ハヾ為知呉候様被申候ニ付、則、吉之助御師代使を高畑并ニ和蔵方へ遣ス。和蔵もかねて願候故也。

一昼後伏見内義ゟ灸治致遣し、帰宅後おさち灸治致ス。

一右同刻岡勇五郎殿払鉄炮鉛買取度由ニて来ル。吉之助則め方百目ニて百四十八文、代銭請取置。○天神神像ゟ供物みかん・備もちを供ス。

○廿六日壬申　晴　酉ノ時小寒ニ成ル

一今日有住側鉄炮帳前ニ付、五時頃ゟ吉之助出宅。右以前高畑久次どの被誘引。同人ハ髪月代致候由ニて、先ゟ被参。昼時吉之助帰宅。

一畳刺五時過来ル。朝飯為給、中四畳・玄関二畳・勝手三畳刺、昼飯・夕飯為給、八時せん茶・焼さつまいもを遣ス。薄縁三畳半ほど残り候ニ付、右は宿へ持帰り候由也。夕方帰去。○夕方松村氏被参、昨日貸進の羽織持参、被返之、尚又写少〻被致、夕方帰去。足袋出来の分十二双同人ゟ頼遣ス。○夜ニ入大次郎殿来ル。およし殿ゟ薬種代三十二文被渡。薬種買取呉候由也。大次郎殿雑談後五時過帰去。

一三安廻男醤油代乞ニ来ル。樽代百七十二文さし引、金弐朱ト弐百廿四文払遣ス。

○廿七日癸酉　晴

一今朝自起出早〻象頭山ゟ参詣、五半時頃帰宅して、朝飯を食ス。

一昼後、おさち同道して伝馬町ゟ入湯ニ行、八時過帰宅。○右同刻大次郎来ル。暫して帰去。○昼前丁子や平兵衛ゟ小もの使ヲ以、かなよミ八犬伝十八編下帙・上帙序文・口絵、手紙さし添、摺立校合ニ被差越。右請取、明日取ニ可参旨申遣ス。返書ニ不及。○昼後松村氏被参、足袋十二双持参、明日四時迄ニ仕立候様被申、十八へん校合被致、暮時被帰去。○昼前吉之助髪月代致、夜ニ入おすきや町ゟ入湯ニ行、五時前帰宅。○勝手入口敷居損候ニ付、吉之助自拵置。

一今日寒中為見舞被参候人〻、左之通り。

一加藤金之助殿○江村茂左衛門殿○山本半右衛門殿○松野勇吉殿○立石元三郎殿○玉井銕之助殿○林銀兵衛殿○永野儀三郎殿○南条源太郎殿、右九人被参。○夜ニ入大次郎殿来ル。五時帰去。○今晩股皮付足袋十二双、家内三人掛り仕立畢。

○廿八日甲戌　雨　多不降　昼後雨止　夜ニ入晴

一今暁七時過東ノ方ニ失火有之、吉之助起出見候所、さし合有之間敷候ニ付、其儘枕ニ就く。後ニ聞候所、御本

丸の由也。○今早朝自象頭山ゟ不動尊江参詣、且不動尊江白米一袋納、四時前帰宅。

一吉之助朝飯後御頭ゟ組中江寒中見舞ニ罷出候所、今暁御本丸御宝蔵御焼失ニ付、先今日はかん中見舞御頭江ハ見合候様有住被申候由ニ付、わづか五、六軒かん中見舞申入、帰宅ス。其せつ松村氏ゟ跡付足袋持参ス。○隼太郎・吉二郎寒中為見舞来ル。

一夕方松村氏被参、明日当番ニ付羽織貸進、夕方被帰去。右序ヲ以、先刻吉之助持参の足袋六双、同人江渡ス。

一今暁御本丸御宝蔵御焼失、当組ゟ寄場立候得ども、吉之助は遠方ニ付、不出。○夜ニ入大次郎殿来ル。雑談後、四時頃被帰去。

一今朝象頭山ゟ帰宅後、かなよミ十八へん下帙校合致、付札をつけ、こしらへ置く。

○廿九日乙亥　晴　夕方ゟ曇

一今日吉之助、大次郎殿代番ニ付、正六時過ゟ起出、早飯後其身壱人ニて御番所江罷出ル。○右以前自象頭山江参詣、五半時帰宅。其後松村より片岡江足袋有之や聞ニ参り候所、無之由ニ付、徒ニ帰宅ス。

一九時前丁子やゟ校合取ニ来ル。則渡し遣ス。

一右同刻畳屋宇八小廝薄縁三枚半仕立出来持参、さし置、帰去。

一深田大次郎殿・小林佐七殿、寒中為見舞来ル。○昼後長谷川幸太郎・前野留五郎殿・川井亥三郎殿・岡勇五郎殿、寒中為見舞被参。

一右同刻坂本順庵殿、右同様ニて来ル。ほどなく被帰去。

一畳屋宇八小廝、職人手間ちん書付ヲ以取ニ来ル。金弐分渡し、つり銭五百七十七文請取、帰し遣ス。○夕七時とりあげおまつ婆ゝ来ル。先月廿七日貸遣し候重箱持参、今日返ス。

一岩井政之助内義来月臨月ニ候所、一昨廿七日安産被致、女子誕生の由、大次郎殿の話也。

一今暁七時頃東の方ニ失火有之候所、右は、大名小路松平能登守様御屋敷ゟ失火、寄場立候由ニて、触役幸太郎殿窓ゟ被呼起候へども、今日出番の由申置。残る人ミハ出候由也。

○**卅日**丙子　雨　多不降　忽地止　不晴　八時前ゟ晴

一吉之助明番ゟ組中に寒中見舞廻勤致、四時過帰宅。其後休足いたし、夕方起出、入湯ニ行、暫して帰宅。○森野市十郎殿・大内隣之助殿・加藤領助殿、寒中為見舞来ル。○昼後八時過、大次郎殿内義入湯ニ参り候由ニておさちを被誘引、おさち支度致、伝馬町に同道、夕七時過両人帰来ル。其後深田氏内義帰去。○昼時定吉妻来ル。御扶持春候由ニて、外男ニ為持来ル。白米三斗六升五合請、帰し遣ス。

○**十二月朔日**丁丑　晴或は曇　五時頃地震

一今日吉之助矢場に鉄炮携罷出、九時過帰宅。六ツ打内五ツ当り也。

一今朝伏見氏被参、暫して帰去。○昼時矢野信太郎殿寒中為見舞被参、緑豆かん壱さほ持参、被贈之、早ミ帰去。

一昼後吉之助髪月代致、其後八時頃ゟ象頭山に参詣、夕七時頃帰宅。

一昼時有住岩五郎殿ゟ役替内祝の由ニて、赤剛飯壱重、手紙さし添贈来ル。謝礼口状ニて申遣ス。○夕七時過松村氏被参、片岡ゟ足袋縫ちん六百七十六文持参ス。右請取、同人小児虫気の由ニ付、熊胆少ミ遣之、夕方帰去。

一夜ニ入大次郎殿来ル。赤剛飯を薦め、雑談後（ママ）。

○二日戊寅　晴　今暁六半時過地震

一板倉安次郎殿・水谷嘉平次殿・林猪之助殿、かん中為見舞来ル。

一昼前おさち同道ニて伝馬町江入湯ニ行、九時過帰宅。其後食事いたし、尚又母女両人飯田町江寒中見舞ニ行。くわし・鶏卵持参、進之。おつぎ江洗返し一ツ身小袖一ツ・同銅（ママ）着壱ツ遣ス。飯田町ニてせんちや・くわし・さつまいも・うどんを振舞レ、暮時帰宅。先月分上家金二朱ト百七十六文、薬売溜金弐朱ト壱〆五百八十四文、内二百卅六文一わりさし引、請取、帰宅。○右留主中松村氏足袋股切付十二双持参、さし置ル。

一今日も朝飯前、象頭山江参詣ス。

○三日己卯　晴　風

一今朝伏見氏被参、国尽し手本幷ニ書初手本被認、帰去。

一右同刻おつる殿被参、おさちと雑談して被帰去。

一昼前吉之助象頭山江参詣、昼時帰宅。八時頃髪月代致、今日仕立候足袋十五双松村江持参、渡し、帰宅。

一夜ニ入松村氏内義被参、足袋十双持参。請取置。炭壱俵遣之。

一夕七時頃ゟ自象頭山江参詣。去ル廿七日ゟ今日迄七日参り也。

一松村氏内義持参の足袋、家内三人ニて仕立畢、四時一同枕ニ就く。

○四日庚辰　曇　雪天　九時過ゟ雪　暮時ゟ雪止　雨

一今日吉之助当番ニ付、天明頃おさち起出、支度致、早飯為給、御番所江罷出ル。小遣銭金弐朱分八百遣ス。○

荒井幸三郎殿かん中為見舞来ル。

一昨日およし殿来ル。薬九包遣ス。夕方帰去。〇今朝自片岡ニ足袋十二双持参、尚又股切付八双・跡付六双請取、帰路松むらニ立より帰宅。

一丁平ゟ小もの使ヲ以、八犬伝十八へん上帙摺立校合ニ被差越。右請取、明日取ニ可参旨申遣ス。〇昼時土屋宣太郎殿老母来ル。右は、同人相識尾州様奥女中隠居被致候人、外山御屋敷ニ御隠居被致候者、何卒御作の御本拝見致度由被申、被頼候ニ付、八犬伝初編五冊同人ニ渡、貸進ズ。煎茶・くわしを薦め、暫く雑談、八時被帰去。同人孫女ニ出し候くわし壱包為持遣ス。

一今朝片岡ゟ請取参り候足袋十四双出来致候ニ付、夕七時過片岡ニ持参、尚又、股切付八双請取候へども、まち切并ニ股切紐等不足ニ付、今晩ハ皆出来不畢。四双出来、残四双ハ未也。〇夕方荷持雨具集ニ来ル。おさち則合羽・傘・足駄等渡し遣ス。

〇五日辛巳　晴　風

一吉之助明番ゟ御頭ニ寒中見舞として参上、帰路江坂卜庵・岩井政之助殿ニ寒中見舞申入、九時過帰宅。其後仮寐致、暮時起出ル。〇自今朝かなよミ十八へん上帙校合致、其後片岡ニ出来の足袋四双持参、不足のまち・紐并ニまハし足袋四双請取、帰宅。則、右まハし其外昨日の残り四双出来ニ付、夕方又片岡ニ持参、さし置帰宅ス。〇昼前大次郎殿来ル。ほどなく帰去。

〇六日壬午　晴

一昼前おさく殿を誘引、おさち同道伝馬町ニ入湯ニ行、暮時過帰宅。

一八時過榎本彦三郎殿御母義、寒中為見舞被参、手みやげ白ざとう・切飴等被贈、外ニ西御丸御棟上かちん御残被贈之。折から松村氏被参、暫く雑談、両人ニ酒食を薦、夜ニ入五時過帰去。吉之助竜土迄送り参り、四時帰宅。

一暮時前伏見氏被参、早ミ被帰去。其後酒肴めざし持参ニて被参、松村氏と雑談、酒酌かわし、吉之助帰宅過迄、九時両人被帰去。

一昼後丁子やゟかなよミ十八へん下帙直し出来、見せらる。初校参り不申候間、引合致かね候ニ付、使ニ尋候所、失ひ候由。右ニ付、下帙ハさし置、上帙乱丁校合出来居候間、渡し遣ス。返書ニ右之段申遣ス。

一吉之助今日終日障子切張を致ス。

○七日癸未　晴　甚寒

一天明後自象頭山ゟ不動尊・豊川稲荷ニ参詣、帰路片岡・松村ニ立より、帰宅。

一高畑久次殿寒中為見舞来ル。○昼時過宣太郎殿先日貸進之雲の絶間六冊持参、被返之。右謝礼として煎茶一袋持参、被贈之。同刻まつミや兼太郎殿水滸伝九へん・十ぺん持参、尚又十一・十二へん八冊貸進。宣太郎殿方ハつね世物語五冊貸進。右両人同道ニて被帰去。

一昼時過、松野氏是亦貸進の弓張月持参、被返之、尚又所望ニ付、残ぺん六冊貸進、右為謝礼干のり壱帖被贈之、早ミ被帰去。○昼後松村氏被参、夕方被帰去。○昼後吉之助髪月代致、其後入湯ニ行、しバらくして帰宅。

一昨六日畳屋宇八ゟ小廝ヲ以、畳縁代二畳分勘定違いたし、未ダ戴不申候間、被下候様申之。右縁代二畳分ニ匁壱分、此銭弐百廿文払遣し、勘定済。○今晩門口ニめざるを出ス。

○八日甲申　曇　甚寒

一昼飯後自深光寺へ墓参、諸墓そふぢ致、水花を手向、拝し畢、夕七時帰宅。○吉之助九時頃ゟ近所林猪之助・小林佐七殿・荒井幸三郎殿方へ寒中見舞申入、夫ゟ矢野信太郎殿・飯田町弥兵衛・村田氏ぃ寒中見舞ニ行。矢野氏ぃ銘茶黄金を一袋、村田氏・弥兵衛方へは干のり一帖ヅヽ、為持遣ス。外ニ奇応丸大包一ツ・中包二・神女湯十包飯田町ぃ為持遣ス。夕七時過帰宅。○右同刻松村儀助殿来ル。明日当番ニ付、羽織借用致度由也。則貸進ズ。

○九日乙酉　晴　風　甚寒

一吉之助朝飯後ゟ寒中為見舞罷出ル。近所梅むら直記殿・遠藤安兵衛殿・坂本順庵殿ぃかん中見舞申入、夫ゟ竜土榎本氏・賢崇寺・梅川氏・宗之介方へ罷越。榎本氏ニて昼飯振舞レ、宗之介方ニて夕飯給、暮時帰宅。宗之介方へ緑豆かん半棹、榎本氏ぃ半月魚饅、青菜添、梅川氏ぃ奇応丸中包一ツ為持遣ス。えの本氏ゟさつま芋を被贈之。○日暮て萱家師伊三郎来ル。家根葺替の事申付、来ル十三日ゟ掛り候様申付遣ス。

○十日丙戌　晴

一今早朝自象頭山ぃ参詣、四時前帰宅。○四時頃ゟ吉之助、是亦象頭山ぃ参詣。○夕方松村氏来ル。片岡ゟ袋足袋参り居候ニ付、鳥渡被参候様伝言ニ付、即刻自参り候所、片岡富太郎母お熊、面部腫、平臥致候ニ付、又明日可参由申、帰宅ス。○今日宗之介参り候様申候由、吉之助申候間、終日相待候所、不来。○家根や、足場を運ぶ。

○十一日丁亥　晴　今日巳ノ三刻大寒也
一昼前自、おさち同道ニて伝馬町〔江〕入湯ニ罷越。出がけ片岡〔江〕立より、袷足袋小方八もん卅五双請取、帰宅。片岡〔江〕さとう・葛少〻遣ス。

一昼九時過ゟ吉之助渥見氏〔江〕かん中為見舞行、海苔壱帖持参、進之。帰路、蔵宿森村屋和三郎方へ参り、金子六両借用申入候所、右は出来かね、五両金御用立可申由。色〻申薦候へども不聞入候ニ付、右五両金借受、飯田町〔江〕立より、暮時帰宅。○日暮て大次郎殿来ル。五時過帰去。○昼後ゟ自・おさち袷たびを縫、卅五双内十一双残る。

○十二日戊子　雪　昼後ゟ雪止　雨　風烈　夜中同断
一今朝伏見氏被参、暫して被帰去。和蔵同断。○昼後八時過吉之助、片岡〔江〕袷足袋卅五足出来持参、尚又七文小方四十双うけとり、帰宅。今日雪、風烈、商人不来。道のぬかり甚し。人〻大難義也。今晩四時過迄夜職、足袋を縫、四時過一同枕ニ就く。

○十三日己丑　晴
一今朝大次郎殿来ル。右は姉およし殿煎薬無之ニ付貰度由、薬紙さし置、又帰路請取可申由ニて帰去、其後来ル。八包渡し遣ス。

一萱家師亥三郎来ル。萱参り次第取掛り候ニ付、家根の雪落し候由ニて、弟子手伝、家根雪落し畢。内金願度由ニ付、金三両渡し遣ス。○昼時伏見氏ゟ茶飯・のつ平三人前被贈之。

一昼後弥兵衛寒中為見舞来ル。かつをぶし一本・かずのこ小重ニ入壱ツ・餅菓子壱袋持参、被贈之。有合の肴ニて酒を薦め、八時過迄雑談して帰去。奇応丸小包十五渡遣ス。〇大次郎殿来ル。吉之助髪月代後、同人同道ニて入湯ニ行。大次郎殿内義此節手透ニ付、木綿糸取可申由ニ付、綿代百文・とりちん五十六文同人ニ渡ス。帰路此方へ立被寄、被帰去。

一夕方儀助殿来ル。羽織持参、被返之。四十双之内廿双出来の足袋同人ニ渡、片岡ニ遣ス。且亦、同人当夏飯田町ニ糸瓜水被贈候謝礼として、今日弥兵衛炭三俵、手紙さし置、此方へ頼候ニ付、甚略儀乍、代料ニて弥兵衛手紙さし添、同人ニ今夕渡ス。其後帰去。

一今晩五時過迄足袋仕立畢。

〇十四日庚寅　晴

一今日吉之助当番ニ付、六時頃ゟおさち起出、支度致。天明頃吉之助起出、早飯後高畑来ル。即刻出宅。明朝帰路金伯買取参り候様申付、代銭百文渡遣ス。〇朝飯後自片岡ニ足袋廿双仕立出来、持参、尚又、六もんこんたび五十二双請取、帰路松村氏ニ立より、小児ニせんべい一袋遣し、帰宅。

一京橋竹やゟ竹七把、かるこ肩ニ掛来ル。道悪敷候ニ付、増銭二百文貰度由申候へども、伊三郎不参候ニ付、参り候ハヾ申聞候由申遣ス。

一昼後宗之介寒中為見舞来ル。木の葉煎餅壱折・干のり壱帖被贈之。おまち殿ゟ文到来。煎茶・くわしを薦め、所望ニ付、蕎麦切を薦む。且、玄十郎一義も親類の事ニ付交りも可致申之、兎も角ニ被斗候様挨拶ス。〇玄十郎、宗之介方へ罷越、三浦様御抱入の義ニ付頼候由。右ニ付相談ニ及、夕七時過宗之介帰去。〇夕方松村氏来ル。暮時被帰去。

一昼後おさちヲ以、伏見氏江みかん十五贈遣ス。〇今晩四時過迄足袋を仕立、廿八双出来ス。

〇十五日辛卯　晴

一今朝萱やゟ萱、かるこ持参ス。〇昼前松村氏認物持参、被参。昼後同人内義被参。右は、中ノ橋叶と申仁の方へ今ゟ参り候様、山楽主ゟ使札到来ニ依て也。到来の由ニて、赤剛一盆被贈之、早ゝ被帰去。松村氏も被帰去。足袋廿七双頼遣ス。〇昼後吉之助入湯ニ行、暫して帰宅ス。〇和蔵来ル。右は、此方御扶持定吉方へ申入候ニ付、為春呉候様願候ニ付、御扶持通渡し遣ス。

〇十六日壬辰　終日曇　寒さ甚し　夜ニ入四時頃ゟ雨

一今朝片岡江足袋廿六双仕立持参、ほどなく帰宅。〇右同刻定吉来ル。御扶持通取ニ参り候様申ニ付、右は昨日和蔵参り、当月ゟ御扶持春候事定吉江談じ候由申ニ付、通渡し遣し候也と申聞候所、定吉大ニ驚き、和蔵方ゟ手前何の一言申聞義は無之、右様の事一向存不申由申。然らバ和蔵斗、かゝる偽言申候。即刻和蔵江申聞、御扶持参り次第、又此方へ為春可申旨申聞置、定吉帰去。〇今朝萱五荷持参ス。伊三郎弟子張金持参、さし置、帰去。〇八時過ゟおさち同道ニて自入湯ニ行、帰路買物致、暮時帰宅。〇右以前和蔵を呼よせ、御扶持の一義申聞候所、右は自身定吉江頼入候義ニハ無之、荷持仲間江頼候事ニて、未定吉江申不通事ニ可有之抔申ニ付、然ば此方心得違也。右ニ付今日請取参り候御扶持米ハ早ゝ此方へ持参可致候。人足賃ハ遣し可申候と申聞候へバ、和蔵恐入、御扶持早ゝ持参ス。請取置く。

一暮時大次郎殿来ル。右は、昨年申付候越後や平蔵方ニて当年ハ障有之候ニ付、餅搗候事御断申候由ニて被申之。右承知の趣を答、早ゝ帰去。

○十七日癸巳　雨　八時頃雨止　晴

一今朝定吉妻来ル。御扶持参り居やと申ニ付、昨日取寄置候間、早ミ取ニ可参旨申聞、且又餅つきの事申聞候所、右は廿六、七日頃つき可申候間、其頃ニてよろしく候ハヾ申付可申候と申ニ付、然ば其頃ニても不苦候間、頼候由申聞置。

一八時過玄十郎来ル。過日宗之介方参り、三浦様ゟ願書の事申入候由物語致、多分成就可致旨申、弥取極、御抱入ニ相成候ハヾ、亦ミ宗之介方へ参り可申由申之。雑談数刻、夕飯為給、暮時帰去。

一今日順誉至心貞教大姉様御祥月忌ニ付、朝料供一汁三菜を供ス。昼後煎茶・もり物を供ス。家内終日精進ス。

一今日観世音祭例之如し。但、今晩子ノ刻迄神灯を供し、祭之。

○十八日甲午　曇　夜ニ入晴　甚寒　夜ニ入風

一今朝自象頭山ゟ豊川稲荷ゟ参詣、昼時帰宅。昼食後飯田町ゟ罷越、金子壱両借用致、暮時帰宅。○右留主中、渥見祖太郎殿寒中為見舞来ル。窓の月片折一ッ被贈之。大いそぎニて湯づけ飯を所望被致候由ニて、おさち等出之、早ミ被帰去。○其後松村氏被参、早ミ帰去。○大次郎殿老母被参。煎茶・到来の菓子を薦め、長話して被帰去候由帰宅後告之。○茅屋師伊三郎方ゟ明日ゟ取掛り候由、以手紙申来ル。

○十九日乙未　晴

一早朝かるこ、かや持参、さし置かへりさる。五ツ時過伊三郎外二人弟子来ル。南方を取こハし、半分出来ル。夕七ツ時過かへりさる。且又、伊三郎内金をねがふ。則金壱両わたしつかす《(ママ)》。今朝大次郎殿よふ母まいらる。

右は、およし殿惣身いたミ、こまり入候ニ付、何ぞよき薬ハ是なくや。是あり候ハヾ御貰申度と申さる。猶又、およし御あけ《ママ》置候金子百疋御わたし被下候やう申され候ニ付、すなハち、壱分わたしつかハし、のこりあづかり金二分ニなる。薬ハのち程此方よりぢ《ダク》さんいたすべくよし申置、ぞうだん時をうつし、九ツ時かへりさる。
（＊この項、おさち筆か）

一今日松村氏ゟ荷持ニ為持、額面預らる。右は、此方ニ被参候て発句認由也。先預り置く。○今日清誉相覚浄頓居士祥月忌ニ付、朝料供一汁二菜を供し、昼後煎茶・窓の月を供ス。右ニ付昼後吉之助髪月代を致、深光寺へ参詣、諸墓そふぢ致、水花を供し、帰路入湯致、暮時帰宅。

一今日、家内終日精進也。○昼後自、平肝流気飲二貼調合致、およし殿江持参、遣ス。菓子一包同断、七時頃帰宅。

○廿日丙申　晴　甚寒

一今早朝自尾岩様江参詣、ほど無帰宅。○五時、家根、小ものとも四人来ル。北ノ方取崩し、是亦半分出来ル。夕七時帰去。右之外、今日は用事なし。

○廿一日丁酉　晴

一今朝伏見氏被参。右同人江金子之事頼置、暫して被帰去。

一右同刻定吉妻来ル。餅つき候事、廿三日ハこミ合候ニ付廿五日ニ致度申ニ付、其意ニ任、餅書付渡し遣ス。○屋根屋伊三郎、外ニ壱人来ル。伊三郎請取書持参ス。

一今日昼後、自尾岩稲荷へ参詣、帰路伝馬町江罷越、忍原こんや江木綿糸染申付、松村氏江立より、帰宅。

一今日は家根や両人ニて仕事致、外二人ハ不来。昼菜、雪花菜遣ス。北ノ方出来、夕方帰去。

○廿二日戊戌　晴

一今朝岩井政之助被参、廿九入みかん一籠持参、借書の謝礼と被申、被贈之。雑談久しくて、帰去。○今朝伏見氏ニて煤払被致候由ニて、断来ル。右ニ付、煎茶一土瓶添、にんじん・焼どうふ・芝海老煮染一皿贈之。○昼前自松村氏ゟ行、蔵宿一義頼、印行渡、帰宅。其後定吉方へ罷越、御扶持の事申付候所、明日持参可致旨申。

一家根屋、今日も昨日の如く、小ものとも三人来ル。今日は棟ニ取かゝり、半分出来、昼菜ひじき・あげ遣之、夕方帰去。

○廿三日己亥　晴　今朝は少し凌ヨシ

一今日家根屋伊三郎弟子虎・小僧三人のミ。大てい出来、夕方帰去。尚又金子三分借用致度由申ニ付、則金三分渡し遣ス。○吉之助髪月代致、おすきや町ゟ入湯ニ行、暮時帰宅。○八時過大次郎殿来ル。伝馬町ゟ被参候由ニて立よらる。桂枝一両め頼遣ス。暮時、右買取又来ル。屠蘇一服遣ス。被帰去。

一暮時前松村氏被参、昨日森村やゟ金弐分請取候由ニて持参被致。糸瓜水少し持参、被贈之。所望致候故也。ほど無被帰去。○其後暮時過山本半右衛門殿、松村氏を尋被参。然ども此方ニ不被居、早ゝ帰去。屠蘇一服遣ス。

一昼後吉之助組合歳暮銭集メ、有住ゟ持参致候所、当年ハ組合小屋頭役替被致候ニ付、不受由ニて、所ゝ集候て帰宅ス。

○廿四日庚子　晴　昼後ゟ曇　寒し　四時頃ゟ終夜雪

一今日吉之助当番ニ付、天明頃起出、支度致、早飯後御番所江罷出ル。

一今朝屋根や伊三郎弟子虎吉・小もの来ル。歳暮為祝儀、土大こん九本持参。榎町茅家師徳来ル。右三人ニて苅込、北ノ方出来、足場を取。昼菜けんちん遣ス。○昼後おさち入湯ニ行、暫して帰宅。

一夕方清助来ル。雑談して被帰去。○右同刻村田氏ゟ使ヲ以、干菓子壱折被贈之。謝礼申遣ス。

○廿五日辛丑　雪　昼時雪止　壱尺余　不晴　路のぬかり甚し

一今朝定吉水餅持参ス。請取置。○其後大次郎殿来ル。山椒少々被贈。用ニ不立、早々帰去。○おさち手伝、神在餅を製作致、家廟江供し、家内も祝食。伏見氏江壱重十三入遣之。昼後九ツ入壱重ヅヽ、片岡・松むら江遣ス。松村氏江ハ節菜一器、是ヲも進ズ。○昼後おさち同道ニて入湯ニ行。路甚敷ぬかり候ニ付、油あげ坂ニて入湯、暮時前帰宅。○右同刻、荷持和蔵江神在もち一盆・牛房旨煮一皿遣之。○今日節ニ付、門々江柊・豆がらをさし、諸神江神酒、夜ニ入神灯・福茶、竈神江水を供ス。吉之助鬼打致、家内一同不相替年を添る。四ツ門江火吹竹を捨る。家例也。○今昼飯節、平・一汁二菜、家内祝食ス。

一茅家師伊三郎、家根雪を落ニ来ル。落畢、帰去。

一夜ニ入定吉、鏡餅三餝・小備十五・のし餅九枚持参、受取置、早々帰去。のしもち堅（ママ）壱尺五寸余、横八寸五分ほど也。小切三百四十余切。

○廿六日壬寅　雨　八時頃ゟ晴　今暁寅ノ五刻立春也

一今日昼後ゟ伊三郎壱人来ル。南側苅込致候へども雨後手間とれ、出来かね、残ル。夕方帰去。せん茶・あべ川もちを為給、金三分渡遣ス。夕方帰去。

一昼後松村来ル。片岡ゟあわもち九片被贈之。被頼候額面認、夕方書畢、帰去。屠蘇壱服・切餅十七入壱包同人に進ズ。

一夕七時頃、芝田町山田宗之介方ゟ使来ル。過日遣し置候重箱返却被致、おまち殿ゟ文ヲ以、焼豆腐十一被贈之。返書ニ謝礼申遣ス。○伏見氏ゟあべ川もち十三入壱重被贈之。屠蘇一包為移し遣ス。○昼前吉之助、神棚御せうじ四枚・御灯籠一ツ張之。昼後八時過ゟ榎本氏ゟ賢崇寺へ歳暮祝儀罷出ル。榎本氏に屠蘇壱包為持遣ス。○右留主中林銀兵衛殿被参。右は、今日田辺礒右衛門殿小屋頭被仰付候て、引渡し相場氏ニて有之候間、此方も組合の義ニ付相場氏迄罷出候様被申。然ども他行中ニ候間、帰宅次第早〻可罷出旨、帰宅延引致候ハヾ明朝罷出候様申断、銀兵衛殿帰去。○吉之助暮時帰宅、賢崇寺方丈様ゟ吉之助に足袋・手拭を被贈。

○廿七日癸卯　晴

一今朝伊三郎・榎町徳両人来ル。手伝小僧も来ル。南の方家根仕上致、庭前・玄関前雪を片付、昼時ニ成。今日弁当持参せざるの故ニ、右三人之者に昼飯為給、八時頃有まし片付、帰去。○昼後吉之助買物ニ行。右以前、田辺礒右衛門殿方へ罷越、歓申入、八時過買物買取、帰宅ス。○伏見氏ゟ如例年歳暮為祝儀、白砂糖壱斤入一袋・手拭三筋被贈之。使廉太郎殿に半紙壱帖遣ス。○今朝およし殿来ル。疾瘡順快、当月初来也。歳暮為祝儀、半紙三帖被贈之。後刻入湯ニ参り度由ニ付、其意任、同道可致旨申、昼時帰去、夕七時又来ル。則おさちも同道ニて入湯ニ罷越候所、路のぬかり甚しく、殊之外手間取、且帰路馬おどろき、暫くこの丸ニて見合居、夜五時帰宅。路之難義譬ふる物なし。およし殿はな尾踏きり、永井様御門前ゟはだ(ダク)しニてやう〳〵たど(ダク)りつく。

一下そふぢ定吉来ル。両厠汲取、糞桶此方裏ニ預ケ置、又明後廿九日参り候由ニて帰去。〇

〇廿八日甲辰　晴　余寒甚し

一今朝吉之助外松飾致、所〻掃除致。昼前松村ニ譲葉貰ニ行、暫して帰宅。

一銀兵衛殿当日祝義として来ル。〇昼前おさち伝馬町ニ買物ニ行。昨夜薬店富山ニて小田原でうちん借用致候ニ付、今日持参、返之候。納手拭買取、尾岩稲荷へ納、茶・紙類買取、九時過帰宅。深田大次郎養母同道也。

一昼前およし殿来ル。昨夜貸進の下駄持参、被返之。雑談後、昨夜預り置候足駄携、帰去。〇昼前次郎右衛門、歳暮為祝義、壱斤入白砂糖一袋・鼻紙五帖持参ス。ほど無帰去。〇八時過宣太郎殿被参、過日貸進の常世物語五冊持参、被返之。外ニ被参候由ニて早〻被帰去。

一今朝定吉来ル。則、深光寺へ歳暮供為持遣ス。出がけ飯田町ニ産こも蒲団・屠蘇、文をさし添、為持遣ス。昼時過帰来ル。深光寺ゟ請取書来ル。飯田町ゟも返書来ル。〇夕方松村儀助殿来ル。過日鈴木(アキ)殿ニ貸進之古史通持参、被返之。内三ノ巻一巻不足也。早〻帰去。〇夜ニ入大次郎殿、明日は当番之由ニてほどなく帰去。〇夜ニ入、鮫橋南町豆腐や松五郎方ゟ焼どうふ四斗樽ニ入、留吉差添、持来ル。如例明日売出し度候ニ付、預り呉候様申、早〻帰去。

一宮下隼太郎殿当日祝儀被申入、帰去。〇今朝荷持和蔵来ル。昨日煮染候入物持参、鶏卵二ツ贈。且歳暮為祝儀、天保銭壱枚・切もち十五片遣之。〇暮時前順庵殿被参、殊の外繁用の由ニて、早〻帰去。

○廿九日乙巳　晴

一今早朝吉之助象頭山江参詣、昼時帰宅。○今日昼節一汁二菜・膾、夕方福茶、諸神・家廟江備餅飾付致、夜ニ入神灯、都て如例之、竈神江水を供ス。床の間江農舅明神御画像奉掛、内飾其外、都て例年之如し。昼前吉之助髪月代致、夕七時過ゟ組中江歳末祝儀として廻勤致、帰路入湯して、五時前帰宅。○昼後およし殿来ル。又ゝ入湯ニ同道致呉候様被申候ニ付、八時過ゟおさち・およし殿同道ニて入湯、帰路買物致、夕七半時過帰宅。およし殿一昨日の場所ニて向ざまニのめり、杖・手をよごし、難義ス。およし殿直ニ帰去。○高畑久次殿・宮下隼太郎殿・林銀兵衛殿、歳末為祝儀被参。

一今朝豆ふや留吉、昨日此方へ預ケ置候焼どうふ昼時迄ニ売切、四斗樽持参、帰去。○下掃除定吉、歳暮為祝義、そだ《(ダク)》薪一わ持参、早ゝ帰去。

一夕七時過定吉方ゟ使ヲ以、歳暮為祝儀、里芋壱升・八ツがしら芋三ツ贈来ル。且又、定吉妻およ今日八時頃安産致候ニ付、神女湯一服貰度由申来ル。吉之助則使江渡し遣ス。○夕七半時過、自定吉江行、神女湯一服・歳暮為祝義手拭一筋遣ス。暮時帰宅。定吉方ハ男子出生。

一元安氏内義お靏殿去廿二日安産、女子出生被致候由、松岡氏之話也。

一夜ニ入定吉昨日貸遣し候ふろしき持参、返之、右請取置く。

一暁八時過稲毛やまハり男払取ニ来ル。則、金壱分ト百七十二文払遣ス。

瀧澤（後表紙）

（小紙後補）

五月卅日の内
　五ヶ日快晴十一日半晴
　残十四ヶ日雨
六月　快晴七ヶ日
　半晴十日　残十二ヶ日雨
　半晴・快晴といへども／夜中雨也

　菜園（挿入紙）

路女略年表

（算用数字は数え年による年齢）

年号	（年齢）	記事
文化三	（1）	六月三日、紀州藩家老三浦将監医師土岐村《ときむら》元立娘鉄《てつ》として誕生。
文政一〇	（22）	三月二十七日、宗伯《そうはく》（30）に嫁す。実家両親の希望によりみち（路）と改名。
文政一一	（23）	二月二十二日、長男太郎誕生。 四月十日、宗伯痢病発す、以後たびたび病臥。 六月二十九日、宗伯癇症《かんしょう》発す。
天保元	（25）	閏三月十八日、長女つぎ誕生。
天保三	（27）	六月六日、路流産。
天保四	（28）	八月十七日、二女さち誕生。つぎを飯田町さき・清右衛門勝茂夫婦の養女に。
天保六	（30）	五月八日、夫宗伯没。 七月下旬、御家人株譲り受け。 十月四日、御持筒組四谷組の株購入、上旬、神田明神下の家売却。
天保七	（31）	十一月三日、四谷信濃坂千日谷上の屋敷買取、普請後太郎入居。 十一月十日、舅馬琴をはじめ一家で四谷信濃殿町組屋敷へ移転。

天保八　(32)　七月八日、飯田町清右衛門勝茂没(51)。
天保九　(33)　四月十五日、さきの後夫鱗形屋庄次郎、清右衛門正次と改名(37)。
　　　　　　　五月十八日、路実父元立没。
天保一一　(35)　一月十八日、太郎(13)元服、興邦《おきくに》と称す。
　　　　　　　六月六日、舅の視力低下進み、書簡代筆始まる。
　　　　　　　六月十五日、『新編金瓶梅』代筆。
天保一二　(36)　十一月二十一日、太郎、小堀織部番代仰せ付らる。
　　　　　　　一月下旬、『八犬伝』路代筆。
　　　　　　　二月七日、姑百《ひゃく》没(78)。
天保一四　(38)　七月二十四日、路母没。
弘化二　(40)　二月、『玉石童子訓』目録代筆。
嘉永元　(43)　十一月六日、舅馬琴没(82)。以後、日記は太郎または路筆による。
嘉永二　(44)　六月、新日記に移る。(以下、『瀧澤路女日記』)
　　　　　　　十月九日、太郎没(23)。
嘉永三　(45)　三月二日、娘さちの聟養子に日本橋榑正町松平阿波守医師殿木龍谿三男順蔵を迎える。
　　　　　　　四月六日　番代認められ、以後与力として勤務、小太郎と改名。
　　　　　　　八月、小太郎側へ離婚申し入れ。
嘉永四　(46)　二月、小太郎離縁。八日、飯田町正次没(58)。
　　　　　　　四月十一日、飯田町つぎの聟に弥兵衛を迎える。

嘉永五　(47)　六月二十八日、さちへ婿養子榎本吉次郎を迎える。吉之助と改名。
九月二十五日、吉之助番代となる。
十一月、丁子屋平兵衛より『仮名読八犬伝』一七編以降の抄録を依頼される。
二月以降、松村儀助に抄録協力を依頼。
三月末、感染した疾瘡が総身に及び難儀する。
八月、足袋仕立の内職始める。

嘉永六　(48)　二月六日、さち、長男倉太郎出産。

安政元　(49)　二月十二日、飯田町つぎに男子出生するも十四日没。
八月五日、吉之助、つてを頼り版木内職紹介方申入れ。

安政二　(50)　十二月二十一日、飯田町さき没(61)。
十月二日、路体調不良。さち・孫とも病中のところ、深夜大地震。

安政三　(51)　十二月二日、さち、二男力次郎出産。
孫倉太郎たびたび体調を崩し、ために路・さちともに難儀。
またこのころからたびたび吉之助に不満不信を抱く。
三月十六日、義母への不満から妻子にあたり散らす吉之助に対し将来を危惧。
六月一日、吉之助、煙草仕掛切内職を始める。
六月十二日、倉太郎を幸次郎、力次郎を力三郎と改名。

安政四　(52)　〔日記欠〕

安政五　(53)　一月二十二日、路飯田町へ行き数日逗留、以後留守中の日記はおおむねさち執筆。

五月末、この頃から眼病に悩むなど、体調すぐれず。
八月十四日、日記に、深夜路不快のことをさち加筆、以後年末までの日記さち執筆。
八月十七日、路没。

編者略歴

柴田光彦（しばた　みつひこ）

略　歴

昭和六年（一九三一）三月、群馬県に生まれる。早稲田大学第一文学部卒。早稲田大学総長室調査役（同中央図書館特別資料室長）、跡見学園女子大学教授・同図書館長。国文学研究資料館古典籍総合目録委員員、東京国立博物館客員研究員などの任を経て、現在は早稲田大学演劇博物館客員研究員。研究分野：日本近世文学・日本書誌文献学・日本金石文。

編著書

『曲亭馬琴書簡集　早稲田大学図書館蔵』（早稲田大学図書館　編校注　昭和四十三年）、『馬琴日記』全四巻（共編　中央公論社　昭和四十八年）。『大惣蔵書目録と研究』本文篇・索引篇（青裳堂書店　昭和五十八年）、『馬琴評答集』全五巻（早稲田大学出版部　昭和六十三～平成三年）、『南総里見八犬伝稿本』全四巻（早稲田大学出版部　平成五～七年）、『反町茂雄収集古書販売目録精選集』全十巻（ゆまに書房　平成十二年）、『黒川文庫目録』本文篇・索引篇（青裳堂書店　平成十一～十三年）、『反町茂雄古書蒐集展覧会・貴重書蔵書目録集成』全八巻（ゆまに書房　平成十二年）、『馬琴書翰集成』全六巻・別巻（共編　八木書店　平成十四～十六年）、『江戸女人の碑文』（勉誠出版　平成二十一年）、『曲亭馬琴日記』全四巻・別巻（中央公論新社　平成二十一～二十二年）。

大久保恵子（おおくぼ　けいこ）

略　歴

昭和十四年（一九三九）二月、東京に生まれる。お茶の水女子大学文教育学部卒業、同大学院博士課程単位取得満期退学。東京成徳大学助教授。都留文科大学・お茶の水女子大学・埼玉大学・大妻女子大学などで兼任講師。研究分野：日本語学（語史・語彙史）。

編著書

『今昔物語文節索引　巻23』〈笠間索引叢書30〉（笠間書院　昭和四十九年）、「古言別音鈔」解説〈勉誠社文庫54〉（勉誠社　昭和五十三年）、『講談社キャンパス古語辞典』（共編　講談社　平成七年）、チェンバレン『日本語口語入門』第二版翻訳　付索引（笠間書院　平成十一年）

路女関連論文

『路女日記』にみる敬称（平成八年十二月『国学院雑誌』97巻12号　pp.38-50）、『路女日記』錯簡考（平成八年『東京成徳大学紀要』第7号　pp.208-220）、滝沢家の食事表現——嘉永元年及び安政五年の日記から（平成十三年『東京成徳大学紀要』第8号　pp.185-194）、江戸語で書き継がれた『路女日記』（平成二十年十月『近代語研究』第14巻　pp.193-209　武蔵野書院）、『路女日記』における会話文の引用法（平成二十二年十月『近代語研究』第15巻　pp.265-280　武蔵野書院）

瀧澤路女日記《たきざわみちじょにっき》　上巻《じょうかん》

2012年11月25日　初版発行

編　者　柴田《しばた》 光彦《みつひこ》
大久保恵子《おおくぼけいこ》

発行者　小 林 敬 和

発行所　中央公論新社
〒104-8320　東京都中央区京橋2-8-7
電話　販売 03-3563-1431　編集 03-3563-3692
URL http://www.chuko.co.jp/

DTP　平面惑星
印　刷　三晃印刷
製　本　大口製本印刷

Published by CHUOKORON-SHINSHA, INC.
Printed in Japan　ISBN978-4-12-004445-8 C0095
定価は函に表示してあります。落丁本・乱丁本はお手数ですが小社販売部宛お送り下さい。送料小社負担にてお取り替えいたします。